Konstanze. Die zwei Könige

Das Buch

Palermo, 13. Jahrhundert: Nur kurz ist die Zeit des Friedens, die dem Königspaar Konstanze und Friedrich nach ihrer Hochzeit vergönnt ist. Der Welfenkaiser Otto erklärt Sizilien den Krieg, sagt sich vom Papst und allen Eiden los – und schickt sich an, Italien zu erobern. Die Gefahr bringt König und Königin einander näher, erst recht als sie auch von anderer Seite attackiert werden. Samira, die letzte Prinzessin der Bergsarazenen, kann ihre Liebe zu Friedrich nicht aus ihrem Herzen verbannen. Doch als Konstanze schwanger wird, zerstört dies ihre Hoffnung auf einen Platz an Friedrichs Hof. Tief verletzt treibt Samira sich und ihr Volk an den Rand des Abgrunds – bereit, Konstanze mit hinabzureißen. Sizilien, Goslar, Rom und Paris sind die Schauplätze der atemberaubenden Geschichte einer Königin, die um ihr Reich und ihren Mann kämpfen muss. Denn er ist Friedrich der Staufer, den sie Stupor Mundi nannten: Das Staunen der Welt.

Die Autorin

Elisabeth Herrmann arbeitet als Schriftstellerin und Drehbuchautorin. Sie lebt mit ihrer Tochter in Berlin. Bekannt wurde sie durch ihre Krimiserie um Anwalt Joachim Vernau. Zuletzt erschien bei List der Kriminalroman *Die Zeugin der Toten* um die Cleanerin Judith Kepler. *Konstanze. Die zwei Könige* ist ihr zweiter historischer Roman.

Von Elisabeth Herrmann ist in unserem Hause bereits erschienen:

Krimiserie um Joachim Vernau:
Die siebte Stunde
Die letzte Instanz

Historischer Roman:
Konstanze

Elisabeth Herrmann

Konstanze
Die zwei Könige

Historischer Roman

List Taschenbuch

Besuchen Sie uns im Internet:
www.list-taschenbuch.de

MIX
Papier aus verantwortungsvollen Quellen
FSC® C083411

Originalausgabe im List Taschenbuch
List ist ein Verlag der Ullstein Buchverlage GmbH, Berlin.
1. Auflage Juli 2011

Konzeption: semper smile Werbeagentur GmbH, München
Umschlaggestaltung: bürosüd° GmbH, München
Titelabbildung: © The Gallery Collection/Corbis
Satz: LVD GmbH, Berlin
Gesetzt aus der Aldus
Papier: Holmen Paper Hallsta, Hallstavik, Schweden
Druck und Bindearbeiten: CPI – Clausen & Bosse, Leck
Printed in Germany
ISBN 978-3-548-60920-1

Goslar

August 1209

1.

Rocco Gianluca, Schweineknecht aus Palermo und kaum zwanzig Lenze jung, doch seiner Meinung nach mit Klugheit, Welterfahrung und Gottvertrauen überreich gesegnet, erreichte gegen jede Erwartung im ausglühenden Spätsommer des Jahres 1209 des Herrn Menschwerdung die Au vor der stolzen Kaiserstadt Goslar. Glückliche Fügungen und eine anfangs recht beachtliche Wegzehrung hatten ihn in nur wenigen Wochen von Sizilien über Apulien, das *patrimonium petri,* die Lombardei und Tyrol, schließlich auch über die Alpen bis ins Land der Franken getragen. Den letzten Rest des Weges überwand er auf einem schwerfälligen Ochsenkarren, den ein reicher Ackerbürger, hoch beladen mit Kornsäcken und Flüchen ob der lästigen Abgaben an Vogt, Kaiser und Stift, in Richtung Pfalz auf den Weg geschickt hatte.

Rocco, mittlerweile nur noch im Besitz weniger Pfennige und eines Geheimnisses, das ihn nicht nur deshalb drückte, weil er es sich unter seinem Hemd so eng an den Leib geschnürt hatte, Rocco also thronte auf den Säcken, achtete darauf, dass keiner verrutschte, grüßte die hübschen Frauen auf den staubigen Feldern, wann immer sie in Rufnähe gerieten, und brachte dem alten, zahnlosen Fuhrknecht einige derbe italienische Wörter bei, mit denen der gute Mann überall südlich von Bozen aus dem Stand heraus jederzeit ein paar Maulschellen ernten konnte.

Hier aber, in diesem fernen, fremden Land, in dem die Menschen sprachen, als ob sie Spelzen spuckten, klangen Roccos Lockrufe süß und verführerisch. Ihre Bedeutung blieb allerdings die gleiche, denn wohl jedem jungen, voll in Saft und Kraft stehenden Mann käme beim Anblick dieser hübschen Mädchen auf den Feldern in ihren leichten Hemden Ähnliches in den Sinn. Am meisten gefielen ihm die blonden. Rocco hatte in seinem Leben noch nicht viele Frauen mit hellen Haaren gesehen. Schon hinter Mailand waren sie ihm aufgefallen, und sie wurden immer mehr, je schlechter das Wetter wurde und je weiter er sich von seiner Heimat entfernte.

Es war eine lange Reise, die er angetreten hatte, die erste seines Lebens, und wenn er nachts auf dem harten Lager in einem der Hospize lag, dankte er Gott für seine unendliche Güte, die ihn so weit geführt hatte: fort von der Knechtschaft, fort von den stinkenden Schweinekoben, fort aus Palermo, von der stechenden Hitze und dem fauligen Geruch von Verrat und Elend, fort aber auch von Rafaela, der Frau, die er liebte, die im Turm des Normannenpalastes nach Rettung und hoffentlich auch ein wenig nach ihm schmachtete, und fort von ihrem Vater, dem alten Bonacci, der ihn erst in dieses Abenteuer geschickt hatte, der nun tot war, ein verratener Verräter, ein gemeuchelter Mörder, ein vom Teufel getilgter Sheitan, und dessen letzter Auftrag dennoch der einzige Weg war, Sizilien zu retten. Rocco fragte sich, womit ausgerechnet er, der geringste unter den Knechten, diese Aufgabe verdient hatte, um sich dann, nach dem Ende des Gebetes, selbst die Antwort zu geben: weil ich der Beste bin.

Bonacci, der alte Hund, hatte das erkannt.

Wie jedes Mal, wenn Rocco an den Alten dachte, fuhr ihm ein leiser Schrecken in die Glieder. Er tastete nach dem Päckchen und beruhigte sich. Alles war noch da. Der Brief, verschnürt in festes Leder – speckig und glänzend war es geworden in den Wochen, die er es bei sich trug –, und der Ring, eingenäht in eine Falte seiner Unterkleider, die er nun schon sechs Wochen lang am Leib hatte und die ihm mehr noch als jeder geheime Auftrag das Gefühl gaben, etwas Besonderes zu sein. Echte Unterkleider. Echtes Leinen. Er war ein Herr.

Oder wenigstens auf dem besten Weg, einer zu werden.

Der Ochse quälte sich über einen mit tiefen Löchern übersäten Feldweg. Links und rechts schnitten die Frauen das Korn und sangen dazu ein Lied. Rocco mochte diese schwermütigen Weisen, die so ganz anders klangen als die fröhlichen Gesänge seiner Heimat. Sie waren ein merkwürdiges Volk, die Franken und die Sachsen. Lachten selten, tranken viel, vertrugen es nicht besonders, schlugen sich gerne und kräftig, alterten früh und starben oft im Winter. Rocco, dem schon der Sommer in diesem Land viel zu kalt war, fragte sich, wie er den Herbst überleben sollte, denn von einer Rückreise hatte ihm Bonacci nichts gesagt. Die Planungen reichten nur bis zu einem einzigen Moment: Roccos Begegnung in Goslar mit Ekbert von Kameren, dem Knappen des Fürsten von Ysenburg. Dem sollte er Brief und Ring übergeben. Was danach aus ihm wurde – so weit hatte Bonacci nicht geplant.

Aber Rocco.

Er lehnte sich zurück auf die harten Kornsäcke und starrte in den bleigrauen Himmel. Bald würde es regnen. Die Leute auf den Feldern arbeiteten schnell, um die Ernte heute noch einzufahren. Die Luft war zäh und klebrig, ganz anders als die salzige Schwüle, die er gewohnt war, unten am Hafen von Palermo, wenn dunkle Gewitterwolken heranzogen und ein frischer Wind den Gestank aus den Gassen trieb. Dann tanzten die Menschen im Regen, die Kinder sprangen in die tiefen Pfützen, und die Frauen hoben die Röcke und lachten, weil sie Strümpfe trugen aus Erde und Dreck und weil der glühende Backofen, in dem sie der Sommer gefangen hielt, einen Moment seine eisernen Türen öffnete und frische Luft hereinströmte, die sie alle belebte.

Wenn es bei den Franken regnete, dann verwandelte sich die Welt in einen dunklen, morastigen Sumpf. Die Kleider begannen zu stinken, die verlausten Strohsäcke in den Herbergen schimmelten, die Kanäle überfluteten die Gassen mit Kot, die Wälder trieften und tropften, nachts wurde es kalt, und keiner lachte. Dies war nicht sein Land, daher gedachte Rocco es auf ebenso schnellem Wege zu verlassen, wie er es betreten hatte. Und auch dazu brauchte er sein kleines, wohlgehütetes Geheimnis.

Natürlich würde ihn der Fürst persönlich empfangen. Dazu musste man ihn, Rocco, erst einmal ordentlich ausstaffieren. In diesem Aufzug konnte man ja so einem hohen Herrn nicht gegenübertreten. Ein neuer Rock, ein sauberes Hemd, ein paar Schuhe, ein Besuch beim Bader, und aus dem Knecht würde wieder Rocco, der geheime Bote der sizilianischen Barone. Eine Rolle, die zu spielen er mehr als einmal überlebt hatte. Warum also nicht auch in Goslar? Und dann, wenn er dem Fürsten das Gewünschte überreicht hatte und die Erkenntnis der Bedeutung dieses Boten für den Fürsten, den König, ja, für den Fortbestand des ganzen Reiches die Züge des feinen Herrn vergolden würden, dann, ja dann würde wohl ein Quäntchen von diesem Schein auch auf Roccos frisch gewaschenen Scheitel fallen.

Immer, wenn er an dieser Stelle seiner Überlegungen angekommen war, sprang ihn die gute Laune an wie ein übermütig tollender Hund. Er richtete sich auf und warf einer jungen Magd, die gerade mit der Heugabel ein Bündel Gerste zusammenraufte, einen glühenden Blick zu.

»*Signorina!*«, rief er. »Bitteee sär!«

Die Frau, eine Hünin in Roccos Augen, hielt kurz inne und sah hinüber zu dem rumpelnden Gefährt, das langsam an ihr vorüberzog.

»Bitteee! *Vorresti pomiciare un po con me?*«

Das hätte bei jeder anständigen Palermitanerin eine saftige Ohrfeige zur Folge gehabt. Die Magd, knapp in den Zwanzigern und wohlgestaltet, schien sich so etwas zu denken, denn zu der tiefen Bräune, die die schwere Arbeit in der brütenden Hitze mit sich brachte, gesellte sich nun ein Anflug von Glut auf ihre runden Wangen.

»Was willst du?«

»Scheene Frouwe«, radebrechte Rocco, wie er das in den Tavernen jenseits von Splügen gelernt hatte. »*Un poco lavoro a mano? Limonare? Vorresti fare un pompino a me?* Bitteee sär!«

Kopfschüttelnd wandte sich die Magd wieder von ihm ab. Rocco aber, den allein die Wortwahl seiner Anzüglichkeiten in Wallung gebracht hatte, gab nicht auf.

»Frouwe!«, rief er. »Danke! *Solo un bacio, per favore …*«

Er warf ihr eine Kusshand zu, doch sie begann wieder mit kräftigen, ausladenden Armbewegungen das geschnittene Getreide einzuholen.

»*Carissima, ti amerei anche se mi strappassero il cuore dal pello!*«

In diesem Moment rutschte das linke Vorderrad in ein tiefes Loch. Der Wagen mit seiner hoch aufgetürmten Fracht geriet gefährlich ins Schlingern. Rocco sprang ab und stützte die Säcke, der Knecht hieb unter Flüchen auf den brüllenden Ochsen ein, der legte sich mit dem Rest seiner verbliebenen Kräfte ins Joch, doch das alles half nichts. Das Rad saß fest. Der Knecht stieg vom Bock. Gemeinsam versuchten sie, den Wagen anzuheben, allein, er rührte sich nicht.

»He! Ihr da!«, brüllte der Knecht.

Die Arbeiter auf dem Feld kamen langsam näher. Offenbar dienten alle hier demselben Lehnsherrn, denn obwohl sie nicht gerade fröhlich aussahen, unterbrachen sie ihre Arbeit. Nur die hübsche Magd nicht, sie blieb abwartend stehen und stützte sich auf den Holzstiel ihrer Heugabel.

»Packt mal mit an!«

Die Männer, allesamt kräftige Burschen, die Rocco mindestens um Haupteslänge überragten, gesellten sich zu ihnen. Es war wohl nicht das erste Mal, dass sie einen Ochsenkarren wieder flottmachten, denn jeder Handgriff saß. Während sie gemeinsam die Säcke abluden, um den Wagen dadurch leichter aus dem Loch wuchten zu können, schlenderte Rocco hinüber zu der jungen Frau.

»Gutte Takk«, stellte er sich vor, so weit er das mit seinen minimalen Kenntnissen dieses merkwürdigen Dialektes konnte. »Scheene Frouwe.«

Sie war eine Riesin. Eine alamannische Gottheit oder doch wenigstens ihr irdisches Ebenbild. Ein paar blonde Strähnen hatten sich unter dem Tuch gelöst und ringelten sich feucht von Schweiß in ihrem Nacken. Ihre kräftigen Hände umklammerten den Stiel, und Rocco, ausgedörrt von seiner langen Wanderschaft und voller Sehnsucht nach Licht, Poesie, Wärme und, ja, vielleicht auch ein wenig *scopare* – denn das hatte ungefähr so viel mit Liebe zu tun wie ein Kanten Brot mit einem Stück Osterkuchen –, lächelte sein charmantestes sizilianisches Lächeln, als er zu ihr hochblickte und in ihre wunderbaren blauen Augen sah.

»Ikk Rocco«, stellte er sich vor.

Sie pustete eine Strähne Goldhaar aus der Stirn und sah auf ihn herab. Rocco, der sich immer für einen stattlichen Mann gehalten hatte, fühlte sich unter diesem Blick klein wie ein Wurzelgnom.

»Rocco.« Ihre Kiefer zermalmten seinen Namen wie ein Nussknacker. »Wo kommst du her?«

Auf der Reise hatte er genug aufgeschnappt, um ihre Frage zu verstehen.

»Palermo. Sizilien …«

… das schönste Land der Welt, wollte er fortfahren. Mit lieblich geschwungenen grünen Hügeln und feuerspeienden Vulkanen. Mit Gärten, in denen der Sommer niemals endet und der Duft der Orangenhaine deine Sinne betäubt. Mit Schlössern und Palästen, deren Pracht die Welt nicht noch einmal zu sehen bekommt, und einem Wein, gegen das euer Gesöff schmeckt wie der Fluch des Hakims. Doch er konnte es nicht sagen, weil ihm die Worte fehlten. Die Frau schien ihn trotzdem zu verstehen, denn plötzlich huschte ein Lächeln über ihr Gesicht.

»Dann kommst du aus demselben Land wie das Kind von Pulle.«

»Pulle?«

»Apulien. So nennen wir hier euren König Friedrich.«

Friedrich. Federico Secondo. Ruggero, wie ihn seine Freunde, die verfluchten Sarazenen, nannten. Immer wieder schoss man diesen Namen auf ihn ab wie einen vergifteten Pfeil. Es verlangte von Rocco ein Höchstmaß an Beherrschung, nicht auf der Stelle auszuspucken. Denn sobald er seine Herkunft preisgab, gerieten die Leute in Verzückung. In den deutschen Ländern schien Federico wesentlich populärer zu sein als ihr eigener König. Die blonde Riesin machte da keine Ausnahme. Sie beugte sich zu ihm herab.

»Er hat doch gerade geheiratet. Konstanze von Aragón, nicht wahr? So eine feine Dame, die mal Königin von Ungarn war. Warst du in Palermo zur Kronung?«

»*No*«, antwortete er.

Seine Abreise war plötzlich vonstattengegangen und überschattet von unvorhergesehenen Ereignissen. Einen Tag, ach was!, eine Stunde länger, und sie hätten ihn erwischt. Bis hinauf in die Lombardei hatten Federicos Häscher ihn verfolgt, erst hinter Mailand konnte er sie abschütteln. Selbst hier, im

Regnum Teutonicum, musste er noch vorsichtig sein. Denn dieser Federico war überall, zumindest der Ruf, der ihm vorauseilte, und der hatte nichts mit dem zu tun, was Rocco über ihn wusste. Dieser schändlichste aller Könige mit seiner Metze Konstanze … in der Hölle sollte er schmoren, dieser Antichrist, der Roccos Herrn ermordet und Rafaela in den Turm gesteckt hatte. Dort darbte sie nun, gemeinsam mit all den anderen Aufrechten, die sich gegen ihn aufgelehnt hatten und nun furchtbar dafür büßten. Er, Rocco, war der Einzige, der die Geschicke Siziliens noch wenden konnte. Und das gelang ihm am besten, wenn er sich gar nicht erst auf Gespräche mit stauferfreundlichen Ackermägden einließ.

»Und Friedrich? Hast du ihn einmal gesehen? Ist er wirklich so hübsch, wie man sagt?«

Das traf Rocco nun wirklich an seiner empfindlichsten Stelle. Dass sie ihn nach einem anderen Mann ausfragte und dessen ferne Wohlgestalt über seine eigene Erscheinung stellte, die hier, direkt vor ihrer Nase, um einiges greifbarer war als die schimmernde Schimäre eines Königs am anderen Ende der Welt. Aber so waren sie, die Frauen. Immer bekamen ihre Augen einen Glanz, wenn sie von Federico schwärmten. Die Männer hingegen wurden wehmütig, senkten die Köpfe über ihre Becher mit saurem Wein und murmelten Worte in sich hinein, die Rocco nicht verstand.

Er hatte anderes erwartet. Er hatte geglaubt, aufatmen zu können im Welfenland. Dass er unter Freunden sein würde, die den Sturz des Staufers ebenso herbeisehnten wie er selbst. Stattdessen nahmen das Seufzen und Sehnen nach Friedrich zu, je mehr er sich dem momentanen Aufenthaltsort Ottos IV. näherte. Um sich nicht zu verraten in den Hospizen und Garküchen entlang des Weges, seufzte und sehnte er also auch und musste feststellen, dass ihm das Sympathien einbrachte unter den einfachen Leuten. Für ihn, den Fremden aus Sizilien, hieß das: ein sauberer Sack Stroh, ein Kanten Brot, eine Fahrt auf dem Ochsenkarren und ein guter Rat, an wen er sich im nächsten Dorf wenden könnte. Diese Sympathien hatten ihn die Salzstraße hinauf bis hierher an den Rand des Harzes geführt, eines dunklen, schattigen Mittelgebirges, das sich in der Ferne am Horizont abzeichnete wie der Umriss eines großen, schlafenden Tieres. Es war die erste Lektion, die Rocco in diesem merkwürdigen Land gelernt hatte: Sie lieben Federico, und sie tun es, weil sie ihren eigenen König offenbar nicht lieben.

»Und? Nun sag schon! Ist er hübsch?« Die Blonde beugte sich zu ihm hinab.

Rocco reckte den Hals, um an ihr Ohr zu kommen. »Nein.«

Die Riesin richtete sich wieder auf und schenkte ihm ein spöttisches Lächeln.

»Lügner. Scher dich weg. – Da, dein Wagen. Er fährt weiter.«

Tatsächlich warfen die Knechte gerade die letzten Säcke zurück auf die Ladefläche. Ohne auf seinen Fahrgast zu warten, trieb der Fuhrknecht den Ochsen an, der sich gemächlich in Gang setzte.

»Bitteee sär!«, rief Rocco.

Die Knechte lachten und trollten sich wieder an ihre Arbeit auf dem Feld. Rocco drehte sich noch einmal nach der Riesin um.

»Ikk ... du ...«

Die Magd bündelte das Getreide, schulterte es und trug es ein paar Schritte weiter zur nächsten Garbe. Rocco folgte ihr.

»Wolle du ... mehr Federico?«

Sie warf das Bündel zu den anderen und wischte sich die Hände an ihrem Rock ab. »Nur, wenn er hübsch ist.«

»Oh«, beeilte sich Rocco zu versichern. »Er hubsch. Sär hubsch. Wann und wo?«

»Und wenn du mir etwas über Konstanzes Kleider erzählst.«

»Ah, ja. Konstanze, auch sie hubsch. Sär, sär hubsch. Viel Minne, Konstanze und Federico.«

»Ach, wirklich?«

Sie sah sich vorsichtig um, aber niemand schien von ihrer kleinen Unterhaltung etwas mitzubekommen.

»Heute Abend. Nach dem Markt haben wir eine Stunde frei. Beim Amt vorm Goldenen Schwan. Wo die Sänger sind. Du wirst es finden. Walther ist in der Stadt, da kommen alle.«

»Walther?«

Als ob Mariä Verkündigung sich in diesem Moment auch über die Ackermagd ausgegossen hätte, erleuchtete sich ihr Antlitz in geradezu überirdischer Verklärung.

»Walther von der Vogelweide. Der Sänger.«

2.

Walther cantori de Vogelweide pro pellicio v solidos longos.«

Die Stimme des *secretarius* klang leicht ungeduldig. Er ließ das Diptychon sinken und klopfte mit seinem dünnen Stäbchen auf die linke Wachstafel.

»Fünf.«

»Sieben«, widersprach der Mann auf der anderen Seite des schweren Eichentisches. Er war nicht mehr der Jüngste. Feine Silberfäden durchzogen seine schulterlangen hellbraunen Haare. Um die Augen hatte sich ein Kranz von Falten eingegraben, und die tiefe Kerbe zwischen den Brauen kam nicht nur vom Zorn, den er gerade mühsam unterdrückte.

»Und einen Mantel aus braunem Scharlach. So war es abgemacht.«

»Wenn Ihr mit Eurem Kaiser weiter zum Lechfeld zieht. Dort erst, mein verehrter *cantor,* werden Euch die langen *soldi* ausgezahlt. Nach der Heerschau erhaltet Ihr auch den Pelz. Von einem Scharlachmantel steht hier nichts.«

Er klappte das Diptychon zu und legte es auf den Tisch. Dann musterte er die Kleidung seines Gegenübers – ein langes Leinenhemd und passende Beinlinge in Rot und Grün, und machte keinen Hehl daraus, was er von diesem Aufzug hielt.

»Immerhin reicht es bei Euch ja noch für die neuste Mode.«

Walther von der Vogelweide nickte knapp. Natürlich, wie konnte es auch anders sein. Auf ein Gastspiel an Ottos Hof durfte man sich einfach nicht mehr einlassen. Der zahlte nach einem völlig veralteten österreichischen Tarif, über den er sich schon in Wien mit dem Kämmerer des Herzogs Leopold in die Wolle bekommen hatte. Geizhälse, allesamt. Könige wie Pfaffen, Fürsten wie Bürger. Erst feiern und dann um den Lohn feilschen. Wenn seine Lage nicht so prekär wäre, er hätte auf der Stelle die Pfalz verlassen und dem künftigen Kaiser noch ein passendes Ständchen gesungen. Der Minnesänger wechselte einen kurzen Blick mit seinem Pagen Kuno, den die Jahre der Wanderschaft an der Seite seines Herrn eines gelehrt hatten: im passenden Moment den Mund zu halten.

»Diese Mode, wie Ihr sie nennt, ist der normale Aufzug eines Spielmanns, wie er bei Hof erwartet wird. Oder hätte ich gestern Abend vor unserem König im härenen Kittel auftreten sollen? Kunst kostet nun mal. Wenn das einer weiß, dann unser geliebter Otto, dessen Lied ich singe, den ich preise in all meinen Werken und den Gott segnen möge auf jedem seiner Wege, besonders auf dem nach Rom.«

Walther brachte die anstehende Kaiserkrönung nicht von ungefähr ins Spiel. Der Entscheidung des Papstes für Otto war eine fast chismatische Erregung unter den Kurfürsten vorangegangen. Die Ermordung Philips von Schwaben, des letzten römisch-deutschen Herrschers, im vergangenen Jahr hatte Unruhen und brutal erstickte Aufstände zur Folge gehabt. Wenn

Walther nun daran erinnerte, dass er Ottos Loblied in die Welt hinaustragen würde, hatte das seinen Grund. In diesen Tagen zählte jede Stimme. Vor allem die eines Minnesängers, der mit seinen Liedern Begeisterung und Hass gleichermaßen säen konnte.

Doch der *secretarius* ließ nicht mit sich handeln. Mit steinerner Miene ging er zur Tür und schob den Vorhang zur Seite. Ein unmissverständliches Zeichen, dass die Bittsteller nun endlich den Raum verlassen sollten.

»Wer nicht preist, der nicht isst«, sagte er lakonisch und zog an einer seidenen Schnur. Geräuschlos öffnete sich die Tür, ein geharnischter Soldknecht erschien und wartete auf Befehle.

»Ihr habt Kost und Logis, solange Ihr den König begleitet und er Eurer nicht überdrüssig ist. Keine Sorge, lange wird das nicht mehr dauern. So unvergesslich sind Eure Liedchen nicht. Spätestens nach der Heerschau hat er anderes im Sinn als … Tandaradei.«

Das letzte Wort warf er Walther wie einen Fehdehandschuh entgegen. Der Minnesänger schlüpfte an ihm vorbei durch die Tür und hob die Hand zu einem übertrieben ehrfurchtsvollen Gruß ans Barett. Kuno machte einen Kratzfuß und beeilte sich, seinem Herrn zu folgen.

Schweigend liefen sie den Gang neben dem leeren Reichssaal hinunter, bis sie das schmale Gesindetreppenhaus erreichten und durch den Pfalzgarten zu den einfachen Buden hinter dem kaiserlichen Wohnpalast gelangten. Dort hatte man Walther und Kuno gemeinsam eine kleine, feuchte Kammer mit Blick auf Wall und inneren Graben zugewiesen, der den kaiserlichen Teil Goslars vom weltlichen, dem Marktbezirk, trennte. Erste Tropfen fielen herab.

»Jetzt regnet es auch noch«, sagte Kuno und schaute missmutig hinauf in den grauen Himmel. Schnell retteten sie sich in die dunkle, schwarz geräucherte Däle, von der die niedrigen

Stuben der Spielleute, Wanderschneider, Maler und anderem, zeitweise am Hof benötigtem, aber nicht immer geliebtem fahrendem Volk abführten.

In der Kammer standen zwei mit Leder bespannte Bettgestelle, auf die eine nicht sehr sorgfältige Hand mehrere löchrige, kratzende Wolldecken geworfen hatte. Ein Schemel und ein Klapptisch an der Wand vervollständigten das karge Mobiliar. Das winzige Fenster gegenüber der Tür ließ selbst bei geöffneten Läden kaum genügend Helligkeit ein, um wenigstens die Umrisse zu erkennen. Der Gewitterhimmel hatte die letzten Sonnenstrahlen verschluckt, und obwohl es gerade einmal später Nachmittag war, schien die frühe Dunkelheit mahnend daran zu erinnern, dass in wenigen Wochen die ersten Herbststürme übers Land jagen und alle Wärme, alle Kraft aus dem Land und den Menschen fegen würden.

Walther ließ sich auf sein Bett fallen und starrte auf einen großen, feuchten Fleck an der Decke hinter den Kopfbändern der Balken. Drei Wochen waren sie nun schon in Goslar, und zuvor hatten sie den König bereits auf den Hoftag in Würzburg begleitet. Gut, das Essen war in Ordnung. Jeden Abend gab es reichlich von dem, was an der königlichen Tafel übrig geblieben war. Bis zur Heerschau am Jakobstag war es noch eine Weile hin. Zeit genug, sich einen Wanst anzufressen, um über den Winter zu kommen.

Andere würden jubeln.

Andere wären dankbar.

Er hatte sie sterben sehen entlang seiner Wanderwege, diese anderen, in erbärmlichen Hütten, vor den leeren Augen ihre hungernden, hoffnungslosen Kinder. Hustend, röchelnd, ausgezehrt. Sie hatten im Sommer ihres Lebens gesungen und dabei vergessen, dass er nicht ewig dauern würde. Der Herbst kam schneller als gedacht. In goldenem, warmem Schein verrannen die letzten Lebensjahre, wenn man denn ernten konnte.

Aber wehe dem, der nicht gesät hatte. Auch Walthers Sommer neigte sich dem Ende entgegen. Noch war er bei Kräften, doch wie immer um diese Zeit packte ihn eine dumpfe Verzweiflung. Wieder ein Jahr vergangen. Immer noch kein Lehen.

Der leise Klang einer unabsichtlich berührten Saite schwebte durch den Raum. Kuno hatte die Laute aus ihrer Samtdecke geholt und strich mit einem weichen Lederläppchen über Sattel und Bünde. Dann schlug er einen Akkord an.

»Sie ist verstimmt. Kein Wunder, in diesem Loch. Wer nicht preist, der nicht isst. Was bildet er sich eigentlich ein, der Herr *secretarius*? Sind wir seine Sklaven oder freie Leute?«

Walther hatte keine Lust, auf diese oft gestellte Frage zu antworten. Er verschränkte die Arme hinter dem Kopf und versuchte dem dunklen Fleck eine Gestalt zu geben. So, wie er das als Kind mit den Wolken am Himmel in der Wachau gemacht hatte. Je länger er das Gebilde anstarrte, desto mehr bekam er das Gefühl, dass es sich bewegte.

»Wir sollten wieder auf die Straße. Das war einträglicher. Einen Platz zum Schlafen finden wir überall. Essen gibt's auch. Außerdem ab und zu ein paar Pfennige, wenn der Bischof seinen guten Tag hat. Walther, alles ist besser als das hier.«

Der Fleck veränderte seine Gestalt. Hatte er eben noch ausgesehen wie ein feister Ziegenbock, verwandelte er sich nun in einen Pilz. Ein riesiges, feuchtes Eierschwammerl.

Kuno legte die Laute auf sein Bett und stand auf.

»Oder bist du so scharf auf den Pelzmantel? Ist es das, was du willst? Rumlaufen wie ein Geck, wie einer, der hundert Morgen Land besitzt. Und in Wirklichkeit gehört dir noch nicht mal der Dreck an deinen Sohlen.«

Ein dicker Tropfen löste sich aus der Mitte des Eierschwammerls und landete direkt auf Walthers Wange.

»Verflucht!«

Er sprang auf und rückte das Bettgestell ein Stück weg von

der Wand. Er wollte nicht wieder in feuchten Decken schlafen. Das letzte Mal hatte er ein solches Gliederreißen bekommen, dass er kaum noch die Laute halten konnte. Und weil er nicht wusste, wohin mit seiner Wut und seiner Resignation über das Jahr, das wieder verstrichen war, ohne dass er seinem Ziel auch nur einen Schritt näher gekommen war, trat er auf den verdutzten Kuno zu und versetzte ihm eine Kopfnuss.

»Halt den Mund! Oder denkst du, ich bin zu blöde und man muss es mir jeden Tag aufs Neue sagen? Walther der Wunderbare, der Großartige, der Meistersinger – ein von Otto gekaufter Vogel im goldenen Käfig?«

Er gab dem Bett einen Tritt.

»Wenn er wenigstens aus Gold wäre.«

»Lass uns verschwinden.« Kuno rieb sich den schmerzenden Hinterkopf, doch er schien seinem Herrn den Ausbruch nicht übelzunehmen. »Wir gehen in den Süden. Da wolltest du doch immer mal hin. Nach Ferrara oder Savoyen.«

Walther warf sich wieder auf sein Lager und schnaubte verächtlich.

»Nach Aquitanien. Carcassonne. Wir könnten versuchen, es noch zum Herbsttreffen der Troubadoure im Poitou zu schaffen.«

Walther drehte sich weg zur Wand.

»Nach Rom, zur Kaiserkrönung.«

»Idiot.«

»Dann eben noch weiter. Apulien. Kalabrien. Sizilien. Walther, man sagt, in Palermo würden den Künsten ein Garten und den Sängern goldene Lorbeerkränze wachsen. Am Hof von Friedrich und Konstanze könnten wir leben. *Leben,* verstehst du? Atmen! Wir könnten singen, was wir wollen. Und nicht, was man uns befiehlt. Walther! Lass uns nach Palermo gehen. Wenn wir jetzt aufbrechen, schaffen wir es noch vor dem ersten Schnee. Wenn hier der Frost alles zernagt, ist da unten ewiger Frühling. Und Frieden. Und Gerechtigkeit. Wäre es nicht schön, einmal einen Herrscher zu besingen, der es auch wirklich verdient?«

Kuno legte vorsichtig die Laute ab und setzte sich zu Walther auf das Bett.

»Es ist nicht gut, in Ottos Nähe zu sein«, flüsterte er und beugte sich zu seinem Herrn hinab. »In ein paar Wochen ist er Kaiser. Denkst du, er hält sich dann an seine Versprechen? Ich rede nicht von dem Scharlachmantel. Ich rede von Krieg.«

Kuno rückte noch ein Stück näher. »Warum diese Heerschau am Lechfeld? Warum diese Mahlzeiten in kleinem Kreise neulich in Würzburg? Das war zwar offiziell ein Reichstag, aber in dem Moment, in dem man uns aus dem Raum geschickt hat und die hohen Herren unter sich waren, ging es nicht mehr um Steuern und neue Pfalzen. Es ging darum, ob die Herren ihrem König bedingungslos die Treue halten, auch – und erst recht – wenn er Kaiser ist.«

Er richtete sich auf und sah Walther prüfend an. »Bedingungslos.«

Der Minnesänger, der sich auf das, was sein Knecht auf den Hintertreppen aufschnappte, eigentlich immer verlassen konnte, wurde neugierig. Er drehte sich zu ihm um.

»Und?«

»Der Vorschneider des Knappen des Fürsten von Ysenburg kommt aus demselben Weiler wie ich. Er hat mir verraten, dass die süddeutschen Fürsten an diese Bedingungslosigkeit gewisse Bedingungen knüpften. Das haben die Schweriner, die Oldenburger und all die anderen besten Freunde von Otto gar nicht gern gehört. Kurz: Es bedurfte gewisser Überredungskünste. Ein wenig Silber, ein wenig mehr Rechtsfreiheit, und schwupps, sangen sie alle wieder das Hohelied auf Otto, den Einzigen.«

»Und das hat dir alles der Vorschneider des Stallmeisters des Kochs des Knappen des Fürsten erzählt.«

Kuno, der begriff, dass sein Wissen nicht so gewürdigt wurde, wie es der Fall sein sollte, hob indigniert die Augenbrauen. Walther setzte sich auf und streckte die Arme, bis die Knochen knackten.

»Mir ist egal, was Otto ausheckt. Wes Brot ich fress, des Lied ich sing. So einfach ist das. Schau mich nicht so an. Es sind harte Zeiten. Ich will mein Lehen. Ein richtiges Lehen. Das kriege ich weder von Friedrich noch von seiner hübschen Gattin noch von irgendeinem anderen apulischen oder sizilianischen Herrscher ohne Macht. Sondern einzig und allein von dem, der Kaiser wird.«

Kuno stand auf. Er nahm die Laute, schlug sie vorsichtig in den Samt ein und ging zur Tür. Dabei sah er Walther nicht an.

»Es gibt kein richtiges Lehen vom falschen Kaiser.«

In drei Schritten war der Minnesänger bei ihm, packte ihn an den Schultern und drückte ihn an die Wand.

»Willst du uns beide an den Pranger bringen? Halt dein Maul! Noch so ein Spruch, und du suchst dir jemand anderen, verstanden?«

Kuno schwieg.

»Ob du mich verstanden hast?«, zischte Walther.

Kuno nickte. Sein Herr ließ ihn los und trat einen Schritt zurück.

»Wo willst du hin?«

»Zur Worth in die Schänke neben der Münze. Falls du mich heute nicht mehr brauchst, Herr.«

»Mit meiner Laute?«

»Wenn Ihr es erlaubt, Herr.«

Walther hob die Faust und gab Kuno einen freundschaftlichen, leichten Schlag vor die Brust.

»Hör auf damit. Ich mag es nicht, wenn du mich so anredest. Dafür haben wir zu viel miteinander erlebt.«

»Ich darf also?«

»Wenn du nicht wieder darauf eindrischst und deine Veitstänze aufführst. Was für ein Bier schenken sie aus?«

»Ein hausgebrautes und das Merseburger.«

Walther verzog das Gesicht. »Klingt nicht danach, als würde ich dich begleiten wollen.«

»Aber heute war Markt. Die ganze Stadt ist auf den Beinen. Wir könnten vielleicht ein bisschen Spaß haben.«

»Kommen noch andere Spielleute?«

»Keiner, der dir das Wasser reichen kann.«

»Hübsche Mädchen?«

»Der Stallbursche des Knochenhauers des Steinkrämers des Fenstermakers sagt ja.«

Walther spuckte auf die Handflächen und fuhr sich über die Haare.

»Dann wird der Liedchensänger des *secretarius* des Truchsess' des Königs dir folgen.«

3.

Otto der Welfe, Lieblingsneffe von Richard Löwenherz, verhinderter schottischer König und erst recht verhinderter Graf von York – kurz: trotz bester Verbindungen nach Britannien schließlich doch ins Braunschweigische zurückgekehrt, immerhin Graf von Marche und Herzog von Aquitanien und seit elf Jahren dank bester Verbindungen zum englischen Hochadel und zur Kölner Hochfinanz deutscher König, bis zu diesem Tag kinderlos und unbeweibt, verlobt mit der elfjährigen Beatrix, weshalb, dynastisch betrachtet, die Frage der Nachkommenschaft wohl noch eine Weile warten musste –, in voller Blüte seiner einunddreißig Lenze und im Begriff, als

Otto IV. und erster Spross eines hoffentlich bis in alle Ewigkeit regierendes Geschlechtes in die glorreiche Reihe deutscher Kaiser einzugehen, rief sich zur Ordnung. Gerade war ihm bewusst geworden, dass seine Gedanken schon wieder vorausgeeilt waren, hin zum 4. Oktober dieses Jahres 1209, das er als höchster Herrscher des christlichen Abendlandes zu beenden gedachte. Er gönnte sich diese kleine Eitelkeit ab und zu, wenngleich hier, wo eine Etage tiefer die Fürsten, Bischöfe, Marschalle, Schenken und Truchsesse jede einzelne seiner Regungen beobachten konnten, triumphgetränktes Sinnieren nicht angebracht war.

Er beugte sich ein wenig vor und warf einen Blick durch die Deckenöffnung hinunter zum Altar von St. Ulrich, der Pfalzkapelle neben dem Wohnpalast. Der Bischof hatte gerade den Segen erteilt und wartete nun mit erhobenen Händen, bis dieser in die letzte Bankreihe durchgedrungen war. Ganz hinten, wo der einfache Adel saß – die Kurienritter neben den Kanonikern der weiter entfernten Stifte, also jene, die als Erste mit den Füßen scharrten und mit ihren Röcken raschelten –, ganz hinten war wohl noch nicht angekommen, dass man Bischof und König mit seiner Ungeduld nicht die Andacht verdarb. Otto runzelte die schmalen Augenbrauen in seinem blassen, glatten Gesicht. Er und Gott erwarteten Respekt. Auch von den niederen Ständen.

Alle erhoben sich nun und blickten hoch auf die Empore. Vor dem König durfte niemand die Kapelle verlassen. Otto bekreuzigte sich und stand auf, um über den Treppenturm zurück in seine Wohngemächer zu gelangen. Einer seiner Knappen lief mit der Fackel voraus, denn obwohl es draußen noch hell war und sich in diesen warmen Hochsommertagen die Sonne erst spät hinter den Höhenzügen des Harzes zur Ruhe bettete, lagen Treppen und Gänge in tiefer Dunkelheit.

Vom Dom klangen die Glocken und riefen all die anderen zur

Andacht, die nicht das Glück und den Stand hatten, mit dem König gemeinsam die Messe besuchen zu dürfen. Sein Vater, Heinrich der Löwe, war manchmal zu ihnen hinübergegangen. Solche impulsiven Einfälle hatte er öfter gehabt. War einfach vom Pferd gestiegen in kleinen Dörfern und hatte die Bauersleute in ihren Hütten zu Tode erschreckt, wenn die eisenklirrende Garde plötzlich mitten im Raum stand und ein leutseliger Monarch sich nach dem Stand der Dinge erkundigte. Hatte unangemeldet Prozesse besucht und sich in die Rechtssprechung eingemischt. Hatte auf den Märkten an Äpfeln und Birnen gerochen, die die verdutzten Händler anschließend zum dreifachen Preis – schließlich hatte sie der König berührt! – verkauften. Sich den Leuten zeigen, nannte er das, aber Otto hielt nichts davon. Er hielt von vielem nichts, was sein Vater getan hatte, denn wenn er etwas von Heinrich dem Löwen gelernt hatte, dann wie man versagte und in Canossa zu Kreuze kroch. Er konnte sich nicht erinnern, dass Caesar dergleichen gemacht hatte. Und für Otto war Gaius Julius Caesar der einzige Ahn im Geiste, den er wirklich schätzte.

In seinen Wohngemächern angekommen, flackerte bereits ein kleines Feuer im Kamin. Die Beflissenheit des askanischen Markgrafen, es dem König so bequem wie möglich zu machen, ärgerte Otto. Er ordnete an, das Feuer zu löschen, und weil er an diesem Abend noch keine Lust auf Gesellschaft verspürte, befahl er, ein wenig kalten Braten zu servieren, und beschloss, sich der inneren Kontemplation zu widmen.

Auf seinem *scriptorium* lag *Der Gallische Krieg*. In der knappen, schnörkellosen Sprache des Feldherrn berichtete der größte Kaiser aller Zeiten über Krieg und Kriegsführung und wie es ihm gelungen war, die zahllosen Stämme der Germanen, Gallier und Helveter zu unterwerfen. Nicht nur das: wie sie ihn, Caesar, achteten, respektierten und sogar um Hilfe riefen, wenn die Nachbarstämme sie bedrängten. Caesar, Protektor und Bewahrer der eroberten Territorien, nicht immer geliebt, aber gefürchtet. So sollte es sein. Liebe bekam man geschenkt. Respekt aber, auch das hatte Otto gelernt, musste man einfordern. Notfalls auch mit Gewalt.

Otto wies seinen Leibdiener an, die Öllampe neben dem Manuskript anzuzünden. Dann ging er hinüber in die Waschräume, wo sein Bader bereits auf ihn wartete, um ihn zum zweiten Mal an diesem Tag zu rasieren. Anschließend schlüpfte der künftige Kaiser in ein leichtes Leinenhemd, aß ein paar dünn geschnittene Scheiben Wildschweinbraten, danach ein leicht mit Honig gesüßtes Kompott aus Birnen und Äpfeln, trank etwas verdünnten Weißwein und schickte seinen Diener, nachdem dieser das Geschirr nach draußen getragen hatte, ins Nebengemach. Er wollte allein sein.

Er liebte diese Stunde zwischen Tag und Nacht. Später am Abend würde er hinübergehen in den großen Festsaal der Pfalz und sehen, wer sich heute wieder an der Tafel des Königs niedergelassen hatte. Dann plauderte er ein wenig mit den Ministerialen, tat auf vertraut mit dem Fürsten, gab dem Markgrafen die Gelegenheit, ihm seine unerschütterliche Treue erneut zu versichern, wechselte einige hoffentlich nicht ganz so unbeholfene Worte mit den anwesenden Damen und betete insgeheim, dass keine von ihnen auf die Idee kommen möge, ihn mit einer ihrer Töchter zu verkuppeln, denn mit Damen konnte er, wie mit allem, was Tändelei und Minne betraf, nicht viel anfangen, und ihm graute vor der Vorstellung, gewisse dynastische Pflichten nicht mehr allzu lange unerfüllt vor sich herschieben zu können.

Diese Sorge hatte der Staufer wohl nicht.

Otto, der sich seine zukünftige Regentschaft bis ins kleinste Detail ausmalen konnte, geriet beim Gedanken an Friedrich jedes Mal ins Stocken. Dieser ferne junge König schien alles in sich zu vereinen, was ihm fehlte: eine auf nichts als Zuneigung gegründete Loyalität, eine geradezu närrische Liebe des Volkes zu einem der ihren, die vor allem im Süden des Frankenreiches schon verklärende Züge annahm. Das arme kleine Waisenkind, elternlos in Sizilien ausgesetzt, arglistig um seinen Thron betrogen, halb verhungert durch die Ruinen des verfallenden Normannenpalastes streifend, ernährt von hingeworfenen Brotkrumen mitleidiger Juden und Sarazenen – Otto kannte all die Märchen und Legenden, mit denen die fahrenden Sänger den Leuten die Münzen aus den Taschen zogen. Sogar eine Frau hatte dieser vierzehnjährige Bengel schon. Konstanze von Aragón, vom Papst irgendwoher aus dem Pfandsäckel hochadeliger, gebärfähiger Namens- und Lehensträgerinnen gezaubert. Zehn Jahre älter als Friedrich war sie und offenbar ein hässliches Weib, denn ihre Mitgift war angeblich die größte, die eine Frau je in die Ehe gebracht hatte, und dem Vertrag vorangegangen war wohl ein immenser Unwillen auf beiden Seiten.

Doch wie gewonnen, so zerronnen. Die Mitgift – achthundert stolze aragonesische Ritter – war dahin. Alle gestorben an einem hässlichen Sumpffieber, keine drei Monate nach ihrer Ankunft in Sizilien, und der Plan des kleinen Königs, sein Land mit ihrer Unterstützung zurückzuerobern, war gescheitert.

Ein dünnes Lächeln verzog Ottos Lippen. Wer sich auf eine Frau verließ, war verlassen. Sizilien brauchte eine starke Hand. Kein närrisches Weib und erst recht keinen romantisch verklärten König, der sich mangels Rückhalt bei Kirche und Adel noch nicht einmal ein Minimum an Respekt verschaffen konnte.

Er drehte den Docht der Lampe etwas höher, um besser lesen zu können. Neben dem Caesar lagen die Abschriften von Petrus von Ebolis, *Cronisti sincroni I.*, der Krönung Tankreds 1190. Dazu die Schriften weitgereister Herren wie Matthaeus Parisiens, Benedict von Peterborough und Gervasius Dorobornensis. Sie alle beschrieben die feierliche Inaugurationszeremonie, die Richard Löwenherz gleich zwei Mal hatte vornehmen lassen. Interessante Lektüre. Otto hatte das genaue Protokoll seiner eigenen Kaiserkrönung noch nicht aus Rom erhalten, und so waren die Bücher eine zuverlässige Quelle, was ihn erwarten würde.

Doch er konnte sich nicht konzentrieren.

Immer wieder wanderten seine Gedanken nach vorn und zurück, aber sie blieben nicht in dieser sechsten Stunde eines Augustabends. Seufzend griff er nach dem *Gallischen Krieg*. Der hatte ihn noch immer abgelenkt, war lehrreich und zeigte, wie man ein riesiges Reich nicht nur eroberte, sondern auch hielt. Aber verflucht!, er hatte nun einmal diesen Eid geleistet. Finger weg von Sizilien! Ohne die Unantastbarkeit des *Regnum Siciliae* keine Kaiserkrone. Ohne Loyalität zu Innozenz III. kein Thron. Damit waren ihm die Hände gebunden. Diesen Eid zu brechen, dazu brauchte es mehr als die pure Kraft der Gedanken. Einen Auslöser. Eine Bitte, irgendetwas, das ihm das Recht gäbe, da unten im Süden endlich einmal aufzuräumen.

Friedrich der Staufer. Stachel im Fleisch.

Aber er musste Rücksicht nehmen. Auf Verträge, Päpste, Würden- und Bedenkenträger, auf so viele, die seinen Weg nach oben begleiteten und förderten. Echte Caesaren gab es nur alle tausend Jahre. Otto wusste, dass er ausersehen war. Nicht mehr lange, dachte er, nur noch ein paar Wochen. Dann werden die Karten neu gemischt.

Er spürte, wie die Erregung sich in ihm ausbreitete. Die Erwartung der Zukunft machte ihm die Gegenwart beinahe unerträglich. Manchmal glaubte er schon, die Krone zu spüren. Den Reif aus Gold, auf sein gesalbtes Haupt gelegt, kniend in Empfang genommen. Er roch den schweren Duft Tausender Kerzen, die betäubenden Dünste des Weihrauchs, er hörte die engelsgleichen Stimmen der Chöre, sah das Kreuz, das Schwert und den Ring zum Greifen nah vor sich, den Mauritius-Altar in der Peterskirche, die Bischöfe und Kardinaldiakonen in ihrem höchsten Ornat, er hörte sich den Treueschwur sprechen, drei Mal, Erzpriester und Erzdiakon stimmten »Petrus, liebst du mich?« an, er trug das lange weiße Hemd der liturgischen Tracht, Gürtel, Schultertuch und Strümpfe, warf sich nieder vor dem Altar des heiligen Petrus, wurde entkleidet, spürte die Hände des Priesters, die die seinen mit dem heiligen Chrysma salbten, die Arme, Schultern und Brust, *in Christum domini te deus unxit,* sah sich stehen in der Mitte der *rotae,* empfing den Ring, die Krone und das Zepter, und nach dem Ende der Messe trat er hinaus ins Sonnenlicht und in den Jubel der Menschen, hielt dem Papst den Steigbügel, folgte ihm zu Fuß bis zum großen Palast, die Kämmerer warfen Münzen aus, die ganze Stadt war bekränzt und geschmückt, und die Glocken, die Glocken läuteten …

Die Angelusglocke des Doms gegenüber kündete vom Ende der Messe. Otto erwachte aus seinem Tagtraum, stand auf und trat ans Fenster. Das gewaltige Bronzetor öffnete sich gerade, Menschen eilten auf den Vorplatz, strömten vorbei an Musikanten, Bettlern und Feuerschluckern, die auf die gerade noch angemahnte Barmherzigkeit und Nächstenliebe hofften, liefen hinauf zum Rammelsberg, hinein in die Pfalz, hinunter zum Markt, jeder auf seinen Platz, jeder hin zu dem Ort, den die Bestimmung ihm zugewiesen hatte. Otto wusste, dass es nur noch eine Frage der Zeit war, bis die Bestimmung auch ihn dorthin leiten würde, wohin er gehörte: auf den Kaiserthron eines Reiches, dessen Grenzen nicht der Papst, sondern nur er und Gott bestimmten.

4.

Der Goldene Schwan hatte den Reisig ausgehängt. Das hieß: Es gab frisches Bier. Der Marktplatz, eben noch wie ausgestorben, füllte sich schlagartig, denn die Kirchen und der Dom entließen die Menschen beinahe zeitgleich aus ihren kühlen Mauern.

Rocco hatte nach langer Suche ein Lager in einer der vielen Mühlen entlang der Abzucht gefunden. Nicht nur der Lärm, auch der Gestank – es war die Gerbermühle – würden ihn nachts um den Schlaf bringen. Aber der Strohsack war trocken und einigermaßen sauber, die Müllerin schien eine ehrliche Frau zu sein, reinlich zudem – was erstaunlich war, denn es roch, als hätte die ganze Stadt sich ausgerechnet diese Ecke zum Wursten ausgesucht –, und da sie sich auch schnell über den Preis einig geworden waren und er nicht das Gefühl hatte, dass sie ihn übers Ohr gehauen hatte, entschied er sich, sein müdes Haupt und die von der langen Reise wehen Glieder zu ignorieren und sich in den Trubel des Marktabends zu stürzen. Vielleicht begegnete ihm ja die blonde Riesin wieder, und das erinnerte ihn an das einzige Glied seines Körpers, das allein durch zu viel Ruhe schmerzte.

Der Regen hatte zum Abend hin aufgehört. Die Luft roch frisch, das Pflaster glänzte. Die Leute standen in kleinen Gruppen vor den Schänken. Possenreißer und Akrobaten turnten rund um den Brunnen, spielende Kinder jagten ihren Müttern davon und den Kreiseln hinterher. Karrenläufer tranken mit Ackerknechten, Waschmägde scherzten mit den Handwerksburschen, hier und da mischte sich ein Patrizier unters Volk, an jeder Ecke stand ein anderer Sänger, in der Luft lag der Geruch von Schmalzgebäck, Hopfen und geräuchertem Fisch.

Rocco kaufte sich eine Handvoll kleine Krapfen und ließ sich treiben, bis er, angelockt von lautem Rufen, Lachen und Klatschen, vor einem Ausschank stehen blieb. Es war der Goldene Schwan, wie ihm das Hängeschild über der Türschwelle verriet. Neugierig reckte er den Hals, konnte aber die Ursache der allgemeinen Begeisterung nicht entdecken.

»Walther! Wal-ther!«, skandierten die Leute.

Dann ein Schrei aus vielen Kehlen. Ein junges Mädchen neben ihm riss verzückt die Augen auf.

»Da ist er!« Sie drehte sich suchend um, um die anderen an ihrer Freude teilhaben zu lassen. Ihr leuchtender Blick fiel auf Rocco, der immer noch nicht wusste, worum es eigentlich ging.

»Bitteee sär?«, fragte er.

»Walther ist da! Walther von der Vogelweide! Ich kann es gar nicht glauben. Kommt aus der Pfalz zu uns auf den Markt. Ach …«

Sie wischte sich eine Träne aus dem Augenwinkel. Rocco, der sich in dieser geradezu südländischen Ausgelassenheit um ihn herum plötzlich wie zu Hause fühlte, drängelte sich weiter durch die Masse, bis er schließlich zu den Bankreihen vor der Schänke gelangte, die allesamt bis auf den letzten Platz besetzt waren. Er hielt Ausschau nach der blonden Hünin vom Feld, konnte sie aber nirgendwo entdecken. Das Klatschen wurde rhythmisch, lauter, der ganze Marktplatz musste mittlerweile zusammengekommen sein.

»Wal-ther! Wal-ther!«

Rocco suchte nach jemandem, der eine solche Euphorie auch nur im Ansatz rechtfertigen würde. Grobschlächtige Bauern hieben mit ihren Bierkrügen auf die Tische, hübsche Mädchen keiften sich an und schubsten sich aus dem Weg, um eine bessere Sicht zu haben. Aber auf was? Auf wen?

»Bitteee sär?« Er tippte dem Mann, der direkt vor ihm saß, auf die Schulter. Unwillig drehte der sich um. »Was … ist Waltär?«

Der Mann konnte nicht mehr antworten, denn der Lärm ging über in einen tosenden Applaus. Aus der Tür der Schänke trat, einen Bierkrug in der Hand, ein stattlicher Mann von mittlerer Größe. Die braunen, leicht gelockten Haare trug er schulterlang, und seine farbenfrohe, recht kostbar anzusehende Kleidung unterstrich seine hohe Stellung, die Rocco irgendwo zwischen wohlhabendem Bürger und niederem Adel vermutete. Sein Gesicht war hübsch, schmale Wangen, glatt rasiert, er mochte wohl im vierten Zehnt seiner Jahre stehen, und der Blick aus seinen braunen Augen glitt mit gespielter Überraschung über die aufgewühlte Menge.

Der Beifall wollte nicht enden. Ein schlaksiger Knecht, gut einen Kopf größer und einiges an Jahren jünger als sein Herr, folgte dem sehnsüchtig Erwarteten mit einer Laute. Als die Menge das Instrument sah, brandete der Jubel umso stärker auf.

»Er singt!«, schrie eine Stimme in Roccos Ohr.

Der Sizilianer zuckte zusammen.

»Walther singt! Er hat seine Laute dabei!«

Der Mann war also ganz offenbar ein *cantore*. Und ein nicht ganz unbekannter dazu. Ein höfischer Minnesänger also. Was trieb denn so einen Herrn heraus aus dem Königshaus auf den Markt?

Der *cantore* stellte seinen Krug auf eine Bank und hob die Hand. Augenblicklich wurde es mucksmäuschenstill. Der Knecht reichte ihm das Instrument, und mit zusammengekniffenen Augen beugte der Spielmann den Kopf hinab zu den Saiten und klimperte ein paar Laute. Offenbar stimmte der Klang, er richtete sich auf und sah die Leute mit einem belustigten Lächeln an.

»Was wollt ihr hören?«

»Tandaradei!«

Der Ruf kam von einem jungen Mädchen in der ersten Reihe.

Sofort schlug sie die Hand vor den Mund und errötete, denn Walther sah nun in ihre Richtung und lächelte sie an.

»Tandaradei! Tandaradei!«

Der *cantore* schlug eine kleine Tonfolge an, die im kreischenden Jubel unterging. Er wartete, bis die Rufe, das Lachen und auch das Tuscheln und Kichern verklungen waren. Schließlich war es still. So still, dass Rocco das Plätschern des Brunnens hören konnte. Der Spielmann ließ die Finger über die Saiten laufen, und eine Melodie erklang, wunderschön und sehnsüchtig, wie Rocco sie allenfalls von Beerdigungen kannte. Über die Menschen legten sich Stille und Andacht, und sie hörten der Weise zu, die sich mehrmals wiederholte. Dann trat der *cantore* auf das hübsche Mädchen in der ersten Reihe zu, das daraufhin beinahe in Ohnmacht fiel und von ihren mindestens ebenso aufgeregten Begleiterinnen gestützt wurde, und begann zu singen.

»Unter der Linde auf der Heide,
wo unser gemeinsames Bette war,
da mögt ihr sie finden, alle beide,
gebrochene Blumen und zerdrücktes Gras ...«

Rocco grinste. Der Mann gefiel ihm. Alle Weiber auf dem Markt fingen an zu kreischen, dass es ihm in den Ohren gellte. Das Mädchen, das Walther angesungen hatte, verbarg schluchzend sein Gesicht in den Armen. Entweder wurde sie gerade bis auf die Knochen blamiert, oder das waren Vorboten einer Verzückung, wie man sie auf einem öffentlichen Marktplatz nur selten zu sehen bekam.

»Vor dem Wald in einem Tal,
Tandaradei!
Schön sang uns die Nachtigall.«

Alle wiederholten den Refrain. Walther ließ nun das arme Mädchen in Ruhe und schritt, weiter auf der Laute spielend, die Reihen ab.

»Ich kam zu einer Aue,
wo auch mein Liebstes ging,
empfing mich – heilge Frouwe!
Dass ich ganz selig bin.
Küsste mich wohl tausend Stund'
Tandaradei!
Seht wie rot ist noch mein Mund.«

Auch die letzten beiden Zeilen hatten alle wieder mitgesungen. Sogar Rocco hatte es gewagt. Tandaradei! Jetzt verstand er, warum die Leute so verrückt nach diesem Walther waren. Ein Minnesänger, der nicht die Schönheit und Tugend der hohen Frauen besang, sondern eine kleine Bauernmagd, das war neu.

»Dass wir beieinander lagen –
oh mein Gott, wie schämt ich mich!
Was wir miteinander taten,
weiß nur Gott und er und ich
und ein kleines Vögelein,
Tandaradei!
Das wird wohl verschwiegen sein.«

Bei den letzten Worten hatte sich der Sänger noch einmal an das Mädchen gewandt, das mit verheulten Augen und glasigem Blick dasaß, ein Tuch fest auf den Mund gepresst. Kaum war er fertig, stimmte sie euphorisch in die aufbrandenden »Walther!-Walther!«-Rufe ein. Der Beifall wollte nicht enden. Mittlerweile musste der ganze Marktplatz voll sein, die Leute lehnten sich aus den Fenstern, waren auf den Brunnen geklettert und trugen ihre Kinder auf den Schultern, damit sie einen Blick auf diesen wohl berühmtesten aller Sänger werfen konnten.

Walther von der Vogelweide verbeugte sich und warf ein paar Kusshände ins Publikum, was mit begeistertem Kreischen aus Hunderten, ausschließlich weiblichen Kehlen quittiert wurde.

»Noch eins?«, fragte er, und die stolze Freude eines von sich und seiner Kunst sehr überzeugten Mannes glänzte in seinen Augen.

»Das ›Maienwunder‹!«

»›Herzeliebes Frouwelein‹!«

»Der ›Sommertraum‹! Sing den ›Sommertraum‹!«

Alle schrien durcheinander.

»›Ich saß auf einem Steine‹!«

Augenblicklich wurde es still. Der *cantore* sah sich um, wer das gerufen hatte.

»›Ich saß auf einem Steine‹!«

Eine alte Frau wiederholte ihre Bitte und schlug mit ihrem Stock auf den Boden. Niemand sagte ein Wort. Der Sänger strich sich die Haare zurück – eine etwas eitle Geste, wie Rocco fand, aber er war ja wohl an den großen Höfen zu Hause, da benahm man sich eben anders als auf der Straße.

»Das ist vorbei«, sagte er. »Das singe ich nicht mehr.«

»Wo ist dein Mumm geblieben?«, rief die Alte. »Im Arsch des Königs?«

Ihr geflickter Kittel wurde von einem Strick unter der mageren Brust zusammengehalten. Sie trug keine Schuhe, wie die meisten hier, und plötzlich fiel Rocco auf, dass die beleibten Ackerbürger und Silberbarone verschwunden waren. Wer sich jetzt nach vorne drängte, trug das Mal der Armut in seinen Zügen, des Hungers, der Krankheit, der Verzweiflung. Mit funkelnden Augen sah sich die Alte um.

»Früher hat er uns eine Stimme gegeben. Jetzt höre ich nur noch hohles Geschwätz.«

Die Leute zischten und tuschelten. Die Stimmung schien sich schlagartig zu ändern. Die Alte trat einen Schritt vor.

»Wo ist der Walther, der sich nicht das Maul verbieten lässt? Der darauf pfeift, wenn man ihn vor die Tür der feinen Herren setzt? Wo ist der Mann, der unsere Sprache spricht? Wo ist er? Ich sehe nur einen Geck!« Sie hob den Stock und stieß Walther damit gegen die Brust. »›Ich saß auf einem Steine‹. Das wollen wir hören!«

Alle fielen ein. »›Ich saß auf einem Steine‹!«, brüllten sie, und Rocco, der sowieso nur die Hälfte verstand, wunderte sich, weil genau in diesem Moment niemand mehr irgendwo saß. Alle sprangen auf und riefen die Worte im Takt. Der *cantore* sah sich nach seinem Knecht um, der am Rahmen der Tür zur Schenke stand und hilflos die Schulter hob. Ich habe dich gewarnt, schien sein Blick zu sagen.

»Ihr wisst doch alle, dass das Lied verboten ist.«

»Der Walther, den ich kenne, lässt sich nichts verbieten!« Die Alte sah sich um und erntete ringsum Zustimmung. »Der wäre auch nicht mit aufs Lechfeld, und schon gar nicht nach Rom. Nicht mit dem da.«

Das Murren nahm zu. Sie wies mit dem Stock über den Markt nach Norden zur Pfalz. Die Stimmung kippte.

»Der hätte ein Lied aus der Schandkrönung gemacht, dass dem da oben die Ohren klingeln!«

»›Ich saß auf einem Steine‹!«, rief plötzlich auch das Mädchen neben Rocco. »Sing es für uns, Walther! Sing es für all jene, die dich nicht vergessen, auch wenn sie dich nicht bezahlen können.«

»Sing es!«, forderten auch andere.

Die Menge fiel ein und klatschte zu den Silben im Takt. Der Sänger nahm die Laute hoch. Alle verstummten. Er schlug ein paar Töne an.

»Gut, wenn ihr wollt. Aber sagt hinterher nicht, ich hätte euch nicht gewarnt!«

Er schloss die Augen und neigte den Kopf, um seiner Melodie besser zu lauschen. Es war eine noch ruhigere Weise als die zuvor, und Rocco spürte mehr, als dass er es hätte beschreiben können, wie dieser Mann dort auf der Bank zu einem anderen wurde. Das Selbstgefällige fiel von ihm ab, ein tiefer Ernst lag auf seinen Zügen. Auch die Menschen um ihn herum waren plötzlich ergriffen. Keiner lachte mehr oder alberte herum. Es war, als hätte sich ein Schatten über die Seelen gelegt, und als der *cantore* zu singen begann, tat er es mit leiser Stimme.

»Ich saß auf einem Steine
und tat mir Bein auf Beine,
darauf den Ellenbogen
in meine Hand geschmogen.
Das Kinn und meine Wange,
so dacht ich viel und lange ...«

Er brach ab. Nur das leichte Rauschen des Windes war zu hören, das die Schreie der letzten Schwalben mit sich trug. Mehrere Augenblicke verrannen. Da hob das Mädchen neben Rocco die Stimme und sang:

»Wie man in dieser Welt soll leben
ich könnt euch keinen Rat mehr geben.«

Die Leute fielen ein in den Refrain, zögernd zunächst, einer nach dem anderen, bis die letzten Zeilen beinahe klangen wie ein gewaltiger Chor. Der Mann, den sie Walther nannten, stieg auf eine Bank, nahm dem Nächstbesten seinen Bierkrug ab und trank mit tiefen Zügen. Dann wischte er sich über den Mund und setzte sein Lied fort.

»Wie man drei Ding erwerbe
und keins dabei verderbe.
Der zwei sind irdisch Gut und Ehr,
die oftmals sich vertragen schwer,
und Gottes Huld das dritte
das Gold in ihrer Mitte.
Die hätt ich gern in einem Schrein
doch leider, das kann nimmer sein,
dass Gut und weltlich Ehre
und Gottes Huld einkehre
zusammen in ein Menschenherz.«

Rocco verstand nicht, worum es ging. Ein paar Worte, ja, den Rest reimte er sich irgendwie zusammen. Eitle Ehre und Besitz gingen nicht miteinander, schon gar nicht gemeinsam mit der Huld Gottes, das klang ja noch relativ nachvollziehbar, doch dann hatte er das Gefühl, seinen Ohren nicht zu trauen.

»Untreue lauert wie ein Tier
Gewalt regiert die Straßen hier
Friede und Recht sind sehr verwundet
schutzlos, solang sie nicht gesundet.«

»Jawohl!«, brüllte der Mann vor ihm. »Mit Füßen werden sie getreten!«

Seine restlichen Worte gingen unter in einem Lärm, wie ihn Rocco selten gehört hatte. Die Leute waren außer Rand und Band. Sie klatschten und schrien wild durcheinander, bis auf einmal jemand anfing und alle einfielen und das Lied noch einmal von vorne begann, dieses Mal aber gesungen aus Hunderten von Kehlen und nicht begleitet vom zarten Klang der Laute, sondern vom lauten Krachen der Humpen auf Holz, vom Trampeln der Pantinen im Takt, *wie man in dieser Welt soll leben …* Es war, als ob etwas, das die Menschen quälte, nun aus ihnen herausbrach, und mit einem Mal begriff Rocco, dass er hier in einer Ecke gelandet war, aus der er sich so schnell und still wie möglich verabschieden sollte.

Dem *cantore* ging es ähnlich. Er war eingekreist von den Singenden, die ihn anschauten, als hätten sie einen neuen Messias vor sich. Über die Köpfe der Leute hinweg warf er seinem Knecht die Laute zu. Dieser fing sie geschickt auf und brachte sie schnell in der Schänke in Sicherheit. Der *cantore* sprang von der Bank herunter.

»Ruhe!«, rief er.

Die aufgestachelte Menge klatschte, johlte und schrie. »Walther! Wal-ther!«

Gläser gingen zu Bruch. Die Stimmung kippte erneut.

»Nieder mit Otto, dem Königsmörder!«

»Heil Friedrich, dem wahren Kaiser!«

Von der Pfalz, über die Gose hinweg, hinein in die Gassen zum Markt, näherten sich geschirrte Pferde.

»Die Garde des Königs!«, brüllte einer.

Bänke stürzten um, noch mehr Krüge gingen zu Bruch. Alle wollten weg, und Rocco, an die Wand der Schänke gepresst, duckte sich. Das erste Pferd galoppierte direkt in die Menge hinein. Es regnete Hiebe nach allen Seiten. Rocco ging auf die Knie und kroch den Rinnstein entlang. Gerade, als er die Tür der Goldenen Gans erreichte, griff ihn jemand am Kragen, zog ihn hinein in die Däle und warf die Tür zu. Eine Schankmagd legte den Finger auf die Lippen und schubste ihn unter einen Tisch.

»Schnell!«

Der Wirt warf sich gegen die Tür und verriegelte sie im letzten Moment. Laute Schläge prasselten gegen das Holz, irgendjemand schien gerade die Bänke draußen zu zerlegen, und die wütenden Rufe der Häscher heizten Angst und Panik nur noch an.

Der Wirt drehte sich langsam um. Er war ein kleiner, dicker Mann, und in seinem tiefrot leuchtenden Gesicht lohte die Wut. Die Schankmagd verdrückte sich in die dunkelste Ecke neben dem Feuer, und Rocco kroch, bevor sich die Aufmerksamkeit des Mannes auf ihn richten konnte, rasch unter den großen Tisch in der Mitte der Däle.

»Walther!«, rief der Wirt. »Nicht! Schon! Wieder!«

Der Angesprochene hob die Hände und trat einen Schritt zurück, um Furor und Spucke seines Gegenübers auszuweichen. »Ich kann nichts dafür!«

»Dann sing es nicht mehr!«

»Aber sie wollen es!«

»*Das!*« Der Wirt wies auf die Tür, hinter der das wüste

Handgemenge gerade seinen Höhepunkt zu erreichen schien. »*Das* wollen die Leute nicht!«

Der *cantore* ging zu dem aus grobem Holz gezimmerten Tisch und nahm einen der Krüge, die darauf standen. Rocco spähte verzweifelt nach einem Fluchtweg. Der Wirt strich sich schwer atmend mit einem Lappen über die schweißnasse Stirn.

»Du bist ein eitler, selbstgefälliger Hurensohn!«

Der Sänger hob die Augenbrauen und sah sich betont erstaunt nach seinem Knecht um. Doch den Wirt schien das nicht zu beeindrucken.

»Ich kenne dich, da warst du noch ein halb verhungerter Straßengröler. Damals hast du mit deinen Liedern noch etwas bewirkt. Aber heute ruhst du dich auf alten Lorbeeren aus.«

»Alte Lorbeeren?« Walther goss das Bier in einen Becher. »Das Lied scheint mir recht zeitgemäß zu sein. Ich singe, was das Volk von mir hören will.«

»Und wiegelst die Leute damit auf. Macht dir das Spaß? Singst du diese Lieder auch vor dem König?«

Walther hob den Becher und nahm einen tiefen Zug. »Natürlich nicht. Wie könnte ich den König dadurch beleidigen, indem ich ihn an Frieden und Recht erinnere. Der König *ist* Frieden und Recht. – Wer ist das?«

Alle drehten sich um. Rocco war zur Tür geschlichen und gerade dabei, den Riegel zu öffnen, um das Weite zu suchen.

»Bitteee sär! Ich nix verstäen. *Scusi, signore …*«

Mit einem Schlag fegte ihn der Wirt von der Tür weg. »Die bleibt zu! Und zwar so lange, bis die Kerle da draußen fertig sind. Bedank dich bei dem Herrn dort, der mir das Geschäft versaut hat.«

»*Grazie, signore!* Danke! Viele, viele Dank!«

Rocco verbeugte sich mehrmals vor Walther. Der setzte den Becher ab und musterte den verschreckten Gast mit einem amüsierten Lächeln.

»Wer bist du und woher kommst du?«

Rocco fasste Vertrauen zu dem Herrn, der sich ganz anders benahm als dieser grobschlächtige *padrone*. Mit weiteren Verbeugungen näherte er sich ihm. »Ikk Rocco, aus Palermo. *Una belissima canzonetta, signore.*«

»*Grazie mille*«, antwortete Walther und zauberte mit diesen beiden Worten ein ungläubiges Lächeln auf Roccos Gesicht. »Seit wann bist du in Goslar? Und was führt dich hierher?«

Rocco verstand ihn nicht und hob bedauernd die Hände. Walther wiederholte die Frage auf Latein und schließlich im Volgare.

»Welch ein weitgereister und gebildeter Herr Ihr seid!«, jubelte Rocco in seiner Muttersprache, die nach den krachenden Lauten der letzten Wochen seinen Ohren unendlich schmeichelte. »Ich folge dem König der Franken, weil ich einen seiner Ritter sprechen muss. Hoher Herr, Ihr habt gewiss Zugang zum Hof, könnt Ihr mir sagen, wo ich den edlen Fürsten von Ysenburg finde? Oder seinen Knappen, Ekbert von Kameren?«

»Ekbert?«, fragte Kuno erstaunt.

Rocco nickte dem Knecht ungeduldig zu. »*Si,* Egberto. Ikk *musse* ihn sprekke.«

Alle drei, der Wirt, Walther und Kuno musterten Rocco, der in seinem zerrissenen Kittel nicht gerade nach dem bevorzugten Umgang eines Ritters aussah.

»Worum geht es denn?«, fragte Walther.

Rocco verfiel wieder ins Volgare. »Das ist ein großes Geheimnis. Das darf ich nur dem Ritter persönlich sagen. Oder dem Knappen. Aber Letzterer wäre mir lieber.«

»Aus Palermo kommst du? Dem Königreich Sizilien?«

Walther nahm die blakende Lampe und hielt sie Rocco vors Gesicht. »In wessen Auftrag?«

»Das darf ich nicht sagen. Das ist ebenfalls ein Geheimnis.«

»Tja. Dann kann ich dir nicht helfen. – Ich glaube, wir können die Tür jetzt aufmachen.«

Draußen war es ruhiger geworden. Der Wirt schob den Riegel zurück, öffnete die Tür einen Spalt breit und lugte hinaus.

»Sie sind fort. Und meine Gäste. – Ha!« Er stieß die Tür auf und wies anklagend auf die zerstörten Bänke und die Scherben, die von seinen schönen Krügen übrig geblieben waren.

»Wer ersetzt mir den Schaden?«

Walther klopfte ihm aufmunternd den Rücken. »Deine Schänke ist jetzt mindestens drei Markttage lang Stadtgespräch. Frag mich lieber, was ich haben will, damit ich noch mal vorbeikomme.«

»Der Herr möge es verhüten! Scher dich zum Teufel!«

Walther und Kuno gingen hinaus. Rocco sah ihnen ratlos hinterher.

»Bitteee sär!« Er rannte ihnen nach. »Bitteee sär!«

Doch die beiden hörten nicht zu. Wütend blieb Rocco stehen.

»Es geht um Sizilien!«, schrie er ihnen nach. Und dann, weil ihm nichts Besseres einfiel als das Zauberwort, das ihm bisher jede Tür und jedes Herz geöffnet hatte: »Und um Federico!«

Mit grenzenloser Erleichterung beobachtete er, dass die beiden wie vom Donner gerührt stehen blieben. Langsam wandte sich Walther zu ihm um. Rocco eilte auf ihn zu.

»Um … *Federico*?«

»Ja, Herr«, flüsterte Rocco. »Und um die Zukunft des Reiches. Ich muss eine Nachricht überbringen. Sie ist geheim! Und wichtig! Es geht um Leben und Tod!«

Walther und Kuno wechselten einen kurzen Blick. Ganz schien sie das immer noch nicht zu überzeugen. Hastig tastete Rocco nach dem Saum seines Kittels. Mit fliegenden Fingern versuchte er, die Naht zu lösen. Als das nicht gelang, biss er den Faden durch und riss den Stoff auf. Der Ring fiel auf den Boden und blieb in einer Ritze des Steinpflasters liegen. Rocco wollte sich gerade auf ihn stürzen, da hatte Walther auch schon seinen Fuß darauf gestellt. Kuno hielt den Boten fest, und Walther hob den Ring auf, um ihn zu begutachten.

»Wessen Siegel ist das?«

»*Scusi, signore*. Ich darf es nicht sagen.«

»Lass ihn los.«

Kuno lockerte seinen Griff. Rocco rieb sich die schmerzende Stelle am Arm und verbeugte sich ohne Unterlass.

»Glaubt mir, Ihr hohen Herren. Es ist eine Botschaft, die ich nur dem Ritter überbringen darf, sonst ist mein Leben verwirkt.«

Walther reichte den Ring weiter an Kuno. »Es ist kein Fürstensiegel, das würde ich kennen. Es könnte aus einem der großen Handelshäuser dort unten stammen. Die stehen aber, soweit ich weiß, nicht gut mit dem *ré*. – He!« Er packte Rocco am Kragen und schleifte ihn mit sich. »Was für eine Schweinerei geht da vor sich!«

»Keine! Keine!« Rocco zitterte am ganzen Leib und stolperte über seine eigenen Füße.

»Hast du noch mehr? Irgendein Schreiben? Eine Botschaft? Sag!«

»*No! No, signore!*«

Kuno reichte seinem Herrn den Ring zurück. »Das ist reines Gold. Wenn dieser Bastard ein solches Vermögen bis heute nicht verschludert hat, dann muss es wahr sein, was er sagt. Aber der Fürst von Ysenburg ist eigentlich …«

»Still!«

Alle sahen sich um. Sie hatten die Gose überquert und standen nun in einer der kleinen Straßen des Pfalzbezirks. Das Viertel wirkte wie ausgestorben.

Walther beugte sich mit einem leutseligen Lächeln hinunter zu Rocco. »Wenn das so ist …«

»Ja, Herr?«

»Dann wirst du uns jetzt ruhig und unauffällig folgen. Hast du verstanden?«

»Ja, Herr.«

Rocco nickte. Während er hinter den beiden durch die dunklen Gassen schlich, dorthin, wo sich mächtig und dunkel der Rammelsberg erhob und zu seinen Füßen die Kaiserpfalz thronte, während er in entzückter Vorfreude dem Ende seiner geheimen Mission entgegenfieberte und in die Schatten der königlichen Gärten eintauchte, jauchzte sein Herz, und seine Seele jubilierte. Natürlich ging es um Federico. Um wen denn sonst! Aber nicht um sein Heil, sondern um sein Ende.

Das kleine Zimmer war genauso unordentlich, wie sie es verlassen hatten. Walther nahm die verstreuten Pergamente mit Liedtexten von Kunos Bett und bot Rocco an, Platz zu nehmen. Der Knecht besorgte einen Krug frisches Wasser und einen halben Laib Brot. Dazu schnitt er eine der Dauerwürste auf, die sie sich jederzeit aus der Küche holen konnten. Rocco, schon wieder hungrig, stürzte sich auf das einfache Mahl und verschlang Wurst und Brot in hastigen Bissen.

Walther zog sich den Schemel heran und setzte sich dem Boten gegenüber. Eine Weile beobachtete er ihn bei der Nahrungsaufnahme, dann holte er den Ring aus seinem Beutel und betrachtete ihn noch einmal genauer. Rocco vergaß das Kauen.

»Also, jetzt noch mal in aller Ruhe. Du kommst aus Sizilien den weiten Weg hierher, um den Knappen des Ritters von Ysenburg zu sprechen. Welchen der Ysenburgschen meinst du? Den zu Limburg oder Kempenich? Den Arnsteiner oder den, der sich grade diese kleine Residenz im Hessischen baut?«

Rocco starrte ihn an und zuckte dann unsicher mit den Schultern. »Den, dem Egberto dient«, sagte er mit vollem Mund.

»Das ist der hessische«, warf Kuno ein. »Der macht gerade in Büdingen.«

»Richtig«, fuhr Walther fort. »Ein treuer und ergebener Diener unseres Herrn und Königs Otto. Du zeigst ihm also diesen Ring. Und dann?«

Der Sizilianer schluckte.

»Das darf er uns doch nicht sagen«, mahnte Kuno in väterlichem Ton und erntete dafür einen dankbaren Blick von Rocco.

Walther nickte bedächtig. »Nun, dann schlage ich vor, dass du, mein lieber Kuno, dich unauffällig in die Küche schleichst und nach deinem Freund, dem Vorschneider, suchst. Es ist nicht mehr viel Zeit bis zum *souper,* denn bei der Gelegenheit könnte der Ring ganz unauffällig in den Becher des Knappen fallen. Dieser wird wissen wollen, was es mit dem großzügigen Geschenk auf sich hat, und anschließend von Neugierde und in der Hoffnung auf weitere Kunde hierher in unser kleines Gemach kommen, wo Rocco, der Sizilianer, auf ihn warten wird. So weit alles klar?«

Kuno nickte, griff sich den Ring und schlüpfte hinaus.

Rocco nahm sich noch ein Wurststück. »Aber wenn der Knappe dann erscheint, hoher Herr, dann lasst Ihr uns doch alleine?«

Walther lächelte ihn milde an. »Natürlich nicht.«

5.

Otto ließ seinen müden Blick über die Häupter der Anwesenden schweifen. Der *clâret* war schlecht. Er wusste, dass er später am Abend wieder Kopfschmerzen bekommen würde, und das schlug ihm jetzt schon auf die Stimmung. Im Saal war es heiß. Hunderte von Kerzen erhellten die Tafeln, kein Luftzug ließ die Flammen zittern, und Otto ärgerte sich, dass man nicht im Garten eingedeckt hatte. Das bisschen Regen am Nachmittag war schon längst vorbei. Stattdessen drängten sich nun alle in einem stickigen, für so viele Leute viel zu kleinen Raum. Das Stimmengewirr, die Harfenklänge, die eine kleine Musikantengruppe hinter einem Vorhang ihren Instrumenten entlockte, der Geruch von Bienenwachs und schlecht gewaschener, weil viel zu selten getragener, viel zu warmer Bekleidung stieg ihm in die Nase und verstärkte das Gefühl von Beklemmung, das ihn jedes Mal beschlich, wenn er mit anderen zu sehr auf Tuchfühlung gehen musste.

Er wies seinen Knappen an, den Gewürzbeutel aus dem Krug zu entfernen. Im vergangenen Jahr hätten die Weinberge unter dem großen Frost gelitten, so hatte ihm sein Tischherr diesen Säuerling erklärt. Aber Otto vermutete, dass sehr wohl noch süße Weine in den Kellern der Pfalz ruhten. Auch wenn Dietrich, Markgraf von Meißen und Herr zu Weißenfels, das Gesöff mit der stoischen Gleichmut sichtlicher Gewohnheit in sich hineinschüttete. Seine Gemahlin Jutta, eine züchtige Frau von ehrsamer Blässe, saß heute Abend ausnahmsweise mit an der Tafel. Sie bemühte sich redlich um Konversation, aber da weder Otto noch die Markgräfin galante Unterhalter waren, geriet die Rede immer wieder ins Stocken. Als hinten im Saal, wo die niederen Edelleute Platz genommen hatten, ein Knappe unvermittelt aufsprang, seinen Aufschneider zur Seite stieß und zu seinem Herrn zwei Reihen nach vorne lief, beobachtete Otto die kleine Szene genauer, als es sonst seine Art gewesen wäre.

»Wer ist das?«, fragte er den Markgrafen.

Dietrich folgte mit geröteten Augen dem Blick seines Königs, den zu bewirten er mittlerweile die sechste Woche klaglos nachkam, bis er gefunden hatte, was sein Herr suchte. »Ein Ysenburgscher. Und der da bei ihm ist sein Knappe, Ekbert von Kameren.«

Der Markgraf nickte einem der vielen jungen Mädchen zu,

die zur Bedienung der Herren abgestellt und von ihren Familien an den Hof geschickt worden waren, um die feinen Sitten zu lernen. Mit gesenktem Kopf reichte sie ihm eine Silberschüssel mit Wasser, in der er sich die Hände wusch. Anschließend trocknete er die Finger am Tischtuch ab, was seine Gattin mit schmalen Lippen beobachtete.

»Ist er einer von uns?«

Dietrich fuhr sich abschließend mit dem Handrücken über den Mund, was ihm einen weiteren strafenden Blick seiner Gemahlin einbrachte. »An meiner Tafel sitzen nur die Edelsten der Edlen«, antwortete er.

Das konnte natürlich alles heißen. Otto traute keinem. Und dem Markgrafen erst recht nicht. Er sei den Welfen nicht wohlgesonnen, hieß es hinter vorgehaltener Hand. Beweisen konnte er nichts, sonst hätte er ihn schon längst zur Räson gebracht. Es gab da die eine oder andere unschlagbare Methode. Söhne wurden plötzlich in eines dieser staubigen Kreuzfahrerländer nach Outremer versetzt, Töchter an pommersche Höfe verheiratet. Lehnsrechte gestrichen, Jagdgebiete enteignet, ein bisschen an den Abgaben gedreht. Die Daumenschrauben angezogen. So lange, bis es schmerzte. Dann spurten die Herrschaften schon.

Der Markgraf war zwar nicht der Hellste, aber eine gewisse bäuerliche Schläue konnte ihm nicht in Abrede gestellt werden. Er kam seiner Pflicht nach, nickte zu allem, beteiligte sich ordentlich an der Heerschau und vermied jeden Hinweis, der nach offener Renitenz aussehen könnte. Otto ärgerte sich, dass er überhaupt gefragt hatte. Aber er konnte nicht über jeden Bescheid wissen, und dieser feiste Ritter da hinten am Ende der Tafel tuschelte ihm jetzt schon zu lange mit seinem Knappen herum. Das gehörte sich nicht. War wohl auf einem Misthaufen groß geworden und hielt die Pfalz für einen Hühnerstall, der Kerl.

Nur die Edelsten der Edlen. Otto ließ den Markgrafen in seinem Glauben und spähte wieder mit zusammengekniffenen Augen ans Ende des Saals. Der Knappe hatte dem Ritter etwas zugesteckt. Otto konnte nicht erkennen, was es war. Doch die Hast, mit der der Mann den Gegenstand in seinem Gewand verbarg, sprach Bände. Irgendetwas ging da vor sich. Otto schnippte mit den Fingern. Sofort eilte einer der Saalknechte zu ihm.

»Der Ysenburgsche da hinten, er soll nach vorne kommen.«

Ein Burggraf oder Landadeliger. Irgendein kleiner Wicht auf einem großen Brocken Steine, der sich den Zugang an den königlichen Tisch mit Treueschwüren an seinen Bischof erkauft hatte. Sie waren nicht zu unterschätzen, diese kleinen Von und Zus und Auf und Abs. Man musste ein Auge auf sie haben.

Der Ysenburgsche sprang auf, kaum dass ihm der Saalmeister den Befehl überbracht hatte. Unter mehreren Verbeugungen trat er vor seinen König. Er war ein wohlgenährter Mann. Das Leben hatte ihn mit essbaren Gütern offenbar reich beschenkt, ihm dafür aber im Gegenzug fast alle Haare genommen.

»Nun«, fragte Otto, »was gibt es so Wichtiges, dass Euer Knappe seinen Platz verlässt?«

»Verzeiht, mein König.« Der Ysenburgsche trat einen Schritt vor und sah sich um. »Darf ich Euch unter vier Augen sprechen?«

Der Markgraf und seine Gattin wechselten einen erstaunten Blick. An königlichen Tafeln wurde weder der Platz gewechselt, noch bat man den höchsten Gast des Hauses mal kurz hinaus auf die Gesindetreppe. Hatte man das diesem Feld-, Wald- und Wiesenadel nicht deutlich genug eingebläut, bevor er sich den Platz bei Tische erkaufen durfte?

»Ich glaube kaum, dass dies die richtige Art ist, mit dem König zu sprechen!«, polterte Dietrich los.

Otto, zurückgelehnt auf seinem mit weichen Kissen sanft gepolsterten steinernen Thronsessel, rieb sich die Schläfen und sehnte sich nach frischer Luft. Er hasste diese endlosen Gelage. Er hasste das Reisen und die ständigen Ortswechsel. Er hasste geistlose Konversation. Am meisten aber hasste er laute Menschen. Allein deshalb, um diesem Markgrafen zu zeigen, wer hier an der Tafel das Sagen hatte, ließ er sich überhaupt auf ein Gespräch mit diesem drallen Gimpel, der rotgesichtig und schwitzend vor ihm stand, ein.

»Was kann Er mir nicht vor seinem Herrn sagen?«, fragte er.

Der Ysenburgsche kam noch näher. Jetzt hing er fast mit dem Bauch in der silbernen Soßenschüssel. »Vielleicht folgt mir der König, wenn er das hier sieht.«

Er legte einen Ring auf das Tischtuch. Otto sah sich das Schmuckstück ohne sichtliches Interesse an.

»Nett. Ich danke sehr für das Geschenk. Es freut den König, doch …«

»Mein Herr!« Der Ysenburgsche lief rot an. »Es gibt *Kunde*!«

Markgraf und Gräfin beugten sich mit gerunzelter Stirn über das Kleinod. Gerade als Dietrich danach greifen wollte, schnappte der Ritter es ihnen vor der Nase weg.

»Es ist des Königs! – Herr! Ich *muss* Euch sprechen. Wohl und Wehe des Reiches liegen nicht nur in Gottes Hand. Auch die Eure könnte jetzt, in dieser Stunde, gefragt sein.«

Für Otto nahm der Abend auf einmal unterhaltsame Züge an. Was wollte dieser Bauerntrottel von ihm? Und was faselte er da von Wohl und Wehe des Reiches?

Er stand auf. Schlagartig verstummten alle Gespräche. Die Musik brach ab, die Köpfe wendeten sich hin zum Ende der Tafel, die Ersten sprangen auf, um dem König, der das Mahl so abrupt beendete, die Ehre zu erweisen. Otto hob begütigend die Hände.

»Nein, nein. Feiert und esst weiter. Ich kehre wieder.«

Er raffte seinen Mantel und nickte dem Ysenburgschen zu. Draußen, im kühlen Steingang neben dem Saal, ging Otto ein paar Schritte, um außer Hörweite der Wachtposten zu sein. Der Ritter kam ihm schnaufend hinterher und fiel, kaum dass Otto sich zu ihm umgedreht hatte, auf die Knie.

»O Herr! Mein König! Seht ihn euch an!« Er reckte ihm den Ring entgegen, den Otto nun endlich geruhte, genauer zu betrachten. »Seht Ihr das Siegel? Es stammt aus einem der größten Handelshäuser Siziliens. Von den Bonaccis, mein König!«

Die Bonaccis waren sogar Otto bekannt. Sein Marschall hatte den Namen des Öfteren erwähnt, wenn es um Einkäufe und Lieferungen aus entferntesten Provenienzen ging. Eine fleißige Sippe, mehrere Söhne, alle strategisch hervorragend an den großen Handelsstraßen verteilt. Der Hauptsitz lag, wie er sich zu erinnern glaubte, in Palermo.

»Herr, ein Knecht der Bonaccis weilt hier in diesen Mauern. Er will mich sprechen, weil er eine Nachricht von den Baronen Siziliens hat. An den König, also an Euch, gewissermaßen. Weshalb ich wage zu fragen, ob Ihr mich begleiten wollt.«

Sofort war Otto hellwach. Er vergaß seine Kopfschmerzen, den schlechten Wein und die quälend stupiden Unterhaltungen mit all diesen provinziellen Hofschranzen, er vergaß sogar für einen Moment, dass ein König sich nicht gleichmachte mit dem Gesindel, sondern fragte mit scharfer Stimme: »Eine Nachricht der sizilianischen Barone? Keine offizielle Epistel des Kanzlers?«

»Nein, Herr. Der Überbringer, ein Knecht, wartet in einer Bude hinter dem Palast. Ich dachte, bevor seine Kunde durch meine unwürdigen Ohren ginge, wäre es recht, wenn der Herr sie sich persönlich anhören möchte. Soll ich ihn herbeischaffen lassen?«

»Nein!« Das Wort war Otto so laut herausgerutscht, dass der

Wachknecht in ihre Richtung blickte. »Nein«, wiederholte er leise. »Warum hat er sich ausgerechnet an Euch gewandt?«

Der Ysenburgsche begriff, dass das Gespräch nun vertraulicher wurde und stand vorsichtig auf, jederzeit bereit, erneut in die Knie zu gehen »Eine Nichte meines Großvaters war nicht das, was man besonders tugendhaft nennt. Wenn Ihr versteht, was ich meine.«

Ein Blick in Ottos Gesicht bestätigte ihm, dass der König nicht verstand.

»Ähm … Also, das Mädchen war jedenfalls in großer Not, ins Kloster wollte sie nicht, und genommen hätte sie wohl auch kein Orden, jedenfalls kam da ein gewisser Salvatore Bonacci daher, der nach Trier wollte, um Handel zu treiben, und in Limburg steckenblieb, weil ihm das Geld ausging. So half mein Großvater ihm und er meinem Großvater.«

»Ich verstehe immer noch nicht.«

»Wir sind – über drei Ecken – miteinander verwandt. Die Bonaccis wurden eine der reichsten Sippen Siziliens, mit engsten Verbindungen zu den Familien und Baronen. Auch zur Kirche. Salvatore Bonacci hat Euch seinen Siegelring geschickt. Er hat seine Ehre einem Knecht anvertraut. Es muss Schlimmes geschehen sein, wenn er sich dazu entschlossen hat. Das ist ein Hilfeschrei aus einem Berg, der sich langsam schließt!«

Otto ballte die Faust um den Ring. Der Ysenburgsche, so einfältig und tölpelhaft er ihm zunächst erschienen war, hatte recht. Sizilien rumorte. Das größte Handelshaus sandte eine letzte Nachricht vor seinem Untergang. Ein böses Omen. Wenn das Bürgertum wegbrach, hatte auch der Adel bald keinen festen Boden mehr unter den Füßen.

Es stand eine so tiefe, echte Besorgnis in den hellblauen, runden Augen des dicken Ritters, dass Otto ihn an der Schulter packte und noch ein paar Schritte weiterzog.

»Er ist dem König treu ergeben?«

»Treu! Auf Ehre, Seele und Gewissen. Bis zum letzten Blutstropfen!«

»Dann wird er schweigen. Über alles, was er Uns gesagt hat. Es soll sein Schaden nicht sein.«

Der Ysenburgsche verbeugte sich.

»Und nun führ er mich zu ihm, diesem merkwürdigen Knecht.«

6.

Walther wartete. Seit über einer Stunde war Kuno nun bereits weg. Der Raum war fast dunkel, doch Kerzen waren teuer, und da Walther nicht vorhatte, an diesem Abend noch zu arbeiten, zündete er auch keine an. Rocco hatte es sich auf den Wolldecken bequem gemacht und hielt sich den Bauch. Entweder hatte er Leibschmerzen von der Schlingerei, oder er verbarg ein weiteres Geheimnis.

Von der Straße her hörte er lautes Rufen und Singen. Das *souper* des Königs ging dem Ende entgegen. Wahrscheinlich würde gleich ein Bote kommen, um ihn an die Tafel zu holen. Jeden Abend bis tief in die Nacht hieß es dann, möglichst königfreundliche Lieder zu singen. Langsam gingen Walther die Ideen aus. Er konnte nicht immer das Gleiche bringen. Man hatte bereits angedeutet, dass ein paar neue Lobeshymnen auf den König durchaus nützlich sein könnten, wollte er bis zum Herbst am Hof bleiben.

Wollte er das?

Er griff nach der Laute und ließ einige leise Töne erklingen. Rocco drehte sich zu ihm um.

»Scheene Musikke. Bitteee sär.«

Walther improvisierte einen langsamen Tanz. Rocco richtete sich auf und hörte zu. Als der Barde geendet hatte, fragte er: »Warum immer traurig?«

Walther musste lächeln und verfiel unwillkürlich in Roccos Dialekt. »Ich bin nicht immer traurig. Ich singe auch sehr lustige Lieder. Manche Leute biegen sich vor Lachen, wenn sie sie hören.«

»Das war aber sehr traurig eben. Genauso traurig bin ich, wenn ich an meine *carissima* denke. Habt Ihr auch gerade an Eure *carissima* gedacht?«

Walther legte die Laute ab. »Ich habe keine.«

»Oh.« Rocco zog ein bedauerndes Gesicht. »So ein schöner reicher Mann und keine Frau. Oder … mögt Ihr keine Frauen? Seid Ihr …«

»Doch, sehr sogar. Aber es hat sich nicht ergeben. Was ist mit deiner Liebsten? Erzähl mir von ihr.«

Roccos Gesicht fing an zu leuchten. »Sie ist die Schönste von ganz Sizilien. Und stolz. Wie stolz sie ist! Sie geht immer mit geradem Rücken und hoch erhobenem Kopf. So!«

Er sprang auf und stolzierte auf und ab. Dabei wiegte er sich in den Hüften und fuhr sich durch seine imaginäre Haarpracht.

»Schwarze Haare hat sie und Augen, so dunkel wie zwei glühende Kohlen, und einen Mund – Madonna! Und Hüften! Und …«

Er deutete weitere körperliche Vorzüge an, die einer Venus zur Ehre gereicht hätten.

»Wie heißt sie?«

»Rafaela.« Rocco ließ sich wieder auf das Bett fallen und stierte auf den Boden. »Sie sitzt im Turm. Wenn ich meinen Auftrag nicht ausführe, wird sie …«

Er brach ab. Mit dem Fuß rieb er über die staubigen Ziegelsteine auf dem Boden. Walther legte die Laute vorsichtig neben sich.

»Was wird sie dann? Was hat sie denn verbrochen?«

»Nichts«, stieß Rocco hervor. »Gar nichts!«

»Aber wegen nichts wird man doch nicht in den Turm gesteckt.«

»Doch! Sie schon. Sie ist zu schön und zu klug und zu reich und ...«

Walther musterte den Knecht zunehmend skeptisch. Rocco ahnte wohl, was sein Gegenüber dachte, denn nun zogen sich seine buschigen Augenbrauen im Zorn zusammen.

»Ah, der Herr glaubt nicht, dass eine so schöne Frau mir versprochen wurde? Aber ich bin kein Knecht. Ich nicht! Ich bin ein freier Mann! Seht!«

Er riss seinen Ärmel hoch und präsentierte Walther die ausgestreckte Handfläche. Interessiert beugte sich der Sänger vor. Quer über den Handballen zog sich eine schwarze Linie, daneben befanden sich mehrere Punkte.

»Was ist das?«

»Ha.« Rocco krempelte den Stoff wieder herunter. »Das wüsstet Ihr gerne, was? Ich bin ein Auserwählter. Wenn der König das sieht, dann weiß er sofort, wer ich bin. Er wird mich reich belohnen. Dann kehre ich zurück und löse sie aus. Und dann ist sie endlich mein.«

»Rafaela.«

»*Sì.*«

»Die Schöne.«

»*Sì.*«

»Dein.«

Trotzig verschränkte Rocco die Arme. Walther musste sich Mühe geben, nicht laut loszuprusten. Das waren ja schöne Räuberpistolen, die ihm dieser Junge hier präsentierte. Weiß der Himmel, was man ihm eingebläut hatte, um seine Botschaft an den richtigen Mann zu bringen. Und ein hübsches Mädchen musste auch noch daran glauben. Was war eigentlich los da unten in Sizilien, wenn sogar einfältige Knechte auf solch eine Mission geschickt wurden?

»Aus Palermo kommst du?«

Rocco antwortete nicht.

»Dann hast du bestimmt auch den König schon mal gesehen. Und die Königin.«

»Nein.«

Das kam knapp, verärgert und bestimmt. Offenbar war Walther dem Jungen tatsächlich zu nahe getreten.

»Wirklich nicht? Das muss doch ein großes Fest gewesen sein, als sie angekommen ist.«

»Ja.«

»Und?«

Rocco schwieg.

»Die Königin«, versuchte Walther es noch einmal. »Wie ist sie so?«

»Woher soll ich das wissen? Verrückt soll sie sein. Das habe ich gehört von einem, der am Hafen war, als sie angekommen ist. Weil sie dem Kanzler das Pferd geklaut hat und allein losgeritten ist. Ein paar Tage später ist sie wieder durchgebrannt, nachts, im Goldenen Tal. Alle mussten sie suchen, ganz wirr hat sie uns gemacht. So eine Königin hatte Sizilien jedenfalls noch nie.«

»Das sieht ihr ähnlich.«

»Ihr kennt sie?«

»Nein«, antwortete Walther schnell. »Nicht persönlich. Ich war eine Weile am Hof in Wien. Da schnappt man so einiges auf. Konstanze musste Ungarn damals Hals über Kopf verlassen, weil es einen Umsturz gab.«

»Ach ja?« Rocco horchte auf.

»Herzog Leopold IV. hat sie nach ihrer Flucht aufgenommen. Sie blieb allerdings nicht lange. Ihr kleiner Sohn starb. Nachdem sie ihn begraben hatte, kehrte sie zurück in die Krone Aragón. Dass sie noch einmal Königin wurde, damit hat wohl niemand gerechnet.«

»Nein«, sagte Rocco so bitter, dass der *cantore* ihn durchdringend ansah.

Irgendetwas stimmte hier nicht. Doch bevor Walther sich darüber Gedanken machen konnte, wurde die Tür geöffnet, und es geschah etwas, das der Minnesänger zeit seines Lebens noch nie erlebt hatte. Ein Knecht mit einer Fackel trat ein, die den dunklen Raum erhellte, und hinter ihm, gebückt, um sich den Kopf nicht am Türsturz zu stoßen, folgte unbegreiflicherweise kein Geringerer als der König. Otto IV. betrat das Quartier der Spielleute.

Walther sprang auf. Rocco ebenso, denn dem Knecht war sofort klar, dass er es hier mit einem Mann zu tun hatte, der noch um einiges höher in der Hierarchie anzusiedeln war als sein Gastgeber. Der König ließ seinen Blick über die spartanische Einrichtung wandern und rümpfte die Nase. Dann wandte er sich um. Hinter ihm, in der Tür, tauchte eine kleine, runde Gestalt auf. Der Ysenburgsche.

»Ist er das?«

Der Ritter drehte sich ebenfalls um und wandte sich an seinen Knappen, der ihm neugierig über die Schulter gelugt hatte. Der Knappe fuhr herum und gab die Frage weiter.

»Ist er das?«

Kuno trat vor und nickte.

Otto senkte seinen Blick auf den Knecht. Dann sagte er mit leiser Stimme: »Alle bis auf den hier verlassen den Raum.«

Der König wartete, bis alle gegangen waren. Dann betrachtete er den Boten genauer. Er war ein junger Mann, mittelgroß, mager, aber von geradem Wuchs, was auf eine konstante, wenn auch nicht üppige Kost zurückzuführen war. Obwohl er aussah und stank wie aus der Abzucht gefischt, waren seine Kleider relativ neu. Dass er den weiten Weg von Sizilien nach Goslar ohne sichtbaren Schaden bewältigt hatte, sprach außerdem für ihn.

»Wie heißt Er?«

»Rocco Gianluca, meine hokkedle Herre.«

Er verbeugte sich und dienerte. Dabei lugte er immer wieder durch seinen dunklen Haarschopf nach oben auf die Wundergestalt, als die sich Otto in den Augen des Knechts fühlen durfte.

»Weiß Er, wer ich bin?«

Der sizilianische Bote schüttelte den Kopf so heftig, als müsste er alle Läuse auf einmal loswerden.

»Hokkedle Herre, *mica ... il paggio* Egberto?«

Otto sog scharf die Luft ein. Das war ihm noch nie passiert, dass er für einen Knappen gehalten wurde. Dann erinnerte er sich, dass in Sizilien hochedle Herren ja kaum vom streunenden Volk zu unterscheiden waren. Woher sollte dieser Bote auch wissen, wie ein echter Herr, ein König, ein Kaiser, aussah? Cäsaren stolzierten nicht jeden Tag im Ritterornat durch die Gegend, auch wenn das Volk dieses Bild von ihnen haben musste.

»In der Tat, ich bin ein Diener.« Der König sah sich um und nahm schließlich auf dem hölzernen Schemel Platz. Er wunderte sich, dass Walther eine so unwürdige Behausung bezogen hatte. Spielleute. Hauten immer gleich alles auf den Kopf. »Der Diener des Herrn, dem wir alle dienen.«

Er streckte Rocco die Hand entgegen, und der Junge robbte auf ihn zu, umklammerte sie und küsste ein ums andere Mal die schweren Ringe, die Otto sich aufgesteckt hatte.

»Was also hat Er Uns zu sagen?«

Nun hob der Bengel auch noch die Augen und sah Otto direkt ins Gesicht. »Seid Ihr *un amico* von Egberto?«

»Ich bin Otto, *dei gratia rex.*«

Rocco fiel um, als habe ihn der Schlag getroffen. Interessiert blickte Otto auf das starre, übelriechende Bündel zu seinen Füßen. Vielleicht war der Knecht wirklich tot. So etwas passierte ab und zu, wenn Menschen unvorbereitet vom göttlichen Glanz geblendet wurden. Aber dieser hier hatte offenbar schon mehr von der Welt gesehen, weshalb er auch nach wenigen Augenblicken anfing, zu schnattern und zu zittern.

»Der König?«, wimmerte das Bündel. »*Il re?*«

Otto seufzte ungeduldig. »*Sì.*«

»Dann … dann … *dovete recuperare la Sicilia!* Ihr müsst Sizilien retten! *Scaramantica il Regnum, per favore, per l'amor del cielo, fatte il diavolo a quattro! – Ecco, ecco, la epistola …*«

Rocco riss sich das Hemd hoch und offenbarte dem entsetzten König seinen mageren Bauch. Um die Taille hatte er ein Lederband geschlungen, dessen Knoten er nun mit fliegenden Fingern löste. Er holte ein Päckchen heraus und reichte es Otto, wobei er sich wieder und wieder verbeugte.

Zögernd griff der König danach. Der Junge machte nicht den Eindruck, als ob er ihn vergiften wollte. Im Gegenteil. Ein fast irres Lächeln zog seine schmalen Lippen fast bis zu den Ohren breit.

»*La epistola di Bonacci.*«

»Bonacci?«

Otto zog die Stirne kraus. Er war es nicht gewohnt, Briefe von Händlern zu empfangen. Er hatte mit einem Edelstein gerechnet. Einem Goldreif, einem Symbol, überreicht von einer würdigeren Gestalt als dieser da. Ein Schreiben war ein fast intimer Akt. Von Hand zu Hand und auf Augenhöhe, das schickte man nicht einfach einem König zu und hoffte auch noch, er werde es persönlich entgegennehmen.

Schon gar nicht aus so dreckigen Händen. Dennoch überwand er sich. Das speckige Lederpäckchen war noch warm von Roccos Bauch. Die Hanfschnur hatte Bonacci wohl persönlich mit rotem Wachs versiegelt. Ein letzter Gruß aus dem untergehenden Sizilien.

»Was ist mit ihm?«

»Er ist tot, Herre.« Rocco senkte den Kopf. »Und mit ihm alle, alle. *Il baronaggio, i* ... die Fürsten und die große *famiglia, nella torre,* in ...«

»Turm.«

»Turm. *Sì. E* Rafaela.«

»Rafaela?«

»*La figlia di Bonacci.* Seine Tokkter.«

Rocco knetete und zerrte am Saum seines Hemdes. Es war selbst für Otto nicht schwer zu erkennen, dass dem Knecht das Schicksal des Mädchens am meisten am Herzen lag. Rafaela Bonacci. Ein schöner Name. Er klang wie Sizilien: weich und fremd, verlockend und verwirrend zugleich.

»Der Aufstand, ja. Ich habe davon gehört.«

Federico, der junge König von Sizilien, hatte in letzter Sekunde den Putsch der Welfentreuen zerschlagen und alle seine Gegner hinter Schloss und Riegel gebracht. Zumindest diejenigen, die edlen Blutes waren. Von Capparone hatte Otto schon lange nichts mehr gehört. Und auch um Pagliara, den Kanzler, der lange Jahre im Dienst der Kirche Sizilien regiert und ausgepresst hatte, war es verdächtig ruhig geworden. Otto wog das Päckchen in der Hand.

»*Signore*«, Rocco blickte hoch, »wolle Ihr nikkt lese?«

Otto erbrach das Siegel, schlug die Lederlappen auseinander und entfaltete das Pergament. Es war ein Brief, geschrieben in Hast und Verzweiflung, in der Gewissheit, dass der Tod bereits an die Türe klopfte. Die Federstriche waren von zitternder Hand gesetzt, Tintenspritzer verunzierten das Pergament. Doch es waren auch Worte von seltener Kraft und Eindringlichkeit, gerichtet an denjenigen, der für das alte Sizilien die letzte Hoffnung sein könnte.

»... So bitten wir Euch, den Gesalbten und rechtmäßigen König von Gottes Gnaden, Sizilien aus der Hand des Teufels zu befreien. Großes Leid ist über uns gekommen, seit Federico den Thron des *Regnum Siciliae* bestiegen hat. Er raubt unsere Länder und zerschlägt unsere Familien. Mit gotteslästerlichem Starrsinn biegt er Recht zu Unrecht. Viele darben in den Verliesen, ohne jede Hoffnung auf das Licht der Freiheit. Wir schwören bei Gott dem Allmächtigen, dass wir Euch empfangen werden wie weiland den Messias in Jerusalem, und schwören Euch Treue bis in den Tod, wenn Ihr uns vom Staufer und seiner Brut befreit ...«

Otto atmete tief durch und ließ das Blatt sinken. Er konnte kaum glauben, was er da in den Händen hielt. Das war der Ruf, auf den er gewartet hatte. Dieser Brief würde ihn entbinden von dem Eid, den er dem Papst geleistet hatte. Niemals, so hatte Innozenz verlangt, dürfte Sizilien deutsch werden. Aber wenn dieses so weit entfernte Königreich geradezu danach schrie? Es wäre der Griff nach den Sternen, es wäre ein Reich, wie es die Welt noch nicht gesehen hatte: vom Mare Balticum bis zur Nordspitze Afrikas. Alles deutsch, bis auf den Kirchenstaat in der Mitte Italiens. Noch nie hätte ein Herrscher so viel Macht besessen. Und diese Macht fiel ihm, Otto, nun aus der Hand eines Knechtes in den Schoß.

»Wer weiß von deiner Mission?«

»*Nessuno, caro monarca,* niemand.«

»Ich lasse dir die Zunge herausschneiden, wenn du irgendjemandem etwas davon sagst. Die Zunge! Abschneiden!«

Otto machte eine so deutliche Geste, dass Rocco wieder auf die Knie fiel und den Rocksaum des Königs zu küssen begann.

»Keine Worte. Nie!«

»Meld Er sich beim Quartiermacher. Er kann in den Ställen schlafen und den Reitknechten zur Hand gehen. Mit Pferden kennt Er sich doch aus, oder?«

»Pferde? *Cavalli? Sì, signore.*«

Rocco strahlte über das ganze Gesicht, als wäre ein lang ersehnter Traum in Erfüllung gegangen. Otto faltete den Brief zusammen und steckte ihn in seinen kostbar bestickten Almosenbeutel. Dann stand er auf, ordnete den Faltenwurf seiner Kleider und ging zur Tür. Rocco kroch hinter ihm her.

»Rettet Sicilia«, flüsterte er. »Totet den *ré*, totet Konstanze.«

»Konstanze?«

»*La puttana del diavolo!*«

Der Hass stieg in Roccos Augen, er spuckte die Beschimpfung aus wie eine giftige Kröte. Otto achtete gar nicht mehr auf ihn. Er öffnete die Tür, und der Ritter von Ysenburg gab seinem Knecht ein Zeichen, damit er dem König den Weg leuchten möge.

»*La puttana del diavolo*«, zischte Rocco noch einmal. »Die Hure des Teufels.«

Die hohen Herren verließen das Haus.

Walther und Kuno sahen sich an und stiegen vorsichtig von dem kleinen Mauervorsprung herunter, auf den sie geklettert waren, um die Unterhaltung durch das schartige Fenster ihrer Behausung zu belauschen. Schweigend liefen sie den schmalen Weg an der Abzucht entlang, überquerten die Gose und gelangten so zurück zum Haupteingang des Gebäudes. Als sie ihre Kammer erreichten, war sie leer. Das Einzige, was von dem merkwürdigen Besuch übrig geblieben war, war ein Stück Schnur. Nachdenklich hob Walther den dreckigen Faden auf und reichte ihn an Kuno weiter, der ihn in seinen Flicksack steckte. Der Knecht öffnete den Mund, um etwas zu sagen, aber sein Herr legte den Finger auf die Lippen. Sie streckten sich auf ihren Lagern aus, starrten an die Decke und schwiegen, bis die Glocke die zehnte Stunde schlug. Es war stockdunkle Nacht, aber jemand hatte eine Fackel draußen auf der Wegkreuzung entzündet, weshalb ein schwacher Widerschein sogar in dieses dunkle Loch drang und zumindest die Konturen des kargen Mobiliars sichtbar machte.

Das Klopfen war so leise, dass Walther es zunächst für das Scharren eines Hundes hielt. Erst als jemand behutsam versuchte, die Tür zu öffnen, sprang er hoch und riss sie auf. Vor ihm stand, einen Kienspan in der Hand und ängstlich über die Schulter blickend, die kleine, rundliche Gestalt des Ritters von Ysenburg.

»Bist du allein?«, flüsterte er.

Walther nickte. »Bis auf den da.«

Kuno stand auf und machte den Kratzfuß, den man von ihm erwartete. Der Ysenburgsche schlüpfte hinein.

»Ich habe nicht viel Zeit. Wenn man mich bei dir sieht …«

Walther hob spöttisch die Augenbrauen. »So schlecht ist mein Ruf nun auch wieder nicht.«

Aber der Ritter achtete nicht auf den Scherz. Der Blick seiner Äuglein irrte nervös im Raum umher und heftete sich dann wieder auf den Minnesänger.

»Hör zu. Wem bist du treu?«

Erstaunt sah Walther den kleinen Mann an. »Das ist eine gefährliche Frage in diesen Tagen.«

»Eben, eben«, schnaufte der Ysenburgsche. Er nahm auf Walthers Lager Platz. Die Fackel reichte er Kuno. »Du hast die Leute auf dem Marktplatz aufgescheucht, hab ich gehört. Hast die alten Lieder gesungen.«

»Ich singe, was man hören will. Egal ob König oder Volk.«

»Dem König hätte das gewiss nicht gefallen.«

»Er war nicht dabei.«

»Ich auch nicht. Leider. Hätte sie gerne mal wieder gehört.«

Er grinste, was ihm den Ausdruck eines wohlgenährten, blauäugigen, rosigen, rundum perfekt gemästeten kleinen Ferkels verlieh. Walther lächelte und zog den Schemel heran, um sich dem Ritter gegenüberzusetzen. Kuno beschränkte sich weiterhin auf die Rolle des Kienspanhalters und diskreten Zuhörers.

»Hättest sicher deinen Spaß gehabt«, sagte Walther. »Also bist du immer noch einer von uns.«

»Ich bin dem König treu ergeben.«

»Welchem?«

Der Ritter nickte bedächtig. »Auch du kannst gefährliche Fragen stellen. Otto wird sich Sizilien holen. Daran gibt es keinen Zweifel mehr. So aufgeregt, wie er aus deiner Kemenate kam, habe ich ihn noch nie gesehen. Ich kenne Bonacci. Er ist ein gerissener alter Hund. Hat sich immer mit den richtigen Leuten umgeben. Er wäre niemals zu den Staufern übergelaufen. Sie waren für ihn das Sinnbild allen Übels: Diese normannische Tradition von Recht und Gerechtigkeit, das ist nichts für einen, der sich stets auf die Seite schlägt, die den meisten Gewinn verspricht. Dieser Brief … weißt du, was darin steht?«

Walther schüttelte den Kopf. »Leider nein. Aber spätestens auf der Heerschau werden wir sehen, ob Otto eher ans Auf- oder ans Abrüsten denkt.«

»Was glaubst du?«

»Schwer zu sagen. Er kann Sizilien nicht einfach angreifen und unterwerfen.«

»Er kann.«

Walther und der Ritter zu Ysenburg sahen sich lange an. Schließlich fuhr sich der Minnesänger mit den Händen übers Gesicht, als ob er die ganze Müdigkeit seiner gelebten Enttäuschung wegwischen wollte. Es gelang ihm nicht. Er sah noch zerknitterter und betrübter aus als vorher.

»Ich weiß nicht, warum du ausgerechnet mir das sagst. Mit Liedern lässt sich die Welt nicht verändern.«

Der Ysenburgsche beugte sich vor. »Mit Liedern nicht, aber mit Taten. Geh nicht zum Lechfeld. Geh ins Schwäbische. Die süddeutschen Fürsten wollen Otto nicht, sie wollen den Staufer. Sie sind bereit.«

»Bereit wozu?«

»Friedrich statt Otto zum König zu wählen. Und ist er erst König, dann ist der Weg auf den marmornen Kaiserthron zu Aachen nichts weiter als eine Treppe mit vierundfünfzig Stufen.«

Kuno ließ fast den Kienspan fallen. Ein strafender Blick aus den Augen seines Herrn traf ihn, und Walther rückte noch näher an den kleinen, dicken Mann heran.

»Das ist … das reicht nicht. Die Süddeutschen allein sind zu schwach. Was ist mit den anderen?«

»Die heulen mit den Wölfen. Das ist wie mit diesem neuen kleinen Spiel aus China. Das mit den schwarzen Steinen und den weißen Punkten.«

»Domino.«

»Domino, genau. Fällt einer, fallen alle. Aber jemand muss den Anfang machen.«

Die kleinen Äuglein des Ritters fixierten Walther, als wollten sie auf den Grund seiner Seele sehen.

»Ich? Ich doch nicht. Ich bin nur ein Sänger.«

»Nur ein Sänger, ja. Wer wäre besser geeignet, von Fürstenhof zu Fürstenhof zu ziehen, als ein fahrender Spielmann? Vergiss das Lechfeld. Vergiss deine Hoffnung, Otto möge dir eine feste Stellung anbieten. Dafür müsstest du andere Lieder singen, das weißt du selbst.«

Walther verzog ärgerlich den Mund. Der Ysenburgsche hatte die Tragödie seines verpfuschten Lebens auf den Punkt gebracht. Walther von der Vogelweide, der Mann, der sein blödes Maul nicht halten konnte und dafür langsam, aber sicher die letzten Chancen auf einen ruhigen Lebensabend verspielte.

»Sag ihnen, es ist so weit. Wenn Otto nach Sizilien greift, muss ein Aufschrei durchs Land gehen. Friedrich ist unser eigentlicher König, das wissen alle. Sogar jene, die ihn schon als Kind verraten und verkauft haben. Otto wird nur durch die Gnade des Papstes gehalten. Wenn er seinen Heiligen Eid bricht und tatsächlich sein Schwert gegen den Süden zieht …«

»Wenn, wenn!«, unterbrach ihn Walther. »Kein Kaiser bricht einen Eid! Er hat die Engländer auf seiner Seite! Soll ich mit meinen Liedern zum König von Frankreich reiten und ihn offen zum Krieg auffordern? Krieg! Gegen die Welfen und die Jakobiner! Und in Sizilien sitzt ein vierzehnjähriger König, der noch nicht einmal Geld für eine anständige Rüstung hat!«

Der Ysenburgsche schnaufte verächtlich. Er wippte mehrfach vor und zurück, um schließlich mit Schwung auf die Beine zu kommen und sich einen Moment an Kunos Arm abzustützen, um wieder Atem zu schöpfen.

»Vergiss, was wir besprochen haben. Geh mit Otto. Freu dich an den schönen Waffen, die ja niemand braucht, und an den Saufgelagen mit den Blidenmeistern, die ja nur zum Feiern kommen werden. Sing für die edlen Damen nach den Turnieren, aber sing die richtigen Lieder. Denn das ist ja alles, um was es geht. Der richtige Ton. Die schmeichelhafteste Weise.«

Grob riss der kleine Mann Kuno die Fackel aus der Hand.

»Wär ich nicht so alt und fett, ich würd es selber tun. Schade, Walther. Ich hab geglaubt, Friedrich bedeutet dir was.« Er drehte sich um und ging zur Tür. »Und wenn nicht er, dann Konstanze«, setzte er hinzu. »Ihr seid euch doch begegnet damals in Österreich, oder?«

»Wartet!« Walther trat nahe an den Ysenburgschen heran. So nahe, dass er sich herabbeugen musste, um sein Ohr zu erreichen.

»Was wird mit ihr geschehen, wenn Otto …?«

»Sie ist Friedrichs Frau. Sein Schicksal das ihre.«

Der Schein der Fackel warf bizarre Schatten an die Wand. Es war so still im Raum, dass Walther sogar das Sprühen und

Knistern des brennenden Öls hörte, mit dem der Kienspan getränkt war. Er sah hinüber zu Kuno, der langsam, ganz langsam das Haupt zu einem angedeuteten Nicken senkte. Walther nahm dem Ritter die Fackel aus der Hand.

»Was muss ich tun?«

Sizilien

Januar 1210

7.

Konstanze erwachte, weil die Welt still war. Als hätte sich über die Straßen ein wollenes Tuch gelegt, das die Schritte dämpfte, das Rollen der eisenbeschlagenen Räder, die Rufe der Händler, das Geschrei der Marktweiber, die Hammerschläge der Schmiede, das Klappern der Holzpantinen eiliger Priester. Palermo, die laute Stadt, flüsterte.

Sie lag mit geschlossenen Augen unter einer schweren Decke aus Pelz und lauschte auf die gleichmäßigen Atemzüge des Mannes, der schlafend neben ihr ruhte. Wenn sie den Kopf drehen und zu ihm sehen würde, dann würde ihr Blick auf seinen Rücken fallen. Er wendete sich ab, sobald er glaubte, sie würde schlafen. Manchmal verließ er sie auch mitten in der Nacht.

Einmal war sie leise aufgestanden und ihm hinterhergeschlichen, und ihre Neugier hatte sie durch die dunklen Gänge und Treppen des Palastes getrieben, seinem Schatten folgend. Er war aus ihren Privatgemächern in den oberen Etagen hinunter in den zweiten Stock gegangen und hatte in seinem Studierzimmer einen Kienspan entzündet. Sie war an der Tür stehen geblieben, unschlüssig, ob sie ihn auf sein unübliches Verhalten ansprechen oder einfach leise zurück in ihre Kemenate kehren sollte. Als er das flackernde Licht in die Wandhalterung gesteckt hatte und sich gerade den Pergamentrollen auf seinem Tisch zuwenden wollte, entdeckte er sie.

»Komm herein.«

Ein verschlafener Page erhob sich von seinem Schemel im Gang. Dabei fiel ein Kupferteller zu Boden und rollte laut scheppernd bis zur steinernen Brüstung der Hofgalerie. Konstanze fuhr herum.

Der *ré* kam zur Tür. »Geh«, sagte er zu dem Jungen. »Aber leise.«

Der Page dienerte eifrig, wollte den Teller aufheben und ließ ihn dabei fast wieder fallen. So aufgeregt war er, mitten in der Nacht leibhaftig dem König gegenüberzustehen. Konstanze schätzte ihn auf fünfzehn, höchstens sechzehn Jahre. Nicht viel älter als Ruggero. Aber jedes Mal, wenn sie den *ré* mit anderen verglich, war er der Gewinner. Er war ein Mann. Von seinem Wuchs, seinem Aussehen, am meisten aber von seinem Wesen her.

Vielleicht lag es an seiner Kindheit: Vollwaise mit drei Jahren, fast vergessen von seinem Paten, Papst Innozenz III. An den fernen Mann in Rom hatte sich seine sterbende Mutter mit letzter Kraft gewandt. Sie hatte geahnt, dass Sizilien nach ihrem Tod auf einen Abgrund zutaumeln würde, ein führungsloses, zerrissenes Land, von dessen Kadaver sich die Wölfe nährten und die besten Stücke verschlangen, bis nichts mehr für ihren Sohn, den rechtmäßigen König Siziliens und Deutschlands, übrig blieb. Sie hatte nicht geahnt, dass Innozenz' ganze Fürsorge darin bestehen würde, das Waisenkind nicht verhungern zu lassen. Und ihm, kaum dass Ruggero volljährig geworden war, eine Zwangsehe zu verordnen.

Mit ihr, Konstanze von Aragón.

Sizilien und Aragón waren päpstliche Lehen, jeder Widerstand, jedes Aufbegehren gegen diese Willkür war zwecklos. Ihr Bruder Pedro hatte mehrere Briefe an Innozenz geschrieben und immer wieder die gleiche Frage gestellt: Was sollte seine Schwester, eine Frau Mitte zwanzig, mit einem vierzehnjährigen macht- und mittellosen König? Dem Herrscher eines Landes, von dem nichts geblieben war als verbrannte Erde? Auch Ruggero war alles andere als erfreut über diese Idee. Aus Sizilien kam die arrogante Forderung, wenn der *ré* sich schon mit dieser *principessa* aus der Krone Aragóns vermählen würde, dann nur gegen eine Mitgift, wie sie die Welt noch nicht gesehen hatte.

Er hatte sie bekommen. Sie und die Mitgift. Es war ein Stachel in Konstanzes Herzen, dass der Mann, den sie nie gewollt hatte, sie ebenfalls nur aus ziemlich berechnenden Beweggründen genommen hatte.

Und doch gab es Begegnungen, in denen mehr zwischen ihnen möglich zu sein schien. Ruggero zog sie sanft am Arm in den Raum.

»Du warst schon einmal hier?«

Sie duzten sich, wenn sie alleine waren. Das erleichterte Konstanze den Umgang mit ihrem fremden Ehemann sehr. Sie sahen sich zu selten, um sich wirklich kennenzulernen. Aber merkwürdigerweise fühlte sie sich wohl, fast vertraut, sobald er in ihrer Nähe war.

»Nein. Was ist das?«

»Das *musio*.«

Er bot ihr einen goldverzierten Schemel an, der mit Kissen aus Leopardenfell gepolstert war. Konstanze setzte sich und sah sich staunend um.

»Mein Heiligtum der Musen.«

Der Raum hatte steinerne Wände, wie der ganze Normannenpalast. Doch anders als die prächtigen Empfangsräume oder die im Glanz von tausend Kerzen schimmernde Kapelle mit ihren goldenen Mosaiken und farbenprächtigen Malereien waren sie nur mit einigen schlichten Wandteppichen verziert, die Jagdszenen oder Bilder der griechischen Mythologie darstellten. In der Mitte stand ein gewaltiger Tisch, bedeckt mit Pergamentrollen, Stiften, Schalen und kleinen Bronzestatuen. Daneben eine kostbare, aus Halbedelsteinen gefertigte Erdkugel in einem Gestell aus getriebenen Gold. Die gesamte Längsseite des Raumes nahm ein dunkelbraunes Regal ein. In seinen Fächern stapelten sich Schatullen aus Samt, Holz und Elfenbein. Eine Leier lehnte daran – weil Konstanze seinem Blick ausweichen wollte, deutete sie auf das Instrument.

»Du spielst die Lyra?«

Ruggero nickte. Dann ging er zum Regal und griff nach einer länglichen Schatulle aus Ebenholz. Sie war mit Perlmuttintarsien verziert. Er holte sie heraus, öffnete sie und entnahm ihr ein Pergament, das er vorsichtig auf einer freien Ecke des Tisches auseinanderrollte. Auf die Enden stellte er je eine kleine griechische Bronzefigur. Einen Diskuswerfer und einen tanzenden Faun. Ihre Körper waren nur handspannenhoch. Sie glänzten fast schwarz und waren bis ins Detail von Meisterhand gearbeitet. Konstanze fragte sich, ob sie aus einem der Gräber von Gatio, einer kleinen Stadt zwei Wegstunden von Palermo entfernt, stammten.

Sie wusste, dass in und um Palermo Schatzsucher und Grabräuber die Nekropolen plünderten und ihre Beute auf den Schattenmärkten der Stadt verkauften. Ruggero ahndete diesen Frevel mit drakonischen Strafen. Ausgrabungen durften nur unter der Leitung der königlichen *archiclinici,* der Obertotengräber, durchgeführt werden. Im Moment behielt Ruggero die Gegend besonders im Auge, denn das Verhältnis zu Byzanz war nicht das beste und Ausgrabungen griechischer Nekropolen hatten nicht nur einmal zu scharfem Protest geführt. Konstanze vermutete, dass die Sorge um die Gebeine der Toten dabei eher nebensächlich war und mehr die Furcht vorherrschte, an der Beute nicht ausreichend beteiligt zu werden. Die Funde wurden in den Werkstätten sorgfältig gereinigt und einige besonders schöne Statuen und Amphoren auch dazu verwendet, den halbleeren, von Ruggeros Verwaltern geplünderten Palast zu dekorieren.

»Was ist das?«

Konstanze deutete auf das Pergament. Schwarze, blaue und blutrote Linien schlängelten sich ineinander. Sie kniff die Augen zusammen. Die Linien formten das Bild eines menschlichen Körpers. Eines längs durchgeschnittenen oder vielmehr seiner Haut entledigten Körpers, um genau zu sein.

»Der Lauf des Blutes durch den Körper. Hier«, Ruggero wies auf den Arm auf der linken Seite des unseligen Menschen, der für diese Zeichnung wohl unter Qualen sein Leben gelassen hatte, »ist es frisch und rot, und dort«, er nahm einen kleinen Holzstab und folgte dem Liniengewirr auf die andere Seite, »schwer und dick. Das Herz saugt es an und treibt es zurück in den Körper. Etwas geschieht dort, das die Säfte scheidet.«

»Scheidet«, wiederholte Konstanze tonlos. »Die Säfte. Im Herz.«

Sie betrachtete den Kopf des Opfers. Er war das Einzige an der ganzen Zeichnung, das noch menschliche Züge trug. Die Augen waren halb geschlossen, der Mund zusammengepresst, als ob der Zeichner ihn in den langen Stunden seines Todes porträtiert hätte.

»Was ist das? Woher kommt dieses entsetzliche Bild?«

Ruggero hob den Faun an. Die Rolle schnellte zusammen, als wäre sie lebendig. Erschrocken fuhr Konstanze zurück.

»Aus der *Universitas Oxfordiensis*. Oxford«, setzte er lächelnd hinzu. »Der Stadt in England, aus der dein Jagdtuch kommt. Was für die Medizin genauso wenig brauchbar ist wie dieses Bild. Du hast absolut recht. Es ist entsetzlich. Stümperhaft.«

Er rollte das Pergament eng zusammen und verstaute es wieder in seiner Schatulle.

»Konstantinopel hat die besten Mediziner. Bologna, Paris, Montpellier – überall entstehen Akademien, in denen am Menschen gelehrt wird. Mutige, unerschrockene Männer, die die Ursache einer Krankheit im Körper suchen, und nicht in der Gottesfürchtigkeit.«

»Männer wie der Hakim?«

Ihre Frage kam schärfer, als sie beabsichtigt hatte. Aber das war auch kein Wunder, wenn sie an die Ereignisse im letzten Jahr kurz vor ihrer Hochzeit dachte. Der Aufstand der Barone und der sizilianischen Familien gegen Ruggero, den er nur mit Mühe niedergeschlagen hatte. Sie war zu dieser Zeit in *La Favara* gewesen, dem »Schloss der Frauen« am Ende des Tals, dort, wo die Wildnis begann und Palermo so weit weg war wie die Gipfel des Ätna. Ein Assassine hatte sie ermorden wollen. Nur mit großem Glück hatte sie den Giftanschlag überlebt. Das Standgericht hatte den Hakim schuldig gesprochen, und der gefolterte, geschundene Mann hatte alles gestanden. Auch Vela, ihre Vela, die einzige Vertraute, die sie je besessen hatte, war vom Strudel dieser Ereignisse fast in den Abgrund gezogen worden. Konstanze war gezwungen gewesen, ein Gericht abzuhalten. Sie hatte Härte zeigen müssen. Entschlossenheit. Sie hatte dem einzigen Urteil zustimmen müssen, das in solchen Fällen möglich war: Tod durch den Strang. In letzter Sekunde hatte sich Velas Unschuld herausgestellt. Doch seitdem waren die Haare ihrer ehemaligen Kammerfrau eisgrau. Die Vertrautheit von einst war erloschen.

»Er war einer der besten«, sagte Ruggero leise und legte die Schatulle zurück ins Regal. »Viele verdanken ihm ihr Leben.«

»Und einige den Tod.« Konstanze ging zu der großen Weltkugel aus Edelsteinen und betrachtete die Umrisse Italiens. »Er war ein Mörder.«

Ruggero umrundete den Tisch und stellte sich neben sie. »Hier.« Er tippte auf eine Stelle in der Mitte des Landes, direkt an der Küste. »Neapel. Dort werde ich eine Universität errichten.«

»Er war ein Mörder«, wiederholte sie.

Ruggero biss die Lippen zusammen. Im flackernden Schein des Kienspans wirkten seine Züge wie in Stein gemeißelt. Die hohe, glatte Stirn verdüsterte sich, seine scharf geschnittene Nase und der schmale Mund erinnerten sie plötzlich an die marmornen Gesichter der Statuen im Innenhof, die die Arkaden schmückten: Düster und hart, mit dem Blick des Feldherrn, der seinen Gegner kennt und weiß, dass keine Schlacht wirkliche Sieger kennt.

»Ja«, sagte er leise.

Sie wandte sich ab und ging. Es war das erste und einzige Mal, dass sie gehofft hatte, er würde ihr folgen. Zurück in ihre Gemächer, zurück in das noch warme Bett, in das sie zitternd schlüpfte und in dem sie sich den Rest der Nacht schlaflos hin und her warf. Alles schien möglich zwischen ihnen, doch keiner ergriff die Chance.

Sie hätte sterben können. Und er wollte Universitäten bauen. So einfach war das. So einfach und bitter zugleich. Sie folgte ihm danach nie wieder.

Vorsichtig, um Ruggero nicht zu wecken, schob Konstanze den hauchzarten Baumwollmusselin zur Seite, der wie ein Vorhang rings um ihr Bett hing und so wenigstens einen Rest von Vertraulichkeit bewahrte. Ruggero drehte sich im Schlaf, sein Arm umschlang sie, zog sie an sich, und in traumwandlerischer Zärtlichkeit schmiegte sich sein Körper an den ihren. Er murmelte etwas, das sie nicht verstand. Dafür spürte sie umso mehr, dass er selbst im Halbschlaf bereit war, zu ihr zu kommen. Es war warm unter der schweren Pelzdecke. Sie roch Erde, Leder, Moos und den süßen Duft der Liebe, die ihre Körper sich in dieser Nacht zweimal geschenkt hatten. Ein drittes Mal vielleicht? Auch wenn sie seit jener Nacht das Gefühl hatte, Ruggero würde ihr aus dem Weg gehen – ihre Körper sprachen miteinander, und sie brauchten keine Worte, um dem anderen das zu schenken, was er begehrte.

Er zog den Arm weg und raubte ihr mit dieser unbedachten Bewegung den Schutz vor der Kälte und den Blicken der Pagen und Kammerfrauen. In der hinteren Ecke des Raumes, neben dem kalten Kamin, nahm sie eine Bewegung wahr. Warum hatte noch keiner geheizt?

Mit einem letzten Blick auf den schlafenden König und einem leisen Seufzer auf den Lippen, stand sie auf. Im Raum war es bitterkalt. Sie griff nach ihrem Wollmantel. Elena, ihre Kammerzofe, hatte die plötzliche Unruhe bemerkt. Sie sprang auf von ihrem Lager neben dem Kamin und eilte herbei.

»Meine Königin?«

»Schschsch!« Mit einem ärgerlichen Zischen wies sie die Zofe zurecht. »Der *ré* schläft noch.«

Es war ein langer Abend gewesen, an dem sie nach einer frühen *cena* nicht mehr teilgenommen hatte. Immer, wenn Majid aus den Bergen zurückkam, zog sich Ruggero mit seinem Familiarenkolleg nach einer hastigen, nur dem spanischen Protokoll geschuldeten Mahlzeit in die Räume neben seinem *musio* zurück. Dorthin, wo Priester und Söldner keinen Zutritt hatten. Auch Königinnen nicht, so viel hatte sie mittlerweile verstanden. Nur die Wissenschaft. Und die Politik.

Der Handelsweg in den Süden der Insel wurde immer wieder von umherziehenden Banden belagert. Sarazenen, sagten diejenigen, die einen solchen Überfall überlebt hatten. Doch die Emire der Bergstämme wiesen jeden Verdacht weit von sich. Zwischen ihnen und dem *ré* herrschte Waffenstillstand. Noch …

Unwillig ließ Konstanze es geschehen, dass die Griechin ihr in den Mantel half. Elena war immer da. Wie ein Geist folgte sie jedem Schritt ihrer Königin, unterwürfig, devot, unentbehrlich, eine erste Kammerfrau, die nichts dem Zufall überließ. Schon gar nicht das Erwachen ihrer Herrin. Sie bemerkte, wie Elena einen verstohlenen Blick auf das Bett warf, und spürte einen Stich im Herzen. Eifersucht? Lächerlich. Der *ré* war für Menschen wie Elena ein gottgleiches Wesen, das zwar aß und trank und sprach und schnarchte, aber so weit entfernt war von jeder irdischen Begehrlichkeit einer Kammerzofe wie die Sterne am Himmel.

Trotzdem. Elena sollte aufhören, ihn anzustarren.

»Was ist da draußen los?«

Es musste um die *hora prima* sein, die Stunde des Sonnenaufgangs. Noch hatten die Glocken von *San Giovanni degli Eremiti* nicht zur Morgenmesse geläutet. Ein diffuses Licht drang durch die geölten Leinwände.

»Es schneit«, antwortete Elena. »Seit Stunden schon. So einen strengen Winter hatten wir lange nicht mehr.«

Konstanze ging zum Fenster und wollte die Rahmen öffnen, schon kam Elena ihr zuvor und entfernte mit schnellen, geschickten Bewegungen die Keile. Die Kammerfrau nahm den Leinwandrahmen aus der Öffnung. Ein eisiger Windhauch wehte in den Raum. Gerade erhob sich die Dämmerung über den Dächern der Stadt, und der Anblick, der sich Konstanze bot, erfüllte ihr Herz mit Entzücken.

Schnee.

Sie kannte dieses Phänomen aus den Pyrenäen. Und von den Burgen Aragóns, wenn die *principes* und *duques* selbst im Hochsommer mit kunstvoll geschnitzten Eisfiguren und Schneegebilden ihre Tafeln schmückten. Auch der Ätna zeigte sich im Winter weiß, aber dass die tanzenden Flocken ihren Weg bis hinunter ins Tal und ans Meer finden würden, damit hatte sie nicht gerechnet. Sie stellte sich auf die Zehenspitzen und sah hinab auf die Marmorstraße, die Lebensader Palermos, die den Palast mit dem Hafen verband. Ihr Atem gefror zu einer weißen Wolke.

»Er bleibt nicht liegen«, sagte Elena.

Wie immer hatte sie einen Ton in der Stimme, der jede aufsteigende Freude im Keim erstickte. Und natürlich hatte sie recht. Sobald die Flocken auf den aufgeweichten Morast fielen, schmolzen sie.

»Ich will trotzdem runter. Ich muss den Falken abtragen.«

Vor zwei Wochen hatte sie sich einen der königlichen Vögel ausgesucht. Seitdem war sie jeden Tag bei den Volieren, um das Tier an sich zu gewöhnen. Wenn sie sich weiterhin so intensiv um ihn kümmerte, konnte sie im Frühling vielleicht schon auf die Jagd gehen. Der Gedanke daran hob schlagartig ihre Stimmung.

»Natürlich, meine Königin.«

Elena verrammelte wieder das Fenster und lief hinaus, um dem Gesinde die frohe Botschaft vom Erwachen der Königin mitzuteilen. Und dass der *ré*, sobald er seinen irdischen Körper ebenfalls wieder mit seinem göttlichen Geist erfüllt hatte, ein Bad und sein *pittimansier*, jene ungewöhnliche Frühmahlzeit, die der französische Koch eingeführt hatte, wünschte. Obst, Nüsse, Brot, ein wenig zarter, fast auf der Zunge schmelzender Schinken von den schwarzen Schweinen, dazu ein Becher gewärmter Würzwein … neue, ungewohnte Sitten, die auch Konstanze fremd gewesen waren, an die sie sich aber erstaunlich schnell gewöhnt hatte.

Sie zog den Mantel noch enger um sich und ging zurück zum Bett. Die Decke war heruntergerutscht und entblößte Ruggeros breite Schultern und seinen muskulösen Rücken. Rotgoldene Locken fielen ihm, vom Schlaf und der Liebe verwirrt, auf die Schultern.

Liebe …

Das Wort schoss wie ein glühender, giftiger Pfeil in ihr Herz. Hatte Ruggero ihr noch in der Hochzeitsnacht auf eindrückliche Weise klargemacht, wo der Unterschied zwischen *caritas* und *cupitidas* lag, waren nun schon fünf endlose, quälende Monate vergangen, in denen weder der eine noch der andere Weg ihren Leib gesegnet hatte. Er widmete sich ihr mit Hingabe und Zärtlichkeit, doch die lang ersehnte Frucht ihrer beider Bemühungen ließ immer noch auf sich warten. Monat für Monat wurden ihre Erwartungen enttäuscht. Hätte sie nicht schon ein Kind zur Welt gebracht …

Sie schlüpfte noch einmal unter die schwere Pelzdecke und schloss die Augen. Nicht daran denken. Hörte so ein Schmerz denn niemals auf? Würde sich dieses Band aus Eisen, das sich um ihr Herz gelegt hatte, niemals lösen? Für die einen war der Tod des kleinen Laszlo nichts weiter als ein bedauerlicher dynastischer Verlust gewesen. Für sie aber, die Mutter, war damals die Welt zusammengebrochen.

Ruggeros Schlaf war unruhig. Auch ihn hatten die letzten Monate Kraft gekostet. Der Aufstand, das Attentat, die unsichere Lage, in der sich sein Königreich befand, all das forderte langsam seinen Tribut. Er war der König eines Landes, das er erst noch erobern musste. Er kam nicht oft in ihre Gemächer. Eigentlich nur, wenn der Mond sich rundete und die Astrologen und der Arzt bestätigten, dass es an der Zeit war, die königliche Saat zu säen … und Konstanze hätte nicht sagen können, dass es die unangenehmste Pflicht in ihrer noch neuen Stellung war.

Ruggero murmelte etwas. Konstanze rutschte noch näher zu ihm, bis ihre nackten Beine die seinen berührten. Noch war er hier, und Elena würde nicht so schnell zurückkommen. *Carpe diem*, wenn die Nächte nicht reichten, und je mehr man sich in *caritas* übte …

Seine Hand glitt hinüber zu ihrem Bauch. Mit einem wohligen, leisen Seufzen ließ er sie über ihren Körper wandern. Sie legte sich auf den Rücken und schloss die Augen, um sich ganz seiner Führung zu überlassen. Er machte es gut, es war ganz leicht, und ab und zu entlockte er ihr sogar eine gefährlich tiefe Freude, die sie so noch nie gespürt hatte.

Er stöhnte, beugte sich über sie, wollte sie küssen und flüsterte: »*Mio fiore bruto …*«

8.

»*Capulla!*«

Konstanze hieb Bizza, einer treuen braunen Stute aus dem Stall der Zisa, die Fersen in die Flanken. Das Tier machte einen Satz und jagte los.

»*Pelotuda!*«

Cavaliere Livio de Poggionavalito, der sich als erstaunlich begabter Reiter entpuppt hatte und über einige weitere noch erstaunlichere Fähigkeiten verfügte – die Schimpfwörter zu überhören beispielsweise, die Konstanze in bemerkenswerter Schnelligkeit gelernt hatte –, sah verdutzt seiner Herrin hinterher, die gerade durch den Torbogen hinausgaloppierte. Er schnalzte mit der Zunge und setzte ihr mit seinem Wallach nach.

Sie hatte schlechte Laune, und das Einzige, was dagegen half, war ein scharfer Ritt. Es war beißend kalt, und noch immer fielen nasse, schwere Flocken auf den aufgeweichten Weg hinter dem Palast, der hinein in die weite Ebene des Goldenen Tals führte. Sie drehte sich um. Der Cavaliere hatte aufgeholt, weit hinter ihm tauchten die Klepper der Palastwache auf, die sich jedes Mal in Bewegung setzten, wenn Konstanze einen Ausflug unternahm. Sie war es aus Spanien und Ungarn nicht anders gewohnt. Jeder Schritt, jede Absicht der Herrscherin setzte augenblicklich ein Heer von Knechten und Mägden in Bewegung. Es war nicht ihre Sache, sich darum zu kümmern, ob die Diener mit der Herrin Schritt halten konnten.

Sie trieb Bizza an. Die Stute gab ihr Bestes, aber sie war eben nicht Draco und auch nicht Blanchefleur, die beiden edelsten Tiere aus dem Stall des Königs. Wertvolle Geschenke des Sultans von Djerba, gegen die ihre tapferere Bizza nicht ankam. Noch nicht einmal ein gutes Pferd für seine Königin konnte sich dieses Land leisten. Es war beschämend, denn der Hengst des Königs war für sie ebenso tabu wie die Stute seiner sarazenischen Geliebten … Ex-Geliebten, Wieder-Geliebten, Nichtsgenaues-weiß-man-nicht-Geliebten. Der Gedanke stachelte ihren Missmut genauso an wie die drei Worte, die Ruggero geflüstert hatte, bevor er zu ihr gekommen war. Meine wilde Blume … glaubte er etwa, sie hätte das nicht begriffen?

Obwohl sie niemals Volgare lernen würde, diesen derben, kaum verständlichen Dialekt, den die Menschen hier sprachen – Latein beherrschte sie. Sie konnte verstehen, was die Leute redeten. Aber Volgare hatte in ihrem Bett nichts zu suchen, auch wenn es aus dem Mund eines Königs kam.

Ihr Ritt führte zu den verwilderten und verwelkten Palastgärten am Fuß der Berge. Hier lag die Stadt hinter der Stadt, so nannten die Leute diesen Ort. Die aus Stein gebauten Häuser gehörten den Ministerialen, den oberen Beamten und den Familien der wohlhabenden hohen Diener von König und Bischof. Je näher sie dem Wald kam, desto einfacher wurden die Unterkünfte. Handwerker hatten sich Hütten errichtet, Leinweber, Gerber und Müller siedelten am Ufer des Flusses. Zu ihrer Linken lagen die Zelte der Wanderarbeiter und Marketender. Zur Rechten lebten die Schäfer und Hühnerzüchter, die den Palast belieferten, inmitten ihrer Herden.

Konstanze hielt auf den Waldrand zu. Wie immer, wenn sie der Falknerei einen unangemeldeten Besuch abstattete, breitete sich die Nachricht vom Auftauchen der Königin wie ein

Lauffeuer aus. Sie musste Bizza zügeln, um den Wanderern und Gänseherden und zusammenstehenden Gruppen auszuweichen, die nicht schnell genug zur Seite sprangen. Schließlich kam sie an einem Karren vorbei, der mit den Hinterrädern im Morast stecken geblieben war. Im Vorbeireiten erkannte sie die Familie eines wohlhabenden Bürgers von Palermo, wahrscheinlich auf dem Weg in eines der Jagdschlösser am Fuße der Berge. Eine Frau saß, eingehüllt in warme Decken, auf der offenen Pritsche. Vier Kinder schmiegten sich mit frostroten Wangen aneinander. Der Mann versuchte gerade, gemeinsam mit seinem Knecht, den Wagen wieder flottzumachen. Sie sah seine gedrungene Gestalt und den auffälligen *cappuccio a foggia,* einen pelzverbrämten Hut, an dem ein Schal befestigt war, der ihm bis auf die Schulter fiel. Es war die Kopftracht der Juden von Palermo.

»*Nobiluomo* Signor Hayyim! Ist alles in Ordnung?«

Der Mann sah auf. Konstanze entfuhr ein Schreckenslaut.

»*Todos santos!* Was ist mit Euch passiert?«

Sein linkes Auge war zugeschwollen und bläulich verfärbt. Signor Hayyim blinzelte, weil der Schnee immer noch in einzelnen Flocken vom Himmel fiel und er sein geschundenes Gesicht zu Konstanze emporheben musste. Er war ein kräftiger Mann mit glattrasierten Wangen, kurzen Haaren und einem in zwei Spitzen auslaufenden dunklen Kinnbart, in den das Alter erste silberne Fäden gewoben hatte. Sie hatte ihn mehrfach bei den königlichen Tafeln zu Gast gehabt. Nicht am runden Tisch natürlich, so edel war der *nobiluomo* nun auch wieder nicht. Aber unter den Arkaden des großen Saals hatte er sich einfinden dürfen, bei den Geldverleihern, den Spielleuten, den Kunsthandwerkern und all den anderen, die Leben an den Hof brachten. Er war ein *brujulero,* ein Kompassmaler, der die schönsten Windrosen und genauesten Ziffern auf die Seekarten und *portulani* tupfte und Konstanze mehrfach mit detailreichen Zeichnungen der verschiedensten Seeungeheuer entzückt hatte. Zudem stammte er von Mallorca, einer Insel im Mittelmeer, auf der ebenso wie in Aragón der blutige Krieg gegen die Herrschaft der Berber in vollem Gange war. Das und die Sprache verband sie mit diesem zwar bürgerlichen, aber künstlerisch so ungemein begabten Mann.

»Habt Ihr Euch geprügelt?«

»Nein! Ein unglücklicher Schritt auf der Treppe. Wir … wir verlassen Palermo.« Sein unverletztes Auge zuckte nervös.

»Warum?«

Cavaliere Livio erreichte sie, schwer atmend und erkennbar schlecht gelaunt. Ihm gefielen diese spontanen Ausflüge der Königin überhaupt nicht. Er streifte das Gefährt mit einem sorgenvollen Blick.

»Meine Königin …« Unsicher sah sich Signor Hayyim nach seinem Wagenknecht um. Die Hinterräder steckten im Schlamm fest, und die beiden Ochsen kauten und glotzten, ohne auf das Geschrei ihres Herrn zu achten. Aus den Hütten kamen Frauen mit Kindern und Männer in schwerer Arbeitskleidung, blieben aber in respektvoller Entfernung stehen. Bizza tänzelte und schnaubte. Der Wallach des Cavaliere machte sie nervös. Woher sollte die Stute auch wissen, dass ein Wallach …? Konstanze zügelte ihr Pferd, Signor Hayyim wischte sich den Schweiß von der Stirn, so sehr musste ihn das kleine Unglück mitgenommen haben.

»Wir wollen Richtung Syrakus und dann nach Ortigia. Die Luft ist schwer in Palermo, nicht gut für eine Frau, die der Herr gesegnet hat.«

Der Kompassmaler verbeugte sich so tief, dass sie sein Gesicht nicht mehr sehen konnte. Wie auf Kommando klammerten sich die Kinder noch enger an ihre Mutter. Konstanze spürte einen Anflug von Ärger. Wo sie auch auftauchte, alle schienen erst einmal in Deckung zu gehen. Dann fielen ihr die

Ereignisse des letzten Jahres wieder ein und dass der Eindruck, den die Sizilianer von ihr bekommen haben mussten, nicht sehr schmeichelhaft für sie ausgefallen war.

»Was ist mit Eurer Frau?«

»Rahel trägt das fünfte Kind.«

Das fünfte. Konstanze atmete tief durch. Nicht jede Schwangerschaft war schließlich ein direkter persönlicher Angriff auf ihre eigene Unfähigkeit. Sie schnalzte mit der Zunge und presste die Waden leicht an Bizzas Flanken. Das Pferd machte zwei, drei zögernde Schritte hin zum Wagen.

»Wie geht es Euch, Rahel?«

Die Frau war älter als Konstanze. Ihren Mantel aus braunem Scharlach hatte sie eng über der Brust zusammengezogen. Ein weißer Schleier war zu einer Haube geknüpft und bedeckte ihr Haar vollständig. Sie hatte ein schmales Gesicht mit fast madonnenhaften Zügen. Ihre Wangen leuchteten hochrot, ihre dunklen Augen glänzten wie im Fieber.

»Gut, meine Königin«, flüsterte sie.

Ein zweijähriger Junge mit angetrocknetem Rotz unter der Nase steckte den Daumen in den Mund und starrte auf Bizzas Zaumzeug. Es war nur das einfache Jagdgeschirr, doch selbst das unterschied sich deutlich von den dicken Hanfstricken, an denen Hayyims Ochsen gezogen wurden. Die anderen Kinder sahen zu Boden und wagten nicht, den Blick zu heben.

»Das ist eine beschwerliche Reise, noch dazu bei diesem Wetter«, sagte Konstanze.

Rahel nickte. »Im Süden ist es milder. Hayyims Bruder ist Bader in Ortigia und sagt, der Winter dort sei besser auszuhalten.«

»Warum seid Ihr dann nicht schon viel früher gereist?«

Rahel stöhnte plötzlich auf. Hayyim eilte zu ihr an den Wagen und griff nach ihren Händen. Der Mantel öffnete sich einen Spalt, und Konstanze sah, dass die Zeit der Frau bald kommen würde.

»Geht es? Hast du Schmerzen?«, fragte er.

»Nein.«

Sie krümmte sich zusammen. Konstanze sah sich nach Livio um, aber der war in solchen Momenten keine Hilfe. Vela, schoss es ihr durch den Kopf. Wenn Vela jetzt hier wäre … Wieder wurde ihr bewusst, wie sehr sie ihre alte Kammerfrau vermisste. Seit der Hochzeit hatte sie Vela nur selten gesehen. Sie hatte sich in die *Favara* versetzen lassen, und Konstanze war klug genug, um zu wissen, dass man Gehorsam befehlen konnte. Liebe und Freundschaft aber nicht.

»Signor Hayyim, Ihr solltet sie so schnell wie möglich zurück in Euer Haus schaffen. Nach Syrakus kommt Ihr nicht mehr.«

»Nein!« Rahel schrie fast. »Nicht zurück!«

»Nicht zurück«, wiederholte Hayyim schreckensbleich und tätschelte unbeholfen ihre Hand. »Wir gehen fort. Ich habe es dir doch versprochen.«

»Fort? Ihr werdet erfrieren!«, warf Konstanze ein. Der Weg über die Monti Nebrodi war schon im Sommer keine einfache Sache. Einen Ochsenkarren mit vier Kindern und einer Hochschwangeren im Januar über den Apenninen-Ausläufer zu treiben konnte nur die Idee eines Wahnsinnigen sein. »Oder Euer Weib kommt im Gebirge nieder. Es wimmelt dort von Räubern und Halsabschneidern. Die Klöster schließen bei Einbruch der Dunkelheit. Die Wege sind nicht passierbar. Ihr habt ja Palermo kaum verlassen und steckt schon fest!«

Der Wagenknecht ließ die Peitsche knallen. Die Ochsen brüllten auf und versuchten noch einmal, den Karren aus dem Loch zu ziehen. Hayyim ließ Rahel los und schob von hinten.

»Livio?« Der Cavaliere zuckte zusammen. Konstanzes Blick durchbohrte ihn wie ein Pfeil. »Helft ihm!«

Der erste Kammerdiener blickte hinab auf seine kostbaren, viel zu dünnen Beinkleider und die vom Straßenmatsch unbefleckten hellen Ziegenlederstiefel. Sie dirigierte Bizza zu seinem Wallach und griff nach dessen Zügeln.

»Ein bisschen schneller, wenn es beliebt«, zischte sie.

»Die Wachen müssten gleich hier sein. Könnten die nicht …«

»Cavaliere?«

»Meine Königin! Die Leute!«

»Gebt Ihnen ein Beispiel.«

Livio presste die schmalen Lippen zusammen. Er war ein dünner, hochgewachsener Mann mit pechschwarzen Haaren und einer schwelgerischen, fast weiblichen Körpersprache. Er war loyal, zumindest musste sie ihn noch nicht auf die Probe stellen, und wusste, dass er seiner Königin absoluten Gehorsam schuldete. Situationen wie diese versetzten ihn aber regelmäßig an den Rand der Hysterie. Cavaliere Livio war kein Mann fürs Grobe. Umso mehr musste er sich mit dem Gedanken vertraut machen, dass sie keine Königin war, die am warmen Kaminfeuer saß und spinnend Minnelieder sang.

»Und zwar sofort.«

Er sprang ab und landete knöcheltief im Morast. Ob seine halbherzigen Anstrengungen wirklich etwas bewirkten oder ob Hayyim und sein Knecht Bärenkräfte entwickelten, nur um aus dem Bannkreis der Königin herauszukommen – Konstanze wusste es nicht. Die Ochsen suchten Halt in dem glitschigen Boden, der Wagen neigte sich, Rahel und die Kinder schrien, und Konstanze trieb ihr Pferd auf die Umstehenden zu, die immer noch aus sicherer Entfernung zu ihr herübergafften.

»Los! Anpacken!«

Ein Schmied ließ den Hammer fallen, zwei zerlumpte Tagelöhner sprangen herbei, und gemeinsam schafften die Männer es schließlich, das Gefährt wieder flottzumachen. Die Räder fanden die Spurrillen, und gemächlich begannen die Ochsen, ihren Weg fortzusetzen. Konstanze ritt noch einmal zu Rahel. Die Frau lag wie ohnmächtig zwischen den Bündeln ihrer

Habe. Die Kinder beugten sich über sie, riefen sie, berührten sie, weinten.

»Rahel?«

Hayyims Frau öffnete mühsam die Augen. Jede Bewegung des Wagens schien ihr Höllenqualen zu verursachen. Das waren keine Wehen. Das war etwas anderes, etwas wirklich Schlimmes. Konstanze wunderte sich, dass Hayyim das nicht zu bemerken schien.

»Dreht um!«

»Ich … ich kann nicht.«

»Das ist ein Befehl!«

»Meine Königin!« Die Frau weinte. »Bitte! Lasst uns ziehen. Es ist mein Wunsch.«

»In Palermo gibt es Ärzte. Ihr braucht Ruhe! Eure Zeit ist bald gekommen!«

Ein Junge, acht, vielleicht neun Jahre alt, richtete sich auf und funkelte sie wütend an.

»Wir brauchen Eure Ärzte in Palermo nicht!«

» Yuçaf!«

Hayyim sprang vom Bock, eilte zur Pritsche und versetzte dem Jungen eine schallende Ohrfeige. Yuçaf wurde beinahe aus dem Wagen geschleudert. Er hielt sich die Wange und sah empört an Konstanze vorbei auf seinen Vater.

»Verzeiht«, stammelte Hayyim. Er lief neben dem Wagen her und blickte zu Konstanze hoch. »Natürlich kehren wir um, wenn Ihr es uns befehlt.«

»Nein«, wimmerte Rahel.

»Doch!«, brüllte ihr Mann.

Konstanze seufzte. An diesem Tag würden sie vielleicht umkehren, spätestens am nächsten wären sie jedoch wieder unterwegs.

»Gott sei mit Euch«, sagte sie. »Glück auf dem Weg.«

Sie brachte Bizza zum Stehen. Der Wagen rollte langsam

weiter. Sie konnte das unterdrückte Stöhnen Rahels hören. Hayyim drehte sich zu ihr um, verbeugte sich tief und wollte einige Dankesworte stammeln, aber Konstanze hob nur unwillig die Hand. Sie streifte sich einen der schmalen goldenen Almosenringe ab, die sie immer bei sich trug, weil man nie wusste, wann die Mildtätigkeit der Königin gefragt war.

»Wenn Ihr die *Favara* erreicht, so bittet den Präfekten Nabil Ibn Marah um Einlass. Zeigt ihm diesen Ring. Er wird Euch ein Lager für die Nacht geben.«

»Danke, meine Königin. Danke! Danke!«

Der Ochsenwagen entfernte sich. Hayyim küsste den Ring, steckte ihn ein und rannte los. Er sprang auf den Bock und riss dem Knecht die Peitsche aus der Hand. Über den Köpfen der Tiere ließ er sie knallen, als wäre der Sheitan hinter ihm her.

Mit gerunzelter Stirn sah Konstanze ihm nach. *La Favara*, das Jagdschloss im Osten des Goldenen Tals. Es war der äußerste Posten, bevor die tiefen, dunklen Wälder begannen. Vielleicht hatte Rahel Glück und würde dort niederkommen. Der Gedanke an Nabil und wie der kleine, nervöse Mann mit dieser Überforderung umgehen würde, zauberte ein flüchtiges Lächeln auf ihr Gesicht.

Sie drehte sich um. Ihr Blick fiel auf Cavaliere Livio. Was sie sah, ließ das Lächeln zu einem Grinsen werden, das sie sich sofort wieder vom Gesicht wischte.

Der Cavaliere war von oben bis unten mit Schlamm bespritzt. Hilflos hob er die Hände und sah an sich herab. Noch jemand, der mit der Nähe zum Leben offensichtlich seine Probleme hatte.

»Cavaliere!« Sie hob die Augenbrauen und schnalzte missbilligend mit der Zunge. »Ihr wollt mich doch nicht so zu den Falken begleiten?«

»Zu den Falken? Meine Königin, nein, natürlich nicht.«

Das Rasseln von Eisen und schwerer Hufschlag kündigten das Nahen der Wache an.

»Dann reitet zurück. Ich bin ja jetzt in guten Händen.«

Sie nickte der Garde zu, die sich in respektvollem Abstand um sie scharte. Cavaliere Livio machte eine Verbeugung und trollte sich zu seinem Wallach. Die Erleichterung war ihm anzusehen.

»Zur Falknerei?«, fragte der erste Wachsöldner.

Konstanze hob fröstelnd die Schultern. Es war zu kalt, um noch länger hier herumzustehen.

»Zur Falknerei«, bestätigte sie. Dann wendete sie ihr Pferd und trabte davon.

Erst vor der Weggabelung in der Mitte des Goldenen Tals ließ Hayyim die Ochsen anhalten. Er sprang vom Bock und eilte nach hinten, um nach Rahel und den Kindern zu sehen. Seine Frau lag mit schmerzverzerrten Zügen auf dem Boden, die Hände fest auf den Bauch gepresst.

»Was ist?«, keuchte Hayyim.

Der Anblick Rahels, die so sehr litt, schmerzte auch ihn. Die Kinder saßen hilflos um sie herum, streichelten ihr über den Kopf oder weinten.

»Es geht bald los.«

Hayyim erschrak. Sie waren erst am Anfang der Reise. Viel zu lange hatte er gezögert und die flehentlichen Bitten seiner Frau ignoriert. Beten, hatte der Arzt aus Flandern ihm gesagt. Beten, bevor er ihn aus dem Haus geprügelt hatte, weil Hayyim die Beherrschung verloren und ihn angeschrien und bespuckt hatte.

»Ich hätte diesem Quacksalber den Hals umdrehen sollen«, murmelte er.

Rahel hob den Kopf. »Nein. Du hast schon viel zu viele gegen uns aufgebracht. Wir müssen weiter.«

Erschöpft sank sie zurück. Hayyims Herz brach beinahe bei ihrem Anblick. Vier Kinder hatte sie ihm geboren. Geschlüpft wie Vögelchen, ohne Probleme. Nur dieses eine, das in ihrem Leib steckte, das hatte der Satan persönlich gedreht. Als Rahel erkannte, dass es nicht wie die anderen lag, hatte sich ein Schatten über ihr Haus gesenkt. Die Tage waren grau geworden und die Nächte ein nasser Alptraum aus Tränen und Schmerz. Niemand konnte helfen. Es war G'ttes Wille. In der Synagoge neigten die Frauen das Haupt, wenn sie sie sahen, und die Männer wichen ihm aus. Es war, als hätte Azrael, der Todesengel, schon die Arme über Hayyims Haus ausgebreitet, bereit, Rahels Namen und den des Ungeborenen aus dem Buch der Lebenden zu tilgen.

Er sah hinab auf seine Frau und seine vier Kinder und konnte nicht begreifen, womit er den Herrn so erzürnt hatte. Es schneite dichter. Der Atem stand in weißen Wolken vor den Gesichtern. Guidecca, seine Jüngste, schlief. Er stopfte die Pelzdecke unter ihrem Kopf fest. Rahels Hand fuhr vor und hielt die seine fest.

»Hayyim«, flüsterte sie. »Ich sehe Schatten hinter den Bäumen.«

Blitzschnell drehte er sich um. Es war noch nicht ganz Mittag, aber die Sonne war hinter einem Himmel aus grauem Eis verschwunden. Er lief ein paar Schritte in den Wald, konnte jedoch nichts Beunruhigendes entdecken.

»Da sind keine.«

Sie stöhnte. Im nächsten Moment verdrehten sich ihre Augen, und ihr Kopf fiel zur Seite.

»Rahel!«, rief er. »Rahel!«

Guidecca wachte auf und fing an zu weinen. Schneeflocken fielen auf Rahels Gesicht. Sie schmolzen sofort und sahen aus wie winzig kleine Tränen. »Mama«, schluchzte das Kind.

Hayyim sprang vom Wagen und eilte nach vorne zu seinem Knecht. Er riss ihm die Peitsche aus der Hand und ließ sie über den Köpfen der Ochsen knallen.

»Vorwärts! Los!«

»Herr«, sagte der Knecht. Und als Hayyim nicht auf ihn hörte, sondern die Peitsche wieder und wieder auf die Tiere niederfahren ließ, bis die Ochsen sich brüllend in Bewegung setzten, rief er: »Herr! Herr!«

Hayyim ließ die Peitsche sinken. Der Knecht wies auf die Weggabelung, die vor ihnen lag. Der Schnee hatte alle Spuren getilgt.

»Herr«, sagte der Knecht leise. »Wisst Ihr den Weg?«

9.

Konstanze wurde bereits von Bartolomeo de Montaperto, dem persönlichen Falkner Ruggeros, erwartet. Er war ein Mann in der Mitte des Lebens, hochgewachsen, schlank, mit ruhigen Bewegungen und einem von Wind und Wetter gegerbten Gesicht. Er stammte aus einem sizilianischen Geschlecht, das seinen Adel noch von den Normannen erhalten hatte. Die Jahre bis zu Ruggeros Krönung hatte er weitab vom Hof auf dem Stammsitz seiner Familie im Süden des Landes verbracht und sich dort der Hege und Aufzucht der königlichsten aller Tiere gewidmet. Er sprach fließend Arabisch, und ihm war eine der wichtigsten Neuerungen zu verdanken: Den Falken wurden die Augen nicht mehr zugenäht, sie bekamen stattdessen Lederhauben übergestülpt, die sie so lange tragen mussten, bis sie sich an ihren neuen Herrn gewöhnt hatten.

Er wartete auf Konstanze vor dem Eingang, half ihr vom Pferd und übergab die Zügel an einen herbeigeeilten Stallknecht.

»Welch ein Wetter«, sagte er, als sie sich den Schnee vom

Mantel klopfte. »Ich kann mich nicht erinnern, wann es zum letzten Mal geschneit hat.«

Er sah nach Osten, wo an klaren Tagen die Gebirgszüge mit ihren Wäldern zu erkennen waren. Alles, was Konstanze ausmachen konnte, war weißer, dunstiger Nebel.

»Es hört schon wieder auf«, sagte sie und dachte an Rahel. Hoffentlich erreichte die Familie die *Favara* vor Einbruch der Dunkelheit.

Als Konstanze das langgezogene Gebäude betrat, war die Luft erfüllt von den heiseren Schreien hungriger Vögel. Der Mittelgang trennte die Käfige voneinander, die jeder für sich so breit und hoch waren wie ihre Kemenate. Der Boden bestand aus gestampfter Erde, auf die täglich frisches Stroh geschüttet wurde. Ausgestattet waren sie mit Bäumen, Ästen, Ringen und allerlei anderem Spielzeug, das die Sinne der Tiere anregen sollte. Dennoch hatten sie genug Raum, um die Flügel auszubreiten und sich zu bewegen. Es war eine der größten und saubersten Falknereien, die Konstanze je gesehen hatte. In einem weiteren Stallgebäude befand sich die Aufzucht, um die sich die Knechte Tag und Nacht pflichtbewusst kümmerten.

Gerade kam ein junger Mann mit einem Korb toter Mäuse herbei, den er hastig vor dem Eingang einer Voliere absetzte. Bartolomeo öffnete die Tür, streifte seinen Handschuh über und lockte einen der Vögel mit einem leisen Pfiff. Ein Falke erhob sich, flatterte auf und segelte in elegantem Schwung auf Bartolomeos Hand. Sein Meister griff zu einer Lederhaube, die er am Gürtel trug, und streifte sie ihm über. Geschickt verknotete er die Schnur mit der Rechten. Der Vogel schüttelte sich, breitete die Flügel aus und beruhigte sich dann wieder. Es war Saxo, einer der Lieblingsfalken des Königs.

»Meine Königin?« Bartolomeo lächelte ihr zu und gab dem Knecht ein Zeichen, mit der Fütterung der anderen zu beginnen.

Dann trat er durch die niedrige Tür und verschloss sie mit einem Haken. Ihr fiel ein prächtiger Reisekäfig auf, und als Bartolomeo genau darauf zuhielt und Saxo vorsichtig auf der Stange darin absetzte, blieb sie einen Moment stehen.

Es war ein großes, schönes Tier mit blanken Augen und dunklen Tupfen auf dem hellen Gefieder.

»Heute ist kein Wetter für die Jagd. Deshalb darf er mal faul sein.«

»Ist er krank, oder warum trennt Ihr ihn von den anderen?«

»Nein. Der *ré* will ihn mit in die Berge nehmen.«

Das Schneetreiben hatte aufgehört, nur vereinzelt fielen noch winzige Eiskristalle vom Himmel. Auch wenn die Kälte keinen echten Falkner schreckte – das Wild blieb aus. Es hatte sich verkrochen und würde sich erst wieder herauswagen, wenn der Hunger übermächtig wurde. Konstanze fragte sich, was Ruggero mit Saxo in die Berge trieb und ob er über Nacht wegbleiben würde. Manchmal hatte sie das Gefühl, er war lieber mit den Falken zusammen als mit Menschen.

Sie wandte sich ab und ging hinüber zu der Voliere am Ende des großen Raumes. Der Wachmann hatte sich am Eingang postiert und bekam von einer hübschen Magd – sie vermutete, dass Bartolomeo ein Auge auf sie geworfen hatte und das Mädchen diesen Blick heimlich erwiderte – heißen Würzwein serviert.

»Ich will ihn auch nur kurz sehen.«

Bartolomeo nickte. Konstanze tauchte fast jeden Tag in der Falknerei auf. Mittlerweile hatten sich die Knechte an ihren Anblick gewöhnt und fielen nicht jedes Mal auf die Knie, wenn die Königin sie ansprach.

»Laszlo entwickelt sich prächtig«, sagte Bartolomeo. »Im Frühling werdet Ihr mit ihm am Ätna jagen können. Ich kenne wirklich wenige hochedle Damen, die so interessiert an ihrem Falken sind.«

Das ging Konstanze ähnlich. Wenn sie ehrlich war – sie kannte so gut wie keine. Der Adel Siziliens saß entweder hinter Gittern, weil er sich gegen Ruggero verschworen hatte, oder er ließ sich nur selten am *cour* von Palermo blicken. Die Hochzeit im vergangenen Jahr war das letzte große gesellschaftliche Ereignis gewesen. Natürlich versuchte sie, so etwas wie ein höfisches Leben zu etablieren. Aber das war schwierig. Nicht nur, weil die Anlässe fehlten – es fehlten auch die Gäste. Die wenigen königstreuen Familien lebten weit über das Land verstreut. Dabei platzte der Hof fast aus allen Nähten. Wissenschaftler, Händler, Künstler, Philosophen – an klugen, geistreichen Menschen war kein Mangel. Sie kamen von weit her, aber ihre Frauen blieben zu Hause. Wie sollte sie Anschluss finden, wenn es keine Frauen gab, zu denen sie sich gesellen konnte?

Sie erreichten die Voliere mit den jungen Falken. Aufgeregt flatterten die Vögel in dem Käfig herum. Bartolomeo stieß einige beruhigende Laute aus. Konstanzes Liebling ließ sich wieder auf einem Ast nieder und äugte misstrauisch herab.

»Soll ich Laszlo holen?«

»Nein. Noch nicht.«

Sie blieb an den Gitterstäben stehen. Sie hatte dem Falken den Namen ihres verstorbenen Sohnes gegeben. Aus dem Mund des Falkners klang er fremd und hart.

»Ich will ihn nur ansehen.«

»Dann könnt Ihr ihn und die anderen auch gleich füttern, wenn es Euch gefällt. Sie haben Hunger.«

Auf einen Wink hin kam ein weiterer Knecht mit einem kleineren Korb herbei. Bartolomeo nahm einen der Lederhandschuhe von einem Haken am Querbalken der Voliere und reichte ihn Konstanze. Sie streifte ihn ohne zu zögern über die linke Hand. Er war für die Arbeit gedacht und nicht zur Repräsentation. In der Falknerei war sie nicht die Königin, sondern ein ebenso unbekanntes wie bedrohliches Wesen für diese gefiederten Geschöpfe, denen es egal war, von wem sie ihr Fressen bekamen und in wessen ungeschützte Hand sie ihre Krallen schlugen.

Mit der Rechten nahm sie einen der knorpeligen, kleinen Mäusekörper. Bartolomeo öffnete die Tür und ließ sie eintreten. Wieder flatterten die Vögel auf, nur Laszlo blieb sitzen. Konstanze nahm den Kadaver in die Linke und hielt ihn dem Vogel entgegen.

Der Falke wartete. Unruhig ließen sich die anderen auf den obersten Ästen nieder.

»Komm, Laszlo«, lockte sie. »Komm, mein Süßer, Schöner …«

Er kannte ihre Stimme. Unschlüssig hob er einen Fuß und setzte ihn wieder ab. Dann breitete er wie zum Spiel die Flügel aus.

»Komm her! Komm zu deiner Königin!«

Laszlo stieß sich ab und segelte herunter. Nach einem eleganten Bogen ließ er sich auf Konstanzes Hand nieder und begann, den Leckerbissen zu verspeisen. Mit strahlendem Gesicht beobachtete sie, wie er der Maus erst den Kopf abriss und sich dann über den Rest hermachte.

Sie drehte sich zu Bartolomeo um – und erblickte Ruggero.

Der *ré* kam durch die Falknerei direkt auf ihren Käfig zu. Er trug seine Jagdkluft – enge wollene Hosen, hohe Ziegenlederstiefel und einen fast knielangen dunkelgrünen Wollumhang. Sie begegneten sich außerhalb des Palastes so selten, dass es ihr für einen Moment nicht gelang, das Lächeln aus ihrem Gesicht zu wischen. Ruggero sah sie und lächelte ebenfalls. Ein Knecht folgte ihm mit dem Reisekäfig.

»Bartolomeo!«

Der Falkner verbeugte sich und wartete, bis der König ihm ein Zeichen gab. Erst dann richtete er sich auf.

»Wir haben Saxo schon geholt«, sagte der Vogelmeister. »Alles ist zum Transport gerichtet. Wir müssen ihn aber noch ausreichend füttern, damit er auf dem weiten Weg nicht unruhig wird.«

Weg? Welcher Weg?, lag es Konstanze auf der Zunge, zu fragen. Doch sie beherrschte sich. Ruggeros Einfälle wirkten oft spontan, waren aber meistens von langer Hand geplant. Allerdings bezog er sie in diese Planungen selten ein. Sie wusste nicht, was sie daran so kränkte. Bei Imré, ihrem ersten Mann, hatte es ihr überhaupt nichts ausgemacht. Im Gegenteil: Je weniger sie an der Last der Krone zu tragen gehabt hatte, umso besser.

»Ihr könnt ihn gerne füttern, aber er bleibt hier.« Der *ré* sah sich um. Sein Blick fiel auf Konstanzes Falken. Er betrachtete ihn interessiert, und genau dieses Interesse machte sie misstrauisch.

»Ich habe mich anders entschieden. Ich nehme diesen hier.«

»Was?«

Ihr Aufschrei ließ Laszlo verschreckt aufflattern. Aber er beruhigte sich wieder und verschlang nun den Rest des Kadavers.

»Den da«, wiederholte Ruggero. Seine Stimme duldete keinen Widerspruch.

Hilflos drehte sie sich zu Bartolomeo um. Der klappte wieder vornüber und schien es darauf anzulegen, mit der Nase die Knie berühren zu können.

»Aber warum denn? Das ist mein Falke!«

»Alle Falken gehören dem König. Er ist schön. Er hat genau die Anzahl Flecken, die ich brauche.« Er deutete auf die Schwanzfedern des Vogels. »Er wird den Emir erfreuen.«

»Den Emir?«, fauchte Konstanze. »Und was ist mit mir?«

Sie konnte Ruggero ansehen, was er von ihrem Widerspruch hielt. Nichts. Außerdem waren Zeugen in der Nähe. Bartolomeo würde sich zwar eher die Zunge abschneiden, als etwas von einem Zwist zwischen *ré* und *reina* weiterzuerzählen, aber die Knechte und Stalljungen spitzten die Ohren. Sie schüttelte die Hand, Laszlo erhob sich und flog zurück auf den Baum.

»Du suchst dir einen neuen aus«, sagte Ruggero leise.

»Ich denke gar nicht daran«, zischte sie zurück. »Seit Wochen arbeite ich mit ihm. Ich habe ihn schon fast so weit. Er ist an mich gewöhnt, und er wird mich im Frühling begleiten. Das ist der Wunsch der Königin.«

Ruggero nahm sie am Arm und zog sie ein paar Schritte weiter hinein in die Voliere. Konstanze ließ es unwillig geschehen. Sie kannte die spontane Art des Königs mittlerweile gut genug, um zu wissen, dass seine sonderbaren Wünsche oft vernünftige Gründe hatten. Aber jedes Mal ärgerte sie sich, dass er sich einfach über sie hinwegsetzte. Er beugte sich zu ihr hinab. Sie spürte, wie sein Atem ihre Wangen kitzelte.

»Ich brauche ihn.«

»Warum so plötzlich?«

»Heute Nacht ist wieder ein Handelszug in den Bergen überfallen worden. Sarazenen. Ich werde zu ihnen reiten und mit ihnen reden.«

»Und da gibst du ihnen einen Falken?«

Ein Falke aus der Zucht des Königs war das Kostbarste, was man verschenken konnte. Ruggero seufzte ungeduldig. Bartolomeo hatte sich hinaus in den Gang verdrückt und tat so, als ob er die toten Mäuse im Korb zählen würde.

»Mehr noch. Ich werde sie zu Wächtern machen.«

»Was?«

Ungläubig starrte sie ihn an. Das konnte nicht wahr sein. Sarazenen, Mauren, Berber – überall im christlichen Abendland kämpfte man gegen sie. Ruggero dagegen, der selbst weder die Macht noch das Geld hatte, gerüstete Wachen entlang der Handelswege zu stationieren, wollte tatsächlich die grausamsten der Räuber zu Beschützern machen. Sie verstand ihn nicht. Und manchmal hatte sie das Gefühl, es würde ihr nie gelingen.

Er hob die Hand und wollte Laszlo über das Gefieder streichen. Verschreckt breitete der Falke die Flügel aus. Konstanze bemerkte das mit Genugtuung. Tiere hatten eben keinen Respekt vor Königen. Sie gab den Vogel frei, er flatterte auf einen Ast und äugte misstrauisch zu ihnen hinunter.

»Wenn es mir gelingt, Emir Tamin Ibn Abdad zum Freund zu haben, wird er sich auch wie einer verhalten.«

»Glaubst du«, sagte sie.

Er presste die Lippen zusammen und wandte sich ab. Seit jener Nacht in seinem *musio* hatten sie nicht mehr über seine Zukunftspläne gesprochen. Wahrscheinlich, weil die Gegenwart schon verfahren genug war. Sarazenen als Wächter der Handelswege. Auf so eine Idee konnte auch nur Ruggero kommen. Doch Widerspruch reizte ihn erst recht. Sie stellte sich ihm in den Weg.

»Wie willst du das anstellen? Ein Vogel allein macht doch aus Feinden keine Freunde.«

»Nein, natürlich nicht.« Er hob einen abgebrochenen Ast auf und schlug sich damit ungeduldig gegen die Stiefel. »Ich selbst werde ihn hinbringen. Eigentlich wollte ich mich von Saxo trennen, aber dann …«

»Von Saxo?«

Der Falke war nicht nur Ruggeros absoluter Liebling. Er wurde von allen gehätschelt, verehrt und mit größter Aufmerksamkeit behandelt. Genauso gut hätte der *ré* sagen können, er wolle seinen Hengst Draco persönlich dem Emir zuführen.

»Er muss perfekt sein. Kostbar. Von edelster Zucht. Und deiner hat auch noch genau die richtige Punktzahl.«

Konstanze war egal, wie viele braune Flecken eine Falkenfeder hatte. Aber sie wusste, dass dies in manchen Ställen, die für höchste Adelskreise züchteten, ein wichtiges Merkmal war.

»Der Vogel gehört mir«, wiederholte sie noch einmal, hoffentlich mit dem richtigen Nachdruck. »Ich werde ihn nicht für irgendeinen lächerlichen Einfall hergeben.«

Fehler. Wenn man Ruggero mit etwas auf die Palme bringen

konnte, dann damit, dass man ihn nicht ernst nahm. Er nickte knapp, stieß einen kurzen Pfiff aus und wartete, bis es zwei Stallburschen gelungen war, sich gleichzeitig durch die schmale Tür zu quetschen.

Er deutete mit dem Stab auf Laszlo. »Den da.«

»Nein!«, zischte Konstanze.

In ohnmächtiger Wut musste sie mit ansehen, wie einer der beiden Männer ein Tuch aus dem Gürtel zog und den Baum hochkletterte. Tränen traten ihr in die Augen.

»Du bekommst einen neuen«, sagte Ruggero leise.

Aber das war kein Trost.

»Laszlo!«, lockte der Bursche.

»Wie nennt Ihr ihn?«

»Laszlo, mein König«, antwortete der Zweite und warf sich auf die Knie, wie man das tat, wenn der Herrscher geruht hatte, sich persönlich an den Untertan zu wenden.

»Laszlo?«, fragte Ruggero und wandte sich an Konstanze. »So hieß doch ...« Er brach ab, weil er erst in diesem Moment verstand. »Lasst uns allein.«

Der Bursche auf dem Baum ließ das Tuch sinken, das er gerade über den Falken werfen wollte, und sprang herab. Beide wieselten aus der Voliere. Ruggero griff Konstanze sanft ans Kinn und hob ihr Gesicht. Sie wich seinem Blick aus.

»Ein Falke wird dir nie den Sohn ersetzen.«

Sie schluckte. Das wusste sie. Trotzdem hatte sie das Gefühl, ihr wäre mehr genommen worden als ein Vogel.

»Und ein König wird sich nie entschuldigen. Aber er wird sagen, dass ihn dein Schmerz berührt. Wenn dieser König zufälligerweise dein Mann ist, dann wird er dir versprechen, dass du wieder Söhne bekommst.«

»Wann?«, flüsterte sie.

Sie sehnte sich so sehr danach. Doch es schien Gottes Wille zu sein, sie zu prüfen. Die Astrologen und der Arzt aus Flandern hatten genau berechnet, wann Ruggeros Bemühen am ehesten fruchten würden, aber mit jedem Monat, der ungesegnet verstrich, sank ihre Zuversicht.

»Bald«, sagte er und ließ sie los. Er trat einen Schritt zurück und musterte sie, als ob ihm gerade einer seiner wunderbaren spontanen Einfälle gekommen wäre. »Komm mit.«

»Wohin?«

»In die Berge. Das Geschenk wird umso kostbarer sein, wenn der Emir sieht, wie viel es dir bedeutet.«

Konstanze öffnete den Mund – und klappte ihn wieder zu, weil ihr zu dieser Ungeheuerlichkeit nichts mehr einfiel. Ruggero deutete das offenbar als Zustimmung.

»Du wirst ihn übergeben.«

»Das kann ich nicht. Niemals.«

Aber er hielt ihr schon die Tür der Voliere auf. Langsam folgte sie ihm.

»Du wirst Spaß haben. Wir beide in den Bergen, zu Gast in den weißen Zelten der Sarazenen. Vielleicht feiern sie eine Fantasia. Ich werde Majid vorausschicken. Der Emir erwartet einen Jäger, und kommen wird … eine Königin!«

Ruggero schenkte ihr ein strahlendes Lächeln. Er war überwältigt von der List seines Einfalls und wusste, dass er sie zu so einem Abenteuer nicht mit Gewalt überreden konnte. Konstanze verschränkte die Arme vor der Brust und schüttelte trotzig den Kopf.

»Noch nie war eine katholische *reina* zu Gast in den Zelten der Sarazenen. Was verlangst du da von mir? Wenn du der Meinung bist, um die Freundschaft dieser Mörder buhlen zu müssen – bitte. Ich werde niemals auch nur einen Fuß auf das Terrain dieser gottlosen Diebe und Brandschatzer setzen! Ich bei Sarazenen! Bist du wahnsinnig geworden?«

»*Sidi?*«

Konstanze fuhr herum. Hinter den Gitterstäben stand Majid. Sein Gesicht, über und über verunstaltet mit furchterregenden Tätowierungen, wirkte wie versteinert.

Majid war der wichtigste Vertraute Ruggeros. Woher diese enge Freundschaft kam, konnte Konstanze nur vermuten. Einmal war ihm herausgerutscht, dass er als *qadi* von Palermo das Kind Federico des Öfteren zurechtgewiesen hatte. Das trauten sich nur wenige. Der Sarazene schien eine Art Vaterstelle bei Ruggero übernommen zu haben, die ihm eine Vielzahl von Privilegien verschaffte, von denen er nur eines voll und ganz ausschöpfte: den uneingeschränkten Zugang zum *ré*.

Er nickte Konstanze zu, neigte den Kopf und legte die Hand aufs Herz, was die höchste Stufe an Ehrerbietung war, die er je zeigte. Er trug einen warmen Reiseumhang und weite wollene Hosen, die er an den Knöcheln mit goldbestickten Lederbändern zusammengeschnürt hatte. An seinem Gürtel baumelten zwei Dolche, beide aus getriebenem Silber und mit kostbaren Edelsteinen besetzt. Wäre nicht sein verunstaltetes Gesicht gewesen, er könnte ein reicher arabischer Händler sein oder einer der sarazenischen Falkner.

Konstanze biss sich auf die Lippen. Sie musste lernen, sich zu beherrschen. Dispute über Ruggeros verstiegene und wahnwitzige Pläne gehörten ins *musio* oder ins Bett, aber nicht in eine Falknerei. Jeder konnte sie belauschen. Und Majid war ein Meister im Anschleichen, das hatte sie schon öfter bemerkt.

»Ich meine natürlich, also … eine Königin in den Zelten der Bergstämme«, setzte sie hinzu. »Man hört, sie wären nicht sehr bequem und bei diesem Wetter auch schlecht zu heizen.«

Täuschte sie sich, oder blitzte es in Majids schwarzen Augen auf? Sie konnte den Mann nicht einschätzen. Manchmal vermutete sie, dass doch irgendwo ein Funke Humor hinter seiner einschüchternden Fassade verborgen war.

»Die Zelte des Emirs sind komfortabel wie ein Palast«, antwortete er mit seiner leisen, melodischen Stimme. Er sprach, ebenso wie Ruggero, Latein, Volgare, Aarabisch, Hebräisch und Spanisch. »Es wird Euch dort an nichts fehlen.«

»Natürlich nicht«, sagte Ruggero. Er blieb im Gang hinter der geöffneten Tür kurz stehen. »Ich sende einen Boten zum Cavaliere. Wo steckt der eigentlich? Er ist doch sonst überall dabei.«

»Er muss sich umziehen.« Konstanze sah hinab auf ihre eigenen Beinkleider. »Und ich auch. Sosehr ich die Gastfreundschaft der Sarazenen auch zu schätzen weiß, ich kann nicht mitkommen.«

Sie raffte ihren Mantel zusammen und folgte Ruggero in den Gang. Wenigstens in diesem einen Punkt wollte sie ihm die Stirn bieten. Er nahm ihr nicht nur einfach ihren Falken, sondern benutzte auch noch den Grund, weshalb sie so an dem Tier hing, um seine Verhandlungsposition zu stärken.

Dabei war er geschickt, das musste sie ihm zugestehen. Er hatte nichts, und aus diesem Nichts zauberte er wie ein Gaukler immer neue Bündnisse und Verpflichtungen. Ob es ihm aber gelingen würde, die Sarazenen mit einem Vogel zu seinen Untertanen zu machen, wagte sie zu bezweifeln.

Ruggero ging voran und flüsterte mit Majid. Das konnte sie erst recht nicht ausstehen. Wenn es etwas zu Flüstern gab, dann mit ihr. Er blieb so abrupt stehen, dass sie beinahe in ihn hineingerannt wäre.

»Bartolomeo, ich habe mich für Laszlo entschieden. Saxo bleibt hier.«

Der Falkner, der gerade den korrekten Sitz der Lederhaube bei einem Jungvogel überprüft hatte, nickte. »Wann wollt Ihr aufbrechen, mein König?«

»In einer Stunde. Wir übernachten im Kloster von Monreale.«

»Es wird alles bereit sein.«

Ruggero wandte sich an Konstanze. »Ich erwarte dich im Hof bei den Ställen.«

»Ich ...«

»In einer Stunde.«

Er war einen Kopf größer als sie – noch etwas, das sie an ihm mochte, denn neben ihrem verstorbenen ersten Mann war sie sich immer viel zu groß, zu plump und zu ungeschickt vorgekommen. In Ruggeros Nähe war das anders. Sie hatte das Gefühl, von ihm allein durch seine Anwesenheit beschützt zu werden. Und verraten, setzte sie bitter hinzu.

»Noch einmal: Ich werde nicht mitkommen. Es schickt sich nicht.«

»Du bist die Königin. Wir machen einen Freundschaftsbesuch.«

»Schöne Freunde!«

Sie warf einen schnellen Blick auf Majid und hoffte, dass er klug genug war, ihre Abneigung gegen die Sarazenen nicht auf sich zu beziehen. Er tat wieder einmal so, als ob er nichts gehört hätte, und trat an Saxos Käfig, um den Vogel mit einem sanften Schnalzen der Zunge zu begrüßen.

»Du willst doch Laszlo nicht allein lassen?«, fragte Ruggero leise.

»Nimm ihn. Er ist nur ein Falke.«

Sie wandte sich ab, aber er griff nach ihrem Arm und zog sie zu sich herum.

»Willst du mich nicht verstehen?«

»Ich will schon, doch ich kann nicht. Vielleicht liegt es daran, dass es ein Wort gibt, das ich noch nie aus deinem Mund gehört habe. Das aber alles wesentlich einfacher machen würde.«

»Und das wäre?«

»Bitte.«

Er ließ ihren Arm los.

»Ein König bittet nicht.«

Er ging. Majid folgte ihm. Konstanze sah den beiden nach. Bartolomeo trat zu ihr. Er hob die Hand, und für einen kurzen

Moment sah es so aus, als ob er sie auf ihren Arm legen wollte. Dann ließ er sie wieder fallen.

»Ihr bekommt einen neuen.«

»Ja«, flüsterte Konstanze. »Und er wird der Königin gefallen.«

Eine Stunde später stand sie abreisefertig im Hof vor den Pferdeställen. Die Saumtiere waren schon beladen, auf mehreren Ochsenkarren türmten sich Körbe, Stoffballen und Holzkisten. Es hatte aufgehört zu schneien, doch es war so kalt, dass der Atem vorm Mund wie eine Wolke stehen blieb. Konstanze hatte sich ein weites Pelzcape mit einer Kapuze übergeworfen. Elena, die Zofe, zeterte gerade mit einem Wagenknecht, der viel zu wenig Platz für die Habe der Königin gelassen hatte. Zwei Reisekisten wurden wieder heruntergehoben. Der Gedanke, die schlechtgelaunte Griechin mehrere Tage auf engstem Raum um sich zu haben, heiterte Konstanze nicht auf.

Schließlich kam der *ré*. Der Stallmeister führte ihm Draco zu, und Konstanze hielt den Atem an. Der schwarze Rappe war geschirrt, als sollte er seinen Herrn zu einer Krönung tragen. Eine prächtige, goldbestickte Samtdecke lag auf seinem Rücken. Zügel und Zaumzeug waren mit Edelsteinen besetzt, die Trense sah aus, als wäre sie aus reinem Silber. Jemand hatte Goldfäden in Dracos Mähne und Schweif geflochten. Konstanzes Stute Bizza sah nicht minder prächtig aus. Ein passender Aufzug, wenn man dem Grafen von Bari oder dem Erzbischof von Catania seine Aufwartung machen wollte. Aber der Emir war das Oberhaupt einer Bande von Dieben und Mördern. Wenn überhaupt, hätte Konstanze fränkische Söldner zu ihm geschickt, schwer gerüstet und mit der klaren Ansage, dass die Köpfe der Räuber demnächst auf Lanzen gespießt die Handelswege säumen würden.

Sie zählte die Wachen. Zehn Mann. Sie hoffte, das würde genügen. Offenbar war dies hier ein kleiner Ausritt zum Vergnügen und kein offizieller Besuch, sonst wären sie mit einem größeren Gefolge losgezogen. Als das Tor sich öffnete und das Königspaar hinter der Vorhut hindurchritt, sah sie sich noch einmal um. Der Normannenpalast erschien ihr plötzlich wie die einzige Zuflucht in einem Land, das von so vielen Mächten regiert wurde. Zu vielen, um sich wirklich sicher zu fühlen.

10.

Nabil Ibn Marah, Kämmerer und Gesindemeister des königlichen Jagdschlosses *La Favara*, eilte wieselflink durch den Kellergang zu den Vorratskammern und hieb dabei im Vorübergehen mit seinem reichverzierten Stock wütend auf die Weinfässer.

»Drei Dutzend gepökelte Hasen! Vier Gallonen Wein! Achtzehn Säcke Mehl!«

Er drehte sich so abrupt um, dass der Kellermeister beinahe mit ihm zusammengestoßen wäre. Nabil war ein kleiner Mann. Das Größte an ihm waren sein Turban, sein Schnurrbart und die Wut, mit der er den zerknirschten Mann anfunkelte.

»Wohin?«

»Ich weiß es nicht, *Sidi*!« Der Kellermeister hob verzweifelt die Hände. »Letzte Woche war alles noch da!«

»Alles? Ihr meint wohl das, was die Diebe uns gelassen haben! Wir werden seit Monaten bestohlen. Und was tut Ihr?«

»Ich habe die Wachen verstärkt. Die Kammern werden rund um die Uhr kontrolliert. Es ist mir ein Rätsel!«

Nabil fauchte wie eine Katze. Seine Stimme war die des

zehnjährigen Knaben, als der er in Abessinien auf den Sklavenmärkten der katalanischen Kaufleute entmannt und verkauft worden war. Nabil hatte die Operation und den Transport überlebt. Doch er war danach nicht mehr gewachsen. Erst viele Jahre später wusste er um seinen Wert und dass er diesen nicht besitzen würde, hätte man ihn nicht seiner Kostbarkeiten beraubt. Manchmal haderte er allerdings damit, den Sklavenjägern so jung in die Hände gefallen zu sein. Dann müsste er sich nicht auf die Zehenspitzen stellen, um die Safrangläser zu beaugenscheinigen.

»Zehn!«

»D… da… das ist richtig, mein Herr«, stotterte der Kellermeister.

Nabil legte die Hände auf den Rücken und wandte sich dem Raum zu, in dem die Krüge mit dem Olivenöl aufbewahrt wurden. Ein Knecht erfasste in letzter Sekunde die Absicht und schlüpfte vor ihm hinein, um die Kienspäne an den Wänden zu entzünden.

»Und hier?«

»Es sind alle noch da.«

»Das sehe ich!«, schrie Nabil mit seiner hohen Stimme. »Aber ich will wissen, ob sie auch noch so voll sind wie beim letzten Mal!«

Eifrig schob der Kellermeister den hölzernen Deckel vom ersten Fass. Während er mit einem Stab den Ölstand prüfte, schob Nabil das linke Ende seines ausladenden Schnurrbartes in den Mund und kaute darauf herum. Die Diebe waren keine Feinschmecker. Es ging ihnen um Mehl, Öl, Wein und Trockenfleisch. Spartanische Kost für den langen Winter. Die zarten Schinken, die feinen Würste aus der Räucherkammer des *ré* verschmähten sie genauso wie Safran, Mandeln und Honig.

»*Sidi?*« Der Kellermeister schob den Deckel zurück an seinen Platz. »Vier bis fünf Maß.«

»Was?«

Nabils Entsetzen klang, als hätte jemand einer Katze auf den Schwanz getreten. Fünfzig Becher Öl waren spurlos verschwunden. Wenn das in dieser Geschwindigkeit weiterging, würden sie bis zum Ende des Winters ein ganzes Fass verlieren. Er war fest entschlossen, die Diebe aufzuspüren. Aber wie?

Wutschnaubend verließ er den Keller und eilte hinüber in die Wachstube neben dem Tor. Sie war erstaunlich gut besucht, was Nabil zum einen aufs Wetter, zum Zweiten auf den Geruch schob, der ihm schon im Hof das Wasser im Mund zusammenlaufen ließ. Dieser Zaki war wirklich ein Teufelskerl. Was der in den paar Monaten unter der Obhut des französischen Kochs alles gelernt hatte, war kaum zu glauben. Jeden Morgen zog er mit den Küchenmägden los, grub Wintergemüse aus und bittere Wurzeln, ließ Milch faulen und Eier stocken, schlug Sahne zu köstlicher gelber Fettpaste und verfeinerte die Eintöpfe des Personals auf eine Weise, wie es sonst nur an den großen Höfen üblich war. Ab und zu trafen sich die beiden wohl noch, und der Meister und sein Lehrling tauschten ihre Erfahrungen aus. Nabil ließ sie gewähren. So zufrieden hatte er die Knechte schon lange nicht mehr erlebt.

An diesem kalten Tag wurden sie mit in Honig getunkten Schmalzkrapfen verwöhnt. Nabil erkannte den Hauptmann an der Stirnseite des großen Tisches und eilte auf ihn zu. Der Mann sprang auf und wischte sich hastig das Fett aus den Mundwinkeln.

»Wo ist Zaki?«, fragte Nabil.

Der Hauptmann deutete auf den Küchensaal, der sich direkt an die Wachstube anschloss. Im Saal brannte ein großes Feuer. Darüber hing an einer schweren Eisenkette ein Kupferkessel mit brodelndem Schmalz. Mehrere Mägde waren damit beschäftigt, die Krapfen auszubacken. Zaki Abdellativ, einst

Knecht des Kochs der Königin, bewachte ihr Tun mit Argusaugen. Nabil überschlug die Menge Fett, Mehl, Zucker und Honig, die der agile Küchenjunge für dieses Mahl veranschlagt hatte, und beruhigte sich langsam.

Zaki legte ihm täglich das Küchenbuch vor. Darin waren alle Entnahmen aus dem Vorratslager säuberlich vermerkt. Wenn der Bursche heimlich etwas abzweigte, dann machte er es jedenfalls sehr geschickt.

Der Junge erkannte Nabil und begrüßte den Kämmerer mit einem ehrerbietigen Nicken.

»Vier bis fünf Maß Öl«, sagte Nabil statt eines Grußes. »Drei gepökelte Hasen, vier Gallonen Wein, achtzehn Säcke Mehl.«

»Achtzehn!«, entfuhr es Zaki. Damit konnte man ein halbes Dorf eine Woche lang ernähren.

»Ich frage dich zum letzten Mal: Hast du etwas mit den Diebstählen zu tun?«

»Nein, *Sidi*. Natürlich nicht! Bei Allah, dem Allerbarmenden, der Himmel und Erde ...«

»Jaja, schon gut.«

Nabil winkte unwirsch ab, weil Zakis Anrufungen ihn immer daran erinnerten, wie sehr er Gebet und innere Einkehr vernachlässigte.

»Vielleicht sind es Ratten?«

Zaki war ein magerer, wieselflinker Junge, der in den letzten Monaten hochgeschossen war und Nabil bereits um mehr als eine Haupteslänge überragte. Eigentlich war er viel zu jung für eine so hohe Stellung. Aber da ihn niemand offiziell ernannt hatte und der eigentliche Koch wie immer am Nachmittag den Rausch ausschlief, den er sich am Vormittag angetrunken hatte, ließ Nabil ihn gewähren. Seit Zaki die Küche an sich gerissen hatte, stimmten die Bücher.

Dafür lief in Nabils Keller einiges schief.

»Ratten.« Seine hohe Stimme bekam durch den ärgerlichen

Unterton etwas Kindliches, das er hasste. »Natürlich. Sie schlürfen Öl, saufen Wein und fressen gepökelte Hasen.«

»Bettler? Fahrendes Volk?«

»Und wie sollen sie hier hereinkommen?«

Zaki hob die knochigen Schultern. Eine Magd trat zu ihnen und bot einen Teller mit Krapfen an. Nabil schnupperte. Er wollte nicht essen. Doch dann konnte er nicht widerstehen und nahm sich einen. Er war köstlich. Außen knusprig und kross, innen zart und flaumig. Der geschmolzene Honig tropfte ihm warm über die Finger. Die junge Frau stellte den Teller auf einem Schemel ab und kehrte zurück zu den kichernden Mägden, die die kleine Szene beobachtet hatten.

Jaja, dachte Nabil und schlang den zweiten Krapfen in sich hinein. Lacht euch nur eins. Ich weiß, was ihr denkt. Und es gibt eine Menge Frauen, die nicht mehr kichern, wenn sie sich an mich erinnern und an das, was ich besser kann als die, denen noch alles zwischen den Beinen hängt.

Zaki goss noch etwas erwärmten Honig aus einem kleinen Krug über die Krapfen. Nabil nahm sich den nächsten. Was war da drin? Rosmarin? Zimt? Nelken? Man konnte gar nicht mehr aufhören, wenn man einmal damit angefangen hatte.

»Wenn ich merke, dass du mich hintergehst …«

Zaki stellte schnell den Krug ab und trat einen Schritt zurück.

»Niemals! *Sidi!*«

In der Wachstube wurden Schemel gerückt. Die Männer sprangen auf, riefen sich etwas zu und liefen hinaus. Nabil wischte sich die Finger an seinem Umhang ab und trat in die offene Tür.

»Was ist los?«

»Fremde!«, rief ein älterer Söldner. Er humpelte nach draußen.

Zaki und Nabil folgten ihm. Fremde. Der Kämmerer warf einen Blick in den bleigrauen Himmel. Wer zu dieser Stunde noch im Goldenen Tal unterwegs war, musste sich schnellstens eine Unterkunft suchen. Bei den Hirten, bei den Jägern, vielleicht bei einem der Bauern, die ihre Katen direkt am Rand des königlichen Waldes gebaut hatten. Das Jagdschloss des *ré*, die *Favara*, war kein Gasthaus. Es stand allenfalls den Freunden des Königs offen, und das auch nur dann, wenn Boten das Kommen angekündigt und Nabil genug Zeit gelassen hatten, sich auf den hohen Besuch vorzubereiten.

Die Wächter hatten eine kleine Luke im Tor geöffnet. Schon von weitem hörte Nabil die Stimme des Mannes.

»Zieht weiter. Ihr könnt hier nicht bleiben.«

Jemand klopfte von außen mit aller Kraft gegen das Tor. Nabil vernahm wütendes Gebrüll.

»Fahrt zurück bis zur nächsten Kreuzung und wendet Euch nach rechts. Nach einer Stunde Wegs …«

Der Wächter unterbrach seine Rede, weil wieder von außen an das schwere Holz geklopft wurde, als wollte jemand die Tür eintreten.

»… kommt ihr zu den Schäfern. Die nehmen gerne Gäste auf.«

Der Mann schloss die Luke. Nabil trat auf ihn zu und nickte ihm wohlwollend und aufmunternd zu.

»Ein Jude mit seiner Frau. Sie kommt bald nieder.«

Wieder trat jemand gegen das Holz.

»Er sagt, die Königin selbst hätte ihm erlaubt, hier zu nächtigen.«

»Die Königin?«

Nabil hob die Augenbrauen. Was von den Ideen dieses konfusen Weibes zu halten war, hatte er noch in bester Erinnerung. Er gab dem Wärter einen Wink. Der öffnete die Luke wieder. Nabil schoss einen giftigen Blick auf ihn ab. Der Knecht brauchte einen Moment, bis er begriff. Er holte einen Schemel und stellte ihn vor die Tür. Würdevoll raffte sein Herr den Kaftan und stieg hinauf.

Er starrte in das wutentbrannte Gesicht eines Mannes, der schwer atmend Luft holte.

»Seid Ihr der Signor Ibn Marah?«

»Wer will das wissen?«

»Hayyim und seine Frau Rahel. Wir kommen aus Palermo. Wir wollten über die Berge nach Ortigia, aber meine Frau kann nicht mehr weiter.«

Der Kämmerer stellte sich auf die Zehenspitzen, um einen Blick auf das Gefährt des Mannes zu werfen. In diesem Moment hörte er einen unmenschlichen Schrei. Er klang so schrecklich, dass Nabil erbleichte und fast vom Schemel fiel.

»War sie das? Was hat sie denn?«

»Sie bekommt ein Kind, Herr. Und sie bekommt es jetzt.«

»Jetzt?«

Verwirrt drehte der kleine Mann sich um. Hinter ihm stand die versammelte Wachmannschaft. In der Küche arbeiteten Frauen, gewiss. Im Haus auch. Aber Kinder, kleine Kinder, vor allem solche, die geboren werden wollten, hatten hier nichts zu suchen. Der Jude vor dem Tor schien aber ganz anderer Meinung zu sein.

»Ich bin ein Zeichner aus den Werkstätten des *ré* und mit der Königin Konstanze wohlbekannt. Sie sagte, Ihr würdet uns willkommen heißen, wenn wir den Weg nicht mehr schaffen. Sie gab mir diesen Ring hier.«

Er zeigte dem Kämmerer einen schmalen goldenen Reif.

»So?« Zerstreut nahm Nabil ihn in die Hand. Ein Almosenring mit dem königlichen Siegel. Das änderte die Lage natürlich, machte sie aber nicht einfacher. Er reichte den Ring durch die Luke zurück. »Meister Hayyim, wir haben keinen Arzt und kein Wehweib hier. Wir sind auf solche Zwischenfälle nicht eingestellt.«

»Zwischenfälle?« Eine Ader auf Hayyims Stirn schwoll an. »Es geht um Leben und Tod!«

Die Frau schrie wieder. Es hörte sich so schrecklich an, als stünde sie vorm Höllentor. Entsetzt blickte Nabil auf den Karren und erkannte, dass sich noch ein halbes Rudel Kinder an die gekrümmte Gestalt auf der Pritsche pressten.

»Wer sind die da?«

Hayyim holte tief Luft. Offenbar musste er sich sehr beherrschen, um nicht aus der Haut zu fahren.

»Meine drei Töchter und mein Sohn. Sie werden niemandem zur Last fallen. Sie sind sehr fleißig und können sich nützlich machen. Aber wir brauchen jetzt ein Lager. Schnell. Es geht Rahel nicht gut.«

»Was hat sie denn?«

»Sie! Kriegt! Ein! Kind!«, brüllte der Jude. Nabil fuhr zurück. »Und wenn Ihr uns nicht augenblicklich einlasst, werde ich der Königin erzählen, welchen Wert ihr Wort und ihr Gold hier draußen haben!«

»Tsss.«

Nabil schnalzte mit der Zunge und stieg vom Schemel. Er gab dem Wächter ein Zeichen. Zwei Knechte hoben den schweren Balken und entriegelten das Tor, der Wachmann öffnete es. Waschmägde lugten aus dem Wirtschaftshof, die Söldner auf den Türmen lehnten sich über die Zinnen und sahen, erfreut über die Abwechslung, zu ihnen hinunter. Ein schönes Schauspiel, eine willkommene Unterbrechung. Langsam, tuschelnd bestaunt vom Gesinde, zogen die Ochsen an, und der schwere Wagen rollte unter dem Tor hindurch, bis er zwei Meter vor dem kleinen Kämmerer anhielt. Nabil trat an die Pritsche. Als Erstes sah er die Kinder. Auch das noch. Zu klein und schwach, um einen Korb zu heben. Unnütze Fresser. Einen Moment dachte er an Zakis Krapfen und wie gerne er den ganzen Teller leer gegessen hätte. Das ging natürlich nicht mehr, weil die ferne Königin irgendwelchem fahrenden Gesindel ausgerechnet bei ihm Obdach gewährt hatte, und die Gesetze der Gastfreundschaft geboten, die Mäuler der ungebetenen Gäste vor allen anderen zu stopfen.

Dann sah er die Frau.

Er ging die Längsseite des Wagens entlang, bis sein Kopf auf einer Höhe mit ihrem Gesicht war. Sie hatte die Augen geöffnet und atmete stoßweise. Ihr Gesicht glänzte von Schweiß und geschmolzenem Schnee. Die Züge waren schmerzverzerrt, ihre Hand umklammerte den grob geschnitzten Querstab. Sie bäumte sich auf. Sie schrie, so laut, so schrecklich, als wäre sie kein menschliches Wesen mehr. Dann fiel ihr Kopf zurück, und ihre Augäpfel waren weiß.

»Mama«, wimmerte das Mädchen neben ihr.

Nabil holte tief Luft. Er schnippte mit den Fingern, und sofort wuselten zwei Laufpagen heran.

»Sagt der Condesa Bescheid.«

Die Pagen nickten und blieben stehen.

»Was ist?«, knurrte Nabil.

»Was sollen wir ihr sagen?«, fragte der eine der beiden, der Sohn eines königlichen Jagdbiwakbauers, der es in seinem Leben auch nicht viel weiter bringen würde, wenn er nicht lernte, eins und eins zusammenzuzählen.

»Dass wir sie in der Küche brauchen. – Zaki?«

Der Junge trat aus der Masse der Umstehenden hervor.

»Ich vermute, wenn ich mich recht entsinne, wir benötigen deinen Tisch.«

Zaki nickte knapp. Auch er schien sich zu erinnern, wie der Arzt aus Flandern damals als Erstes die Küche belegt hatte, als es ums Amputieren ging. Zwar hatte Allah, der Gnädige, die Königin verschont. Doch diese schrecklichen Stunden und die noch schlimmeren Ereignisse, die darauf gefolgt waren, hatten sich jedem in der *Favara* eingeprägt.

Nabil wunderte sich, wie genau er mit einem Mal Anweisungen gab. Niemand sollte ihm nachsagen, er hätte sich einem Befehl der Königin verweigert.

»Nimm die Kinder mit und gib ihnen Krapfen.«

Zaki nickte.

»Und ihr da, steht nicht rum, sondern fasst mit an! Was ist? Los jetzt! Beeilt euch!«

Sofort streckten sich Hände aus. Die Kinder wurden vom Wagen gehoben. Sie schrien wie kleine Mäuse, aber Nabil musste sie aus dem Weg haben. Dann kam die Frau an die Reihe. Sie war nun still und ließ alles mit sich geschehen. Nabil vermutete, dass sie gar nicht mehr richtig unter den Lebenden war. Er folgte dem Tross, blieb aber kurz vor der Tür stehen, ließ die anderen vorgehen und sah auf den stillen, kalten See auf der Nordseite des Schlosses.

Die Barken lagen vertäut am Ufer. Die Münder der steinernen Fabelwesen spien kein Wasser mehr. Die herrlichen Rosen, die duftenden Jasminbüsche waren von einer Reifschicht bedeckt. Weit hinten, auf der anderen Seite des Ufers, ragte die abgebrannte Ruine einer Hütte in den Himmel. An manchen Tagen glaubte Nabil, noch den harzigen Geruch des Feuers zu riechen. Eine Sinnestäuschung, denn jene Nacht des Feuers und des Todes lag schon lange zurück.

Sehr lange. Und trotzdem nah genug, um in Momenten wie diesem zu wünschen, eine hagere Gestalt würde das Ufer heraufgeeilt kommen und in die tiefen Taschen ihres schmutzstarrenden Umhangs greifen, die Haschischpfeife finden, ein Stückchen Opium vielleicht, eine Knochensäge, etwas Al Khul, geriebene, getrocknete Löwenhoden, den Schädel eines Gehenkten oder ein anderes Wundermittel, das das fliehende Leben in seinen Körper zurückzauberte und der Seele noch ein wenig Aufschub gäbe, bevor sie vor ihren letzten Richter träte.

Nabil drehte sich um zum Schloss. Eine Frau huschte gerade

über den Vorplatz auf ihn zu. Die Condesa. Auch sie war ein Gespenst aus der Vergangenheit, aber sie lebte. Ihr einst volles, dunkles Haar war eisgrau geworden, und die runden Hüften, die Nabils Gedanken – niemals hätte er gewagt, dies der ersten Kammerfrau der Königin zu gestehen! – zum Abschweifen gebracht hatten, waren eckig geworden und unter den weiten Kitteln und wollenen Mänteln, die sie statt der hübschen Kleider nun trug, sowieso nicht zu erkennen. Das einst runde Gesicht mit den fröhlichen, dunklen Augen war hager und eingefallen. Sie sollte mehr essen, dachte Nabil und hatte ein schlechtes Gewissen, weil er immer noch den Geschmack der süßen Krapfen auf der Zunge hatte. Ein wenig außer Atem vom schnellen Laufen, blieb Velasquita Condesa de Navarra, einst die engste Vertraute der Königin und nun genauso wie alle anderen hier weit weg vom Hof in der Einsamkeit, vor ihm stehen und steckte des wollene Brusttuch fest zusammen.

»Was ist los?«, fragte sie. »Ich hörte, eine Frau will hier ihr Kind gebären.«

»Ja«, antwortete Nabil. Er hob die Hände, als ob er sich für die Unannehmlichkeiten entschuldigen und gleichzeitig darauf hinweisen wollte, dass er nicht ihr Verursacher war. »Doch ich vermute, Gott hat andere Pläne.«

11.

Die Reiter erreichten Santa Maria Nuova in Monreale bei Einbruch der Dunkelheit. Ruggero hatte Boten in die Bergregion von Caputo vorausgeschickt, so dass der Tross des Königs erwartet wurde. Als Konstanze ihr Pferd über die letzten steilen Serpentinen trieb und der Fels schließlich den Blick auf die Basilika freigab, stahl sich zum ersten Mal seit Stunden ein Lächeln auf ihr Gesicht.

Sie kannte die Kirche von Besuchen bei Tag. Nach Einbruch der Dunkelheit und beleuchtet vom Schein von Hunderten Fackeln, die die vorausschauenden Mönche entzündet hatten, offenbarte sich erst die Schönheit, die das zu Stein gewordene Streben nach Gott entfaltete. Normannisch schlicht waren die Außenwände, arabisch verspielt die zierlichen Blendbögen und Arkadengänge. Zwei Wehrtürme, einer davon noch unvollendet, krönten das riesige Bauwerk. Gerade wurde das gewaltige Bronzeportal geöffnet. Es war geschmückt mit zahllosen Bibelszenen und erst vor fünfundzwanzig Jahren vollendet worden – ein Meisterwerk des Architekten und Bildhauers Bonnano Pisano, jenes Mannes, der seine Heimatstadt mit einem Turm beglückt hatte, der so hoch ausgefallen war, dass manche das Schlimmste befürchteten.

Natürlich erreichte der *ré* als Erster die grauen Mauern des Klosters. Konstanze ließ ihm den Vortritt – gegen Draco kam Bizza einfach nicht an. Sie warf lieber einen letzten Blick über die Schulter zurück auf Palermo, das zu ihren Füßen ausgebreitet dalag wie funkelnde Diamanten auf einer nachtschwarzen Samtdecke. Über ihnen leuchteten die Sterne. Es war empfindlich kalt geworden, aber Konstanze fror nicht. Der Ritt war ihr viel weniger anstrengend vorgekommen als befürchtet. Vielleicht lag es daran, dass sie aus Bizza das Letzte herausgeholt hatte, um mit dem *ré* Schritt zu halten.

Draco machte tänzelnd eine Volte vor dem Klostertor. Jemand betätigte hinter den Mauern eine kleine Glocke. Ihr dünner Klang sollte die Mönche darüber informieren, dass ihr hoher Besuch gerade eingetroffen war.

Das Tor wurde geöffnet, und der Prior der Cluniazenserabtei, Fra Theobaldus, trat heraus. Er war ein kleiner, vom Alter gebeugter Mann, der noch die Vermählung König Wilhelms miterlebt und sich, anders als der verbannte Erzbischof Walther von Pagliara, zumindest nach außen hin Neutralität bewahrt hatte. Das Leuchten in seinen trüben Augen und die Wiedersehensfreude beim Anblick des *ré* verrieten, dass er sehr wohl Sympathien hegte. Auch er trug eine Fackel, verbeugte sich und hieß den König und seinen Tross willkommen. Als Konstanze ihn passierte, fiel ihr Blick auf eine der in Bronze gegossenen Szenen auf der Tür: Christus und Maria im Paradies.

Fra Theobaldus folgte ihnen in den Innenhof, wo Ruggero bereits vom Pferd gesprungen war und ungeduldig auf seinen Knappen wartete. Als der Rest der Truppe eingetroffen war, verschlossen die Mönche das Tor. Der Prior persönlich geleitete das königliche Paar ins Refektorium.

Konstanzes Wangen glühten. Im Kamin prasselte ein Feuer, die lange Tafel war eingedeckt, und der Duft von gebratenem Fleisch erinnerte sie daran, dass sie seit dem Morgen nichts mehr gegessen hatte. Sie überzeugte sich noch, dass Laszlo die Reise gut überstanden und in einer der Gesindekammern einen trockenen und halbwegs warmen Platz gefunden hatte, dann ließ sie sich von einem Mönch ihre Kemenate zeigen, gab Cavaliere Livio ihren nassen Mantel, ließ sich von Elena trockene Schuhe und einen warmen *surcot* aus zarter Wolle bringen und gesellte sich zu den anderen.

Ruggero hatte schon einen Krug Wein vor sich stehen. Konstanze verzichtete und bat um einen Becher heißen Apfelmost. Ruggeros Vorschneider stellte gerade ein Brett mit Wildschweinbraten und frischgebackenem Brot vor ihnen ab. Konstanze wartete, bis der Fra die Mahlzeit gesegnet hatte, und machte sich dann wie eine ausgehungerte Wölfin darüber her. Ruggero beobachtete sie amüsiert.

»Und?«, fragte er in einem Moment, in dem der Prior abgelenkt war. »Wie gefällt dir unser Ausflug?«

»Noch befinden wir uns unter der Obhut der Kirche.« Sie

riss ein Stück Brot ab und tunkte es in den Bratensaft. »Ich kann also nicht klagen.«

»Der Emir wird ein Fest zu unseren Ehren geben.«

»Dann will ich hoffen, dass er auch seinen Räuberbanden von unserer Ehre berichtet hat.«

Ruggero gab dem Knappen einen Wink, der daraufhin Wein nachschenkte. »Du wirst ihn an seiner Tafel hoffentlich nicht darauf hinweisen.«

»Ich gedenke nicht, daran Platz zu nehmen.«

Ruggero beugte sich so nah an ihr Ohr, dass sie seinen warmen Atem auf ihrer Haut spürte.

»Das wirst du.«

Konstanze ließ das Brot sinken, das sie eben noch zum Mund führen wollte.

»Ich bin müde«, sagte sie.

Sie gab dem Cavaliere ein Zeichen, der ihr daraufhin half, den schweren Holzstuhl zurückzuschieben und aufzustehen, ohne mit den weiten Ärmeln ihres *surcots* die halbe Tafel abzuräumen.

Die Mönche wollten sich ebenfalls erheben und warfen unsichere Blicke zu Ruggero. Der hob nur beschwichtigend die Hand.

»Bleibt sitzen«, sagte er. »Das Mahl ist noch nicht beendet. Und unsere Gespräche«, er wandte sich an den Prior, »auch noch nicht.«

Sie ließ sich von Livio zurück in ihre Kemenate bringen. Obwohl Elena ihr ein Glutbecken durch die Decken gezogen hatte, fror sie erbärmlich in den dicken, eiskalten Mauern. Sie bat die Griechin, ihr noch einige Wolldecken zu besorgen. Nachdem die Kammerzofe die Decken gebracht hatte, schloss Konstanze die Tür und entschied sich, nicht im Nachtkleid zu schlafen.

Zitternd kroch sie ins Bett. Es war ein einfaches Lager, und das Kreuz über der Tür war der einzige Schmuck der kleinen Kammer. Konstanze dachte an die Frauen in den Klöstern, die sich freiwillig für ein Leben in Armut und Gottesfurcht entschieden hatten, und zum ersten Mal seit langer Zeit dachte sie auch wieder an ihre Schwester Sancha.

Hätte Sancha nicht den Schleier genommen, wäre sie jetzt Königin von Sizilien. Dem Papst war es egal gewesen, welche von den beiden Damen aus Aragón diesen seltsamen König am äußersten Ende des Abendlandes heiraten würde. Wie wohl ihre kleine Schwester Sancha mit dem *ré* ausgekommen wäre? Wie sie das Leben in diesem Land und die ständige Angst vor Aufruhr und Verderben ertragen hätte? Ich muss ihr schreiben, dachte Konstanze. Sobald ich wieder in Palermo bin, berichte ich ihr und bitte sie, mich zu besuchen.

Das Talglicht neben ihrem Bett blakte. Sie befeuchtete die Finger mit Spucke und drückte die Flamme aus. Es war stockdunkel. Von weit her hörte sie Stimmen, gedämpft durch die Mauern der Abtei. Ein König arbeitete an seiner Rückkehr auf das Schachbrett der Welt. Mit Worten und gestohlenen Falken.

Am nächsten Morgen weckte die Glocke Konstanze noch vor Sonnenaufgang. Das Wasser in der Waschschüssel war bedeckt von einer dünnen Schicht Eis. Sie zerschlug es mit einem Schürhaken und sehnte sich zurück in ihre Palastgemächer. Gerade mal einen Tag unterwegs, und schon brauchst du ein Bad, dachte sie. Sie ärgerte sich über die einfache Unterkunft. Monreale war eine reiche Stadt. Gab es hier denn niemanden, der ein komfortableres Bett hatte? Dann fiel ihr ein, dass Ruggero ja so gut wie alle Barone und Oberhäupter der einflussreichen Familien gefangen genommen hatte, und ihre Laune sank auf die Temperatur des Wassers in der Schüssel.

Nach einem Schlag Hirsebrei, der wenigstens einigermaßen warm war, brachen sie auf. Das Wetter hatte sich beruhigt, und obwohl immer noch schneeschwere Wolken über den Himmel zogen, lugte doch ab und zu die Sonne hervor. Als sie den Gipfel des Monte Caputo erreichten und sich vor ihnen die schneebedeckten Berge der Abruzzen ausbreiteten, stahl sich ein erstes Lächeln auf Konstanzes Gesicht. Der Anblick war überwältigend.

Ruggero trieb sein Pferd an ihre Seite. Das Tier schnaubte, Schweiß verdampfte auf dem rabenschwarzen Fell. Sie sah sich nach dem Tross um, der eine Wegbiegung hinter ihnen lag.

»Wo ist Majid?«

»Ich habe ihn vorausgeschickt, damit man uns nicht für reiche Kaufleute hält, die es sich auszurauben lohnt.«

Er grinste. Konstanze ärgerte sich, dass er mit ihren Ängsten spielte.

»Wann sind wir da?«

Ruggero wies auf die Kuppe des nächsten Berges. Der Weg führte in schmalen Windungen direkt an einem gefährlichen Abhang vorbei.

»Vor Sonnenuntergang. Hoffentlich.«

Konstanze ließ die Zügel los und rieb die eiskalten Hände aneinander. Sie trug Handschuhe, Pelzcape, mehrere Tücher und doppelte Lederbeinlinge, unter die sie noch wollene Strümpfe angezogen hatte. Der Wind blies ihr direkt ins Gesicht. Sie hatte das Gefühl, ihre Wangen wären bereits erfroren. Das Sprechen bereitete ihr Mühe.

»Und wenn nicht?«

»Dann werden wir Zelte aufschlagen.«

Er schnalzte mit der Zunge. Draco verfiel in einen langsamen Trab, und Bizza wartete erst gar nicht auf Konstanzes Befehl, sondern folgte ihm. Konstanze hätte am liebsten auf der Stelle kehrtgemacht. Gehörte das eigentlich auch zu den Pflichten einer Königin, notfalls zu erfrieren?

Der Weg zog sich endlos. Durch die steilen Hänge und den Schnee verwandelten sich die ausgetretenen Handelspfade in rutschige Pisten. Mehr als einmal glitt Bizza aus und geriet gefährlich nahe an den Abgrund. Die Stute war nervös. Sie rollte mit den Augen und begann zu tänzeln.

Ruggero drosselte das Tempo. Er wartete, bis sie bei ihm war, dann ritt er mit Draco neben sie. Immer, wenn es eng wurde, drängte er seinen Hengst nahe an ihre Stute. Das machte Bizza nicht gerade ruhiger, aber dafür gehorchte Draco seinem Herrn, als bestünde zwischen den beiden ein unsichtbares Band. Der Hengst hatte offenbar den Befehl, auf sie zu achten. Konstanze fühlte sich sicherer, und zum ersten Mal seit ihrem Aufbruch konnte sie diese merkwürdige Reise sogar genießen.

Als die Sonne den Zenit verließ und die Hänge der Berge in tiefschwarze Schatten tauchte, sah die Königin es. Mehrere Rauchwolken stiegen hinter einer schroffen Klippe auf.

»Was ist das?«, fragte sie.

Ruggero folgte ihrem Blick. »Die Wächter der Berge kündigen unser Kommen an.«

»Jetzt erst?«

»Man hat uns seit Monreale beobachtet.«

»Tatsächlich?«

Konstanze drehte sich um. Außer dem Begleittross konnte sie niemanden entdecken.

»Die Sarazenen sind eins mit den Bergen. Du wirst sie niemals als Erste sehen.«

Der Weg machte eine scharfe Biegung nach rechts. Dahinter schlängelte er sich durch eine sanft abfallende Hochebene. Statt ihm zu folgen, trieb Ruggero sein Pferd links über eine breite, unberührte Schneefläche, die erst an der nächsten Bergwand endete. Wohl oder übel musste Konstanze ihm hinterherreiten.

»Wohin führst du uns?«

Ruggero wies auf die Klippe, hinter der die Rauchzeichen aufgestiegen waren.

»Wir folgen dem Weg, den der Emir uns weist. Ich reite voran. Auf mein Zeichen kommt ihr nach.«

Konstanze hob die Augenbrauen, sagte aber nichts. Das Vertrauen Ruggeros in den Führer der Bergstämme schien grenzenlos zu sein. Sie hätte am liebsten auf der Stelle kehrtgemacht. Auf dieser Hochebene waren sie leichte Beute. Die geharnischte Wache auf ihren Pferden war gegen die schnellen Sarazenen so gut wie handlungsunfähig. Und das halbe Dutzend Ritter, das sie begleitete, hatte alle Mühe, nicht von den gepanzerten Pferden zu fallen.

Ruggero galoppierte los. Unter Dracos Hufen stob der Pulverschnee nach oben, so dass es aussah, als würde er auf einer Wolke davonreiten. Konstanze wollte ihm etwas hinterherrufen, doch kaum hatte sie Luft geholt, blieb es ungesagt.

Von weit her drang ein Klang an ihr Ohr, den sie noch nie gehört hatte. Ein Trillern, ein durch Juchzen durchbrochener, schnell angeschlagener Ton. Bizza spitzte die Ohren. Plötzlich brachen gewaltige schwarze Schatten wie Dämonen aus den Klüften des Berghangs hervor. In die Schreie mischten sich die Trompeten von Jericho, und die Erde begann zu beben, als die Ungeheuer auf sie zusteuerten. Konstanze stockte der Atem. Sie blinzelte, weil der Schnee sie blendete und sie die dunklen Riesen kaum erkennen konnte. In atemberaubender Geschwindigkeit kamen sie näher und verschluckten Ruggeros Silhouette. Der Dunst, der Pulverschnee und die tiefstehende Sonne verzerrten das Bild zu einer Fata Morgana, denn es konnte unmöglich sein, was sie da sah: dass Menschen mit erhobenen Schwertern auf gewaltigen Dämonen saßen und auf sie zurasten.

»Ruggero!«, brüllte sie. »Ruggero!«

Der *ré* war hinter den Dämonen verschwunden. Oder sie hatten ihn zermalmt, in den Boden getreten, waren einfach über ihn hinweggedonnert. Bizza stieg, und Konstanze verfing sich in den Steigbügeln. Sie schrie auf, doch die Stute wieherte nur, kam wieder herunter und stieg erneut. Konstanze verlor die Zügel. Sie wollte sich noch an Bizzas Mähne festhalten, doch die Handschuhe griffen nicht, sie verlor die Balance und stürzte. Der Schnee und die dicke Kleidung dämpften den Aufprall. Sie landete mit dem Gesicht nach unten, prustete und spuckte. Da spürte sie den Griff harter Hände und hörte einen tierischen, gewaltigen Schrei über sich, der ihr fast das Trommelfell zerriss. Jemand zog sie hoch. Und es war nicht Ruggero.

12.

Velasquita Condesa de Navarra warf einen Blick auf die Frau und wusste, dass jede Hoffnung vergeblich war. Trotzdem schickte sie alle Männer bis auf Nabil und Hayyim aus der Küche und bat die Mägde, reichlich Wasser zum Kochen zu bringen und frische Leinentücher zu holen. Vielleicht geschah ja ein Wunder, und für diesen Fall wollte sie gerüstet sein.

»Sie sind Freunde der Königin«, flüsterte der kleine Kämmerer ihr zu. »Wenn die Frau hier stirbt, unter meinem Dach …«

Vela antwortete nicht. Palermo war weit. *La Favara* war das letzte königliche Jagdschloss im Goldenen Tal. Dahinter begann die Wildnis. Nabil Ibn Marah war an diesem entlegenen Ort so etwas wie der Stellvertreter des *ré* und hatte dessen und die Wünsche der Königin auszuführen, als ob es seine eigenen wären. Sie war froh, nicht in seiner Haut zu stecken.

Für einen kurzen Moment dachte sie an Konstanze, und wieder verspürte sie einen Stich im Herzen. *Mi pequeña reina.* Meine kleine Königin, so hatte sie Konstanze genannt, seit sie ihr als rosiges Bündel in die Arme gelegt worden war. Sie hatte sich geschworen, ihre Königin nie im Stich zu lassen. Doch bis wohin reichte ein Schwur? Im Allgemeinen bis in den Tod. Mehr konnte man nicht verlangen.

Hayyim saß am Kopfende des Tisches auf einem Schemel. Er strich seiner Frau mit einer ebenso unbeholfenen wie zärtlichen Geste die Haare aus der Stirn. Vela hatte im Lauf ihres Lebens festgestellt, dass Männer in den schwersten Stunden ihr wahres Gesicht zeigten. Als sie im Turmverlies gesessen und auf den Tod gewartet hatte, war die einzige menschliche Seele, die bei ihr gewesen war, ausgerechnet ein drogenbenebelter, giftmischender Quacksalber gewesen. Doch seine letzte Sorge hatte seinen Kindern gegolten. Und ihr, Vela …

»Wären sie doch in die Wälder. Oder zu Margalithas Klause.« Nabils Blick verdüsterte sich. »Warum sind sie nicht gleich in Palermo geblieben? Kinder wirft man bekanntlich nicht im Wald, oder?«

»Ich verstehe das auch nicht«, gab Vela in ebenso leisem Ton zurück. »Am Hof ist doch dieser Arzt aus Flandern, van Trossel. Man sollte meinen, er kennt sich aus mit solchen Dingen.«

Hayyim hob den Kopf. Hoffentlich hatte er nicht gehört, was Nabil in seinen Schnurrbart grummelte. »Van Trossel?«

»Ihr kennt ihn?«, fragte Nabil eifrig. »Wir könnten einen Boten schicken …«

»Wir kennen ihn, ja. Und wenn er noch einmal in die Nähe meiner Frau kommt, bringe ich ihn um.«

»Oh.«

Der kleine Eunuch wandte sich ab und gab den Mägden Anweisungen, wie sie das Feuer zu schüren hatten. Vela begann vorsichtig, den Leib der Frau zu entblößen. Sie hatte hohes Fieber. Das Kind lag falsch herum im Bauch. Wahrscheinlich hatte sie schon seit Stunden Wehen, aber sie konnte nicht gebären. Es würde ein langsames, qualvolles Sterben werden. Hayyim schien das zu ahnen. Er schloss die Augen und murmelte ein leises Gebet.

Rahel stöhnte. Ihre Augenlider flatterten, unruhig tasteten ihre Hände über den Tisch.

»Die schwarzen Schatten«, flüsterte sie. »Da hinten. An der Tür.«

Vela fuhr herum. Zwei der Kinder standen dort, fühlten sich ertappt und stoben davon. Vela folgte ihnen bis in den Hof. Ihr war, als hätte sie noch eine andere Gestalt gesehen. Aber nur die beiden Wächter und Zaki, der Küchenjunge, standen neben dem großen Tor zum Wald und froren. Sie kehrte zurück.

»Ist ein Rabbiner in der Nähe?«, fragte sie Nabil, denn ihr war die Tracht der beiden aufgefallen und der kleine Davidstern aus Gold, den Rahel um den Hals trug.

»Nein. Unsere Juden gehen am Freitag immer nach Palermo. Da sind noch Synagogen.«

Rahel stöhnte. Vela nahm eine kleine Messingschüssel mit Wasser und tauchte ein Tuch hinein. Damit tupfte sie der Frau über die Stirn.

»Wir brauchen Opium«, sagte sie.

Nabil schüttelte bedauernd den Kopf. Den letzten bescheidenen Rest des Vorrats hatte er vor zwei Wochen geraucht.

»Dann Al Khul oder Aqua Ardens. Irgendetwas, das die Schmerzen betäubt.«

»Zaki?« Nabil lief hinaus in den Hof. »Zaki!«

Der Junge kam angerannt.

»Ist noch etwas von dem Al Khul im Haus?«

»Ich weiß nicht. Ich habe getrocknete Trauben darin eingelegt. Vielleicht ist noch ein Glas übrig. Soll ich nachsehen?«

Nabil nickte, und Zaki lief durch die Küche zu den hinteren Vorratskammern, in denen all das aufbewahrt wurde, was er täglich benötigte. Dabei vermied er es, die Frau auf dem Tisch auch nur mit einem Blick zu streifen.

Rahel warf sich herum. Die Laute, die sie von sich gab, ähnelten mehr und mehr denen eines tödlich verwundeten Tieres.

Schweiß rann ihr über die Stirn und versickerte im dunklen Haar an den Schläfen. Sie bäumte sich auf. Hayyim hielt sie an den Schultern fest und drückte sie auf die Tischplatte.

»Was ist mit ihr?«, fragte er. Seine Kehle klang wund, als ob er zu oft und zu lange die Verzweiflung hinausgeschrien hätte. »Wird sie sterben?«

Vela betrachtete Rahels Gesicht, ihre zerbissenen, blutleeren Lippen und die unnatürlich geröteten Wangen. Sie erinnerte sich, dass vor langer Zeit einmal eine Kammerzofe am Hof von Navarra gestorben war. Der Teufel hat sich das Kind geholt, hatten die Leute damals geflüstert.

Vela, selbst noch ein Kind, wurde danach wochenlang von Alpträumen heimgesucht. Sie hatte Angst, die Nächste zu sein, die der Sheitan begehrte. Später, als sie die Amme der kleinen Konstanze und ihrer Schwester Sancha wurde, wusste sie mehr. Kinder kamen tot auf die Welt, erwürgt von ihrer eigenen Nabelschnur. Oder sie schlüpften weit vor ihrer Zeit, winzig klein, und atmeten nicht. Andere kamen gar nicht erst aus dem Leib der Mutter heraus. Beherzte Bader versuchten, die Leibesfrucht zu drehen, so wie das die Bauern manchmal bei den Kühen machten. Doch selbst wenn die Frau danach gebären konnte – sie starb wenig später. Und das Kind meistens auch.

Sie konnte Hayyim keine Hoffnung machen. Die einzige Gnade, die der Herr ihm gewährt hatte, war dieser Tisch, diese Küche, dieses Feuer. Vielleicht noch ein vergessenes Fläschchen Al Khul irgendwo in einem Vorratsregal, das Rahel den Weg vor den Richterstuhl Gottes etwas erleichtern würde.

»Was hat denn van Trossel zu Eurem Weib gesagt?«, fragte sie vorsichtig.

»Dieser Mistkerl hat behauptet, Rahel wäre verflucht. Und jeder, der den Willen Gottes eigenmächtig beugen wolle, gleich mit.«

Das sah van Trossel ähnlich. Vela erinnerte sich an den selbstherrlichen Mann, der nach wie vor das Gebet als Allheilmittel betrachtete, und das auch noch zum richtigen, sprich: seinem Gott. Vela, katholisch bis ins Mark, hätte ihm noch vor gar nicht langer Zeit recht gegeben. Doch die Nähe zu Juden und Sarazenen, die in Sizilien selbstverständlich war, hatte sie mit ehrlichen, gottesfürchtigen Menschen zusammengebracht, die auch beteten und Gut von Böse unterschieden. Nabil zum Beispiel. Der kleine Mann wirkte auf Fremde, als ob er Fliegenpilze schon zum Frühstück äße. Dabei hatte er unter seinem giftgelben Kaftan ein Herz aus Gold. Er zeigte es nur recht selten, und Fremden offenbar überhaupt nicht. Sie seufzte.

»Sind die beiden arabischen Mädchen noch bei ihm?«

Hayyim nahm Vela das Tuch aus der Hand und spülte es in der Schüssel aus.

»Araber? Nein. Ich habe keine gesehen.«

Vela fragte sich, was aus den Töchtern des unseligen Hakims geworden war. Van Trossel hatte fast dazu gezwungen werden müssen, die beiden Waisen aufzunehmen. Er hatte sich letzten Endes nur deshalb dazu bereiterklärt, weil Konstanze ihm sein Entgegenkommen vergoldet hatte. Die Condesa nahm sich vor, sich demnächst nach ihrem Verbleib zu erkundigen.

Dann dachte sie an Hayyims Kinder. Die Familie schien zusammenzuhalten. Wie würden sie den Verlust der Mutter verkraften? Und wie lange würde ihr Todeskampf dauern? Vela tastete nach ihrem Rosenkranz. Egal, wie man seinen Gott nennen mochte. Es konnte nicht schaden, ein paar Worte mit ihm zu reden.

Zaki stellte den Kerzenhalter auf dem Regal ab und durchwühlte die kleine Vorratskammer neben der Küche. Im schummrigen Halbdunkel konnte er kaum etwas erkennen, aber seine Hände ertasteten die bauchigen Vasen mit Gewürzen, Mehl, Öl und Kräutern. Er hätte schwören können, dass in der letzten Woche noch eine Karaffe mit diesem Höllenwasser hier gestanden hatte. Der letzte Rest dessen, was der Hakim in seiner Hütte destilliert hatte.

Zaki war Zeuge gewesen, wie der Mann gehenkt worden war. Draußen im Schlosshof war es passiert, an einem glühenden Abend im August. Es war die erste Hinrichtung, der er beigewohnt hatte, und er hoffte, dass dieses Ereignis sich in seinem Leben nicht allzu oft wiederholen würde. Der Hakim war ein Verbrecher gewesen. Aber in einer hinteren Ecke seines verrenkten Gehirns hatte immer noch ein Funken Genialität geschlummert. Das Rezept für den Al Khul hatte er aus Salerno mitgebracht, wo er angeblich studiert hatte. Ein Zauberwasser war das, klar und rein wie aus einer Bergquelle geschöpft, doch auf der Zunge und im Rachen verwandelte es sich in beißendes Feuer, das erst im Magen seine betäubende Glut entfachte.

Zaki benutzte es, um Fleisch bei Tisch zum Brennen zu bringen oder um Früchte einzulegen. Sie verfaulten dann nicht, behielten ihre Form und die Farbe, sogar noch eine Erinnerung an ihren Geschmack, und wirkten nicht ganz so stark wie die unverdünnte Flüssigkeit.

Er rückte eine Schüssel mit geschroteter Hirse zur Seite, da hörte er hinter sich ein leises Geräusch. Körner rieselten auf den Steinboden. Zaki fuhr herum. Einer der Getreidesäcke lebte. Genauer gesagt: Der Sack war gar kein Sack, sondern eine zusammengekrümmte Gestalt, die plötzlich aufsprang und hinter den anderen Bündeln verschwand. Zaki dachte nicht nach, sondern war in drei Schritten in der Ecke und warf sich auf das wieselflinke Wesen, das gerade versuchte, in der Wand zu verschwinden. Er griff dorthin, wo er den Kopf vermutete, krallte sich fest und zog ein quietschendes, sich mit aller Macht sträubendes mageres Mädchen aus der Maueröffnung, in der sie schon fast verschwunden war.

Er stieß sie durch den Raum zum Regal, presste sie mit einer

Hand an die Wand und griff zur Kerze. Fast hätte er sie fallen lassen, als er der Fremden ins Gesicht leuchtete.

Ihre riesigen, dunklen Augen starrten ihn an. Sie hatte krauses, verfilztes Haar und trug nicht viel mehr als Lumpen am Leib. Fest an sich gepresst, hielt sie immer noch den halben Laib trockenes Brot, der vom Vortag übrig geblieben war. Zaki begann zu begreifen, dass die Lösung des Rätsels um die verschwundenen Vorräte vor ihm stand.

»Du bist das? Du bestiehlst uns?«

Sie schüttelte den Kopf und hielt das Brot wie ein Schutzschild vor ihren Körper. Sie war einen Kopf kleiner als er. Der Hunger hatte den sanften Schmelz der Jugend aus ihren Zügen getilgt. Die Wangenknochen stachen scharf hervor, ihr Kinn war spitz und ihre Nase viel zu groß für das schmale Gesicht. Sie war nicht hübsch, geschweige denn schön. Aber der wilde Trotz in ihren Augen und die fast animalische Geschmeidigkeit ihres Körpers verwirrten Zaki.

»Wer bist du?«

Er ließ sie los, weil er ihr nicht das Schlüsselbein brechen wollte. Vielleicht auch, weil er noch nie ein Mädchen berührt hatte. Aber er blieb genau zwischen ihr und dem Fluchtweg stehen.

»Catalina«, flüsterte sie. Ihr Blick sprang nervös zwischen ihm und der halb geöffneten Tür zur Küche hin und her. »Im Sommer bin ich unten bei Enzio in den Schweinen.«

»So.«

Zaki spürte, wie ihm das flüssige Wachs über die Finger tropfte. Er stellte die Kerze auf einem Wandbord mit getrockneten Kräutern ab. »Und im Winter?«

Sie zuckte mit den Schultern. Zaki sah auf ihre Füße. In Lederfetzen gewickelt, die schwarz vor Schmutz waren.

»Ich muss dich melden.«

»Nein! Tu das nicht!«

Sie trat einen Schritt vor. Sie roch nach mürben Lumpen und Wald. Und nach etwas anderem, Süßem, das Zaki nur aus den kurzen Wochen des Frühlings kannte, wenn das Tal ein duftender Hain aus Blüten war. »Hier. Ich geb es dir wieder zurück.«

Sie hielt ihm das Brot entgegen. Zaki wusste nicht, wie er sich verhalten sollte. Wenn er sie an die Wachen auslieferte, war mindestens ein Ohr ab. Sie hatte abstehende, fast durchscheinende Ohren. Elfenohren. Während Zaki sie betrachtete, merkte er, dass sie ihm gefielen. Die Ohren, rief er sich zur Vernunft. Nur die Ohren.

Er rührte sich nicht, sie ließ das Brot sinken. Ein schwaches Lächeln stahl sich auf ihre dünnen Lippen.

»Du … lässt mich gehen?«

Er schüttelte den Kopf. Aus dem Nebenraum drang wieder das schmerzerfüllte Stöhnen.

»Ich habe alles gehört. Die Frau wird sterben, nicht wahr?« Sie war ganz nahe bei ihm.

Die Worte, die sie sprach, streichelten seinen Rücken wie zarte Federn. Er spürte, wie er eine Gänsehaut bekam. War sie eine Hexe? Oder eine von diesen Pairukas, die nachts durch das Dickicht huschten und verirrte Wanderer noch tiefer ins Verderben lockten?

»Ich kenne einen, der euch vielleicht helfen kann. Er ist oben in den Bergen, bei den lebenden Toten. Sein Körper ist hier, aber sein Geist ist verwirrt, das muss vom Kat kommen, das er frisst wie die Ziegen. Doch er hat schon so manche Seele vom schlechtesten aller Orte zurückgeholt.«

»Vom … schlechtesten …«

»Aus der Hölle«, flüsterte sie. Ihre tiefbraunen Augen funkelten ihn an, und für einen Moment glaubte Zaki, den schwachen Widerschein eines dunklen Feuers darin glimmen zu sehen. Ihr Geruch umfing ihn wie ein warmes Tuch. Er wusste nicht, wie ihm geschah, und als sie sich noch enger an ihn presste, spürte er das harte Brot zwischen ihnen, und er wünschte, sie würde es wegwerfen.

»Er hat schreckliche Waffen, mit denen er die Dämonen bezwingt. Er schneidet damit ein Loch in die Körper der Toten, und die bösen Geister schlüpfen fauchend heraus, und das Leben kehrt zurück.«

Schauer rieselten seinen Rücken hinab, und er konnte nicht unterscheiden, ob ihn ihre Worte oder ihre Nähe so durcheinanderbrachte.

»Was wird das hier?«

Zaki gefror zu Eis. Catalina zuckte zusammen. Sie drückte sich an die Wand, als ob sie in ihr verschwinden wollte. Nabil stürmte herein, gefolgt von der Condesa. Zaki musste nichts mehr erklären. Der Kämmerer erkannte die Zusammenhänge sofort.

»Diebesgesindel!«

Er griff nach einem Handbesen und schlug auf das Mädchen ein, das sich in Windeseile wegduckte. »Hab ich euch endlich erwischt! Wache! Halt sie fest, du Dummkopf! Halt sie!«

Mit einer Kraft, die Zaki diesem Wesen niemals zugetraut hätte, warf Catalina das Vorratsregal um. Teller, Töpfe, Krüge, Kupfer – alles fiel mit einem ohrenbetäubenden Scheppern auf den Boden. Nabil sprang zurück, um dem schweren Holz auszuweichen. Zaki stand immer noch da wie vom Donner gerührt.

»Halt sie fest!« Nabils Stimme kippte vor Wut.

Catalina versetzte Zaki einen Stoß. Er verlor das Gleichgewicht – vielleicht wollte er es auch verlieren, so genau konnte er sich später nicht mehr an die Situation erinnern –, stürzte über einen der Mehlsäcke nach hinten, der platzte auf, und weißer Staub regnete auf sie herab.

»Wo ist sie?« Nabil heulte beinahe. »Wo ist das Miststück hin?«

Zaki rappelte sich auf. Er schob zwei Kornsäcke zur Seite, als ob er das Mädchen suchen würde, und verdeckte damit die Mauerlücke.

»Sie ist weg! Eine Hexe, seht ihr? Eine Hexe! In meinem Haus!« Verzweifelt drehte sich Nabil um die eigene Achse. Er sah aus wie ein gelber Kreisel.

Die Condesa de Navarra musterte erst die Verwüstung und dann Zaki.

»Wer war das?«

»Ich weiß es nicht. Plötzlich stand sie vor mir. Ich habe sie noch nie gesehen.«

Die Spanierin runzelte die Stirn. Anders als der Kämmerer ließ sie sich nicht so leicht hinters Licht führen. Vielleicht verriet ihr ihre Nase oder einfach nur ein Blick auf Zakis rotglühende Wangen, dass seine Ahnungslosigkeit etwas zu gewollt war. Er wandte sich ab und stieß dabei mit dem Fuß an den Kanten Brot, den Catalina wohl in der Eile fallen lassen hatte.

Nabil stieg über die Trümmer des Regals und wühlte sich durch das wirre Durcheinander.

»Was hat sie gestohlen?«, rief er.

Zaki hob das Brot auf und reichte es ihm.

»Das? Trockenes Brot? Nicht doch. Da sind bestimmt auch noch ein paar Würste verschwunden. Wo ist sie hin?«

Die Condesa schüttelte missbilligend den Kopf.

»Nabil, wir müssen uns um die Frau kümmern. Wenn sie in unseren Mauern stirbt, könnte das unangenehme Folgen haben.«

»Sie hat …« Zaki schluckte. Sollte er gestehen, was das Mädchen ihm zugeflüstert hatte? Das käme fast einem Geständnis gleich, mit ihr unter einer Decke zu stecken. Er hatte die Vorratskammer zu bewachen und nicht mit Diebinnen herumzuschäkern.

»Was hat sie?«, quiekte der kleine Mann. »Sich vor deinen Augen in Luft aufgelöst? Ich frage dich zum letzten Mal: Was weißt du?«

»Sie ist im Sommer bei einem Bauern in den Schweinen. Sie heißt Catalina und sagte mir, sie würde einen Mann kennen, der Tote wieder lebendig macht.«

Die Condesa stieß einen überraschten Laut aus. Zaki wusste selbst, dass sich sein Geständnis nicht so anhörte, als wäre er der Unbekannten gerade erst begegnet.

»Und das hat sie dir mal eben so zwischen Brot und Wurst erzählt?«

»Ich habe diese Person heute zum ersten Mal gesehen! Ich kenne sie nicht!«

»Die Wahrheit, du Lump!«

»*Sidi!* Bei Allah, dem Allmächtigen ...«

Zaki sank auf die Knie. In zwei Schritten war die Condesa bei ihm und zog ihn am linken Ohr unsanft nach oben.

»Dies ist nicht Zeit noch Stunde für euer Gezänk!« Sie ließ Zaki los, der sein vor Schmerz glühendes Ohr mit der Hand bedeckte. »Klärt das später. Was genau hat sie gesagt?«

»Er soll in den Bergen sein, bei den lebenden Toten. Sein Geist wäre wirr, aber sein Körper ganz hier. Er ... sie meinte, er geht durch das Höllentor und holt die Toten wieder zurück.«

Nabil schob ungeduldig mit den Fußspitzen einige Scherben zusammen. »Was für einen Blödsinn man sich anhören muss! Und das hast du ihr geglaubt?«

»Er soll sie aufschneiden«, ergänzte Zaki die seltsame Nachricht.

»Mutter Gottes, Santa Maria!« Die Condesa schlug die Hände vors Gesicht. Sie taumelte zurück und wäre fast gestürzt, hätte sie sich nicht in letzter Sekunde an der Wand abgestützt. »Im Namen dessen, der seine Arme für uns aufs Kreuz gelegt hat – schwörst du, dass du die Wahrheit sprichst?«

»Ich sage nur das, was das Mädchen mir erzählt hat!« Zaki hatte keine Lust, für die Schauermärchen einer Unbekannten in den Turm zu wandern oder in noch Schlimmeres. Unsicher sah er zu Nabil, der genauso vom Donner gerührt schien wie die Condesa.

»Wenn das stimmt …«, flüsterte sie.

Ihre Beine wollten sie nicht mehr tragen. Sie setzte sich auf ein kleines Fass mit feinstem Olivenöl, das Zaki zum Brotbacken verwendete.

»Raus!«, fauchte Nabil.

Zaki nahm die Beine in die Hand und sah zu, dass er Land gewann.

Die Condesa wartete einen Moment. Sie wäre gerne aufgestanden, aber sie hatte Angst, ihre Beine würden sie nicht mehr tragen. Nabil ging nervös auf und ab. Zwischendurch blieb er immer wieder stehen und kratzte sich ratlos unter seinem Turban.

»Unfassbar«, mumelte er.

Vela war sich nicht ganz sicher, was er damit meinte. Die Tatsache, dass der Dieb eine Diebin war, oder die ungeheuerliche Kunde, die das gefräßige Luder unmittelbar vor seinem Verschwinden mal eben so von sich gegeben hatte.

»Hilf mir auf.« Sie streckte dem Kämmerer eine Hand entgegen. Er zog, und mit einem Stöhnen kam Vela wieder auf die Beine.

»Ich werde gehen.«

»Was?«

Nabil hörte auf, sich zu kratzen.

»Der einzige Ort in den Bergen, an dem noch Menschen leben, ist Margalithas Klause. Es ist noch nicht dunkel, in zwei Stunden bin ich da.«

»Condesa. Ich habe lange keine Nachricht mehr, wie es da oben aussieht. Ihr seid ohne Schutz. Niemand, der bei Verstand ist, wird Euch begleiten.«

»Dann gehe ich eben allein.«

»Ich bitte Euch! Das Mädchen hat sich etwas ausgedacht,

zusammengereimt aus Halbwahrheiten und Gerüchten. Wie kann eine Bettlerin jemals etwas vom Schneiden gehört haben? Sogar meine Kenntnisse auf diesem Gebiet sind unvollkommen.«

»Genau das ist es, was ihre Aussage glaubwürdig macht.«

»Sie wird einem dieser Scharlatane aufgesessen sein, die auf den Märkten stehen und hübsche, junge tote Frauen mit einem Zauberspruch wieder lebendig machen. Sie ziehen übers Land und verkaufen ihre Mittelchen, die im besten Fall keinerlei Wirkung zeigen. Condesa!«

Aus der Küche war das Stöhnen der sterbenden Frau zu hören. Und noch etwas anderes. Ein leises, nur mühsam unterdrücktes Schluchzen. Hayyim spürte, dass die Engel des Todes im Schatten an der Wand standen und darauf warteten, Rahels Seele in Empfang zu nehmen.

»Wie lange hat sie noch?«, fragte Nabil.

»Ich weiß es nicht. Ich könnte vor Mitternacht zurück sein.«

»Condesa, bei allem Respekt. Dort oben sind die lebenden Toten. Versteht Ihr nicht?«

In Nabils kleinen Augen flackerte die Angst.

»Wir können keinen fremden Aufschneider holen. Die Wachen würden es bemerken, und dann bin ich der Nächste, der an den Galgen kommt. Nein. Nein!«

»Wenn Schweinemägde unbemerkt in unsere Küche gelangen, wird es doch wohl auch ein Hexer schaffen. Oder?« Vela klopfte sich etwas Mehlstaub aus dem Rock.

»Nein!«

»Es ist mein Wunsch und Wille, Nabil Ibn Marah, einen Ausgang zu tun.«

»Ihr könnt nicht allein …«

»Wer redet denn von allein?« Das Lächeln der Condesa bekam etwas Hinterlistiges.

13.

Der Mann war einen Kopf größer als Konstanze. Er hatte ein Tuch nach Sarazenenart um den Kopf geschlungen und trug, genau wie Majid, zwei Krummsäbel im Gürtel. Er schien sich viel im Freien aufzuhalten, denn sein junges Gesicht hatte einen tiefen Bronzeton. Um seine Augen kräuselten sich kleine Fältchen – Habichtsaugen, kam es Konstanze in den Sinn. Augen, denen nichts entging und die seiner Miene einen Ausdruck von gespannter Achtsamkeit verliehen. Seine Nase war schmal und scharf geschnitten, die Wangen waren so glatt und straff modelliert, wie sie es von Menschen kannte, die sich oft der Askese unterzogen. Der Mund aber, sinnlich geschwungen mit einem ausgeprägten Amorbogen, sprach von einer durchaus weltlichen Hingabe an alle Genüsse, vor allem an jenen, einer Königin dabei zuzusehen, wie sich sich vom Schnee befreite.

»Was gafft Ihr so?«, fauchte sie.

Dann fiel ihr Blick auf das Tier hinter dem Mann, und sie fuhr zusammen. Es war ein Elefant, ein riesiger grauer Berg aus Muskeln und Fleisch. Er warf den Kopf zurück, hob den Rüssel und stieß erneut einen markerschütternden Schrei aus. Auf seinem Rücken trug er einen Kastell mit Intarsien aus Elfenbein. Ein weiterer Sarazene, offenbar der Treiber dieses Ungeheuers, versuchte gerade, die Zügel anzuziehen.

»Ihr habt wohl Euer Reittier nicht unter Kontrolle.« Konstanze hob den Kopf, um so respektgebietend wie möglich auszusehen. Das war nicht einfach, denn ein halbes Dutzend Elefanten trabten schreiend und trompetend über das Schneefeld. Dazu hallte das laute Trillern, mit dem sich die Treiber wohl untereinander verständigten, über die Hochebene und wurde durch das Echo der Bergwand noch verstärkt.

Sie sah sich nach Ruggero um, aber der massige Leib des Elefanten versperrte ihr die Sicht. Die Wachsöldner und Ritter zumindest wagten endlich ein paar vorsichtige Schritte aus der Deckung.

»In meinem Reich ist alles unter Kontrolle«, sagte der Mann vor ihr und deutete eine Verbeugung an.

Konstanze schluckte. Die Anmaßung war kaum noch zu überbieten.

»Die Königin Siziliens und somit auch die Eure grüßt Euch.« Sie hoffte, diese Andeutung würde genügen. »Wo ist der Emir?«

Der Mann lächelte wieder. »Er steht vor euch. Der *ré* ist bereits vorausgeritten. Er konnte nicht ahnen, dass unser Willkommensgruß Euch so sehr in Aufregung versetzt.«

Konstanze hätte dem arroganten Wichtigtuer gerne noch etwas ganz anderes versetzt. Wütend strich sie sich die letzten Reste von Schnee aus dem Cape und sah sich nach Bizza um. Einer der Wachknechte hatte sie eingefangen und kam nun, die Stute am Zügel führend, auf sie zu.

Mit einer knappen Handbewegung verbat Konstanze sich jede Hilfe. Sie schwang sich in den Sattel und schnalzte mit der Zunge. Die Ritter, Knappen und Knechte schlossen sich ihr an, der Emir ritt auf seinem Elefanten voraus. Als die Vorhut hinter der Felsklippe verschwunden war, wechselte sie einen schnellen Blick mit dem Hauptmann. Der Weg knickte nach links ab. Das hieß, sie würden den Sarazenen ihre ungeschützte rechte Seite zeigen. Hier oben in den Bergen konnte das lebensgefährlich sein. Sie ärgerte sich maßlos, dass Ruggero vorausgeritten war. Auch wenn alle Reiter sich nun im Halbkreis um sie scharten – es war eine heikle Situation. Der Hauptmann legte eine Hand auf das Schwert, das er wie alle anderen links trug. Zu ziehen wagte er es nicht, es wäre ein provozierendes Signal zum Angriff gewesen. Er sah sich kurz um und nickte ihr zu. Alles unter Kontrolle, sollte das wohl heißen.

»Los«, sagte sie leise.

Der Konvoi setzte sich in Bewegung. Sie umrundeten den Felsen, und der Anblick, der sich Konstanze und ihren Weggefährten bot, ließ sie vor Überraschung nach Luft schnappen.

Vor ihr lag ein weites, sanft abfallendes Tal. In dessen Kessel standen Hunderte, nein, Konstanze vermutete eher Tausende weiße Zelte – es war Jato, die Stadt der Sarazenen. Auf schneebedeckten Koppeln scharrten die kräftigen und ausdauernden Pferde der Bergstämme nach Futter. Viele Zelte waren mit bunten Wimpeln und Ornamenten verziert. Beduinen, Mauren, Berber bevölkerten die engen Gassen. Kinder spielten, Frauen in bunten Gewändern oder schwarzen Umhängen trugen Krüge und Körbe. Vor den Zelten flatterten Fahnen im eiskalten Wind. Etwas weiter entfernt vom geschäftigen Treiben der Stadt, auf der Anhöhe mit Blick über das Tal und auf den Bergpass, durch den sie gerade kamen, stand ein Palast.

Auch er war aus Stoff gemacht. Die weiße Baumwolle und die vielen Feuer, die um ihn herum entzündet waren, erinnerten sie an die Eisschlösser aus den Märchen ihrer Kindheit. Die Flammen spiegelten sich im getriebenen Silber der Feuerschalen und ließen die Pilaster und Arabesken glitzern, als wären sie aus Bergkristall. Der Palast war aus mehreren Dutzend einzelnen großen Zelten zusammengefügt. Jedes trug eine silberne Krone, aus der die Stoffbahnen in einem eleganten Schwung auf das runde Gestell herunterflossen, das den luftigen Gebäuden ihre Form gab.

Drei prächtig geschmückte Elefanten standen wie riesige Wächter am Eingang der Stadt. Konstanze bemerkte erstaunt die kunstvolle Bemalung auf ihren Stoßzähnen und die kostbaren Decken auf ihren Rücken. Ein gellender Pfiff ertönte. Spätestens in diesem Moment wurden alle Bewohner der Stadt darauf aufmerksam, dass der Emir Gäste hatte.

Der Pfiff wurde hinter ihrem Rücken erwidert. Konstanze

fuhr herum. Vom Gipfel des Felsens, den sie gerade umrundet hatten, stürzten mit ohrenbetäubendem Geschrei und gezückten Krummsäbeln Reiter auf weißen, gedrungenen Pferden im Renngalopp in die Tiefe, direkt auf sie zu.

»Was ist das?«, schrie sie.

Der Hauptmann, ein kräftiger und kampferprobter Recke, kniff die Augen zusammen und wies seine Truppe an, sich noch enger um die Königin zu scharen.

»Ganz ruhig«, rief er, denn das Geschrei war kaum noch zu durchdringen. »Das ist kein Angriff! Das ist nur ihre Art, uns willkommen zu heißen!«

Konstanze stellte sich in die Steigbügel, um besser sehen zu können. Ihr Herz hämmerte in ihrer Brust. Das sah weder freundlich noch nach einem Willkommensgruß aus. Die ersten Sarazenen hatten ihren kleinen Trupp bereits erreicht und begannen nun, mit Trillern und Schreien im Kreis um sie herumzujagen. Schnee stob auf. Die struppigen Sarazenenpferde stießen heißen Atem aus ihren Nüstern. Die Krummsäbel blitzten in der fahlen Glut der untergehenden Sonne.

»Was machen wir?«, schrie sie den Hauptmann an.

»Abwarten!«

Konstanze setzte sich wieder in den Sattel und klopfte Bizza beruhigend den Hals. Die Stute schien genauso nervös zu sein wie ihre Reiterin. Die wilde Jagd stürmte auf ihren kleinen Trupp zu, teilte sich und fegte um sie herum wie ein entfesselter Mistral. Gleich, gleich würde Bizza ausbrechen. Das Pferd bäumte sich auf und rollte wild mit den Augen. Konstanze erkannte an dem Wiehern und Schnauben, dass ihr nur noch wenige Augenblicke blieben.

Trompetenschall wehte weit über das Tal. Augenblicklich stiegen die Pferde der Sarazenen, und aus den Kehlen der Männer drangen Jubel- und Triumphgeheul. Der Hauptmann drängte sein Pferd noch näher an Bizza. Die Situation schien völlig außer Kontrolle zu geraten. Die wild durcheinanderjagende Menge vor ihr teilte sich, und zwei Elefanten kamen auf sie zugeritten. Auf dem linken saß der Emir. Auf dem rechten eine Gestalt, die ihr trotz Turban und wehendem Burnus bekannt vorkam.

Dahinter tauchten Männer mit Geparden auf. Reiter. Falkner. Zum Schluss glaubte Konstanze, einen Langhals zu entdecken – jene eleganten, wie Raubtiere gefleckten riesigen Tiere, die aussahen wie in die Länge gezogene Dromedare ohne Höcker. Die Elefanten hielten in einigem Abstand an, die Männer sprangen hinab und liefen auf sie zu.

»*Salam!*«, rief Ruggero.

Er strahlte über das ganze Gesicht. Mit ausgebreiteten Armen wies er auf das Spektakel um ihn herum und verbeugte sich schließlich vor Konstanze, die immer noch ungläubig auf ihren Gatten starrte.

»Tamin Ibn Abdad, mein Freund, bittet uns in sein bescheidenes Zelt.«

Er stapfte die letzten Schritte durch den Schnee und nahm dem Hauptmann Bizzas Zügel aus der Hand. Dann zog er sie aus dem zusammengedrängten Haufen heraus und lief, die Stute im Schlepptau, auf den Emir zu. Konstanze zitterte immer noch. Die Sarazenenkrieger hatten sich und ihre Pferde inzwischen beruhigt. Langsam setzten sich nun auch die Ritter in Bewegung und folgten ihrem König, begleitet von dem fröhlich um sie herum trabenden, säbelschwingenden Willkommenstrupp. Wie eine laute und bunte Karawane zogen sie weiter. Konstanze sah sich nach dem Cavaliere, den Packeseln und Saumtieren um. Sie waren wohl zurückgeblieben, denn von ihnen fehlte jede Spur.

»Lach!«, zischte Ruggero ihr zu.

»Wie bitte?«

»Du sollst lachen!«

Er sah zu ihr auf, und sie erkannte die Anspannung in seinem Gesicht. Vielleicht war ihm erst bei seiner Ankunft aufgefallen, was für eine verrückte und gefährliche Idee er da eigentlich gehabt hatte. Sizilien führte Krieg gegen seine früheren Besatzer. Das ganze westliche Abendland hatte sich gegen die Mauren und Araber verbündet. Im Süden Italiens herrschte seit der Eroberung durch Ruggeros normannischen Großvater nur ein brüchiger Frieden mit den übriggebliebenen Emiraten. Einen Besuch beim Sarazenenfürsten unternahm man nicht wie einen Jagdausflug. Man kündigte ihn Monate vorher an. Man rüstete sich. Man stellte ein Heer zusammen. Man schickte Boten. Man setzte die Königin nicht einem Schalmeienzug aus und machte sie lächerlich. Man …

Er zog sie zu sich herunter.

»Tamin und ich sind Freunde, seit ich denken kann. Also wird meine Frau ihn auch so behandeln.«

»Die Frauen seiner Freunde empfängt man anders!«

»Nicht hier. Wir leben in den Palästen, die sie gebaut haben. Wir haben ihre Moscheen entweiht und ihre Frauen zu unseren Sklavinnen gemacht. Wenn es jemals Frieden geben soll zwischen unseren Völkern, dann nur, wenn wir ihnen die Hand reichen und sie wie unseresgleichen behandeln.«

Konstanze dachte daran, wem Sizilien, Spanien und Europa gehört hatten, bevor die Mauren gekommen waren. Man ging nicht mit ausgestreckter Hand auf den Feind zu. Und man begab sich erst recht nicht ungeschützt in seine Hände.

»Ich brauche dich.«

»Was?« Konstanze glaubte, sich verhört zu haben.

»Sei an meiner Seite. Und nicht gegen mich.«

Er lächelte ihr zu, ließ die Zügel los und eilte voraus, auf den Zeltpalast des Emirs zu. Was bildete er sich bloß ein? Sie war nicht gegen ihn. Er war der König, und die Königin stand auf seiner Seite. Immer. Das Einzige, was sie sich erlaubte, war ab und zu anderer Meinung zu sein. Sie trieb Bizza an, denn der

Weg aus festgetrampeltem Schnee führte nun hoch auf die Anhöhe.

Sie erreichten die ersten Feuerschalen. Wächter mit gezogenen Säbeln standen Spalier. Links und rechts der Strecke leuchteten Fackeln. Ihr Schein fiel auf die regungslosen Gesichter der Männer.

Der Emir wartete am Eingang seines Zeltes zwischen zwei Stangen. Sie schimmerten, als wären sie aus purem Gold gegossen. Neben ihm stand eine Frau. Sie trug ihr dunkles Haar offen, und ihre Beine steckten in den weiten Pluderhosen, die eigentlich den Männern vorbehalten waren. Je näher sie kam, desto unruhiger wurde Konstanze. Etwas stimmte nicht. Das Bild war zu schön und friedlich, um wahr zu sein. Sie erkannte links neben dem Eingang mehrere Männer, die gerade Draco an einem Pfosten festbanden. Neben dem Rappen des Königs stand ein Schimmel. Ein Gedanke zuckte durch Konstanzes Herz, zu schrecklich, zu absurd, zu schnell, um überhaupt Gestalt annehmen zu können.

Die Frau war jung und schön. Sie stand stolz und aufrecht neben dem Emir, als wäre dies der Platz, an den sie gehörte. Die Ähnlichkeit der beiden war verblüffend.

Ruggero, der Konstanzes Trupp vorangegangen war, erreichte die beiden Königskinder, drehte sich um und wartete. Konstanze blieb stehen. Da niemand auf sie zukam oder sich ihr auf andere Weise ehrerbietig näherte, reichte sie dem Hauptmann Bizzas Zügel. Ein Wachknecht eilte herbei und half ihr vom Pferd. Sie atmete tief durch und ging die letzten Schritte zu Fuß.

Der Emir verneigte sich. Die Frau neben ihm deutete den Gruß nur an. Bunte, schwere Teppiche bedeckten den Boden. Aus Glutbecken stieg wohlriechender Duft empor – Weihrauch, Kräuter, Sandelholz. Die Zeltbahnen bewegten sich sacht im Wind.

»*Merhaba*«, sagte der Emir. »Seid willkommen. Ruggero, mein Bruder, und seine Frau Konstanze.«

Er drehte sich um zu der schönen Frau an seiner Seite. Sie sah Ruggero einen Wimpernschlag zu lange an, als es angemessen gewesen wäre. Dann fiel der Blick aus ihren dunklen, mandelförmigen Augen auf Konstanze.

»Auch ich grüße euch. Dies sagt Euch Samira Bint Abdad Bint Al-Kamil, die Schwester des letzten Emirs der Banũ Kalb, der Dynastie der kalibitischen Stämme. Es ist mir eine Freude, Euch willkommen zu heißen.«

Ihre Stimme klang klar und kalt wie ein Bergsee. Und Konstanze wusste, dass diese Sarazenenschönheit ihr gerade etwas ganz anderes gesagt hatte. Etwas, das nur an sie gerichtet war und kein anderer unter den Anwesenden verstand, weil es nicht Samiras Worte waren, sondern ihr Wille, der Konstanze durchbohrte wie ein Pfeil.

Ich bin die Frau, die mit deinem Mann geschlafen hat. Und ich werde es wieder tun.

14.

Vela schnaufte. Das musste das Alter sein. Oder die Hast, mit der sie losgezogen waren, um noch vor Einbruch der Dunkelheit Margalithas Klause zu erreichen. Es war der reine Wahnsinn, der sie den Berg hinauftrieb, vorbei an zugeschneiten Wegmarken und über kaum noch zu erkennende Pfade. Schon kroch der nasse Schnee durch die Sohlen ihrer Schuhe, aber sie spürte die Kälte nicht, solange sie in Bewegung war. Sollte sie dort oben nicht vorfinden, was sie suchte, würde sie umdrehen und wäre vor Mitternacht zurück.

»Wie weit noch?«, rief sie.

Zaki machte den Fehler, die Hand schützend vor die Augen zu halten und nach oben zu schauen, dorthin, wo der Gipfel des Monte Matarazzo hinter dem kalten Dunst verborgen lag. Der Wind fuhr unter seinen weiten Umhang aus Wolle. Er bauschte ihn auf, und Zaki hatte Mühe, den Stoff zu bändigen. Sie waren beide nicht für eine Bergwanderung angezogen. Aber die Condesa wollte ja. Sie musste ja. Sie hatte sich ja von nichts davon abbringen lassen. Die hochschwangere Frau in der Küche der *Favara* war ihr egal, auch wenn sie ihr als Vorwand diente.

»Der *ianator* meinte, wenn die Bäume klein werden, dauert es noch eine Stunde.«

Sie passierten eine verkrüppelte Kiefer. Weiter unten im Tal ächzten die Palmen unter der ungewohnten Schneelast. Mandel- und Orangenbäume verloren ihre Knospen bei dieser Kälte. Der *ianator*, Herr über die Gehege der kostbaren Panther und Löwen, hatte in den letzten Tagen versucht, die Käfige mit Stroh abzudichten. Bei den großen Gehegen half das natürlich nicht. Alle in der *Favara* sorgten sich um das Einhorn. Es kam von weit her, aus Ifriqia, und war solche Witterung nicht gewohnt. Einen Winter wie diesen hatte Sizilien seit Menschengedenken nicht erlebt. Der Himmel war grau wie billiges Zinn. Und wenn Vela sich nicht täuschte, fiel auch wieder mehr Schnee.

Sie stapfte in Zakis Spuren hinter ihm her. Der *ianator* war auch der Einzige, der offenbar eine Verbindung zu den verlorenen Seelen hatte, die hier oben an den Hängen des Berges eine Zuflucht gefunden hatten. Natürlich stritt er das empört ab. Allein der Verdacht, die vage Andeutung, man hätte etwas mit den Aussätzigen von Palermo zu tun, konnte viel Unheil nach sich ziehen.

Trotzdem hatte Konstanze damals bei ihnen Hilfe gesucht, als sie sich, hitzköpfig, wie sie war, alleine im Goldenen Tal verlaufen hatte. Niemand durfte das wissen. Es musste etwas damit zu tun haben, dass die Königin sich die Haare abgeschnitten hatte. Vela hatte bei den wenigen Gelegenheiten, bei denen sie sich bisher begegnet waren, nicht danach gefragt. Als ob sie beide dieses dunkle Kapitel durch Schweigen aus ihrem Leben verbannen könnten.

»Condesa!«

Der Küchenjunge duckte sich hinter einen großen Steinbrocken und winkte Vela zu sich heran. Sie eilte zu ihm, hockte sich hin und versuchte, ihm über die Schulter zu spähen.

Der Weg verbreiterte sich zu einem schmalen Plateau. Der Wind pfiff ungeschützt über den nackten Stein und die festgetretene Erde. Dort, wo die Felsen sich übereinandertürmten, gähnte der dunkle Eingang zu einer Höhle. Niemand war zu sehen.

»Und jetzt?«, flüsterte sie.

Zaki drehte sich zu ihr um. In seinem schmalen Gesicht mit den fast immer rotglühenden Wangen spiegelte sich Ratlosigkeit.

»Ich weiß nicht.«

»Hast du eine Fackel dabei? Und Zunder?«

»Ja, aber es ist zu windig. Und ich möchte sie auch nicht auf uns aufmerksam machen.«

Vela verlagerte ihr Gewicht von einem auf den anderen Fuß. Sie war fürs lange Hocken nicht mehr gemacht.

»Ich will den Mann sehen, der Löcher in Menschen schneidet. Irgendwo muss er ja sein. Wahrscheinlich in der Höhle. Also gehst du da jetzt rein.«

Sie konnte Zaki ansehen, wie wenig begeistert er von diesem Vorschlag war. Sie hätten wenigstens einen Knecht mitnehmen sollen, dann säßen sie jetzt nicht im Gebüsch, starrten auf ein Loch im Felsen und froren sich den Hintern ab.

»Nein.« Zaki schüttelte den Kopf. »Da drin sind die lebenden Toten. Wenn ich dieselbe Luft atme wie sie, bin ich verflucht.

Ich dachte, hier wären Hütten! Oder Katen! Oder meinetwegen Zelte. Irgendjemand, den man fragen könnte.«

Vela war ebenso unbehaglich zumute, aber sie hatte nicht vor, unverrichteter Dinge wieder abzuziehen.

»Sieh dir den Eingang wenigstens an. Dagegen kann ja niemand etwas haben. Hier kommen doch öfter Wanderer vorbei. Schau!«

Sie wies auf halb verwehte Fußspuren auf dem Weg hinauf zum Gipfel. Zaki tat zumindest so, als ob er sie betrachten würde, und sank dann zurück in die Deckung.

»Die laufen weg. Die kommen nicht.«

Zaki hatte recht. Vor kurzem musste jemand die Klause verlassen und den Weg in Richtung Bergspitze eingeschlagen haben. Vela merkte, wie sie die Geduld verließ.

»Da.« Sie öffnete ihren Almosenbeutel und holte ein kleines Messer heraus, das sie dem Jungen entgegenhielt. Doch der schüttelte bloß den Kopf und zog einen Dolch aus dem Gürtel.

»Ich gehe nur bis zum Eingang.«

»Ja.«

»Und dann komme ich wieder und berichte.«

»Tu das. Aber geh.«

Zaki stand vorsichtig auf und blickte sich nach allen Seiten um. Geduckt schlich er über das Plateau, bis er den Eingang zur Höhle erreichte. Eng an den Fels gepresst, drehte er sich zu Vela um. Sie nickte ihm zu. Zaki lugte vorsichtig um die Ecke in das dunkle, niedrige Loch. Dann ging er hinein.

Vela wäre beinahe aufgesprungen. Was machte er da? Schon hatte ihn die Dunkelheit verschluckt. Sie lauschte. Aber das hohle Pfeifen des Windes, der über die schroffen Steine strich, blieb das einzige Geräusch.

Sie zog das Wollcape noch enger um die Schultern und presste sich an den Stein. Gut, dachte sie. Also ist er doch mutiger, als ich dachte.

Aber eine leise Stimme in ihrem Inneren flüsterte, dass es etwas anderes als Mut gewesen war, das ihn in den dunklen Schlund des Berges hineingezogen hatte.

Zaki hatte so etwas Wunderschönes noch nie gesehen. Erstaunt ließ er den Blick über die Felsen wandern. Das müde Licht vom Höhleneingang wich schon nach wenigen Metern einem Halbdunkel, in dem die Farben und Bilder zu glühen begannen und ein seltsames, fast unwirkliches Eigenleben entwickelten.

Ein junger Mann mit erhobenem Speer tanzte mit einem Bären. Es musste ein Bär sein, das sah jedes Kind. Wahrscheinlich war es auch gar kein Tanz, sondern die Szene einer blutigen und grausamen Jagd. Doch sie war so lebhaft und heiter auf die Wand gemalt, dass Zaki unwillkürlich lächeln musste. Das waren doch mal andere Bilder als die in den Kirchen und auf den Wandteppichen. Der junge Mann war schlank und von hohem, geradem Wuchs. Er war nackt, zumindest ließen die wenigen anmutigen Striche, die seine Gestalt zeichneten, das vermuten.

Er vergaß seine Vorsicht und ging weiter. Frauen saßen um ein Feuer. Ahnten sie nichts von der Gefahr? Ein Tiger mit Stoßzähnen, gewaltig wie die eines Elefanten, schlich sich an. Zaki folgte den Bildern, erstaunt, berührt und immer noch gefesselt von Ereignissen, die länger als jedes Menschengedenken zurückliegen mussten. Er folgte der Geschichte Bild um Bild. Sie erzählte von großer Gefahr und von einem mutigen Mann, der sie abwendete. Die Frauen sprangen auf, als sie die Bestie entdeckten, und rannten davon, die Arme in Angst und Verzweiflung dem Himmel entgegengereckt. Der junge Jäger erreichte das Ungeheuer, sein Speer durchbohrte den Leib des Tieres. Es lag tot in seinem Blut. Dunkel, fast schwarz zerfloss die Farbe an den Rändern. Das Bild war so lebendig, dass es so aussah, als würde der massige Körper noch zucken. Es dauerte einen Moment, bis Zaki begriff, dass es nicht die Geschichte an der Wand war, die plötzlich ein Eigenleben entwickelte.

Es war das Licht eines Kienspans, das wenige Schritte entfernt hinter einer Biegung flackerte. Und daneben stand ein Wesen mit milchigen Augen und verfaulendem Leib, das einen Arm ausstreckte und langsam auf Zaki zuging.

Der Küchenjunge starrte die Gestalt in namenlosem Entsetzen an. Er wusste sofort, wen er vor sich hatte und dass dies keine Erscheinung aus einer uralten, schrecklichen Sage war. Er drehte sich um und wollte fliehen, wegrennen, bloß raus aus dieser verdammten Höhle. Doch wo war der Ausgang? Die verwirrenden Bilder hatten ihn tief in das Labyrinth geführt. Panisch sah er sich um. Nach links oder nach rechts? Welcher Weg führte zurück?

Das Wesen stieß einen gutturalen Laut aus. Sabber troff ihm aus dem halboffenen Mund auf die Lumpen. Zaki rannte in den linken Gang. Zu spät erkannte er, dass er sich geirrt hatte. Der Weg führte nicht hinaus, sondern bergab. Die Angst schnürte ihm fast die Kehle zu. Er nahm sein Cape und hielt es sich vor den Mund. Aber die Vorsichtsmaßnahme kam zu spät. Er hatte schon zu lange dieselbe Luft geatmet. Er warf einen hastigen Blick über die Schulter zurück. Das Wesen folgte ihm. Langsam, ganz langsam, als ob es sicher sein könnte, dass Zaki ihm nicht entkommen würde.

Kein Weg zurück. Dann also voran. Möge geschehen, was der Herr in seiner unendlichen Güte für ihn vorgesehen hatte. Er drehte sich um und lief los. Direkt in einen Mann hinein, der nicht nur deshalb schwankte, weil er so groß und so dünn war. In der Hand hielt er eine Flasche, und der Geruch, der Zaki entgegenschlug, als der Dschinn den Mund öffnete, hätte alle Fliegen in der Küche auf einen Schlag tot zu Boden fallen lassen.

»Trink.« Der Mann hielt ihm die Flasche entgegen.

Zaki schüttelte entsetzt den Kopf. Er wich zurück, bis er mit dem Rücken an der Felswand stand.

»Trink!«

Als Zaki sich nicht rühte, setzte der Mann die Flasche selbst an den Mund. Die Flüssigkeit gluckerte durch die Öffnung direkt in seinen Schlund. Zaki schnupperte.

»Al Khul?«, fragte er, und seine Stimme kippte beinahe vor Angst.

Der Mann wischte sich den Mund mit der freien Hand ab und nickte. Dann deutete er auf den dunklen Gang, der sich noch weiter in das Innere des Berges grub.

»Al Khul. Du hast doch vor zu überleben, oder?«

15.

Konstanze wünschte sich, der Ätna würde ausbrechen oder ein Erdbeben möge dieses Hochgebirgstal in eine tiefe Kluft verwandeln, in der eine von ihnen beiden auf der Stelle verschwinden würde.

Samira. Wenn sich ein Name in ihr Herz gebrannt hatte, dann dieser. Aus den Augenwinkeln bemerkte sie, dass Ruggero keine Miene verzog und das Mädchen mit derselben Freundlichkeit behandelte wie alle hier.

Sie saßen im Hauptzelt auf samtenen Kissen. Die Feuer und die dicken Teppiche auf dem Boden verbreiteten eine angenehme Wärme. Verschleierte Frauen brachten Tabletts mit Datteln, Gebäck und Nüssen, dazu wurde süßer, starker Würzwein ausgeschenkt. Rund zwei Dutzend Männer saßen im Halbkreis um die beiden Herrscherpaare herum. Die Stammesältesten, wie Ruggero ihr zugeflüstert hatte. Nacheinander standen sie auf und legten ein Geschenk vor dem *ré* und Konstanze ab. Reichverzierte Dolche, silberne Steigbügel, ein Mantel, mit

Goldfäden bestickt, ein Sattel aus Elfenbein. Dabei murmelten sie Segenswünsche, die der Emir Konstanze ins Volgare übersetzte und die allesamt Gottes Segen, viele Kinder – meist Söhne – und Gesundheit zum Inhalt hatten.

Als der Letzte sich wieder hingesetzt hatte, hob Ruggero die Hand. Eigentlich war das der Augenblick, in dem Majid als engster Freund des *ré* nun dessen mitgebrachte Geschenke verteilen würde. Sie sah sich um. Der Sarazene mit dem tätowierten Gesicht war nirgendwo auszumachen. Stattdessen eilte Cavaliere Livio heran. Offenbar waren die Packesel endlich eingetroffen, denn jeder der Gäste bekam eine kleine Kostbarkeit aus dem *tiraz*, der königlichen Goldschmiede des Normannenpalastes. Zum Schluss überreichte der Cavaliere Samira einen zarten Goldreif, den sie sich sofort in die Haare steckte. Dabei lächelte sie Ruggero an, als hätte er das Ding mit seinen eigenen Händen geschmiedet.

Konstanze beobachtete jede seiner Regungen. Er war charmant, redegewandt, plauderte mit dem Emir und seiner Schwester und ließ sich mit keinem Wimpernschlag, keiner noch so verborgenen Geste, keinem verräterischen Zwischenton anmerken, wie gut er das junge Mädchen kannte.

Reite mich.

Konstanze spürte, wie ihre Wangen glühten. Es war Zufall gewesen, dass sie die beiden belauscht hatte. Niemand wusste davon, was sie lange vor ihrer Hochzeitsnacht gehört und gesehen hatte. Waren sie noch zusammen? Hatte sich diese Ungeheuerlichkeit etwa nach ihrer Trauung wiederholt?

»Und was habt Ihr meinem Bruder mitgebracht?« Samiras fröhliches Lachen hatte den hellen Klang von Silberglocken. Sie beugte sich vor, um Ruggero besser ins Gesicht zu sehen, und würdigte Konstanze keines Blickes. »Ich weiß, Ihr seid berühmt für Euren erlesenen Geschmack.«

Ruggero ignorierte die Zweideutigkeit, wenn es denn eine

gewesen sein sollte. Er nickte Livio zu, der hinter einem Vorhang verschwand.

»Wir werden Euch gewiss nicht enttäuschen.«

Er griff nach Konstanzes Hand und küsste sie. Es war eine Geste, wie sie zu jedem offiziellen Anlass gehörte. Vielleicht war das der Grund, weshalb sie ihm die Finger am liebsten entrissen hätte. Der Cavaliere kam zurück, in der Hand den Vogelbauer mit Laszlo. Der Emir stand auf und trat interessiert an den Käfig heran. Dann stieß er einen Laut der Überraschung aus.

»Ruggero! Was für ein prächtiges Tier!«

Alle erhoben sich, drängelten sich um den Falken und gaben begeisterte Kommentare ab. Konstanze stand abseits. Plötzlich spürte sie, wie ihr jemand über den Arm strich. Es war der *ré*, und diese Berührung stand in keinem Hofprotokoll.

Der Emir ließ sich den Käfig öffnen und einen Handschuh reichen. Dann holte er Laszlo heraus, der zur Freude aller die Flügel ausbreitete, sich schüttelte und sitzen blieb. Die Clanführer lachten, klatschten begeistert in die Hände und murmelten sich wissende Kommentare zu. Das Geschenk erfüllte seinen Zweck: Es hatte den Emir in Erstaunen versetzt und ihn vor seinen Leuten geadelt. Konstanze musste Ruggeros geschickten Schachzug bewundern, auch wenn ihr das Herz blutete.

»Wie heißt er?«

Der letzte Emir der Kalibiten verwandelte sich in Tamin, den jungen, begeisterten Jäger.

»Laszlo«, flüsterte Konstanze. Sie räusperte sich. »Laszlo.«

»Laszlo? Ein außergewöhnlicher Name. In welchem Land nennt man seine Falken so?«

»Im *Regno Ungheria.*« Sie spürte immer noch Ruggeros Berührung. Und Samiras Blick, der sie zu durchbohren schien, denn auch der Sarazenin fiel auf, wie nahe König und Königin beieinander standen.

Tamin strich dem stolzen Vogel vorsichtig über das Gefieder. Laszlo ließ es geschehen. Mehr noch: Er schmiegte den Kopf in die Hand des neuen Herrn. Und so kindisch der Gedanke auch war – Konstanze fühlte sich ein zweites Mal betrogen.

»Ein ungarischer Falke? Dann muss es dort eine außergewöhnliche Zucht geben. Seht nur! Der edle Wuchs und die Anzahl der braunen Punkte auf den Federn, wie von einem *pictor* darauf gezeichnet.«

Zustimmendes Murmeln.

Ruggero ließ Konstanze los. »Er stammt aus meinem Haus. Die Königin hat ihm diesen Namen gegeben.«

»Ihr?« Erstaunt wandte sich Tamin wieder an Konstanze. »Aber natürlich. Ich erinnere mich. Ihr wart einst Königin dieses fernen Landes. So lange, bis Allah Euren Gatten zu sich rief.«

»Ja«, antwortete sie.

»Und als Euer Schmerz Euch zu vernichten drohte, sandte Euch der Allmächtige diesen da, den ich liebe wie einen Bruder.«

Er legte den freien Arm um Ruggero und schlug ihm auf die Schulter. Beide Männer lachten sich an, der Emir gab den *ré* frei.

»Warum Laszlo? Was heißt das?«

»Der Name bedeutet Macht und Ruhm«, sagte Konstanze. Jedes Wort kostete sie Überwindung. »So wurden Könige genannt.«

»Ein König.« Der junge Sarazene betrachtete seinen neuen Falken mit unverhohlenem Besitzerstolz. »Genau die richtige Wahl. Nach welchem der Herrscher *Ungherias* habt Ihr ihn benannt?«

»Nach meinem Sohn.«

»Eurem … Sohn?«

Tamin hob verwundert die Augenbrauen. Die Gäste sahen sich betreten an. Sogar Samira verlor für einen Moment ihr falsches Lächeln.

»Er starb im sechsten Lebensjahr.«

Schlagartig wurde es still. Tamin ließ seinen Blick auf Konstanzes Gesicht verweilen, und was er sah, war echter, mühsam verborgener Schmerz.

»Oh, wie furchtbar!«, platzte es aus Samira heraus. Die Schwester des Emirs blickte sich um, ob auch alle das gleiche übertriebene Entsetzen mit ihr teilten. »Was hatte er denn? War er krank?«

»Nein, er …« Konstanze brach ab. Sie konnte nicht über Laszlo reden. Nicht vor dieser Frau, die wahrscheinlich gerade die Jahre ausrechnete, die sie vom Alter und Konstanze von der Jugend trennten.

Tamin setzte den Falken vorsichtig in seinen Käfig zurück.

»Ich werde ihn hüten wie meinen Augapfel. Ich danke Euch, dass Ihr ihn mir anvertraut habt.«

Er klatschte in die Hände. Rhythmische Trommelschläge und das Klirren der Zimbeln und Tamburine erklangen. Die Gäste wichen in einen Halbkreis zurück und machten den Tänzerinnen Platz. Konstanze drehte sich zu Ruggero um.

»Ich bin müde.«

»Das verstehe ich«, hörte sie die Silberglockenstimme in ihrem Rücken. »Der Weg von Palermo hier herauf ist lang und auch für Jüngere oft eine Strapaze.«

Samira stellte sich zwischen sie und den *ré*. Ihre dunklen Augen funkelten.

»Ich werde Euch in Eure Gemächer begleiten.«

Zu jeder anderen Gelegenheit hatte Konstanze sie scharf zurechtgewiesen. Aber sie fühlte sich wirklich erschöpft. Nicht nur von der Reise, auch von den Erinnerungen, die plötzlich aufgetaucht waren wie ungebetene, lästige Gäste. Sie wollte Ruggero noch etwas sagen, doch eine Schar Tänzerinnen wirbelte an ihr vorbei und trennte sie von ihm.

»Kommt mit mir«, sagte Samira.

Die Sarazenin lächelte sie an, und Konstanze wusste, dass sie in dieser Nacht verloren hatte.

Vela wartete, bis es dunkel geworden war, dann hielt sie es nicht mehr aus. Eine Stunde war Zaki nun schon in der Höhle. Weit und breit war keine Menschenseele zu sehen, und wenn sie noch länger hinter diesem Stein ausharren würde, wäre sie bald selbst einer. Der eisige Wind zerrte an ihrem Wollmantel, und ihre Finger waren bereits blaugefroren. War dies hier nicht das Land, in dem angeblich ewiger Frühling herrschte? Stattdessen stand ein milchweißer Halbmond am Himmel. Wolkenfetzen jagten an ihm vorüber und Nebel stieg aus dem Tal auf.

Zaki war ihr Führer. Wenn er nicht mehr auftauchte, musste sie die Nacht hier oben verbringen und für die Jüdin käme jede Hilfe zu spät. Sollte sie es wagen?

Sie reckte den Hals und spähte hinüber zum Eingang der Höhle. Nichts. Wo waren sie denn, die Kranken und Aussätzigen? Vermutlich saßen sie drinnen, um ein warmes Feuer geschart, und verspeisten das, was sie aus den Vorratskellern der *Favara* gestohlen hatten.

Velas Magen knurrte. Der Kanten Brot fiel ihr ein, den das Mädchen verloren hatte. Wenn sie jetzt nur einen Bissen davon hätte … Etwas knackte hinter ihr. Erschrocken fuhr sie herum und starrte in die weit aufgerissenen Augen eines Rehs.

Komm du mir nicht in die Nähe, wenn ich einen Jäger bei mir habe, dachte sie. Dem Reh schien Ähnliches durch den Kopf zu gehen. Es wandte sich ab und sprang zurück in die Büsche. Vela stand auf und streckte die schmerzenden Glieder. Es half kein Jammern und Klagen, sie musste Schutz suchen. Bald würde es wieder schneien. Sie war warm angezogen, aber gegen die Kälte in den Bergen halfen selbst drei Lagen wollene Unterkleider nicht.

Sie ging auf den Höhleneingang zu und sah sich um. Irgendwo in der Nähe musste die Klause gestanden haben, die diesem Ort seinen Namen gegeben hatte. Die Leute sagten, sie wäre nur noch eine Ruine. Vielleicht stand ja der Keller noch, in dem man dieses arme Mädchen damals eingemauert hatte. Sie könnte Holz suchen, Zunder hatte sie bei sich.

Der Gedanke an ein warmes Feuer verlieh der Condesa neue Kraft. Sie ließ den Felsspalt links liegen und eilte das schmale, langgezogene Plateau entlang. Der Schnee reflektierte das kalte Mondlicht, so dass sie erkennen konnte, wohin sie lief. Knorrige, verkrüppelte Bäume warfen bizarre Schatten. Vela wunderte sich, wie völlig frei von Angst sie war. Es musste daran liegen, dass der Tod für sie seinen Schrecken verloren hatte. Anders konnte sie sich nicht erklären, dass sie unbekümmert und sorglos in dieser Einsamkeit herumspazierte, in der sie allenfalls dem Geist einer verfluchten Klausnerin oder, schrecklicher als alle Nachtmahre zusammen, einem Aussätzigen begegnen würde.

Der Wind verwischte ihre Fußspuren, kaum dass sie sie gesetzt hatte. Er blies ihr nun mit aller Macht entgegen, als ob er sie daran hindern wollte, das Ende des Plateaus zu erreichen. Sie stemmte sich gegen die Böen und kämpfte sich weiter vor. Aufwirbelnder Schnee flog ihr in die Augen. Sie keuchte vor Anstrengung und spürte kaum noch, dass sie immer mühsamer vorankam. Etwas war am Ende dieser Terrasse. Etwas lag hinter der schmalen Biegung. Etwas war dort, das sie anzog und weitertrieb auf dem zugewehten Pfad. Noch ein paar Schritte, nur noch vier, drei, zwei Mal die Füße voreinander setzen, bis sie, nach Luft ringend, endlich um den Felsen herumbog und die Ruinen eines Hauses sah.

Es musste sich vor langer Zeit so eng an den Berg geschmiegt haben, als wäre es ein Teil davon. Gut verborgen, in absoluter Einsamkeit, mit Blick auf schroffe Felswände und weit hinab ins Tal, das nun, zu dieser Stunde, in tiefer Finsternis lag.

Geschwärzte Mauerreste ragten in den Himmel. Vermutlich hatte man die Klause abgebrannt und dann sich selbst überlassen. Sie bog vorsichtig um die Ecke und gelangte in den Windschatten. Augenblicklich wurde es still. Sie hörte nur noch ihren eigenen keuchenden Atem.

Vela wusste nicht, wie man die heiligen Frauen einmauerte. Ob sie in einem Keller hausten oder ebenerdig untergebracht waren. Vorsichtig stapfte sie einige Schritte durch den knietiefen Schnee, so nahe wie möglich am Felsen entlang. Sie konnte nicht erkennen, wie weit der Schnee trug oder ob der nächste Schritt sie schon in einen bodenlosen Abgrund reißen konnte.

Und weil es einen Wimpernschlag lang so aussah, als ob die Geister der Toten in den Ruinen tanzten. Sie kniff die Augen zusammen. Aufblitzendes Licht hatte einen Haufen bröckelnder Steine gestreift. Eine Sinnestäuschung. Die Klause war unbewohnbar. Alles, was Vela zu finden hoffte, war eine trockene, windgeschützte Ecke, in der sie die Nacht überstehen würde.

Wieder flackerte das Licht auf. Vielleicht hatte Zaki die gleiche Idee gehabt und sich hier versteckt? Sie tastete sich weiter vor und versuchte, den Ärger nicht zum Kompass ihrer Schritte zu machen. Wenn der Junge sie wirklich im Stich gelassen hatte, war das eine Schande.

»Psst!«

Zu Tode erschrocken fuhr sie zusammen und hätte beinahe die Balance verloren. Wie aus dem Nichts aufgetaucht stand plötzlich Catalina vor ihr, das Lumpenmädchen aus der Vorratskammer. Vela rang nach Luft.

»Was … wie kommst du hierher?«

»Ich bin Euch gefolgt.«

»Ach ja? Warum stehst du dann vor und nicht hinter mir?«

»Weil ich Wege kenne, die Ihr nicht wisst?«

Blitzschnell ließ das Mädchen den Blick über Velas dick vermummte Gestalt wandern. Vielleicht vermutete sie irgendwo in den Tiefen der Gewandfalten etwas Essbares.

»Warum?«

»Ihr sucht den Dschinn. Aber Ihr habt ihn noch nicht gefunden. Was gebt ihr mir, wenn ich Euch zu ihm führe?«

Sie streckte ihre magere Hand aus und hielt sie Vela unter die Nase. Aber sie hatte sich verrechnet. Die Condesa de Navarra konnte man vielleicht am *cour* von Aragón zum Narren halten. Vela aber, die Frau, die dem Henker vom Galgen gesprungen war, die alle Tricks und Kniffe eines durchtriebenen kleinen Kämmerers kennengelernt hatte, die weitab am Ende der zivilisierten Welt dem Gesinde eines Jagdschlosses auf die Finger sah, Vela konnte man so schnell nicht hinters Licht führen. Sie schob das Mädchen unsanft zur Seite und setzte ihren Weg in Richtung der Ruinen fort. Die Kleine lief ihr nach.

»Er verhext Euch! Er verwandelt Euch in schwarze Krähen!«, keifte sie Vela an.

»Sei still! Du siehst aus, als wärst du selber eine gewesen.«

»Was? Ich? Eine Krähe?«

Vela erreichte den ersten Mauerstumpf. Sie raffte die Röcke und stieg vorsichtig hinüber. Das Geviert war nicht groß. Nicht viel mehr als ein Hühnerstall hätte in der Klause Platz gehabt. Sie erkannte den Einstieg zu einem Keller: halb verschneite, geborstene Stufen. Und wieder huschte ein Lichtstrahl durch die Finsternis. Dort unten war jemand. Zaki konnte sich auf einiges gefasst machen.

»Danke. Ich brauche deine Hilfe nicht.«

Augenblicklich veränderte sich das Wesen des Mädchens. Ihre dunklen Augen weiteten sich, der kleine Mund verzog sich zu einem unschuldigen, sanftmütigen Lächeln.

»Dann werde ich hier oben warten. Für den Fall, dass Ihr nicht als Krähe ins Tal fliegen wollt, sondern einen Abstieg sucht.«

»Ich habe nicht vor, allein zurückzukehren.«

»Wenn Ihr den hübschen Jungen meint, auf den will ich auch aufpassen. Euch soll nichts geschehen. Ihr wollt doch sicher wieder nach Hause, nicht wahr? Ins Warme. Zu Euren Leuten. An ein Feuer in der Küche, wo sie gerade Grütze kochen und den Braten von gestern aufschneiden …«

Der letzte Satz klang so traurig, als würde das Mädchen von einem für sie unerreichbaren Land sprechen. Vela seufzte ungeduldig. Die Kleine war so anhänglich wie Flöhe in einem Strohsack.

»Bist du … gehörst du zu denen?« Sie wies auf den Berg.

Catalina schüttelte den Kopf. »Nein. Aber meine Schwester. Sie war mit einem Mann zusammen, den der Teufel angespuckt hat. Sie bekam rote Flecken, und ihr Herr hat sie aus dem Haus geprügelt. Keiner wollte sie aufnehmen, und als sie nicht mehr wusste, wohin, ist sie zu denen gegangen, die in der Höhle leben.«

»Wie geht es ihr?«

»Gut. Die Flecken sind weg. Das war der Dschinn.«

Vela setzte sich auf einen Haufen Steine, der von der Wand übriggeblieben war. Sie hatte schon davon gehört, dass Aussatz geheilt worden war und barmherzige Schwestern, die sich um die Ärmsten kümmerten, selten davon befallen wurden. Aber bisher hatte sie es für Gottes Werk gehalten – und nicht für das eines Zauberers.

»Aber sie kann zu niemandem gehen, sie muss hierbleiben. Vielleicht wird sie wieder krank.«

»Dann muss der Dschinn sie eben wieder heilen. Stiehlst du das Essen für sie?«

»Solange die Königin ihr Versprechen nicht hält.«

Vela runzelte die Stirn. Das Mondlicht erhellte die verschneite Szene gerade so viel, dass das Mädchen sehen konnte, was ihr Gegenüber von diesen Märchen hielt.

»Sie war hier.« Catalina kam näher. »Und keiner darf es wissen. Ein Ritter auf einem schwarzen Drachen hat sie geholt, und sie flogen durch die Lüfte davon. Als sie die Wolken erreichten, warf sie ihre Haare herunter und versprach, ein Siechenhaus zu bauen.«

Das Mädchen senkte die Stimme. »Dies ist ein Ort für Wunder. Oder für Zauberei. Ich weiß es nicht, und ich habe keine Angst davor, weil alles, was mich träfe, besser wäre als das hier.«

Sie streifte die Lumpen an ihrem Arm zurück und hielt ihn Vela entgegen. Schorfige rote Flechten übersäten die Haut. Vela sprang auf.

»Fort! Weg! Verschwinde!«

Catalina zupfte gleichmütig den Stoff zurück. Sie schien diese Reaktion gewohnt zu sein.

»Es ist noch nicht so schlimm. Der Dschinn sagt, wenn ich ...«

»Geh! Auf der Stelle!« Vela sah sich um. In ihrer Verzweiflung griff sie nach einem Stein und erhob ihn drohend. »Keinen Schritt näher!«

»Was gebt Ihr mir dafür?«

»Ein Loch in den Kopf, wenn du nicht sofort machst, dass du weiterkommst!«

Catalina wollte etwas erwidern, doch ihr Blick fiel auf etwas, das sich hinter Velas Rücken abspielen musste. Wieder legte sie den Finger auf die Lippen, aber Vela fiel nicht mehr auf diese Scharade herein.

»Glaub ja nicht, du könntest mich ablenken!«

»Der ... der Dschinn ...«

»Es ist mir egal, was er gesagt hat! Hörst du? Egal!«

Das Mädchen hob die Hand und deutete auf etwas. Vela merkte, dass sie zitterte wie Espenlaub. Sie ließ den Stein sinken und drehte sich um.

Das Licht im Kellereingang kam von einer Fackel. Und wer sie trug, war kein Geringerer als der, für den die Hölle vermutlich ein Wirtshaus war, aus dem er jederzeit wieder verschwinden konnte. Ohne die Zeche zu zahlen.

Konstanze boxte sich ein Kissen zurecht. Das Zelt, in dem sie untergebracht war, ließ nichts an Komfort zu wünschen übrig. Wasser und Wein standen in funkelnden Kristallkaraffen bereit. Kostbare Teppiche, mehrfach übereinandergelegt, hielten die Kälte ab. Elena, griesgrämig wie immer, packte gerade die letzten Reiseutensilien in einen Schrank, der über und über mit Intarsien aus Perlmutt und Elfenbein verziert war. Bienenwachskerzen verbreiteten ihr warmes Licht, es duftete nach Rosenblättern und Zimt.

»Ich habe nichts gefunden, was auch nur annähernd einem Zuber ähnlich sieht.« Die Griechin schloss den Schrank. »Gebadet wird hier wohl nicht.«

»Sie sind ein Volk der Wüste.« Konstanze wickelte sich den Schal noch enger um den Hals. Sie fröstelte immer noch, vielleicht wurde sie auch krank. »Wasser wird dort nicht zum Waschen verschwendet.«

»Dafür gibt es reichlich Schnee. Ich werde sehen, ob ich noch etwas auftreiben kann, sofern man es uns nicht löffelweise zuteilt. Ich kenne diese Leute noch von früher. Ich preise den Herrn alle Tage, dass ich hier nicht mehr dienen muss.«

»Du warst eine Sklavin des Emirs?«

»Den habe ich höchstens mal aus der Ferne gesehen. Ich habe die Teppiche sauber gehalten. Als Eure Hochzeit anstand und der Sultan von Djerba dem *ré* einen Harem zukommen ließ, wollte der Emir nicht zurückstehen. Er hat drei Dutzend Sklaven geschenkt, alles Juden und Christen, deren Familien kein Lösegeld gezahlt haben.«

»Tut mir leid. Das wusste ich nicht.«

»Ich hänge es auch nicht an die große Glocke. Wer geht schon gerne damit hausieren, dass er keinen Dirham wert ist?«

Konstanze hätte gerne etwas in der Art erwidert, dass Elena ihr lieb und teuer sei. Doch sie brachte die Worte noch nicht einmal als Lüge über die Lippen. Die Griechin hatte von Anfang an eine unerklärliche Abneigung in ihr hervorgerufen. So schlimm ihr Schicksal war, Konstanze konnte kein Mitgefühl aufbringen.

»Wie bist du in diese hohe Stellung gekommen?«

»Walther von Pagliara hat das arrangiert. Ich kenne mich aus in Hauswirtschaft und habe in Athen den Haushalt eines sehr wohlhabenden Bürgers verwaltet.«

Wohlhabender, als ihr jemals sein werdet, hörte Konstanze den unausgesprochenen Nachsatz.

»Nun, du verrichtest deine Arbeit hervorragend. Aber ich habe das Gefühl, dein Herz ist nicht ganz bei Uns und bei Deiner Königin.«

Elena ging in die Knie.

»Mein Herz ist das Eure«, sagte sie. »Ich habe nie gelernt, es auf der Zunge zu tragen.«

»Wenn wir zurück in Palermo sind, werde ich mich umhören. Vielleicht sucht jemand von den Baronen oder Kaufleuten eine tüchtige Kraft.«

»Nein! Meine Königin! Ich habe Euch immer gedient. Und ich werde mich bessern. Ich verspreche es Euch! Wenn Ihr Grund zur Klage habt, dann bestraft mich! Aber bitte schickt mich nicht fort.«

Zum ersten Mal schien Elena tatsächlich Gefühle zu haben: Angst.

»Schon gut.« Konstanze gab ihr ein Zeichen, sich zu erheben. »Ich schicke dich nicht weg. Aber ich brauche eine Kammerfrau, die sich mit dem spanischen Hofprotokoll auskennt.«

»Ich werde mich kundig machen und bessern. Bei meiner Ehre, ich schwöre es!«

»Das wird nichts bringen, Elena. Wenn meine Schwester mich besuchen kommt, wird sie einige Hofdamen mitbringen. Vielleicht kehrt auch die Condesa an den *cour* zurück. Du wirst dich an den Gedanken gewöhnen müssen, dass du nicht auf Dauer bei mir bleiben kannst.«

»Ich verstehe.«

Elena sprang auf und begann, hektisch die Kissen auf dem Bett aufzuschütteln. Natürlich verstand sie nicht. Vielleicht war das in Griechenland anders, aber in Aragón waren Hofdamen, Kammerfrauen und Ammen so etwas wie eine zweite Familie. Frauen, denen man sich anvertrauen konnte. Die natürlich ihre Aufgaben hatten. Aber in erster Linie sollten sie eine Königin vor dem bitteren Los der Einsamkeit bewahren.

Konstanze unterdrückte einen Seufzer. Der kümmerliche Rest ihres Hofstaates revolutionierte entweder die Küche im Palast, mied sie oder war verbannt. Sie musste wohl oder übel mit dem leben, was sie vorfand. Sie war ja bereit dazu. Doch bis auf Cavaliere Livio, den Falkner und einige der Ankleidemägde hatte sie das Gefühl, bei der Dienerschaft zwar geachtet, allerdings nicht sonderlich beliebt zu sein.

Und Elena ... etwas stimmte nicht mit ihr. Aber das würde vielleicht jedem so gehen, der ein ähnliches Schicksal hatte.

»Danke. Du kannst dich zurückziehen. Ich brauche dich heute nicht mehr. Mach dir einen schönen Abend.«

»Dann werde ich die Reisegarderobe durchsehen, meine Königin.«

Nachdem sie das Zelt verlassen hatte und das leise Klirren hinter dem Vorhang am Eingang verriet, dass auch der Wachposten es sich offenbar wieder bequem gemacht hatte, öffnete Konstanze eine der kleinen Transportkisten, in denen sie Tücher, Gemmen und Schals verwahrte. Von Ferne klang noch die Musik des Festes herüber, das der Emir den Gästen zu Ehren gab. Manchmal wurde es von lautem Lachen überlagert. Sie fragte sich, warum sie solche Situationen mied. Fröhlichkeit. Ausgelassene Stunden. Musik und Tanz. Es hatte eine Zeit gegeben, in der sie diese Dinge geliebt hatte.

Ganz unten, versteckt unter einem Stapel seidener Hemden, lag die kleine Ledermappe, die sie immer mit sich führte und die zu öffnen sie Elena strikt verboten hatte. Im Bett wickelte sie das Band ab und klappte die Mappe vorsichtig auf. Laszlos kleines Messer fiel heraus, mit dem er so gerne Schiffe aus Kork geschnitzt hatte. Ihre Fingerspitzen berührten den Schaft. Der ungarische Goldschmied hatte ihn mit grünen Efeuranken aus Emaille verziert. Eine kleine Kostbarkeit, und sie beschloss, es in Zukunft immer bei sich zu tragen.

Konstanze legte das Messer zur Seite und nahm die kleinen Pergamente zur Hand. Sie waren vom vielen Betrachten an den Rändern schon ganz mürbe geworden. Eines nach dem anderen hob sie hoch und hielt es ins flackernde Licht der Kerze.

Mama.

Sie lächelte. Laszlo hatte sie mit Tinte und Rötel gezeichnet. Eher ein Strichmännchen mit langen Haaren als die Königin von Ungarn.

Papa.

Zwei runde, übereinander gesetzte Kreise. Der obere hatte einen kleinen Schnurrbart und einen lachenden Mund bekommen.

Madár. Vogel.

Er hatte versucht, einen Falken zu zeichnen.

Sie schluchzte auf und klappte die Mappe zu. Dann legte sie den Kopf auf die Arme und weinte. Nicht mehr die furchtbaren, verzweifelten Tränen des puren Elends, eher die stillen und leisen, die dem tiefen Schmerz folgten, der sie schon so lange begleitete und ihr als Einziger die Treue hielt. Sie hörte nicht, dass sich leise Schritte näherten. Jemand setzte sich neben sie aufs Bett. Erschrocken sah sie hoch.

»Darf ich?«

Ruggero deutete auf die Zeichnungen. Sie war zu benommen, um zu reagieren. Vorsichtig griff er danach und musterte sie fragend. Sie nickte, halb blind, und wischte sich die Tränen aus den Augen. Er betrachtete die Kinderbilder, eines nach dem anderen. Schließlich gab er sie ihr zurück.

»Ich habe vergessen, dass du ein Leben vor dem unseren hattest.«

»Nicht schlimm«, sagte sie und suchte nach einem Tuch.

Ruggero griff in den Ärmel seines Hemdes und reichte ihr eines.

»Es ist nur …« Sie wischte sich die Nase ab. »Manchmal ist er mir noch so nah. Ich habe nie gewollt, dass er zu einer Amme kommt. Ich hatte die beste, liebste, die man nur haben kann. Sie wurde zu meiner engsten Vertrauten. Aber sie war nie eine Mutter.«

Sie reichte ihm das Tuch zurück.

»Warum bist du hier?«

»Ich wollte mich bei dir bedanken.«

»Das ist nicht nötig. Es war meine Pflicht, dir zu gehorchen, und das Geschenk hat seinen Zweck erfüllt.«

»Mehr als das. Tamin ist bereit zu verhandeln. Er weiß, dass die Tage seines Volkes hier gezählt sind. Einen ehrenvollen Rückzug kennen die Sarazenen nicht. Für sie stellt sich immer die Frage: Sieg oder Tod.«

»Um was verhandelt er dann?«

»Ich habe den ersten Söhnen seiner Clans wichtige Posten im Familiarenkolleg und als Ministerialen angeboten. Sie sind in allem, was Verwaltung und Finanzen angeht, sehr begabt. Es ist ein Pfund, mit dem ich wuchern will. Die Ehre, an den Hof von Palermo gerufen zu werden, wird ihre Familien davon abhalten, uns weiter zu bekriegen.«

Konstanze nickte, aber sie blieb skeptisch. Das war wieder ein

Einfall, wie ihn nur Ruggero haben konnte. Sarazenen am Hof. Gerngesehene Gäste, als Wissenschaftler, Wundärzte, Kunsthandwerker oder Musikanten. Aber niemals in einer so hohen und beide Seiten verpflichtenden Stellung.

»Was sagt denn das Familiarenkolleg dazu?«, fragte Konstanze. Sie sammelte sorgfältig die Blätter ein und verstaute sie wieder in der Mappe. »Ich kann mir vorstellen, dass Capparone nicht der Erste sein wird, der Palmenzweige wirft.«

Capparone und seine schwarze Garde. Männer, die Angst und Schrecken verbreiteten, weil vor ihnen kein Geheimnis sicher war. In den Jahren vor Ruggeros Krönung waren sie die geheime Macht im Land gewesen, und jeder wusste, dass sie keinem treu waren, nur ihrem grausamen Anführer. Aber Capparone hatte sich in der Zeit des Aufstands auf Ruggeros Seite geschlagen. Ob er dort blieb, war eine der Fragen, die niemand offen zu stellen wagte.

»Capparone ist einverstanden.«

»Und Pagliara?«

»Er sitzt in Catania und nickt zu allem, was ich sage. Das ist seine letzte Chance, sonst wäre er der erste Bischof, der sich selbst in den Turm sperren darf.«

Konstanze zog die Beine hoch und verschränkte die Arme über den Knien.

»Und mit ein paar kleinen Posten hast du sie geködert?«

»In meiner Situation geht es weniger um das, was ich habe. Eher um das, was ich einmal haben könnte.«

»Wovon träumst du?«

Er beugte sich vor und zog ihr sanft die Decke weg. Dann löste er ihre verschlungenen Arme und schmiegte sich hinein. Konstanze konnte nicht anders, als ihn gewähren zu lassen. Er hatte eine unwiderstehliche Art, genau das zu erreichen, was er wollte. In der Politik – und erst recht dort, wo sie eigentlich kein Thema sein sollte.

»Es ist noch nicht so weit«, flüsterte sie, als er sie küssen wollte. »Erst nächste Woche können wir wieder …«

»Dann werden wir keine Zeit mehr dazu haben.«

»Warum?«

Er verschloss ihr den Mund mit seinen Lippen und küsste sie, wobei er versuchte, die Schnüre ihres *surcots* zu lösen.

»Was ist nächste Woche?«

»Wir geben ein Fest.«

»Für wen?«

Er schob Konstanzes *surcot* zur Seite und küsste ihre nackte Schulter.

»Für gute, gute Freunde.«

16.

Velas Knie begannen zu zittern. Alles Blut schien in ihrem Körper nach unten zu sacken. Sie taumelte, und hätte sie sich nicht auf Catalina gestützt, die hastig herbeigesprungen war, wäre sie wohl vor dem Mann in die Knie gegangen. Und dieser Anblick war das Allerletzte, das sie ihm gegönnt hätte.

»Ihr?«, flüsterte sie.

Der Hakim kniff die Augen zusammen und kam die letzten Stufen hoch. Vela wusste, dass sie nicht mehr die Frau war, als die er sie in Erinnerung haben musste. Sie war ein resches, rundes Weib gewesen, in der späten Blüte ihrer Jahre, bis sie die schrecklichen Ereignisse in einen Schatten ihrer selbst verwandelt hatten. Nun stand der Mann vor ihr, den es eigentlich noch schlimmer erwischt hatte als sie. Den sie für tot gehalten hatte. Gehenkt im Hof der *Favara*.

»Meine Augen sind alt«, sagte er. »Wer seid Ihr?«

Seine Stimme war dieselbe, seine schwankende Gestalt auch. Der nachlässig gebundene Turban, von dem immer ein Stoffende auf die Schulter fiel, der weite Kaftan, über und über geflickt und starrend vor Schmutz. Und das Gesicht – hager, von tiefen Falten zerfurcht, bronzebraun, mit buschigen Brauen über den dunklen Augen, die sie damals, ein Mal, angesehen hatten, wie ein Mann nur die Frau ansehen durfte, die er …

In Vela stieg eine eiskalte Wut hoch. Sie ließ Catalina los. Das Mädchen ging vorsichtshalber zwei Schritte zurück in Deckung.

»Ich bin die Frau, die Euren Tod beweint hat.«

Er kam näher und hielt die Fackel hoch. Wahrscheinlich überlegte er gerade, welches der vielen Weiber sie war, die er schon an der Nase herumgeführt hatte.

»Meinen Tod? – Bin ich tot? Sehe ich so aus, als ob ich tot wäre?«

Er drehte sich zur Kellertreppe um. Zaki erschien, mit hochrotem Kopf und sturzbetrunken.

»Nein, Mm… Meister«, kicherte er. Der Küchenjunge erkannte Vela und wurde schlagartig nüchtern.

»Ähm, das ist die Condesa de Navarra.«

Der Hakim taumelte so schnell herum zu ihr, dass die Fackel einen Lichtstreifen in die nachtschwarze Luft malte. Jetzt erst erkannte Vela, dass er eine Flasche in der anderen Hand trug. Er setzte sie an und nahm einen tiefen Schluck. Dann rülpste er herzhaft.

»Vela? Velasquita? Aus dem schönen Navarra? Tatsächlich. Ihr seid dünner geworden. Das steht Euch gut. Hattet Ihr Sehnsucht nach mir?«

Ohne zu überlegen, stürzte Vela auf ihn zu. Sie sah noch sein breites, unverschämtes Grinsen, dann holte sie aus und versetzte ihm eine schallende Ohrfeige. Er fiel beinahe hin, rappelte sich auf und feixte sie immer noch an. Sie schlug ihm auf die andere Wange. Catalina schrie, Zaki stürmte die Treppe hoch, aber Vela konnte sich nicht mehr zurückhalten. Sie hieb auf den Hakim ein, riss ihm die Flasche weg, schleuderte sie auf die Steine und trieb ihn durch die Ruine, als wäre er ein bocksfüßiger Hammel.

»Wie konntet Ihr nur! All die Zeit habt Ihr mich in dem Glauben gelassen, man hätte Euch gehenkt!«

Der Hakim rannte, aber Vela war schneller. Die Kopfnüsse regneten wie Hagelkörner.

»Lügner! Giftmischer! Aufschneider!«

»Hört auf!«, brüllte er.

Die Fackel landete im Schnee. Zaki stürzte sich darauf und rettete die Flamme in letzter Sekunde. Catalina versuchte, Vela an ihrem Cape von dem Hakim wegzuzerren. Der ging in die Knie und hielt die Hände schützend über sich. Die Condesa schlug ihm den Turban vom Kopf, schulterlange, verfilzte Zöpfe fielen ihm übers Gesicht. Er krümmte sich zusammen.

»Aufhören!«

Seine Schultern zuckten. Aus seiner Brust kam ein Ton, der entfernt an ein Schluchzen erinnerte. Vela hielt inne. Sie war völlig außer Atem und merkte erst jetzt, in welche Rage sie sich manövriert hatte. Der Hakim sackte zusammen. Sein ganzer Körper zuckte und schüttelte sich, als ob auch er jede Beherrschung verloren hätte.

Sie stieß ihm mit der Fußspitze in die Seite, aber er reagierte nicht, sondern heulte auf wie ein Schlosshund.

»Du erbärmlicher Abschaum«, zischte sie. »Jede Träne war zu schade für dich.«

Der Hakim richtete sich auf, keuchte, würgte und lachte. Er lachte, wie Kojoten bellten. Er hielt sich die Seiten, weil er nicht mehr aufhören konnte, während ihm Tränen der Heiterkeit über die hohlen Wangen flossen. »Weib!«, stöhnte er. »Was hast du nur für einen Teufel im Leib!«

Er brach, geschüttelt von seinem Ausbruch, wieder im Schnee zusammen und konnte nicht aufhören. Fassungslos schüttelte Vela den Kopf. Der Hakim quiekte vor Vergnügen. Offenbar hatte sie ihm gerade den größten Spaß aller Zeiten geschenkt.

»Noch alles richtig da oben?«, keifte sie.

Sie merkte, wie ihre Wut verpuffte. Das ärgerte sie, aber es war wie Feuer und Feuer: Der Ärger löschte die Wut, die Wut den Ärger. Sie ging in die Hocke. Der Hakim hörte auf zu lachen und sah sie an, und für einen Moment war es fast wieder so wie damals, unten im Verlies. Er grinste auch nicht mehr. Er streckte die Hand aus, und die Condesa ergriff sie, ohne nachzudenken.

»Hilf mir hoch.«

Mühsam und ächzend kamen sie auf die Beine und klopften sich den Schnee ab.

»*Merhaba*«, sagte er. »Willkommen in der Unterwelt.«

In einer kleinen, verrußten Feuerstelle blakten zwei Holzscheite vor sich hin. Vela setzte sich auf ein Bündel Stroh und hielt die Hände an die bescheidene Wärmequelle. Über die Kellertreppe fiel der Schnee bis auf den Boden des niedrigen, eiskalten Raumes. Er hatte keine Fenster und auch keine Tür. Im Halbdunkel entdeckte Vela eine kleine Maueröffnung. Vermutlich befand sich dahinter der Zugang ins Labyrinth der Höhle.

Der Hakim wuchtete einen verbeulten Kessel über das Feuer und setzte sich neben sie. Sein Körper stank nach einer Mischung aus Talg, Schweiß, Gewürzen und etwas, das sie noch nie gerochen hatte.

»Hier.«

Er hielt ihr eine Flasche hin, die kleiner war als jene, die sie oben zerschmettert hatte.

»Was ist das? Al Khul?«

»Das Beste. Es wärmt von innen und heitert die Seele auf. Ihr habt es nötig. Beides, meine ich.«

Vela schnupperte. Dann setzte sie an und nahm einen Schluck. Die Flüssigkeit verbrannte ihr den Hals, als hätte sie reines Feuer getrunken.

»Allmächtiger! Wollt Ihr mich vergiften?«

Der Hakim grinste. Er beherrschte es meisterhaft, seinen Rausch mit einem Fingerschnippen in Nüchternheit zu verwandeln. Vela beobachtete, wie er aus seinem Almosenbeutel zerriebene Kräuter holte und mit Schwung in den Kessel warf. Vielleicht, überlegte sie, täuschte er das auch nur vor. Oder er war so abgehärtet, dass selbst das stärkste Ganja ihn nicht mehr in die Knie zwang. Sie wurde nicht schlau aus ihm.

Catalina saß auf einem Stein und schnatterte vor Kälte. Zaki sah aus, als ob er ihr am liebsten seinen Mantel gegeben hätte, aber nicht wüsste, ob sich das schickte oder nicht.

»Was wird das?«, fragte Vela.

Liebliche Düfte stiegen aus dem Kessel empor.

»Eine Essenz aus den Gaben des Waldes, der Berge und unseren Wünschen.« Er stand auf, kramte in einer Kiste herum und beförderte zwei zerbeulte Schalen ans Licht. Diese tauchte er in die Flüssigkeit und gab die eine Catalina, die zweite Vela.

»Trinkt.«

Gewürze, Holzspäne, Knochensplitter und einiges Undefinierbare schwammen darin herum. Catalina schlürfte das Gebräu, ohne mit der Wimper zu zucken. Vela reichte die Schale gleich an Zaki weiter.

»Ich warte«, sagte sie.

»Auf was?«

»Auf eine Erklärung. Wer war die arme Seele, die statt Eurer zur Hölle fahren musste?«

»Ein Sodomist. Zum Tod im Angstloch verurteilt, da ist das

Hängen eine Gnade. Sein Wittib samt ihrer Brut bekam außerdem ein Stück Land.«

»Wer hat das befohlen?«

Der Hakim nahm Catalina die leere Schale ab und füllte sie erneut mit seinem Gebräu. So widerwärtig es aussah, es musste eine Wirkung haben. Das Mädchen bekam sofort rote Wangen und glänzende Augen. Vela hoffte, dass diese Verwandlung mit Zaki zusammenhing, der still in einer Ecke saß und die Göre anhimmelte.

»Das weiß ich nicht.«

»Der *ré*? Majid?«

»Ich habe keine Ahnung, meine teure Condesa. Ich bekam nur die Anweisung, das Goldene Tal zu verlassen und meine unwürdige Gestalt nie wieder in seine Nähe zu bewegen. Kein Lebender sollte mich noch einmal zu Gesicht bekommen. So ging ich denn hier hinauf und schuf meinen Palast der Einsamkeit.«

»Er macht uns gesund«, sagte Catalina, die hastig nach der Schale griff. »Er verbindet uns und schmiert Fett und Kräuter auf die Wunden. Er ist ein Zauberer. Ich bin fast wieder heil.«

»Du hast auch keine Mieselsucht«, brummte der Hakim. »Wasch dich, kack nicht dahin, wo du isst, und knack deine Läuse, dann bekommst du auch keinen Ausschlag.«

»Er ist ein Dschinn. Oder ein Zauberer. Oder beides!«

»Nein, mein Kind, das bin ich nicht.« Er wandte sich ab und stocherte in den Holzscheiten herum.

»Aber Ihr seid bei den lebenden Toten?« Vela konnte es immer noch kaum glauben. »Dann könnt Ihr nie mehr zurück.«

»Das will ich auch gar nicht.«

Schlagartig verwandelte er sich wieder in den großmäuligen Scharlatan. »Hier oben wird mir die Ehre zuteil, die im Tal doch oft zu wünschen übrig ließ. Dass Ihr, Condesa, allerdings den weiten Weg nicht gescheut habt, nur um mich wiederzusehen …« Er schenkte ihr ein Lächeln, das so dreckig war wie sein Kaftan.

»Versteigt Euch nicht in Eure Phantasien. In der *Favara* liegt eine Frau im Sterben, und die da«, sie deutete auf Catalina, »behauptet, Ihr könntet ihr helfen.«

»Was hat sie?«, fragte er.

»Sie trägt ein Kind, ihre Zeit ist da, aber es kommt nicht heraus. Es liegt quer.«

Der Hakim setzte sich wieder neben Vela und griff nach der Flasche. »Dann betet.«

Catalina runzelte die Stirn. Das war wohl nicht das, was sie von dem großen Zauberer erwartet hatte. »Ihr habt doch erzählt, wie Ihr in dieser Langobardenstadt die Menschen aufgeschnitten habt und die Kinder aus den Leibern der Mütter geholt!«

Ihre Augen leuchteten.

Wer weiß, was dieser Angeber noch alles vorgelogen hat, dachte Vela.

»In Bologna, ja.« Der Hakim nestelte an seinem verhedderten Turban herum. »Da hatten wir scharfe Messer und Tische aus Marmor. Wir hatten Landkarten, auf denen die Körper der Menschen abgebildet waren und ihre Muskeln und Knochen. Wir hatten Nadeln, so dünn wie Sandwürmer, und Garn, fein wie die Haare des Einhorns.«

Vela schnaubte. Sie kannte den braunen Koloss aus dem Tierpark der *Favara,* der in nichts dem glich, was die Menschen sich im Allgemeinen unter so einem Wesen vorstellten. Abgesehen davon hatte dieses Monstrum mit Beinen wie Baumstämmen, Haut wie welkes Leder und einem Kopf, so groß wie dem von zwei Ochsen, kein einziges Haar am Leib. Selbst das Horn auf der verunstalteten Schnauze sah aus wie ein Rammbock.

»Hier habe ich nichts«, fuhr der Hakim fort. »Und selbst wenn: Ich darf niemanden berühren.«

»Aber Ihr berührt uns doch!« Catalina sprang auf und deutete auf ihren Arm. »Hier tut Ihr die Salbe drauf! Und die anderen fasst Ihr auch an!«

Vela rückte ein winziges Stück zur Seite. Sie hatte völlig vergessen, wo sie war und welche Luft sie atmete. Wahrscheinlich hatte sie sich schon angesteckt. Der Gedanke durchfuhr sie siedend heiß.

Der Hakim warf ein weiteres Holzscheit ins Feuer. Funken stoben auf.

»Messer gibt es in der Küche genug. Scharfe Messer! Die Frau ist eine Freundin der Königin. Wenn Ihr sie rettet, wird uns endlich das Siechenhaus gebaut!«

»Ich werde sie noch nicht einmal sehen dürfen. Geht. Es hat keinen Zweck.«

Er wischte sich die Hände an seinem Gewand ab. Vela stand auf. Mit einem Mal hatte sie das Gefühl, hier drinnen keine Luft mehr zu bekommen. Außerdem musste sie sich kratzen. Überall. So fing es wahrscheinlich an, und enden tat es in der Wildnis mit Verrückten, Todgeweihten und einem unfähigen Hakim.

»Wir vertun unsere Zeit. Zaki?«

Der Küchenjunge, immer noch vertieft in Catalinas Anblick, schreckte auf.

»Wir gehen.«

»Andererseits …« Der Hakim betrachtete Zaki, als sähe er ihn gerade zum ersten Mal. »Wenn ich ihn anleite?«

»Was?«, fragte Zaki.

»Wie wär's, wenn du die Schnitte ausführst? Kannst du ein Schwein entbeinen?«

»Meister, bei meiner Seele, natürlich kann ich das. Aber ich würde niemals Hand an einen Menschen legen!«

»Es ist ganz leicht. Auf kriegst du sie immer.«

»Nein!«

»Erst die Haut, dann die Muskeln. Beherzte Schnitte, Kraft und Verstand. Genau so, wie du das beim Schlachten tust.«

»Niemals!«

Zaki sprang zur Treppe und hatte schon fast die Hälfte geschafft. Aber der Hakim war schneller. Mit einer Behändigkeit, die Vela ihm niemals zugetraut hätte, erwischte er gerade noch den Fußknöchel des Flüchtenden und zog ihn erbarmungslos zu sich herunter.

»Wer ist die Frau?«

»Eine Jüdin. Aber Meister! Die bluten und schreien genauso wie die Christen und die Sarazenen!«

»Dummkopf. Das weiß ich auch. Hat sie Geld?«

»Einen Mann, einen Karren, Ochsen und gute Kleider. Nein, ich tu es nicht. Nein!«

Er strampelte, aber er konnte sich aus dem Griff des Hakims nicht befreien. Starr vor Entsetzen beobachtete Vela die Szene.

»Said.« Plötzlich war ihr sein Name wieder eingefallen. »Said!«

Der Hakim ließ den Jungen los. Zaki spurtete die Stufen hoch und war verschwunden.

»Ihr dürft nicht mitkommen«, sagte sie. »Die *Favara* wäre verflucht, wenn herauskäme, dass jemand aus Margalithas Klause dort war.«

»Wie recht Ihr habt, Condesa.« Der Mann deutete übertrieben höflich eine Verbeugung an. »Und genau aus diesem Grund werden wir uns nun auf den Weg machen.«

Majid sprang von seinem Pferd, warf die Zügel einem wartenden Stalljungen zu und lief mit einem knappen Gruß an den Wachen vorbei ins Zelt des Emirs. Er kannte den Weg. Die Diener, die ihm entgegenkamen, wiegelte er mit einer knappen Handbewegung ab. Er hatte keine Zeit. Die Nachricht, die er überbringen musste, duldete keinen Aufschub.

Das Fest war noch in vollem Gange. Majid warf nur einen kurzen Blick durch die Vorhänge. Tamin ließ sich gerade von zwei bildschönen Tänzerinnen verwöhnen. Sie bewegten sich zu den schnellen, rhythmischen Schlägen der Trommeln, die zarten Schleier verdeckten nur das Nötigste ihrer Körper. Die Stammesältesten rauchten ihre Wasserpfeifen. Einige schienen berauscht und lagen mit geschlossenen Augen ausgestreckt auf den Kissen. Die Luft war schwer, der Duft von Weihrauch und Rosenöl vermischte sich mit den süßlichen Schwaden des betäubenden Oreganillo.

Er ließ den Vorhang fallen und machte sich auf den Weg in den Gästetrakt. Vermutlich wartete der *ré* dort auf ihn. Er bedauerte, keine Zeit für eine kurze Zerstreuung zu haben. Tamins Feste hatten immer mit einem schmerzenden Schädel, dafür aber mit den süßesten Erinnerungen geendet.

Ein Mädchen, vermutlich eine der Tänzerinnen, eilte an ihm vorbei und berührte ihn dabei aus Versehen.

»*Aasef! Scusi!*«

Sie warf ihm einen hastigen Blick über die Schulter zu. Majid sah, wie sie die Augen in ungläubigem Schrecken aufriss. Sie stolperte und wäre hingefallen, hätte er sie nicht schnell gepackt und festgehalten.

»Hast du dir weh getan?«

»Nein, nein. *Shukran*. Danke, hoher Herr.«

Sie wagte ein Lächeln. Majid war diese Reaktion gewohnt. Erst kam das Entsetzen, wenn sie in sein tätowiertes Gesicht blickten. Dann aber kam die falsche Freundlichkeit, denn es entging niemandem, dass Majids Tracht und die Kostbarkeit seiner Waffen die eines wohlhabenden Mannes waren. Zudem war er groß, von kräftigem Wuchs, jedoch beschenkt mit der Geschmeidigkeit eines Jägers, der sich jedem Gelände anpassen konnte.

»Du tanzt für den Emir?«

Ihr schöner Mund, blass wie Mandelblüten, verzog sich bedauernd. »Ja, *Sherif*. Ich würde es lieber für Euch tun.« Ihr Blick glitt seine Gestalt hinunter, blieb kurz an seinen prächtigen Dolchen hängen und wanderte dann über seine breite Brust hinweg wieder nach oben.

»Sehr viel lieber«, hauchte sie.

»Wie ist dein Name?«

»Zorah, *Sherif*.« Sie verneigte sich anmutig.

»Du bist jung und schön. Vor allem aber dumm. Ich werde dem Emir nicht verraten, was du mir gesagt hast.«

Ihre Mandelaugen wurden schmal. Sie nahm ihren Schleier von den Schultern und hielt ihn sich vors Gesicht. Dann sprang sie davon.

Majid setzte seinen Weg fort. Die Zelte, durch überdachte Gänge miteinander verbunden, waren nicht leicht zu finden. Zweimal musste er einen Diener nach dem Weg fragen, dann betrat er den Vorraum zum königlichen Biwak des *ré*. Stille empfing ihn. In den Feuerbecken glühten zwar noch einige Scheite, aber er erkannte auf den ersten Blick, dass sein Herr nicht im Raum war. Zwar lag Dracos Sattel neben der Bücherkiste, die Ruggero immer mit auf Reisen nahm, der Mantel des Königs hingegen fehlte. Seine Diener ebenso. Die Kerzen waren niedergebrannt, es war empfindlich kühl.

Doch etwas regte sich unter der Decke.

Majid trat an das Bett und streckte einen Arm aus, dann ließ er ihn sinken. Überrascht verharrte er einen Moment, ehe er sich setzte. Die Gestalt unter der Decke wachte auf.

»Er ist nicht hier«, sagte er leise.

Samira blinzelte schlaftrunken und richtete sich halb auf. Sie erkannte Majid. Enttäuscht sank sie wieder in die Kissen. »Du«, sagte sie nur.

Ja, ich, dachte Majid. Er stand auf und drehte sich respektvoll um. »Zieh dich an und geh.«

Er hörte, wie die Lederschnüre des Bettgestells knarrten und raschelnde Seide über einen Körper geworfen wurde.

»Wo ist er?«, fragte sie.

»Bei der Königin, nehme ich an.«

Blitzschnell tauchte sie vor ihm auf. »Es gibt nur eine Königin in seinem Herzen, und die bin ich«, zischte sie.

Majid hob den Arm und wollte sie tröstend berühren, doch sie schlug ihn weg.

»Also, sag mir, wo er ist. Bei den Falken? Den Pferden?«

»Samira, geh jetzt. Er ist euer Gast, vergiss das nicht. Du verletzt seine Ehre und die der Königin dazu.«

Sie trat noch einen Schritt näher an ihn heran und betrachtete ihn, als suchte sie etwas hinter den Bildern auf seiner Haut. Eine Regung, ein Gefühl vielleicht, das ihr verraten hätte, ob Majid ihr Feind oder ihr Verbündeter war. Er ließ die Prüfung reglos über sich ergehen. Sie kannte sein Gesicht. Womöglich besser als er.

»Was ist mit meiner Ehre?«, fragte sie leise. »Ich war zuerst da. Von mir hat er alles gelernt, was ein Mann wissen muss.«

Majid spürte den brennenden Schmerz in der Brust, dort, wo sein Herz schlug und ihn daran erinnerte, dass es nicht aus Stein war. Sie hob die Hand und legte sie genau auf diese Stelle. Es war wie Schnee auf Wunden, die die Liebe schlug.

»Bin ich weniger wert?«

»Nein.«

»Habe ich keine Ehre?«

»Dies ist der Palast deines Bruders.«

»Ein Palast?« Sie ließ die Hand sinken. »Sieh dich doch um. Wir leben wie die Tiere. Unser Geschlecht hat einst über Sizilien geherrscht! Nach über hundert Jahren hätte ich den Thron besteigen und uns das Land zurückholen können! Ich hätte es erobert! Weil ich ihn erobert habe. Verstehst du?«

»Nein. Allah hat anders entschieden, und unsere Tage sind

gezählt. Der *ré* reicht uns die Hand. Wir können sie nicht ausschlagen.«

»Du erbärmlicher Hund. Du widerst mich an.«

Sie spuckte aus und wandte sich ab. Blitzschnell packte Majid sie an den Haaren und zog sie zu sich heran. Die plötzliche Nähe raubte ihm fast den Verstand. Ihre Augen funkelten spöttisch, und für einen jähen, unbedachten Wimpernschlag lang glaubte er, etwas darin zu lesen, das keine Verachtung war.

»Ich habe ihm das Leben gerettet«, flüsterte er. Sie wehrte sich. Er presste sie noch enger an sich und vergrub seinen Mund in ihren dunklen Locken. »Ich habe ihn aus den Fängen Annweilers befreit, der ihn blenden und kastrieren wollte. Er war ein Knabe, und ich habe ihn versteckt, als die Häscher kamen, weil es kein anderer tat in diesem Land. Ich bin für ihn verantwortlich. Jeden Atemzug meines Lebens lang.«

»Lass mich los!«

»Du redest von Stolz? Du bist eine Sarazenin und winselst um seine Liebe wie eine läufige Hündin. Sieh ein, dass für dich kein Platz in seinem Leben mehr ist!«

»Hör auf! Du tust mir weh!«

Sie stemmte sich gegen ihn, Majid ließ sie los. Sie taumelte zwei Schritte zurück.

»Der Einzige, der hier winselt, bist du.« Sie wischte und klopfte die Stellen ab, an denen er sie berührt hatte, als wäre sie schmutzig. »Ich hätte ihn getötet, als noch Zeit dazu war.« Mit einer blitzschnellen Bewegung zog sie einen kleinen Dolch aus dem Gürtel.

»Wag es nicht, mich noch einmal anzufassen, Majid, Prinz der Wüste und des Sandes. Wir werden alle so enden wie du. Ohne Volk, ohne Land, ohne Geschichte. Dein Geschlecht war groß, doch es ist untergegangen, und nicht einmal mehr der Wind weiß, wo es einst geherrscht hat. So wird es auch uns gehen, wenn wir uns nicht wehren.«

»Samira! Was willst du tun?«

Sie strich mit der Schneide über die Kuppe ihres Zeigefingers. Aus dem Schnitt quoll Blut.

»Ich werde die Königin von Sizilien. So wahr ich hier stehe und so wahr du, Majid, mein Blut empfängst.«

Der Tropfen fiel in seine Hand. Samira drehte sich um und schlüpfte durch die Vorhänge aus dem Zelt. Majid wartete, doch sie kehrte nicht zurück. Er fühlte das Blut wie ein dunkles Mal. Langsam führte er die Hand an den Mund. Er leckte den Tropfen ab, schmeckte Eisen, Zucker und etwas, das er nie zuvor gekostet hatte. Er lief ihr hinterher, doch sie war verschwunden. Nur ein verschlafener Diener sprang von einem Schemel auf und rieb sich die Augen.

»Hol Zorah«, befahl er dem Mann. »Und bring sie an mein Lager.«

Der *ré* würde bis zum Morgengrauen warten müssen.

17.

Nabil Ibn Marah spürte das Verhängnis, das sich über seinem Kopf zusammenbraute. Die Frau auf dem Küchentisch atmete nur noch unregelmäßig. Ihr Kopf war zur Seite gefallen, Hayyim, ihr Mann, kniete neben ihr auf einem Schemel und betete. Keiner hatte daran gedacht, das Stundenglas zu wenden. Es musste lange nach dem *completorium,* dem Sonnenuntergang, sein, aber wie lange, das konnte Nabil nur durch seinen immer lauter knurrenden Magen bestimmen.

Er schlich zum Regal, nahm einen Apfel heraus und biss vorsichtig hinein. Hayyim hob ruckartig den Kopf. Sein Blick versprach nichts Gutes. Nabil kaute langsam und schluckte schließlich vorsichtig herunter. Immer wieder schlichen die Wachsoldaten vom großen Tor vorbei, um nachzusehen, ob nicht doch noch wie durch ein Wunder eine deftige Suppe über dem Feuer brodelte. Nabil scheuchte sie mit einer Kopfbewegung hinüber ins Schloss. Die Waschmägde übernahmen die Verpflegung – Brot und Wurst, die der Kellermeister in einem Korb herübergetragen hatte.

Wenigstens schrie die Gebärende nicht mehr. Nabil trat vor die Tür und beobachtete den Sternenhimmel. Eine klare und kalte Nacht. Ein halbvoller Mond. Wenn Zaki und die Condesa nicht mit plötzlicher Blindheit geschlagen worden waren, müssten sie den Weg finden.

Im Hof stand der Karren des Kompassmalers. Die Knechte hatten die Ochsen in den Stall gebracht, die Kinder schliefen in einer der Gesindekammern. Nabil lief ein paar Schritte auf und ab, um sich zu wärmen. Dabei überlegte er, wie er den Leuten der Königin dieses Missgeschick erklären konnte. Die *Favara* war weder ein Hospiz noch eine Herberge. Im Winter gab es sie im Grunde genommen gar nicht. Hätte er doch bloß nie das Tor geöffnet ... Andererseits hatten die Reisenden den Ring, standen also unter besonderem Schutz. Er hatte gar nicht anders handeln können.

»Ksss!«

Nabil fuhr herum. In der Küchentür stand Zaki und winkte ihn heran.

»Du Hundsfott!«, zischte Nabil. »Wo um alles in der Welt habt ihr gesteckt!«

»Es ging nicht schneller.«

Nabil drängte sich an dem Jungen vorbei und wurde zu seiner unfassbaren Verwunderung Zeuge, wie das Diebesmädchen gerade hinter den Getreidesäcken auftauchte.

»Helft mir!«, forderte sie ausgerechnet Nabil auf.

Der Jude ließ überrascht das Beten sein und ging zu ihnen.

Mit vereinten Kräften gelang es ihnen, die Condesa de Navarra aus einem engen Loch in der Wand herauszuziehen. Sie richtete sich auf, stolperte über ihre eigenen Röcke und rückte sich die Haube zurecht.

»Was ist?«, rief Hayyim und ließ seine rotgeränderten Augen über die Rückkehrer schweifen. »Wo ist der Mann, den Ihr mir versprochen habt?«

»Und wie kommt das Loch in die Wand?«, quiekte Nabil.

Die Condesa klopfte sich Staub und Dreck von den Kleidern und achtete nicht auf die Empörung des Kämmerers. »Es ist ein wenig schwierig zu erklären«, sagte sie. »Beides. Wie geht es Eurer Frau?«

»Sie stirbt!«

Die Condesa trat an den Tisch und legte die Hand auf Rahels Stirn. Dann bekreuzigte sie sich.

»Ich fürchte, wir können nicht mehr viel tun.«

»Was?«, schrie Hayyim. »Ihr habt gesagt, es kommt jemand, der ihr helfen kann! Wo ist er? Wollte er nicht? Will er Geld? Ist es, weil wir Juden sind?«

»Nein.«

Hayyim fuhr herum. Nabil stieß einen leisen Schrei aus. Dann fiel er wie vom Blitz getroffen zu Boden.

Vela beugte sich über Nabil und klopfte ihm die Wangen. Der Hakim würdigte ihn kaum eines Blickes. Er ging direkt zum Tisch. Hayyim folgte ihm.

»Seid Ihr der Zauberer?«

»Ich bin ein Mensch und ebenso in Gottes Hand wie diese da.«

Er gab Hayyim ein Zeichen, die Decke von Rahels Bauch zu entfernen, und umrundete den Tisch langsam, wobei er den Körper der Todgeweihten genau examinierte.

»Ich darf sie ansehen?«

Hayyim wechselte einen schnellen Blick mit Vela, die ihm die einzige klar denkende Instanz in diesem Raum schien. Die Condesa nickte und legte Nabils Kopf vorsichtig auf den Boden. Es sah nicht nach einem Zusammenbruch *cum morte* aus, und je länger der kleine Mann im Reich der Träume weilte, umso besser. Der Anblick des gehenkten Hakims hatte ihn buchstäblich gefällt. Sie stand auf und sah, wie Said kurz das nasse Leinentuch unter Rahels Körper berührte.

»Wann ist das passiert?«

Hayyim hob die Schultern. »Ich weiß es nicht.«

»Es ist noch warm. Und ich sehe, dass das Kind lebt.«

»Und meine Frau?«

Said nahm den Mann sanft am Arm und führte ihn ein paar Schritte fort vom Tisch.

»Euer Weib steht am Eingang des Himmels.«

»Was könnt Ihr tun?«

»Nichts, mein Herr. Gar nichts.« Der Hakim ließ ihn los, nahm einen Steinkrug und goss sich etwas Wasser über die Hände.

»Er kann sie aufschneiden«, sagte Catalina. Trotzig blickte sie in die Runde.

»Aufschneiden? Er?«

Hayyims bleiches Gesicht verlor noch den letzten Rest von Farbe. Mit schleppenden Schritten kehrte er zurück zu seiner Frau und bedeckte sie wieder. Der Hakim zuckte gleichgültig mit den Schultern und setzte die Waschung fort.

»Ich bin nicht dumm«, sagte der Jude schließlich. »Ich habe davon gehört, was die Mauren tun. Sie öffnen den Kopf und holen Steine heraus. Sie schneiden am Herzen herum und brechen Knochen, um sie gerade zu richten. Wo habt Ihr studiert?«

»In Bologna.«

»Wie viele habt Ihr schon geöffnet?«

»Zwanzig, dreißig vielleicht.«

»Und wie viele davon haben überlebt?«

»Acht.«

»Wie lange?«

»Einige für Stunden, andere für Tage. Zwei Frauen konnten danach gehen und priesen den Herrn noch viele Jahre.«

Hayyim nickte. Vela verfolgte das Gespräch in atemloser Spannung. So hatte sie den Hakim noch nie erlebt. So überlegen, so Herr der Lage. Ruhig und seines Könnens wohl bewusst. Aber sie war ja auch bisher nicht Zeugin gewesen, wie er war, wenn man ihn ernst nahm. Sie bereute, dass sie diese Seite an ihm erst so spät kennenlernte.

»Was passiert, wenn ihr sie öffnet?«, fragte der von Trauer gepeinigte Mann.

»Sie wird viel Blut verlieren, der Schmerz ist groß. Ich durchtrenne den Leib unterhalb der Frucht.« Der Hakim deutete auf eine Stelle von Rahels Bauch. »Ich hole das Kind heraus, dann nähe ich die einzelnen Schichten des Gewebes wieder zu. Da sie nicht bei Bewusstsein ist, kann ich schnell arbeiten.«

Der Jude beobachtete, wie der Hakim sich die Hände sorgfältig an seinem Kaftan abtrocknete, was sie mindestens so dreckig machte wie zuvor. Vela wusste, was er sah: einen in Lumpen gekleideten, nach allem, nur nicht den balsamischen Düften der Wissenschaft riechenden, baumlangen hageren Gesellen. Der zu allem Überfluss auch noch auf etwas herumkaute, das Kat verdammt ähnlich sah. Vela überlegte, ob sie so einem Menschen das Leben ihrer Liebsten anvertrauen würde, und Hayyim hatte wohl den gleichen Gedanken.

»Wie kommt es, dass ein Mann von Eurem Wissen gekleidet ist wie einer, dem man Almosen gibt?«

»Das Leben, Herr.« Der Hakim deutete eine kleine Verbeugung an. »Es knechtet die einen, während es die anderen erhebt. Ich habe sechsmal sieben Jahre Wohlstand und Freude gehabt. Und einmal sieben Jahre Pech. Sollte ich also die ersten sechsmal sieben verwerfen, nur weil die letzten mich nicht in seidenen Decken ruhen ließen?«

»Wo praktiziert Ihr?«

»In der Herberge des heiligen Julien.«

Was bedeutete: ein Quacksalber ohne festen Wohnsitz. Hayyims Gesicht verdunkelte sich. Der Hakim war zweifellos ein Mann, der wusste, wovon er sprach. Aber er sah eben nicht so aus, als ob er dieses Wissen in klingende Münze verwandelt hatte.

»Werter Herr, ich muss Euch darauf hinweisen, dass ich Kranke und Todgeweihte behandele. Dass diese Hände sie berühren und verbinden. Dass ich dieselbe Luft atme wie sie.«

Nabil stöhnte, wachte aber glücklicherweise nicht auf. Hayyim rieb sich über das Gesicht. Verzweiflung stand darin geschrieben, und eine hilflose Wut auf sie alle, die ihm als letzte Hoffnung diesen blendenden Versager mitgebracht hatten.

»Was heißt das?«

Vela atmete tief durch. »Er ist bei den lebenden Toten. In Margalithas Klause.«

»Ihr Wahnsinnigen!« Hayyim ergriff seinen Schal und hielt ihn sich vor den Mund. »Wollt ihr uns alle töten?«

»Ich sehe schon, ich werde hier nicht gebraucht«, sagte der Hakim und setzte dazu an, über die Getreidesäcke zu klettern. Aber Catalina machte ihm einen Strich durch die Rechnung.

»Sie stirbt!« Das Mädchen stand am Kopfende des Tisches und berührte Rahels Wangen. »Sie atmet nicht mehr!«

Hayyim stürzte zu seiner Frau. »Tut doch was!«, brüllte er. »Tut was!«

»Wie nun?«

Der Hakim drehte sich noch einmal um. Hayyim brach schluchzend zusammen.

»Rettet sie«, stammelte er. »Bitte. Rettet sie. Und wenn es Euch nicht gelingt, dann wenigstens das Kind.«

Der Hakim trat zurück an den Tisch, beugte sich hinab zu Rahels Mund und stieß ein Zischen aus, so dass es keiner wagte, auch nur einen Laut von sich zu geben. Schließlich richtete er sich auf. Sein Blick suchte Vela.

»Weib«, sagte er. »Ich brauche Wasser.«

Vela nickte.

»Junge?«

Zaki stand stramm.

»Wetz die Messer.«

Zaki eilte davon.

»Und du«, Catalina sah ihn mit leuchtenden Augen an, »du holst Nadel und Faden, und dann verlässt du den Raum.«

»Aber warum denn?«

»Weil du das, was ich jetzt tun werde, nicht ertragen wirst. Geh und verschließ die Tür hinter dir. Steck dir Wachs in die Ohren und lass bei deiner Seele niemanden, hörst du?, niemanden in diesen Raum.«

»Warum?«

Der Hakim krempelte die Ärmel seines Kaftans hoch. Er sah zu Hayyim hinüber, und der Jude senkte langsam, ganz langsam den Kopf und nickte.

»Weil wir hier drinnen mit dem Sheitan kämpfen werden.«

18.

Fünf Tage später verließ Konstanze die Zeltstadt der Kalibiten. Es war immer noch schneidend kalt, aber es schneite nicht mehr, und vom Himmel strahlte die Wintersonne und tauchte die Bergwelt in blendendes Weiß.

Sie ritten durch und erreichten Palermo am späten Nachmittag. Der Schnee war so nah am Meer fast weggetaut, aber die Luftfeuchtigkeit ließ sie die Kälte fast noch empfindlicher spüren als in den Bergen.

Als Erstes hieß Konstanze Elena, ihr ein heißes Bad zu bereiten. Dann, als sie frisiert, duftend und in ihren schönsten *surcot* gekleidet vor dem Spiegel stand, fiel ihr auf, wie gut ihr die Tage an der Seite des *ré* getan hatten. Ihre Wangen leuchteten rot, und auf ihren Lippen lag ein Lächeln, das sie so noch nicht im Spiegel gesehen hatte.

Nicht nur die Tage, dachte sie. Vor allem die Nächte …

Er hatte kein einziges Mal sein eigenes Zelt aufgesucht. Am Tage hatte er ausgedehnte Wanderungen an der Seite des Emirs unternommen, am Abend speisten sie gemeinsam mit ihrem Gastgeber, dessen Schwester und mehreren Dutzend Großfamilien, deren enge Freundschaft mit dem Stammesoberhaupt dadurch gefestigt wurde.

Was der *ré* mit dem Emir besprach, wenn beide alleine waren, darüber verlor Ruggero kein Wort. Seine Laune besserte sich aber von Nacht zu Nacht, und bevor sie abgereist waren, hatte sich der Emir noch einmal persönlich bei ihr für das Geschenk bedankt. Samiras mürrischer Blick sprach Bände. Ihr Plan, den *ré* in ihr Lager zu holen, war gescheitert.

Konstanzes gute Laune hielt an, bis sie den prächtigen Saal der Winde betrat, in dem sie gemeinsam mit Ruggero an der Stirnseite der Tafel Platz nehmen sollte. Sie blieb irritiert stehen. Alle Stühle waren besetzt, nur der des *ré* nicht. Dafür eilte Majid auf sie zu und nahm sie zur Seite.

»Der König bittet Euch, an diesem Abend mit einem geringeren Tischherrn als ihm vorliebzunehmen.«

Konstanze spähte an der Schulter des Sarazenen vorbei. »Mit wem denn? Und warum?«

»Der *ré* erwartet einen Gast und ist ihm zum Hafen entgegengeritten.«

Das war erstaunlich. Normalerweise wurde der ganze Palast von der bevorstehenden Ankunft eines so hohen Besuches unterrichtet. Und hoch, sehr hoch sogar, musste er sein, wenn der König ihm persönlich die Ehre gab. Sie erinnerte sich an Ruggeros Andeutung, aber bisher hatte sie weder von einem Fest noch von einem fürstlichen Besuch gehört.

»Wen erwarten wir denn?«

»Das weiß ich leider nicht, meine Königin.«

Die Antwort kam zu schnell, um wahr zu sein. Auch wenn Majid für sie nach wie vor ein Buch mit sieben Siegeln war und sie diese Männerfreundschaft nicht verstand, kannte sie ihn gut genug, um zu wissen, dass aus ihm nichts herauszubringen war.

»Wer ist mein Tischherr?«

Majid trat zur Seite.

»Galgano?«

Sie runzelte die Stirn. Gregorio da Galgano war einst der Lehrer des *ré* gewesen. Seine Haltung war bis heute die eines Gelehrten, der sich unter seinem Stand vergnügen musste. Er hatte ein ovales Gesicht mit nach unten hängenden Mundwinkeln, dunkle Schatten unter den Augen und einen faltigen Krötenhals. Obwohl er am Anfang seines fünften Lebensjahrzehnts stehen musste, gönnte er sich die kleine Eitelkeit einer exakt geschnittenen, halblangen Haartracht mit sorgfältig gelegter Innenrolle. Missmutig spielte er mit dem Weinkelch herum und wartete darauf, dass der Platz zu seiner Rechten endlich besetzt würde.

»Ausgerechnet.«

Majid lächelte. Zumindest interpretierte Konstanze das leichte Verziehen seines Mundes so. Genau konnte man das bei diesem Gesicht, das aussah wie ein lebendes Bild, nie sagen.

»Es war der Wunsch des Königs. Wahrscheinlich gönnt er Euch den tiefen Schlaf, den ein Abend an der Seite Gregorios nach sich zieht. Darf ich Euch führen?«

Konstanze nickte. Sie legte ihre Hand auf Majids angewinkelten Unterarm und genoss die Blicke der Gesellschaft, als sie der Sarazene in seinem farbenprächtigen Festkleid durch den Saal bis zu ihrem Platz begleitete. Hinter dem Holzstuhl mit der hohen Lehne warteten bereits Page und Vorschneider. Galgano sah sie, sprang auf und verbeugte sich tief.

»Meine Königin?«

»Gregorio!«, zwitscherte Konstanze in ihrem liebenswürdigsten Ton. »Welche Freude, Euch heute Abend an meiner Seite zu haben!«

»Ich bin entzückt«, log der Lehrer, ohne rot zu werden.

Sie nickten sich in gegenseitiger hochachtungsvoller Abneigung zu und nahmen Platz. Majid zog sich zurück. Er nahm, wenn überhaupt, nur als stiller Schatten des *ré* an diesen Abenden teil. Stets hielt er sich im Hintergrund, nur manchmal flüsterte er mit ihm auf Arabisch. Seine Rolle am *cour* war im besten Fall umstritten. Aber Konstanze wusste, dass die wirklichen Feinde eines Hauses sich meist mit dem freundlichsten Lächeln näherten. Die finstere, furchteinflößende Maske des Sarazenen war etwas, womit sie umgehen konnte.

»Graut es Euch nicht vor ihm?«

Galgano tupfte sich den Mund mit einem Leintuch ab, das ihm der Vorschneider gereicht hatte. Die feinen roten Adern auf seinen Wangen gaben seinem von Natur aus blassen Gesicht den falschen Anschein von Gesundheit. Die Mehrheit der Gäste tuschelte leise miteinander, und das Thema war unschwer zu erraten.

»Er ist der erste Diener des Königs. Also steht er ihm fast näher als ich, denn ich bin nur die Dienerin.«

»Federico hat sich schon als Knabe gern mit Leuten unter seinem Stand abgegeben.«

Wie alle adligen Sizilianer redete er den *ré* mit seinem ersten Vornamen an. Federico Secondo, Friedrich der Zweite, König des *Regnum Siciliae* und, hätte das Schicksal seine Fäden glücklicher verwoben, herangewachsen als deutscher Fürst mit Anrecht auf den Kaiserthron. Auf dem saß jetzt ein Welfe. Ottos Krönung im vergangenen Oktober in Rom war immer noch das Gesprächsthema auf den Straßen und Märkten und selbstverständlich auch in den Palästen. Galgano reichte das Leintuch über die Schulter zurück, ohne sich umzudrehen.

»Ich bin zudem erstaunt, dass er mich eingeladen hat, aber an dieser Tafel nun durch seine Abwesenheit glänzt.«

Konstanze rang sich zu einem Lächeln durch. »Ihr habt ihn erzogen.«

Galgano nahm den Silberbecher mit Wein und wartete, bis Konstanze den ihren erhoben hatte. »Ich wünschte, ich hätte es ohne Unterbrechung tun können. Dann wären seine Sitten nicht so verwildert, und sein Umgang wäre vielleicht ein anderer.«

»Habt Ihr etwas an mir auszusetzen?«

»An Euch? Nein!« Galgano verschüttete fast den Wein vor Schreck. »Nicht doch. Ihr seid die einzige echte Dame von wahrhaftem Adel weit und breit. Ich wundere mich nur, weil ich dem *ré* eine *descriptio* vorlegen sollte. Ich habe lange daran gesessen.«

»Eine Ausarbeitung? Worum geht es?«

»Alle Kinder sollen lesen und schreiben lernen. Alle. Das ist einfach nicht machbar. Gerade die Ärmsten brauchen ihren Wurf für andere Dinge. Auf dem Feld, im Haus, in der Werkstatt. Und wer soll sie unterrichten? Männer meines Standes sicher nicht.«

»Vielleicht die Frauen?«

»Sie werden trotzdem nicht kommen.«

»Dann muss man sie eben zwingen.«

»So wie zum Waschen? Meine Königin, verzeiht mir die Anmaßung, und ich nutze die Gelegenheit auch nur, Euch dies zu sagen, weil der *ré* nicht anwesend ist. Diese ganzen Neuerungen bringen nichts. Gesetze haben nur dann einen Sinn, wenn man sie exekutieren kann. Capparone und seine schwarze Garde werden doch nicht Bettelkinder in die Klöster zerren, damit sie lesen und schreiben lernen.«

Konstanze nickte. Gregorios Einwand war richtig.

»Hat mein Gatte Euch diese Aufgabe anvertraut, um seinen Vorschlag zu verhindern oder zu ermöglichen?«

Der Lehrer schwieg.

»Überdenkt Eure *descriptio* noch einmal. Geht einen Schritt weiter. Jetzt ist doch die Jahreszeit, in der die Felder ruhen. Erlasst die Pflicht nur für den Winter, gebt den Kindern in den Klöstern zu essen. Ihre Eltern werden sie mit Freuden hin prügeln, nur um einen Esser weniger im Haus zu haben.«

»Und wer bezahlt das? Sizilien ist ein armes Land.«

Weil Ihr und Euresgleichen es geplündert habt, dachte Konstanze. Aber sie war klug genug, den Vorwurf nicht laut auszusprechen.

»Und dann die Frage, welche Kinder den Unterricht bekommen sollen. Nur Christen? Oder auch Juden und Heiden?«

»Alle natürlich. Oder hat er Euch andere Weisung gegeben? Mein Rat: Bevor Ihr die Dinge einfach vom Tisch fegt, weil sie in Eurer Ordnung keinen Platz finden, befasst Euch mit der Möglichkeit, dass der *ré* sie umsetzen wird. Notfalls auch ohne Eure Hilfe.«

»Was meint Ihr damit?«

Der Mundschenk reichte Konstanze einen Teller mit frischgebackenem Brot. Sie brach es in der Mitte durch und bot Galgano die eine Hälfte an.

»Klar ausgedrückt: Seid froh, dass ich heute Abend zu Eurer Rechten sitze und Euch ehrlich meine Meinung sage.«

Galgano nahm ihr unsanft das Brot aus der Hand und biss hinein. Eine Weile kaute er darauf herum und spülte es schließlich mit einem Schluck Wein hinunter. »Was ist es, das den König abhält, uns Gesellschaft zu leisten?«

Das hätte Konstanze auch gerne gewusst. Die Tage in der Zeltstadt des Emirs hatten ein Gefühl von Vertrauen und Verbundenheit geschaffen. Kaum hatte Ruggero jedoch den Fuß in seinen Palast gesetzt, war es so, als hätte es diesen Ausflug nie gegeben.

»Es sind unruhige Zeiten«, sagte sie.

Galgano nickte. »Und sie dauern schon Jahre. Hat der *ré* sich mittlerweile entschieden, was mit den Baronen geschehen soll, die noch in den Kerkern sitzen?«

»Ihr dürft mich das nicht fragen. Ich weiß es nicht.«

»Es war nicht gut, Pagliara zu verbannen. Der Erzbischof hat die Geschäfte des Hofes der Kirche und dem König stets treu ergeben geleitet.«

»Ja«, sagte Konstanze mit eisiger Miene.

Pagliara hat die Rädelsführer des Aufstands so schnell hinrichten lassen, dass bis zum heutigen Tag keiner weiß, ob sie es wirklich gewesen sind, dachte sie. Und er hätte mich beinahe dazu veranlasst, die Frau, die wie eine Mutter für mich war, an den Galgen zu bringen.

»Er wird dem König in Catania nicht viel nützen«, sagte Galgano.

»Das hat er auch in Palermo nur bedingt getan. Mein Freund, noch etwas Wein?«

Sie winkte den Mundschenk heran. Während der Mann die Becher wieder füllte, beobachtete Konstanze die Gäste, die sich an der Tafel eingefunden hatten. Die meisten von ihnen kannte sie mittlerweile. Ihr Blick blieb an einem Mann ganz hinten im Saal hängen. Sie blinzelte. Kein Zweifel. Er war es.

Sie zupfte den Mundschenk am Ärmel. »Dort hinten, ist das der *nobiluomo* Hayyim?«

»Ja, meine Königin.«

»Bring Er ihn zu mir.«

»Der mit dem komischen Hut?«, fragte Galgano. »Wer ist das?«

»Einer der besten *brujuleros* im ganzen Okzident.«

»Ah. Ein Kompassmaler. Dann hat der *ré* also immer noch einen Hang zu all den Künstlern und Sängern und Tandaradei?«

»Tandaradei?«, fragte Konstanze.

»Na, dieses Zeug, das die fahrenden Sänger so von sich geben. ›Schöne sanc die nachtigal‹ und so ein Zeug.«

»Woher … woher kennt Ihr dieses Lied?«

Galgano schaute in seinen Becher, als ob er da drinnen die verlorengegangenen Bilder seiner Jugend sehen könnte. »Auch ich tanzte einst im Mai meiner Tage …«

Konstanzes Herz pochte so schnell, dass sie befürchtete, dem alternden Gecken neben ihr könnte das auffallen. Der *nobiluomo* bahnte sich gerade einen Weg an den Gästen vorbei vor zu ihrem Platz. Sie sprang auf und ging ihm ein paar Schritte entgegen. Glücklicherweise hatten die meisten hier noch nie etwas vom spanischen Hofprotokoll gehört, sie blieben einfach sitzen.

»Signor Hayyim! Wie geht es Euch? Ich wähnte Euch in Ortigia! Was ist mit Rahel?«

Er trug keinen Klagmantel, und er besuchte eine gesellschaftliche Zusammenkunft am Hof. Beides wies nicht darauf hin, dass er Witwer war. Er verbeugte sich tief.

»Ich dank Euch sehr, meine Königin. Es geht ihr gut.«

Hayyim sah müde aus, seine Augen hatten rote, entzündete Ränder.

»Setzt Euch einen Moment zu uns.« Auf einen Wink Konstanzes wurde sofort ein Stuhl herangebracht. Unwillig rückte Galgano ein Stück zur Seite. Hayyim setzte sich zwischen ihn und die Königin.

»Und das Kind?«

»Es ist gesund und wohlgestaltet. Ein Mädchen. Wir haben es Rebekka genannt.«

»Rebekka.« Konstanze lächelte. »Ich bin so froh. Ich habe oft an Euch gedacht.«

»Das ist zu viel der Ehre.«

»Habt Ihr die *Favara* noch erreicht?«

Hayyims Blick wich ihr aus. Er war nervös. Seine Hände zitterten. Als er bemerkte, dass Konstanze das sehen konnte, verbarg er sie in den Falten seines Rocks.

»Ja. Vielen Dank.«

»Und Nabil Ibn Marah hat Euch Obdach gegeben?«

»Ja, das hat er.«

Konstanze nickte. Das Gespräch war etwas mühselig. Hayyim wäre wohl lieber zu Hause bei seiner Familie als hier, vor aller Augen, am Tisch der Königin.

»Dann bin ich beruhigt. Ich werde Euch nächste Woche einen Korb schicken.«

»Das ist sehr gütig.«

Der Mundschenk reichte dem Juden einen Becher mit Wein. Hayyim griff daneben, der Becher rutschte ihm aus der Hand, und der Inhalt ergoss sich auf Konstanzes Kleid.

»Verzeiht!« Er sprang auf und verbeugte sich mehrfach. »Ich bin ein Tölpel! Vergebt mir!«

»Das ist doch nicht schlimm«, versuchte sie den aufgeregten Mann zu beruhigen. »Nur ein kleines Missgeschick.«

Galgano reichte ihr sein Tuch mit einem maliziösen Lächeln, das wohl alles über die Gesellschaft aussagte, in der sich an diesem *cour* eine Königin und ein Lehrer befanden. Konstanze riss es ihm aus der Hand und versuchte, den Fleck zu trocknen.

»Ich bin untröstlich. Verzeiht mir, meine Königin. Darf ich gehen?«

Sie nickte ihm zu. Hayyim eilte hinaus, ohne noch einmal nach links oder rechts zu sehen.

»Hoffentlich stellt er sich bei den Landkarten nicht genauso tattrig an. Sonst landen unsere Kreuzfahrer bei den Wikingern statt in Jerusalem.« Galgano war der fluchtartige Aufbruch nicht entgangen. »Apropos Kreuzzug …«

Konstanze reichte dem Pagen das Tuch zurück. Sie hatte keine Lust, sich auch noch auf ein Gespräch darüber einzulassen, warum Ruggero weder einen Kreuzzug plante noch den Bau einer Kirche.

»Vergebt mir. Ich kann Euch diesen Anblick nicht länger zumuten. Das Kleid einer Königin hat ebenso rein zu sein wie ihr Herz.«

»Äh, ja.« Er stand auf. »Selbstverständlich.«

Konstanze entschuldigte sich bei den Gästen, wies die Vorschneider an, das Mahl ohne sie aufzutragen, und verließ den Saal. Majid war verschwunden. Cavaliere Livio begleitete sie hinauf in ihre Gemächer. Elena hatte die Glutbecken bereits vorbereitet und das Nachtkleid auf dem Bett arrangiert. Konstanze hob es hoch und roch an der zarten Spitze. Sie musste nur die Augen schließen, und er war da. So nah wie ein Lied aus uralten Zeiten, das man, einmal gehört, nie wieder vergisst.

Er hatte mir mit seiner Liebe
ein Bett aus Rosen und Blumen gebaut,
wo wir lachten und wo wir uns liebten
so inniglich und so vertraut …
was wir taten, niemand weiß es,
bleibt es unser, nur wir zwei
Tandaradei, tandaradei …

19.

Majid galoppierte auf den Hafenplatz, sprang vom Pferd und eilte auf die Gruppe zu, die sich bereits am Kai zum Empfang der *tarida* eingefunden hatte. Gerade erreichte das schmale, schnelle Schiff mit der Flagge des Stauferkönigs die Einfahrt. Das Deck war von zahllosen Öllampen erhellt, Sarazenen turnten auf der Reling und in der Takelage herum. Ihre Rufe schallten über das Wasser wie ein großer Schwarm Raubvögel auf der Suche nach Beute. Es war Nacht, und es war ein Geisterschiff mit zerrissenen Segeln. Als es am Leuchtfeuer des Turms vorüberglitt, tastete sich der Lichtschein über den verblichenen Rumpf und das alte, übermalte Wappen der Normannen.

Majid atmete auf. Er kam gerade zur rechten Zeit. Die kleine Gruppe der Männer vor ihm teilte sich, um ihn durchzulassen. Sie kannten ihn, und er kannte sie. Es waren die Treuesten der Treuen, die Ruggero um sich geschart hatte. Majid sah das von Askese gezeichnete Gesicht Riccardos von San Germano, Notar des Klosters von Cassino und unbestechlicher Verwalter der Landgüter der Krone. Die kräftige Gestalt Umbertos von Molise und den etwas kleineren, gewandteren Odoardo von Benevent, zwei der *magistri procuratores demanii*, Justiziare und Oberprokuristen, die die nicht gerade einfache Aufgabe hatten, Ruggeros Befehl, dass kein Prozess länger als drei Monate dauern durfte, in den neun Provinzen des *Regnum* zumindest bekanntzumachen – von der Umsetzung ganz zu schweigen. Mit dabei waren auch Giovanni il Moro, Sohn einer Sklavin und eines Mannes aus Ifriqia, der als Kämmerer die Güter des *ré* verwaltete, und schließlich Marschall Riccardo Filangieri von Campania, Herr über Flotte und Heer, und seine Brüder Lotterio und Marino. Marino küsste das Kreuz, das um seinen Hals hing, und erteilte dem einlaufenden Schiff einen stummen Segen.

Die Boote der Fischer hatten weiter entfernt festgemacht. Ruggeros Garde, allen voran Wilhelm Capparone, drängte die Neugierigen zurück, die auch zu dieser späten Stunde noch sehr zahlreich waren. Sie hofften wohl, dass das, was sie gleich zu sehen bekämen, genug wäre, um es gleich in der ganzen Stadt herumzuposaunen. Und sie wurden nicht enttäuscht.

Oben auf der Brücke stand ein Mann neben dem *máster*. Selbst im diffusen Licht der Öllampen war zu erkennen, dass seine Kleidung sich von jener der Matrosen unterschied. Er musste wohlhabend sein, denn der Mantel schimmerte wie Brokat, der Pelzbesatz war kostbar, und die Beinkleider des Fremden waren, ganz und gar nicht der Witterung entsprechend, aus dünnem rotem Scharlach gearbeitet. Der Wind zerrte an seinen Haaren. Sie waren schulterlang und lockig, dunkel, aber von silbernen Strähnen durchzogen. Er musste in der Blüte seiner Jugend ein schöner Mann gewesen sein, und ein wenig von der Eitelkeit vergangener Jahre blitzte durch, als er sich den Mantel mit einer eleganten Bewegung über die Schulter warf und an die Reling trat.

»Vorsicht!«, brüllte einer der Matrosen.

Unten am Kai traten die Männer ein paar Schritte zurück, um der Strickleiter auszuweichen. Krachend schlug sie gegen die Bordwand. Matrosen sprangen an Land und vertäuten die *tarida* an den Pollern.

Der *ré* erkannte Majid und stellte sich neben ihn. »Wie hat sie es aufgenommen?«

»Wie eine Königin, *Sidi*.«

Ruggeros schmaler Mund lächelte. »Sie wird noch jauchzen wie ein Mädchen, wenn ich ihr unseren Gast vorstelle.«

Der Edelmann kletterte die Leiter hinunter. Ihm folgte ein baumlanger teutonischer Recke, wesentlich einfacher gekleidet und bepackt mit mehreren Säcken. Es konnte sich nur um den Leibdiener des Mannes handeln, der gerade nicht ganz so leichtfüßig, wie es wohl hätte aussehen sollen, den letzten halben Meter sprang und unsanft aufkam. Ruggero eilte zu ihm, reichte ihm die Hand und half ihm hoch.

»*Walthero cantori de Vogelweide?*«

»Federico Secondo, *ré di Sicilia?*«

Beide Männer musterten sich. Majid wusste nicht, was der eine im anderen suchte und zu finden hoffte. Er war schon oft Zeuge des Erstaunens gewesen, wenn gestandene Männer sich vor dem jungen König verneigten. Sie kamen skeptisch, beladen mit Vorurteilen und bestätigten sich diese entweder mit heiligem Eifer oder warfen sie, eines nach dem anderen, über Bord.

»Willkommen. Ich hoffe, Ihr hattet eine angenehme Reise.«

Der *cantor* grinste. »Am angenehmsten war die Vorstellung, so schnell wie möglich wieder Land unter den Füßen zu haben. Ich bin nicht das, was man einen Seemann nennt.«

»Nein. Ihr habt andere Talente. Und ich hoffe, dass Ihr uns reich damit beschenkt.«

Der *ré* stellte die Männer vor, die mit ihm auf die Ankunft des Sängers gewartet hatten. Einer nach dem anderen begrüßte den Gast der Sitte nach mit einem Wangenkuss. Ein Knappe kam und brachte zwei Pferde, edel geschirrt. Capparone, ganz in Schwarz, der normannische Ritter, der große Führer, wie man ihn auf dem Gipfel seiner Macht genannt hatte, ritt auf sie zu und gab das Zeichen, dass Platz und Marmorstraße gesichert waren. Der Sänger und sein Diener stiegen auf und reihten sich neben den König und Majid in die Spitze des kleinen Zuges ein.

»Ich danke Euch sehr für die Einladung«, sagte Walther. »Die Schönheit Eures Landes wird mich inspirieren.«

»Sizilien ist der Nabel und der Hafen der Welt. Ein Garten Eden. So wie der Herr uns nach Seinem Angesicht geschaffen hat, so hat Er uns hier einen Blick ins Paradies gegönnt.«

Jemand hinter ihnen räusperte sich vernehmbar. Der *ré* drehte sich um und bemerkte Marino Filangieri, der alles gehört haben musste.

»Verzeiht die Anmaßung.« Ruggero neigte leicht den Kopf, aber die demutsvolle Geste unterstrich seine Ironie nur noch. »Natürlich ist das Heilige Land viel schöner als Sizilien.«

»Ich wollt, Ihr würdet Euch einmal ein eigenes Bild davon machen«, antwortete der Geistliche. »Ein Kreuzzug wäre genau das, was Innozenz milde stimmen würde.«

»Ich brauche die Milde des Papstes nicht.«

Ruggero schnalzte mit der Zunge, und Draco verfiel in einen gemäßigten Trab. Walther, im Reiten offenbar nicht ganz so geübt wie im Umgang mit der Laute, hoppelte hinterher.

»Hattet Ihr ein Feuer?«

Er wies auf die heruntergebrannten Ruinen eines Hauses. Es musste das Anwesen eines reichen Bürgers gewesen sein, denn die Mauern standen noch halb, und die Treppe hinauf zum Eingang war reich mit Steinmetzarbeiten geschmückt. Die Fensterhöhlen gähnten leer, die Fassade war rußgeschwärzt.

»Das war Bonaccis Haus.«

»Bonacci?«

Der Sänger wechselte einen schnellen Blick mit seinem Diener. Der *ré* beachtete die Trümmer im Vorüberreiten kaum.

»Einer der Rädelsführer der Verschwörung gegen mich.«

»Ihr konntet sie hoffentlich alle ergreifen und ihrer gerechten Strafe zuführen.«

Der König antwortete nicht. Sie verließen das Hafengelände und ritten auf die Marmorstraße, die schnurgerade hinaufführte zum Palast. Fackelträger hatten sich links und rechts des Weges aufgestellt. Capparone galoppierte an ihnen vorbei, trieb die wenigen Neugierigen zurück und achtete darauf, dass sich kein Unbefugter dem kleinen Zug näherte.

»Mein König …«, begann Walther.

Er drängte sich zwischen Majid und den *ré*. Der Sarazene beobachtete aus den Augenwinkeln, wie der Diener des Sängers hinter ihnen aufpasste, dass die anderen im Gefolge nicht zu nahe an sie herankamen. Offenbar wollte der *cantor* einige Worte ohne Zeugen mit dem *ré* wechseln.

»Es ist nicht die reine Lust am Gesang, die mich an Euren Hof treibt. Es ist mehr.«

Der *ré* lächelte. »Ich habe schon gehört, dass Euer Leben aufwendig ist und Ihr demjenigen ewige Treue schwören wollt, der Euch ein Lehen gibt.«

»Nein, das meine ich nicht. Also, nichts gegen ein Lehen, mein König. Aber Bonacci, der Kaufmann, dessen Haus Ihr abgebrannt habt … Seid Ihr sicher, der Aufstand ist damit erstickt? Oder glimmt da noch etwas unter der Asche?«

»Was meint Ihr?«

»Ich muss mit Euch reden.«

»Wir sind gleich im Palast.«

»Nicht im Palast.«

Blitzschnell drehte Ruggero den Kopf zu dem Sänger. »Was soll das heißen?«

»In Palästen haben die Wände Ohren. Gibt es nicht einen Ort, an dem ich mit Euch sprechen kann, der diskreter ist?«

»Geht es um Geld? Ich habe keines.«

»Nein. Es geht um eine Nachricht.«

»Sprecht, wir sind unter uns.«

»Nicht hier!«

Etwas in der Stimme des *cantors* brachte den *ré* dazu, kurz nachzudenken. Schließlich wies er mit dem Kopf die Straße hinauf.

»*San Giovanni degli Eremiti*. Die Kirche dort, linker Hand.«

»Die mit den Kuppeln?«

»In ihrem Garten sind wir ungestört.«

Der Prior war einigermaßen erstaunt, als es zu so später Stunde bei ihm klopfte und kein Geringerer als der König um Einlass bat. Selbstverständlich wurde er ihm gewährt, und so schlüpften Ruggero, Majid, Walther und sein Diener durch den schmalen Spalt und ließen das verdutzte Gefolge voraus in den Palast reiten. Capparone sprang ebenfalls von seinem Pferd und wollte dem König folgen.

»Ihr nicht«, sagte der *ré*. »Ihr müsst uns schützen.« Damit warf er ihm die Tür vor der Nase zu.

»Hier entlang.« Der Prior wies ihnen den Weg durch einen schmalen Gang. »Wir werden sofort ein Feuer entfachen. Möchtet Ihr etwas trinken?«

»Keine Umstände, bitte.« Der König trat durch einen niedrigen Mauerbogen in den Innenhof der Kirche. Schnee lag auf den Zweigen der Rosen- und Akanthusbüsche und auf der niedrigen Einfassung eines einfachen Brunnens.

»Lasst uns allein.«

Der Prior verbeugte sich und zog sich zurück.

»Also, Walther? Was habt Ihr mir zu sagen?«

»Vor einiger Zeit kam ein Bote aus dem Hause Bonacci in Goslar an. Er hatte ein Schreiben bei sich, das direkt an den König gerichtet war.«

»An Otto?«

»Ja. Darin flehten die Fürsten und Familien des *Regnum* um Hilfe und Beistand. Sizilien sei in die Hände des Antichristen gefallen und müsse von ihm befreit werden.«

Ruggero schlug mit der Hand auf ein paar Blätter. Schnee rieselte zu Boden. »Das ist nicht neu. Wer heutzutage die Frage nach der Unsterblichkeit der Seele stellt, steht ja schon mit einem Bein in der Hölle. Ich danke Euch sehr, aber Eure Sorge um mich ist unbegründet.«

Der Sänger und sein Diener wechselten einen schnellen Blick.

»Otto ist auf dem Weg nach Pisa«

»Das gehört wohl zu seinem Kaiserumritt.«

»Er macht keinen Umritt. Er sagt den Städten nicht nur guten Tag. Er sammelt Truppen.«

Der König sog scharf die Luft ein. »Doch wohl zum Repräsentieren, oder?«

»Herr, ich war auf dem Lechfeld. Dort wurde nicht repräsentiert. Dort wurde gerüstet. Ich war dabei. Die Schwerter werden geschliffen, und jede Familie muss mindestens einen Ritter senden, der dem Kaiser folgt. Es ist eine Mobilmachung größten Ausmaßes. Eine, wie sie schon lange nicht mehr erfolgt ist.«

»Und gegen wen will Otto in den Krieg ziehen?«

»Gegen Euch.«

Der *ré* lachte auf, aber Majid entging nicht, wie angespannt es klang.

»Das wird der Papst nicht zulassen. Der einzige Grund, weshalb ich überhaupt den Königsthron Siziliens besteigen durfte, ist mein Verzicht auf alles jenseits der Grenzen meines Landes. Wir sind schwach und ungeschützt. Wenn wir fallen, dann fällt der Stuhl Petri gleich mit. Das weiß Innozenz. Schließlich hat er Otto zum Kaiser gekrönt.«

»Weiß er auch, dass Otto zur Stunde mit den Fürsten Apuliens an einem Tisch sitzt? Sizilien ist ein Tuch, das gerade zerschnitten und verteilt wird. Otto will über den Apennin hinunter nach Florenz. Dort wird er Pisa und Genua auf seine Seite ziehen. Im April ist Hoftag in Parma. Die braunschweigischen und pfälzischen Lehnsgrafen werden dazukommen. Das sind Truppenbewegungen! Ihr Ziel ist Tuscien, dann Rom und dann Euer Land.«

»Welche meiner Fürsten sitzen mit Otto an einem Tisch?«, fragte der *ré* leise.

»Zum Beispiel Diepold, Graf von Acerra. Otto hat ihn zum Herzog von Spoleto ernannt.«

»Diepold?«

»Das kann nicht sein. Diepold ist ein Freund.«

Der *ré* wandte sich ab. Majid wusste, wie sehr der Verrat den König treffen musste.

»Er war es vielleicht«, sagte Walther. »Genau wie die anderen, die gerade den Heerzug gegen ihren eigenen König planen. Im Frühsommer werden sie von Oberitalien aus angreifen. Kaum einer wird sich ihnen entgegenstellen. Sobald Otto bereit ist, vom südlichen Festland auf die Insel überzusetzen, wird er einen Boten senden.«

»Wer ist dieser Bote?«

»Rocco Gianluca, einst Schweinehirt auf den Ländereien der Bonaccis.«

»Die Bonaccis gibt es hier nicht mehr.«

Majid mischte sich in die Unterhaltung ein. »Eine Frau, die Tochter des Alten, sitzt noch im Turm. Rafaela.«

Der Sänger lächelte. »Ja, diesen Namen hat Rocco erwähnt. Ein schönes Weib, das ihm der Vater angeblich versprochen hat, wenn er seinen Auftrag ausführt.«

Majid runzelte die Stirn, denn weder von der Schönheit des Mädchens noch von dem Versprechen des Alten war viel übrig geblieben.

Der *ré* legte die Arme auf den Rücken und umrundete den Brunnen.

»Otto kann nicht angreifen«, sagte er. »Er hat den Neusser Eid geschworen. Das Patrimonium und Sizilien sind tabu! Er riskiert die Exkommunion und den Verlust all seiner Würden.«

»Und gewänne das gesamte Abendland.« Der Sänger stellte sich dem König in den Weg. »Ich kenne ihn. Ich habe oft für ihn gesungen. Er will, dass sein Stern aufgeht und Eurer erlischt. Das ist es, was ihn umtreibt. Es geht ihm nicht um Sizilien. Ihr seid der Feind. Ihr allein.«

Abrupt blieb der König stehen.

»Wie viel Zeit?«

»Ein halbes Jahr bis Rom. Noch ein paar Monate, dann fallen Kalabrien und Apulien. Am Jahresende wird er übersetzen. Und die Staufer sind Geschichte. So ist sein Plan.«

»Ich danke Euch.«

»Äh … gerne. Bitte sehr.«

Der *ré* ging zurück zu dem kleinen Mauerbogen und verschwand im Gang. Ratlos wandte sich der Sänger an Majid.

»Und jetzt?«

»Jetzt werden wir Euch in Eure Gemächer führen und Euch empfangen, wie es den Gästen des Königs gebührt.«

»Sollten wir nicht noch mal über das Thema reden?«

Der Sarazene trat zur Seite und wies auf den Ausgang. Walther und sein Diener folgten der Aufforderung, Majid schloss sich ihnen an.

»Ich meine, ist es nicht vielleicht an der Zeit, Gegenmaßnahmen zu ergreifen?« Der Sänger war immer noch verwirrt über das abrupte Ende des Gesprächs.

»Vielleicht … ebenfalls Truppen ausheben? Sich ein wenig in Alarmbereitschaft versetzen? Eventuell irgendetwas tun?«

»Das zu entscheiden ist nicht unsere Sache«, antwortete Majid.

Draußen warteten noch drei Männer von der schwarzen Garde. Der Sänger und sein Knappe stiegen auf ihre Pferde. Auf halbem Weg zum Palast wurde Majid langsamer und fiel zurück. Als er sicher war, dass ihn niemand bemerkte, änderte er die Richtung und ritt weiträumig um den Palast herum. Er erreichte den westlichen Turm und band sein Pferd an einem der Mauerringe fest. Dann trat er an die schwere, mit Eisen beschlagene Tür und klopfte. Der Henker persönlich öffnete ihm.

20.

»Was war das denn?« Kuno warf den Kleidersack aufs Bett.

»Du sagst, in einem Jahr sind die Staufer Geschichte, und er sagt: ›Schönen Dank.‹«

»Er ist eben trotz seiner Jugend ein höflicher Mensch.« Walther prüfte die Beschaffenheit der Nachtlager und entschied sich für jenes, das ein Stück entfernt vom Kamin stand.

»Das ist nicht höflich, das ist weltfremd.«

»Genau den Eindruck macht er nicht auf mich«, erwiderte Walther. »Wir sind Spielleute. Wir kommen einfach an seinen Hof geschneit, haben gerade vor ein paar Tagen einen Boten geschickt, dass wir hier gerne auftreten möchten, und fallen gleich mit der Tür ins Haus. Es ist ein Wunder, dass wir mit ihm reden durften, und zweifellos nur meinem Ruf zu verdanken. Wer weiß, ob er uns die Geschichte von Rocco, dem Schweinehirten, überhaupt glaubt.«

»Er wäre dumm, wenn er es nicht täte.«

»Auch das ist eine Eigenschaft, die ich ihm nicht unterstelle.«

Es klopfte. Eine Magd lugte herein und bat Kuno, ihr beim Hochschleppen der Instrumentenkiste zu helfen.

Walther legte sich auf das Bett und starrte in die Flammen. Der *ré* war anders, als er ihn sich vorgestellt hatte. Ein junger, stolzer König, der genau wusste, wie es um ihn und sein Land stand. Und der sich vor einem Mann wie Otto nicht ducken würde.

Er dachte darüber nach, was ihn eigentlich nach Palermo getrieben hatte. Der Wunsch nach Bedeutung vielleicht? Die Sehnsucht, mehr zu sein als die Marionette eines Wahnsinnigen, der heilige Eide brach? Oder etwa …

Es klopfte und rumpelte. Kuno öffnete die Tür. Gemeinsam

mit der Magd, einem jungen und hübschen Ding mit olivdunkler Haut und blitzend weißen Zähnen, das kicherte und mit Sicherheit nicht von der Anstrengung rot angelaufen war, wuchtete er die Kiste ins Zimmer.

»Möchten die Herren noch etwas zu essen? Die große Tafel ist leider schon aufgehoben.«

»Was gibt's denn?«, fragte Kuno.

»Wildschwein aus den Wäldern des Königs, mein Herr.«

Die Anrede gefiel dem Knecht. Das Mädchen auch. Walther setzte sich halb auf und schüttelte den Kopf.

»Für mich nicht, danke.«

»Dann … kann ich in der Küche essen?«

»Aber natürlich, ehrenwerter Spielmann. Folgt mir, bitte.«

Sie ging vor Walther kurz in die Knie, hob die Röcke und eilte hinaus. Fragend sah Kuno seinen Herrn an.

»Nun geh schon. Ausgang bis Sonnenaufgang.«

»Danke!«

Kuno strahlte übers ganze Gesicht und lief der Magd hinterher. Walther schloss die Tür und machte sich daran, die beiden Lauten auszupacken. Sie hatten die Seereise gut überstanden und waren nur minimal verstimmt.

Er legte sich aufs Bett und schlug ein paar Töne an.

Tandaradei.

Vielleicht war es diese Melodie, die ihn hierhergetrieben hatte.

Konstanze lag mit offenen Augen im Bett. Die Töne kamen aus einem Zimmer im Turm des Südflügels, der als Gästetrakt diente. Vorsichtig, um Elena im Vorzimmer nicht auf sich aufmerksam zu machen, schlüpfte sie aus den Laken und eilte zum Fenster. Durch das Pergament konnte sie nichts erkennen. Aber sie hörte die Weise, und mit einem Mal war es ihr, als ob sich ihr Herz zusammenzöge.

Walther.

Er musste es sein. Niemand spielte dieses Lied so wie er. Sie setzte sich auf die Bank und lauschte. Walther von der Vogelweide war in Palermo. Natürlich, warum auch nicht? Viele Minnesänger wanderten von Hof zu Hof. In halb Europa war Winter, vielleicht hatte ihn die Sehnsucht nach Wärme und Licht hierhergetrieben. Sie lächelte, als sie an den Schnee und die Kälte dachte und wie sehr ihn das Klima enttäuschen musste. Ob er sich noch an ihre Zeit in den Ostmarken erinnerte? Ohne ihn hätte sie diese schrecklichen Wochen nach der Flucht nicht überlebt. Seine Musik hatte sie aufgeheitert und davor bewahrt, in die Fänge des Wahnsinns zu geraten. Er war ihr ein guter Freund geworden. Ein zu guter, beinahe …

»Meine Königin?«

Konstanze schreckte hoch. Elena eilte herbei und legte ihr ein Wolltuch über die Knie. Schlief diese Frau eigentlich nie?

»Hat Euch dieser *cantor* geweckt? Ich kann jemanden schicken, der ihm das Spielen untersagt.«

»Nein. Es ist schön.«

»Es ist traurig.«

»Es ist traurig und schön.«

Elena deutete eine Verbeugung an. Als ihre Herrin schwieg, nahm sie das als Aufforderung, wieder auf ihr Lager im Vorzimmer zurückzukehren. Konstanze schloss die Augen und lehnte den Kopf an die kühle Mauer.

Traurig und schön. Genau das war es.

Der Henker persönlich begleitete Majid in den Keller. Je tiefer sie auf der Treppe nach unten stiegen, umso feuchter und modriger wurde die Luft. Pestilenz und Verwesung schlugen ihnen entgegen, als sie die Angstlöcher passierten und die Verurteilten ihr Klagelied anstimmten, wie jedes Mal, wenn eine menschliche Seele mit einer Fackel an ihrem Vorhof zur Hölle vorüberging.

»Der Graf von Tropea ist nach oben gezogen«, ächzte der Henker.

Der Abstieg auf den glitschigen Stufen war schwierig.

»Fünfhundert Dinar in Gold hat die Familie dieses Hurensohns bezahlt. Jetzt sitzt er zusammen mit dem anderen hochwohlgeborenen Pack. Die leben fidel wie in ihren Schlössern. Warmes Essen, feinster Pelz. Wo ist da noch der Unterschied? Vor allem bei dem Wetter.«

Die Grafen von Tropea und Gerace hatten erbitterten Widerstand gegen den jungen König Siziliens geleistet. Bis zu seiner Volljährigkeit hatten sie sich, unterstützt von der Kirche, im Lande aufgeführt wie die eigentlichen Herren. Der Verdacht lag nahe, dass auch sie zu den Aufständischen gehört hatten, die im vergangenen Jahr den Mordanschlag auf Ruggero und Konstanze verübt hatten. Ebenso eisern wie verstockt verweigerten sie den Treueeid. Da der *ré* weder die Truppen noch die Mittel hatte, die Grafen mit Gewalt in die Knie zu zwingen, hatte er sie und alle weiteren Abtrünnigen unter dem Vorwurf der unerlaubten Landnahme in den Turm sperren lassen. Sie sollten die Besitzurkunden ihrer Ländereien vorlegen – und genau die hatten sie natürlich nicht. Es war ein genialer Schachzug des *ré* gewesen, die Angelegenheit auf diese Weise zu regeln.

Majid war zufrieden. Wenn die Familien bereit waren zu zahlen, war der nächste Schritt die zähneknirschende Unterwerfung. Kein schöner Frieden, eher ein Waffenstillstand, ein brüchiger noch dazu, wenn er an die erschreckenden Neuigkeiten dachte, die der *cantor* aus dem Land der Franken mitgebracht hatte.

Der Henker blieb stehen.

»Hab das Mädchen ins alte Grafenverlies gebracht. Stand sowieso nur leer, seit die Herrschaften nach oben gezogen sind. Kann jederzeit zurück!«

Unsicherheit und Trotz schwang in seiner Stimme. Der Henker war einer der besten seines Fachs. Er hatte sein Handwerk von der Pike auf gelernt und war peinlich genau darauf bedacht, die Verurteilten so schnell und schmerzlos wie möglich ihrem letzten Richter zuzuführen. Er verachtete Stümper und entfernte jeden rigoros aus seinen Reihen, der sich ein Spiel mit den armen Seelen machte. Für ihn war egal, warum jemand die schlimmste aller Strafen aufgebürdet bekam. Hinter der Kerkertür herrschte er. Wir sind die Letzten, die sie sehen, pflegte er zu sagen, und damit dem Herrn am nächsten. Wie soll ich das rechtfertigen, wenn sie gemetzelt statt gehenkt vor den Allmächtigen treten?

Majid hatte den Anstand des Mannes immer sehr geschätzt.

»Das ist in Ordnung«, sagte er. »Sie soll uns ja noch lange erhalten bleiben. Hat sie alles, was sie braucht? Kleidung? Essen? Die Heilige Schrift?«

»Die hat sie mir an den Kopf geworfen.« Der Henker grinste und spielte mit den Schlüsseln an seinem Bund.

»Eine nette *signorina* habt Ihr mir da angebracht.«

Nach ein paar Schritten blieb er vor einer Eisentür stehen. Ein Knecht, der ihnen in respektvollem Abstand hinterhergestiegen war, klemmte die Fackel des Henkers in die Fassung und öffnete ein kleines Guckloch. Der Henker lugte hindurch.

»Da sitzt sie den ganzen Tag und mault.« Er trat zur Seite und ließ Majid einen Blick in die Zelle werfen.

Sie war anders ausgestattet als die kalten, feuchten Verliese ganz unten in den Kellern und Katakomben des Palastes. Das Stroh auf dem Boden war einigermaßen trocken, ein Talglicht verbreitete zumindest etwas Helligkeit, und mehrere Säcke waren zu einer Lagerstatt zusammengeschoben worden, die mit den Wolldecken ein ganz passables Bett ergab. Darauf hockte, mit angewinkelten Beinen und gesenktem Kopf, eine junge Frau und knackte Läuse.

Der Raum war trotz allem wesentlich spartanischer, als Majid ihn in Erinnerung hatte. Vor ein paar Monden erst hatte er den Grafen ein letztes Mal besucht. Pelze, Teppiche, Geschirr, sogar Lektüre und Körbe mit erlesenen Speisen hatten das Verlies beinahe wohnlich gemacht. Dass es auch nach dem Auszug der hohen Herren ein Kerker geblieben war, bewiesen die karge Einrichtung, die geblieben war, und die Verfassung des Mädchens. Es war seit fast einem halben Jahr nicht mehr ans Licht der Sonne gekommen.

Er nickte dem Henker zu. Dieser schloss die Luke, übergab dem Knecht den schweren Schlüssel und wartete, bis die Tür sich mit einem lauten Quietschen öffnete. Majid nahm die Fackel aus der Halterung und ging hinein.

Rafaela schreckte hoch. Sie war leichenblass, die nackten Arme und das Gesicht waren mit Flecken, Kratz- und Bisswunden übersät. Ein Zeichen, dass Ratten und Wanzen längst keine Scheu mehr vor ihr hatten. Es roch streng nach ungewaschener Kleidung und dem nur selten geleerten Notdurfttopf.

»*Merhaba.*«

Sie kniff die Augen zusammen, denn das helle Licht der Fackel blendete sie. »Wer seid Ihr? Ich kenne Euer Gesicht. Einer der wenigen Teufel, die sich nicht tarnen. Ihr wart schon einmal hier.«

»Ich bin Majid, der erste Diener Eures Königs.«

Hinter ihm fiel die Tür ins Schloss. Das Mädchen raffte die Lumpen vor ihrer mageren Brust zusammen.

»Dann gibt es Nachricht von Rocco, dem Schweinehirten?« Sie schwang die Beine herab und setzte sich auf. »Wo ist der Drecksack? Etwa wieder in Sizilien? Er ist schuld. Das habe ich Euch doch schon gesagt! Habt Ihr ihn?«

»Nein.«

Er angelte mit dem Fuß nach einem kleinen, dreibeinigen Schemel und zog ihn zu sich heran.

»Dann fahrt zur Hölle! Er und mein Vater und die ganze andere noble Brut haben diesen Brief an Otto geschrieben! Ich habe nichts damit zu tun, aber mich lasst Ihr hier büßen. Was ist das für ein Land, was ist das für ein König?«

Sie spuckte aus. Majid setzte sich und steckte die Fackel in eine Öse an der Wand.

»Ich habe in seidenen Betten geschlafen. Ich habe Kleider aus Scharlach, Zobel und Samt getragen! Ich hatte Haare, um die mich ganz Palermo beneidet hat! Und jetzt? Was? Schaut her!«

Sie griff an ihre Schneidezähne und bewegte sie vor und zurück. »Mir fallen die Zähne aus! Meine Haare fressen die Läuse!«

»Aller Wohlstand und alles Unglück Eures Lebens ist das Werk Eures Vaters.«

»Ha!« Sie warf sich aufs Lager zurück und starrte an die niedrige, aus grob gehauenen Steinen gefertigte Decke.

»Da!« Sie deutete mit dem Finger nach oben. »Es tropft. Das ganze Stroh schimmelt. Bald bin ich selbst ein vermodernder Kadaver.«

Majid unterdrückte einen Seufzer. Rafaela Bonacci war dieselbe arrogante Frau geblieben, als die sie hierhergekommen war. Uneinsichtig und reuelos beweinte sie ihr Schicksal. Rocco, der aus Liebe und Einfalt zu einem Hochverräter geworden war, interessierte sie keinen Deut.

»Warum seid Ihr hier? Diener eines Königs, dessen Herz so schwarz ist wie Euer Gesicht?«

»Wir wollen Euch ein Angebot machen.«

»Danke. Ich kann mich noch gut an das letzte erinnern. Ihr wolltet mich mit diesem stinkenden Stück Dreck verkuppeln. Das könnt Ihr vergessen. Eher verrecke ich hier, als dass eine Bonacci …«

»Vielleicht hört Ihr mich erst einmal an? Es könnte sein, dass unser Vorschlag durchaus gewisse Parallelen zu Euren Interessen aufweist.«

»Ein Handel also. Soll ich mit Anfuso oben im Turm reden, damit er seinen Protest gegen die Beschlagnahme seiner Güter aufgibt? Das wird er nicht tun. Er ist ein Mann.« Die letzten Worte spie sie Majid geradezu entgegen.

»Oder wollt Ihr mehr?« Mit der Hand schob sie die Lumpen nach oben, bis der Stoff ihre Beine entblößte.

Majid, gesättigt von den Ausschweifungen im Palast des Emirs, sah gelangweilt auf ihre zerkratzten, mageren Knie und machte dann eine Handbewegung, die nichts anderes bedeutete, als dass sie ihn mit diesem Anblick verschonen möge. Rafaela merkte, dass ihre Provokation verpuffte, und schlug wütend den Rock zurück.

»Also, was für ein Angebot?«

»Euer Vater hat dem Schweinehirten Rocco Eure Hand versprochen, wenn es ihm gelänge, einen Brief in die Hände des neuen Kaisers Otto zu spielen.«

»Er war Kaufmann, kein Träumer.«

»Dennoch hat Rocco es bis nach Goslar geschafft. Und wir nehmen an, dass er, gewitzt und schlau, vor allem aber brennend vor Liebe zu Euch, bald zurückkehren wird. Er ist im Gefolge des Kaisers auf dem Weg nach Florenz.«

Rafaela kratzte sich gedankenverloren unter dem rechten Arm. »Tatsächlich? Das hätte ich diesem Idioten nie zugetraut.«

Das hätte niemand, dachte Majid. Und die Katastrophe ist, dass Dummheit und Verblendung diesen Jungen tatsächlich zurücktreiben werden. Wenn es uns wieder nicht glückt, ihn abzufangen, wird er die Feinde des *rè* alarmieren. Otto wird vom Festland aus angreifen, und gleichzeitig wird sich die Insel gegen den König erheben. Wir werden untergehen in einem Meer von Blut, zermalmt wie Glas zwischen Hammer und Amboss.

»Stellen wir uns also vor, Rocco, der vom Glück geküsste«,

Rafaela warf ihm einen bösen Blick zu, aber Majid fuhr unbeirrt fort, »taucht plötzlich im *Regnum* auf. Wohin wird ihn sein erster Weg führen?«

Ihre dunklen Augen fixierten Majid. Sie blieb reglos liegen, aber ihr Interesse war erwacht.

»Er wird versuchen, mit Euch Kontakt aufzunehmen.«

»Haha.«

Majid nickte. Sie war zumindest nicht dumm, diese unerzogene Göre.

»Und wenn es ihm gelingt, möchten wir davon gerne in Kenntnis gesetzt werden, um Euch vor diesem aufdringlichen Verehrer zu beschützen.«

Sie sprang auf, lief quer durch das Verlies und hieb mit der Faust an die Tür. »Ich bin beschützt! Seht Ihr? Was soll dieser Blödsinn? Ihr traut ihm ja eine Menge zu. Aber soll er sich in eine Ratte verwandeln, um durch die Gitterstäbe und Kloaken zu mir zu gelangen, oder wie habt Ihr Euch das vorgestellt?«

Der Henkersknecht, aufgeschreckt durch ihren Schlag, öffnete die Luke und glotzte durch das Gitter.

»Verschwinde!«, giftete sie den Mann an.

Die Luke schloss sich augenblicklich. Rafaela blieb noch einen Moment mit dem Rücken zu Majid stehen. Dann drehte sie sich langsam zu dem Sarazenen um. Sie öffnete den Mund, was ihrem Gesicht den Ausdruck von ungläubigem Staunen verlieh. Die Hände in die Hüften gestemmt, schüttelte sie langsam den Kopf.

»Nein. Nein! Ich kann nicht glauben, was Ihr da verlangt. Ist es das? Sollte ich wirklich ahnen, welches Marionettentheater Ihr in Euren Köpfen spielt? Ich soll Euer Lockvogel sein? Ich?«

Sie begann zu lachen. Hustend, keuchend, schließlich wie irre, so dass der Knecht besorgt noch einmal die Luke öffnete, nur um von ihr mit einer Handvoll Dreck beworfen zu werden.

»Hau ab, du hohle Laus!«

Majid wartete, bis sie sich beruhigt und wieder zu ihrem Lager geschleppt hatte. Rafaelas Problem war Rocco, sonst nichts. Ein einfältiger junger Mann, weit unter ihrem Stand, hatte es gewagt, sie zu lieben. Sie aber war als Erbin eines reichen Handelshauses geboren und erzogen worden. Sie würde niemals in Betracht ziehen, diesen Mann auch nur eines Blickes zu würdigen.

»Wir erneuern unser Angebot, Euch zu den Heiligen Schwestern von Boccadifalco zu bringen. Dort werdet Ihr, ausgestattet mit allem, was Euer Stand verlangt, Eure Tage verbringen. Sollte Rocco Gianluca wider Erwarten in einigen Monaten Sizilien erreichen, wird er mit Euch Kontakt aufnehmen. Wir werden da sein und dieses Problem ein für alle Mal für Euch lösen.«

»Wie steht es mit meinen anderen Problemen? Ihr habt die Güter meines Vaters konfisziert. Ich bin gebrandmarkt als Tochter eines Verräters. Niemand wird mich mehr nehmen. Ich mache mich doch nicht für Euch zur Buhlschaft eines Knechts und darf dann bis an mein Lebensende den Fußboden der Kathedrale wischen!«

»Auch Eure anderen Sorgen wären in dem Moment gelöst, in dem Rocco unser Gefangener ist.«

»Irrtum. Vorher.«

»Nachher.«

»Vorher!«

Majid stand auf und ging zur Tür. Er gab das verabredete Klopfzeichen. Als der Schlüssel im Schloss gedreht wurde, stieß sie einen ärgerlichen Seufzer aus.

»Wartet! Ein Haus aus Stein. Drei Mägde, sechs Knechte. Zwei der zwölf Koggen, die einst für meinen Vater nach Genua gefahren sind.«

»Genua ist unser Feind.«

»Dann von mir aus nach Konstantinopel. Und vier Messen

im Dom zur Wiederherstellung meines Rufs und der Reinheit meiner Seele.«

»Eine. In Santa Maria del Mare.«

»Zwei. Im Dom. Sonst glaubt's der Herr mir nicht.«

Majid nickte. »Nachher.«

»Ihr schwört?«

»Ihr habt das Wort des *ré*. Also?«

»Ich tu's.«

Majid atmete leise auf. Das war der entscheidende Durchbruch. Aus der Mauer vor den Reihen der Feinde fiel der erste Stein. Er sah sie über die Schulter noch einmal an. »Bei Eurer Ehre?«

»Welche Ehre? Bei meinen Läusen. Reicht Euch das?«

»So seid Ihr morgen Abend im Kloster. Es wird Eurem Herrn ein Wohlgefallen sein. Dem im Himmel und erst recht dem auf Erden.«

Die Tür öffnete sich. Majid schlüpfte hinaus und ließ den Knecht alleine absperren. Er eilte durch den dunklen Gang zurück und erinnerte sich mit Schaudern an das, was mit den Verrätern geschehen war, die nicht so privilegiert wie die Grafen im Turm waren. Der Gestank wurde so beißend, dass er sich den Ärmel seines Kaftans vor die Nase halten musste. Endlich hatte er die Treppe erreicht und beeilte sich, hinauf ins Freie zu kommen und dem *ré* die Botschaft zu überbringen, dass Rafaela Bonacci den Verräter Rocco verraten würde.

Und so geschah es, dass am Abend des nächsten Tages ein Ochsenkarren, schwer bewacht von gepanzerten Reitern, Palermo verließ und sich auf den Weg zum Kloster der Benediktinerinnen in der Bucht von Mondello machte. Unter einer Stoffplane, geschützt vor Schneeregen und Straßenschmutz, saß Rafaela, gewaschen, geschoren und weitgehend entlaust, mit Unterkleidern, Mantel und Schuhen, dennoch zitternd vor Kälte und mit

Augen schwarz wie Kohle in ihrem bleichen Gesicht. Als der Wagen rumpelnd die letzte Wegbiegung mit Blick auf die Stadt erreichte, brannten die Leuchtfeuer auf den Zinnen der Türme des Palastes. Sie sah die hellen Fenster, hinter denen wohl die Musik spielte und die Tischplatten sich unter der Last von köstlichen Speisen bogen. Fast war es ihr, als würde sie Stimmen und Gelächter hören, und die Gesänge aus den rauen Kehlen der Männer, die schweren, süßen Wein getrunken hatten.

Feiert ruhig, dachte sie und kroch zurück unter die kratzenden Decken. Feiert, esst und trinkt, solange ihr noch könnt. Denn wenn Rocco zurückkehrt, ist das sein Verderben. Aber er wird euch mit hinabziehen in den Abgrund. Sizilien wird sich erheben gegen euch da oben im Palast. Gegen den König und seine Metze, und gegen alle, die noch auf ihrer Seite stehen. Und dann gnade euch Gott.

21.

Der letzte Ton verklang, Jubel und Beifallrufe brandeten auf. Walther von der Vogelweide verbeugte sich vor den Gästen und schickte einen galanten Luftkuss zu Konstanze, die neben Ruggero auf den vergoldeten Prunksesseln im Festsaal saß.

»Noch eins!«, rief sie.

Ruggero hob seinen Weinkelch in die Runde, ein Zeichen, dass alle auf das Wohl der Musikanten trinken mochten. Ihre Wangen glühten. Kam es vom Wein oder von Walthers Gesang? Die Minnelieder, die er vortrug, ließen kaum etwas ungesagt. Er war frech, fast unverschämt, aber da er nicht nur die Königin, sondern auch die anderen Damen am Hof anschmachtete, um dann im nächsten Stück gleich wieder einen Hochgesang auf die Ritterlichkeit und Galanz der sie begleitenden Herren anzustimmen, waren am Ende des Konzerts alle begeistert.

Es war schön, ihn zu sehen, und es fiel ihr schwer, so zu tun, als würden sie sich nicht kennen.

Walther schlug sich nach vorne durch und verbeugte sich vor dem König.

»Darf ich zum Rondeau bitten?«

Ruggero stand auf und reichte Konstanze die Hand. Beide stellten sich nebeneinander auf, die anderen Paare taten es ihnen gleich und bildeten einen Kreis. Die Musiker, die während Walthers Konzert im Hintergrund geblieben waren, kamen mit ihren Schalmeien, Zimbeln und Leiern zurück und fielen in die ersten Takte ein, die der *cantor* vorgab.

Es war ein schnelles Stück, Konstanze wirbelte herum, klatschte in die Hände, wechselte den Partner, schlug ihn ab und fühlte sich plötzlich leicht wie eine Feder. Sie konnte sich nicht erinnern, wann sie zum letzten Mal so ausgelassen getanzt hatte.

Klatsch! Gregorio von Galgano tauchte vor ihr auf und schlug natürlich, völlig aus dem Takt, daneben. Sie lachte hell auf, drehte sich so schnell weg, dass die Röcke ihres Kleides aufwirbelten, und tauchte vor Capparone wieder auf.

Klatsch!

Der schwarze Ritter verzog keine Miene. Sie lächelte ihn strahlend an, aber er blieb steif wie ein Stecken.

Klatsch!

Ein Baron aus Syrakus, sie erinnerte sich nicht an seinen Namen. Etwas älter, schwitzend und schnaufend, dafür aber glänzender Laune. Gehörte er nicht zu denen, die nach solchen Festen immer mit dem König in seinem *musio* verschwanden?

»Unfassbar, dieser *cantor*! Wie lange bleibt er? Ich will ihn nach Agrigento einladen. Meint Ihr, er wird kommen?« Seine Wangen waren rot von Wein und Freude. Es tat gut, einmal ungeheuchelte Gefühle in den Gesichtern zu sehen.

»Warum nicht? Fragt ihn!«, rief sie, und tauchte unter seinen Armen hindurch.

Klatsch!

Hayyim, der Kompassmaler, schlug kraftlos in ihre offenen Handflächen.

»*Nobiluomo!* Wo ist Rahel?«

»Zu Hause bei den Kindern. Sie ist noch etwas schwach.«

»Schade! Das hätte ihr gefallen!«

Schon war seine Gestalt in der Menge verschwunden. Konstanze hüpfte zwei Schritte nach links, um den Kreis nicht zu verlassen, und landete direkt neben Cavaliere Livio.

»Welch ein Fest!«, rief er aus und warf einen verzückten Blick auf die ausgelassene Menge. Livio nahm die Laune der Gäste immer sehr persönlich. Ein Abend wie dieser versetzte ihn geradezu in Euphorie.

Klatsch!

Konstanze trat auf ihren Saum, stolperte, fühlte, wie jemand ihren Arm ergriff und sie, hinter sich herziehend, durch die Menschen schleifte.

»He!«

Der Griff verstarkte sich. Der Mann erreichte den Ausgang. Er eilte mit ihr durchs Treppenhaus und hielt auf eine gewaltige Säule zu, hinter der er Deckung für sie und sich suchte.

»Still.«

Walther legte ihr den Finger auf die Lippen und sah sich um. Die Wachknechte lugten sehnsüchtig in den Saal. Musik und Lachen vermischten sich mit fröhlichen Stimmen, ständig kamen und gingen Leute, eilten die breite Treppe hinauf oder hinunter, brachten Krüge mit Wein, räumten Geschirr ab, trafen verspätet ein oder reisten bedauernd ab.

Er zog sie weiter in einen halbdunklen Gang, der in die Verwaltungsräume des Palastes führte, in denen an so einem Abend natürlich niemand mehr arbeitete. Sie war immer noch außer Atem und erhitzt vom Tanz.

»Walther, was soll das?«, flüsterte sie.

Er blieb stehen, griff nach ihren Schultern und lehnte sie sanft gegen die Wand, noch tiefer in den Schatten, so dass sie bei einem zufälligen, schnellen Blick eines Gastes vielleicht für ein heimliches Liebespaar gehalten werden konnten. Genau diesen Eindruck wollte Konstanze vermeiden. Nervös streifte sie seine Hände ab.

»Ich musste dich sehen.« Seine Stimme klang gepresst.

»Das konntest du den ganzen Abend.«

»Ja, du da oben, ich da unten.« Er strich ihr eine Locke aus der Stirn, die sich unter ihrer Haube gelöst hatte. »Ich habe so oft an dich gedacht.«

»Walther, nicht …«

»Ich habe mich gefragt, wie es dir geht und ob du glücklich bist. Bist du es?«

»Was?« Konstanze presste sich noch enger an die Wand. Wenn sie jemand hier erwischte, in einer solchen Situation … dafür hatte das spanische Hofprotokoll natürlich keine Vorschriften.

»Ob du glücklich bist in Sizilien?«

»Ja. Ja! Natürlich bin ich das. Was sonst?«

»Was sonst.« Er stütze sich mit dem ausgestreckten Arm an der Wand ab und sah zu Boden. »Wie ist er so?«

»Wer? Ruggero? Das ist nicht dein Ernst. Walther! Er ist mein Mann!«

»Das interessiert mich nicht.«

»Das sollte es aber. Du kannst doch nicht allen Ernstes hierherkommen und mich fragen, ob ich glücklich bin. Mit welchem Recht?«

»Vielleicht mit dem Recht desjenigen, in dessen Armen du geweint hast?«

Konstanze atmete tief durch. Sie war damals durch die Hölle gegangen, und sie wäre wahnsinnig geworden, wenn Walther nicht gewesen wäre. Der Zufall hatte sie zur selben Zeit an den Hof Leopolds geführt. Als sie Laszlo begraben hatten und sie sich am liebsten mit ihm in die Erde gelegt hätte, war der *cantor* an ihrer Seite gewesen. Als sie nicht mehr schreien konnte und stumm geworden war, hatte er sie in den Arm genommen. Erst hatte er nur für sie gesungen. Später waren sie gemeinsam ausgeritten, hatten stundenlang zusammengesessen und geredet, und zum ersten und einzigen Mal in ihrem Leben hatte Konstanze das Gefühl gehabt, jemand könne ihr unendliches Leid verstehen. Sie hatten sich geküsst, plötzlich, überraschend, aus heiterem Himmel, und danach hatte sie ihn gemieden. Als Konstanze aufgebrochen und weitergeritten war, einem ungewissen Schicksal entgegen, hatte sie nichts weiter in ihrem leeren Herzen getragen als ein Lied, das er ihr geschenkt hatte.

Tandaradei …

»Bist du mir nachgereist?«

»Ein Spielmann einer Königin? Was bildest du dir ein.« Er lächelte sie zärtlich an. »Die Zeiten sind hart im römischen Reich. Und ich rede dabei nicht nur vom Wetter. Ich dachte, vielleicht schließe ich mich diesem Friedrich an, von dem sie alle reden.«

»Nein!«

Konstanzes Antwort kam so schnell, dass sie wie eine Beleidigung klingen musste. Sie sah, wie Walthers Gesicht sich schmerzlich verzog. »Ich meine, nein, bitte nicht. Du würdest verhungern, und das kann ich nicht zulassen.«

Es sollte ein Scherz sein, aber sogar der misslang. Walther trat einen Schritt zurück. Die Nähe, mit der er sie verwirrt hatte, war verschwunden.

»Du hast recht. Ich muss sehen, wo ich bleibe. Hoffentlich bezahlt ihr mich wenigstens für diesen Abend. Ich habe hohe Kosten.«

»Entschuldige. Ich habe es nicht so gemeint.«

»Ich weiß, welchen Ruf ich habe. Du musst mich nicht daran erinnern. Ich bin Walther, der für das Maul singt, das seines stopft. Das wolltest du doch sagen, oder?«

Er wandte sich ab. Lass ihn gehen, flüsterte das Hofprotokoll ihr zu. Nicht so, wisperte ihr Herz, in dem mit einem Mal ein zarter, bittersüßer Schmerz zu glühen begann. Er stand mit dem Rücken zu ihr. Sie legte ihm von hinten die Arme um die Brust und spürte, wie sein Atem stockte.

»Ich wollte sagen, dass du mir das Leben gerettet hast und dass ich dir das nie vergessen werde.«

»Nur das?«, flüsterte er heiser. Er drehte sich zu ihr um, nahm ihr Gesicht in seine Hände und hob es an, so dass sie ihm in die Augen sehen musste.

»Ist es nur das?«

Sie sah ihn an und wusste nicht, wohin mit dem Schmerz, der sich in einen glühenden Dolch verwandelte. Sie wollte etwas sagen, aber ihr Kopf war leer, und ihr Mund hatte das Sprechen verlernt. Seine Lippen waren auf einmal so nahe. Sein Atem streifte ihr Gesicht. Wenn sie jetzt die Augen schloss, wäre sie wieder in Dürrnstein am Ufer der Donau, hoch am Fenster einer Burg mit Blick weit in die Wachau, in einer Nacht, so sternenhell und sterbensschön …

»Meine Königin?«

Die schneidende Stimme ließ die beiden auseinanderfahren. Sie erkannte Capparones düstere Silhouette am Eingang zum Treppenhaus. Wie lange hatte er dort schon gestanden, sie beobachtet und belauscht?

Sie ließ Walther stehen und ging auf den Mann zu. »Was gibt es?«

Capparones Blick wanderte von ihr zu dem *cantor*. Nichts in seiner steinernen Miene deutete darauf hin, was er dachte oder empfand.

»Die Grafen von Caserta, San Severino und Aquila brechen auf. Der *ré* bittet Euch, bei der Verabschiedung dabei zu sein.«

Ausgerechnet drei der wichtigsten Familien Siziliens stieß sie gerade vor den Kopf. Sie wollte an ihm vorbei, da sagte Capparone: »Und Er dort, Er soll in Bereitschaft bleiben. Wir haben mit Ihm zu reden.«

»Wir?«, fragte Konstanze zurück.

Walther trat zu ihnen und verschränkte abwartend die Arme vor der Brust. Capparones Blick verhieß nichts Gutes.

»Wer genau will das?«

Der schwarze Ritter deutete eine knappe Verbeugung an. »Der *ré*, meine Königin. Und ich.«

Kuno schnürte den Reisesack zu und sah sich um.

»Haben wir alles?«

Walther, der gerade seinen Gürtel angelegt hatte, ging noch einmal zum Bett hinüber. Er hob die Decke hoch und suchte die Laken ab. Wer sein Leben auf Reisen verbrachte, der wusste, in welche Winkel sich die Kleinigkeiten verkrochen, die beim Errichten des nächsten Lagers empfindlich fehlten. Brusttücher, zum Beispiel. Teuer und schwer zu bekommen, vor allem in der Qualität, die Walther liebte. Stimmgabel. Holzlöffel. Die kleine Sonnenuhr aus Silber, eine Miniatur des Portikus der Kathedrale von Chartres. Die Landkarte Siziliens, mit deren Hilfe er hoffte, am nächsten Tag Messina zu erreichen und eine Kogge zum Festland zu erwischen. Der Almosenbeutel mit den wenigen Dirham, die ihm noch geblieben waren und mit denen sie sich vielleicht noch ein, höchstens zwei Wochen durchschlagen konnten. Verdammt, verdammt …

»Verdammt!«

Kuno fuhr herum. »Walther, was zum Teufel ist los? Wir sind noch nicht einmal richtig angekommen und brechen schon wieder auf?«

»Je eher, desto besser.«

»Es ist ein Affront gegenüber dem König! So unverhofft, ganz ohne Abschied ... Wo sollen wir überhaupt hin? Ich habe keine Ahnung, welche Hospize es hier gibt und wer Betten überlässt. Falls du es noch nicht bemerkt hast: Es ist eiskalt! In die Herberge des Julien bekommst du mich jedenfalls nicht.«

Walther warf den Deckel der Instrumentenkiste zu.

»Entweder du folgst mir, oder du suchst dir einen neuen Herrn.«

Aber Kuno ließ sich nicht beeindrucken. Er setzte sich einfach auf die Kiste und schlug die Beine übereinander, als wäre er die Ruhe selbst.

»Hat er dich schon bezahlt?« Walthers Knecht hatte die Gabe, die bösesten Fragen zum unmöglichsten Zeitpunkt zu stellen. »Wenn nicht, möchte ich dich daran erinnern, dass der letzte Kreuzer in Goslar an mich gegangen ist. Du schuldest mir für fünf Monate Salär.«

»Du bekommst Kost und Logis.«

»Im Moment weder das eine noch das andere. Wir müssen ja in einer Hast das Fest verlassen, als ob zehn Teufel hinter uns her wären. Entweder du sagst mir, was passiert ist, oder ich gehe jetzt hinunter in die warme Küche zu der hübschen Magd – übrigens die Tochter des Schwagers des Blaufärbers – und schlage mir den Bauch voll. Ohne dich.«

Walther warf sich den Sack über die Schulter und wandte sich zur Tür, drehte sich dann aber noch einmal um.

»Ohne dich!«, rief Kuno. »Willst du dir wirklich einen neuen Dummen suchen, der deine Kapriolen mitmacht? Dann viel Glück auf dem Weg, denn er wird schwer zu finden sein. Also?«

»Ich habe mit ihr gesprochen. Und ich habe eine Dummheit gemacht.«

»Eine Dummheit?« Kuno wippte mit dem Fuß und wartete auf die Fortsetzung der Beichte.

»Ich habe sie an Dürrnstein erinnert.«

Das Wippen hörte auf. »Sag, dass das nicht wahr ist. Walther!« Kuno sprang auf. »Du hast doch nicht etwa die Königin von Sizilien daran erinnert, dass ihr um ein Haar … ein Techtelmechtel gehabt hättet?«

»Leise!«

Vorsichtig öffnete Walther die Tür einen Spaltbreit, spähte hinaus und schloss sie wieder.

»Sie hat dir damals das Herz gebrochen! Erinnerst du dich nicht mehr? Du hast ewig gebraucht, bis du darüber hinweggekommen bist! Du wusstest, dass sie hier ist und einen anderen hat. Dieser Hof war unsere Chance! Und du vermasselst sie, weil du die Hände nicht von der Königin lassen kannst?«

»Schweig!« Walthers Gesicht wurde blass vor Wut. »Du bist mein Knecht. Vergiss dich nicht!«

»In erster Linie bin ich der Einzige, der dir die Wahrheit sagt. Du eitler, von Weibern verwöhnter Geck. Da hast du eine mal nicht bekommen, und ruinierst deshalb unsere Zukunft. Friedrich der Staufer! Retter der Welt! Ungekrönter Kaiser! Hohelieder auf ihn wolltest du singen, sesshaft wolltest du werden! All die Monate über, jeden Abend, immer die gleiche Leier: Sind wir erst in Palermo, wird sich alles ändern. Und dann sind wir es, und du vergisst alles, einfach alles, was uns hierhergeführt hat, für ein Paar blaue Augen! Wir verlassen den Palast wie Diebe über die Abzucht. Du Idiot.«

Walther hob die Hand. Fast sah es so aus, als ob er zu einem Schlag gegen seinen aufmuckenden Diener ausholen wollte. Dann beherrschte er sich. Er fuhr sich durch die Haare, und die Geste hatte beinahe etwas Verzweifeltes.

»Hat sie dir wenigstens eine Maulschelle verpasst?«

»Viel schlimmer. Capparone, sagt dir der Name was?«

»Er hat gemeinsam mit Pagliara das Land regiert, solange Friedrich minderjährig war.«

»Ja, so kann man es auch nennen. Pagliara ist mittlerweile nach Catania verbannt. Aber Capparone hält auch unter Friedrich seine Stellung. Er bespitzelt die Leute, sieht alles, weiß alles und darf fast alles.«

»Ihm ist die Sache zwischen dir und der Königin bekannt?«

»Er hat uns gesehen.«

Kuno blieb der Mund offen stehen. Dann reifte in ihm blitzartig die Erkenntnis, dass es an der Zeit war, mit dem Reden aufzuhören. Er nahm die Kiste an ihren Tragegriffen und wuchtete sie hoch. In diesem Moment wurde an die Tür geklopft. Die beiden sahen sich an. Kuno stellte seine Last so leise wie möglich wieder ab.

»*Cantorus Walthero?*«

Walther lauschte mit angehaltenem Atem. Er vernahm das leise Klirren von Eisen, das sich anhörte, als ob bewaffnete Söldner sich in Position brachten. Wieder klopfte es, diesmal lauter und dringlicher. Er warf den Sack aufs Bett und öffnete die Tür.

Drei Männer stürmten ins Zimmer, dunkel gekleidet und mit gezogenen Schwertern. Sie sahen auf einen Blick, dass niemand außer dem Sänger und seinem Knecht im Raum waren, untersuchten trotzdem den Kamin, stocherten in der Glut, rissen die Vorhänge zur Seite und schauten unter das Lager. Schließlich nickten sie dem einen unter ihnen zu, der so etwas wie der Leiter des Kommandos sein musste. Er war ein zur Korpulenz neigender, mittelgroßer Mann mit aufgeplusterten Wangen, auf denen sich ein kümmerlicher Flusenbart breitmachte.

»Mitkommen.«

»Wohin?«

Statt einer Antwort ergriff ein Söldner Walther am Arm und zerrte ihn zur Tür.

»He! Ich verlange, dass Ihr mich aufklärt!«

»Das kommt noch. Keine Bange, Herr *cantorus*«, sagte der Mann in barschem Ton. »Da geht's lang.«

Walther wurde hinaus auf den Gang gestoßen. Sie erreichten das Treppenhaus. Für einen kurzen Moment hoffte er, sie würden die Stufen nach oben nehmen, hinauf in die königlichen Gemächer und Studienzimmer, doch dann wies der Backenbärtige auf den Weg nach unten. Das war nicht gut. Gar nicht gut. Unten lagen die Wirtschaftshöfe, die Pferdeställe und die Küche. Und der Eingang zu den Kellern des *ré*, von denen selbst Walther wusste, dass man lieber nicht fragte, was sich dort befand.

22.

Es war so kalt, dass sogar die Wände mit Raureif bedeckt waren. In der Mitte des niedrigen Raumes flackerte ein offenes Feuer, aber es war nicht dazu da, um das halbe Dutzend Männer zu wärmen. Wenn das Holz heruntergebrannt war, blieb die Glut. Brandeisen und Zangen lehnten am Rand des Beckens. Von der Gewölbedecke baumelte eine eiserne Kette herab. Walther sah die Eisenringe, und er ahnte nichts Gutes.

Der Widerschein der Flammen spiegelte sich in den ernsten Gesichtern der Männer. Der *ré*, sein erster Diener – ein grauenhaft aussehender Sarazene mit sanfter Stimme –, Capparone, der Prior von *San Giovanni degli Eremiti* und zwei weitere, die Walther noch vor kurzem auf dem Fest gesehen hatte. Vermutlich Mitglieder des Familiarenkollegs, jenes kleinen

Zirkels also, bei dem der König Rat in heiklen Angelegenheiten suchte.

Kuno stolperte neben ihn.

»Was ist das?«, flüsterte er.

»Der Folterkeller.«

Kuno begann zu zittern, was vermutlich nicht mehr an der Kälte lag. Walther glaubte, das Blut zu riechen und die Schreie zu hören, die hier unten aus den Geschundenen herausgepresst wurden. Er hatte keine Angst. Eher spürte er einen Anflug von heimlichem Triumph. Friedrich, der Vergötterte, bediente sich des gleichen Schreckensinstrumentariums wie alle anderen Mächtigen, wenn sie an ihre Grenzen stießen. Ob Konstanze wusste, dass es diesen Keller gab? Sicher. Und dass er benutzt wurde? Vielleicht.

Der Backenbärtige ließ sein Schwert in die Scheide fahren, die Söldner nahmen Haltung an. Der *ré*, der bis eben noch in das Glutbecken geschaut hatte, sah hoch. In seinem jungen Gesicht war nicht zu lesen, was er dachte. Geschweige denn, was er vorhatte.

Walther verneigte sich. Der schlotternde Kuno machte es ihm nach.

»Mein König?«

Der *ré* gab den Söldnern einen Wink. Sie verließen den Keller, nur ihr Anführer, der Backenbärtige, blieb und gesellte sich zu den anderen.

»Walther von der Vogelweide«, sagte der *ré*. »Ich muss Euch fragen, wie loyal Ihr mir und meinem Hause gegenübersteht.«

Capparones Blick schien Walther zu durchbohren. Er weiß es, dachte der *cantor*, er weiß alles. Was steht eigentlich auf minnen mit einer Königin?

»Ich bin Euch treu ergeben. Wäre ich sonst hier?«

Die Antwort war zweideutig. »An Eurem Hofe, meine ich. Ich habe mich durch meine Mission eindeutig von Otto losgesagt.«

»Ist das bekannt? Wer sonst weiß, aus welchem Grund Ihr hier seid?«

»Niemand.«

Kuno sah zu Boden, als ob er sich am liebsten unsichtbar machen wollte.

»Nur er, mein Knecht. Er ist der treueste, den man sich wünschen kann.«

Der *ré* nahm eine der Eisenstangen in die Hand und berührte damit spielerisch die anderen. Es klang wie ein leises Glockenspiel des Grauens. »Wisst Ihr, wo wir hier sind?«

»In einem Keller, mein König.«

»An diesem Ort wurde der Graf von Giordano zu Tode geschunden. Mein Vater Heinrich setzte ihn auf einen Thron aus glühendem Eisen und ließ ihm eine Krone mit Nägeln auf den Kopf schlagen. Meine Mutter hat er gezwungen, das mit anzusehen. Es hieß, sie habe Sizilien mehr geliebt als meinen Vater. Und Giordano war Sizilien.« Er kam, die Stange immer noch in der Hand, auf Walther zu.

»War es Liebe oder Verrat, die meine Mutter büßen musste?«

Der *cantor* spürte, wie ihm trotz der Kälte der Schweiß ausbrach. Worauf wollte der König hinaus? »Mir sind die Geschicke Eures wunderbaren Landes nicht bis ins Detail geläufig.«

»Ich vermute ...« Der *ré* sah sich um. »Dies war die Art meines Vaters, die Dinge zu regeln. Er blendete und kastrierte den letzten legitimen Nachfahren Tankreds, den siebenjährigen Wilhelm. Alle, die noch auf Seiten des alten Regimes standen, trieb er zusammen und verbrannte sie bei lebendigem Leib. Er schändete die Gruft der Hautevilles und ließ die Leichen von Tankred und Roger auf den Markplatz schleifen, wo er sie vor dem Volk enthaupten ließ.«

Der *ré* reichte die Stange dem Backenbärtigen und schritt weiter zu Kuno, der unter der plötzlichen Aufmerksamkeit buchstäblich in die Knie ging.

»So wurden Aufstände erstickt. Dies ist meine Art nicht. Macht es mich deshalb schwach? Ist nur derjenige ein Herrscher, der seine Feinde metzelt? Der Treue erzwingt? – Wie ist dein Name?«

Unsicher hob Kuno den Kopf. Erst als der *ré* ihm zunickte, begriff er, dass die Frage an ihn gerichtet war. »Kuonrât von Düdelsheim, das ist ein Kirchspiel im Hessischen, sehr verehrter … mein König.«

»Warum bist du bei ihm?«

»Bei meinem Herrn? Weil er mir gut zu essen gibt, mich kleidet und weil es eine Ehre ist.«

Trotz der angespannten Stimmung musste Walther lächeln. Er würde Kuno zu gegebener Zeit – und falls er je noch die Möglichkeit dazu hätte – an seine Aussage erinnern.

»Prügelt er dich?«

»Nein, mein König.«

»Behandelt er dich gut? Spricht er mit dir wie mit einem Menschen oder wie mit Vieh?«

Kuno, zutraulich geworden, dachte nach, und Walther hätte ihm am liebsten einen Tritt in den Allerwertesten gegeben.

»Nun?«

»Wie mit einem Menschen, mein König. Meistens. Manchmal wie mit einem Freund.«

»Steh auf.«

Kuno erhob sich und trat unsicher von einem Fuß auf den anderen.

»Und wenn es anders wäre?«

»Dann wär ich weg. Ich bin ein guter Knecht. Ich finde überall neue Herrschaft.«

Der *ré* lächelte ihn an. »Ihr könnt jederzeit bei mir anfangen. Burschen wie du können es weit bringen an meinem Hof.«

Ein Leuchten huschte über Kunos Gesicht. Dann besann er sich. »Ich werd ihn nicht lassen. Schon gar nicht jetzt. Den

Herrn erkennt man am Knecht. Vor allem, wenn der Wind mal nicht so, ähm, lieblich …« Kuno verstummte, bevor er sich um Kopf und Kragen reden konnte.

Der *ré* nickte. Seine blauen Augen wurden verschattet von etwas, das Walther kaum Trauer zu nennen wagte. Vielleicht berührte es ihn, ausgerechnet in diesem Keller von Menschlichkeit und Freundschaft zu hören.

»Was für den Knecht gilt, das gilt für den König erst recht. Erzwungene Treue gebiert schon mit dem Handschlag Verrat. Geschenkte Treue aber ist besiegelt mit Herzblut und um ein Vielfaches wertvoller. Weshalb, mein lieber *cantor*, ich Euch nun noch einmal frage. Bedenkt die Antwort wohl. Welche Art von Treue empfindet Ihr für mich?«

Walther legte die Hand auf die Brust. »Die Herzenstreue.«

»Und für die Königin?«

»Ebenso.« Wenn nicht sogar noch mehr, dachte Walther.

»Ihr schwört, Uns zu dienen und Schaden und Unheil von Uns abzuwenden, so wahr Euch Gott helfe?«

»So wahr mir Gott helfe.«

Der Backenbärtige hieb Walther auf die Schulter, so dass dieser beinahe zusammenbrach. Die Ministerialen nickten sich zu, nur Capparone hielt sich weiterhin mit finsterem Gesicht im Hintergrund.

Der Sarazene klatschte in die Hände. Mehrere Küchenjungen brachten Wein und Schemel. Als sie sich eilig wieder zurückgezogen hatten, schlug der *ré* seinen Mantel zurück und bot Walther den Platz neben sich an. Der Prior schenkte den Wein ein und reichte die Becher herum. Der Backenbärtige schürte das Feuer. Walther, dem dieser plötzliche Stimmungsumschwung nicht ganz geheuer war, versuchte, sich genau das nicht anmerken zu lassen.

»Ihr werdet noch in dieser Nacht aufbrechen«, begann der *ré*. »Ich statte Euch mit allem Nötigen aus, damit Ihr auf schnellstem Wege den Lago di Constanza erreicht und dort mit Konrad von Lichtenberg Kontakt aufnehmt.«

»Dem Domherrn von Konstanz?«

»Ihr kennt ihn?«

»Er ist oft in Bamberg und arbeitet an einem *chronicon universale*, einem Geschichtsbuch.« Walther wandte sich an Kuno. »Weißt du noch? Die Dombaustelle? Abends bei Eckbert von Andechs-Meranien? Nach unserem Auftritt kam die Geschichte von Ninus dem Assyrer.«

Kuno verdrehte die Augen, was sowohl für die Erbaulichkeit wie auch die Gottgefälligkeit des Vortrags sprach. »Die ganze, soweit ich mich erinnere. Und die ist lang.«

»Konrads Gelehrsamkeit ist nur eine Seite seines Charakters«, sagte der *ré*. »Er ist Schwabe und Unserem Hause treu ergeben. Wenn jemand Uns helfen kann, dann er.«

Der Prior nahm einen Schluck Wein und nickte. »Seine Kontakte zu den deutschen Fürsten und an den französischen Hof sind glänzend. Zudem gehört er zu jenen, die Ottos Verlobung mit einer Achtjährigen öffentlich angeprangert haben.«

Der König schüttelte den Kopf. »Es war ein großer Fehler meines Onkels, seine Tochter um des lieben Friedens willen einem Welfen zu versprechen.« Dachte der *ré* vielleicht in diesem Moment daran, dass auch seine Hochzeit auf dem politischen Parkett arrangiert worden war? »Gott sei seiner Seele gnädig. Der Mord an ihm liegt keine zwei Jahre zurück. Beatrix ist jetzt zwölf. Sie hat nicht mehr viel Zeit.«

»Kennt Ihr sie?«, fragte Walther, den das Schicksal des Mädchens rührte.

»Nein. Ich habe Sizilien noch nie verlassen.«

»Habt Ihr nicht Sehnsucht, Euer Vaterland zu besuchen? Trifels, Gelnhausen, Hagenau …«

Der *ré* schnitt Walther mit einer ungeduldigen Handbewegung das Wort ab. »Eure Nachricht hat mir die Augen geöffnet. Den Dom zu Aachen will ich sehen. Aber nicht als geduldeter Gast. Sondern als König unter Königen. Der marmorne Thron ist der meine. Das weiß Otto, und das wusste Philipp. Das wissen alle Fürsten des deutschen Reichs. Die Schwaben, die Bayern, die Lothringer, die Franken. Die Frage nach Treue, mein verehrter *cantor*, muss wieder gestellt werden. Wie glaubt Ihr, wird die Antwort lauten?«

»Ich weiß es nicht, mein König.«

»Du, Knecht, antworte: Zwingt man zu Treue oder bittet man darum?«

Kuno warf einen unsicheren Blick auf Walther.

»Nun ja, so offen hat mein Herr mir diese Frage noch nicht gestellt. Aber ich gehe mal davon aus, dass ein freundliches *precatio* ab und an die Dinge durchaus fördert. Nicht wahr?«

Der Blick, den Walther auf Kuno abschoss, hätte jeden anderen auf der Stelle vernichtet. Der *ré* tat so, als würde ihm entgehen, dass da gerade ein Knecht gewaltig über die Stränge schlug.

»Ihr werdet ins *Regnum Teutonicum* reiten. Ihr werdet Konrad von Lichtenberg berichten, wie meine Lage ist. Die deutschen Fürsten müssen sich bekennen. Für Otto oder für mich. Ich wollte diese Entscheidung nicht. Ich habe auf alle Ansprüche verzichtet. Aber das, was sich gerade in Oberitalien zusammenbraut, zwingt mich dazu. Ich muss ihnen und mir die Frage stellen: Sind diese Tage das Ende der Staufer oder der Beginn einer großen Zeit?«

Der *ré* stand auf. Walther beeilte sich, ebenfalls auf die Beine zu kommen.

»Die große Zeit, mein König. Ich bin bereit.«

»Ich auch«, fügte Kuno ungefragt hinzu.

Der *ré* legte Walther eine Hand auf die Schulter. Die Geste war ein Ritterschlag ohne Schwert und Leite. Ein König übergab sein Schicksal und das seines Landes in die Hände eines

Spielmannes. Walther spürte, dass er eher sterben würde, als dieses Vertrauen zu enttäuschen.

»So sei es«, sagte der *ré*.

»Wie viel Zeit bleibt uns?«

»Keine.«

Der König von Sizilien stieg die Kellertreppe hinauf, gefolgt von den wenigen Treuen, die ihm noch geblieben waren. Nur der Backenbärtige verharrte. Er zündete eine Fackel am Feuer an und löschte es dann mit dem Rest aus dem Weinkrug.

»Wir geleiten Euch zum Hafen«, brummte er.

Walther nickte. Keine Zeit. Leben und Tod. Eide, für die Ewigkeit geschworen und in Speyer von Kaisern besiegelt, zerbrachen wie die tonnenschweren Grabplatten einer Gruft.

Stoff für ein Epos. Walther hoffte nur, dass ihm Gelegenheit bliebe, es auch noch zu schreiben.

Konstanze rannte die Treppen zum Torre Pisana hinauf. Fast wäre sie ausgerutscht, als sie die Aussichtsplattform erreichte. Der Schnee auf den Stufen war zu glasigem Matsch geschmolzen, zertrampelt von den Wächtern, die in stetem Wechsel die Stadt und den Horizont in alle Himmelsrichtungen kontrollierten.

Der Tag war noch jung, zählte man die Stunden nach Sonnenuntergang. Über den Mond hatten sich Wolken geschoben. Vielleicht brachten sie neuen Schnee, vielleicht hatte sie auch ein sanfter Wind aus dem Süden über die Berge geschoben, und es gäbe Tauwetter. Sie fröstelte und trat vorsichtig an eine der Zinnen des Nordturms.

»Meine Königin?«

Der Wächter machte Platz. Konstanze lehnte sich weit über die Brüstung. Sie sah den Dom, die Kathedrale und die runden Kuppeln von *San Giovanni*. In manchen der prächtigen Steinhäuser entlang der Marmorstraße brannte Licht hinter dem

Pergament der Fenster. Die Leuchtfeuer unten am Hafen markierten Anfang und Ende der Bucht.

Der Hufschlag von mehreren Pferden hallte von unten herauf und kündigte einen Aufbruch an. Das Tor wurde geöffnet, drei Reiter verließen den Palast. Sie erkannte Walther, seinen Knappen Kuno und Marschall Riccardo, den Oberbefehlshaber von Wachen, Heer und Flotte. Ein kleiner Trupp, der sich im Schutz der Dunkelheit auf den Weg hinunter zum Hafen machte.

Also war es wahr, was Elena erzählt hatte. Walther verließ Palermo, ohne sich von ihr zu verabschieden. Er drehte sich nicht um, warf keinen Blick zurück. Kaum hatten die Reiter die *Via Marmorea* erreicht, trieben sie ihre Tiere an und fielen in Trab. Sie verschwanden hinter dem Dom, und der Hufschlag wurde leiser, bis ihn die Nacht verschluckte.

Konstanze wandte sich ab und stieg die Treppen hinunter, vorbei am Thronsaal und der Sternwarte, noch ein Stockwerk tiefer, wo sich hinter den schwer bewachten Türen aus Bronze das irdische Heiligtum des Palastes befand – die Schatzkammer mit ihrer Werkstatt, der *tiraz* -, und erreichte schließlich den Hof mit seinen verspielten Säulengängen. Sie durchquerte die Loggia und sah, dass die Tür zum christlichen Heiligtum, der Capella Palatina, offen stand.

Der Gedanke, für die Reisenden eine Kerze anzuzünden, ließ sie eintreten. Das Ewige Licht über dem Altar tauchte die Mosaiken und die goldene Kuppel mit der Darstellung des Christus Pantokrator in sanften Schimmer.

Sie liebte diese Kapelle. Die bunten Fresken, die Säulen aus ägyptischem Granit, die Holzdecke, von der bemalte Pfeiler wie Stalaktiten aus der Höhe hinunter bis auf den Goldgrund reichten. War Sizilien auch arm, in diesem Gotteshaus hatte die Vision Rogers überlebt, Sizilien zum Mittelpunkt von Wissenschaft, Kunst, Literatur und Politik zu machen. Hier spürte man noch, was dieses Land einst gewesen war. Und was es wieder sein könnte, wenn ein Herrscher mit Glück und Verstand an die Macht gelänge.

Die Macht.

Sie nahm eine der dünnen Fürbittkerzen und schritt zu dem byzantinischen Altar. Gerade wollte sie die Hand ausstrecken und den Docht an einer ewigen Flamme entzünden, da wurde eine der Figuren lebendig. Was sie im Dunkeln für eine Statue gehalten hatte, verwandelte sich in die Gestalt Majids. Der Sarazene löste sich vom Anblick der Apsiswölbung und wandte sich zum Gehen.

»Verzeiht«, sagte sie, und ihr fiel nicht ein, mit welchen Worten sie erklären konnte, dass sie seine Andacht gestört hatte. »Aber Ihr in einer Kirche?«

Majid blieb stehen.

»Ich denke hier an den Geologen Sharif-al-Indrisi, den Dichter Mohammed Ibn Zafar, den Heerführer Dschauhar as Siqili. An den Künstler, der die Himmelfahrt des siegreichen Königs in den Fängen eines Adlers gemalt hat.« Er wies auf das Hauptschiff mit der Decke aus Gips und Stoff, der Konstanze bisher nur wenig Beachtung geschenkt hatte.

»Dies ist heiliger Boden, nicht nur für Euch. Warum sonst steht am Eingang die erste Sure des Korans? Weshalb seht Ihr hier so viele fatimidische Mosaiken? Sarazenen haben den Himmel dieser Kapelle gestaltet und sie den irdischen Freuden gewidmet.«

Konstanzes Augen hatten sich an das Halbdunkel gewöhnt. Sie erinnerte sich daran, dass der Normannenpalast wie eine Krone auf die Ruinen des zerstörten Balarmu, der Stadt der Sarazenen, gebaut worden war und dass Kirchen, Moscheen und Synagogen oft an Stellen standen, die schon in der Antike besondere Orte gewesen waren.

»Seht nur: dort der König, den Weinkelch in der Hand. Flötenspielerinnen. Schattenspendende Palmen, sprudelnde Brunnen. Männer auf Löwen, Frauen auf Elefanten. Schachspieler, Adler und tatsächlich eine Sphinx.«

»Das … das ist ja unglaublich. Warum ist mir das nie aufgefallen?«

»Weil Eure Augen nur das sehen, was sie erwarten.« Er wies auf die byzantinischen Mosaiken an den Wänden der Kapelle. Heiligendarstellungen und Bibelszenen. »Mit dem Herzen ist es ebenso.«

»Wie meint Ihr das?«

Majid ging langsam auf den Ausgang zu. Konstanze legte die Kerze zurück und folgte ihm.

»Die Erwartung ist die größte Sinnestäuschung, der wir uns hingeben können. Wir nehmen Abschied, aber wir hoffen auf die Wiederkehr. Jemand schlägt uns auf die eine Wange, und wir erwarten den Bruderkuss auf der anderen. Wir merken, wie sich ein Mensch abwendet von uns, und glauben dennoch, dass er … uns schätzt.«

»Ihr redet von Liebe, Majid?«

Der Sarazene erreichte die Tür und blieb stehen, um Konstanze den Vortritt zu lassen. »Nein, meine Königin. Von Dummheit.«

»Wollt Ihr mich beleidigen?«

Sein dunkles Gesicht verschwand im Schatten. »Ich will Euch warnen. Ihr seid die Königin Siziliens. Wenn der *ré* in den Krieg zieht, werdet Ihr Balarmu halten müssen. Wenn nötig, bis zu seinem Untergang. Könnt Ihr das? Seid Ihr stark genug? Oder wäre es besser, Ihr geht auf eine *turida* und schifft über zum afrikanischen Festland?«

Konstanze sah hastig in den dunklen Gang. Weiter vorne am Treppenaufgang entdeckte sie eine Wache. Der Mann war zu weit entfernt, um ihre Unterhaltung zu hören. Dennoch senkte sie die Stimme zu einem Flüstern.

»Ihr redet von Flucht? Seid Ihr wahnsinnig?«

»Es ist unser aller Krieg. Ihr könnt Euch nicht in Euren Gemächern verschanzen und hübsche Liedchen vor Euch hin summen.«

Eine eiskalte Hand griff an Konstanzes Herz. Der ganze Hof wusste offenbar schon von ihr und Walther. Dieser eine Moment der Schwäche schien gerade die ganz große Runde zu machen.

»Was hat Capparone Euch gesagt?«

»Nichts.«

»Lüg nicht!«, zischte sie. Es war ihr egal, dass sie ihn anredete wie einen Domestiken. »Alles, was dieser Mann kann, ist Misstrauen säen und andere bespitzeln. Ich würde nichts, gar nichts darauf geben, was er und seine Männer Euch zutragen!«

»Ihr kennt ihn nicht.«

»O nein, und ich will ihn auch nicht kennenlernen. Es ist mir ein Rätsel, was er noch am Hof zu suchen hat. Er war am Aufstand beteiligt, heißt es. Ist er nicht in Bonaccis Haus ein und aus gegangen? Hat man ihn und seine Garde nicht in der Nacht vor der Erhebung dort gesehen? Ich verstehe nicht, wie man so einen Mann in seiner Nähe überhaupt ertragen kann.«

»Er hat den *ré* gewarnt.«

»Bitte?«

»Er hat sich als Verschwörer ausgegeben. Nur deshalb konnte der Aufstand so schnell niedergeschlagen werden.«

»Ist das … ist das wahr? Warum wusste ich das nicht?«

»Weil der Kreis der Eingeweihten klein bleiben musste.«

Und weil ich euch egal war, schoss es Konstanze durch den Kopf. Selbst jetzt, in dieser verzweifelten Situation, dachte jeder nur an den *ré*. Natürlich hatte Capparone sie angeschwärzt. Er war ein Charakter, dessen einzige Freude das Elend der anderen sein musste. Diesen Triumph, die Königin in den Armen eines anderen gesehen zu haben, konnte er unmöglich für sich behalten.

Die Bitterkeit, die sie fast schon vergessen hatte, kehrte zurück. Du bist allein, hämmerte ihr Herz. Du bist allein und wirst es für immer bleiben. »Ich bin erfreut, das zu hören. Da spielt der mögliche Verlust meines Lebens nur eine untergeordnete Rolle.«

»In dieser Nacht, ja.«

Täuschte sie sich, oder schwang Mitleid in der Stimme des Mannes mit? Das war das Letzte, was sie gebrauchen konnte. Dass sogar Sarazenen traurig wurden beim Gedanken an sie.

»Dann ist ja alles geklärt.«

Sie wollte hinaus in den Gang, aber Majid, schnell und geschmeidig wie eine Raubkatze, stellte sich ihr in den Weg.

»Noch nicht. Bleibt Ihr in Sizilien? Der *ré* geht fest davon aus. Er vertraut Euch. Ich nicht.«

»Das weiß ich, und Euer Gefühl beruht auf Gegenseitigkeit.«

Majid hob die Augenbrauen, und die Schlangenlinien auf seiner Stirn erwachten dadurch zu einem abstoßenden Eigenleben. »Der Emir von Djerba wäre entzückt, euch seine Insel als *sylos* anzubieten.«

»Asyl? Niemals. Woher wisst Ihr das überhaupt?«

»Die Familie des Sultans ist groß. Auch mein Geschlecht war mit ihm verwandt.«

»Oh! Das habe ich nicht gewusst.«

»Es wird doch nichts an unserer gegenseitigen Wertschätzung ändern?«

»Natürlich nicht. Ob Ihr ein Bettler oder ein Fürst seid, ist mir egal. Aber ich lasse mich ungern beleidigen. Schon gar nicht von einem Emir aus Ifriqia, der aus unserer Notlage Vorteil für seinen Harem zu ziehen versucht.«

»Wir werden dennoch eine *tarida* ausrüsten. Für alle Fälle.«

»Ich werde nicht einen Fuß darauf setzen. So wahr mir Gott helfe. Mein Gott, Euer Gott. Kann der *ré* auf die Unterstützung der Sarazenen rechnen?«

»*Inshallah.* Ich weiß es nicht, aber die Verhandlungen endeten nicht unglücklich. Die Insel könnte geeint in den Kampf gehen. Auf dem Festland aber weht ein anderer Wind.«

Konstanze dachte an ihren Falken und Ruggeros Versprechen, ihr einen neuen zu schenken. Würde sie es noch erleben, mit ihm auf Jagd zu gehen? »Wie ernst ist es?«

»So ernst, dass ich nachts in einer Kirche mit der Königin von Sizilien darüber rede.«

Beinahe hätte Konstanze gelächelt, obwohl ihr gar nicht danach zumute war. Majid hatte manchmal eine seltsame Art von Humor, die der des *ré* ziemlich ähnlich war und die sie immer wieder entwaffnete. »Der *ré* schätzt Euch sehr«, sagte sie.

»Euch auch.«

Er machte den Weg frei. Konstanze lief durch die Gänge hinauf in ihre Gemächer, wo Elena bereits gähnend und nur mühsam ihre schlechte Laune unterdrückend auf sie wartete. Als sie im Bett lag und die Augen schloss, dachte sie noch einmal an das, was Majid ihr gesagt hatte.

Flucht. Oder Tod.

Das Leben schien wohl der Meinung zu sein, sie könnte nur aus Wiederholungen lernen.

Schwaben/Flandern

März 1210

23.

Walther von der Vogelweide erreichte wenige Wochen später, als in Sizilien der Schnee geschmolzen und die Zitronen in Catania längst geerntet waren, an einem regenverhangenen grauen Frühlingstag die Stadt Konstanz am Bodensee, wo er sofort zu Konrad von Lichtenberg vorgelassen wurde. Noch am selben Abend wurden Boten ausgesandt. Sie alle waren junge, ehrgeizige Ritter, die sich schon lange insgeheim von Otto losgesagt hatten. Verschwiegene Männer und des Vertrauens, das Konrad in sie setzte, würdig.

Ihre Ziele waren die süddeutschen Fürstenhöfe, das Herzogtum Lothringen, die Bischofssitze von Mainz und Worms, Metz und Speyer, die Vogteien, die großen und kleinen Palatinate, die Hofpfalz- und Landgrafschaften, die Klöster, die Burgen und Abteien, kurz alle Sitze, die noch irgendeine heimliche oder offene Verbundenheit zu den Staufern hegten. Auch das flandrische Artesien, wo sich Ludwig, der älteste Sohn des Königs Philipp August von Frankreich, gerade in seinem ersten selbstgeführten Feldzug gegen den Grafen Ferrand befand, siegte und den Mann wegen seiner unverhohlenen Sympathie für den englischen König gleich zusammen mit seiner Frau gefangensetzte.

Konrads Boten entdeckten den Thronfolger nach drei Nächten und vier Tagen scharfem Ritt in der Benediktinerabtei des

Heiligen Gaston auf dem Hügel La Madeleine von Arras, einem kleinen Städtchen an der Handelsstraße nach Lille. Die Padres wiesen ihnen reinliche Zellen zu und hießen sie zu warten, bis Ludwig sie in seinen Gemächern empfange. Es dauerte nicht lange, denn der Prior der Abtei stand in regelmäßiger Korrespondenz mit Konrad von Lichtenberg und versprach dessen Boten und ihrem dringlichen Wunsch, die jüngste dynastische Hoffnung der Kapetinger sprechen zu müssen, die größte Fürbitte.

Ludwig VIII., der nächste König von Frankreich, trug den Beinamen »der Löwe«.

Ein kleiner Löwe, denn er versank beinahe in dem kunstvoll geschnitzten Prunksessel, und seine Füße reichten kaum auf den Boden. Auch kein besonders schöner Löwe, denn in seinem Gesicht blühten eitrige Pusteln, mit denen sich meist Heranwachsende herumschlagen mussten, und er war zudem auch noch geschlagen mit dünnem mausbraunem Haarwuchs, der über der Stirn bereits klägliche Anzeichen von Verlust zeigte.

Dann vielleicht ein Löwe im Herzen, und wer in seine wachen, dunklen Augen blickte, erkannte darin Mut, Geschick und eine bei kleinen Männern sehr selten vorkommende Heiterkeit, mit der er seine Mängel ertrug.

Er war gekleidet in einen weiten Mantel aus dunklem Samt, der ihn noch zerbrechlicher wirken ließ, als er war. Offenbar litt auch er unter der feuchten Kälte in den Mauern der Abtei, denn er trank gerade aus einem Becher heißen Würzwein, dem er so lange seine Aufmerksamkeit schenkte, bis er ihn geleert hatte.

Erst dann widmete sich der Dreiundzwanzigjährige, der wegen seiner angegriffenen Gesundheit in seiner Jugend an keinem Turnier teilnehmen durfte, den beiden erschöpften Rittern, ließ sich das Schreiben Konrads reichen und las es langsam, gründlich und mehrmals durch.

Heinrich und Anselm, die beiden unerwarteten Gäste aus dem fernen Konstanz, warteten schweigend, bis er fertig war.

»Ich kann nichts für Euch tun«, sagte der Thronfolger und ließ das Pergament sinken.

Die teutonischen Boten warfen sich einen bestürzten Blick zu.

Ludwig rollte das Schreiben sorgfältig auf, erhob sich und verstaute es in der mit Samt ausgeschlagenen Schatulle. Er war mehr als einen Kopf kleiner als die beiden blonden Recken, die mit geröteten Wangen und hängenden Schultern vor ihm standen und sich wohl eine andere Antwort erhofft hatten.

»Eine offizielle Stellungnahme würde bedeuten, mich in den Thronstreit zwischen den Staufern und den Welfen einzumischen. Ihr wisst, auf wessen Seite wir stehen. Ich habe gerade einen Freund von Johann Ohneland in den Turm geworfen, und, bei Gott, mit dieser Welfenplage würde ich es am liebsten genauso machen. Aber Otto ist Kaiser des *saint empire romain* und steht noch immer unter dem Schutz des Papstes.«

»Den er gerade, entschuldigt den Ausdruck, zum Teufel jagt«, presste Anselm hervor. »Ottos Heer zieht sich in der Lombardei zusammen. Er wird Sizilien angreifen. Erst das Festland, dann die Insel. Will Frankreich dabei tatenlos zusehen?«

Ludwig nahm wieder auf dem Sessel Platz. »Der Papst hat bereits mehrfach Briefe an meinen Vater geschrieben und sich über das rüpelhafte Verhalten des Welfen beschwert. Wir teilen seine Sorge selbstverständlich. Aber: *Ecclesia non sitit sanguinem*, die Kirche dürstet nicht nach Blut. Das sagt sie jedenfalls.«

»Ach ja? Briefe?« Heinrich, mit seinen breiten Schultern und den hellen Sommersprossen auf der schmalen Nase der Traum einer jeden aquitanischen Jungfer, hieb sich vor Ärger mit der Faust in die Hand. »Warum sieht sie dann tatenlos zu? Otto bricht den Eid, der ihn auf den Kaiserthron gebracht hat! Dafür müsste er mindestens exkommuniziert werden!«

»*Naturellement*«, erwiderte Ludwig. »Aber überschätzt Ihr damit nicht meine Möglichkeiten?« Er merkte, dass Ironie an den beiden abprallte wie Pfeile an ihrem Hildesheimer Kettenhemd.

»Was ist mit Konstanze von Aragón?«, fragte er. »Immerhin ist sie ebenfalls Tochter eines Landes, das päpstliches Lehen ist. Gibt es Nachricht aus Zaragoza? Wie verhält sich ihr Bruder, König Pierre, den sie *el catolico* nennen?«

»Neutral«, antwortete Anselm. Er war schlank und von schönem, geradem Wuchs, hatte braune Augen und wilde, zerzauste Locken. Auch er ein Mann, nach dem sich jede Frau zweimal umdrehte. Aber Ludwig hatte sich die Todsünden Eitelkeit und Eifersucht abtrainiert. Diese hübschen schwäbischen Landadeligen rührten ihn beinahe, so eifrig bemüht waren sie, ihre Mission mit Erfolg zu krönen. Wenn das der Gipfel der Diplomatie war, den das *Regnum Teutonicum* aufbieten konnte, dann stand es wirklich schlecht.

»Man hört und sieht nichts von ihm«, fuhr der junge Edelfreie fort, der wohl direkt von seinem Stammsitz in Justingen zum Erzbischof nach Konstanz gekommen war und sonst nicht viel von der Welt gesehen, geschweige denn von ihr verstanden hatte. Noch trug er das Gewand des Ritters. In wenigen Jahren würde er es gegen das Ornat des Kirchenmannes eintauschen. Vielleicht war dies das einzige große Abenteuer seines Lebens.

Ludwig spürte ein flüchtiges Bedauern, dass er diese schöne Zeit der Jugend verpasst hatte. Er war auf eine andere Rolle vorbereitet worden. Er war der Mann, der um Hilfe gebeten wurde und entscheiden musste, ob er sie gewährte oder verweigerte. Das war um einiges größer als das, was schwäbische Landjunker im Allgemeinen erlebten. Aber es machte auch um einiges weniger Spaß.

Bitterkeit, Stimmbruch und Eifer ließen Anselm beinahe stottern.

»Aber wenn Euer Vater, der König, den süddeutschen Fürsten ein Zeichen geben würde, wenn Ihr Euren Einfluss auf ihn geltend machen könntet, dann wären wir unserem großen Ziel einen Schritt näher gekommen.«

Der Thronfolger nickte. Die großen Ziele. Er hatte keine Lust, als Ludwig der Kleine in die Geschichte einzugehen. Die Kapetinger und die Staufer verband eine uralte Freundschaft. Dies war vielleicht die Stunde, sie zu erneuern. Otto war weit weg, und er beging gerade den größten Fehler seines Lebens.

Er bot den beiden Rittern einen Becher Würzwein an, den sie dankbar entgegennahmen.

»Gesetzt den Fall, mein Vater würde Euer Ansinnen wohlwollend prüfen. Wie viele in Eurem *Regnum* würden vom Kaiser abfallen und für Friedrich sein?«

Heinrich und Anselm setzten die Becher ab und sahen sich an. »Für den Süden legen wir unsere Hand ins Feuer.«

»Der Süden reicht nicht. Was ist mit Thüringen? Mit den rheinischen Erzbischöfen? Mit der Grafschaft von Holstein, dem Herzogtum Sachsen, und nicht zu vergessen die Herzöge Bavarias, die den Verlust der Andechsschen, der Babenberger und der Ostmarken nicht verdaut haben und gerne noch ein Hühnchen mit dem Enkel Barbarossas rupfen würden. Ist das richtig?«

Heinrich kratzte sich am Kopf. »Politik ist die Unsere nicht ganz.«

Ludwig lächelte in sich hinein. »Ich meinte: Sagt man das so? Das Hühnchen rupfen? *Plumer un poulet?* Eure Sprache geht mir nur schwer über die Lippen.«

»Ihr sprecht sie ganz hervorragend«, beeilte sich Anselm zu bestätigen. »Ja, so sagt man.«

»Dennoch verstehe ich Eure Strategien nicht ganz. Die Hälfte des Landes ist für Friedrich. Die andere für Otto. Gesetzt den Fall, Philipp, mein Vater, schließt sich den Stauferfreunden an, was wäre damit gewonnen?«

»Ihr wärt ein so mächtiger Verbündeter, dass der Rest sich lossagt von dem Welfen.«

Ludwig schüttelte nachdenklich den Kopf. »Vergesst nicht, alle Fürsten haben einen Eid auf Otto geleistet. Den zu brechen wird Euch nicht gelingen. Was ist, wenn er sich Johann Ohneland ins Boot holt? Dann stehen England und Frankreich im Krieg. Ein Heer ausheben, die Küsten sichern, das sind gewaltige Aufgaben. Paris ist eine Baustelle und der Louvre eine Hütte. Gerade habe ich die Marne befriedet und einen Unruhestifter in den Turm geworfen. Überall flackert und zündelt es. Wir treten die Feuer aus, und an der nächsten Stelle brechen sie wieder aus. Es tut mir leid. Sehr sogar. Aber ich kann nicht Euer Land zum Eidbruch auffordern und einen Krieg heraufbeschwören, nur weil einem jungen König in Sizilien Unrecht widerfährt.«

»Niemand will Rache«, sagte Anselm. »Aber was will Otto? Er hat den Thron, er regiert das Heilige Römische Reich, und jetzt greift er Sizilien an. Wer wird der Nächste sein, den er schluckt?«

Ludwig kannte die Antwort, genau wie die beiden, die vor ihm standen. So ganz ohne jede Ahnung von Politik waren sie wohl doch nicht.

Er griff nach einer kleinen Bronzeglocke. Augenblicklich öffnete sich die Tür, und ein junger Mönch huschte herein.

»Ich breche zwei Tage früher auf als geplant. Ruft den Quartiermeister.«

Der Mönch eilte davon.

»Ich werde mit meinem Vater reden.«

»Danke!«, rief Anselm.

Freude und Erleichterung war den beiden ins Gesicht geschrieben. Ludwig hob beschwichtigend die Hände.

»Ich kann Euch nichts versprechen. Aber wenn das Wort Frankreichs hilft, diese Landplage aufzuhalten, dann werde ich das meine versuchen, damit es Euch gegeben wird.«

Heinrich klopfte Anselm auf die Schulter. Beide grinsten, als hätten sie gerade die Schwertleite bekommen.

»Nun geht und schlaft Euch aus. Wir brechen vor Sonnenaufgang auf.«

»Wir?«, fragte Heinrich verdutzt.

Der Thronfolger nickte. »Selbstverständlich. Ihr kommt mit nach Paris. Auch wenn Politik nicht ganz die Eure ist. Lutetia, das verspreche ich Euch, wird es sein.«

Sizilien

Juni 1210

24.

Es war noch nicht Mittag, aber die Sonne stach schon heiß vom Himmel, so dass die Esel sich in den Schatten legten und das Summen der Fliegen das einzige Geräusch war, das die Stille durchdrang.

Doch die Ruhe über der *Favara* täuschte. Eine kaum spürbare, aber stets präsente Spannung lag in der Luft. Vela wusste nicht, wann das begonnen hatte. Als sie die jungen Wachknechte mitgenommen hatten und nur die älteren übrig geblieben waren? Als die Bauern erzählten, dass Abgesandte des *ré* ihre Söhne von den Feldern geholt hatten? Als die Händler keinen Wein und kein Öl mehr feilboten, weil sie alles in die Speicher von Palermo bringen mussten?

Der *ré* befand sich auf dem Festland. Montecassino, Gerace, Benevent, Salerno, Capua … Seit zwei Wochen war er bereits unterwegs. An der Seite seines Marschalls ließ er sich die Flotte zeigen, prüfte Befestigungen, unterrichtete sich in Crotone über die Fortschritte im Schiffbau und besuchte die Barone, die nicht im Turm saßen, deren Loyalität er sich also sicher sein konnte.

Vela hatte ein Gespür für Dinge, die in der Luft lagen. Sie kam aus einem Land, in dem Krieg der Alltag war und die kurzen Phasen von Frieden eher die Ausnahme. Sizilien erwachte gerade aus seinem trügerischen Schlaf und ordnete seine

Kräfte. Nahrung, Transport, Waffen – und all diejenigen, die das benötigten, die Menschen.

Sie reichte einem der Sarazenenmädchen, die in den Wäschekammern der *Favara* arbeiteten, einen Stapel Leintücher. Die fadenscheinigen mit den Rissen, die nicht mehr zu stopfen waren, hatte sie schon herausgesucht und beiseitegelegt. Einmal in der Woche erschient Catalina in der Küche und bekam das mit, worum sich sonst die Bettler vor dem Tor prügelten: altes Brot, grün schillernden Speck, keimende Kartoffeln, fleckige Äpfel. Dass darunter auch das eine oder andere lag, was durchaus noch genießbar gewesen wäre, wussten nur Vela, Zaki und Nabil. Es war die Belohnung für Catalinas Unterstützung in jener Nacht, die mit Gottes Hilfe glücklich geendet hatte. Auch wenn nicht jeder der Beteiligten das am Ende so sah.

Der Kämmerer war erst erwacht, als das Schlimmste vorüber war. Die Jüdin bekam hohes Fieber und delirierte mehrere Tage. Kalte Umschläge und eine stinkende Kräutermischung aus dem Keller von Margalithas Klause vollbrachten das Wunder: Nach vier Tagen schlug sie zum ersten Mal mit klarem Blick die Augen auf und konnte ihre Tochter in den Arm nehmen. Die Schmerzen waren immer noch groß. Laufen konnte sie nicht. Es war absehbar, dass ihr Aufenthalt in der *Favara* noch Wochen dauern würde.

Das Wunder von Rebekkas Geburt allerdings blieb für die meisten im Schloss ein Geheimnis. Nachdem Nabil sich von dem Schrecken so weit erholt hatte, war er nur mit Mühe davon abzuhalten, den nächsten Hodscha für eine Geisteraustreibung zu alarmieren. Er schrie Zeter und Mordio, warf zwei Töpfe Honig an die Wand und beruhigte sich erst, als der Säugling anfing zu wimmern. Dann ließ er sich von Vela berichten, was sich zugetragen hatte. Überzeugt von ihrer Geschichte war er erst, als der Hakim am nächsten Abend wiederkam, um nach der Kranken zu schauen und ihr ein Gebräu aus Kräutern und

Drogen einzuflößen. Die Frau behauptete später, noch nie so süße Träume gehabt zu haben, und bat um einen kleinen Vorrat.

Um den Frieden innerhalb der Mauern des Jagdschlosses zu wahren, kamen sie überein, den Mantel des Schweigens über die Angelegenheit zu breiten. Das einzige schwache Glied in der Kette war erstaunlicherweise Hayyim. Der Jude hätte den Hakim am liebsten im Triumphzug nach Palermo zurückgebracht. Erst als er erfuhr, für welche Verbrechen der Mann angeklagt und verurteilt worden war, versank er in düsteres Schweigen. Seine Stimmung verschlechterte sich von Tag zu Tag. Langsam schien er zu begreifen, was er sich und seiner Familie angetan hatte: Er hatte sie einem fast Gehenkten anvertraut, der zudem mit Aussätzigen verkehrte. Es war mit diesem Wissen so gut wie unmöglich, in die Gemeinschaft der Städte zurückzukehren. Es sei denn, man verheimlichte es. Eine Lösung, auf die Nabil und Vela mit vereinten Kräften hinarbeiteten, die Hayyim aber mehr und mehr ablehnte.

Es half auch nicht, auf den Erfolg des Hakims zu verweisen und dass man ihm durchaus glauben konnte, dass Aussatz wohl etwas mit Waschen, Läusen und – nun ja, Catalina brachte es auf den Punkt – Wursten zu tun hatte.

Hayyim verfiel abwechselnd in Trübsinn und Wut. Er glaubte nichts und niemandem und stand kurz davor, sich selbst den Schergen auszuliefern.

»Wenn ich mich an alles gehalten hätte, was die Gesetze vorschreiben …«

Nabil hatte Vela einen vielsagenden Blick zugeworfen. Es war wieder eine dieser Krisenzusammenkünfte gewesen, bei denen es eigentlich nur noch um Schadensbegrenzung ging. Stünden nicht auch das Leben von Hayyims Familie sowie die unwesentlichen Schicksale von Vela, Nabil und Zaki auf dem Spiel – sie hätten ihn mit Freuden aus dem Haus geworfen.

Nabil fühlte das Gleiche. Der frisch gebackene Vater brachte sie alle in Gefahr.

»Er hat Eure Frau gerettet und das liebliche Kind, dessen Stimme mein Herz erfreut, noch dazu.«

Rebekka schrie seit zwei Stunden wie am Spieß. Vela versuchte die Kleine an die Brust der Mutter zu legen, aber das half auch nicht lange. Sie hatten die Küche verlassen und den hohen Gästen ein Zimmer im Erdgeschoss des Haupthauses zurechtgemacht. Die Tür zur Terrasse stand offen, am Ufer des Sees schaukelten die verwaisten Barken.

»Wir sind gebrandmarkt.« Hayyim, offenbar schon in guten Zeiten kein Ausbund an Fröhlichkeit, unterbrach sein düsteres Schweigen. »Der Aussatz wird uns befallen, und alle werden mit Fingern auf uns zeigen, weil es das Kind eines Hexers ist.«

»Still! Wie könnt Ihr es wagen?« Vela ging das ständige Selbstmitleid des Mannes auf die Nerven. »Es ist ein gesundes Mädchen, das Euch der Herr geschenkt hat. Ihr habt es bisher kaum beachtet!«

»Ich will es nicht.«

»Was?«

»Ihr habt mich genau verstanden! Rebekka war und ist verflucht!«

Er stand auf und ging. Ratlos beugte Vela sich über Mutter und Kind.

»Er meint es nicht so«, flüsterte Rahel. »Wenn wir erst einmal in Palermo sind …«

Aber Vela hatte nicht nur ein Gespür für Krieg. Hayyim hatte ein Problem. Das Kind war nicht auf natürlichem Weg auf die Welt gekommen, und auch die Umstände der Geburt waren außergewöhnlich. Hoffentlich beruhigte er sich. Sie wagte nicht daran zu denken, was passieren würde, wenn der unglückliche Vater nicht den Mund halten würde. Er war eine Woche nach der Geburt des Kindes im Morgengrauen aufgebrochen, hatte sich von niemandem verabschiedet und war mit Kutscher und Ochsenkarren zurück nach Palermo gereist. Bis zum heutigen Tag hatten sie nichts von ihm gehört. Rahel erholte sich, begann, ihre älteren Kinder wieder im Lesen und Schreiben zu unterrichten, und weinte viel in der Nacht. Alle hofften, dass Hayyim sich irgendwann mit dem Gedanken anfreunden würde, von Gott gesegnet und nicht verflucht worden zu sein.

»Hoffentlich bald«, giftete Nabil jedes Mal, wenn die Sprache darauf kam. »Oder wie lange sollen wir diesen gefräßigen Haufen Kinder noch durchfüttern? Den ganzen Tag in der Schreibstube sitzen und nichts arbeiten!«

Natürlich arbeiteten sie. Morgens und abends. Und Nabil sah es wohl. Aber das Kinderlachen und Getrappel, wenn sie die Treppen hinaufliefen, störten den kleinen Mann, der selbst nicht gerade ein Ausbund an Ruhe und Ausgeglichenheit war.

Mit einem Seufzer begann Vela, die Tücher auf die Körbe zu verteilen.

»Den da ins Badehaus. Der kommt nach oben in die Gemächer der Königin und der in die Etage des *ré*.«

Beide waren zwar nie da, aber es war selbstverständlich, dass alles für einen unverhofften Besuch vorbereitet war.

»Was ist damit?« Das Mädchen wies auf die aussortierten Laken.

»Darum kümmere ich mich.«

Vela raffte die Tücher zusammen und lief über den Hof in den Wirtschaftstrakt. Es war Mittwoch, der Tag, an dem Catalina durch den geheimen Gang in die Vorratskammer geschlichen kam und ihren Korb erhielt. In der Küche wuchteten die Knechte gerade ein ausgeblutetes Schwein auf den großen Tisch. Vela vermied es, hinzusehen, und schlüpfte gleich in die kleine Kornkammer.

Das Kichern und Flüstern kam aus der Ecke mit den Getreidesäcken.

»Zaki?«

Der verstrubbelte Kopf des Küchenjungen tauchte auf. Vela setzte den Korb ab und stemmte die Arme in die Hüften.

»Raus da! Catalina?«

Das Mädchen stand auf und kletterte geschickt über die Säcke. Seit sie die Lumpen abgelegt hatte und das geflickte Hemd einer Magd trug, sah sie anders aus. Sie wusch sich, versuchte, ihre wilden Haare zu bändigen, und roch seit einiger Zeit nach einer Mischung aus Schmalz und Kampfer. Die roten Flecken waren fast verschwunden.

»Hier. Viel ist es nicht diese Woche. Aber du kannst dir später noch was aus dem Küchengarten holen.«

»Danke.« Catalina griff nach dem Korb.

»Was … ähm … gibt es Neues?«

Wenn die beiden glaubten, der verstohlene Blick, den sie sich zuwarfen, würde nicht bemerkt, dann täuschten sie sich. Vela hörte das Gras wachsen. Auch hinter ihrem Rücken.

»Hör auf zu grinsen, du Tölpel!«

»Na ja, wird schon nicht viel Neues passiert sein oben am Berg seit letzter Woche.«

»Das meine ich nicht.« Sie spürte, wie ihr die Röte in die Wangen stieg. Ärgerlich. Sie wollte nicht, dass man ihr ansah, wenn sie etwas aus der Fassung brachte. »Gibt es Nachricht aus dem Tal? Ist der Sohn des Schäfers zurück?«

»Nein, er ist wohl nach Cefalù.«

Die Stadt lag auf der anderen Seite der Bucht von Palermo in Richtung Messina. Ruggeros Truppen setzten sich langsam in Bewegung. Der Grund waren wohl die besorgniserregenden Nachrichten aus dem Norden: Wie man hörte, hatte Otto gerade die Privilegien von Pisa, Parma und Bologna bestätigt.

Seeleute und Händler brachten die Neuigkeiten mit, die sich in Windeseile im Hafen und kurz darauf in Stadt und Tal ausbreiteten. Vor allem die Pisaner heuerten im Moment alles an, was sich an Bord auf zwei Beinen halten konnte. Vierzig Galeeren, so hieß es, rüsteten sie gerade auf. Fünf Schnellsegler, um die Kriegsflotte zu führen. Wohin? Das war keine Frage mehr.

»Und sonst?«

Zaki prustete, was ihm eine spielerische Kopfnuss von Catalina einbrachte.

»Said lässt Euch grüßen und erkundigt sich mit Respekt nach Eurem Wohlbefinden.«

Velas Herz machte einen kleinen Sprung.

»Sagt ihm, es geht mir gut und grüßt ihn zurück.«

Catalina zupfte Vela am Ärmel und zog sie ein kleines Stück weg von Zaki, der sich gerade den Mehlstaub von den Kleidern klopfte. »Es gibt Unruhe oben. Sie warten. Die Königin hat ihr Versprechen gebrochen. Kein Siechenhaus, kein Spital. Hayyim lässt auch nichts von sich hören.«

»Ich weiß«, antwortete Vela ebenso leise. »Und es bedrückt mich. Aber ich kann nichts tun. Es sind schwierige Zeiten. Jeder wird an seinem Platz gebraucht. Hayyim wird wohl Land- und Seekarten und Portulani zeichnen müssen.«

»Werte Frau, Ihr seid von hohem Stand und großer Güte. – Doch, doch!«, bekräftigte Catalina, als Vela abwehrend die Hände hob. »Ihr wisst sicher mehr darüber, in welcher Not sich unser geliebtes Sizilien befindet. Ich verstehe das, sehr gut sogar. Aber die Menschen oben am Berg, die tun das nicht. Die kennen keine guten Leute mehr. Und deshalb werden sie böse.«

»Böse? Was soll das heißen?«

Catalina wandte sich an Zaki. »Geh, geh raus! Ich muss mit der Condesa alleine reden. – Wenn Ihr es erlaubt.«

Das Mädchen wartete, bis Zaki die Tür zur Küche von außen geschlossen hatte.

»Es gibt ein Pfand, das die Königin den Leuten in Margalithas Klause gegeben hat.«

Velas Herz, das eben noch fröhlich wie ein Kind auf einer Sommerwiese gehüpft hatte, sank.

»Ein Pfand? Ich weiß davon nichts.«

»Wirklich nicht? Ihr seid doch ihre Vertraute. Ihre Amme. Ihre erste Kammerfrau.«

Die Spanierin ging zu einem kleinen Ölfass und setzte sich. »Ich muss dich enttäuschen. Das Band zwischen mir und der Königin ist zerrissen.«

»Könnt Ihr es nicht wieder knoten?«

»Das steht leider nicht in meiner Macht.«

»Schade.« Catalina hob ihren Korb auf. »Ich mag sie, irgendwie. Niemand hätte ernsthaft geglaubt, dass sie das erste Jahr am Hof überleben würde. Aber wahrscheinlich wird es kein zweites geben.«

»Warum nicht?«

»Weil die Leute mit dem Pfand in Palermo einziehen werden.«

»Sag, dass das nicht wahr ist. Die Aussätzigen wollen in die Stadt?«

»Wenigstens so weit, wie sie kommen. Es soll eine Prozession werden, und die Reliquie, die sie bei sich führen, sind die Haare der Königin.«

»Ihre … Haare?«

Vela erinnerte sich, dass Konstanze an ihrer Hochzeit keine Zöpfe getragen hatte. Sie hatte es als eine Laune abgetan, nicht weiter darüber nachgedacht, aber ein Blick in Catalinas Gesicht bestätigte ihr, dass das Mädchen die Wahrheit sagte.

»Sie hat sie dort gelassen, als Versprechen für das Siechenhaus. Das ist jetzt fast ein Jahr her. Die Leute werden ungeduldig. Ich meine ja nur, dass es ein wenig schwierig für die Königin wäre, ihren Aufenthalt in Margalithas Klause zu erklären.«

Schwierig war kein Ausdruck. Es war eine Katastrophe.

»Es gibt Ordensschwestern, die sind jeden Tag bei den Aussätzigen. Die Königin hat es ihnen in Gnade und Demut nur gleichgetan.«

»Ja, so könnte man das hinstellen.« Catalina ging langsam zu den Getreidesäcken. Bevor sie in das Loch kroch, hielt sie inne. »Aber das mit den Zöpfen ist ein echtes Problem. Ich weiß nicht, wie lange die da oben noch Geduld haben werden. Deshalb, denke ich, solltet Ihr mit der Königin reden.«

»Sie wird nicht auf mich hören.«

»Schade, sehr schade. Ich hätte ihr das zweite Jahr gegönnt.«

Das Mädchen verschwand. Vela versuchte aufzustehen, aber es gelang ihr nicht. Sie war zu schwach. Zu kraftlos. Zu müde. Sie wollte nicht zurück nach Palermo. Die Stadt war vergiftet von Verrat und Heimtücke. Sie konnte dort nicht atmen. Die bösen Träume würden wiederkommen und die Todesangst, die sie wie aus dem Nichts ansprang und ihr jeden Lebensmut nahm.

Meine kleine Königin. Wie lange hatte sie nicht mehr an diesen zärtlichen Kosenamen gedacht. Du wirst allein damit fertig werden müssen. Und ich auch.

Erst als sie sicher war, wieder gehen zu können, verließ sie die Küche. Die Knechte hatten das Schwein zerteilt, und in den Kesseln brodelte eine köstliche Suppe. Zaki sprang um den Tisch herum und schrie seine Befehle. Vela trat hinaus in die gleißende Sonne und sah hinüber zur *Favara*. Das Schloss war ihr Heimat und Exil gleichermaßen geworden. Sie würde es nicht verlassen. Nicht für die Königin.

Sie blieb stehen und atmete tief durch. Aber vielleicht für Konstanze.

25.

Es war ein Abschied ohne viele Worte. Was hätte Nabil Ibn Marah, Kämmerer und Verwalter des königlichen Jagdschlosses *La Favara*, auch zu einer Condesa sagen sollen?

»Gute Reise«, presste er hervor.

Vela bemerkte einen verräterischen Glanz in den Augen des kleinen Mannes.

»Ich danke Euch, Nabil. Für alles.«

»Die Tore stehen offen für Euch, jederzeit. Das wisst Ihr, nicht wahr? Und das sage ich nicht zu jedem!«

»Ja, das weiß ich.«

Vela hob die Hand und winkte dem Gesinde zu, das vor dem Eingangsportal zum Schloss zusammengekommen war. Sie bestieg den Ochsenkarren und machte es sich, so gut es ging, bequem.

»Condesa!«

Magister Roland, der *ianator* des *bestiariums*, kam angerannt, unter den Arm mehrere Rollen Pergament geklemmt. Vela bekam ihn selten zu Gesicht, denn der Tierpark auf der anderen Seite des Sees beherbergte nicht gerade die zutraulichsten Geschöpfe. Der Verwalter erreichte sie, als der Karren bereits anfuhr.

»Ein Geschenk für die Königin. Sie hat es beim letzten Mal vergessen. Die Bilder des Einhorns!«

Er reichte ihr die Rollen. Eine öffnete sich, und Vela erkannte das hässliche, stämmige Vieh, das in diesen Breiten wohl für ein Fabelwesen durchgehen musste.

»Danke, lieber Magister. Grüßt Matteo, den Zeichner!«

»Das werde ich!«

Der *ianator* blieb stehen. Velas Karren ruckelte durch das Außentor. Die Wächter salutierten. Rahels Kinder begleiteten den kleinen Konvoi mit Lachen und Geschrei. Sie winkte, bis das Schloss hinter der nächsten Biegung verschwunden war.

Am Mittag erreichten sie die große Kreuzung im Goldenen Tal. Der Weg nach rechts führte zum Meer, der nach links hoch in die Berge. Geradeaus ging es weiter nach Palermo. Die Weggabelung war ein beliebter Treffpunkt für Wanderer, Händler und Tagelöhner, die hofften, für ein paar schnelle Handgriffe beim Festzurren der Ladung oder andere Dienstleistungen einen Kanten Brot zu verdienen. Der Duft von frisch gebratenem Fleisch stieg Vela in die Nase. Er kam von zwei Feldküchen, die im Schatten der Bäume aufgebaut worden waren. Vor einer drehte sich an einem gewaltigen Spieß ein Ochsenbraten.

»Wollt Ihr rasten?«, fragte der Fuhrknecht.

Vela nickte. Der kleine Tross suchte sich einen Platz am Wegrand und war innerhalb kürzester Zeit von einer Horde zerlumpter Kinder umzingelt, die nach Brot, Münzen, Almosen und allem, was entbehrlich sein könnte, schrien.

»Weg da!« Der Fuhrknecht pickte sich einen Jungen heraus, der ganz vorne mit dabei war.

»Auf den Bock mit dir, und halt uns die anderen vom Leib!«

Der Junge pfiff, und die Kinder stoben davon. Ein abgekartetes Spiel also, von dem alle etwas hatten. Der Knecht half der Condesa vom Wagen. Gemeinsam liefen sie auf das Biwak zu. Ein paar Dutzend Reisende – Kaufleute, Wanderarbeiter, Jagdknechte und Bauern – hatten sich versammelt. Sie saßen im Gras, standen in kleinen Gruppen beieinander oder feilschten gerade mit dem Vorschneider um die besten Brocken.

Der Knecht führte Vela zu einem Baumstumpf, bevor er zur Essensausgabe eilte. Vela wollte sich eben setzen, als jemand leise ihren Namen rief. Erstaunt sah sie sich um, konnte aber kein bekanntes Gesicht entdecken.

»Condesa!«

Catalina lugte hinter dem Bretterverschlag des Biwaks hervor. Sie machte Vela ein Zeichen, zu ihr zu kommen. Die Spanierin sah sich nach dem Fuhrknecht um. Er stand ziemlich weit hinten in der Schlange.

»Was ist?«, fragte sie und kam näher.

»Jemand will sich von Euch verabschieden.«

Das konnte nur jemand sein, der das Licht der Öffentlichkeit scheute. Vela folgte dem Mädchen, das sich schnell in die Büsche hinter der Lichtung schlug und ins Unterholz lief. Die Röcke der Condesa verfingen sich in den Bodenhölzern. Sie raffte sie und duckte sich unter den Ästen weg, die es allesamt auf ihre Haube abgesehen hatten.

Als der Boden leicht anstieg, blieb sie stehen. Catalina war verschwunden. Es war still. Nur die Vögel oben in den Wipfeln zwitscherten, und das Unterholz knackte, als ob sich jemand anschleichen würde.

»Hallo?«, rief sie. »Ist da jemand?«

Eine Gestalt trat hinter einem Baumstamm hervor. Vela spürte, wie ihr Herz an die Rippen hämmerte. Jedes Mal spielte es verrückt, wenn sie den Hakim sah. Ein Glück, dass es diese Begegnungen in Palermo nicht mehr geben würde. Ein Heide. Ein Giftmischer. Ein Katfresser und Ganjaraucher. Aber ein Genie. Leider eines, das weder Respekt vor spanischen Adelsfrauen noch vor dem Teufel hatte.

»Ihr geht, ohne mir adieu zu sagen?«

»Moment!«, protestierte Vela. Sie wusste nicht, wovon sie mehr außer Atem war: von dem schnellen Lauf durch den Wald oder der Überraschung seines Anblicks, den sie den ganzen Weg hierher erhofft und gefürchtet hatte. »Ich habe Euch durch Catalina ausrichten lassen, dass ich die *Favara* verlasse.«

»Mir hat keiner etwas gesagt.« Er schürzte verächtlich die Lippen. »Mir sagt nie einer was. Wer bin ich? Ein böser Geist, der in den Bergen wohnt und nur gerufen wird, wenn man ihn braucht. Stimmt's?«

»Das ist nicht wahr.«

»Ach, ein Lügner bin ich also auch noch?«

»Jetzt kommt aber mal herunter von Eurem hohen Ross!«

»Und eingebildet, arrogant, hochmütig noch dazu?«

Vela wusste nicht, warum, aber außer Atemlosigkeit konnte der Hakim bei ihr auch plötzliche Anfälle von Wut hervorrufen. Das schaffte niemand. Wenigstens nicht in so kurzer Zeit. »Aber nur an Euren guten Tagen«, konterte sie. »Von den schlechten will ich gar nicht erst anfangen.«

»Weib!« Er senkte drohend die Stimme. »Macht weiter so, und Ihr werdet mir fehlen.«

Vela drehte sich um und begann mit dem Abstieg. Diese Frechheiten musste sie sich nicht anhören.

»Wartet!«

Sie blieb mit dem Rücken zu ihm stehen und hörte, wie er näher kam. Sie lächelte und wunderte sich, warum sie so auf ihn reagierte.

»Wie steht's mit Euch?«

Er musste direkt hinter ihr sein.

»Mit mir? Wie meint Ihr das?«

»Ob Ihr mich auch ein wenig vermissen werdet?«

Sie fuhr herum. »Nicht im Geringsten! Ihr seid vielleicht ein guter Hakim. Falsch. Vielleicht sogar ein ganz großartiger. Aber was Ihr aus Eurem Leben gemacht habt und wohin es Euch gebracht hat, ist bedauernswert und erbärmlich.«

»So.«

»Ich werde Euch nicht vermissen, weil ich auf Situationen wie diese hier sehr gut verzichten kann. Was ist, wenn man uns gemeinsam sieht?«

»Jaaa«, sagte er gedehnt. »Was ist denn dann? Pech für Euren guten Ruf? Die katholische Jungfer und der Sarazenenschneider. Kschschsch!«

Er zischte sie an und riss die Augen auf. Vela stolperte zurück und wäre beinahe hingefallen, wenn er sie nicht am Arm gepackt hätte. Plötzlich war er so nah. Viel zu nah. Seine schwarzen Augen funkelten vor reiner Bosheit.

»Nicht …«, flüsterte sie.

Er sollte sie loslassen. Er durfte sie nicht anfassen. Nicht so. Nicht mit diesem harten Griff, der sie beschützte und gleichzeitig gefangen hielt. Ihr Herz begann wieder zu rasen. Dieser Mann machte sie krank. Genau das war es. Er schickte Dämonen, die mit ihrer Seele Tarantella tanzten.

Der Hakim zog mit einer übertriebenen Geste die Hand zurück.

»Verzeiht, Condesa. Der eigentliche Grund unserer zufälligen Begegnung liegt darin, dass ich Euch etwas auf den Weg mitgeben wollte.« Er suchte in den Taschen seines Kaftans herum und förderte ein zusammengeknotetes Stück Stoff zutage. Das drückte er ihr in die Hand. »Es kann sein, dass Ihr es eines Tages nötig habt. Es ist der Rest dessen, was ich für Bonacci gebraut habe.«

»Gift?«

Der kleine Beutel fiel zu Boden. Hastig bückte sich der Hakim und hob ihn auf.

»Vorsicht! Geht behutsam damit um. Es reicht, um drei kräftige Männer …«

»Said! Nein! Ich will das nicht!«

Er wollte ihr das Teufelszeug geben, aber Vela schüttelte wild den Kopf.

»… von den Toten zurück zu den Lebenden zu holen. Ich weiß nicht, wie viel von meinem Elixier noch im Umlauf ist. Einmal hat dieses Gegengift Euch das Leben gerettet. Euer Charakter ist wie die Richtung Eurer Wege sprunghaft. Ich kann nicht jedes Mal in Eurer Nähe sein, um Euch zu retten. Nehmt es. Oder soll ich es Euch persönlich ins Brusttuch stecken? Ich tu es gerne, denn ich habe nur Euer Bestes im Sinn.«

Sie raffte alles an Stoff, was ihren Ausschnitt bedecken könnte, zusammen. »Ihr wisst nicht, wie viel davon im Umlauf ist? Seid Ihr noch bei Sinnen?«

»Ich erinnere mich sehr gut an diejenigen, die uns geholt und aufs Gerüst geschleppt haben. Nach der geistigen Gesundheit derer, die sich das ausgedacht haben, fragt Ihr nicht.« Er tippte sich leicht an die Schläfe. »Also erzählt mir nichts von kranken Hirnen. Wir beide sind die Einzigen weit und breit, die noch klar denken können in diesen Zeiten.«

Er reichte ihr das kleine Stoffknäuel, und Vela steckte es ein.

»Gebe der Herr, dass ich es nie gebrauchen muss.«

»Genau das sollten meine Worte zu unserem Abschied sein. Lebt wohl, Condesa.«

»Said?«

»Ja?«

»Danke. Für alles.«

Er nickte ihr zu, drehte sich um und ging. Vela wartete, bis er verschwunden war, dann knotete sie die Enden auf. In ihrer Hand lag ein Ring. Er war aus Gold, besetzt mit bunten Edelsteinen, und der größte davon war ein rund geschliffener Rubin. Die Fassung hatte einen Haken. Nur wenn man genau hinsah, entdeckte man das Scharnier, das die Fassung zusammenhielt. Einen Moment lang war die Versuchung übermächtig, doch dann wickelte sie das Kleinod wieder in den Stoff und steckte es ein.

Vela wusste, was es bedeutete, wenn ein Mann einer Frau einen Ring schenkte. Aber was es hieß, wenn er sie mit einem Gegengift beglückte – darüber wurde sie sich zu gegebener Zeit Gedanken machen.

Sie hörte die Rufe bereits, ehe sie die Kreuzung erreichte. Die träge Mittagsruhe zerstob unter Hufschlag und klirrenden Waffen. Heisere Schreie trieben die Menschen auseinander, die zur Seite sprangen und versuchten, sich vor den Reitern in Sicherheit zu bringen.

Es war die schwarze Garde. Vela blieb am Waldrand stehen und versteckte sich hinter einem Baum. Was zunächst aussah wie ein Überfall, war nur die rüde Art von Capparones Leuten, die Kreuzung zu räumen. Körbe fielen um, zwei Hühner flatterten aufgeregt davon in die Freiheit.

»Condesa!«

Vela fuhr zusammen. Hinter einem Busch hockte Catalina und grinste sie an.

»Wie war Euer Treffen mit dem Meister?«

Die Spanierin machte eine unwirsche Handbewegung und beobachtete die Männer. Sie sprangen von ihren Pferden und sicherten den Weg. Niemandem war es gestattet, ihn zu betreten. Die Leute wurden zurückgedrängt und ließen es mit einer Mischung von Ärger und Neugier geschehen.

»Was ist da los?«

Catalina verließ ihr Versteck und huschte zu Vela. »Ihr habt wohl lange die *Favara* nicht mehr verlassen?«

»Nein.«

»So geht es zu, wenn der *ré* kommt. Wahrscheinlich ist ihm die Reise am Meer entlang zu heiß und zu beschwerlich. Deshalb nimmt er den Weg nach Palermo durchs Tal.«

Eine Vorhut erschien, zwei leicht gerüstete Reiter, die auf die Mitte der Kreuzung galoppierten und in alle Himmelsrichtungen spähten. Sie schienen mit den Vorbereitungen der Garde zufrieden zu sein, denn einer nickte, stieß einen schrillen Pfiff aus und kehrte um. Der andere ritt weiter.

»Das ist aber nicht der Weg nach Palermo.«

Catalina runzelte die Stirn. »Stimmt. In die Stadt müssten sie nach rechts abbiegen. Der Kerl da aber reitet in die Berge.«

»Nach Syrakus?«

Vela reckte den Hals, um mehr erkennen zu können. Der Reiter der Vorhut war verschwunden. Die schwarze Garde begab sich in Position. Plötzlich ging ein Raunen durch die Menge. Alle drängten sich zusammen, um einen noch besseren Blick auf den Zug werfen zu können, der langsam die Kreuzung erreichte.

An der Spitze ritt Ruggero. Vela erkannte ihn sofort, obwohl sie ihn nur selten zu Gesicht bekommen hatte.

Er war älter geworden. Das Jungenhafte, Leichte hatte er verloren. Er saß aufrecht auf seinem Rappen, gekleidet in ein Hemd aus Baumwolle und Beinlinge aus Leder. Seine Haare, rotblond und ausgeblichen an den Spitzen, fielen ihm offen auf die Schultern. Er trug keine Handschuhe, und als er auf die Kreuzung ritt und den Arm hob, um die Menschen zu begrüßen, brandete Jubel auf.

»Was für ein schöner Mann!«

Catalinas Augen leuchteten. Natürlich. Jeder, der den *ré* zum ersten Mal sah, war hingerissen. Die meisten würden ihn auch nicht anders kennenlernen als in so einer Situation: auf Abstand gehalten und ohne jeden persönlichen Kontakt.

»Ihr habt doch bestimmt schon mit ihm gesprochen. Wie ist er so?«

Vela dachte nach. »Er ist noch jung, aber …«

»Schaut! Der Sarazene! Huh, er sieht ja noch schrecklicher aus, als alle sagen!«

Majid erreichte die Kreuzung und stieg ab. Die Zügel warf er einem Knecht in die Hand und ging zügig auf den Stand des Ochsenbraters zu. Er begann leise Verhandlungen und gab dem Mann schließlich eine Münze. Dann rief er den Umstehenden etwas zu.

»Wir sind eingeladen!« Catalina sprang auf. »Los, kommt! Wir dürfen den Ochsen essen!«

Die Saumtiere und Packesel des königlichen Trosses wurden in den Schatten geführt. Knechte breiteten Decken aus und verteilten Weinkrüge. Rund zwanzig Mann waren es. Vela ließ sich von Catalina aus der Deckung ziehen.

Die schwarze Garde schirmte das kleine Biwak vor den Neugierigen ab. Im Vorübergehen erhaschte sie einen Blick auf Majid. Er kontrollierte die Sattelgurte seines Pferdes und bemerkte sie nicht.

Das Volk balgte sich mittlerweile um die besten Plätze vor der Braterei. Der Vorschneider hieb gewaltige Fleischstücke von dem Ochsen und türmte sie auf eine Platte. Als er fertig war, trug der Knecht sie hinüber zu den Leuten des *ré*.

Das war das Kommando. Alle belagerten den Stand, der unter dem Ansturm gefährlich ins Wanken geriet.

»Zurück!«, brüllte der Vorschneider und hob das Messer. »Es ist genug für alle da!«

»Lang lebe der König!«, brüllte jemand.

»Lang lebe der König!«, riefen alle.

»Bis wir dran sind, kriegen wir nur noch die Knochen!« Catalina boxte zwei junge Bauernrüpel zur Seite, die sich vorgedrängt hatten. »Weg da!«

Sie tauchte zwischen den beiden hindurch und verschwand in der Menge. Vela sah sich um. Niemand beachtete sie. Die Aufregung über das unerwartete Festmahl war einfach zu groß. Sie hörte das Gebrüll des Vorschneiders und das wütende Geheul des Mobs, der nicht schnell genug an den Braten herankam.

Sie verließ den aufgeregten Pulk und ging über die Kreuzung zum Biwak des Königs. Mehrere Wächter, allesamt gut genährt, amüsierten sich über das Volksfest, das sie angerichtet hatten. Erst als Vela an ihnen vorbei wollte, wurden sie aufmerksam. Ihnen fielen wohl ihre Kleidung und Haube auf, die trotz aller Schlichtheit zum Reisehabit einer wohlhabenden Frau gehörten.

»Wer seid Ihr und zu wem wollt Ihr?«

»Mein Name ist Velasquita Condesa de Navarra.« Sie spähte

an den beiden vorbei. Der *ré* saß mit einigen Männern zusammen und unterhielt sich leise. »Ich will zu Federico Secondo, *ré di Sicilia.*«

»Das geht nicht, gute Frau. Ihr seht doch, er ist beschäftigt. Wendet Euch an den Palast in Palermo.«

»Dann zu Majid, dem Sarazenen.«

»Leider, auch das ist nicht gestattet. Mit Verlaub, dies ist kein Umritt, bei dem sich der König zeigt und Audienzen gibt. Wir sind auf der Durchreise und haben es eilig.«

»Majid?«

Der Sarazene stand etwas abseits von den anderen und aß hastig einige Datteln. Er hob den Kopf.

»Majid! Erkennt Ihr mich nicht mehr?«

Vela winkte ihm zu. Der erste Diener des Königs spuckte einen Kern aus und kam einige Schritte näher.

»Wer seid Ihr?«

»Die Condesa de Navarra. Einst war ich die Kammerfrau der Königin.«

Er musterte sie mit zusammengekniffenen Augen und gab den beiden einen Wink. Sie machten den Weg frei, und Vela ging auf den Sarazenen zu. Sie vermied, in die Ecke zu spähen, in der der König saß.

»Condesa?« Der Mann mit dem entstellten Gesicht deutete eine höfliche Verbeugung an. »Ich hätte Euch fast nicht erkannt. Ihr habt Euch sehr verändert.«

»Das war nicht ich«, sagte Vela. Sie begrüßte ihn nach Art der Mauren: mit der Hand auf dem Herzen und leicht geneigtem Kopf. »Das waren die Zeiten.«

Der Mann nickte. »Sie gehen an niemandem spurlos vorüber. Ihr verlasst die *Favara*?«

»Ja. Ich will zurück an den Palast.«

»Das ist gut. Seid willkommen, nehmt Platz.«

Er deutete auf einige Sättel, die auf dem Boden lagen. Vela

setzte sich auf einen. Er ließ sich mit übereinandergeschlagenen Beinen auf einem ausgerollten Teppich nieder und aß die restlichen Datteln.

»Majid … man hört so viel. Und wer Augen hat, sieht, dass es mehr als reine Gerüchte sind. Der König hebt Truppen aus. Wie ist der Stand der Dinge?«

»Welche düsteren Gedanken im Kopf einer so schönen Frau.«

Vela beugte sich vor. »Hört auf mit dem Süßholzgeraspel. Ich will wissen, was mich erwartet. Mich und die Königin.«

»Ein Leben in elysischen Wonnen mit Tagen voller …«

»Majid!«

Er sah ihr tief in die Augen. »Der König macht einen Jagdausflug. Es ist alles so wie immer. Beunruhigt Euch nicht. Und, tut mir den Gefallen, auch nicht die Königin.«

»Da jagt Ihr aber merkwürdige Tiere, wenn ich nicht einen einzigen Bogenschützen bei Euch sehe.«

»Die sind vorausgeritten.«

Vela nickte. »Und die Falkner wohl auch.«

»Die kommen später.«

»Warum sagt Ihr nicht die Wahrheit? Jeder Bauer im Tal kennt sie doch. Ihr holt die Männer von den Feldern und bildet sie an den Waffen aus. Sie müssen zum Pechsieden, Bogenschnitzen und Eisenschlagen. Die Äcker liegen brach. Dabei ist noch nicht einmal richtig Sommer.«

»Condesa, wenn ich Euch einen Rat geben darf? Kümmert Euch um die Dinge, die Euch etwas angehen. Vom Krieg versteht Ihr nichts.«

»Ich komme aus einem Land, das seit Generationen nur noch den Krieg kennt. Deshalb ist das hier nichts Neues für mich. Ich weiß, wie es auf einer Straße klingt, über die keine Händler mehr, sondern nur noch Söldner ziehen. Heute sieden sie Pech. Morgen kippen sie es von den Zinnen der Burgen auf die Feinde. Wer ist der Feind?«

Majid warf die Dattelkerne ins Gebüsch.

»Die Sarazenen? Die Barone? Oder die Guelfen, die sich rund um Otto in Florenz zusammenrotten?«

»Der *ré* hat alles im Griff«, antwortete Majid schnell.

»Dann erwarten wir also einen Angriff.«

»Nein.« Der Sarazene stand auf und ordnete die Falten seines Kaftans. »Geht nach Palermo. Die Stadt wird Euch auf andere Gedanken bringen.«

Auch Vela erhob sich. »Und Ihr? Wohin führt Euer Weg Euch?«

»Ich sagte es bereits. Zur Jagd. In zwei Tagen sind wir zurück. – Olivio?«

Einer der Wachknechte drehte sich zu ihnen um.

»Bring die Condesa zu ihrem Wagen.«

Widerspruch war zwecklos. Wenn schon Majid nicht mit ihr redete, dann würde der König es erst recht nicht tun.

»Einen Moment noch«, sagte sie. Majid hatte bereits einen der Sättel aufgehoben und wollte ihn zu den Pferden bringen, die die Pause dazu nutzten, Gräser am Wegrand zu fressen. Er blieb stehen, aber es war ihm anzusehen, dass er die Unterhaltung für beendet hielt.

»Ihr wart damals bei Saids Hinrichtung dabei. Ist Euch da etwas aufgefallen?«

»Said?« Majid runzelte die Stirn. »Wer ist das?«

»Der Hakim. Der Mann, dessen Hütte Ihr verbrannt habt.«

»Ach, ja. Was sollte mir da aufgefallen sein? Er wurde gehenkt. Gott sei seiner armen Seele gnädig.«

Er schnalzte mehrmals mit der Zunge. Eines der Pferde hob den Kopf und schnaubte. Dann setzte es sich langsam in ihre Richtung in Bewegung.

»Man sagt, oben in Margalithas Klause lebt jetzt ein Dschinn.«

»Und Ihr vermutet einen Zusammenhang? Condesa, Ihr

hört viel. Aber das muss nicht immer die Wahrheit sein.« Er wuchtete den Sattel auf den Rücken des Pferdes.

»Es gibt keine Dschinns. Und wenn, dann wäre ich der Erste, der das wüsste.«

Er grinste sie an. Olivio, der Wachknecht, räusperte sich und wies ihr den Weg zurück zur Kreuzung.

Der Fuhrknecht hatte sich mit Bratenfleisch eingedeckt und auch den Bettlerjungen nicht vergessen.

Rund um die Weggabelung feierten die Menschen ausgelassen. Nur wenigen fiel es auf, wie schnell das Biwak des *ré* zusammengepackt und auf die Saumtiere verladen war. Als Vela auf ihren Wagen kletterte, beobachtete sie, wie Majid, gefolgt vom König und seinen engsten Vertrauten, den Weg hinauf in die Berge einschlug.

Wenn sie in zwei Tagen zurück in der Stadt sein wollten, dann konnten sie gar nicht auf die andere Seite. Dann suchten sie etwas da oben. Das Märchen von der Jagd konnte Majid jemand anderem erzählen.

»He da!«

Der Fuhrknecht drehte sich zu ihr um.

»Was ist da oben?« Sie wies auf die schroffen Gipfel, die oberhalb der Baumgrenze lagen.

»Der Weg nach Syrakus, Condesa.«

»Und abseits des Weges?«

»Das würde ich niemandem raten. Seht Ihr das Hochtal zwischen den beiden Spitzen da oben?«

Vela legte die Hand über die Augen und sah hinauf. »Ja.«

»Das ist das Land der Sarazenen. Wer dort hinaufwill, muss entweder Gott oder die Gefahr lieben. Am besten beides.«

Auf halbem Weg zum Gipfel, dort, wo die Palmen nicht mehr wuchsen und kleinere Bäume und Dornen sich an den felsigen Grund klammerten, hielt Majid sein Pferd an. Der Weg machte eine Biegung, in der Kehre konnte man einen letzten Blick hinunter ins Tal werfen. Die Menschenmenge auf der Kreuzung verlief sich langsam. Leichter Rauch kräuselte sich über den Feuerstellen und verwob sich mit dem Dunst der Abenddämmerung. In der Ferne schlug sich ein kleiner Tross durch den Wald und würde in weniger als zwei Stunden die Hüttensiedlungen vor der Stadtmauer von Palermo erreichen.

Majid kniff die Augen zusammen. Er konnte nicht erkennen, ob es der Wagen der Condesa war, der über die staubige Piste ruckelte. Aber sie musste es sein, denn außer ihr war niemand mehr in diese Richtung unterwegs.

Er hörte Hufschlag hinter sich und drehte sich um. Der *ré* erreichte ihn und blieb mit Draco neben ihm stehen. Gemeinsam betrachteten sie das Tal und die weite Bucht mit ihren stillen Stränden, die ihr den Namen *Conca d'oro* gegeben hatten. Muschel aus Gold. Der Abendfrieden legte sich über das Land. Majid verspürte Wehmut, die sich wie ein Abschied anfühlte.

»Was wollte die Condesa von dir?«

»Sie ahnt, genau wie wir, dass diese Stunden gezählt sind.«

Draco schnaubte und scharrte mit den Hufen im trockenen Boden. Der Schweiß lag in schaumigen Flocken auf seinem schwarzen Hals.

»Sie ist eine kluge Frau«, sagte der *ré*. »Und sie wird die Königin stützen, wenn sie Abschied nehmen muss.«

»Ihr wollt sie nach Karthago schicken?«

»Sobald Otto vom Festland übersetzt. Es ist der einzige freie Weg, den es dann noch gibt.«

»Der *convoi* ist bereit. Riccardo Filangieri wird ihn begleiten. Eure *tarida* und vier gerüstete Begleitschiffe. Die Frage ist, ob sie die Krone mitnehmen soll oder ob Ihr einen anderen Verbleib dafür anordnet.«

Der *ré* sah den Sarazenen an. »Sie sollte dich mitnehmen, mein Freund. Ohne dich ist sie in Ifriqia verloren.«

»Mein Platz ist an Eurer Seite.«

»Das will ich nicht.«

»Verzeiht, *Sidi*.« Majid wendete sein Pferd und ritt langsam zurück auf den Weg. Der *ré* folgte ihm. »Die Tage des Aufstiegs und des Untergangs kann man nicht voneinander trennen.«

»Ich befehle es dir!«

»Dies ist der einzige Befehl, den ich Euch verweigere. Die Königin hat mit Filangieri einen erfahrenen Kriegsherrn an ihrer Seite. Er wird nach unserer Niederlage von Karthago oder Djerba aus in ihrem Namen die weiteren Verhandlungen mit dem Papst und Otto führen. Und das, mit Verlaub, ist eine Aufgabe, die kein Sarazene übernehmen kann. Weiß Eure Gemahlin, was auf sie zukommen wird?«

Der *ré* holte auf und ritt neben Majid. »Sie hat das alles schon einmal mitgemacht.«

»In *Ungheria*, ja. Eine gute Vorbereitung auf das, was sie erwarten wird. Und Ihr, *Sidi*? Wie bereitet Ihr Euch vor?« Majids Blick glitt hinauf in die Berge.

»Was Tamin Euch und Euren besten Kriegern beibringen wird, ist die höchste Kunst und das schlimmste Verbrechen. Er hat nach den Meistern gesandt, und sie sind gekommen. Sie werden Euch an die Grenzen dessen führen, was ein Mensch ertragen kann. Seid Ihr bereit dazu?«

Der *ré* nickte, und der Sarazene hatte es nicht anders erwartet.

26.

Der kleine Tross erreichte kurz nach Sonnenuntergang die Stadtmauern von Palermo. Die Knechte am Palasttor ließen sie passieren, und als Vela vom Wagen sprang und ein paar Schritte auf und ab ging, um ihre schmerzenden Glieder zu bewegen, fiel ihr auf, dass die Zahl der Wachen auf den Türmen sich mindestens verdoppelt hatten. Und dass sie nicht nur den Hafen und das Meer im Blick hatten, sondern auch das Hinterland.

Sie ließ abladen und sich bei der Königin anmelden. Leider wusste sie nicht, ob der Bote, den sie vorausgesandt hatte, schon eingetroffen war. Aber ihre Befürchtungen erwiesen sich als unbegründet. Gerade, als sie die Küchenräume betreten wollte, um dort auf weitere Anweisungen zu warten, eilte Cavaliere Livio die Treppen hinunter.

»Condesa!«, rief er und strahlte übers ganze Gesicht. »Ich bitte Euch! Nicht da entlang, hier hinauf! Wir haben schon sehnsüchtig auf Eure Ankunft gewartet!«

Vela fiel ein Stein vom Herzen.

»Ich wusste nicht, ob ich nach so langer Zeit willkommen bin.«

Livio verbeugte sich. »Das seid Ihr, Condesa. Bitte folgt mir.« Er führte sie über die Turmtreppe bis in den dritten Stock.

»Die Königin hat mich angewiesen, die Gemächer direkt neben ihr herzurichten. Sie standen leer seit ... also seit jenen unglücklichen Tagen. Wie geht es Euch? Wie war die Reise?«

»Gut.«

»Wie steht es in *La Favara*?«

»Ich soll Euch von Nabil Ibn Marah grüßen und ausrichten, dass das Salz zur Neige geht.«

»Er ist einfach zu verschwenderisch damit. Das sind diese französischen Tischsitten. Seit wir den neuen Koch hierhaben, verschwindet das Salz schon durchs pure Hinsehen. Die königlichen Salinen kommen mit der Herstellung kaum noch nach.«

Sie erreichten die breite Galerie mit den schlanken Steinsäulen. Vela warf einen Blick über die Brüstung. Pferde und Wagen waren schon in den Wirtschaftshof gebracht worden.

»Elena wird sich um Eure Bedürfnisse kümmern.«

Vela drehte sich um. Die Griechin kam gerade durch eine offene Tür, auf dem Arm einen Stapel Wäsche. Sie blieb stehen und deutete eine kleine Verbeugung an.

»Wein und Früchte stehen bereit. Wollt Ihr ein Bad nehmen? Möchtet Ihr etwas essen?«

»Danke.«

»Man heißt die Condesa doch bitte schön willkommen«, sagte Livio mit einem liebenswürdigen Lächeln.

»Willkommen«, murmelte Elena.

Vela versuchte ein freundliches Nicken. Diese Frau hatte von Anfang an einen Keil zwischen sie und die Königin getrieben. Aber sie wollte ihr wenigstens eine Chance geben.

»Ihr seid jetzt die Kammerfrau der Königin?«, fragte sie und versuchte, so freundlich wie möglich zu klingen. Es fiel ihr nicht leicht.

»Die erste, Condesa.« Der Blick aus den dunklen Augen der Griechin war eiskalt.

»Nun, dann habt Ihr sicher wenig Zeit. Ich kann mich selbst um alles kümmern. Habt Dank.«

Elena drehte sich wortlos um und eilte weiter.

»Tsss«, machte der Cavaliere. »Die Manieren in diesem Hause ...«

»Schon gut. Hier entlang?«

Vela betrat die beiden Räume, in denen sie schon einmal gewohnt hatte. Nichts hatte sich verändert. Die Fenster standen offen, der leichte Wind spielte mit den Musselinvorhängen. Auf dem Tisch stand eine Schale mit Datteln, Granatäpfeln und Orangen. Die Teppiche und der Boden sahen ordentlich gefegt aus, den bunt bestickten Überwurf auf dem Bett musste Elena gerade noch hastig glattgezogen haben. Die Verbindungstür zu den Gemächern der Königin war verschlossen.

Sie trat ans Fenster, das auf die Rückseite des Domes hinausging. Dort drüben hatte Pagliara sie zum Verrat an der Königin genötigt. Sie schlug ein Kreuz vor Dankbarkeit und Erleichterung, dass es dazu nicht mehr gekommen war.

»Vela?«

Sie fuhr herum. Die Königin eilte in den Raum, blieb stehen und breitete die Arme aus.

»Vela!«

»*Mi reina!*«

Sie warf sich in die dargebotenen Arme, und hielt Konstanze so fest, als ob sie sie nie mehr loslassen wollte. Zwischendurch küsste sie die Königin auf beide Wangen, presste sie wieder an sich, hielt sie dann von sich weg, schüttelte den Kopf und sagte dummes Zeug wie: »Ihr seid so schön geworden! Aber viel zu dünn! Esst Ihr denn gar nichts mehr?«

»Velala.« Konstanze lachte und weinte zugleich. »Ich hab dich so vermisst.«

»Ich dich auch, du Kind. Kindskopf. Herzchen.«

Signore Livio klimperte mit seinem Schlüsselbund. »Ich werde die Damen nun allein lassen. Kann ich noch etwas für Euch tun?«

»Nein!«, antworteten Vela und Konstanze gleichzeitig.

Die Königin öffnete die Verbindungstür und zog Vela hinüber in ihr Schlafzimmer. Dann lief sie noch einmal hinaus in den Gang und spähte nach links und rechts. Bevor sie zur Condesa zurückkehrte, verriegelte sie alle Türen des Raumes.

»Warum tust du das?«, fragte Vela erstaunt.

Ihre Herrin nahm einen Schemel, stellte ihn vor das Bett und setzte sich. »Weil ich dazugelernt habe.«

Die Condesa nickte. Konstanze betrachtete sie lange.

»Und du auch, nehme ich an.«

Bis weit in die Abendstunden saßen sie zusammen. Zwischendurch brachte Elena Honigwein, Gewürzkuchen und Mandeln, wurde aber sogleich wieder aus dem Raum geschickt.

»Du hast mir gefehlt. Auf uns! Auf unser Wiedersehen und darauf, dass wir aus unseren Fehlern lernen.« Konstanze hob den Becher. »Und auf das Leben.«

»Auf das Leben!«

Sie hatten rote Wangen und rote Augen. Sie hatten viel geweint, aber auch viel gelacht.

»Wie geht es dir in der Ehe?«

Konstanze warf sich aufs Bett zurück und starrte an die Decke. »Gut. Eigentlich ganz gut. Wir kommen miteinander aus. Er macht seine Sachen, und ich meine. Wir sehen uns jeden Morgen bei der Messe.«

»Und? Hat das Beten schon geholfen?«

Konstanze schüttelte den Kopf. »Er hält sich nicht an die Zeiten. Er kommt und geht, wann er will. Da kann es natürlich nicht klappen. Ich habe schon überlegt, ob ich den *fra* bitten soll, mit ihm zu reden. Er führt schließlich das *calendarium*, und da kann jeder sehen, wie unregelmäßig Ruggero seinen Pflichten nachkommt.«

»Jeder?«, fragte Vela entsetzt.

Konstanze setzte sich lachend wieder auf und goss sich Wein nach. Sie wusste nicht, wann sie sich zum letzten Mal so unbeschwert gefühlt hatte. Auf dem Tanzfest, fiel ihr ein. Doch sie schob den Gedanken zur Seite. »Natürlich nicht! Stell dir vor, ich würde dem Familiarenkolleg das *calendarium* vorlegen, mit der Bitte um mehr Regelmäßigkeit im Ehebett!«

Sie prustete, Vela verschluckte sich und musste husten.

»Vielleicht hätten sie dann endlich mal was zum Lachen«, fuhr Konstanze fort. »Und ich auch.«

»Sind deine Tage so freudlos?«

Die Königin nahm eines der bestickten Kissen und strich es glatt. »Nein. Aber wir warten auf den Thronfolger. Ohne ihn fällt Sizilien an den Papst. Wahrscheinlich ist das der Grund, weshalb er Otto gewähren lässt.«

»Gibt es etwas Neues von diesem Welfen?«

»Er hat in Parma einen Hoftag abgehalten. Konrad von Speyer ist jetzt auch auf seiner Seite. Er findet immer mächtigere Verbündete. Keinen Frieden mit Friedrich, der sich König von Sizilien nennt, das soll er gesagt haben. Unsere Späher berichten, dass er bereit ist und sein Heer zusammenhat. Als Erstes fällt Rom, als Nächstes Apulien, als Letztes ...«

» ... wir«, vollendete Vela den Satz. »Die Frage ist, ob es Verhandlungen geben wird oder ob Otto nach dem Festland auch die Insel Sizilien erobern wird. Gibt es Pläne für diesen Fall?«

»Darüber wollten wir reden, wenn Ruggero zurück ist. Die Händler aus Messina haben erzählt, dass er gestern dort an Land gegangen ist. – Was ist?«

Vela sah zu Boden.

»Du weißt doch was. Ich sehe es dir an. Raus mit der Sprache!«

»Es ist nichts. Nichts Wichtiges.«

»Vela!«

»Ich bin ihm heute begegnet. Also nicht ihm persönlich, sondern seinem Tross. Der König war auch dabei, aber wir haben nicht gesprochen miteinander.«

»Heute? Wo?«

»An der großen Wegkreuzung im Tal. Er hat den Leuten einen gebratenen Ochsen geschenkt und ist dann weiter in die Berge. Zu den Sarazenen.«

Konstanze spürte, wie das Blut aus ihrem Gesicht wich.

»Davon hat er kein Wort gesagt ...«, flüsterte sie. »Kein Wort.«

»Nun, in diesen Zeiten wird er nicht jeden seiner Schritte vorher mit dir absprechen. Vielleicht haben sie ihm Pferde angeboten. Oder es gibt wieder Probleme mit den Räuberbanden. Das hat aber aufgehört, zumindest im Großen und Ganzen.« Vela brach ab. Wahrscheinlich spürte sie, dass keine der Erklärungen an das heranreichte, was Konstanze gerade im Kopf herumspukte.

Die Sarazenen. Wohl eher eine einzige Sarazenin war daran schuld, dass Ruggero seine Pläne geändert hatte. Das Reich der Bergstämme gehörte zum Hoheitsgebiet des *Regnum*, aber es nahm eine Sonderstellung ein. Jeder Besuch, auch ihr fast privater Ausflug im Winter, bedurfte der Vorbereitung und wurde in den Chroniken notiert. Jeder. Mit Ausnahme derer, von denen die Mit- und Nachwelt nichts erfahren sollte.

»Es hat nichts zu bedeuten«, sagte Vela. »Bestimmt nicht.«

Konstanze stand auf und ging zu einem kleinen Tisch, der in der Nische unter dem Fenster stand. Sie nahm einen Krug und schenkte sich Wasser ein. Während sie langsam trank, spürte sie, wie die kalte Flüssigkeit ihren Hals hinunter floss.

»Ich kenne das nicht«, sagte sie. »Ich weiß nicht, wie es ist, wenn ein König eine Mätresse hat. Imre war in dieser Hinsicht sehr rücksichtsvoll. Er war treu, oder er hat es mich zumindest nicht spüren lassen, wenn es anders gewesen sein sollte.«

»Es ist bestimmt alles ganz harmlos.«

»Nein!«

Vela fuhr zusammen, sagte aber nichts.

»Es ist nicht harmlos. Ich weiß, dass Ruggero andere Frauen vor mir hatte. Eine von ihnen lebt dort oben und wird nicht kampflos ihren Platz räumen.«

»Eine Sarazenin?«

»Sie heißt Samira und ist die Schwester des Emirs. Das Pferd des Königs kommt aus ihrem Stall.«

»Auf mich macht er nicht den Eindruck, als ob er auf der Suche nach Abwechslung wäre. Ihr seid zusammen, im biblischen Sinne. Es ist doch wohl nicht so, dass man Euch zur Arbeit an der Thronfolge überreden müsste, oder? – Oder?«

Vela wurde aufmerksam, und wenn es so weit kam, war Leugnen zwecklos. Konstanze stellte das Glas ab und drehte sich entschlossen zu ihr um.

»Walther von der Vogelweide war hier.«

»Ich habe davon gehört. Solche Nachrichten verbreiten sich schnell. Er hat aber wohl nur ein Konzert gegeben und ist gleich wieder abgereist. Du hast dich doch hoffentlich von ihm ferngehalten?«

»Das wollte ich. Er aber nicht.«

»Konstanze!« Vela eilte auf sie zu und nahm ihr Gesicht in beide Hände. »Ein Spielmann! Und eine Königin!«

Unwillig schob Konstanze ihre Kammerfrau von sich. »Du weißt, dass ich keine Standesdünkel habe. Wenn es um Freundschaft geht und Huldigung und all dieses Tandaradei.«

»Es ging aber wohl um mehr als damals in Dürrnstein! Du hast ihn hoffentlich deutlich in seine Schranken verwiesen. Das hast du doch, oder?«

»Ja, ich habe es versucht. Aber dann hat Capparone uns gesehen.«

»Heilige Mutter Gottes.« Vela schlug die Hand vor den Mund und zeigte genau das Entsetzen, auf das Konstanze gerne verzichtet hätte. »Ausgerechnet Capparone. Weiß der *ré* Bescheid?«

»Es gibt kein Geheimnis, das dieser Lump nicht sofort weitertragen würde.«

»Was genau hat er gesehen?«

»Zwei Menschen, nah beieinander. Arm in Arm. Mehr nicht.«

»Wirklich nicht?«

Konstanze schüttelte unwillig den Kopf. »Es ist nichts zwischen uns. Er hat mir damals geholfen. Er empfindet mehr für mich, als ich ihm geben kann. Das weiß er.«

»Aber der König nicht! Konstanze, er kann dich töten! Dir die Nase aufschlitzen! Dich verbannen! Sich scheiden lassen! Und danach? Wohin willst du dann gehen? Du hast keine Mitgift mehr.«

»Aber er darf alles, ja?«

»Er ist der König. Er gebiert keine Thronfolger!«

»Bin ich denn nur dafür auf der Welt?«

Mit einer einzigen Handbewegung räumte Konstanze den Tisch ab. Das Glas zersprang auf dem Boden, der Krug schepperte über die Fliesen. Wasser ergoss sich auf die Steine und hinterließ eine feuchte Spur.

»Um Dynastien zu sichern und zu finanzieren?«, schrie sie Vela an. »Ist das alles, was in den Geschichtsbüchern für mich übrig bleibt? Eine Zeile, Geburt und Tod, und dann die Liste meiner Nachkommen, die das Erbe sichern?«

»Du bist die Tochter eines Königs! Deshalb hast du dich auch so zu benehmen!«

Konstanze starrte Vela an. Die Kammerfrau senkte den Kopf und ging in die Knie.

»Es tut mir leid. Verzeiht. Im Namen dessen, der unser aller Sünden auf sich genommen hat, ich werde für Euch beten, für Sizilien, den König, und für Eure Seele …«

Sie tastete nach den Scherben, die in Reichweite lagen, und wollte sie einsammeln. Ein Bild vollkommener Demut und Widerspruchslosigkeit. Dabei war sie der einzige Mensch, der es noch wagte, in der Gegenwart der Königin die Wahrheit zu sagen.

»Lass das«, sagte Konstanze. »Das kann Elena machen. Ich bin es, die sich entschuldigen muss.«

Sie ging zum Bett, setzte sich und begann, die Riemen ihrer Schuhe zu lösen. Vela stand mühsam auf und legte die Scherben auf den Tisch.

»Nein, es ist meine Schuld.«

Sie ging zu Konstanze und schob sanft deren Hände von den Schuhriemen weg. »Lass mich das machen. Dafür bin ich doch da.«

»Warum gibst du dir die Schuld, wenn ich immer wieder in Schwierigkeiten stecke?«

»Ich hätte dir vorm Einschlafen nicht so viele Geschichten erzählen sollen. Von edlen Rittern, die ihre Liebste retten. Von

Gerechtigkeit und Schönheit, die beide nie vergehen. Dass das Gute immer siegt über das Böse.«

»El Cid. Weißt du noch, wie wir mit den Schatten unserer Finger ganze Theaterstücke gespielt haben?«

Kinderlachen. Nackte Füße auf warmem Stein. Sonnenstrahlen, die sich im Wasser der Springbrunnen und Kanäle brachen. Die Gärten des Palastes von Zaragoza mit seinen verwunschenen Ecken, in denen spielende Kinder neue Welten erfanden.

Vela nickte. Sie zog ihrer Herrin den linken Schuh aus und begann dann, die Riemen des rechten aufzuschnüren. Eine Haarsträhne hatte sich unter der Haube gelöst und fiel ihr in die Stirn. Konstanze strich sie ihrer Kinderfrau zärtlich aus dem Gesicht.

»Du bist grau geworden.«

Vela sah kurz hoch und lächelte. Dann widmete sie sich wieder ihrer Arbeit. Es war fast wie früher. Auch das gute Schweigen, das sie verband.

»Warum bist du wirklich zurückgekommen?«, fragte Konstanze.

Die Condesa zog den Stiefel ab. Beide Schuhe stellte sie ordentlich nebeneinander.

»In diesen Zeiten werden Könige gemacht«, sagte sie. »Und vielleicht auch eine große Königin.«

»Das heißt, ich bin noch keine.«

»Ich will dir helfen, eine zu werden.«

Es war nicht schön, was Vela sagte. Konstanze fühlte schon wieder den Impuls aufzubrausen. Was machte sie denn noch alles falsch?

»Und du solltest damit anfangen, die Versprechen zu halten, die du gegeben hast.«

27.

Majid saß vor dem Zelt des *ré* und beobachtete, wie im Osten das erste Morgenrot die Nacht durchbrach. Die Gipfel der Berge hoben sich vor dem samtschwarzen Himmel ab wie bizarre Scherenschnitte. Sie hatten noch am Abend die Zeltstadt des Emirs erreicht, sie aber nach einer kurzen Rast verlassen und dieses Biwak weiter oben auf einer schmalen, karstigen Ebene errichtet. Die Feuerstelle war kalt, zwei müde Wächter saßen davor und kämpften gegen den Schlaf an.

Tamin und seine Krieger hatten die Zelte gegenüber bezogen. Die Wimpel flatterten kraftlos im Wind. Manchmal brach sich der Schrei eines verirrten Vogels in den Felswänden, sonst war es still. Bis auf das leise Stöhnen und die Wortfetzen angstvoll gestammelter Gebete.

An der Felswand lagen vier Männer, Hände und Füße gefesselt, die Augen verbunden, und warteten auf den Tod.

Majid stand auf, ging ins Zelt und weckte den *ré*. Ruggero war sofort hellwach. Er hatte in seiner Jagdkluft geschlafen und zog das Hemd aus, um sich zu waschen. Als er fertig war, reichte ihm Majid den Gürtel.

»Wo ist mein Schwert?«

»Nehmt das hier, *Sidi.*« Er hielt dem König ein Messer entgegen, der es zögernd ergriff und eingehend im Licht der Kerze musterte.

»Ein *shibriya?*«

Der Dolch hatte eine gebogene, zweischneidige Klinge und ein Heft aus Holz. Die Scheide war aus steifem Leder, mit gehämmertem Silberblech beschlagen.

»Diese Waffen werden nur noch im Königreich Jerusalem hergestellt. Was hast du mit den Assassinen gemein?«

»Er hat meinem Urgroßvater gehört. Er war im Gefolge des

Großmeisters Nur al-Din Muhammad, als Damaskus in die Hände der Templer fiel. Seitdem ist er vom Sohn an den Sohn gegangen.«

»Dann war er wohl auch im sagenumwobenen Alamut?«

»Ja, er war dort und hat die Gärten des Paradieses mit eigenen Augen gesehen.«

»Und du? Bist du ein *hashishiyyin*?«

Majid antwortete nicht. Der *ré* steckte den Dolch an seinen Gürtel. Beide verließen das Zelt und blieben vor dem Eingang stehen. Ruggero atmete tief durch. Die Luft roch frisch, nach Tau und feuchter Erde.

»Die *hashishiyyin* glauben an die sieben Stufen der Erleuchtung«, sagte er. »Glaubst du das auch? Dass am Ende allen Strebens die Erkenntnis steht, dass Himmel und Hölle gleich sind und alles Tun sinnlos ist?«

»Dann wären wir nicht hier«, antwortete Majid. Sein Blick fiel auf die vier Todeskandidaten. »Wir sollten ihnen erlauben, bei Sonnenaufgang ein letztes Gebet zu sprechen. Sie werden bald klüger sein als alle Lebenden.«

Ruggero nickte. Majid ging zu einem der Wächter und gab ihm Anweisungen. Der Mann sprang auf und lief zu den vieren, denen er nacheinander die Augenbinden abnahm und ihnen half, trotz ihrer Fesseln die Gebetshaltung einzunehmen. Der Horizont leuchtete blutrot.

»*Allahu akbar!*«

Der Ruf des Wächters schallte über das Tal. Aus den anderen Zelten traten Tamins Krieger, finstere, zu allem entschlossene Männer, und zuletzt der Emir selbst.

»Im Namen Gottes, des sich Erbarmenden, des Barmherzigen …«

Majid murmelte die Worte mit, beugte sich vor und legte die Hände auf die Knie.

»Preis und Dank sei Gott, dem Allerhabenen …«

Er kniete sich nieder, legte die Stirn und die Handflächen auf den Boden. Dann versuchte er, sich auf das Gebet zu konzentrieren. Das Klagen und Stöhnen der Verurteilten zu überhören. Sein Herz zu reinigen und den Kopf zu leeren. Aber es misslang.

»… bewahre mich vor der Pein des Feuers …«

War es richtig, dass sie Ruggero das Töten lehrten? Dass sie ihm zeigten, wie er die Klinge führen musste, damit der Mord lautlos geschah? Schnell? Effizient? Was half ein *shibriya* gegen eine Macht, die keine Überlebenden duldete?

Er richtete sich auf und sprach das *tasahud*. Aus den Augenwinkeln sah er, dass Ruggero ebenfalls mit dem Gesicht zur aufgehenden Sonne kniete und betete. Es war derselbe Gott, an den sie ihr Flehen richteten, und alle hofften, die Gnade und die Gerechtigkeit des Allerhabenen auf ihrer Seite zu haben. Die Henker und die Verurteilten. Die Mörder und die Opfer. Die Eroberer und die Eroberten. Die Herren und Sklaven. Die Könige und die Knechte. Die Liebenden und die Hassenden. Sogar diejenigen, die längst wussten, dass Himmel und Hölle gleich waren und alles Tun vergebens.

Der Mann hieß Qabel, was so viel bedeutete wie kunstfertig und hochbegabt. Er trug die einfache, gegürtete Djellaba, Pumphosen und ein straff gebundenes Kopftuch, an seinem Gürtel hingen Dolche jeder Art und Größe.

»Er ist der beste meiner Schattenkrieger«, sagte Tamin. »Und er wird dir zeigen, mein Freund, wie man das Messer führt.«

Er gab dem Wächter einen Wink, und der Erste der Verurteilten wurde herangeschleift. Die Augen waren ihm mittlerweile wieder verbunden worden. Der Mann zitterte so stark, dass er sich kaum auf den Beinen halten konnte. Aus seiner Kehle drangen dumpfe, unverständliche Laute. Sein Mund war verkrustet von getrocknetem Blut.

»Was ist seine Schuld?«, fragte Ruggero.

»Er war einer von denen, die die Handelszüge überfallen haben. Dabei hat er eine ganze Familie getötet, zuvor der Frau und den Töchtern vor aller Augen Gewalt angetan und die Kinder in eine Schlucht geworfen. Dafür haben wir ihm zunächst die Zunge herausgeschnitten.«

Der Wächter stieß den Mann zu Boden. Qabel trat auf ihn zu, packte ihn am Haarschopf, riss ihm den Kopf zurück und hielt so schnell ein Messer in der Hand, als hätte er es hineingezaubert. Er setzte es ihm an die Kehle. Der Verurteilte heulte auf.

»So müsst Ihr den Dolch halten, und dann in einem Zug mit großer Kraft. Der Schnitt muss die Gurgel vollständig durchtrennen. Der Vorteil ist: Er wird nicht schreien. Der Nachteil: das viele Blut ...«

Er ließ den Mann los, der kopfüber in den Staub fiel und liegen blieb.

»Versucht es selbst.«

Ruggero zog den *shibriya* und beugte sich über den Mann. Ohne zu überlegen, streckte Majid die Hand aus. Er wollte den König zurückhalten, besann sich aber gerade noch rechtzeitig. Ein Einschreiten zu diesem Zeitpunkt vor Zeugen wäre ein ungeheuerlicher Affront gewesen.

»Bereust du deine Taten?«, fragte der *ré*.

Der Mann nickte hastig.

»Dann wirst du heute noch im Paradiese sein.«

Mit einem Ruck zog Ruggero den Kopf des Mannes hoch und durchtrennte ihm den Hals. Das Blut schoss in hohen, pumpenden Fontänen aus der Wunde. Ein nasses Gurgeln war das Letzte, was der Verurteilte von sich gab. Hastig traten die Männer zurück. Der König ließ den zuckenden Körper fallen.

Tamin und Majid wechselten einen schnellen Blick. Qabel nickte anerkennend.

»Wenn ich Euch einen Rat geben darf, reinigt das Messer sofort. Die Klinge muss sauber bleiben.«

Der *ré* sah auf den Dolch in seiner Hand. Langsam rieb er ihn an seiner Lederhose ab und steckte ihn zurück in die Scheide. Blut befleckte sein Gesicht und seine Kleidung.

»Holt den Nächsten!«, rief Qabel.

Die Wächter schleiften die Leiche weg. Majid stellte sich neben den König.

»Das war gut«, sagte er leise. »Ohne zu zögern und schnell. Er hat nicht gelitten. Wollt Ihr weitermachen?«

»Ich habe es begonnen, also werde ich es auch beenden.«

»Jeder wird Euch rühmen und verstehen, wenn Ihr die drei dort dem Henker überlasst.«

»Aber es gibt vier Arten des schnellen Tötens. Und ich will sie alle lernen. Kehle, Brust, Rücken, Hals. Ich muss sie einmal ausführen, sonst bin ich nicht für den Ernstfall gewappnet.«

»Ihr habt das Kämpfen von Kindheit an gelernt und täglich geübt. *Sidi*, Ihr seid ein Meister.«

Ruggero ließ sich von einem der Krieger ein Tuch reichen und reinigte sich die Hände. Majid spürte den Unwillen seines Gegenübers. Jede Mahnung zu diesem Zeitpunkt war fruchtlos.

»Im ehrlichen Streit bin ich gut. Aber wenn es ans Ende geht? Wenn alles verloren ist und kein Ritter, kein Schildknecht, kein Söldner mehr die Lanze reicht?«

Gerade fachte ein Diener des Emirs das Feuer wieder an. Er legte Reisig auf die glimmende Glut. Eine dünne Rauchfahne stieg auf. Ruggero ging ein paar Schritte zur Seite. Majid folgte ihm.

»Ich war noch ein Kind, als Annweiler kam. Erinnerst du dich? Ich konnte mich nicht wehren. Er besetzte den Palast und hätte mich getötet, wenn es nicht so viele Zeugen gegeben hätte. Ich werde meine Feinde nicht noch einmal erwarten wie das Lamm unter Wölfen.«

»Ich verstehe Euch, *Sidi.*«

»Nein, du glaubst es nur. Ich habe gelernt, ehrenhaft zu kämpfen und das Schwert zu führen. Aber wie man das hier benutzt«, er klopfte auf den Dolch, »das hat mir keiner beigebracht. Eines Tages werden sie wieder vor mir stehen. Kein Turnier, kein Wettkampf, noch nicht einmal die Scharmützel des letzten Jahres bereiten dich darauf vor. Nur die Tat. Mann gegen Mann. Und wenn ich der Letzte bin, der noch aufrecht steht, dann will ich so viele meiner Feinde mitnehmen, wie ich nur kann.«

Majid sah hinunter auf die Hochebene. Das Licht von Lampen, Fackeln und offenen Feuern verblasste langsam vor dem heraufziehenden Tag.

»So sei es«, sagte er.

Ruggero kehrte zu den anderen zurück. Der Nächste war ein junger Mann, fast noch ein Knabe. Qabel erläuterte knapp, dass er seinen Vater im Streit erschlagen hatte und seinen kleinen Bruder, Zeuge der Tat, ebenso.

»Der frontale Stich muss, um tödlich zu sein, genau ins Herz treffen. Da die Rippen es schützen und die Klinge an den Knochen abgleiten könnte, muss dieser Angriff mit größter Kraft erfolgen. Genau so.«

Er deutete den Stoß an, Ruggero nickte.

Majid wandte sich ab. Er hatte kein Mitgefühl mit den Tätern. Sie hatten grausame Verbrechen begangen und den Tod verdient. Es war keine Erfindung der Sarazenen, die *morituri* in die Arena zu schicken, wo sie sich zur hemmungslosen Freude des Volkes und seiner Tyrannen gegenseitig abschlachten durften. Die Todgeweihten hielten her für Experimente, standen den Ärzten und Alchimisten zur Verfügung oder gaben ihr Leben für die Ausbildung der Krieger.

Majid wollte nicht mit ansehen, wie Ruggero die Männer tötete. Viele hatten das schon gelernt. Aber nur wenige kamen mit der neuerworbenen Fähigkeit auch zurecht. Kein Zweifel, der König würde sein Wissen hüten und es nur im äußersten Notfall anwenden. Aber er hätte ihn lieber davor bewahrt, es sich anzueignen.

Holz brach. Es hörte sich an, als ob hinter dem Felsen jemand herumschlich, der nicht entdeckt werden wollte. Majid sah zu den Wächtern hinüber. Sie hatten das ganze Tal im Blick. Niemand konnte unbemerkt zu ihnen hinaufkommen. Die Sonne stand mittlerweile schon zwei Fingerbreit über dem Horizont. Es war taghell.

Vorsichtig schlich er an den Felsen und folgte dem Trampelpfad, der direkt dahinter eine scharfe Biegung machte. Etwas raschelte in einem dürren Busch. Majid erkannte die zusammengekauerte Gestalt auf den ersten Blick, und das Herz zog sich ihm zusammen.

»Samira!«

Das Mädchen sprang auf. Auch sie hatte bemerkt, dass der Sarazene sich genähert hatte.

»Ich habe alles gesehen. Was macht ihr hier oben?«

»Still!« Er zog sie ganz aus der Sichtweite der Männer.

»Du gehst jetzt zurück und schweigst.«

»Behandle mich nicht wie ein Kind, Majid. Was ist hier los? Was macht ihr mit den Männern? Ist es ein Kriegslager? Warum ist Ruggero dabei?«

»Geh. Wenn man dich hier sieht, hat das Folgen.«

»Welche denn?« Sie legte den Kopf zurück und blickte Majid herausfordernd an.

»Frauen haben hier nichts zu suchen.«

»Ich habe von Lagern gehört, in denen es beinahe mehr Frauen als Männer gegeben hat. Also erzähl mir keine Märchen. Der *ré* ist da. Ich habe Draco gesehen. Er steht auf der Weide und wartet auf seinen Herrn.«

Sie trug die dunklen Haare zu zwei Zöpfen geflochten. Dazu

ein weites Hemd und lange Hosen, die an den Knöcheln zusammengebunden waren. Kein Schmuck, keine goldenen Ringe, nur die einfache Kluft der Nomaden. Ihre Augen hatte sie mit schwarzem Khol umrandet, ihr Mund leuchtete rot wie Mohn. Sie war schöner denn je.

»Wir sind vor dem Abend zurück. Dann wirst du ihn sehen.«

»Ich will ihn jetzt sehen.«

Sie stieß Majid zur Seite und rannte an ihm vorbei. Er murmelte einen Fluch und folgte ihr.

»Komm zurück!«, rief er, so laut, dass es Tamin hoffentlich hörte. »Samira!«

Zu spät. Sie erreichte die Biegung. Ihr Körper erstarrte, ihre Hände tasteten nach dem Felsen, in der Hoffnung, Halt zu finden.

Ruggero zog dem Mann mit einer schnellen Bewegung das Messer aus der Brust. Der Sterbende trug immer noch die Augenbinde und die Fesseln. Er sank auf die Knie, dann fiel er kopfüber in den Staub. Der *ré* trat zurück und säuberte das Messer, wie Qabel es ihn gelehrt hatte. Dabei fiel sein Blick auf Samira. Wenn ihn das Mädchen irritierte, so ließ er es sich nicht anmerken.

Sie drehte sich um und stolperte, direkt in Majids Arme. »Du … ihr … ihr macht ihn zu einem *hashishiyyim*?«

Ihre schwarzen, schonen Augen füllten sich mit Tränen. Majid sah den Schmerz und die Enttäuschung darin, und etwas in ihm flammte auf, das nichts mit Mitgefühl und Erbarmen zu tun hatte. Es war die reine Freude und die pure Genugtuung darüber, dass Ruggero sie verletzt hatte.

»Ich habe dich gewarnt. Es gibt Dinge, die du nicht erträgst.«

»Warum tut ihr das? War das Tamins Idee? Oder deine?«

»Er wollte es.«

»Ruggero? Niemals. Seine Seele ist rein. Du hast sie vergiftet! Du bist doch selbst einer aus dem Geschlecht dieser Mörder. Verdammt und ruhelos streift ihr über das Angesicht der Erde und besudelt sie mit euren Sünden! Du widerst mich an!«

Sie spuckte ihm ins Gesicht. Majid schloss die Augen. Er hörte, wie ihre Schritte sich entfernten, wie eilig sie den schmalen Pfad hinunterlief, auf der Flucht vor einer Wahrheit, die sie nicht begriff und für die sie sich eine zweite, eigene zurechtzimmerte.

Er verrieb die Feuchtigkeit auf seinen Wangen und kehrte zu den anderen zurück. Der Tag war jung, und sie hatten erst die Hälfte des Werks getan.

Samira rannte, als wäre der Sheitan hinter ihr her. Als sie den Zeltpalast des Emirs erreichte, liefen ihr schwarze Tränen übers Gesicht. Der Khol rund um die Augen hatte sich aufgelöst, und als sie versuchte, die Spuren zu beseitigen, verschmierte sie alles nur noch mehr. Abgebrochene Zweige kletterten an Haaren und Hemd, ihr linkes Hosenbein hatte einen Riss, und ein Kratzer auf ihrer Haut blutete. Vermutlich war sie quer durch die Dornenbüsche gelaufen, ohne es zu merken. Sie kam an der Koppel vorbei. Ihre weiße Stute stand neben Ruggeros Rappen.

Draco und Blanchefleur. Der Drache und die weiße Blume. Die Stute schnaubte. Ein Zittern ging durch ihren Körper, sie schüttelte das Haupt und schlug nervös mit dem Schweif nach den Fliegen.

»Komm«, lockte sie das Tier.

Blanchefleur schritt auf sie zu. Draco folgte ihr. Ein Stallknecht aus Ruggeros Truppe wurde aufmerksam und beobachtete jeden Schritt des Pferdes von seinem Herrn.

Eine fast lächerliche Bitterkeit zog ihr das Herz zusammen. Ruggeros Rappe erhielt mehr Aufmerksamkeit als sie, Samira, letzte *malika* aus dem Geschlecht der Kalibiten. Sie strich über Blanchefleurs weiche Nüstern, kraulte sie hinter den Ohren und murmelte einige leise, zärtliche Worte. Draco drängte sich neben die beiden. Sie wollte ihm auf den schlanken Hals klopfen, da fuhr der Söldner dazwischen.

»Halt! Ihr dürft ihn nicht berühren.«

»Ich darf was nicht?«, fragte sie langsam.

»Das ist das Pferd des *ré*.«

Samira musterte den Mann. An der Geringschätzung in seinem Ton erkannte sie, dass er keine Ahnung hatte, wer vor ihm stand.

»Der Hengst kommt aus meinem Stall.« Blitzschnell zog sie ihr Messer, packte Draco an der Mähne und hielt es ihm an den Hals. »Und ich kann ihn mir wieder nehmen, wann immer ich will.«

Draco wollte zurückweichen, doch Samira ließ ihn nicht los. Der Mann hob beschwichtigend die Hände.

»Verzeiht. So war das nicht gemeint. Ich habe meine Anweisungen.«

»Ihr seid auf meinem Land. Vergesst das nicht.« Sie steckte den Dolch zurück und strich Draco über die Stirn.

»Es tut mir leid. Ich habe Euch nicht erkannt. Nicht … ähm … so …«

Er wies auf ihre schmutzige Kleidung.

»Du meinst, so, wie die Sarazenen im Allgemeinen herumlaufen, nicht? Dreckig, wild und blutrünstig? Soll ich dir was sagen?«

Der Mann sah sich hastig um, aber er war allein auf der Koppel. Er hatte Angst vor ihr. Die Genugtuung darüber schürte die Wut in ihrem Herzen nur noch. Sie trat ganz nahe an ihn heran.

»Es ist alles wahr.«

Sie ließ ihn stehen. Das würde ihm eine Lehre sein. Doch der kleine, billige Triumph verwandelte sich schnell in tiefe Niedergeschlagenheit.

Du hast die Macht über die Pferdekoppel, dachte sie. Du

kannst einen kleinen Söldner zu Tode erschrecken. Aber was hilft es dir, wenn der, den du wirklich willst, dich nicht mehr sieht? Wenn sogar jene, die du für treu gehalten hast, sich vor ihn stellen und ihn abschirmen vor dir?

Sie hasste Majid, wie sie sonst nur einen Menschen auf dieser Erde hasste – die Königin. Seit diese Frau im Land war, hatte sich alles verändert. Alle redeten auf einmal vom Krieg und davon, dass sie nur gemeinsam oder gar nicht überleben würden. An dem Tag, an dem die blonde Hexe ihren Fuß auf Sizilien gesetzt hatte, hatte es begonnen. Sie flüsterte ihm ein, dass der Untergang bevorstand. Sie war schuld, dass Ruggero sich von ihr, Samira, abwandte und sein Heil im Krieg suchte, wo Frauen nichts verloren hatten und wo er unerreichbar für sie war.

Majid hätte Ruggero zurückhalten sollen. Er hätte verhindern müssen, dass der *ré* in das letzte Geheimnis eingeweiht wurde. Die Kenntnis dieser Schwarzen Kunst veränderte die Seele, und Ruggero entfernte sich von ihr, mehr und mehr.

Sie sah zu den Gipfeln der schroffen Berge hinauf. War das ein Schrei aus einer menschlichen Kehle, den der Wind hinunterwehte auf die Ebene und der fast ungehört verhallte? Oder doch nur ein Vogel, der aufgescheucht über die Felsen flatterte? Sie lief schneller.

Majid hatte sie damals im Zelt des Königs erwischt. Gut, er hatte niemandem etwas davon erzählt. Allein in seinem eigenen Interesse nicht. Er liebte sie. Unfassbar. Dieser Dämon in Menschengestalt schien tatsächlich Gefühle zu haben. Er würde niemals etwas tun, das ihrem Ansehen schadete. Aber warum beschützte er dann nicht, was sie liebte?

Weil er uns verrät. Weil er schon lange keiner von uns mehr ist.

Der Gedanke traf Samira wie ein Schlag. Sie taumelte und musste sich kurz am Pfosten des ersten Zeltes festhalten. Ein Wächter, erkennbar an seinem dunklen Turban und dem krummen Dolch im Gürtel, wollte ihr helfen und sie stützen. Unwirsch schlug sie seine Hand weg.

Sie irrte durch die Gänge des Palastes, achtete nicht auf jene, die ihr entgegenkamen, wischte sich immer wieder die Tränen aus den Augen und fand sich schließlich in dem verlassenen Gästezelt wieder, in dem der *ré* geschlafen hatte.

Falsch.

Er hatte sich kaum darin aufgehalten. Das Bett war unberührt geblieben, der Duft des Rosenwassers war längst verflogen. Auf dem Tisch standen noch die Schalen aus getriebenem Silber, doch sie waren leer. Genau wie die Krüge mit dem süßen Wein, den er so gern trank. Sie versetzte dem Gestell einen wütenden Stoß. Die Schale und das Tablett fielen auf den Boden, doch die Teppiche dämpften den Schall.

»*Amira?*« Eine Sklavin näherte sich mit der vorgeschriebenen Anrede. Prinzessin. Natürlich war sie eine Prinzessin. Aber nicht aus der edlen Zucht, mit der die Franken ihre Linien mischten. Die Wahrheit schmeckte bitter wie Gift.

»Kann ich Euch helfen?«

»Nein!«

Die Frau huschte hinter den Vorhang und verschwand. Samira streifte die Schuhe ab und ging barfuß zum Bett. Mit den Fingerspitzen strich sie über den kostbaren Stoff. Maulbeerseide, gefärbt in den dunkel schimmernden Tönen der hereinbrechenden Nacht. Vor zwei Jahren hatte er sie hier empfangen, und ihr Opfer waren ein winziger Blutfleck auf dem weißen Laken und das Wissen gewesen, dass nach dem Ende der Unschuld vieles kam, aber keine Schuld …

Samira warf sich mit ausgebreiteten Armen auf das Lager. Es roch nach Zibet und Moschus. Fast so, als wäre er gerade aufgestanden und fortgegangen. Sie vergrub das Gesicht in einem Kissen und presste es an sich wie einen Liebhaber, krümmte sich zusammen, rollte von der einen auf die andere Seite und würgte an einem Schrei, der tief in der Kehle saß und ihr die Luft abschnürte.

Wie der kleine Dolch aus ihrem Gürtel in ihre Hände gelangt war, wusste sie nicht.

Er fuhr in das Kissen, schlitzte es auf, zerfetzte den Stoff, jagte es in den Überwurf aus Seide und riss es quer durch, von einem Ende des Lagers zum anderen, wie eine Rasende keuchte sie vor Wut und Hass und Schmerz. Die Daunenfedern wirbelten um sie herum wie Schneeflocken. Sie stach zu, wieder und wieder, bis sie das Bett, die Decken und die Kissen völlig zerfetzt hatte. Schwer atmend kroch sie herunter, auf den Boden, zog die Beine an und wimmerte wie ein Kind, das Angst in der Finsternis hatte.

»*Amira?*«

Samira hörte nicht, dass die Sklavin zurückgekommen war. Dass zwei weitere Mädchen ihr folgten, die entsetzt auf das Werk der Zerstörung blickten. Sie ließ sich den Dolch aus der kraftlosen Hand nehmen und sich in ihre Gemächer führen. Jemand wusch ihr das Gesicht und streifte ihr die Kleidung vom Leib. Kühle Hände salbten sie mit Mandel- und Rosenöl, sie ließ es geschehen. Eine leichte Djellaba hüllte sie ein, gute Geister führten sie zu ihrem Bett, legten sie hin und deckten sie zu.

Ihre Hand schoss hervor und krallte sich in den Arm der Sklavin. »Bist du treu?«

Die Frau war eine Christin. Gefangen genommen während der Belagerung der dalmatischen Stadt Zara und über die Sklavenmärkte Alexandrias nach Sizilien geraten. Sie war nicht mehr jung, und sie würde sterben, ohne noch einmal die Erde ihrer Heimat geküsst zu haben.

Die Sklavin ging in die Knie. »So treu wie die Sonne um die Erde kreist.«

»Du erinnerst dich an Elena, die Griechin?«

»Ja. Sie war bei Euch in den Zelten.«

»Tamin hat sie dem *ré* zur Hochzeit geschenkt. Sie arbeitet jetzt im Palast für die Königin. Sag ihr, ich will sie sehen. In vier Tagen, wenn der Mond sich gerundet hat. Vor der *Porta dell' Aquila*, dem großen Stadttor. Geh.«

Sie ließ den Arm der Frau los. Als sie gegangen war, sank Samira zurück und betrachtete den Himmel aus weißem Stoff, der sich über ihrem Bett spannte. Der *ré* würde wiederkommen. Alles würde so werden wie früher. Sie schloss die Augen und träumte sich fort in eine Zeit, in der sie zusammen sein und einreiten würden in Palermo. Die Menschen warfen Palmzweige und Rosen auf ihren Weg und jubelten ihr zu.

Ihr, Samira. Königin von Sizilien.

28.

Am späten Abend kam Ruggero zurück. Konstanze hörte es von Cavaliere Livio, der damit beschäftigt war, die Gemächer des *ré* herzurichten und noch genügend Waschmägde aufzutreiben, die in aller Eile ein Bad herrichten konnten. Und der sich lauthals über die neuen Sitten beschwerte, noch nicht einmal einen Boten auszusenden, der ihnen wenigstens ein Minimum an Zeit für die Vorbereitungen gäbe.

Konstanze wartete, bis die hektische Betriebsamkeit im Haus sich etwas gelegt hatte. Vela war noch in der Küche bei Pasquale, dem französischen Koch, um die Gerichte für die Mahlzeiten der kommenden Wochen festzulegen. Das war die offizielle Version. Wahrscheinlich feierten sie ihr Wiedersehen, denn die beiden hatten sich lange nicht gesehen. Elena, die Griechin, war wortkarg wie immer und quittierte Konstanzes

Ankündigung, dem *ré* einen Besuch abzustatten, mit der gewohnten Gleichgültigkeit.

Sie warf einen dunkelroten *surcot* über, mit dem sie auch bei einer unerwarteten nächtlichen Begegnung mit einem der vielen Hausgäste und Diener passend gekleidet war, und huschte über die Galerie auf die andere Seite des Treppenhauses. Der Cavaliere kam gerade aus dem Vorzimmer, ein Bündel schmutzstarrende Kleidung über dem Arm.

»Meine Königin?« Erstaunt machte er ihr Platz. »Der *ré* ist noch nicht so weit, Euch zu empfangen.« Er versuchte, das Bündel so unauffällig wie möglich hinter seinem Rücken zu verstecken.

»Was habt Ihr da?«

»Nichts. Alles reif für die Almosenkammer. Die Jagdkluft ist nicht mehr zu gebrauchen.«

»Zeigt her.«

Unwillig, mit einem schnellen Blick über die Schulter, kam er dem Befehl nach. Konstanze faltete das Hemd auseinander – es war blutbesudelt, an manchen Stellen geradezu durchtränkt und noch feucht. Ein ganzer Schwall musste sich darauf ergossen haben. Auf der Lederhose waren Wischspuren, Spritzer und Flecken, allesamt getrocknet und eingezogen. Es war nichts mehr zu retten. Hastig drehte und wendete sie die Kleidungsstücke und suchte nach einem Einstich oder einem anderen Hinweis darauf, ob es einen Kampf gegeben hatte oder einen Unfall.

»Ist er verletzt?«

»Nein, meine Königin. Seid ohne Sorge.«

»Ich bin aber in Sorge! Der König war zwei Wochen unterwegs und kommt damit zurück?« Anklagend, als ob der Cavaliere persönlich für den Zustand von Habit und die Unversehrtheit des gesalbten Leibes seines Herrn verantwortlich wäre, hielt sie ihm die Sachen entgegen.

»Er hat einen Mantel getragen, der alles verborgen hat.«

Livio versuchte zweifellos, beruhigend zu wirken. »Niemand war Zeuge. Ich bin ja genauso erschrocken wie Ihr! Sogar seine Stiefel ... Ich hole sie gleich. Und wenn Ihr mich jetzt verschwinden lasst, werde ich diese Sachen verbrennen, und keiner wird Fragen stellen.«

»Nehmt die Hintertreppe. Und beeilt Euch.«

Der Cavaliere nickte knapp und verschwand. Konstanze schlüpfte in das Vorzimmer des Königs und schloss die Tür.

»Ruggero?«

Normalerweise meldete sie sich an. Nur dem König war es erlaubt, jederzeit und überall ohne Vorankündigung zu erscheinen. Sie redete sich ein, dass es ihre Pflicht als Gattin war, nach dem Rechten zu sehen. Trotzdem spürte sie, wie ihre Handflächen feucht wurden. Sie war nervös.

Das Vorzimmer des *ré* war von strenger Schlichtheit. Die Wände aus behauenen Steinen waren kahl bis auf die Kerzenleuchter. Vor den Fenstern hingen Vorhänge aus dunklem Samt. Ein runder Tisch stand in der Mitte des Raumes, darauf verstreut lagen Schriftrollen, Bücher, Karten und eine Menge kleiner Gerätschaften, von denen Konstanze nur einen Kompass und ein Astrolaboratorium erkennen konnte.

In der linken Ecke des Raumes, neben dem kalten Kamin, stand ein hochlehniger Holzstuhl. Das offene Buch auf dem Lesepult daneben und die zerdrückten Kissen verrieten, dass Ruggero oft dort sitzen musste. Konstanze stellte sich vor, dass er das wohl meistens in der Nacht tat. Dann, wenn die Lichter im *musio* gelöscht worden waren und es still wurde im Palast. Er las gerne und viel. *Artus*, *Parzival*, Prinz Genji, die Abenteuer von Alexander dem Großen und Hayy Ibn Yaqdhan faszinierten ihn. Sie ging an das Pult und schlug das Buch zu, das er gerade las. Es musste neu sein. *Iwein* stand auf dem Vorblatt, Hartmann von Aues Übersetzung der Artussage aus dem Französischen ins Deutsche.

»Welche Überraschung.«

Sie fuhr herum. Ruggero stand in der Verbindungstür zu seinen Privaträumen. Er trug einen seidenen, weiten Mantel, den er gerade mit einem Gürtel schloss. Die langen Haare waren noch nass, Wasser tropfte aus den Locken auf ein Leintuch, das er sich um die Schultern gelegt hatte.

»Ja.« Fieberhaft suchte sie nach Worten, die ihrem Besuch etwas Unverfängliches geben könnten. »Du kannst die *lingua theodisca?*«

»Kaum. Es ist eine harte Sprache, geschliffen, aber nicht elegant. *Swer an rehte güete wendet sîn gemüte, dem folget saelde und êre.*«

Es klang, als würde er Kieselsteine zermalmen. Konstanze hatte schon öfter fränkische Kaufleute reden gehört. Auch manche Familien in Palermo, die noch Ruggeros Vater gekannt hatten, sprachen das *Theodisca.* Heimlich. Es wurde nicht gerne gehört von den Sizilianern, und schon gar nicht verstanden.

»Wörter wie Kristall«, fuhr Ruggero fort. Er strich mit der Hand über den Einband. »Gottfried von Straßburg sagt das über Aue und seinen *Iwein.* Es ist nicht einfach, aber ich beiße mich durch. Es knirscht nur manchmal zwischen den Zähnen.«

»Warum tust du dir das an?«

»Weil ich auch der König der Deutschen bin?« Er nahm das Buch und legte es auf den Tisch zu den anderen. »Oder es um ein Haar gewesen wäre, wenn das Schicksal es anders gewollt hätte? – Es ist schon spät. Was führt dich zu mir?«

»Du warst lange fort. Und von einem normalen Umritt kehrt man nicht mit blutbefleckter Kleidung zurück. Ist etwas passiert? Bist du verletzt?«

Er nahm das Astrolab hoch, eine kleine, faustgroße Kugel, und verschob spielerisch die Achse. »Ich danke dir für deine Sorge. Es geht mir gut. Ich war bei den Sarazenen, um sie an ihr Treuegelübde zu erinnern. Wer mit dem Rücken zur Wand steht, möchte nicht, dass sie auch noch zu bröckeln beginnt. Es war ein Freundschaftsbesuch, und bei dieser Gelegenheit haben sie zu meinen Ehren auch ein paar Schwerverbrecher hingerichtet.«

»Das ist schwer für mich zu glauben.«

Er knallte das Astrolab auf den Tisch. »Dann lass es.«

Vielleicht war er körperlich unversehrt, aber er musste dort oben etwas erlebt haben, das ihn verändert hatte. Das einzig Gute für Konstanze war, dass es wohl kaum etwas mit Samira zu tun haben konnte.

Um ihn nicht noch mehr zu reizen, wechselte sie das Thema. »Wie weit ist Otto vorgedrungen?«

Er nahm das Tuch und begann sich die Haare abzutrocknen.

»Er wird Tuscien einnehmen und hält Hofgerichte in Cremona und Rocca Alta. Wer sich ihm nicht beugt, dem nimmt er die Lehen und die Wasserrechte ab, außerdem belagert und unterwirft er die Städte zu Lande, während die pisanische Flotte das *patrimonium petri* vom Wasser aus in die Zange nimmt. Im Moment sitzt er in einer Abtei und wartet auf die Zuzüge der Braunschweiger und Pfälzer. Und dann geht es weiter.«

»Er zieht wirklich gegen Rom? Ist er wahnsinnig?«

»Nein. Man könnte es glauben, aber er ist geschickt. Er besetzt nur die Gebiete, die schon einmal Teil des deutschen Reiches waren oder deren Zugehörigkeit zum Stuhl Petri er immer wieder angezweifelt hat. Er zieht an Rom vorbei, weiter in Richtung Süden.«

»Innozenz …« Konstanze setzte sich auf den Stuhl. Vorsichtig, als könnte sich bei einer falschen Bewegung ein Abgrund unter ihr auftun. »Er kann ihn doch nicht einfach so durchmarschieren lassen. Warum hält ihn keiner auf?«

Ruggero verschob ein paar Landkarten auf dem Tisch, ohne genau hinzusehen. »Innozenz hat ihn immerhin getadelt.«

»Oh. Das ist ja erfreulich zu hören. Ein Tadel. Und?«

»Ottos Antwort lautete sinngemäß, Innozenz soll beim Geistlichen bleiben und die Hände vom Weltlichen lassen. Er nennt sich Kaiser im Kaiserreich. Nur er hat das Recht, die Blutsgerichtsbarkeit auszuüben.«

»Das ist stark. Der erste Welfe auf dem Kaiserthron und dann gleich der Griff zur Krone der Welt.«

Ruggero drehte sich zu ihr um. »Ich sehe, du verstehst meine Situation. Wenn die Sommerhitze vorüber ist, wird er weiterziehen. Ich rechne damit, dass er im November die Nordgrenze zum *Regnum Siciliae* überschreitet, wenn er nicht in Capua überwintert. Apulien und Kalabrien werden fallen, und dann, meine Königin, sind wir an der Reihe. Wir haben den Sommer noch, den Herbst und den Winter. Wenn kein Wunder geschieht, sind wir im Frühling Geschichte.«

Er hatte sie noch nie *meine Königin* genannt. Konstanze wusste nicht, wie viel Ironie in seinen Worten lag.

»Solange noch ein Funken Leben in mir ist, werde ich kämpfen. Edel und gerecht, wie es sich für einen König gehört. Und schmutzig, wenn es sein muss und man nur noch ein Mann ist, der das Leben der Seinen verteidigt.«

Er ging in sein Schlafzimmer, ohne sie zu bitten, ihn zu begleiten. Sie konnte hören, wie er sich die Hände wusch. Warum? Hatte er nicht gerade Livio an den Rand des Nervenzusammenbruchs gebracht, indem er mitten in der Nacht ein Bad genommen hatte?

Unter einer Bank an der gegenüberliegenden Wand lagen seine Stiefel. Konstanze stand auf und betrachtete sie genauer. Dunkle Flecken übersäten den Schaft, die Unterleder sahen aus, als wäre er durch Blut gewatet.

»Ruggero?«

Keine Antwort.

»Ich will wissen, was passiert ist!«

Hielt er sie für eine Magd, oder warum ließ er sie einfach stehen? Konstanze warf jeden Gedanken an Höflichkeit über Bord und folgte ihm.

Dieser Raum war an Schönheit und Pracht kaum zu überbieten. Die Wandmosaiken stammten noch aus der Zeit Rogers, der eine Vorliebe für byzantinischen Luxus gehabt haben musste. Lampen aus Gold, behängt mit Kristall und Edelsteinen, verbreiteten ein warmes Licht. Der dunkle Eichenboden war bedeckt mit alten, kostbaren Seidenteppichen. Ruggeros persönlicher Geschmack war wesentlich einfacher und beschränkte sich auf einige wenige dunkle Möbel aus Holz. Sein Bett war groß genug für zwei, aber Konstanze hatte noch nie darin geschlafen.

Er trocknete sich die Hände an einem Leinentuch ab und warf es dann über die Lehne eines Stuhls.

»Ich bin müde. Und es ist, wenn ich dem Kalendarium Glauben schenke, auch nicht die Zeit. Wir müssten zudem nach Zeugen schicken, und das will ich dem Gesinde zu so später Stunde nicht mehr zumuten.«

Konstanze spürte, wie ihr das Blut in die Wangen schoss. Er hätte sie auch gleich ohrfeigen können, so grob war die Beleidigung. »Ich bin nicht hier, um dich an deine Pflichten zu erinnern.«

»Das wäre auch nicht nötig. Ich habe selbst ein großes Interesse daran, so bald wie möglich einen Stammhalter zu zeugen.«

»Was ist los? Ist es wegen Walther?«

Ruggero verzog den Mund zu einem spöttischen Lächeln. »Walther? Welchen meinst du? Pagliara oder den von der Vogelweide?«

»Das weißt du genau. Wir sind uns einmal in Austria begegnet. Es war Zufall. Er war zur gleichen Zeit da wie ich. Hat mir in einer schweren Zeit mit seinen Liedern ein Lächeln geschenkt. Ist das so schlimm?«

»Nein. Lieder, Lächeln, Minne, das ist alles in Ordnung.«

»Was hat Capparone dir erzählt?«

Ruggero ging zu seinem Bett, legte sich hin und verschränkte die Arme hinter dem Kopf. Konstanze fühlte sich wie ihre eigene Kammerfrau. Stehengelassen und ignoriert. Die Tür stand noch offen, und der Gedanke an Flucht war verlockend.

»Vermutlich das, was er gesehen hat«, fuhr sie fort. »Zwei Menschen in einem dunklen Gang, die nahe, zu nahe, beieinander gestanden haben.«

»Das ist alles in Ordnung.«

»Nein! Ist es nicht!« Sie ging ans Bett und wartete darauf, dass er sie ansah. Er starrte weiter an die Decke. »Ich schwöre dir bei allem, was mir heilig ist, dass nie etwas zwischen ihm war, ist oder sein wird.«

Er reagierte nicht.

»Hörst du mir zu?« Sie setzte sich. »Walther ist ein Freund. Es gab eine Zeit, da habe ich ihn gebraucht, weil ich niemanden hatte, der mich verstehen konnte.«

»Das hast du jetzt auch nicht.«

»Wie meinst du das?«

»Niemand versteht eine Frau, die zur Königin gekrönt wurde und ihrem Mann in den Rücken fällt.«

»Das habe ich nicht getan!«

Er drehte den Kopf zu ihr. »Dann beweis es.«

»Wie … wie kann ich das tun?«

»Zeig mir deine Demut.«

Er löste den Gürtel seines Mantels. Konstanze wollte aufspringen, aber er griff nach ihrem Handgelenk und zog sie unbarmherzig zu sich hinunter.

»Zeig mir, wie gut du mir dienen kannst.«

Sein Kuss war hart, brutal und fordernd. Jeder Versuch, sich zu wehren, war zwecklos. Ruggero hatte die Kraft, sie zu allem zu zwingen. Er packte sie und zog sie über sich. Sie spürte sein Verlangen, den untrüglichen Beweis, dass er sie wollte.

So unmittelbar, wie er sie gefangen genommen hatte, ließ er sie los. »Sehr überzeugend.«

Schwer atmend fiel sie neben ihm auf die Decke. Sie krümmte sich zusammen, und es geschah etwas, worüber sie keine Kontrolle mehr hatte. Sie weinte.

Ruggero hörte ihrem Schluchzen eine Weile ungerührt zu.

»Ich nehme nicht an, dass das Freudentränen sind.«

Sie fuhr herum und hob die Hand. Ruggero wehrte den Schlag ab, noch bevor sie daran gedacht hatte. In seinen Augen blitzte ein Lächeln.

»Du willst dich an mir vergehen?«

»Arroganter Bastard!« Sie wollte sich auf ihn stürzen, aber er hielt sie fest.

»Dein Walther hat ein hübsches Liedchen gesungen, neulich. Über ein Weib, das man mit *summerlathen* schlagen sollte, weil es seinem Mann nicht gehorcht.«

»Mit Gerten? Wag es! Wag es, Ruggero!«

»Aber du hast getanzt wie eine Tollwütige!«

»Weil ich Spaß hatte. Verstehst du? Spaß! Ich wusste ja schon gar nicht mehr, was das ist! Denkst du, für mich ist das leicht? Bist du der Einzige, der sich Sorgen machen darf? Ist es allein dein Privileg, nicht mehr schlafen zu können? Das Essen auf Gift zu prüfen? Die Gewänder der Diener auf Dolche? Die Gesichter deiner Freunde auf Lügen? Manchmal bereue ich …« Sie brach ab.

»Was bereust du?«

»Dass ich nicht mehr von dir weiß und dir so wenig helfen kann.«

Sie konnte ihm ansehen, dass er eine andere Antwort erwartet hatte. »Ich bin die Königin. Ich bin auf deiner Seite. Ich habe dir ein Versprechen gegeben, und ich habe es gehalten. Ich bin dir treu. Bist du es auch?«

Er wich ihrem Blick aus und schwieg. Mit allem hatte Konstanze gerechnet, aber nicht mit diesem Eingeständnis von Untreue. Sie wollte aufstehen und gehen.

»Bleib.«

»Ich glaube, es ist alles gesagt.«

»Nein, und genau das ist das Problem. Ich kann dir nicht alles erzählen und dich in Geheimnisse einweihen, die sogar für mich nur schwer zu ertragen sind. Ich werde dir nicht immer treu sein können, Konstanze. Aber du kannst mir vertrauen.«

»Vertrauensvolle Untreue? Wie darf ich mir das vorstellen?«

»Ich bin dein Vertrauen wert, aber Treue, wie du sie dir vorstellst, wirst du an meiner Seite nicht erleben.«

»Trotzdem verlangst du meine?«

Er versuchte ein schwaches Lächeln. »Das ist ja wohl das mindeste.«

»Ich bin mir nicht sicher, ob ich mich auf einen Handel mit so ungleichen Vorteilen einlassen werde.«

»Das ist kein Handel. Das ist unser Leben. Gebe Gott, dass es sich eines Tages ändern wird.«

»Was ist oben in den Bergen geschehen?«

Er sah auf seine Hände und schwieg. Konstanze dachte an das Blut auf seinen Kleidern und die merkwürdige Sitte der Sarazenen, Todgeweihte zu Ehren des Königs zu opfern. Sie hatte noch nie davon gehört. Es war barbarisch. Heidnisch. Es sei denn …

»Du hast sie getötet? Um Himmels willen, warum?«

»Weil ich vorbereitet sein will, wenn die Stadt genommen ist und der Palast fällt. Wenn alle Treuen gefallen sind und ich der Letzte bin, den sie suchen.«

»Aber ich dachte, du kommst mit nach Karthago!«

Der Abgrund war da. Auch wenn man ihn nicht sehen konnte, und Konstanze stürzte kopfüber hinunter. Ruggero schickte sie fort. Er rechnete mit dem Untergang und seinem sicheren Tod. Und er wollte sie außer Landes haben, damit sie in Sicherheit war.

Die Tränen stiegen ihr wieder in die Augen. Zärtlich berührte Ruggero ihre Wange.

»Du weinst? Warum?«

»Ich hätte dir so gerne einen Sohn geschenkt.«

Er beugte sich vor und küsste sie. Sanft zunächst, und dann, als er merkte, dass sie seinen Kuss erwiderte, fordernder. Sie spürte, wie unter seinen Berührungen die Verwirrung und die Trauer verschwanden. Die Leichtigkeit war wieder da, das verlockende Spiel, das sanfte Werben, die sinnliche Freude. Und das Vertrauen.

Er öffnete ihren *surcot* und fuhr mit der Hand unter ihr Hemd. »Dann sollten wir keine Zeit verlieren.«

29.

Als der Mond sich rundete und sein bleiches Licht auf den Wellen des Meeres tanzte, als der Abendnebel sich über die Stadt senkte und der Duft von feuchtem Holz die Ahnung von nächtlicher Kühle mit sich trug, als die Stadt ihre Hitze ausatmete und die Menschen sich Mäntel und Capes überwarfen und Fackeln brauchten, um den Weg zu finden, verbarg sich eine schmale Gestalt in den schwarzen Schatten der Stadtmauer und wartete.

Samira kannte die Straßen Palermos nach Einbruch der Dunkelheit nicht. Die Berge und die Wälder des Goldenen Tals waren ihr Revier. Die Städte aus Holz und Stein mied sie. Die fremden Gerüche – Kloake, Rauch und der Gestank der nahe gelegenen Abzucht, wo die Gerber ihre Felle verarbeiteten, stachen in der Nase. Zwei Ochsenkarren standen sich im Torbogen gegenüber. Der eine wollte heraus aus der Stadt, der andere hinein. Die Kutscher fluchten, dass Samiras Ohren glühten. Betrunkene Männer wankten vorbei. Einer musterte sie von oben bis unten.

Sie tastete nach ihrem Dolch, bereit, ihn zu zücken und einzusetzen. Die Männer machten obszöne Handbewegungen und riefen ihr Worte in einer fremden Sprache zu. Wahrscheinlich Portugiesen, Seefahrer auf dem Weg zum Hafen. Sie legte sich den Schal vors Gesicht und trat noch tiefer in den Schatten der Einfahrt.

»Hier kannst du nicht stehen bleiben!«

Die raue Stimme des Torwächters ließ sie zusammenzucken.

»Wir schließen bald. Raus oder rein?«

»Seit wann kann man die Stadt nicht mehr betreten, wann man will?«

Der Mann, ein knorriger Kerl mit krummen Beinen und einer alten Narbe im Gesicht, trieb seinen Spieß kräftiger als nötig vor ihr in den Boden.

»Seit Pack wie ihr die Straßen unsicher macht.«

Ihre Hand verkrampfte sich um das Heft des Dolches, bevor sie bemerkte, dass er ein Kettenhemd trug. Sie könnte ihm höchstens den Hals aufschlitzen, aber das würde Aufsehen erregen und eine Menge Ärger nach sich ziehen. Tamin hatte jeden Angriff auf die Heiden verboten. Aber er hatte seine Leute nicht vor den Provokationen gewarnt, die sie sich immer wieder anhören mussten.

»Also?«

Eine dünne Frau mit einem Korb quetschte sich an dem Ochsenwagen, der stadtauswärts wollte, vorbei und kam durch den Torbogen. Sie sah den Wächter bei einer Sarazenin stehen und lief, ohne nach links und rechts zu blicken, weiter.

»Ich gehe schon«, antwortete Samira.

Der Wächter stellte sich ihr so in den Weg, dass ihr wirklich nur noch die Flucht aus der Stadt übrigblieb.

»Wenn du eine Sonderregelung brauchst, melde dich bei mir.«

Sein anzügliches Grinsen verriet, was er sich darunter vorstellte. Sie ging nicht darauf ein, drehte sich um und folgte der Frau. Vor dem Tor bauten die letzten Händler gerade ihre Stände ab. Einige Rastplätze hatten noch geöffnet. Wein für die wohlhabenden, trübes Bier für die ärmeren Gäste. Frauen und Kinder trugen Brennholz in schweren Kiepen auf dem Rücken. Ein paar gestrandete Tagelöhner spielten Karten im Licht der Torfackel. Barfüßige Knaben sprangen herum und boten Krapfen und Brot feil, die sie auf Spieße gesteckt hatten.

Samira suchte die dünne Frau, aber sie konnte sie nicht entdecken. Auf dem großen Vorplatz kreuzten sich zu viele Wege. Sie wich einem Bauern aus, der seinen mageren Esel an einem Strick hinter sich herzog.

»Kschschsch, *amira*!«

Eine Sarazenin mit glühenden Augen versperrte ihr den Weg.

»So weit fort vom Lager des Emirs? Und ganz allein?«

»Wer bist du?«

»Roya. Die, die deine Zukunft weiß. Gib mir deine Hand!«

Samira schüttelte den Kopf und eilte weiter. Aber Roya witterte ein Geschäft. Sie heftete sich ihr einfach an die Fersen und folgte ihr.

»Ich kann Liebeszauber und den bösen Blick. Willst du ihn nicht haben, deinen Liebsten?«

»Scher dich fort!«

»Wo sind denn Eure Wachen, *amira*? Ist die Prinzessin wirklich ohne Schutz und Begleitung unterwegs?«

»Ein Wink von mir, und sie kommen. Dann kann ich dir deine Zukunft ebenfalls vorhersagen. Sie wird eher enden, als du denkst.«

»Ist ja schon gut! Glaubst wohl, du bist was Besseres, was? Aber hier ist die Stadt. Hier sind wir frei.«

Sie packte Samiras Hand. Bevor es der Prinzessin gelingen

konnte, sich loszureißen, hatte sie schon einen Blick darauf geworfen.

»Was soll das? Verschwinde!«

Roya riss ihren grell bemalten Mund auf, wollte etwas sagen, aber dann schlug sie den Blick nieder und ließ Samira los.

»Verzeiht … ich habe Euch verwechselt.«

Samira blickte auf ihre Handfläche. »Was hast du gesehen?«

»Nichts. Also doch, viel. Reichtum und Glück und ein schöner Mann auf einem weißen Pferd …«

»Schwarz«, zischte Samira. »Es ist schwarz. Also lüg mich nicht an!«

Die Wahrsagerin duckte sich, als ob sie mit Schlägen rechnete. Samira streckte ihr die Hand entgegen, die Roya nur nach großem Zögern ergriff.

»Lies!«

»Es ist schwarz, *amira*. Dunkel wie das Tor zur Hölle. So wie die Seele seines Herrn, doch die Liebe zu ihm ist süß und wird Euch verzehren wie ein loderndes Feuer.«

»Weiter!«

»Das Feuer wird Euch verschlingen, seine Glut wird Euch töten. Geht!« Ihr Kopf ruckte hoch. »Geht zurück und kommt nie wieder in die Stadt! Lasst es! Was auch immer Ihr vorhabt – lasst es!«

Samira riss sich los. »Du dummes Weib.«

Roya verbeugte sich. Samira setzte ihren Weg fort. Doch wieder und wieder drehte sie sich um, denn es war ihr, als würde sie ein Schatten begleiten, der ständig »Geht!« flüsterte.

Sie hatte nicht auf die Richtung geachtet und fand sich kurz darauf wieder auf der Straße zur Falknerei. Suchend sah sie sich um. Sie hatte die dünne Frau verloren, sie musste zurück zum Südtor. Aber sie wollte dem Wächter und der Wahrsagerin nicht noch einmal in die Arme laufen. Die Nachtstunden waren wohl die Zeit für unangenehme Begegnungen.

Auf den Türmen patrouillierten die Söldner. Eine Glocke schlug an, schnell und mit dünnem, hohem Ton. Menschen hasteten vorüber. Gleich wurde das Tor geschlossen. Die dünne Frau musste sicher zurück in den Palast. Am besten, überlegte Samira, würde sie sich an einem der Rastplätze auf die Lauer legen.

Sie hielt sich weit genug von den Ständen entfernt, um nicht für eine späte Kundin gehalten zu werden, und nahe genug, um nicht als alleine herumstehende und wartende Frau weitere Aufmerksamkeit auf sich zu ziehen. Sie musste nicht lange ausharren.

Die dünne Frau kam zurück. Samira erinnerte sich an ihr Gesicht: länglich, sauertöpfisch, schmale Augen unter schweren Lidern, vorstehende Zähne. Sie verließ ihren Platz und eilte ihr entgegen.

»Elena?«

Die Angesprochene fuhr zusammen und sah sich nach ihr um. »Wenn uns hier einer sieht! Das war keine gute Idee!«

Samira schluckte ihren Ärger hinunter. Als ihre Sklavin hatte die Griechin nie gewagt, so mit ihr zu sprechen. Sie beglückwünschte Tamin, dass er sie verschenkt hatte. Sollten andere sich mit diesem griesgrämigen Pferdegesicht herumschlagen.

»Was wollt Ihr? Ich bin nicht mehr Eigentum Eures Hauses. Ich bin zu nichts verpflichtet.«

»Du arbeitest im Palast?«

»Ich bin die Kammerzofe der Königin.«

Samiras Herz pochte vor Glück. Besser konnte sie es gar nicht treffen. Der Hochmut ließ den steifen Hals der Griechin noch länger werden, als er schon war.

»Ich bin nur hier, um Euch zu sagen, dass Ihr mich in Ruhe lassen sollt. Ich habe mit dem Anschlag auf die Königin im letzten Jahr nichts zu tun.«

»Da habe ich anderes gehört.«

»Was? Von wem?«

Zum ersten Mal wirkte die Griechin beunruhigt. Samira schlüpfte hinter eine der dicken Säulen, die das Tor in der Stadtmauer stützten. Elena sah sich vorsichtig um, dann folgte sie ihr.

»Wer behauptet so etwas?«, zischte sie.

»Du warst auch in der *Favara* Zofe der Königin. Man hat dich gesehen damals, im Keller. Erinnerst du dich nicht mehr, wie der Knecht dich besprungen hat? Und was du ihm für diese Gunst versprochen hast?«

»Ich weiß nicht, was Ihr meint.«

»Du bist so dumm. Du hast nicht begriffen, dass die Wände Augen haben und die Türen Ohren.«

»Die Condesa war es! Und der Hakim hat es gebraut! Es gab ein Standgericht. Pagliara hat beide schuldig gesprochen.«

»Pagliara musste seinen eigenen Hals retten, er stand nämlich schon bis dahin im Morast.« Samira hob die Handkante an ihr Kinn.

»Und die Condesa wurde begnadigt«, fuhr sie fort. »Sie ist zurückgekehrt zur Königin und wird bald wieder deinen Platz einnehmen. Dann wirst du bei den Waschmägden landen. Oder in der Küche beim Schlachten. Deine schönen Tage sind gezählt, Elena. Es sei denn …«

Samira trat einen Schritt vor und sah sich um. Einige Nachzügler eilten auf das Tor zu. Die Wächter hatten bereits an den hohen bronzenen Flügeln Aufstellung genommen.

»… du tust mir einen Dienst.«

Die Griechin mit dem langen Hals schüttelte den Kopf.

»Ich bin der Verfolgung damals nur um Haaresbreite entgangen. Es ist mir egal, wohin ich komme, aber dieser Gefahr setze ich mich nicht noch einmal aus.«

»Elena«, wisperte Samira, »ich war nicht ehrlich zu dir. Wenn herauskommt, was du getan hast, wirst du das Fischen in der Abzucht für einen Platz im Paradies halten. Weißt du, was mit dem Pagen von Pagliara passiert ist? Der, der seinen Kopf hinhalten musste für alle anderen, die heute noch in Freiheit leben? Er kam ins Angstloch.«

Mit Genugtuung beobachtete Samira die Wirkung ihrer Worte. Der kleine Adamsapfel der Griechin hüpfte wie ein Kieselstein über Wasser. Sie setzte den Korb ab. Ihre Hände zitterten unkontrolliert.

»Nach zwei Wochen war es vorbei mit ihm. Aber das waren wohl die längsten seines jungen, so hoffnungsfroh begonnenen Lebens. Du willst doch noch eine Weile unter uns sein?«

»Ja.«

»Dann bekommst du nun deine zweite Chance. Nur dieses Mal mach es richtig. Denn eine dritte gibt es nicht.«

Die Griechin sah sich verstohlen um. Niemand achtete auf sie. Die gewaltigen Flügel des Bronzeportals wurden langsam geschlossen. Durch den immer enger werdenden Durchgang drängelten sich die letzten Verspäteten.

»Wann, Herrin?«

»Ich gebe dir ein Zeichen. Morgen Nacht, im nächsten Jahr – du verstehst, dass ich dich nicht in meine Pläne einweihe. Sobald du das Zeichen erhältst, wirst du mich beim nächsten Vollmond am Turmtor erwarten. Wenn mir jedoch zu Ohren kommt, dass du geredet hast, Elena, dann wirst du sterben. Und zwar auf eine Weise, dass du sogar Sehnsucht nach dem Angstloch haben wirst. Hast du mich verstanden?«

»Ja, Herrin.«

»Wenn du aber alles richtig machst, wirst du frei sein. Ich werde dich in Gold aufwiegen lassen und dir zehn Sklaven schenken, jung und gut gebaut, mit denen du machen kannst, was du willst.«

Die Griechin nickte. »Was soll ich tun?«

»Ich werde dir eine Falkenfeder schicken. Sie wird genau neun braune Punkte haben.«

»Neun«, wiederholte Elena tonlos. »Und dann?«

»Du wirst mich hier unten erwarten. Zur gleichen Zeit. Nimm eine von den Sklavinnen mit, die man unserem Volk geraubt hat.«

»Ich werde tun, was Ihr verlangt. Aber danach will ich ...«

Samira schnitt ihr mit einer einzigen Geste das Wort ab. »Dein Wille zählt nicht.«

Die Griechin hob den Korb auf, trat aus dem Schatten der Säule und hastete durch den letzten schmalen Spalt des Tores. Mit einem dunklen Knall, der wie ferner Donner klang, schlossen sich die beiden gewaltigen Flügel. Langsam ging Samira auf sie zu und berührte das kühle Metall mit den Fingerspitzen.

Wenn ich das nächste Mal hier hindurchreite, geschmückt wie eine Königin, gehört er mir.

Sie legte die Stirn an das Tor und schloss die Augen. Seit langer Zeit fühlte sie wieder Frieden.

Paris

September 1210

30.

Anselm von Justingen schwitzte. Der große Saal im Wohnturm des Louvre war mit Tausenden von Kerzen erhellt. In den schweren Duft von Bienenwachs mischten sich die Ausdünstungen von über hundert Edelleuten, die ihre festlichen Gewänder wohl nur einmal im Jahr zum Lüften austrugen – und allesamt hatten sich dafür diesen Abend ausgesucht.

Es waren die Abgesandten der deutschen Erzbischöfe und Fürstenhäuser, und Anselm hörte zum ersten Mal seit langer Zeit wieder den weichen Klang des Böhmischen, die fröhlichen Scherze der Mainzer, den sperrigen Dialekt der Magdeburger und Thüringer und den gemütlichen, freundlich-brummigen Ton der Bamberger.

Der Marschall klopfte mit seinem Stab mehrmals auf den Marmorboden. Die Gespräche brachen ab, erwartungsvolle Stille machte sich breit.

Heinrich stieß ihn in die Seite. »Sie kommen!«

Philipp II., König von Frankreich, und sein Sohn Ludwig erschienen im Saal. Der Vater war eine imponierende Gestalt: hochgewachsen, in der Blüte seiner späten vierziger Jahre, das graue Haar schulterlang und offen, ein Herrscher, den das Volk liebte und der viele Kriege ehrenhaft gewonnen hatte. Um die Schultern hatte er sich einen dunkelblauen Samtmantel gelegt, der mit silbernen Sternen bestickt war.

Sein Sohn, ebenso kostbar gekleidet, wirkte neben ihm dennoch wie ein hässlicher Zwerg. Doch der Stolz, mit dem er nun wie sein Vater den Blick auf die Anwesenden richtete, adelte den kleinen Mann.

Anselm und Heinrich hatten in den vergangenen Monaten so manchen gemeinsamen Zug mit dem Thronfolger ins alte Lutetia unternommen. Die Viertel mit den roten Laternen hatten sie ebenso besucht wie die gewaltige Baustelle von Notre Dame, einer Kathedrale, wie sie die Welt noch nicht gesehen hatte – sollte sie denn irgendwann einmal fertig werden. Die Stadt hatte in den letzten Jahren einen gewaltigen Aufschwung erlebt. Handel und Siedlung blühten, die Schiffe auf der Seine waren schwer beladen, und in den Schenken der Häfen gab es Wein aus Bordeaux und fette Hühner aus Rouen. Salz aus der Bretagne, Stoffe aus der Provence, Butter aus der Normandie – gehandelt wurde auf einem Großmarkt, den sie *Les Halles* nannten und der in seiner verschwenderischen Fülle alles bot, was das Herz sich nur wünschen konnte.

Sie hatten das *scriptorium* des Klosters Saint-Germain-des-Prés besucht und wissenschaftlichen und philosophischen Diskursen der angesehensten Logiker und Theologen gelauscht. Nicht, dass sie viel verstanden hätten. Aber es lag ein Prickeln in der Luft, ähnlich dem auf der Zunge, wenn man *vin de champagne* trank. Paris war eine Stadt, die der Seele Flügel wachsen ließ und in ihr ein süßes Sehnen, dass diese Tage des Lächelns nie vorübergehen dürften.

Anselm, der außer der spartanischen Strenge der Felsenburg seiner Vorfahren noch nicht viel von der Welt gesehen hatte, ignorierte geflissentlich die Briefe seines Vaters, der immer drängender fragte, ob an eine Rückkehr zumindest ansatzweise gedacht wurde. Stattdessen korrespondierte der vorübergehend verlorene Sohn eifrig mit dem Erzbischof von Konstanz, hielt ihn über die Entwicklungen bei Hofe auf dem Laufenden – es gab keine –, verschwieg ihm seine persönlichen – da gab es eine Menge –, und erhielt aufgrund seiner ausführlichen Berichte auch weiterhin ein bescheidenes Salär, das ihm und Heinrich dieses tägliche, unvergleichlich köstliche, himmlische, noch nie zuvor gekostete helle Brot sicherte. Anselm hatte nichts dagegen, wenn der Thronstreit sich noch eine Weile hinzog.

An diesem Abend aber sah es so aus, als ob Bewegung in die Sache käme. Anselm zupfte am Ärmel eines Edelknappen, der den Farben seiner Hosen nach so aussah, als ob er aus dem Bambergischen käme.

»Könnt Ihr Französisch?«

»Kein Wort«, brummte der Mann.

Philipp von Frankreich ließ sich von seinem Kanzler eine Schriftrolle reichen und begann zu lesen. Er tat dies zur Freude und Erleichterung aller in Latein.

»In nomine sancte et individue Trinitatis. Proinde vobis, reverentissime pater et domine summe pontifex Innocenti, quos pro multis beneficiis nobis impensis sincerissimo veneramur affectu, vestrisque catholisis succeboribus et ecclesie Romane omnem obetiendam …«

»Was sagt er?«, flüsterte Heinrich.

»Im Namen der Heiligen Dreifaltigkeit, ehrwürdigster Vater und Herr, Oberster Pontifex Innozenz, den wir wegen der vielen uns erwiesenen Wohltaten in aufrichtigster Liebe verehren und so weiter.«

Anselm spitzte die Ohren. Ein Raunen ging durch die Menge.

»Was jetzt?«

»Der Papst hat sich über Otto beschwert. Das Schwert, das wir geschaffen – damit meint er den Welfen –, schlägt schwere Wunden. Ihn reut, dass er diesen Menschen gemacht hat. Er hat ihn mit dem Bann belegt und entbindet alle deutschen Fürsten von ihrem Treueeid …«

Anselms nächste Worte gingen unter in einem unbeschreiblichen Jubel. Thüringer und Schwaben, Mainzer und Magdeburger lagen sich in den Armen, klopften sich auf die Schultern, rissen sich die Kappen vom Kopf und warfen sie in die Luft.

»Heilige Mutter Gottes!«, rief Heinrich. »Das ist es! Darauf haben wir gewartet!«

Ludwig, der ungerührt neben seinem Vater stand, stieß ein Zischen aus. Es dauerte, bis wieder Ruhe einkehrte und sein Vater fortfahren konnte.

»Philipp Augustus, durch den Beistand göttlicher Gnade König von Frankreich, grüßt die deutschen Fürsten und ist sich mit ihnen einig in der Forderung, als einzigen wahren König des *Regnum Teutonicum Fridericus rex Siciliae ducatius Apuliae et principatus Capua* …«

Der Jubel war unbeschreiblich.

»Phillipp!«, brüllte Heinrich. »Philipp an der Seite der Staufer! Endlich! Das ist das Signal!«

Anselm jauchzte, jubelte, fand sich in Verbrüderungen mit einem böhmischen Landadeligen, wurde von Heinrich weggerissen und schließlich an den Rand der Menge getrieben.

Der König versuchte noch, das Ende seiner Epistel zu verlesen, aber seine Worte gingen völlig unter. Er rollte das Pergament zusammen und überreichte es seinem Marschall. Hinter ihm warteten schon die Mönche mit den besiegelten Abschriften, die nun nach Rom geschickt und den Abgesandten mit auf den Weg in die Heimat gegeben wurden.

Ludwig tauchte neben ihm auf. Der junge Thronfolger betrachtete die ausgelassene Menge mit einem skeptischen Lächeln.

»So war die Zeit Eures Wartens nicht vergebens«, sagte er. »Wir konnten Uns nicht äußern, bevor Otto nicht die Grenze nach Tuscien überschritten und dem Papst und Sizilien offen den Krieg erklärt hat. Jetzt ist er gebannt. Aber wird ihn das aufhalten?«

Anselm betrachtete eine Gruppe ausgelassener Thüringer, die anfingen zu singen.

»Dö-ring-erland!«, brüllten sie. »Du bist ein fein gut Land, wer dich mit treu'n tät meinen.«

Die Schwaben warteten nicht. Sie fielen sofort mit dem Georgslied ein und versuchten die Thüringer zu übertrumpfen. Die Böhmen ließen das nicht auf sich sitzen.

»Wenn erst kommt die süße Zeit, wo uns Gras und Blume sprießt, mag sich wenden alles Leid, des mein Herze traurig ist.«

Ein Gesang grimmiger Freude, als wäre der Krieg schon gewonnen. Dabei hatte er noch nicht einmal angefangen. Anselm erinnerte sich an manche Abende, in denen sie, zurückgezogen in der Ecke eines Wirtshauses, darüber gesprochen hatten. Philipps Einigung mit den staufertreuen Fürsten war ein Signal. Reichstag und Königswahl waren für Anselm die logische Folge. Dies war der Anfang einer Entwicklung, die nicht mehr aufzuhalten war und die mit Glück und Gottes Gnade schließlich in dem enden würde, wovon sie alle träumten.

Wie lange und dornig der Weg sein würde, darüber hatte er sich bisher wenig Gedanken gemacht.

»Der Bann«, sagte Anselm. Er merkte, dass seine Worte vom Lärm verschluckt wurden. »Der Bann!«, brüllte er. »Der wird ihn doch in die Knie zwingen?«

Ludwig nickte. »Der Papst will wissen, wer auf seiner Seite steht. Frankreich hat es ihm heute bewiesen. Mit unserer offenen Zustimmung wird er Otto exkommunizieren, sobald er auch nur einen Schritt über die Grenze nach Sizilien tut.«

»Damit ist er erledigt.«

»Otto?« Ludwig runzelte die Stirn. »Er ist auf dem Höhepunkt seiner Macht. Italien ergibt sich, mehr oder weniger freiwillig. Bis jetzt wurde er überall mit offenen Armen empfangen. Und was kann ihm dieser junge Friedrich in Sizilien schon entgegensetzen? Eine Handvoll deutsche Fürsten, Bischöfe und Landadelige, mehr nicht.«

»Und den König von Frankreich.«

»Ja.« Nachdenklich betrachtete Ludwig die ausgelassene Stimmung. »Gebe Gott, dass das nicht das Signal für die Plantagenêts ist. Wenn sich die Engländer jetzt einmischen und Johann Ohneland sich auf die Seite des Welfen stellt, dann ist das eine andere Dimension von Krieg. Dann haben wir ihn nicht mehr in Italien, sondern hier.«

»Was können wir tun?«

»Hoffen und beten. Das Schicksal des Römischen Reiches steht auf Messers Schneide. Die deutschen Fürsten müssen sich mit einer Mehrheit, und sei sie auch nur hauchdünn, diesem Aufruf anschließen.«

»Das heißt … eine Wahl?«

»Ja. Beim Reichstag in Nürnberg wird es sich entscheiden.«

Anselms Freude verpuffte. Er hatte geglaubt, das Signal Frankreichs werde sich wie ein Flächenbrand ausbreiten und die letzten Zweifler umstimmen. Erst durch Ludwigs Worte erkannte er, dass sie ihr Ziel noch lange nicht erreicht hatten, sondern gerade einmal die erste Wegbiegung.

»Lasst Euch nicht entmutigen.« Ludwig musste erkennen, wie es gerade in Anselm aussah. »Mein Vater würde einen solchen Schritt nicht tun, wenn er sich nicht absolut sicher wäre, auf der Gewinnerseite zu stehen. Er ist ein großer König.«

Anselm verbeugte sich vor dem Mann, der kaum älter war als er selbst, doch fast einen Kopf kleiner. »So wie Ihr einst einer sein werdet. Ich bin stolz, in Eurer Gesellschaft gewesen zu sein.«

»Dann werden wir uns hoffentlich bald wiedersehen. Vielleicht zur Krönung Friedrichs?«

Heinrich von Neiffen, hochrot im Gesicht und in beiden Händen einen Krug Wein, kam auf sie zu. »Lasst uns anstoßen! Das muss gefeiert werden!«

Ludwig lächelte. »Es ist, trotz allem, ein großer Tag. Er wird in den Chroniken Erwähnung finden als der Aufruf zu einer Allianz, die zum Guten geschmiedet wurde. Und jetzt genießt das Fest. Wir haben eine Überraschung für Euch.«

Wie auf Kommando vereinten sich die Schlachtgesänge zu begeistertem Jubel. Heinrich gab Anselm seinen Krug und reckte den Hals.

»Ich glaube nicht, was ich sehe!«

»Was siehst du denn?«, schrie Anselm, dem ein Magdeburger Hüne die Sicht versperrte.

»Ich glaube nicht, *wen* ich sehe!«

»*Wen* siehst du denn?«

Schlagartig wurde es still. Anselm drehte sich zu Ludwig um, aber der Thronfolger war verschwunden. Eine Laute wurde angeschlagen, die ersten Takte einer Melodie. Augenblicklich wurde es still. Alle, die eben noch die Treuelieder ihrer Heimat gesungen hatten, schauten sich an. Jeder im Saal kannte dieses Lied und diesen Sänger. Wie aus einer Kehle fielen sie ein in die Weise und sangen sie mit dem Troubadour, der nun neben dem Thron des Königs von Frankreich stand: das Lied der Revolution gegen Otto den Welfen.

»Ich saß auf einem Steine ...«

31.

Die Abschrift der Epistel vom Schulterschluss Frankreichs mit dem Papst und Sizilien erreichte Palermo in weniger als zwei Wochen. Doch nach dem anfänglichen Jubel folgte schnell die Ernüchterung. Otto ließ sich auch durch den Kirchenbann nicht von seiner Heerfahrt abbringen. Er eroberte

Tuscien und die Marken und erreichte am 18. November 1210 die Grenze zum *Regnum Siciliae,* die er in den frühen Abendstunden überschritt.

Noch in derselben Nacht verkündete Innozenz die Exkommunikation Ottos.

Später rechnete Konstanze aus, dass in diesen unseligen Stunden, in denen die Eroberung des sizilianischen Festlandes begann und der *ré* dem nichts entgegensetzen konnte, trotz aller Hoffnungslosigkeit ein Wunder geschehen sein musste.

Ruithard van Trossel, der Arzt aus Flandern, beendete seine Untersuchung. Sie hatte hauptsächlich im vorsichtigen Abtasten der Magengegend bestanden und einem genauen Studium der privaten Hauschroniken. Diese rollte er nun zusammen und klopfte damit einige Male in seine offene Handfläche. Er war ein Mann von beachtlichem Wissen und leider ebenso großer Eitelkeit, die sich in dem blasierten Zug um seinen Mund zeigte. Die dunklen Haare trug er stets nach der neusten Mode geschnitten, kleidete sich *à la parisienne,* also nach Sitte und Gepflogenheit der Aquitanier, und achtete peinlich genau auf die Wahl seiner Worte, um sich den Anschein von Weisheit und Kultiviertheit zu geben. Leider stand er allem, was die Medizin an Neuem wagte und aufbot, mit großer Skepsis gegenüber. Aber er hatte sich, als es hart auf hart kam, darauf eingelassen, gemeinsam mit einem Sarazenen zu praktizieren. Das hielt ihm Konstanze zugute. Und er war außerordentlich bewandert in der Astronomie, dieser Wissenschaft, die auch bei der Errechnung von Hochzeitstagen und Geburtsterminen eine große Rolle spielte.

»Nun, wenn die Menses nicht bis zur *wîhe naht* eingetreten ist, wissen wir mehr.«

»Bis wann?«

»Bis zur *nox santa,* meine Königin. Die Christnacht.«

»Ah so, ja. – Elena?«

Die Griechin reichte ihr eine Speischüssel. Konstanze hatte seit dem Morgen nichts gegessen. Sie spuckte und würgte, aber was leer war, konnte nicht noch leerer werden.

Der Arzt holte eine kleine Glocke aus seiner Tasche und läutete. Zwei Mädchen erschienen in der Tür. Elena stieß einen leisen, überraschten Schrei aus.

»Das sind Maria und Clara. Ihr erinnert Euch sicher noch an sie, nicht wahr? Euren Anordnungen gemäß sorge ich für ihre Kleider und die Schlafstatt. Clara ist zudem sehr gelehrig. Sie hat sich selbst das Lesen und Schreiben beigebracht. Ich habe das nicht unterstützt, denn sie wird Schwierigkeiten haben, einen Mann zu finden, der das toleriert. Dann muss sie in ein Kloster, denn ich kann nicht ewig junge Weiber in meinem Hause haben.«

Clara und Maria näherten sich mit gesenkten Köpfen. Konstanze gab Elena die Schüssel zurück und setzte sich auf. Ihr war immer noch leicht schwindlig, aber sie erkannte die beiden sofort. Die wilden Haare trugen sie nun züchtig unter einer Haube. Die Kittel waren leidlich sauber, die Wolltücher auch, aber am meisten erstaunte Konstanze, dass beide ein kleines hölzernes Kreuz an einer Schnur um den Hals trugen.

»Clara ...«, sagte sie. Die ältere, etwas größere der beiden trat einen Schritt vor.

Sie mussten dreizehn, vierzehn Jahre alt sein, also durchaus im heiratsfähigen Alter. Äußerlich hatte ihnen das Jahr bei van Trossel gutgetan.

»Du warst diejenige, die ihrem Vater nachgeeifert hat?«

Das Mädchen fiel auf die Knie, sagte aber nichts. Dafür begann es wie Espenlaub zu zittern.

Konstanze wandte sich an den Arzt, der mit undurchschaubarer Miene seine Tasche zu packen begann. »Warum habt Ihr sie hierhergebracht? Die Töchter des Hakims, in mein Haus? In mein Zimmer?«

Van Trossel machte eine Handbewegung. Clara sprang auf und rannte mit ihrer Schwester aus dem Raum. Er musterte Elena, als ob er sie am liebsten gleich hinterhergeschickt hätte.

»Lasst uns einen Moment allein«, sagte Konstanze.

Die Griechin nickte widerwillig. Van Trossel wartete, bis sie die Tür von außen geschlossen hatte.

»Ich habe sie taufen lassen, meine Königin. Sie wollten es nicht, und ich bin mir nicht sicher, ob Gottes Gnade schon ihr Herz erleuchtet hat, aber es ist mir in diesen Zeiten nicht möglich, Heiden unter meinem Dach zu haben.«

Jumanah und Rashida waren nun also Clara und Maria.

»Und ihr glaubt, ein Kreuz um den Hals macht mir ihren Anblick erträglicher? Ich habe ihren Vater zum Tode verurteilt. Die beiden mussten mit ansehen, wie er gehenkt wurde. Ich habe schon genug Feinde im Land. Muss ich sie da noch in meinen Mauern haben?«

Du bist schuld! Ich verfluche dich!

Der Schrei gellte noch immer in Konstanzes Ohren. Jumanah hatte ihn ihr entgegengeschleudert, damals, und Vela, die beteuerte, unschuldig und genau wie der Hakim Opfer eines Komplotts zu sein, dessen Drahtzieher immer noch nicht entdeckt waren, die immer noch unerkannt unter ihnen weilten …

»Meine Königin?«

Konstanze fuhr zusammen. »Ja?«

»Wie ich schon sagte, ein Mann wird sie nicht nehmen. Man könnte Clara zur Hebamme ausbilden. Oder vielleicht sogar zum Studium nach Bologna schicken. Sie ist klug und geschickt. Aber leider fehlen mir die Mittel.«

»Zahlen wir so schlecht?«

»Ihr zahlt gut, wenn Ihr zahlt.«

»Was soll das heißen?«

»Das heißt, dass man die Münzen vielleicht schneller prägen sollte. Oder, vielleicht, generell, irgendetwas zum Prägen bräuchte.«

Konstanze öffnete die Gemme an ihrem Seidenmantel und reichte sie dem Arzt. Es war ein hübscher Steinschnitt in Gestalt eines schreitenden Löwen, in Gold gefasst und nach sassanidischer Art in orientalischer Üppigkeit verarbeitet. Das Kleinod hatte zu ihrer Brautausstattung gehört.

»Hier. Nehmt das.«

»Meine Königin! Das ist zu viel!«

»Es ist nicht für Euch, sondern für die Mädchen. Sobald sie volljährig sind, schickt sie zu den Benediktinerinnen. Wenn sie weiterhin lernen und eifrig sind, reden wir über Bologna.«

Van Trossel zupfte ein Tuch aus seiner Manteltasche und wickelte die Gemme vorsichtig ein. »Ich war immer offen zu Euch. Ich folge Eurem Wunsch aus Respekt, nicht aus Einsicht. Aber was treibt Euch zu dieser Sorge um zwei Heidenkinder?«

»Ich habe sie zu Waisen gemacht.«

»Ihr habt getan, was Ihr tun musstet. Der Vater der beiden wurde zu Recht gehenkt.«

»Ja. Er hat das Gift gemischt. Für die Ratten in Bonaccis Keller, aber nicht für mich.«

Der Arzt legte das Geschenk in das Lederfutteral, in dem er seine kleinen, scharfen Messer aufbewahrte. Er rollte es sorgfältig zusammen und verstaute es in seiner Tasche.

»Dann hat ihn dennoch seine gerechte Strafe ereilt. Bonacci ebenso. Und all die anderen, die an dem Aufstand beteiligt waren. Grämt Euch nicht. Kummer und Sorge sind nicht gut, wenn der Leib gesegnet ist. Ich komme nächste Woche wieder.«

Doch der Gram wich nicht. Er wurde nur noch schlimmer.

Die Nachrichten aus dem Norden des *Regnum* trafen täglich ein, und sie waren niederschmetternd. Städte, die sich Otto nicht ergaben, wurden belagert und die Festen geschleift. Niemand eilte zu ihrem Schutz. Die Exkommunikation schien den

Welfen geradezu anzufeuern. Auf der *Via Appia* zog er hinab bis nach Capua, wurde von den abtrünnigen, langobardentreuen Ghibellinenfürsten aufs Freundlichste empfangen und ließ sich, als gäbe es keinen Herrn außer ihm, in ihren Palästen nieder.

Der Feind stand im eigenen Land.

Wer noch an Ruggero glaubte, wurde ausgelacht. Der Wintereinbruch bescherte der Insel Sizilien einen kurzen Aufschub. Aber jedem war klar, das 1211 das Schicksalsjahr des *Regnum* werden würde. Otto würde die Stiefelspitze der Apenninenhalbinsel erreichen und mit Hilfe der pisanischen Flotte nach Messina übersetzen.

Und dann gnade ihnen Gott.

Kurz vor den Weihnächten kehrte Ruggero von seiner letzten Reise zurück. Konstanze ließ durch Livio anfragen, ob ein Besuch in seinen Räumen erwünscht sei, und betrat, nach der schnellen und positiven Antwort des Cavaliere, wenig später den Leseraum des Königs.

Im Kamin flackerte ein Feuer und verbreitete eine angenehme Wärme. Der *ré* hatte sich bereits in sein Haushabit geworfen und sah von der *Iwein*-Sage hoch, als Konstanze den Raum betrat. Sein Lächeln war müde, und sie wagte kaum zu fragen, wie die Verhandlungen mit den Klöstern im Süden verlaufen waren. Sizilien war nicht nur zu arm für einen Krieg. Es war sogar zu arm für eine Verteidigung.

»Ich weiß, es ist schon spät.«

»Nicht zu spät, um mir die Schönheit deines Anblicks zu gönnen.«

Sie wurde rot und legte das Diptychon auf dem wie immer völlig überfrachteten Tisch ab. Zwei Landkarten fielen zu Boden. Konstanze bückte sich, um sie wieder aufzuheben und verfluchte ihre täppische Art. Er stand auf.

»Lass nur. Was hast du mitgebracht?«

»Ein paar Notizen aus den Hauschroniken.«

Er nahm die zusammengeklappten Wachsplättchen, öffnete sie und versuchte das Gekritzel zu entziffern. Dabei verzog er ärgerlich den Mund.

»Konstanze, ich habe geglaubt, in den letzten Monaten wären wir darüber hinweg. Wir feiern die Feste so, wie sie fallen. Oder?«

Er klappte das Diptychon zusammen und reichte es ihr zurück. Konstanze nahm es, ohne mit der Wimper zu zucken.

»Die Zeit der Feste ist vorbei. Ich entlasse dich hiermit aus den Chroniken und darf dir sagen, dass auch Fra Theobaldus höchst erfreut war, sich wieder auf die rein spirituelle Sorge um unser Heil zu konzentrieren.«

»Das verstehe ich nicht. Was soll das heißen? Nur weil wir im Krieg sind, müssen wir unsere Bemühungen nicht einstellen.«

»Doch.«

Er ärgerte sich. Seine Nasenflügel blähten sich ganz leicht, der Mund wurde schmal.

»Das klingt, als würdest du keinen Sack Stroh mehr auf unsere Zukunft geben. Ich werde das nicht zulassen. Wenn du nur gekommen bist, um mich zu reizen, dann ist dir das voll und ganz gelungen.« Er zog sie an sich.

»Du lässt deinen König durch den Korb fallen?«

Sie lachte und bog den Hals zurück. Ruggero bedeckte die Blöße mit sanften Küssen.

»Ja, das tue ich. Ich entbinde dich von deinen Pflichten.« Sie griff ihm in die Haare und zog seinen Kopf zu sich heran. »Denn du hast sie wohlgetan.«

Sie küsste ihn, spürte, wie seine Hände über ihren Körper wanderten und seine Haltung gespannter wurde, seine Berührungen fordernder, sein Kuss leidenschaftlicher, überließ sich ganz seiner Führung, wie sie das gelernt und nie bereut hatte, bis er alles abbrach, mit geschlossenen Augen einen Schritt zurücktrat und den Kopf schief legte, als hätte er sich verhört.

»Was?«

»Du hast sie wohlgetan«, wiederholte sie. Ihre Augen leuchteten, und sie konnte und wollte das breite Grinsen in ihrem Gesicht nicht verhindern.

»Was heißt das?«

Er öffnete die Augen und sah sie an. Der Blick traf Konstanze mitten ins Herz. Ungläubigkeit, Staunen, Zweifel und Angst, auch Angst, standen darin geschrieben.

»Du bist …«

»Gesegnet!«, jubelte Konstanze und warf sich ihm an den Hals, dass er noch einmal zwei Schritte zurücktaumelte. »Wir bekommen ein Kind!«

Er presste sie so fest an sich, dass sie nach Luft japste. Sofort ließ er sie los. Er begann, auf und ab zu gehen. Nervös, vornübergebeugt, wie immer, wenn er Nachrichten erfahren hatte und sie so schnell wie möglich einordnen und darauf reagieren musste. Konstanze hatte Ruggero schon in vielen Ausnahmesituationen erlebt, aber was nun folgte, überraschte sie. Er schüttelte den Kopf, als ob er ihr kein Wort glauben würde.

»Freust du dich denn nicht?«

»Konstanze!« Er breitete die Arme aus, aber nicht, um sie darin aufzunehmen. Er drehte sich einmal um die eigene Achse, legte den Kopf in den Nacken und stieß einen Schrei aus.

Er ist verrückt geworden, schoss es ihr durch den Kopf. Vielleicht hätte ich doch den Fra bitten sollen, es ihm zu sagen. Oder van Trossel. Oder Livio, wenn es denn sein muss.

Ruggero packte sie am Handgelenk und zog sie zur Tür. Er riss sie auf und lief hinaus ins Treppenhaus. Die Wachen salutierten sofort und warfen sich fragende Blicke zu. Ruggero trat an die Brüstung.

»Palermo!«, rief er. »Palermo! Hörst du mich?«

Die Knechte vom Tor und aus den Ställen liefen in den Hof. Türen wurden geöffnet, Gesinde und Hausgäste, hastig bekleidet, stürzten an die Balkone und starrten nach oben, wo ein König gerade ein Beispiel dafür gab, wie es war, den Verstand zu verlieren.

Ruggero riss Konstanzes Hand hoch. Dann ließ er sie los und sprang auf die Brüstung. »Sizilien!«

»Nein!«, schrie sie. Der Aufschrei setzte sich durchs ganze Treppenhaus fort. In Panik wollte sie ihn herunterzerren, aber er strahlte sie nur an.

Er umschlang eine der schmalen Steinsäulen, als wäre sie jetzt seine Braut, und brüllte noch einmal: »Sizilien!«

Der Ruf drang hinauf bis zu den Wachttürmen und hinunter bis in den tiefsten Keller.

Cavaliere Livio eilte heran und blieb vor Schreck wie angewurzelt stehen. Konstanze hob ratlos die Schultern.

»Rom! Höre mich! Der König Siziliens gibt bekannt, dass ihm von Gottes Gnaden ein Sohn geboren wird! Ein Sohn, hört ihr? Ein Sohn!« Er sprang von der Brüstung direkt in ihre Arme.

»Ein Sohn«, keuchte er, noch ganz außer Atem. »Es wird doch ein Sohn, oder?«

Er küsste sie vor allen Leuten auf den Mund. Ein Raunen und Flüstern mäanderte durch das steinerne Treppenhaus.

»*Vivat!*«, schrie jemand.

»*Vivat!*«, schrien alle.

Die Wachknechte schlugen mit ihren Speeren an alles, was aus Metall war und einen mörderischen Lärm verursachte. Fackelschein tanzte über die Wände. Lachen, Jubel und Pfiffe gellten in den Ohren. Mitten in der Nacht erwachte der Palast zum Leben.

Der Cavaliere verbeugte sich und zog sich diskret, aber glücklich lächelnd zurück. Ruggero nahm Konstanzes Gesicht in beide Hände und küsste jede Stelle mindestens zehnmal. Dann presste er sie wieder an sich.

»Oder?«

»Du bist ja von Sinnen!«, lachte sie.

Er wurde ernst. »Oder?«, fragte er ein letztes Mal, leise.

Konstanze legte ihre Stirn an seine und schloss die Augen. »Ich weiß es nicht.«

Er atmete tief durch. »Es ist ein Sohn. Bis zum Beweis des Gegenteils.«

Anfuso de Roto, Conte von Tropea, reichte dem Wächter die Schüssel mit den Resten der Fasanenbrust. Er war ein schlanker, gutaussehender Mann mit den gesunden Gliedern eines in Wohlstand aufgewachsenen Adeligen. Die gerade, schmale Nase und das markante Kinn verliehen seinem Gesicht etwas Caesarenhaftes. Nur die Augen unter den dichten schwarzen Brauen lagen etwas zu eng beieinander, was seinen Zügen manchmal etwas Heimtückisches gab. Anfuso wusste um diesen Makel und bemühte sich, ihn durch Noblesse und *mildte* auszugleichen. Seine Stimme war leise und angenehm, normalerweise, klang nun aber, irritiert durch die nächtliche Störung, ärgerlich.

»Was ist da los? Was brüllt dieser Bastard nachts herum? Ist Otto endlich angekommen?«

Er rechnete nicht ernsthaft mit einer Antwort. Seit fast einem Jahr saß er, seiner weltlichen Güter beraubt, im Turm des Normannenpalastes und wurde langsam ungeduldig. Wie lange brauchte der Welfe denn noch, um diesem jungen, tollwütigen Kläffer endlich das Maul zu stopfen?

Der Wächter war ein langmütiger Kerl. Im Laufe der Haft hatte er dessen Stoizismus schätzen gelernt. Beleidigungen und Befehle ließ er an sich abprallen wie Kieselsteine an einem Brustpanzer. Doch er war empfänglich für Zuwendungen, und seit Anfuso de Roto ihm jede Woche pünktlich vor der Sonntagsmesse einen Kupferdirham zusteckte, war auch das Problem mit den Boten gelöst. Der rege Briefverkehr, den er mit den anderen Grafen Apuliens pflegte, musste nun nicht mehr mühsam über Pfaffen, Weib und Kämmerer abgewickelt werden. Die Boten empfingen die Episteln gleich aus der Hand des Wächters und Anfuso die seinen, jeden Morgen ordentlich angerichtet auf dem Tablett neben warmem Brot, zartem Schinken und dem Salat aus Orangen, Datteln und Mandelkernen, den er so sehr liebte. Es war ein angenehmes Leben, wenn der Raum nicht so beengt gewesen wäre und er nicht täglich daran erinnert würde, dass Ottos Triumphzug durch Italien gerade ohne ihn stattfand.

»Ich habe keine Ahnung.«

»Dann mach dich kundig.«

Rufe und eilige Schritte auf der Turmtreppe veranlassten Anfuso, die Sache lieber selbst in die Hand zu nehmen. Er schob den Wächter zur Seite und trat aus dem noblen Verlies hinaus in den kleinen Vorraum. Auch ein teuer erkauftes Privileg, aber jeden *soldo* wert, denn es gaukelte Bewegungsfreiheit vor, auch wenn sie nach wenigen Stufen endete.

»Die Königin ist gesegnet!«, brüllte ein Knecht von unten nach oben.

Anfuso beugte sich über das Geländer. »Wer sagt das?«

»Der *ré*! Der *ré*!«

Verblüfft wandte sich Anfuso an seinen Bewacher. »Was heißt das? Gesegnet?«

»Nun, äh, also, meiner Frau ist's neun Mal passiert. Und viere leben noch.«

»Dummkopf. Wann kommt sie nieder?«

»Conte, das weiß ich doch nicht!«

»Dann … ach.« Mit einem ärgerlichen Schnauben kehrte Anfuso zurück in seine Turmkammer. »Hol die Schreiblampe und eine neue Flasche Rußtusche!«

»Die ist noch nicht wieder eingetroffen, Conte. Die pisanische Flotte kontrolliert mittlerweile den gesamten Mittelmeerraum. Kaum eine Galeere schafft es noch, durchzukommen. Es fehlt schon an Pfeffer, und der französische Wein, den ihr so mögt, geht auch zur Neige.«

Anfuso atmete tief durch. »Dann holt Quecksilber und Auripigmentum, und ich rühre sie mir selbst an. Eier gibt es wohl noch?«

»Ja. O ja, Herr! Zumindest in den Ställen des *ré*, wo es wärmer ist als auf dem Feld. Aber sie sind teuer. Sehr teuer, *nobiluomo*.«

Anfuso kramte in seinem Almosenbeutel und drückte dem Wächter einen Dirham in die Hand. Der nickte, treuherzig und sehr ergeben.

»Ich mache mich gleich auf den Weg.«

Mit einer ungeduldigen Handbewegung scheuchte der Graf den Tölpel aus dem Raum. Er konnte seiner Unruhe kaum Herr werden. Die Königin gesegnet, ausgerechnet. Hätte sich dieses Pack keinen anderen Zeitpunkt aussuchen können? Er rekapitulierte die Fortschritte des Kriegs, aber es blieben, trotz aller positiven Entwicklungen, Zweifel. Weilte Otto den ganzen Winter in Capua? Wie lange würde er brauchen, bis er den Süden des Festlandes durchquert hatte? Reichte die Zeit? Oder warf diese spanische Hündin doch noch einen Bastard, der die staufische Linie erhalten und fortsetzen würde?

Er ging zum Fenster, das kaum breiter als eine Schießscharte war und durch das er, selbst wenn er das geölte Leder entfernen würde, kaum mehr als ein schmales Rechteck Winterhimmel sehen könnte. Er lauschte. Die Tumulte hatten sich gelegt. Hunde bellten. Die Wachablösung klirrte mit den Waffen. Ein leises Lachen, dann war es wieder still.

Federico Secondo, der König von Sizilien, würde nicht kinderlos sterben.

Es sei denn, man half nach.

Hastige Schritte näherten sich. Der Wächter erschien und strahlte übers ganze Gesicht.

»Hier! Die letzte Flasche! Tinte ab sofort nur noch für die königliche Kanzlei und die Klöster.«

Anfuso schnappte sich das Fläschchen und stellte es auf seinem *scriptorium* ab. Dann griff er zu einem kleinen, scharfen Messer und schnitt den Kiel der Feder zurecht.

»Dieses Schreiben muss heute Nacht noch auf den Weg nach Capua gebracht werden.«

»Ein Kurier also, kein normaler Bote?«

Anfuso seufzte und zog eine kleine Schublade auf. Darin verwahrte er das Handgeld für die täglichen Ausgaben. Nicht zu viel, denn er wollte den guten Mann nicht in Versuchung führen, früher als nötig in den Genuss so vieler *soldi* zu kommen.

»Ein Kurier. Er soll nicht rasten noch ruhen. Und wenn es keine Schiffe mehr gibt, soll er meinetwegen durch die Straße von Messina schwimmen. Wie er es macht, ist mir egal. Dass er es macht, zählt.«

Der Wächter nickte und steckte den *soldo* ein.

»Er wird fliegen, wenn es sein muss.«

Anfuso wartete, bis der Mann die Kerze auf dem *scriptorium* entzündet und sich zurückgezogen hatte. Dann zog er den Schemel heran, tauchte den Federkiel in die Tinte und begann zu schreiben.

»Im Jahr der Fleischwerdung des Herrn 1211, im vierzehnten Römerzinsjahr, unter der Regierung Ottos des Vierten, von Gottes Gnaden Kaiser der Römer, dem wir uns auch im *Regnum Siciliae* zugehörig fühlen, gegeben zu Palermo in den letzten Kalenden des Dezember. Unsere Segenswünsche zum Lobe Gottes und zum Heile unserer Seele senden wir und geben Kunde von einem großen Unglück …«

Die Nachricht vom Zustand der Königin verbreitete sich wie auf Flügeln. Sie gelangte im Morgengrauen nach Jato, der Zeltstadt der Kalibiten, als ein Händler, beladen mit Kesseln aus Kupfer und Eisen, die Hochebene in der nicht unberechtigten Hoffnung erreichte, dieselben gegen die bunte und sehr beliebte Keramik der Sarazenen einzutauschen.

Nicht lange nach Sonnenaufgang wussten es die Sklavinnen. Und ab da machte es in den Zelten die Runde, bis das zischelnde Gerücht auch den Palast Tamins erreichte. Samira erfuhr es von einem der Mädchen mit den geschickten Händen, das ihr die Haare in stundenlanger Arbeit zu Hunderten von Zöpfen flocht und bunte Glasperlen einarbeitete.

»Seit wann?«, fragte Samira. Gelangweilt pickte sie eine kandierte Kirsche von einem der süßen, kleinen Kuchen, die das Mädchen mitgebracht hatte.

»Noch nicht so lange, oder? Sonst hätte man ja etwas sehen müssen. Sie zeigt sich doch immer am *yom al-ahad*, am ersten Tag der Woche, im Dom. Geht zu Fuß aus dem Palast über den Markt und redet mit den Leuten.«

»Mit ihren Leuten, meinst du wohl.«

Das Mädchen, kaum fünfzehn und trotz seines langen Schleiers von einer drallen Sinnlichkeit, gegen die Samira sich sehnig und knochig vorkam, nickte.

»Natürlich, *amira*. Sie kann kein Arabisch.« Das Mädchen griff nach einer gelben Perle und prüfte mit zusammengekniffenen Augen, ob die Farbe zu den andere passte.

»Jedenfalls hat Rasin al-Zahid, der Junge, der dem Marionettenschnitzer zur Hand geht, mir erzählt, dass sie immer noch so dünn ist wie ein Schilfrohr. Wenn ihr Kalif es jetzt bekanntgibt, müsste es der dritte Monat sein. – Wollt Ihr es mehr bunt oder lieber nur gelb und blau?«

»Egal.«

Samira spürte, wie ein fast unerträglicher Schmerz hinter

ihren Schläfen pochte. Ruggero hatte seinen Samen in den Schoß der Spanierin gepflanzt, und die Saat war aufgegangen. Die Welt durfte einen Thronfolger mit dem reinen Blut seiner königlichen Eltern erwarten. All ihre wilden Träume zerbrachen wie Glas, und die Scherben bohrten sich in ihr Herz und ließen es ausbluten.

»Ich finde, Ihr könntet gut etwas mehr Farbe vertragen. Dieses Grün zum Beispiel betont das Leuchten Eurer Augen. Und wenn man es mit etwas Blau …«

»Genug!«

Samira sprang auf. Erschrocken wich das Mädchen zurück.

»Verzeiht, *amira*. Ich wollte Euch nicht kränken. Eure Augen strahlen auch so wie die Sterne!«

»Ich will allein sein.«

»Natürlich. Ruft mich. Ich gehe in die Küche.«

Sie eilte hinaus. Samira versuchte, die Zöpfe mit den Perlen zu entwirren, aber ihre Hände zitterten zu stark. Ruggero, dachte sie. Ruggero! Warum hast du mich verlassen? Warum hast du uns keine Chance gegeben, als noch Zeit dazu war?

Sie zerrte an ihren Haaren, doch sie verfilzten nur noch mehr. Am liebsten hätte sie geschrien und sich das Gesicht mit den Händen zerkratzt, aber das hätte die Wächter nur wieder aufmerksam gemacht. Tamin hatte ein Auge auf sie. Wahrscheinlich hatte Majid ihn gewarnt. Hatte sie bloßgestellt vor ihrem Bruder, ihm verraten, was sie immer noch für den König empfand …

Er hatte sie genommen wie eine Blume am Wegesrand. Ihm war es egal, ob sie verdorrte. Er ging seinen Weg, ohne sich noch einmal umzusehen. Kein einziges Mal mehr waren sie seit seiner Hochzeit allein gewesen. Dabei hatten sie schon als Kinder zusammen gespielt. Er war der Ritter und sie das noble Fräulein, und er rettete sie aus dem Turm und trug sie auf Händen davon und machte sie zu seiner Frau. Zu seiner Königin.

Eines Tages bist du mein. Prinzessin.

Ein Versprechen, geflüstert in den warmen Sommerwind, der mit ihren Haaren spielte. Sie lagen im Gras und beobachteten die Wolken. Majid, damals *qadi* von Palermo, hatte Ruggero mitgenommen zu den Sarazenen. Der Vater lebte noch, er saß mit Tamin und den bösen Männern aus dem Normannenpalast zusammen, und sie handelten einen Waffenstillstand aus. Samira wusste damals nicht genau, was das war. Sie liebte es, wenn die Berber auf ihren weißen Pferden über die Hochebene jagten und ihre blitzenden Säbel zogen. Waffenruhe? Hieß das, es würde keine Fantasia mehr geben?

Ruggero, mit langen, wilden Locken, trug eine Djellaba. Er war gekleidet wie einer von ihnen und von der Sonne fast so braungebrannt wie sie, doch die blauen Augen und das Kupferblond seiner Haare ließen ihn aussehen wie einen Märchenprinzen. Er war ein Knabe. Ein Kind. Aber alt genug, um sie mit scheuen Blicken zu betrachten. Er riss einen Halm ab, hielt ihn sich mit beiden Händen vor die Lippen und blies eine Melodie darauf. Sie war süß und verlockend.

»Ich bin eine Prinzessin«, sagte sie. Ihre nackten Füße gruben sich in die warme Erde. Sie spürte, wie ihr das Hemd von der Schulter rutschte, aber sie achtete nicht darauf. Er ließ die Hände sinken und konnte die Augen nicht von ihrer Blöße abwenden.

»Du bist verzaubert«, flüsterte er. »Annweiler will euch alle ins Meer treiben. Aber ich will das nicht.«

Sie lächelte unsicher. Was war das für ein Spiel, in dem sie ins Meer getrieben werden sollten und dessen Anstifter ein merkwürdiger Mann sein musste? Ruggero nahm ihre Hand und hielt sie fest. Gemeinsam liefen sie zurück zu den anderen. Zwei Kinder. Die Welt war so einfach. Und so schön.

War es nicht auch schön gewesen, wie sie zueinander gefunden hatten? Die langen, heißen Sommer, die Wettrennen zu Pferde, die Jagd, die Feste, die sie hier oben gefeiert hatten?

Annweiler starb, und Samira begriff, dass das Spiel, das Sarazenen und Normannen spielten, Krieg hieß und dass es keiner gewann. Aber warum hörte man dann nicht einfach auf damit und reichte sich die Hand, so wie das zwei Kinder getan hatten? Ruggero wuchs heran zu einem Mann, einem König, und sie war seine Königin.

Wie konnte er vergessen, was er ihr einmal versprochen hatte? War das alles wertlos geworden? Hatte diese Frau das getan, die Fremde aus Zaragoza, die ihn ihr weggenommen hatte?

Konstanze von Aragón. Ein Name wie eine Klinge, scharf, spitz, tödlich. Er zerschnitt das Band, trennte sie von Ruggero, warf sie vom Gipfel des Glücks hinunter in die Tiefe der Verzweiflung, wo sie zerschmettert liegen blieb.

Mit tränenblinden Augen tastete Samira nach ihrem Dolch. Sie trat vor den silbernen Spiegel und betrachtete das Wesen, das ihr aus dem polierten Metall entgegenblickte: eine ihres Glücks beraubte Frau. Eine andere trug ihr Kind. Konstanze hatte es gestohlen, so, wie sie ihr den Mann gestohlen hatte.

Die Sarazenin hob das Messer und hielt es sich ans Kinn. Es war so weit. Was hatte sie zögern lassen? Respekt vor dem Leben? Vor den geschriebenen und ungeschriebenen Gesetzen, die andere mit Füßen traten? Es war vorbei. Die Stunde war gekommen. Jetzt.

Sie schnitt sich, einen nach dem anderen, die Zöpfe ab.

32.

Der Januar verging, und die Folgen der Belagerung erreichten auch die Villen und Paläste. Der Nachschub vom Festland war abgeschnitten oder kam nur noch über weite

Umwege ins Land. Tuch aus London, Messer und Nadeln aus Nürnberg, Pelze aus den Ländern des ewigen Schnees, das Unzengold zum Besticken von Seide und Samt, Wolle, Leinen, Wachs, Alaun, Pfeffer – all das fehlte plötzlich. Die letzten Bestände und raren Lieferungen erzielten Höchstpreise auf den Märkten.

Noch reichten die Vorräte an Getreide. Doch im Februar leerten sich die großen Speicher, und die Wilderer, die im Goldenen Tal auf der Lauer lagen, wurden immer mehr. Vor den Suppenküchen der Klöster bildeten sich lange Schlangen. An den Tagen wärmte die Sonne, doch die Nächte waren nach wie vor bitterkalt.

Das Einzige, was es in Hülle und Fülle gab, waren Fische und Zitronen. Als Maestro Pasquale zum vierten Mal in einer Woche Barsch servierte, wurde es selbst Konstanze zu viel.

»Es soll Thunfisch auf dem Markt geben«, sagte sie und schob den Teller von sich. »Die Condesa hat es mir erzählt. Warum kaufen wir da nicht?«

Pasquale sah zu Boden und antwortete nicht.

»Ist die Küchenkasse etwa leer?«

Der Koch nickte. »Die Klöster haben die Lieferungen eingestellt, weil sie dem Ansturm der Armen sonst nicht mehr Herr werden. Die Scheunen der Bauern sind leer, weil ihre Söhne im Krieg sind und die Felder nicht richtig bestellt wurden. Die Barone jagen, um ihre eigenen Familien zu ernähren. Seit letzter Woche hat keine Kogge mehr den Hafen angelaufen.«

»Auch keine *tarida* von Djerba?«

»Nein, meine Königin.«

Das waren schlechte Neuigkeiten. Konstanze entließ den Koch, der sichtlich erleichtert war, ungeschoren davonzukommen. Am Abend, nach einem offiziellen Mahl mit Variationen von … Barsch … versuchte sie, an Ruggero heranzukommen. Er saß auf der anderen Seite der Tafel und war, kaum dass er sie aufgehoben hatte, umringt von den Gästen, mit denen er direkt nach dem Empfang hinauf in sein *musio* wollte.

Konstanze drängelte sich durch den allgemeinen Aufbruch. Sie erreichte Ruggero, der gerade einige Sätze mit Hayyim, dem Kompassmaler, wechselte. Der *ré* bemerkte sie und machte ihr Platz in der Runde. Hayyim verabschiedete sich hastig, konnte aber nicht schnell genug den Saal verlassen.

»Guten Abend, *nobiluomo*«, sagte Konstanze.

Der Mann wich ihrem Blick aus.

»Meine Königin?«

»Habt Ihr den Korb bekommen, den ich Euch geschickt habe?«

»Korb?« Er drängte sich vor ihr durch die Tür, als ob er vor etwas auf der Flucht wäre. »Oh, ja, der Korb. Danke.«

»Wann stellt Ihr uns denn Euer neues Familienmitglied vor?«

»Meine Königin, sehr gerne. Aber ... das Kind ist krank. Husten. Schnupfen. Geschrei die ganze Nacht. In Eurem Zustand wäre das nicht gut.«

Konstanze lächelte. Genau diese Probleme würden auch auf sie zukommen, und sie freute sich unbändig darauf. »Dann richtet Rahel meine besten Grüße aus.«

»Ja. Danke, meine Königin. Darf ich gehen?«

Sie nickte, und Hayyim eilte davon. Nachdenklich sah sie ihm hinterher. Etwas stimmte nicht mit dem Mann, und es hatte offenbar mit dem Familienzuwachs zu tun. Ruggero hatte den schnellen Abgang seines Kompassmalers ebenfalls bemerkt.

»Er malt fürchterliche Ungeheuer auf die Seekarten«, raunte er ihr zu. »Zweimal musste er sie wieder abschaben. Jeder Matrose wäre schreiend geflüchtet, hätte man sie ihm vorgelegt. – Was hast du auf dem Herzen? Geht es dir gut?«

»Ich muss mit dir reden.«

Ruggero runzelte die Stirn. Die Stunden nach der *cena,* der abendlichen Hauptmahlzeit des Tages, waren für Gespräche mit den Hausgästen reserviert. Sie kamen oft von weit her, blieben Wochen und Monate und berichteten von neuen Erkenntnissen und verblüffenden Begebenheiten. Der Austausch mit ihnen gehörte zu den Pflichten des *ré*. Vor allem in diesen Zeiten, in denen sie die Insel nicht oder nur schwer verlassen konnten.

»Worüber?«

Konstanze lächelte einem Mathematiker aus Konstantinopel zu, den sie einen Abend lang an ihrer Seite hatte ertragen dürfen. Seitdem setzte sich die Welt für sie aus gleichschenkeligen Dreiecken zusammen.

»Über Geld«, flüsterte sie.

Elena bereitete das Schlafgemach der Königin für die Nacht vor. Sie versprengte etwas Rosenwasser, schlug die Pelzdecke zurück und zog die seidenen Laken glatt. Mit dem Glutbecken wollte sie noch warten, bis ihre Herrin aus dem Bad zurückkehrte.

»Signora Elena?«

Eine Magd erschien in der Tür. Sie trug einen kleinen Holzkorb und sah sich neugierig um. Dem Gesinde aus den unteren Etagen war der Eintritt in die königlichen Gemächer nicht erlaubt.

»Getrocknete Damaszenerpflaumen und kandierte Früchte.« Sie ging kurz in die Knie und reichte Elena eine kleine Holzkiste. »Der Koch hat sie heute von den Sarazenen bekommen und geprüft.«

Das erbrochene Siegel bestätigte die Worte der Magd. Elena nahm die Kiste und trug sie in die kleine Kammer neben dem Wohnraum der Königin. Sie war nicht größer als zweimal zwei Klafter und diente zur Aufbewahrung von Gerätschaften, die nicht offen herumstehen sollten. In Holzregalen standen Blumenvasen und Schalen, auf einem Tisch lagen Schnittmesser und Putztücher. Elena suchte einen bunten Keramikteller aus.

Die Früchte waren einzeln in Palmblätter gewickelt und mit bunten Bändern verziert. Sie sahen hübsch aus, und die Griechin freute sich schon auf das Lob aus dem Mund der Königin, wenn sie ihr die Schale präsentierte. Sie griff in die Kiste, holte die letzten heraus und stockte mitten in der Bewegung.

Auf dem Boden lag eine Falkenfeder.

Ihre Hand zitterte, als sie danach griff und hoffte, es wäre ein Irrtum. Sie zählte die Punkte. Ihre Beine gaben nach, sie taumelte an die Wand, lehnte sich dagegen und rutschte langsam in die Hocke. So saß sie einige Zeit da und wartete darauf, dass ihre Kräfte zurückkehrten und das Zittern aufhörte.

Sie vernahm, wie sich die Tür zum Empfangsraum öffnete.

»Konstanze?«

Die Stimme der Condesa. Seit sie wieder da war, wartete Elena stündlich auf ihre Entlassung. Sie würde zurückkehren in die Waschküche und ignorieren, dass alle hinter ihrem Rücken über sie lästerten. Da schaut, die stolze Elena! Ein kurzes Gastspiel im vierten Stock, nicht wahr? So gut kann sie dann wohl nicht gewesen sein, wenn sie ersetzt wird, kaum dass Velasquita Condesa de Navarra wieder in Ehren aufgenommen wurde.

»Vela!«

Die Königin musste die Condesa gehört haben und trat aus dem Bad in den Vorraum. Elena hörte zu, wie die beiden sich begrüßten. Es klang so vertraut, so … warm. Sie waren unter sich. Der Ton der Älteren bekam etwas Mütterliches, die Jüngere ließ sich die neckische Zärtlichkeit der Worte gefallen wie ein schnurrendes, verspieltes Kätzchen.

Elena spulte ihr Leben zurück wie einen Wollfaden von der Spindel, aber sie fand keine Stelle, die sie damit vergleichen konnte. Siebzehn Kinder hatte ihre Mutter geboren. Neun davon hatten das sechste Lebensjahr erreicht. Immer noch zu viele, denn der Vater verkaufte sie an einen Fischer, der im Hafen festgemacht hatte und Kinder zum Netzeflicken und Fischeausnehmen suchte. Die Jahre waren so hart wie das verspelzte Brot, das sie zu essen bekam. Als der Fischer anfing, den Mädchen unter die Röcke zu greifen, war sie geflohen. Athen war ihr Ziel gewesen, aber sie hatte die Stadt nie erreicht. Männer auf dem Weg nach Konstantinopel hatten sie mitgenommen, Kreuzfahrer, Wegelagerer, so genau konnte das keiner mehr sagen. Einer war gut zu ihr gewesen. Zu Hause hatte er Frau und Kinder, doch unterwegs nahm er sie mit in das Biwak, und sie wusch ihm die Wäsche dafür. Zwei Kinder hatte sie geboren, einen Jungen, Stavros, und ein Mädchen, Nike. Es waren Wanderjahre, und es gab keine Zeit für unnütze Worte und verzärtelndes Geplänkel. Die Kleinen mussten mit anpacken, sobald sie laufen konnten. Und woher hätte sie, Elena, wissen sollen, wie man ein Kind tröstete? Es in den Arm nahm? Auf seine Klagen hörte, statt Fieber und Apathie als Faulheit zu schimpfen? Erst als Nike gestorben war, kaum acht Jahre alt, hatte sie begriffen, dass das Mädchen krank gewesen war.

Da war Stavros schon zehn. Ein schweigsamer Junge, verbockt, verschlagen. Eines Tages hatte er ihr die zwei *soldi* gestohlen, die sie in eine Falte ihres Rockes eingenäht hatte, und war verschwunden. Wohin? Keiner wusste es. Sie hatte nie wieder etwas von ihm gehört.

Die Männer wechselten, aber schmutzige Wäsche gab es immer. So war sie mit den versprengten Rotten bis nach *Outremer* gelangt, und trotz des Waffenstillstands auf beiden Seiten gab es Kämpfe und Scharmützel. Die Männer fielen, das Biwak wurde geschleift, und Elena war über Damaskus nach Sizilien gekommen, nicht mehr als Frau, sondern als Ware. Fleiß, Geschick und ihre Hässlichkeit ersparten ihr das Schicksal, in Tamins Harem zu landen.

Nun zählte sie über vierzig Jahre, und sie hatte ihre Lektion gelernt. Denk an dich zuerst, sonst tut es niemand. Sie dachte an das Goldstück, den Judaslohn, den sie für ihren Verrat an der Königin erhalten hatte, und dass die Königin sie aufgenommen hatte und die Einzige gewesen war, die jemals Interesse an ihrem Schicksal gehabt hatte.

Ich gebe dich nicht weg, hatte sie gesagt.

Die Griechin zog die Feder durch die Hand. Sie war das Zeichen, und es war an Elena, die wertlose Sklavin, adressiert. Aber in diesem dunklen, kleinen Raum saß jemand anderes. Eine Frau, die durch den schmalen Spalt der Tür anderen dabei zuhörte, wie sie vertraut und liebevoll miteinander redeten. So, wie nie jemand mit ihr reden würde.

»Wo ist deine Kammerfrau?«

»Sie wird unten sein und das Nachtmahl holen.«

Beide traten an den Kamin. Elena hörte, wie sie die Stühle näher ans Feuer rückten. Sie sollte aufstehen und hinübergehen. Wenn sie jetzt auftauchte, könnte sie ihr Schweigen vielleicht noch erklären.

»Vertraust du ihr eigentlich?«, fragte die Condesa.

Elena blieb sitzen. Sie hörte ihr Herz pochen, so laut, dass es ein Wunder war, wenn niemand außer ihr es vernahm.

»Warum?«

»Weil ich mich immer wieder frage, wer dir damals das Gift in den Krug getan hat. Ich schwöre dir bei allem, was mir heilig ist, bei meinem Augenlicht, bei der Unsterblichkeit meiner Seele ...«

»Ich weiß. Vela! Du bist unschuldig!«

»Said wäre niemals ins Schloss gekommen.«

»Said?«

Kurzes Schweigen.

»Der Hakim, meine ich. Seine beiden Mädchen haben damit auch nichts zu tun. Es kann nur jemand vom Gesinde gewesen sein.«

»Jetzt verstehe ich deine Frage. Elena.«

Die Lauscherin presste die Lippen zusammen, um nicht aufzustöhnen. Ihr Hals wurde so eng, als ob sich die Schlinge schon zuziehen würde.

»Ich glaube, meine Kammerfrau ist mir treu ergeben. Sie hat keine Herzlichkeit, aber die hat sie zu niemandem. Ganz sicher ist sie verschwiegen und loyal. Ihr Leben muss sehr hart gewesen sein. Menschen sind wie Pflanzen. In reicher, satter Erde blühen sie auf. Im Karst werden sie zu dürrem Gestrüpp.«

»Ich widerspreche dir«, sagte die Condesa. »Auch in satter Erde blüht das Böse, das wissen wir doch. Da müssen wir nur in die feisten, runden Gesichter der Barone sehen. Heimtücke und Bosheit haben nichts mit der Umgebung zu tun. Elenas Charakter wird sich nicht ändern. Ich war lange genug unten beim Gesinde, um einiges über sie zu hören. Sie buckelt nach oben und tritt nach unten. Rashida und Jumanah hatten sehr unter ihr zu leiden.«

Elena ballte die Fäuste. Tränen der Wut stiegen ihr in die Augen. Warte nur, dachte sie. Auch für dich, Condesa, wird einst kommen der Tag, an dem abgerechnet wird.

»Clara und Maria heißen sie jetzt. Van Trossel hat sie taufen lassen.«

»Wollten sie das?«

»Ich glaube nicht, dass er sie gefragt hat. Das muss aufhören. Eine Zwangstaufe kann nicht das sein, was dem Herrn gefällt.«

»Ich bin erstaunt, meine Königin. Das aus Eurem Munde …«

»Ja, wer hätte das gedacht? Es gibt viele Dinge, für die mir erst Ruggero die Augen geöffnet hat. Ich will, dass mein Sohn so wird wie er. Er soll die Welt durch die Augen seines Vaters sehen. Nur in einem Punkt will ich, dass alles anders wird. Wenn wir diese Prüfung überstehen, dann soll er nicht so heranwachsen wie sein Vater. Er soll geliebt werden. So, wie ich es erfahren habe.«

Schweigen. Elena blickte auf die Feder in ihrer Hand.

»Werden wir sie überstehen?«

»Ich weiß es nicht, Vela. Ich weiß es nicht. – Wo bleibt sie denn?«

Elena zuckte zusammen. Es war ausgeschlossen, sich jetzt zu zeigen. Nicht nach dem, was sie soeben gehört hatte.

»Ich gehe mal runter und werde nach ihr schauen. Milch mit Honig?«

»Ach, Vela. *Du* bist meine Königin.«

Konstanze lachte. Stühle wurden gerückt.

»Und mach dir keine Sorgen wegen Elena. Ich weiß, sie würde mir niemals etwas zuleide tun. Sie hat Schlimmes erlebt. Andere würden daran zerbrechen.«

Die Feder fiel auf den Boden. Elena wischte sich eine Träne von der Wange.

»Nun gut. Wenn du meinst …«

»Sie wird noch die letzten Kalenden dieses Monats hier arbeiten, danach möchte ich gerne, dass du deinen alten Platz wieder einnimmst. Bist du schon so weit?«

»Mit Freuden, meine Königin!«

»Dann geh und bereite dich schon mal auf deine Pflichten vor!«

Elena hörte die Schritte der Condesa, die sich entfernten. Was würde die Königin nun tun? Die Teppiche verschluckten laute Geräusche. Seide raschelte. Ein Buch wurde zugeschlagen und vom *scriptorium* gezogen. Schatten wanderten an dem Spalt zur Kammer vorbei, verschwanden. Die Lederschnüre des Bettes knarrten. Leise stand Elena auf und öffnete die Tür. Der Raum war leer. Sie ging zurück in die Kammer und nahm die Schale vom Tisch, bevor sie zur Eingangstür lief, sie öffnete und laut zuschlug.

»Meine Königin?«

Konstanze saß in ihrem Bett und blickte von dem dicken *Physiologicus* auf, in dem sie so gerne blätterte.

»Ich war noch im *Tiraz*. Leider ist immer noch kein Unzengold eingetroffen.«

»Schon gut. Danke.« Mit einem zerstreuten Lächeln nahm Konstanze die Schale entgegen.

»Oh, das hast du aber schön gemacht.«

»Kann ich noch etwas für Euch tun?«

»Nein danke. Die Condesa kommt gleich. Elena?«

»Ja?«

»Kennst du die *Zisa?*«

»Natürlich, meine Königin.«

Die *Zisa* war eines der Jagdschlösser des *ré* im Goldenen Tal. Ein strenger normannischer Bau, berühmt für seinen üppigen Garten und die Wasserspiele.

»Ich möchte gerne die Condesa wieder bei mir haben. Sie war meine Amme und ist mir die treueste Freundin, die ich habe. Die *Zisa* muss für den Sommer vorbereitet werden, und ich möchte, dass du diese Aufgabe übernimmst.«

Elena blickte zu Boden. Sie sagte nichts, weil der Kloß in ihrer Kehle zu dick war.

»Das ist eine große Aufgabe, und du würdest sie in eigener Verantwortung bewältigen. Fühlst du dich dem gewachsen?«

»Ja, meine Königin«, flüsterte Elena.

»Dann kannst du gehen.«

Elena wartete, aber die Königin sagte nichts weiter. Sie verbeugte sich und lief hinaus. Damit war sie entlassen und in die Verbannung geschickt.

Sobald du das Zeichen erhältst, wirst du mich beim nächsten Vollmond am Turmtor erwarten.

Elena rechnete. Sie hatte noch drei Wochen Zeit.

Provinz Caserta, Kampanien

März 1211

33.

Rocco Gianluca, einst Schweineknecht im Hause der Bonaccis und nun ein reicher Mann, ein freier Herr, ein vom Glück geküsster Vagant im Gefolge des Heers von Otto Augustus, dem größten unter den Kaisern, roch im Frühling des Jahres 1211 zum ersten Mal seit langer Zeit wieder die rote Erde seiner Heimat.

Die Mandelbäume blühten, die Zitrushaine vergoldeten die weite Ebene zu seinen Füßen, und in der Ferne, dort, wo der Horizont die Erde berührte, glaubte er das Meer zu erkennen.

Den Winter hatten die wirklich hohen Herren in einer Abtei verbracht. Die Söldner biwakierten außerhalb der Stadtmauern und nutzten die Zeit zum Ausbessern und Flicken von Geschirr und Rüstungen. Der Krieg war bis jetzt ein Kinderspiel gewesen. Wohin sie auch kamen – entweder wurde Otto, der Gesalbte, mit Jubel empfangen, oder die Prozession mit der weißen Fahne voran erwartete sie schon am Stadttor. Nur in wenigen Ausnahmefällen musste zu so unangenehmen Maßnahmen wie Belagerung und Beschuss gegriffen werden. Rocco, des Kriegshandwerks nicht mächtig und deshalb in den Pferdeställen der Knappen und Ritter zuständig für das Fetten des Leders, bekam davon nicht viel mit. Es gab auf Seiten Ottos, des Erhabenen, so gut wie keine Toten, und die wenigen Verletzten wurden reich für ihre Schmerzen entlohnt.

Krieg war eine feine Sache. Wenn Rocco daran dachte, wie er seiner zahlreichen Nachkommenschaft einmal von dieser abenteuerlichen Reise erzählen würde, hüpfte sein Herz vor Freude. Vor allem, weil Rafaela beim Zustandekommen derselben eine nicht unwesentliche Rolle spielte. Je weiter nach Süden sie kamen, desto größer wurde sein Sehnen. Fast jede Nacht stellte er sich ihr Wiedersehen vor. Wie sie ihn nicht erkennen würde, dann ungläubig die Augen aufriss, mit ausgebreiteten Armen auf ihn zurannte und sie sich in die Arme fielen und küssten … Manchmal träumte er auch, sie zu überraschen und sich anzuschleichen, von hinten die Arme um sie zu schlingen und sich durch ihre Röcke zu ihren Schätzen vorzuarbeiten … sie kichernd, verschämt abwehrend, aber dann freudig seinem Begehren erliegend, liegend, aufeinander liegend …

Rocco verlor sich gerne in diesen Träumen, denn sie verschafften ihm Erleichterung ohne Sünde. Schließlich hatte er dabei ja beide Hände über der Decke, oder? Ungeduldig wartete er darauf, dass Otto, der Gemächliche, endlich das Signal zum Aufbruch gab. Das Wetter war gut, was hielten sie sich dann so lange hier auf? Salerno, Tarent – wenn er an den Weg dachte, der noch vor ihnen lag, würden sie die Straße von Messina nicht vor dem Sommer erreichen. Er tastete nach der Schnur um seinen Hals und holte den Ring Bonaccis hervor. Er konnte ihn gar nicht oft genug betrachten. Warm und schwer lag er in seiner Hand. Dieser Ring war sein Glück, seine Zukunft. Mit ihm konnte er ein Stück Land kaufen, ein paar Ziegen, Schweine … Nein, lieber keine Schweine, das erinnerte ihn zu sehr an die Vergangenheit. Vielleicht ein Pferd? Ein Pferd dürfte noch drin sein.

Hufschlag näherte sich. Hastig versteckte Rocco den Ring und blinzelte dem Reiter entgegen, der sich im Licht der gleißenden Sonne näherte. Es war Hennsel, ein Knappe aus dem Gefolge von Diepold, dem Schweinspointner, der sich seit neustem nur noch mit Graf von Acerra *und* Herzog von Spoleto anreden ließ. Er verlangsamte seinen Ritt und kam schließlich direkt vor Rocco zum Stehen.

»Gianluca?«

»Ja, edle Erre?«

Rocco sprang auf, dienerte und klopfte sich den Dreck vom Wams.

»Mach auf der Stelle, dass du in die Abtei kommst. Die Brüder sollen dich waschen, scheren und schaben. Bei Sonnenuntergang will dich der König sehen. Verstanden?«

»Der … hochedle Otto?«

Hennsel nickte. Ihm war anzusehen, was er von dieser Nachricht hielt. Offenbar genauso wenig wie vom Empfänger derselben. »Beeilung.«

Er wendete sein Pferd und hieb ihm die Fersen in die Flanken. Es sprang fast aus dem Stand in Galopp. Rocco hob die Hände und wollte ihm etwas hinterherrufen, vielleicht, dass er ihn mitnehmen könnte, denn zur Abtei war es ein Weg von über einer Stunde. Aber Hennsel war schon über alle Berge.

Natürlich rümpften die Mönche die Nase, als er bei ihnen eintraf. Es war harte Arbeit, Rocco in jemanden zu verwandeln, den man zum König vorlassen konnte. Aber kurz vor Ablauf der Frist waren sie einigermaßen zufrieden. Hemd und Hose waren gewaschen, Rocco ebenfalls, der Bart getrimmt und das Haar entwirrt. Etwas Lavendelöl überdeckte den Rest von Stallgeruch, der noch an ihm haften geblieben war.

Ein älterer Zisterzienser nahm ihn vom Badehaus mit in den Innenhof der Abtei, wo er an einen Knappen übergeben wurde. Er hielt nach Hennsel Ausschau, aber so weit ins Allerheiligste hatte es der wohl nicht geschafft.

Sie stiegen eine Treppe hoch und liefen durch lange, schattige Gänge. Es war kühl, denn die Frühlingssonne hatte noch nicht genug Zeit gehabt, die Steine zu erwärmen. Vor einer reich geschnitzten, hohen Tür blieb der Knappe stehen und klopfte an. Sie wurde geöffnet, und Rocco betrat einen hohen Raum mit dunklen Deckenbalken und einem glänzend polierten Steinfußboden.

»Du wartest hier.«

Er nickte und betrachtete die kostbaren Gobelins, die verschiedene Märtyrien der Heiligen in den buntesten Farben zeigten. Der Kamin war erloschen, aber es lag noch ein Hauch von kaltem Rauch in der Luft. An der Stirnseite des Raumes hing ein schlichtes Kreuz, links und rechts davon waren zwei schmale Fenster eingelassen. Sie standen offen und lenkten den Blick weit hinaus über grüne Felder und die dunklen, fruchtbaren Äcker der Provinz Caserta. In der Ferne schimmerte das silberne Band des Voltumo, jenes Flusses, an dessen Ufer sich das Städtchen Santa Maria Capua schmiegte.

Klirrende Schritte näherten sich. Er fuhr herum und sah, dass sich eine Seitentür geöffnet hatte. Mehrere Männer mit Schwertern und Kettenhemden kamen darauf zu. Einer von ihnen war Diepold, der Schweinspointner, ein kräftiger, derber Mann mit polternder Stimme und herrischem Auftreten. Der andere ... Rocco sank in die Knie.

»Ist er das?«, fragte der Kaiser.

Drei Paar Stiefel kamen zum Stehen. Die des Königs waren aus besticktem Ziegenleder.

»Dann steh Er auf.«

Rocco rappelte sich hoch. »Meine Vereeehrung, edle Herre! Rocco, ich Eurer Knechte und zu Diensten!«

»*Bene, grazie.*« Otto streckte ungeduldig die Hand aus.

Rocco wollte sie ergreifen und küssen, aber ihm kam der Schweinspointner zuvor und reichte dem Kaiser ein zusammengefaltetes Papier aus einer dieser neuen Werkstätten in Foligno.

»Dies ist ein Schreiben an Pietro Giovanni Altavilla de Candia, Conte de Castelvetrano in Cefalù. Er wird es ihm bringen. Ihm und keinem sonst.«

»Mit meinem Leben werde ich es verteidigen! Mit meinem Blut, mit der Unsterblichkeit meiner Seele und der Hilfe Gottes, des Allmächtigen, werde ich …«

»Schon gut. Dieser Ring wird ihn zu ihm führen.« Der Kaiser schnippte mit den Fingern. Ein scheppernder Franke trat heran und reichte dem Gesalbten ein kleines Kästchen. Auf schwarzen Samt lag ein schlichter, schwerer Siegelring aus Gold.

»Wenn seine Mission erfolgreich ist, so ist dies der Lohn.«

Rocco wollte danach greifen, aber der Deckel klappte zu, und der Kaiser reichte das Kästchen an den Franken zurück.

»Um nichts dem Zufall zu überlassen, wird ihn einer der Knappen aus dem Tross der Ventimiglias begleiten. Die Castelvetranos halten sich zur Stunde in Palermo auf und warten auf diese Nachricht. Da es unseren Koggen und den Pisaern noch verwehrt ist, freien Zugang zum Hafen zu haben, wird er von einem Fischerboot aufgenommen und in die Bucht von Mondello gebracht. Seine Mission ist erfüllt, wenn der Conte das Schreiben erhalten hat.«

»Gott schütze den Kaiser!«, schrie der Schweinspointner.

Rocco zuckte zusammen. »Gott schuttse!«, schrie er zurück.

Kaiser und Garde zogen ab, der Schweinspointner blieb.

»Wenn wir merken, dass du uns nicht treu bist, mache ich dich persönlich zum Eunuchen, bevor ich dich Skylla zum Fraß vorwerfe.«

Im harten Dialekt der Teutonen klang die Drohung noch glaubhafter.

»Edle Erre! Niemals!«

»Und um deine Tarnung perfekt zu machen, wirst du nicht nur auf einem Fischerboot nach Palermo fahren, du wirst auch wie einer aussehen, arbeiten und stinken. Verstanden?«

»Stinken, ja.«

»Hennsel wird mit dir fahren. Achte darauf, dass er den Mund hält, sobald ihr Palermo erreicht, sonst verrät er sich.«

»*Si, signore.*«

»Im Herbst ist Sizilien unser. Die Staufer sind von der Erde getilgt, und ein neues Zeitalter wird beginnen.«

Und Rafaela ist mein, dachte Rocco.

So brach er wenige Tage später auf. Das Pferd war nur geliehen, und Hennsels sauertöpfische Miene sprach Bände. Aber Roccos Laune ließ sich nicht durch die spitzen Bemerkungen seines Reisegefährten trüben. Sie waren schnell unterwegs, und nach einer Woche erreichten sie die Küste Kalabriens und das Cap von Scilla. Sie ritten auf den Felsen und sahen hinüber auf die andere Seite. Die Sonne ging gerade unter. Der Horizont färbte sich blutrot, und ein fast voller, runder Mond war aufgegangen. Man konnte den flachen Strand von Messina erkennen, die hellen Häuser und den Leuchtturm, der den Schiffen den Weg wies. Roccos Herz weitete sich, weil er nicht gewusst hatte, wie sehr er die Heimat vermisst hatte.

Sizilien, dachte er. Deine Rettung naht. Denn in meinen Händen ruht deine Zukunft. Er hatte zwar keine Ahnung, was die Zeichnung zu bedeuten hatte, die ihm der Kaiser mit auf den Weg gegeben und die er natürlich bei der ersten sich bietenden Gelegenheit, als Hennsel tief und fest schlief, geöffnet und studiert hatte. Es war eine grobe Darstellung Siziliens, und Rocco, weder des Lesens noch des Schreibens mächtig, hatte trotzdem erkannt, was Otto damit sagen wollte: Catania. Ein dicker roter Kreis um die Stadt an der Ostküste Siziliens.

»He, kommst du endlich? Die Fischerboote laufen bald aus!«

Mit einem Seufzen wendete Rocco sein Pferd und folgte Hennsel auf dem engen, gewundenen Pfad hinunter in das Dorf.

34.

Der Himmel war sternenklar. Keine Wolke, die den Mond verdeckte und Elena eine Entschuldigung gegeben hätte. Er war gerundet wie der Bauch der Königin, die ihr zweites Kind trug und vor Freude kaum noch zu bändigen war.

Sein Licht fiel direkt durch das Fenster in ihre kleine Kammer unter dem Dach des Pisana-Flügels und malte einen silbernen Streifen auf den Steinboden. Sie saß auf ihrem Lager, gebaut aus Stroh und Decken. Die drei anderen waren leer. Die Frauen, mit denen sie sich den Raum geteilt hatte, halfen in der Küche und bereiteten das Brot für den nächsten Morgen vor. Sie hatte sich nicht von ihnen verabschiedet. Es wäre ihnen vermutlich merkwürdig vorgekommen, wenn Elena, die mit kaum jemandem redete und selten einen Gruß für sie übrig gehabt hatte, auf einmal sentimental geworden wäre.

Doch sie fühlte sich so, und diese neue Empfindung verunsicherte sie. Neben ihr lag ein Bündel mit ihrer Habe. Die Sachen passten genau in das viereckige Tuch, das sie an den Enden über Kreuz geknotet hatte. Die Dienstkleider hatte sie zurückgegeben, sie trug den einzigen Rock und das einzige Hemd, das sie ihr Eigen nennen durfte.

Sie war bereit. Es gab nur noch eine Sache zu tun.

Die Griechin stand auf und ging hinunter in den Wirtschaftshof. Eine der Mägde eilte gerade mit einem Korb unter dem Arm auf den Seifenkeller zu.

»Du da! Komm mit!«

Das Mädchen sah sich um, aber außer ihm war niemand zu so später Stunde noch im Hof.

»Wohin?«, fragte es zögernd und stellte den Korb auf den Kellerstufen ab.

»Ich muss noch ein paar Datteln kaufen.«

Das Mädchen strahlte und eilte auf sie zu. Ausgang, erst recht zu so später Stunde, war eine Seltenheit. Gemeinsam verließen sie den Palast und traten auf die belebte Marmorstraße hinaus.

»Die besten Datteln gibt's bei Lorenzo am Dom!«

»Dann geh und hol welche. Du kannst dir Zeit lassen. Hier.«

Sie drückte dem Mädchen einen Kupferdirham in die Hand. Beglückt starrte das junge Ding auf den Schatz und tauchte dann in der Menge unter. Elena sah sich um. Niemand achtete auf sie. Die Griechin ließ sich von den Leuten mitziehen und landete schließlich am großen Stadttor. Mit klopfendem Herzen sah sie sich um. Wild und jäh schoss die Hoffnung durch ihr Herz, Samira könnte ihre Verabredung vergessen haben.

Ein leises Zischen ließ sie herumfahren.

Die Prinzessin der Kalibiten stand neben der Säule und trug die Tracht einer Hausmagd. Das Haar züchtig unter die Haube gesteckt, der Rock knöchellang, die Holzpantinen schartig und abgetragen. Ihre dunklen Augen wirkten unnatürlich groß.

»Lass uns gehen«, sagte sie nur.

Mit gesenktem Kopf eilte Elena zurück zum Palast. Samira folgte einen Schritt hinter ihr. Die Hoffnung, jemand von den Wachen könnte misstrauisch werden, weil sie mit der falschen Frau zurückkehrte, zerschlug sich. Keiner von den Kerlen würdigte Samira auch nur eines Blickes. Sarazeninnen sahen für sie wohl eine wie die andere aus.

Die beiden Frauen nahmen die Dienstbotentreppe und stiegen durch den Pisana-Turm bis in den vierten Stock. Eine weitere Wache ließ sie passieren. Sie näherten sich den Gemächern der Königin. Gerade als Elena die Tür zum Empfangsraum öffnen wollte, wurde sie aufgerissen, und Livio rannte fast in sie hinein. Erschrocken wich sie zurück.

»Wo warst du denn? Die Königin hat schon nach dir gefragt. Du da, komm mit. Glut holen.«

Elena brachte kein Wort heraus. Samira senkte den Kopf und

folgte dem Cavaliere. Hoffentlich fand sie sich im Palast zurecht. Vielleicht würde sie feststellen, dass ihr Plan nicht durchführbar war, und das Weite suchen. Natürlich würde sie das. Alles andere wäre Wahnsinn.

Die Griechin atmete tief durch und betrat zum letzten Mal den Vorraum.

Konstanze stand vor dem Spiegel und betrachtete ihren Leib. Die Wölbung war nicht mehr zu übersehen. Im August würde sie mit Gottes Hilfe ihr Kind gebären. Es gab Momente, in denen sie glaubte, vor Glück zu platzen. Stille Augenblicke, in denen sie sich so eng mit dem kleinen Wesen im Bauch verbunden fühlte, dass sie es am liebsten nie mehr hergegeben hätte. Ein paar Atemzüge Ruhe, die nur ihnen beiden gehörte, bevor die Wirklichkeit sie wieder einholte und daran erinnerte, welche Katastrophe sich auf dem Festland zusammenbraute.

Ruggero hatte Otto ein Angebot unterbreitet: Verzicht auf Kalabrien und Apulien, wenn er die Insel Sizilien verschonte. Die Unterhändler berichteten, der Welfe hätte auf die Papiere gespuckt. Er ließ dem *ré* ausrichten, ihn und seine Familie am Leben zu lassen, wenn er Sizilien und die Krone kampflos übergeben würde. Hohn und Spott zierten die Botschaft, und Ruggero begann, Truppen bei Catania und Messina zusammenzuziehen. Keiner wusste, an welcher Stelle der Insel Otto anlegen würde. Die Bewegungen der pisanischen Flotte wurden genau beobachtet, im *musio* referierte Filangieri über Verteidigungslinien und Truppenstärken, schob Schiffsmodelle auf Seekarten herum und verbreitete den schwachen Trost, dass der Weg nach Heraklion, Djerba und in die Baronie Mallorca wenigstens noch frei war. Keiner wusste, für wie lange.

Der Papst hatte seinen Bann gegen den Welfen öffentlich wiederholt. Doch es war ein Ruf, der wirkungslos verhallte. Im *Regnum Teutonicum* herrschte Grabesstille. Obwohl er die

Fürsten und Landgrafen von ihrem Eid auf Otto löste, gab es keine Reaktion. Es war, als ob ganz Europa in einer Art Duldungsstarre auf diesen Wahnsinnigen blickte, der unaufhaltsam seinen Zug fortsetzte.

Die Nächte waren schlaflos, die Tage trüb.

»Meine Königin?«

Konstanze fuhr zusammen. Elena war wie ein Geist hinter ihr im Spiegel aufgetaucht. Sie drehte sich um.

»Bevor du in die *Zisa* gehst, möchte ich dir noch etwas geben.«

Konstanze ging hinüber in ihr Schlafzimmer. Dort stand ein kleiner Schrank mit herausziehbaren Kästen. Sie öffnete einen davon und nahm eine kleine goldene Fibel heraus. Bevor sie ihn wieder schloss, betrachtete sie die kleinen Schätze auf dem dunklen Samt.

Der Haarreif, den sie in der Hochzeitsnacht mit Imré getragen hatte. Eine Erbskette mit dem byzantinischen Goldtaler, ein Geschenk zu Laszlos Geburt. Edelsteinbesetzte Kreuze, die ihrer Mutter gehört hatten. Wem würden die Sachen in die Hände fallen, wenn es Sizilien nicht mehr gab und in diesem Palast wieder die fremde, harte Sprache der Eroberer gesprochen würde? Den kleinen Dolch mit dem grünen Emaillegriff hatte sie unter ihr Kopfkissen gelegt. Sie wollte ihn immer bei sich haben. Er wäre das Letzte, das die Sieger ihr aus den Händen winden müssten.

Sie schob die Lade zu.

»Sollte der Tag kommen, an dem Wir gehen müssen, so will ich, dass du die *Zisa* ordentlich übergibst. Vielleicht findest du Stellung bei den neuen Herren. Vielleicht auch nicht, wenn sie alles davonjagen, was uns gedient hat. Sollte das der Fall sein, so wirst du damit einen Neuanfang machen können.«

Sie reichte Elena die Fibel. Die Griechin ließ sie auf der Handfläche liegen wie ein fremdartiges Insekt.

»Du hast dein Schicksal nicht bestimmt. Das waren andere. Ich will, dass du frei bist und gehen kannst, wohin du willst. Mögen deine letzten Jahre voller Frieden sein und das Leben dir noch etwas von dem zurückgeben, was es dir zuvor geraubt hat.«

»Meine …« Elena sank auf die Knie. »Meine Königin, Ihr seid zu gütig. Das habe ich nicht verdient.«

»Nimm es. Ich will es so.«

Die Griechin griff nach dem Saum von Konstanzes Rock und wollte ihn küssen.

»Lass das! Steh auf. Du musst dich beeilen. Der letzte Tross zur *Zisa* geht gleich los.«

»Ich kann nicht!« Elena sprang auf. »Meine Königin, ich muss Euch warnen!«

»Glaub nicht alles, was du hörst, Elena. Unsere Lage ist nicht völlig aussichtslos. Wir werden uns wiedersehen. Ich wünsche dir Glück. Von ganzem Herzen.«

»Meine Königin! Hört mich an!«

Eine Tür ging auf. Die eiligen Schritte des Cavaliere waren zu hören.

»Der *ré* will Euch sprechen«, sagte er, etwas atemlos und unhöflich, aber er machte es mit einem Lächeln wieder wett.

Konstanze wandte sich an Elena, die dastand wie die biblische Salzsäule. »Leb wohl.«

Livio hielt ihr die Tür auf und lief dann vor ihr ins Treppenhaus. Während sie die Galerie durchquerten, informierte er die Königin leise über den neusten Stand der Dinge.

»Es gibt wohl Kunde, dass ein Bote unterwegs ist. Die Barone sind in wachsamer Aufmerksamkeit.«

»Ein Bote? Von wem?«

»Von Otto, meine Königin. Mit den Stellungsplänen, wo er zuerst angreifen wird. Ich weiß es auch nur von Enno, dem Vorsteher. Der hat es vom Stallknecht des Knappen von …«

Livio lief die Treppe hinunter. Das bedeutete, dass der *ré* im *musio* war und noch nicht in seinen Räumen. Ein offizielles Treffen, und das zu so später Stunde. Konstanze spürte, wie sich ihr Magen zusammenzog. Da. Abrupt blieb sie stehen und legte die Hand auf den Bauch.

Das Kind hatte sie getreten.

Ungläubig lächelnd, stieg sie die letzten Stufen hinab. Es war so unwirklich. Die Welt um sie herum bekam Risse, die Fundamente bröckelten, die Erde bebte, und in all der Gefahr trat ihr das Leben in den Bauch und erinnerte sie daran, dass Kinder geboren werden wollten. Selbst wenn alles auseinanderbrach, würde die Schöpfung sich noch durch Trümmer den Weg ans Licht bahnen. Das war das wahre Wunder.

Das Stimmengemurmel drang hinaus bis in den Innenhof. Livio öffnete die Tür, und Konstanze erkannte die Mitglieder des gesamten Familiarenkollegs, die Ministerialen, den Abt von Montecassino, den Chronisten und Filangieri, den Marschall des Heeres. Sie machten ihr respektvoll Platz. Konstanze ging zu dem schweren Tisch, auf dem Ruggero gerade eine weitere Landkarte ausbreitete.

»Barletta und Bari haben sich ergeben.« Er deutete auf die beiden Städte an der Ferse des italienischen Stiefels. »Otto kontrolliert damit den Zugang zum Adriatischen Meer. Als Nächstes wird er seine Flotte in die Ionische See leiten. Das spricht für einen Angriff auf Catania.«

Filangieri reichte ihm einige kleine Schiffsmodelle aus Holz. Ruggero setzte sie unter den Stiefelabsatz, gegenüber von der sizilianischen Ostküste, in Position.

»Die Pisaner haben Castellamare und Salerno unter Kontrolle. Sie nehmen uns von Norden her über das *Mare Tirreno* in die Zange.«

Er stellte weitere Modelle auf der Karte ab. Eine widerspenstige Locke fiel ihm in die Stirn. Mit einer ungeduldigen Handbewegung schob er sie zur Seite. Dabei blickte er auf und bemerkte Konstanze.

»Meine Königin?«

Sie lächelte unsicher. Diese Anrede gebrauchte er selten und meistens in einem liebevoll-ironischen Zusammenhang. Aber vor allen Leuten … Sie sah sich um. Niemand lachte.

»Kommt an meine Seite.«

Sie trat neben ihn. Er ließ sich von Filangieri einen Stab aus Ebenholz geben. Damit deutete er auf die Umklammerung Siziliens.

»Palermo oder Catania? Welche Stadt wird er angreifen? Wo müssen wir uns zusammenziehen? Und wer wird uns von den Leuten im eigenen Land in den Rücken fallen?«

Der Erzbischof, ein agiler, schlanker Mann in den späten Fünfzigern, deutete mit dem Zeigefinger auf die Sarazenenstadt Jato.

»Solange der Frieden mit den Bergstämmen hält, ist Palermo von der Landesseite aus relativ sicher. Wann habt Ihr das letzte Mal mit Tamin gesprochen?«

»Vor einigen Tagen«, antwortete Ruggero. »Er hat den Pakt erneuert und steht an unserer Seite.«

»Dann werden das die befreundeten Stämme auf Djerba wissen, und die Kunde wird auch das Festland erreicht haben. Ich glaube deshalb, Otto wählt Catania.«

Konstanze betrachtete das Halbrund der östlichen Küstenlinie. Filangieri trat neben sie und deutete auf Messina, die Hafenstadt oberhalb Catanias.

»Das erscheint mir auch wahrscheinlicher. Über die Straße von Messina wird er mit den Landtruppen übersetzen und die Küste mit seinen Kriegsschiffen angreifen.«

»Wie viel Zeit wird dann bleiben, bis er Palermo erreicht?«, fragte Ruggero.

»Das kommt darauf an, wie sehr er sich mit dem Morden beeilt. Drei, höchstens vier Tage. Länger werden unsere Truppen der Übermacht nicht standhalten können.«

»Möglich wäre auch, dass er Palermo genau deshalb ins Visier nimmt. Wir müssen uns entscheiden. Wir haben nicht die Kräfte, uns gegen einen Angriff von zwei Seiten zu sichern. Catania oder Palermo?«

Der *ré* sah in die Runde, alle schwiegen.

»Diese verdammten Teutonen!«, platzte es aus Gregorio da Galgano heraus.

»Kommt denn keine Nachricht? Nichts? Lassen die Hunde uns einfach hier verrecken? Mein König, ich bitte Euch! Ruft die deutschen Fürsten um Hilfe an! Sie müssen sie Euch doch gewähren! Ihr seid Barbarossas Enkel. Sie haben Euch einst zum König gewählt, bevor der Welfe Euch den Thron gestohlen hat! Wie kann dieses Land da oben tatenlos Eurem Untergang zusehen?«

»Gregorio. Niemand redet von Untergang. Also auch Ihr nicht. Habt Ihr mich verstanden? Der Papst und die deutschen Fürsten sind über unsere Lage informiert.«

Die Stimme des *ré* klang schneidend. Konstanze fröstelte und rieb sich mit der Hand über den Unterarm. Sie war dankbar, dass sie an dieser Besprechung teilnehmen durfte, denn sie bestätigte ihre schlimmsten Befürchtungen. Aber sie fragte sich, warum Ruggero sie an seiner Seite haben wollte. Er sah nicht so aus, als ob er ausgerechnet ihre Hilfe bräuchte.

»Im Hafen von Marsallah liegt eine *tarida* zum Auslaufen bereit. Sobald Otto auch nur einen Fuß auf den Boden dieser Insel setzt, wird die Königin Konstanze mit Unserem Sohn das Land verlassen. Ihr Ziel ist Pantelleria, die Tochter der Winde.« Er deutete auf eine winzige Insel kurz vor dem Festland von Ifriqia.

»Die Königin wird nach Lage der Dinge entscheiden, ob sie von dort aus die Verhandlungen mit Otto führt oder das Angebot des Sultans der Almohaden annimmt, nach Karthago zu gehen.«

Konstanze tastete nach der Tischkante. Alles schien sich plötzlich um sie zu drehen.

»Die Königin ist befugt, im Falle meines Todes oder meiner Gefangennahme die Regierungsgeschäfte in vollem Umfang zu übernehmen.«

Ruggero sah sich um, als ob er jeden Widerspruch im Keim ersticken wollte. Niemand regte sich, nur Riccardo von San Gimignano hatte sein Diptychon aufgeschlagen und kritzelte eifrig mit.

»Allen ihren Weisungen ist bedingungslos Folge zu leisten. Die Treue, die Ihr mir geschworen habt, gilt auch für sie.«

Zustimmendes Murmeln erhob sich. Konstanze atmete tief durch, um endlich diesen Schwindel loszuwerden. Weit hinten, an die Wand gelehnt, entdeckte sie Majid. Ihre Blicke trafen sich. Erinnerte er sich auch an jene Nacht in der Kapelle? Er nickte ihr kaum merklich zu.

Ruggero nahm ihre Hand und küsste sie. Konstanze wollte ihn fragen, was dieses Vermächtnis zu bedeuten hatte. Nicht hier, nicht vor diesen Menschen, schienen seine Augen zu sagen.

Ein dumpfer Schlag, wie ein Aufprall. Von weit her drang ein markerschütternder Schrei durch die Mauern. Alle fuhren zusammen, sahen sich um, redeten durcheinander, drängten zur Tür. Ruggero ließ ihre Hand los.

»Was war das?«

Die Wache stürmte herein. »Unten, unten im Hof …«

»Was?«

Ruggero ging, alle wollten ihm folgen und bildeten vor dem Ausgang ein verkeiltes Knäuel. Konstanze blieb am Tisch stehen. In ihrem Zustand musste sie sich mehr Zeit lassen. Sie nahm eines der kleinen Schiffsmodelle der feindlichen Flotte und setzte es vor den Hafen von Marsallah. Es reichte, um den letzten Zugang zum Mittelmeer abzuriegeln. Hatte sie nicht klar und deutlich gesagt, sie würde das Land nicht verlassen?

»Es wird nicht so weit kommen.« Majid nahm das Schiff und stellte es wieder zurück auf seine ursprüngliche Position.

»Wer sagt das?«

»Der *ré*.«

»Er hat soeben sein Testament verkündet.«

Majid lächelte. Die Schlange in seinem Gesicht tanzte um seine Augen.

»Es war seine Absicht, den Zweiflern entgegenzutreten. Nicht, Euch Angst zu machen.«

»Das mag ihm nur im ersten Fall gelungen sein.«

Majid setzte zu einer Erwiderung an, aber Rufe und Schreie echoten durch das steinerne Treppenhaus. Der Raum hatte sich geleert. Majid begleitete sie hinaus.

»Verhandlungen führt man besser in der Freiheit als im Turm. Das wissen auch Eure Feinde. Die Worte des *ré* werden bald auch Otto zu Ohren kommen. Solange Ihr frei seid, ist Sizilien nicht gefallen.«

»Er wird Marsallah abriegeln und jede Flucht vereiteln. Außerdem: Eine Königin flieht nicht. Sie bleibt und stellt sich an die Seite ihres Volkes.«

»Eine Königin, ja.« Majid sah auf ihren Bauch. »Aber ein Kind?«

Bevor Konstanze antworten konnte, kam Livio die Treppe hinaufgerannt.

»Unfassbar!«, japste er. »Ein schreckliches Unglück! Schaut nicht hin, ich bitte Euch!«

Damit erreichte er genau das Gegenteil. Konstanze beugte sich über die steinerne Brüstung und spähte hinunter in den Innenhof. Die Fackeln der Wächter verbreiteten gespenstisches Licht. Immer mehr Leute kamen zusammen. Die Rufe wurden leiser, senkten sich zu einem Flüstern, einer machte dem anderen Platz, trat zurück, und so bildeten sie einen Kreis um den Menschen, der mit gebrochenen, verrenkten Gliedern auf dem Steinboden lag.

»Elena!«

Konstanze raffte ihren *surcot* und lief, so schnell es ging, die Treppe hinunter. Die Gedanken jagten einander. Wie hatte das geschehen können? Warum war die Griechin nicht schon längst auf dem Weg zur *Zisa*? Sie erreichte den Treppenabsatz und drängte sich durch die dichte Menge, bis vor den leblosen Körper. Ruggero kniete neben Elena. Er sah Konstanze und schüttelte kaum merklich den Kopf.

»Elena ...«

Sie lebte noch und wollte etwas sagen. Blut sickerte ihr aus dem Mundwinkel und tropfte auf den Boden. Konstanze beugte sich zu ihr herab.

»Ich habe ... sie hereingebracht.«

»Nicht reden.« Ihre Herrin strich ihr sanft über die Stirn. »Van Trossel wird gleich hier sein.«

»Sie wird kommen, meine Königin.«

Der Blick der Griechin tastete über die Gesichter der Umstehenden. Jemand reichte Konstanze eine zusammengerollte Decke, auf die sie den Kopf der Sterbenden bettete. Sie spürte Ruggeros Hand auf ihrem Arm.

»Wer?«, fragte er.

»Angst ...«

Elenas Brust hob sich für einen tiefen Seufzer. Ihr Kopf fiel zur Seite. Sie tastete mit der Hand unter ihr Brusttuch, fand etwas, umklammerte es und stöhnte auf. Konstanze beugte sich an den Mund der Griechin, die alle Kräfte für ein letztes, ein allerletztes Wort sammelte.

»... nicht gewollt.«

»Was hast du nicht gewollt? Elena?«

Aber es war zu spät. Schon erlosch das schwache Glimmen in den Pupillen. Die Hand der Griechin öffnete sich, die Anstecknadel fiel mit einem leisen Klirren auf den Boden. Ruggero hob sie auf.

»Woher hat sie das?«

»Die … die ist von mir.« Konstanze nahm Elenas Hände, um sie zu falten. Die Innenflächen waren blutig und aufgeschürft. »Ich habe sie ihr zum Abschied geschenkt. Wie konnte das nur passieren?«

Ruggero stand auf und zog sie sanft mit sich hoch. »Sie war deine Zofe, nicht wahr?«

»Ja, und ich habe sie weggeschickt. Die Condesa sollte ihren Platz wieder einnehmen.«

Tränen standen ihr in den Augen. Ruggero führte sie aus der Menge heraus in den Säulengang.

»Es ist nicht deine Schuld. Manche Menschen kommen nicht damit zurecht, wenn sie das Königshaus verlassen müssen. Es ist, als ob die Sonne für sie aufhört zu scheinen.«

»Das ist nicht wahr.«

»Doch. Sie werden traurig, und ihre Seele ist verschattet.«

»Sie hat sich nicht umgebracht. Jemand hat sie gestoßen. Hast du nicht ihre Hände gesehen? Die Haut war verletzt, als ob sie sich mit aller Kraft noch hatte festhalten wollen.«

Gerade bahnte sich van Trossel einen Weg durch die Menge und beugte sich über die Tote. Er hob ihre schweren Augenlider, drehte den Kopf nach links und rechts und betastete die Glieder.

»Was hat sie genau gesagt, bevor sie starb?«, fragte Ruggero.

Konstanze zwang sich, ihm ins Gesicht zu sehen. »Elena sagte, sie hätte irgendwas hereingebracht.«

»Wen?«

»Die Angst.«

»Die Angst?«

»Ja, sie würde kommen. Die Angst würde kommen, das waren ihre Worte. Weißt du, was sie damit gemeint haben könnte?«

»Nein.«

Gregorio, der Lehrer, trat zu ihnen und rang die Hände. Konstanze kaufte ihm weder die übertriebene Erschütterung ab noch die Worte, die er düster von sich gab.

»So fallen die von der Höhe, die am weitesten hinaufgestiegen, und werfen sich …«

»Sie war meine Zofe«, unterbrach Konstanze seine Eloge schon im Ansatz. »Kein Mitglied des *cour*. Ihr Tod ist ein schreckliches Unglück, aber keine Selbstentleibung. Jeder, der das behauptet, wird von mir persönlich zur Rechenschaft gezogen. Sie wird in geweihter Erde bestattet, und ich werde die Totenmesse besuchen. Ich wäre Euch sehr verbunden, wenn Ihr diese Tatsache und nicht Eure Zweifel verbreiten würdet.«

Gregorio klappte den Mund erst auf und dann wieder zu, verbeugte sich und ging zurück zu den anderen. Ruggero sah sie erstaunt und, wenn sie sich nicht täuschte, sogar mit einem Hauch Bewunderung an.

»Ich sehe, du kommst allein zurecht.«

»Nein!« Ihre Hand schoss vor und hielt ihn fest. Es war eine instinktive Geste, unüberlegt und vor aller Augen. Glücklicherweise wurde die Aufmerksamkeit der Leute gerade vom Abtransport der Leiche gefesselt. »Geh nicht.«

Er nahm ihre Hand, zog sie an seine Lippen und küsste sie.

»Ich muss nach Catania. Filangieri und Capparone bleiben hier.«

»Ausgerechnet.«

»Sie gehören zu unseren Treuesten. Bei beiden bist du in guten Händen.«

»Wohin gehst du? Und warum heute noch? Es ist mitten in der Nacht!«

»Wir haben keine Zeit mehr, Konstanze. Ich muss Catania rüsten und dort die letzten Bauernknechte aus den Schobern treiben. Wer noch zweifelt, den muss ich auf meine Seite bringen. Auch wenn wir Otto nicht aufhalten können, werden wir es ihm so schwer wie möglich machen.«

»Dann ist das unser Abschied?«

»Nein. So schnell wird er Scylla mit seinem Heer nicht erreichen. Ich denke, wir haben noch acht Wochen. Zehn vielleicht. Wir sehen uns wieder. Ich will doch meinen Sohn auf der Welt willkommen heißen.«

Warum nahm eigentlich jedermann an, sie würde einen Jungen gebären?

»Was, wenn es ein Mädchen ist?«

»Dann, meine Königin, setzen wir unsere Bemühungen umso eifriger fort.« Er zog sie schnell an sich.

»Leb wohl.«

Ruggero streifte ihre Schläfe mit seinen Lippen. Dann ging er zu seinen Männern und begann leise mit ihnen zu reden. Das Gesinde verzog sich. Vielen stand der Schreck noch ins Gesicht geschrieben. Konstanze wandte sich ab und stieg die Treppen hoch. Es war ein mühsamer Gang, denn sie wusste, dass sie in die Gemächer zurückkehren würde, die Elena noch in Ordnung gehalten hatte.

Oben wartete Vela. Die Condesa hatte das Bett aufgedeckt und einen Krug mit Milch auf den kleinen Tisch daneben gestellt. Ihre Augen waren rotgeweint.

»Ich habe sie noch gesehen«, murmelte sie. »Elena ist an mir vorbeigegangen und hat mich nicht erkannt. Ich wollte sie nicht ansprechen, sie war immer so abweisend, und jetzt, wenn ich denke, ein Wort von mir …«

Vela setzte sich auf das Bett und begann wieder zu weinen. Konstanze nahm sie in den Arm und drückte sie an sich.

»Elena hat sich nicht selbst getötet. Sie muss noch versucht haben, sich festzuhalten. Ich habe ihre Hände gesehen, aufgeschürft und blutig. Es war ein Unfall.«

»Wie soll das denn gehen? Ist sie auf das Geländer geklettert, um darauf herumzutollen? Nein. Sie hat sich entleibt, weil ich ihre Stellung eingenommen habe.«

»Unsinn!«

Beide begriffen im selben Moment.

»Heilige Mutter Gottes, Jungfrau Maria, bete für uns …« Vela griff an das kleine Kreuz um ihren Hals, hob es an den Mund und küsste es. Konstanze ließ sich neben sie aufs Bett fallen.

»Jemand hat nachgeholfen. Das war es, was Elena gemeint hat. Sie sagte, sie hätte jemanden ins Haus geholt. Angst.«

»Angst?« Vela schluchzte, dieses Mal vor Aufregung.

»Ja. Ich dachte, sie redet wirres Zeug. Ihr Mörder ist hier. Sie wollte mich vor ihm warnen!«

Konstanze fuhr auf, eilte durch die Räume und riss die Tür auf. Der Wächter sprang hoch. Die Lanze rutschte ihm aus der Hand und fiel klirrend auf den Boden.

»Hast du den ganzen Abend geschlafen?«

»Nein! Nein, meine Königin!«, stammelte er.

»Ist dir etwas aufgefallen? Ein Kampf? Ein Schrei?«

»Nein. Ich habe nichts gehört.«

»Hol die Wachen und lass das Haus durchsuchen. Jeder Einzelne, der sich im Palast aufhält, muss sich legitimieren.«

»Jetzt?«

»Jetzt«, zischte Konstanze.

Die Durchsuchung dauerte bis weit nach Mitternacht. Dabei wurden zwei Stallknechte und eine Küchenmagd aufgegriffen, die niemals an den Palast gerufen worden waren, aber offenbar schon seit mehreren Jahren von allen geachtet und respektiert ihre Arbeit verrichteten. Livio erlitt einen Nervenzusammenbruch. Da die drei aber lückenlos nachweisen konnten, dass sie den ganzen Abend gemeinsam mit anderen, vertrauenswürdigen Hausarbeitern zusammen gewesen waren, wurden sie nach dem Ende des Verhörs nur vor die Tür gesetzt.

»Ich verstehe nicht, wie das passieren konnte!«, jammerte der Cavaliere. »Früher war das viel einfacher. Sklaven wurden gebrandmarkt, und jeder wusste, zu wem sie gehörten. Das sind diese neuen Zeiten, vor denen ich immer …«

»Livio?«

»Ja, meine Königin?«

»Schweig.«

»Ja, natürlich. Selbstverständlich. Verzeiht, meine …«

»Livio?«

Der Cavaliere presste die Lippen zusammen. Konstanze seufzte. Capparone verschränkte die Arme vor der Brust und unterdrückte ein Gähnen. Er hatte den königlichen Befehl widerspruchslos ausgeführt, aber sie konnte ihm ansehen, was er davon hielt.

»Ich werde zwei weitere Wachen vor Eurer Tür postieren«, sagte er. »Und wenn es Euch genehm ist, auch noch zwei in Euren Räumen.«

»Ja, das ist gut. Danke.«

Konstanze verließ den Saal der Winde, in dem die Versammlung der Hausknechte und Mägde stattgefunden hatte. Die Nacht war fast vorüber. Bald würde die Sonne aufgehen und ein neuer Tag beginnen. Ihre Glieder waren schwer wie Blei, und nur mit Velas Hilfe schleppte sie sich zurück in ihr Bett. Bevor sie einschlief, dachte sie noch, dass sie etwas vergessen hatte. Aber sie wusste nicht, was und sank in einen tiefen, traumlosen Schlaf.

Samira saß hinter dem Wäschesack in der Kammer und wartete. Die Kratzer von Elenas Nägeln brannten auf ihrer Haut. Etwas war mit der Sklavin geschehen. Die Geächteten, Unterdrückten schienen ihr egal geworden zu sein. Sie hatte sich auf die Seite der Herrenmenschen geschlagen.

Die Griechin hatte gedroht, alles zu verraten. Und niemand drohte einer Prinzessin der Kalibiten.

Samira tastete nach dem Dolch. Die Bilder des Blutbades auf dem Berg standen ihr wieder vor Augen. Qabels klare Anweisung, wie man das Messer zu halten und zu führen hatte. Fast tat es ihr ein wenig leid, dass es so schnell gehen würde. Sie hätte gerne noch in die Augen der Königin geblickt, wenn sie begriff, dass man einer Sarazenin nicht den Mann, das Land, die ganze Zukunft stahl.

Sie lauschte. Alles war still. Warum man den ganzen Palast durchsucht hatte, nur die Gemächer der Königin nicht, war ein zusätzlicher Beweis für die Dummheit der Fremden. Wer Angst vor dem Tod hatte, suchte zunächst unter seinem eigenen Lager. Das war doch das Erste, was man lernte. Aber wenn man sein Leben mit nichts anderem als dümmlichem Geplapper verbrachte und das Wichtigste die neuste Mode aus Aquitanien war, kam man natürlich nicht auf das Naheliegende. Zwei Wachen waren wohl im Vorraum postiert. Samira hatte schon lange kein verräterisches Füßescharren und Gähnen mehr vernommen. Es war kurz vor Morgengrauen. Die beiden Männer erwarteten die Gefahr von außen und saßen in Richtung Eingangstür. Sie würden nicht hören, was sich hinter ihrem Rücken tat.

Vorsichtig stand sie auf und bewegte ihre verkrampften Glieder. Durch den Spalt im Vorhang konnte sie die beiden Wächter erkennen. Sie saßen aneinandergelehnt auf der Bank und schienen zu schlafen. Eine Ahnung von Licht ließ sie die Konturen des Raumes erkennen.

Die Sarazenin schlüpfte durch den Spalt, zog das Messer und verharrte kurz am Eingang zum Schlafzimmer. Die Kammerfrau lag auf einer Decke am Fußende des Bettes und schnarchte leise. Sie würde nicht aufwachen. Und wenn, war alles schon vorbei.

Die Königin hatte sich in die Pelzdecke eingerollt. Ihr schulterlanges blondes Haar war zerzaust, ihr Gesicht ein heller Fleck im Dämmerdunkel. Was fand Ruggero nur an dieser Frau? Er hätte sie ohne weiteres wieder nach Hause schicken können. Achthundert Ritter als Mitgift, und alle nach wenigen Wochen tot. Egal, ob sie daran Schuld hatte oder nicht, jeder Sarazene hätte eine Frau ohne die versprochene Morgengabe zurück zu ihrer Familie geschickt. Aber etwas an Konstanze musste den *ré* dazu gebracht haben, sie zu behalten. Und Samiras Traum für immer zu zerstören.

Sie hob den Arm, berechnete die Stoßrichtung. Von oben in die Brust? Die Königin könnte noch schreien und die Wachen wecken. Dann lieber die Kehle. Sie beugte sich hinab und zog vorsichtig die Decke zur Seite, um den Hals zu entblößen. Sie holte aus.

»Wer – *dios mio*! Hilfe!«

Die Kammerfrau sprang auf. Samira stach zu, aber die Königin war schneller. Instinktiv hatte sie sich zur Seite geworfen. Das Messer traf nur das Kissen. Daunenfedern flogen hoch. Die Sarazenin stach wieder zu, aber die Hure rollte einmal um die eigene Achse außer Reichweite.

»Hilfe!«, kreischte die Alte. Samira hörte, wie die Wachen aufsprangen. Sie hechtete über die Kante und bekam gerade noch die Haare der Königin zu fassen. Die Flüchtende schrie auf und versuchte, die nächste Attacke mit bloßen Händen abzuwehren.

»Auxilio! Por favor!«

Samira fühlte, wie jemand sie von hinten packte und zurückzerren wollte. Sie trat mit aller Kraft zu und traf den Angreifer mitten in den Bauch. Dem Schrei nach musste es die Kammerfrau gewesen sein, die auf dem Boden landete. Mit einem Ruck riss sie den Kopf der Königin zu sich heran.

»Ich töte dich!«, zischte sie.

Beide stürzten auf der anderen Seite des Bettes zu Boden. Die Frau schrie vor Schmerzen wie ein Tier. Samira hob das Messer, und in diesem Moment blieb ihr die Luft weg. Es war, als hätte ein Pferd sie getreten. Ungläubig starrte sie auf ihre Brust. Die Faust der Königin hielt einen winzig kleinen Dolch umklammert, der bis zum Heft in ihrem Körper steckte. Langsam zog Konstanze ihn heraus. Beide Frauen sahen sich an.

Keine Luft, keine Kraft. Alles Leben schien aus diesem kleinen Loch zu strömen, sie zu verlassen, sich aus ihr zurückzuziehen. Samira spürte noch die harten Griffe der Wachen, die sie zurückzerrten, hörte Gebrüll und das Wimmern einer Frau, doch es verklang, weil das Rauschen in ihren Ohren immer lauter wurde. Es klang wie der Scirocco, wenn er die weiten Hochebenen ihres Landes mit seinen Flügeln streifte, in ihren Haaren spielte, ihre Wangen streichelte, und sie fühlte sich so leicht wie damals, als sie Kinder waren und mit nackten Füßen über den Sand liefen, einander an den Händen haltend und in den Augen des anderen ein Versprechen suchend und findend, eines Tages du, nur du … Eines Tages …

Was wird bleiben von unseren Tagen und unserem Leben? Was bleibt, wenn unsere Knochen bleichen und unsere Asche ins Meer geweht ist? Wenn alle Geschichten erzählt und alle Feuer erloschen sind? Wir werden der Staub sein auf alten Pergamenten, den ein Wispern des Windes davonträgt.

35.

Die Wachen legten den leblosen Körper der Sarazenin auf dem Boden ab. Konstanze ließ Laszlos Messer fallen. Vela rannte auf sie zu, fiel auf die Knie, küsste sie, nahm sie in den Arm und wiegte sie hin und her wie ein Kind. Eine Weile ließ die Königin sie gewähren, dann schob sie die Condesa zur Seite und versuchte schwankend, auf die Beine zu kommen.

»*Todos santos*«, murmelte Vela. »All das Blut …«

Konstanze sah auf die Innenfläche ihrer rechten Hand. Aus mehreren Schnittwunden tropfte es auf ihr Nachtkleid.

»Ist sie tot?«

Der Wächter beugte sich über die Gefangene. »Keine Ahnung.«

»Holt … holt van Trossel. Und bringt sie raus hier.«

Die Knechte schleiften den leblosen Körper weg. Konstanze wankte zum Bett und ließ sich fallen. Vela holte die Waschschüssel und einen Lappen und begann, die verletzte Hand ihrer Herrin zu reinigen.

»Die Wunden sind nicht tief«, plapperte sie drauflos. »Van Trossel wird einen Kräuterverband auflegen, und alles wird schön heilen. Alles wird gut. Wer war diese Verrückte? Hast du sie schon einmal gesehen? So was kommt vor. Philipp, der Onkel von Ruggero, ist auch von einem Verrückten umgebracht worden. Alle dachten erst, Otto wäre es gewesen.«

»Soll mir das jetzt ein Trost sein? Das war nicht Otto. Ausnahmsweise mal nicht!«

»Entschuldige. Nein, natürlich nicht.«

»Es war Samira.«

»Wer ist das?«

»Ruggeros Geliebte.«

Vela ließ den Lappen sinken.

»Bist du sicher? Ich meine, ist der *ré* nicht noch ein bisschen zu jung für so etwas?«

Konstanze lächelte bitter. »Caesaren reifen vor ihrer Zeit. Du erinnerst dich? Die beiden waren wohl so etwas wie Kinderfreunde in den Jahren, in denen Ruggero ziemlich sich selbst überlassen war. Daraus ist mehr geworden. Und dann kam ich.«

»Hat er diese ... ähm ... Kinderfreundschaft auch nach der Hochzeit fortgesetzt?«

Konstanze stöhnte und verzog das Gesicht. Eine Schmerzwelle raste durch ihren Körper. Kein Wunder, nach allem, was in den letzten Stunden geschehen war. Sie atmete tief durch. »Wenn man die Vertragsunterzeichnung beider Parteien als Hochzeit bezeichnet, dann ja.«

»Du hast es gewusst? Das ist ja empörend!«

»Ich habe es durch Zufall erfahren. Ruggero hat mir nie etwas erzählt. Ich glaube, er hat die Beziehung nach meiner Krönung beendet.«

»Du glaubst! Hast du ihn das nie gefragt?«

»Nein!«, rief Konstanze. »Ist das so wichtig? Sie war nicht mehr da, Ende. Oben in Jato hat er sie wohl auch zum ersten Mal seit langer Zeit wiedergesehen. Ich habe gleich geahnt, dass etwas nicht mit ihr stimmt. Sie hatte so einen flackernden, irren Blick. So etwas Verbissenes, Böses. Ich dachte, es wäre Eifersucht, und Ruggero hat ihr auch deutlich gezeigt, dass es vorbei ist. Er war jede Nacht bei mir.«

»Unfassbar. Wie alt ist er? Siebzehn?«

»Er ist der König.«

»Er ist auch ein Ehemann, der ein Sakrament aus dem Herzen Jesu erhalten hat.«

Konstanze zog scharf die Luft ein. Eine neue Schmerzwelle raste durch ihren Körper. Sie blickte an sich herab. Das viele Blut ... es konnte nicht nur von Samira kommen. Ihr Hemd war durchtränkt, zwischen den Beinen war es warm, klebrig und feucht. Sie tastete nach Vela.

»Was ist das?«

Die Condesa stellte die Schüssel auf den Boden und beugte sich über Konstanzes Leib.

»Ruhig. Bleib ganz ruhig. Nimm die Beine hoch.« Vela riss das Laken vom Bett, knüllte es zusammen und schob es unter Konstanzes Becken.

»Bleib liegen. Nicht aufstehen. Ich gehe nur kurz raus und frage, wann endlich van Trossel kommt.«

»Nein. Oder doch, hol ihn. Sag ihm, er soll eine Hebamme mitbringen.«

»Eine ...«

Die Condesa wusste genauso gut wie Konstanze, dass es noch acht Wochen bis zum errechneten Geburtstermin waren. Sie nickte und gab sich Mühe, nicht noch besorgter auszusehen.

»Eine Hebamme. Das ist gut. Sicher ist sicher. Ich bin gleich zurück.«

Konstanze legte die Hände auf ihren Bauch. Du da, dachte sie. Tu doch was. Gib mir einen Tritt. Zeig mir, dass du lebst. Gib mir ein Zeichen. Bitte.

Aber sie bekam keine Antwort.

Zur selben Stunde, als Samira in ein Turmverlies getragen und auf einen modrigen Strohsack geworfen wurde und der Henker prüfte, ob noch Atem in ihr war – ein wenig, wie er mit einem bedauernden Schulterzucken feststellte und anordnete, sie beim Sterben nicht zu stören –, zur selben Stunde, als van Trossel Konstanze untersuchte und vorschlug, sie zur Ader zu lassen – was sie, geschwächt und von Schmerzen gepeinigt, wütend ablehnte –, zur selben Stunde, als Rafaela gnadenlos im *dormitorium* der Benediktinerinnen von Boccadifalco geweckt und zur ersten Frühmesse getrieben wurde, zur selben Stunde erreichte ein Fischerboot die Bucht von Mondello und hielt auf den menschenleeren, mit Algen und Treibholz bedeckten Strand zu, um zwei Passagiere von Bord zu lassen.

»Das ist aber nicht Palermo«, flüsterte Hennsel.

Rocco hatte ihm eingetrichtert, das *Theodisca,* wenn überhaupt, nur leise zu sprechen und ansonsten den Mund zu halten. Und er hatte es genossen, das zu tun.

»Natürlich nicht.« Rocco sandte einen gottergebenen Blick zum Himmel, denn sein Reisegefährte mochte sich vielleicht in den Tavernen jenseits des Brenners auskennen, aber von Sizilien hatte er keine Ahnung. »Bis dahin sind es noch gut zwei Stunden Fußmarsch.«

»Raus oder rein jetzt?«, knurrte der Fischer.

Er war ein bärbeißiger, kräftiger Mann von geringem Humor. Schon während der Überfahrt hatte er mehrfach betont, das alles nur des Geldes wegen zu tun. Rocco hätte ihn am liebsten mit einem gehörigen Tritt in den Hintern über Bord geworfen. Solche Leute brauchte sein Kaiser nicht.

»Die Wachen des *ré* streunen auch an den Küsten herum. Also, los jetzt! Ich will wegen Euch nicht im Kerker landen.«

Rocco nahm sein Bündel und sprang in das hüfttiefe Wasser. Er arbeitete sich Richtung Strand vor und hörte hinter seinem Rücken, wie Hennsel ihm folgte. Klatschnass erreichten sie das Ufer. Als er sich umdrehte, war das Boot schon wieder weit draußen auf dem Meer und fuhr Richtung Osten, Palermo und der aufgehenden Sonne entgegen.

Er lief schnell. Er konnte die Stadt schon fast riechen. So lange war er nicht mehr hier gewesen. Was sich wohl in der Zeit seiner Abwesenheit verändert hatte? Von weit her hörte er den Klang einer Glocke. Es war nicht die von *San Giovanni degli Eremiti.* Sein Blick suchte die Hänge des Monte Pellegrino ab und blieb an den hellen ockerfarbenen Mauern des Klosters von Boccadifalco hängen.

Hat es wohl noch bis nach Boccadifalco geschafft.

Der Sizilianer blieb stehen. Unschlüssig drehte er sich nach Hennsel um, der schwerfällig und schnaufend hinter ihm hergelaufen war. Ohne Pferd war mit diesen Franken einfach nichts los.

»Was ist?«, hechelte er. »Machen wir Rast?«

In Roccos Brust begannen zwei gleich starke Gegner einen heftigen Kampf. Der eine wollte sofort nach Palermo. Der andere zu Rafaela. Was war dringender? Was konnte warten?

»Du bleibst hier. Ich habe noch etwas zu erledigen. In einer Stunde bin ich zurück.«

Aufatmend ließ Hennsel sich auf einem Steinbrocken nieder. Der Schweiß rann ihm aus den Haaren über das Gesicht. »In Ordnung. Eine Stunde.«

Rocco achtete genau auf den Verlauf des Trampelpfades. Er wollte nicht einen halben Tag verlieren, nur um diesen dämlichen Esel zu suchen. Nach kurzer Zeit mündete der Weg in eine breitere, einigermaßen geräumte Piste. Die Spurrillen von Rädern bewiesen, dass hier des Öfteren Händler vorbeikamen. Seine Laune verbesserte sich mit jedem Schritt, sank aber, als er die ersten Hütten erreichte und keiner ihm Auskunft über die schöne Frau geben konnte, die hier irgendwo Unterschlupf gefunden haben musste. Das Dorf selbst bestand aus wenigen Steinhäusern. Niemand öffnete ihm. Am Klostertor beschied man ihn, am Sonntag nach der Messe noch einmal zu kommen. Eine Rafaela Bonacci gab es hier nicht.

Mutlos trottete Rocco die Anhöhe vom Kloster hinunter ins Dorf. Zwei Nonnen kamen ihm entgegen, gekleidet in die schwarzen, langen Tuniken der Benediktinerinnen. Sie trugen jede eine schwere Kiepe mit Holz und unterhielten sich leise. Ihnen folgte eine junge Frau in der einfachen Tracht einer Bauernmagd, ebenfalls schwer beladen mit einem Bündel Heu. Der junge Mann blinzelte. Etwas an ihr kam ihm bekannt vor.

»Rafaela?«

Die beiden Nonnen blieben stehen und warfen sich einen schnellen Blick zu.

»Wer seid Ihr?«

»Ich bin …« Rocco verbeugte sich. »Hennsel von Rommelhausen.«

Er versuchte, seiner Sprache den knarrenden Unterton zu geben, den er mittlerweile lange genug gehört hatte. Die junge Frau setzte das Heubündel ab.

»Du bist Rocco von den Schweinen«, sagte sie. »Was willst du?«

»Möchte der junge Mann vielleicht mit in die Abtei kommen?« Die ältere der beiden Mägde Gottes lächelte ihn freundlich an. »Unser Gast bekommt selten Besuch.«

»Sehr gerne«, quetschte Rocco hervor.

Rafaela würdigte ihn keines Blickes.

»Darrrf ich?«

Er hob das Heubündel hoch und folgte den beiden Nonnen. Mürrisch schloss sich Rafaela ihnen an. Nach ein paar Schritten wurde er langsamer, bis sie außer Hörweite waren.

»Ich habe Nachricht für die Fürsten«, flüsterte er aufgeregt. »Ich bin ein Freund von Otto, dem Kaiser. Ich habe ihm den Brief deines Vaters gebracht, und er hat mich empfangen wie einen König! Ich bin reich, Rafaela. Ich kann ein Haus kaufen und Schweine und ein Pferd. Ich kann dir Stoffe aus Paris schenken und Unzengold und Salz, so viel du willst.«

Sie achtete nicht auf ihn.

»Wir gehen jeden Abend in den Dom, jeden Abend! Und die Leute werden flüstern: ›Schaut, da kommt Rocco Gianluca mit Rafaela Bonacci!‹ Wir werden Kinder bekommen, und sie können lesen lernen und schreiben, wenn es sein muss. Wenigstens die Söhne. Und Otto wird uns besuchen, oder wir besuchen ihn. Oder lieber nicht. Das *Regnum Teutonicum* ist ein kaltes und nebliges Land. Ich habe gefroren, Rafaela, aber mein Herz hat noch viel mehr gefroren.«

Sie musste so beeindruckt von ihm sein, dass ihr die Worte fehlten.

»Also, kommst du mit?«

Rafaela blieb stehen und strich sich eine Haarsträhne aus dem Gesicht. Rocco konnte den Blick nicht von ihr wenden. Sie war noch viel schöner, als er sie in Erinnerung hatte.

»Was sagst du?«, fragte er atemlos.

»Idiot.«

»Ja, ich war lange weg. Aber es ging nicht schneller!«

»Hörst du mir nicht zu? Du bist ein Idiot! Träum, was du willst, aber ohne mich.«

Sie setzte ihren Weg fort. Rocco lief ihr hinterher.

»Was denn, bin ich dir immer noch nicht gut genug? Ich war der Einzige, der noch da war für deinen Vater! Ich habe mein Leben riskiert, um eure Botschaft nach Goslar zu bringen!«

»Sieh dich doch an. Einmal Schweinehirt, immer Schweinehirt. Du willst eine Bonacci? Dann wasch dich, bevor du mir unter die Augen trittst.«

Rocco ließ das Heu fallen. In zwei Schritten war er bei Rafaela und riss sie zu sich herum. »Ist das alles?«

»Was willst du denn noch? Mich?«

Sie legte den Kopf zurück und lachte. Rocco holte aus und gab ihr eine schallende Ohrfeige. Rafaela taumelte, fing sich, fasste sich an die Wange und starrte den Angreifer fassungslos an.

»Du wagst es …«

Die beiden Nonnen hatten schon fast das Kloster erreicht. Sie liefen ratlos ein paar Schritte zurück, denn sie konnten sich auf diese Art von Wiedersehensfreude wohl keinen Reim machen.

»Bist du von Sinnen? Ein Wort von mir, und du sitzt im Turm!«

»Dann schrei doch! Los! Ruf sie doch alle! Hallo? Rocco Gianluca ist wieder da, und er hat eine Botschaft für den Conte de Castelvetrano!«

Die beiden Nonnen blieben stehen. Offenbar hielten sie den Wanderer nicht mehr für den Herrn seiner Sinne.

»Für Pietro?« Rafaela spuckte aus und betastete ihre Wange. »Du bist ja nicht ganz richtig im Kopf. Nie im Leben.«

»Pietro Giovanni Altavilla de Candia. Ich hab den Namen auswendig gelernt. Er wird mir die Tür öffnen und mich empfangen, wie es sich für einen Freund des Kaisers gehört.«

Rafaela drehte sich zu den Benediktinerinnen um. »Habt ihr das gehört? Zu den Altavilla de Candias will er! Zum mächtigsten Mann der Ostküste! Er! Ich lach mich tot! – Was willst du von ihm?«

»Ich habe eine Botschaft.«

»Was für eine Botschaft?«

Rocco straffte die Schultern.

»Die ist geheim.«

»Oh, geheim.« Sie legte eine Hand in die Taille und kam mit wiegenden Hüften auf ihn zu. »Ein Bote also. Ein Kurier des Kaisers. Und das soll ich dir glauben? Zeig sie mir.«

Rocco verwünschte seine Idee, Hennsel zurückgelassen zu haben. Das Papier und der Ring hätten Rafaela bewiesen, dass alles, was er sagte, der Wahrheit entsprach. Er sah das spöttische Funkeln in ihren Augen, und er wusste, sie würde ihn immer für einen Trottel halten. Zum ersten Mal, seit er in jener schrecklichen Nacht aufgebrochen war, überfielen ihn Zweifel.

»Keine Botschaft? Ist sie verlorengegangen? Oder hat es sie nie gegeben?«

»Heute Abend wird der Conte sie haben. Das schwöre ich.«

»Du machst den Mund auf und zu wie ein Fisch, Rocco. Und alles, was herauskommt, sind Luftblasen.«

»Catania«, sagte er. »Die Botschaft lautet Catania.«

Ihre Augen wurden schmal. »Das ist alles? Mehr nicht? Dann viel Glück auf dem Weg.«

Sie wollte hinauf zum Kloster, aber Rocco griff nach ihrer Hand und zog sie grob zurück.

»Lass das! Du tust mir weh!«

»Ich habe es nicht für den Kaiser getan. Nicht für deinen Vater und nicht für das Land. Sondern für dich, Rafaela.«

»Lass mich los!«

»Ich kann dich hier rausholen und dir ein Haus bauen. Ich mache dich zu einer ehrbaren Frau. Ich werde dir ein guter Mann und unseren Kindern ein Ernährer sein. Was ist es, das dich so abstößt? Dass ich nicht als freier Bürger geboren wurde?«

Er hielt sie fest und wunderte sich, was plötzlich in ihn gefahren war. Sie schlug die Augen nieder. Gerade als er sie an sich ziehen wollte, riss sie ihre Hand zurück.

»Es ist, wonach du riechst, Rocco Gianluca. Du kannst dich waschen, so viel du willst. Du wirst den Gestank der Gosse niemals los.«

Die junge Frau nahm das Heubündel, drehte sich um und lief hinauf zum Kloster. Die beiden Nonnen mussten sich beeilen, mit ihr Schritt zu halten. Rocco blieb stehen und sah ihr nach, bis das schwere Holztor sich hinter ihr geschlossen hatte.

Er hob sein Hemd und roch daran. Ein wenig Fisch, ein wenig Schweiß, ein wenig Salz vom Meer. Und vielleicht noch ein Hauch von Zitrone und Lavendel, aber der kam nicht von ihm. Er stolperte den Weg zurück zu Hennsel und wunderte sich, wie leer sein Herz geworden war.

Rafaela lehnte sich an die dicke, kühle Mauer im Schatten des Torbogens und schloss die Augen. Verdammter Mistkerl. Stur, verbockt und lästig wie Disteln im Haar.

»Habt ihr alles mitbekommen?«

Die Benediktinerinnen nickten. Sie warf ihnen das Heubündel vor die Füße.

»Ich schicke eine Brieftaube nach Palermo. Ab sofort werde ich keine niederen Dienste mehr ableisten. Morgen reise ich ab. Stellt einen Wagen bereit und kümmert euch um meine Wäsche.«

Damit ließ sie die beiden stehen und ging in ihre Kemenate. Sie nahm Pergament und schrieb den Namen des Conte darauf, so wie Majid es ihr befohlen hatte. Dann schnitt sie das Stück mit einem Federmesser zurecht, rollte es zusammen und steckte es in eines der winzigen Röhrchen aus Elfenbein, die die Nonnen für ihre Tauben benutzten.

Dann ging sie hinüber in die Ställe und ließ sich einen kräftigen, zuverlässigen Vogel heraussuchen.

»Nach Palermo.«

Die Nonne half ihr, das Röhrchen am Fuß des Tieres zu befestigen. Sie stellte keine Fragen, denn es war Teil der Abmachung, Rafaela jederzeit Zugang zu den Tauben zu gewähren. Die junge Frau stieg selbst hinauf in den Glockenturm und holte den Vogel aus dem Korb.

Sie drückte dem verschreckten Tier einen Kuss auf den Kopf und warf es hinaus in die Luft.

Die Taube flatterte, fing sich und stieg hinauf in den Himmel.

In einer Viertelstunde würde sie Palermo erreichen und die Nachricht ohne Umwege direkt in Capparones Hände gelangen. Rafaela sah ihr nach. Für einen Augenblick fühlte sie den Impuls, das Tier wieder einzufangen. Dann schalt sie sich eine Närrin.

36.

»Mamà?«

Laszlo saß an ihrem Bett. Er beugte sich zu ihr hinab und lächelte sie an. Seine Locken glänzten wie gesponnenes Gold. Sie konnte die Sommersprossen auf seiner Nase sehen und die Zahnlücke, trotzdem schien ihn ein Nebel zu umgeben, der seine Züge zart, fast durchsichtig erscheinen ließ.

»Mein Engel. Wie schön du bist.«

Alles lag hinter diesem Nebel. Velas Schatten huschte ums Bett. Van Trossel beugte sich über seine Arzttasche und holte ein riesiges Instrument hervor. Nottaufe, glaubte sie zu hören. Jemand murmelte ein Gebet.

»Bist du gekommen, um mich zu holen?«

Laszlo schüttelte den Kopf.

»Ich werde da sein, wenn es so weit ist«, sagte er mit seiner hellen Kinderstimme.

Sie spürte das Band der Liebe zwischen ihnen und fürchtete sich vor dem Moment, in dem sie aus diesem Traum erwachten.

»Ich werde immer an deiner Seite sein. Auch wenn du mich nicht siehst.«

»Das weiß ich, mein Engel. Und ich werde dich immer lieben. Auch ...«

Sie dachte an das Kind in ihrem Bauch. Warum bewegte es sich nicht mehr? Eine eiskalte Hand legte sich um ihr Herz. Der Nebel um Laszlo wurde dichter. Kaum, dass sie sein Gesicht noch erkennen konnte.

»Du darfst meinen Bruder nicht töten. Hörst du, Mamà? Lass es nicht zu. Er will zu dir kommen! Hilf ihm dabei! Töte ihn nicht, ja? Töte ihn nicht!«

Mit einem Schrei fuhr Konstanze hoch. Das Haar klebte schweißnass auf ihrer Stirn. Verwirrt sah sie sich um. Der Fra kniete vor dem Holzkreuz, Vela wrang ein Tuch über einer Schüssel Wasser aus, van Trossel hielt eine Zange in der Hand, Maria und Clara ordneten gerade Scheren, Messer und Arzneiflaschen auf dem Tisch. Alle starrten sie an.

»Was habt Ihr vor?«

Van Trossel legte schnell die Zange zu den anderen Instrumenten und trat an ihr Lager. »Alles deutet darauf hin, dass das

Kind in Eurem Leib nicht mehr lange lebt. Ich spüre keine Bewegungen mehr, und die Blutung ist nicht zu stillen. Wir bereiten alles für die Nottaufe vor, damit seine Seele gerettet ist.«

»Was?«

Vela legte ihr beruhigend die Hand auf die Stirn.

»Und dann?«

»Dann müssen wir es holen. Im Zweifel ist Euer Leben dasjenige, das wir retten wollen.«

Wie unabsichtlich stellte sich Clara vor den Tisch, aber Konstanze hatte die Messer und Knochensägen schon gesehen.

»Ihr wollt mein Kind töten?«

»Nein, natürlich nicht! Aber wenn es in den nächsten Stunden nicht austreibt, werdet ihr alle Säfte des Lebens verloren haben, und wir müssen es holen.«

»Dann stillt die Blutung, Herrgott! Näht mich zu, wenn es sein muss!«

Van Trossel sah zu Boden. »Ich kann das nicht.«

»Dann holt einen Schuster. Oder einen, der Schweine kastriert. Irgendjemanden, der Ahnung vom Nähen hat!«

»Meine Königin!« Vela hielt es nicht mehr aus. »Das geht nicht! Niemand wird sich an Euren Leib wagen. Wir haben Rosmarinsud und Wermut vorbereitet. Die Wehweiber sind unterwegs. Ihr müsst gebären!«

»Es ist noch nicht so weit. Ich lasse niemanden an mich heran, der nicht genau wie ich das Kind bewahren will.«

Van Trossel drehte sich zu dem Fra um, der gerade mühsam auf die Beine kam.

»Was habe ich Euch gesagt? Sie wird sich nicht darauf einlassen. – Meine Königin, ich lasse Euch Zeit, Eure Entscheidung noch einmal zu überdenken. Kommt!«

Das letzte Kommando zischte er den beiden Mädchen zu, die ihm mit gesenktem Kopf folgten. Vela legte ihrer Herrin ein feuchtes Tuch auf die Stirn.

»Diese Sarazenin hat dich beim Kampf verletzt«, sagte sie. »Es muss passiert sein, als sie auf dich gesprungen ist wie eine Furie.«

»Wo ist sie?«

»Im Turm. Es heißt, sie wird die Nacht nicht überleben.«

Konstanze nickte. Wenigstens eine gute Nachricht.

»Tamin, der Emir, hat Capparone einen Boten geschickt. Er verlangt die Auslieferung seiner Schwester, heißt es. Capparone hat abgelehnt.«

Konstanze winkte müde ab. Sie strich sich über den Bauch. Nichts. Ihre Lippen waren kalt, ihre Hände zitterten. »Ich habe mit Laszlo gesprochen.«

Vela, die gerade das Tuch auf Konstanzes Stirn wechseln wollte, hielt mitten in der Bewegung inne, sagte aber nichts.

»Natürlich nicht wirklich. Sondern im Traum. Er war schon einmal da, als es mir so schlecht ging. Damals wollte er mich mitnehmen auf die andere Seite.«

Langsam ließ Vela das neue Tuch sinken. »Und jetzt?«

»Er sagte, ich soll seinen Bruder nicht töten. Er will zu uns kommen.«

»*Ave Maria, gratia plena, Dominus tectum …*«, sagte der Fra, den sie beide völlig vergessen hatten. »So sprechen die Zungen der Engel durch Euren Mund.«

Konstanze hob die Augenbrauen. »Wie meint Ihr?«

»Das war ein Zeichen! Vertraut auf Gott, und alles wird sich finden.« Er küsste das Kreuz, das an einer dünnen Kordel um seinen Hals hing. »Gebete sind der einzige Weg zu geistiger und körperlicher Genesung.«

»Mein lieber Fra«, antwortete Konstanze und bemühte sich, so herzlich wie möglich zu klingen. »Könnt Ihr in der Kapelle zehn Ave-Maria für Uns beten?«

»Aber gerne!«

Sichtlich erleichtert verbeugte er sich und eilte hinaus, nicht ohne einen schreckhaften Blick auf die Instrumente des flandrischen Arztes zu werfen.

»Die Blutung muss aufhören, mehr nicht. So schlecht geht es mir nicht. Warum kann van Trossel das nicht?«

Vela zuckte mit den Schultern. »Er könnte, wenn er nur wollte. Aber ich kenne jemanden, der will und kann nicht.«

»Wen?«

Die Condesa ging zur Tür und spähte in den Empfangsraum. Dann eilte sie zurück.

»Erinnerst du dich an Hayyim, den Kompassmaler?«

»Ja, natürlich. Seine Frau Rahel hatte auch Probleme. Sie hat ihr Kind in der *Favara* bekommen. Aber ich habe es bis heute nicht gesehen. Was weißt du darüber?«

Vela hatte immer noch das feuchte Tuch in der Hand. Sie knüllte es zusammen und knetete das Knäuel nervös in den Händen. »Ich war dabei, als es geschah. Bei ihr lag es quer, und du weißt, was das bedeutet.«

»O mein Gott. Die Arme! Das ist ein sicheres Todesurteil!«

»Ja. Aber dann kam jemand, der hat es herausgeholt. Und beide, Mutter und Kind, sind gesund und munter. Der Einzige, der damit nicht klarkommt, ist der Vater. Der glaubt an Hexerei. Aber ich war dabei und habe zugeschaut. Es ist kein Zauber. Es ist die höchste Kunst, die ich je bei einem Arzt gesehen habe.«

Konstanze setzte sich auf. Sofort schoss der Schmerz wieder durch ihren Leib. Sie presste die Lippen zusammen und atmete tief durch. Keine Wehen, dachte sie. Bitte lass es keine Wehen sein.

»Wer war das? Warum ist er nicht am *cour*?«

»Das zu erklären ist ein wenig kompliziert.«

Konstanze kniff die Augen zusammen. »Meine liebe Vela. Du erzählst mir jetzt alles von Anfang an. Schnellstens. Und dann entscheide ich, was wirklich kompliziert ist.«

Vela nickte. Dann holte sie tief Luft und fing an.

Wilhelm Capparone saß auf seinem Pferd und blickte dem Verhängnis entgegen, das sich auf Palermo zuwälzte wie eine Lawine. Hinter ihm hatte sich der Rest der Truppe aufgestellt. Zwei Dutzend Mann, mehr waren ihm nicht geblieben, um den Palast zu sichern. Noch nicht einmal genügend Leute, um das Stadttor zu halten, das er gerade komplett abgeriegelt hatte. Was auf Palermo zukam, war die Gefahr, vor der er immer gewarnt hatte.

Die Stadt war zum Meer hin offen und ungeschützt. Und die Berge, die hinter ihr eine natürliche Barriere bilden könnten, waren bewohnt von den vertrieben geglaubten Herren der Insel, die die Ketten der Unterworfenen abgestreift hatten. Ein gewaltiges Heer marschierte auf Palermo zu.

Allen voran die Elefanten. Die Treiber entlockten ihnen markerschütternde Schreie. Mit wütend erhobenen Köpfen trampelten sie alles nieder, was sich ihnen in den Weg stellte. Herrenlose Karren, hastig verlassene Biwaks. Hinter ihnen kamen die Reiter. Nur mühsam konnten die Männer mit den krummen Säbeln ihre Pferde zügeln. Sie hieben nach den Menschen, die schreiend in Gräben und hinter Büsche flüchteten.

Dann kamen die schwarzäugigen Krieger. Ihre hocherhobenen Lanzen spiegelten das Sonnenlicht und schickten blendende Blitze auf die Stadt. Es mussten Hunderte sein. An der Spitze des Heers aber ritt Tamin, der letzte Emir der Kalibiten.

Der Platz vor dem Tor lag wie ausgestorben in der gleißenden Sonne. Wer konnte, hatte sich hinter der Stadtmauer in Sicherheit gebracht. Eine trügerische, vorläufige Sicherheit, denn wenn Tamin nicht aufgehalten wurde, gehörte die Stadt in wenigen Stunden den Sarazenen.

Capparone wechselte einen schnellen Blick mit Filangieri. Der Marschall gab gerade leise den Befehl, die Wachen von den anderen Wehrtürmen zum Südtor abzuziehen. Tamin hielt auf die Mitte des Platzes zu und hob den rechten Arm. Die Elefanten hinter ihm kamen zum Stehen. Der restliche Zug holte auf und bildete einen weiten Halbkreis um seinen Herrscher.

»Ich bin Tamin Ibn Abdad Ibn Al-Kamil, Emir der Banũ Kalb, und ich begehre sofort den König zu sprechen!«

»Das würde ich jetzt auch gerne«, knurrte Filangieri. »Verdammte Sarazenen.« Er ließ sein Pferd drei Schritte vorgehen. »Ich bin Riccardo Filangieri von Campania, Marschall der Heere zu Lande und zu Wasser, und ich frage Euch: Was ist Euer Begehr?«

»Wo ist der *ré*?«

»Er ist nicht in Palermo.«

»Wer ist befugt zu verhandeln?«

»Worüber?«

»Über die Gefangennahme von Samira Bint Abdad Bint Al-Kamil, Prinzessin der Banũ Kalb, und meine erstgeborene Schwester. Dieser da, der sich Capparone nennt, hat meine Leute unverrichteter Dinge wieder abziehen lassen. Nun kommen wir zum zweiten Mal. Aber wir bitten nicht mehr. Wir fordern.«

Capparone merkte, dass der Marschall ins Schwitzen geriet und dass das nur wenig mit der Mittagshitze zu tun hatte. Er ritt zu ihm und stellte sich neben ihn.

»Eure Schwester wird eines schweren Verbrechens angeklagt. Sie hat versucht, die Königin von Sizilien zu töten.«

»Ihr beschmutzt unser Volk mit einer Lüge. Ich verlange ihre Auslieferung.«

Capparone schüttelte den Kopf. »Sie wurde bei dem Attentat selbst schwer verletzt. Vermutlich wird es uns nicht mehr gelingen, sie der irdischen Gerechtigkeit zu überführen.«

»Ich glaube Euch nicht. Wo ist Majid?«

»Er ist mit dem König unterwegs.«

»Und die Königin?«

Capparone biss sich auf die Lippen. Immer, wenn es schwierig wurde, hütete die Dame das Bett. Das konnte er dem aufgebrachten Emir natürlich nicht ins Gesicht sagen.

»Sie ist in der Messe und betet für das Seelenheil Eurer Schwester.«

Tamin spuckte aus. Die Elefanten in seinem Rücken pendelten mit ihren schweren Köpfen hin und her und stellten die Ohren auf. Das Zischen aus den Reihen der Sarazenen wurde lauter. Der Emir hob den Arm und winkte jemanden heran, ohne den Blick von Capparone zu nehmen.

»So legt ihr das hier zu Füßen, damit ihre Gebete eifriger werden.«

Ein arabischer Falkner, gekleidet in die graubraune Jagdkluft der Bergstämme, verließ das Fußvolk und kam mit einem Käfig auf den Platz. Er stellte ihn ab, öffnete ihn und holte einen Jagdfalken heraus. Das Tier breitete die Flügel aus, blieb aber noch auf der Faust des Jägers sitzen.

Tamin stieß einen leisen Pfiff aus. Der Falke flog hoch und kam quer über den Platz auf seine ausgestreckte Hand zu. Der Emir nahm ihn zärtlich, drückte ihn an sich und streichelte ihm über den Kopf.

»Ich gebe Euch Zeit bis morgen früh zum Sonnenaufgang. Wenn meine Schwester dann nicht wieder bei uns ist, so betet um Euer eigenes Seelenheil.«

Mit einem Ruck riss er den Kopf des Falken ab und warf ihn vor Capparone und Filangieri in den Staub. Der Torso flatterte wild mit den Flügeln, zappelte und zuckte, Blut schoss aus der offenen Wunde. Tamin schnalzte mit der Zunge und wendete sein Pferd.

Fassungslos starrte Capparone auf das, was von dem Lieblingsfalken der Königin übrig geblieben war. Filangieri gab einem Wehrknecht einen Wink, der loseilte und hastig die Überreste des Vogels einsammelte.

Die Sarazenen zogen ab. Capparone wartete, bis der Platz wieder frei war und die ersten Mutigen sich aus ihren Verstecken hervortrauten. Erst dann ließ er die Wachen abrücken.

Wenn nicht ein Wunder geschah, würde morgen früh bei Sonnenaufgang die Stadt genommen, verwüstet und geplündert sein. Der Bürgerkrieg war wie ein Feuer, von dem sie alle geglaubt hatten, sie hätten es ausgetreten. Aber unter der Asche glimmte immer noch die Glut, bereit, vom leisesten Lufthauch wieder angefacht zu werden und sich zu einer Feuersbrunst auszuweiten, die alles verschlingen würde.

37.

Das Blut des Falken war im Sand getrocknet, als der Bote die *Favara* erreichte und Nabil Ibn Marah den Küchenjungen Zaki zu sich rief. In einer kurzen Unterredung am Ufer des künstlichen Sees, unbeobachtet und unbelauscht, wie Nabil hoffte, instruierte er den Jungen über das, was zu tun war. Zaki, erfreut über die Dringlichkeit des Auftrags, der ihn von der Fron des Kirschenentsteinens enthob, machte sich alsbald mit einem Bündel unter dem Arm auf den Weg in die Berge.

Seine Hoffnung, Catalina zu treffen, wurde enttäuscht. Das Mädchen befand sich auf einem ausgedehnten, tagelangen Streifzug durch die Wälder, um seltene Wurzeln und Kräuter zu sammeln. Dafür entdeckte er den Hakim auf einem Stein vor der Ruine in der Sonne, neben sich einen Krug halb vergorenes Bier, vor sich einen der Aussätzigen, dem er weitschweifige Anweisungen zum Salben und Verbinden seiner Wunden gab.

Zaki hielt zehn Fuß Abstand ein und machte sich bemerkbar.

Der Hakim verabschiedete sich von seinem Patienten, schaffte es nach dem dritten Versuch, aufzustehen, und wankte zu dem Küchenjungen hinüber.

»*Merhaba*«, sagte er. Wie immer klang seine Stimme schleppend, als ob die Welt und insbesondere sein Gegenüber nicht der Mühe wert wären, sich zusammenzureißen. »Das Vögelchen ist ausgeflogen. Kein kleines Tandaradei in der Mittagshitze. Durst?« Er hielt dem Küchenjungen den Krug entgegen.

»Nein danke«, erwiderte Zaki. Das Gebräu roch nach dem, was Trinker nach durchzechter Nacht in den Graben spieen. Er sah sich um, ob sie auch wirklich allein waren. »Ich will zu Euch. Die Königin verlangt Euch zu sehen.«

Der Hakim stieß ein kojotenähnliches, hustendes Lachen aus. Zaki ärgerte sich. Konnte dieser Mann denn nichts ernst nehmen?

»Es geht ihr schlecht. Sie braucht Eure Hilfe.«

»Oho! Was ist mit diesem flandrischen Edelmann, der alle Weisheit der Welt mit silbernen Löffeln gefressen hat?«

»Er ist mit derselben am Ende. Ihr sollt am Abend am Stadttor sein. Dort wird Euch jemand erwarten und in den Palast führen. Ist es möglich, dass Ihr Euch vorher vielleicht wascht?«

Der Hakim sah an sich hinab. »Warum?«

»Weil Ihr stinkt wie ein Eber. Und das Gewand mögt Ihr bitte auch wechseln.«

Der Ältere verzog bedauernd den Mund. »So müsste ich nackt vor die Königin treten, und der Anblick meiner Männlichkeit würde sie erschrecken. Ist das förderlich in ihrem Zustand?«

Zaki reichte ihm das Bündel. »Hemd, Hose, Übermantel. Und ein Tuch von Nabil, dem Grundgütigen, es um den Kopf zu winden.« Er deutete auf das zerrissene, undefinierbare Stoffknäuel, das in Fetzen vom Kopf des Hakims hing und vor langer Zeit wohl der hilflose Versuch eines Turbans gewesen war.

»Ich danke. Doch leider kann ich für die Königin nichts tun. Ich bin tot. Sie hat mich, wenn ich mich recht erinnere, selbst an den Strang gebracht. Ich bedaure ihr Schicksal sehr, aber das meine ist ja wohl noch bedauernswerter. Gehenkt, verscharrt, vergessen …« Er griff sich wie beiläufig an den Hals, als ob er sich noch an das Gefühl erinnern könnte, den Strick gespürt zu haben.

»Jaaa«, antwortete Zaki gedehnt. »Ich leide mit Euch. Aber wenn Ihr schon nicht für die Königin kommen wollt, wie wäre es dann für Eure Töchter?«

Die trüben Augen des Hakims blitzten auf. Alle gespielte oder tatsächliche Trunkenheit war wie weggewischt. »Meine Töchter? Wo sind sie? Wie geht es ihnen?«

»Fragen über Fragen. Heute Abend, das Südtor. Bei Sonnenuntergang. Macht Euch schnell auf den Weg, dann schafft Ihr es vielleicht noch.«

Der Hakim faltete den Übermantel auseinander. Er war aus lange getragenem, aber sauberem Scharlach in Dunkelbraun. Die Hose und das Hemd waren geflickt und ebenfalls frisch gewaschen. Es war die Kleidung eines redlichen Arbeiters, der sich für einen Abend in der Stadt feingemacht hatte.

»Ich werde Jumanah und Rashida sehen?«

Zaki schluckte. »Ja«, sagte er. »Das werdet Ihr.«

Konstanze versuchte, tief und ruhig zu atmen. Im Laufe des Tages hatten die Wehen kurzzeitig aufgehört. Eine trügerische Hoffnung, denn am frühen Abend setzten sie umso stärker wieder ein. Sooft Vela und sie auch die Hauschroniken zu Rate zogen – sie kamen selbst bei großzügiger Rechnung auf nicht mehr als sieben Monate Schwangerschaft.

Van Trossel hatte auf Konstanzes Anweisung hin die schrecklichen Instrumente entfernt. Auch wenn das Kind nun seit fast zwanzig Stunden kein Lebenszeichen von sich gegeben hatte, glaubte sie dem Arzt nicht. Es konnte nicht tot sein. Es schlief vielleicht oder hatte einfach nur schreckliche Angst.

Die Stunden verrannen zäh wie Honig. Immer wenn Vela den Verband wechselte, hofften sie auf den Stillstand oder wenigstens auf eine Schwächung der Blutung. Aber diese hörte nicht auf. Am frühen Abend fiel Konstanze in einen leichten Schlummer. Sie schreckte hoch, als im Dom die Glocken zur Abendmesse läuteten.

»Wie lange braucht er denn noch?«, stöhnte sie.

Vela faltete eine neue Lage Stoff zusammen.

»Nach Sonnenuntergang, so habt Ihr es befohlen.«

»Zum Teufel mit meinen Befehlen!«

Die Condesa legte ihr beruhigend die Hand auf die Stirn. »Er wird kommen. Und er wird dir helfen. Das weiß ich.«

»Du scheinst ihn ja gut zu kennen, diesen …«

Ihr Blick fiel auf die beiden Mädchen. Maria schlief und hatte den Kopf in den Schoß ihrer Schwester gelegt, die beim Schein eines Talglichtes ein kleines, dickes Buch studierte. Sie waren übereingekommen, niemandem etwas zu sagen. Weder van Trossel noch den Kindern des Hakims. Je weniger Leute von ihrem wahnwitzigen Plan wussten, umso besser.

»Vela?« Konstanze betrachtete ihre Kammerfrau genau. »Schau mich an. Bist du etwa gerade rot geworden?«

Die Condesa wandte sich ab. »Nein, natürlich nicht.«

»Er ist …« Konstanze brach ab. Sie wusste nicht, was die Mädchen von ihrer leisen Unterhaltung mitbekamen. Sie wusste noch nicht einmal, ob es richtig war, den Hakim in den Palast zu holen. Nur über eines war sie sich vollkommen im Klaren: Wenn das Kind in ihrem Bauch starb, würde sie eher vom Pisana-Turm springen, als zuzulassen, was Ärzte und Wehweiber in solchen Fällen taten.

»… ein Heide. Ein sinistrer Charakter. Ein Mann, der wahrscheinlich mehr Menschen vom Leben in den Tod befördert hat als umgekehrt.«

»Das ist nicht wahr!«, gab Vela ebenso leise, dafür aber sehr bestimmt zurück. »Er hat Euch damals gerettet!«

»Um uns anschließend mit seinem Gift umzubringen.«

»Gift, Konstanze, Gift allein ist noch kein Mord. Warum vertraust du ihm dein Leben und das deines Kindes überhaupt an?«

»Weil van Trossel das Kleine in Stücken aus mir herausholen wird, wenn es nicht wieder aufwacht!« Sie krümmte sich zusammen, weil eine neue Wehe sie schüttelte.

Clara sah von ihrem Buch hoch. Sie bemerkte, dass die Königin sie im Visier hatte, und senkte sofort wieder den Blick. Langsam atmete Konstanze aus. Die Welle verebbte.

»Was liest du da?«

»Von der Viersäftelehre des Galenus von Pergamon.«

»Auf Griechisch?«

»Ja, meine Königin.«

»Wer hat dir das beigebracht?«

»Niemand.«

Konstanze winkte das Mädchen zu sich heran. Clara legte vorsichtig den Kopf ihrer Schwester auf dem Boden ab und das Buch daneben. Mit hängenden Schultern trat sie an das Bett.

»Du bist die Tochter des Hakims. Hast du das von ihm?«

Das Mädchen biss sich auf die Lippen und schüttelte trotzig den Kopf.

»Jumanah ...«

»Ihr dürft mich nicht so nennen!«

»Das Schicksal deines Vaters war nicht meine Schuld. Er hat es sich selbst zuzuschreiben. Aber es dauert mich, was du durchgemacht hast. Und es freut mich, dich so eifrig beim Studieren zu sehen. Schickt van Trossel dich in die Domschule zum Lernen?«

»Nein. Ich hab es mir alleine angeeignet. Mit einer Handschrift des Celsus in Griechisch und Latein.« Das Mädchen nahm eine Bewegung in der Tür wahr.

»Verzeiht.«

Es huschte zurück auf seinen Platz. Mühsam drehte sich Konstanze zu dem späten Gast um, der gerade ins Zimmer trat. Es war Cavaliere Livio.

»Meine Königin! Wie geht es Euch?«

»Danke, Livio. Gibt es Nachricht?«

»Der Herr ist eingetroffen. Ist es wirklich Euer Wunsch, dass ich ihn in Eure Gemächer führe? Und soll ich van Trossel holen? Euer Arzt ist von den Ereignissen der letzten Tage erschöpft und hat sich in einen der Gästeräume für eine kurze Rast zurückgezogen.«

»Nein … ja. Holt ihn. Nicht den Flandern, den lasst, wo er ist. Den anderen. Vela?«

Die Condesa wrang ein Tuch aus.

»Achte darauf, dass niemand, wirklich niemand, hereinkommt, wenn er da ist.«

»Bei meiner Seele.«

»Livio? Führt ihn über die Turmtreppe nach oben. Wie ist seine Verfassung?«

»Es geht so, meine Königin. Ich hätte ihm ja lieber einen *surcot* aus unserer Wäscherei gegeben und seine Haartracht noch einmal unseren Badern anvertraut.«

»Keine Zeit«, flüsterte sie. »Lasst ihn kommen. Beeilt Euch.«

Vela legte das Tuch auf Konstanzes Stirn. »Bist du bereit? Für alles, was kommen mag?«

Konstanze schloss die Augen. »Für alles.«

Zur selben Zeit bezahlten Rocco und Hennsel ihren Fisch und den Krug sauren Wein in einer Taverne im Hafen. Es war Roccos Idee gewesen, in der Masse unterzutauchen und die Dunkelheit abzuwarten. Sie saßen auf roh gezimmerten Bänken unter freiem Himmel, die Menschen um sie herum unterhielten sich leise, und wenn der Sizilianer benennen sollte, was ihm nach seiner Rückkehr am meisten auffiel, dann wäre es wohl diese gespenstische, angespannte Ruhe. Die Fröhlichkeit und das lebhafte Treiben selbst zu nächtlicher Stunde gab es nicht mehr. Wer genau hinsah, konnte erkennen, dass nur die Hälfte der Liegeplätze am Kai belegt war. Die gedrückte Stimmung bemerkte sogar Hennsel, der gerade mürrisch seine Schale mit einem Stück Brot auswischte und sich von Palermo bei Nacht anderes erwartet hatte.

Auf der gegenüberliegenden Seite des Platzes gähnte dort, wo einst Bonaccis Palazzo gestanden hatte, ein dunkles Loch. Einige Eckpfeiler ragten noch aus den Trümmern, sonst war nichts von dem Haus übrig geblieben. Rocco erinnerte sich an den Balkon und an Rafaela, die oft dort oben gestanden und auf die Schiffe ihres Vaters gesehen hatte. Ihr Stolz und ihr leidenschaftlicher Jähzorn hatten seine Phantasie immer wieder entzündet. Doch die Begegnung am Morgen und der Anblick der schwarzen Ruinen trübten seine Stimmung. Er schob Hennsel das letzte Stück faserigen Barsch hinüber, der sich dankbar und gierig darüber hermachte.

»He, *signorina*«, sagte Rocco zu einer Schankmaid, die an Jahren und Erfahrung weit über das Alter hinaus war, in dem ein Mann ein Mädchen noch mit Jungfer ansprach. Aber ihr schien Roccos Lächeln zu gefallen und der kecke Blick, den er auf ihr Brusttuch warf, das mehr enthüllte als verbarg. »Was ist mit dem Haus da drüben passiert?«

Die Magd folgte seinem Blick und runzelte die Stirn.

»Da hat ein reicher Mann gewohnt, Bonacci war sein Name. Er hat sich mit den Falschen verbündet, und jetzt ist er tot, und alles, was er hatte, ist mit ihm untergegangen.«

»Ah, Bonacci.« Rocco tat so, als ob er sich erst jetzt erinnerte. »Mit welchen Falschen?«

Sie sah ihn prüfend an. »Keine gute Zeit für offene Worte, junger Mann. Noch einen Krug Wein?«

Rocco lehnte ab. So viel Geld für die Wegzehrung hatten sie nicht. »Aber vielleicht sind die Falschen auch bald die Richtigen?«, fragte er vorsichtig.

Die *signorina* stemmte die Hände in die üppigen Hüften. »Was seid Ihr? Guelfe oder Ghibelline? Guelfen haben an diesem Tisch nichts verloren. Verschwindet.«

Die anderen Gäste wurden aufmerksam. Offenbar war der Hafen eine Gegend, in der sich viele Stauferfreunde aufhielten.

»Wir wollten sowieso gerade aufbrechen.« Rocco zerrte Hennsel hoch, und beide schulterten ihre Bündel und verließen auf dem schnellsten Weg den Platz.

Nach einem kurzen Fußweg über die Marmorstraße erreichten sie das arabische Viertel Palermos, Harat as-Saqaliba. Mit schlafwandlerischer Sicherheit schlug sich Rocco durch die engen Gassen. Hier war er zu Hause. Hier kannte er jede Ecke, jeden Stein. Er roch den warmen Dunst der Ställe und den Duft von Knoblauch und Gülle. Er sah Licht in den Fenstern brennen und hörte wie jeden Abend das keifende Gezänk von Signora Rosa, die ihrem Gatten die Leviten las. Magere Katzen jagten Ratten durch die Keller. Wäsche hing an Stöcken über ihren Köpfen. Sein Herz weitete sich, und zum ersten Mal spürte Rocco, dass es außer Rafaela noch eine weitere Liebe in seinem Leben gab: Palermo.

Er liebte die Hütten genauso wie die Paläste. Er liebte den Klang der Glocken, die zur Mittagszeit und zur Abendstunde jede auf ihre eigene Art die anderen ergänzten und einen gemeinsamen Choral zu Ehren Gottes anstimmten. Er liebte den Geruch von Werden und Vergehen, von Wüste und Meer, von Abzucht und Rosenblüten. Die Stadt war wie eine Geliebte, die er verlassen hatte und die er nun zurückeroberte, mit jedem Schritt und jedem Atemzug.

Sie schlugen sich durch bis zur *Via Roma,* jener breiten Magistrale, an der die nobelsten Familien Palermos ihre Villen hatten. An einer Kreuzung, in deren Mitte ein Springbrunnen sprudelte, machten sie halt.

»Linkse härrumm«, flüsterte Rocco.

Er verständigte sich mit Hennsel in *Theodisca,* wenn niemand in der Nähe war.

»Da iste La Matorana.« Er deutete auf die schlichte Kirche mit ihrem quadratischen Fundament aus Felsensteinen und den tiefrot gefärbten Kuppeln. »Warrr Moschee von Emir.«

»Welcher Emir?«

Rocco seufzte. »Ist laaange heerr. Unn da, Haus hinter Brukke in *Via Cassaro,* das aussehe wie Festung, iste Winterpalazzo von *famiglia* des Conte.«

Hennsel nickte. Zwei Zecher kamen ihnen über den Steg entgegen, der über den schmalen Fluss Kemonia führte. Viel weiter oben klapperten die Mühlen, aber in dieser Gegend hatten sich keine Gerber, sondern Händler und reiche Ackerbürger niedergelassen. Hohe Mauern schützten die Gärten und die steinernen Fassaden vor ungebetenen Blicken. Die Straße lag da wie ausgestorben.

»Wirr neehme Eingang von hinte.«

Rocco führte Hennsel durch das Labyrinth der engen Straßen. Durch einen Torbogen betraten sie den schmalen, holperigen Weg, der auf die Rückseite des Palazzo führte. Er zog Hennsel in den Schatten der niedrigen Mauer.

»Jetze gebbe die *epistula* und die Ring. Sssnell!«

Aber Hennsel händigte sie ihm nicht aus. Er legte den Kopf in den Nacken und trat einen Schritt zurück, um vielleicht doch einen Blick auf das Haus werfen zu können.

»Hier wohnt der Edle Peter Johannes Hohenstein von Candia?«

»*Conte Pietro Giovanni, si.*«

»Bist du sicher?«

Rocco warf sich in die Brust. »Ikk Palermitano! Jetze gebbe!«

Hennsel bückte sich und griff nach einem der vielen Steine, die auf dem Weg lagen. Noch bevor Rocco sich fragen konnte, warum der Franke das tat, spürte er einen Schlag, und die Dunkelheit der nächtlichen Stadt fiel ihm wie eine Decke über die Augen.

Hennsel ließ den Stein sinken. Er beugte sich über Rocco, rüttelte an dessen Schulter, und richtete sich mit einem zufriedenen Lächeln wieder auf. Dann ging er zu der kleinen Holztür, die in die Mauer eingelassen war, und klopfte.

Ungeduldig wartete er, bis leise Schritte sich näherten und der Riegel von innen zurückgeschoben wurde. Er holte den Ring Ottos an der Schnur aus dem Ausschnitt seines Hemdes und hielt ihn hoch. Der Mann, der ihm öffnete, trug ein schwarzes Cape mit einer Kapuze, die er tief ins Gesicht gezogen hatte. Er musterte erst Hennsel, dann den Ring, schließlich nickte er und ließ ihn eintreten.

»Ihr bringt Nachricht von Otto, dem Welfen?«

Hennsel verstand nur *Ottone* und *guelfi*.

»*Si*«, sagte er eifrig und betrat einen stillen Garten.

Palmen rauschten leise im Wind. Ein Wasserspiel plätscherte. Hinter ihm wurden die Tür geschlossen und der Riegel vorgelegt. Der Mann streifte die Kapuze ab. Er hatte ein scharf geschnittenes, fast asketisches Gesicht, und das Lächeln, das um seine Lippen spielte, war das genaue Gegenteil von ehrlicher Freude.

»Ich bin Wilhelm Capparone, Großmeister von Sizilien«, sagte der Mann in einwandfreiem *Theodisca*. »Der Fürst erwartet Euch. Doch erst muss ich die Nachricht prüfen.«

»Ja, sicher. Natürlich.« Hektisch suchte Hennsel nach dem Papier. Aber er fand es nicht. Alles, was seine Fingerspitzen in dem Almosenbeutel ertasteten, war ein weicher, faseriger Klumpen. Fassungslos holte er ihn heraus.

»Das … das kann nicht sein!«

Capparone nahm ihm den kleinen Ball ab, doch er zerfiel schon auf seiner Handfläche. Angewidert zerpflückte er die faserigen Reste. Sogar die Tinte war ausgewaschen.

»Papier?«, fragte er ungläubig. »Wer benutzt denn dieses Zeug? Soll das ein Scherz sein?«

Hennsel schluckte. Nur zu gerne hätte er seinen Platz nun wieder gegen den Roccos getauscht. »Nein, edler Herr. Das muss passiert sein, als wir in Mondello an Land gegangen sind.«

»Was stand in der Nachricht?«

»Ich weiß es nicht. Das schwöre ich Euch! Ich kann gar nicht lesen! Aber Rocco, der andere, der kann es vielleicht!«

Capparone stieß einen leisen Pfiff aus. Wie Geister traten Männer aus den Schatten hervor, ein gutes Dutzend wohl, und stellten sich in einem Kreis um Hennsel auf. Sie wirkten ähnlich entgegenkommend wie ihr Kommandant.

»Wo ist er?«

»Draußen, edler Herr. Er wartet draußen.«

Zwei der Männer öffneten fast lautlos die Tür und verschwanden in der Gasse. Zwei weitere packten Hennsel an den Armen.

»Abführen.«

»Herr! Es ist nicht meine Schuld! Es war Rocco Gianluca! Ihn müsst ihr fragen!«

Hennsel wurde unsanft zum Ausgang gestoßen. Die beiden Kerle kehrten von ihrer kurzen Suche zurück.

»Auf der Gasse ist keiner.«

Hennsel verstand nicht viel. Aber dass die Situation gerade noch mehr zu seinen Ungunsten kippte, begriff er. »Rocco Gianluca! Er ist der Mann, den Ihr sucht!«

Capparone schien nicht überzeugt. Er hielt dem Fremden den

durchweichten Klumpen unter die Nase. »Aber Ihr habt die Botschaft. Und den Ring.« Er riss ihn dem Deutschen mit einem einzigen Griff vom Hals. »In den Turm mit ihm. Wir werden ihn später befragen. Und sucht die Stadt nach diesem Gianluca ab.«

»Was … was ist mit dem Conte?«, fragte Hennsel.

Capparone verzog die Lippen wieder zu einem dünnen Lächeln. »Der wird Euch Gesellschaft leisten.«

Rocco beobachtete die Festnahme durch ein Astloch in einer Latte von Stefanos Hühnerstall. Der Alte stand hinter ihm und wälzte eine Ladung Kat durch seinen zahnlosen Mund.

»Geschieht ihnen ganz recht«, schmatzte er und spuckte aus. »Wer ist dieser Simpel?«

Hennsel wurde keine drei Ellen von ihrem Versteck entfernt abgeführt.

»Einer von Ottos Leuten«, antwortete Rocco leise.

»Bravo.« Stefano verscheuchte ein Huhn, das naiv genug gewesen war, von ihm etwas anderes als einen Tritt zu erwarten. Das empörte Geschrei des Conte, der sich gerade von seiner lauthals zeternden Familie verabschiedete, hatte die ganze Gasse aufgeweckt.

»Fatme kann dir was auf deine Wunde legen. Ist eine gute Frau. Oder hast du was gegen Sarazenen?«

Rocco schüttelte den Kopf und folgte Stefano durch einen niedrigen Türsturz in den einzigen Raum des kleinen Lehmhauses. Er erinnerte sich, dass der Alte vor einigen Jahren sein Weib ins Grab gelegt und nur noch selten Besuch von seinen Kindern bekommen hatte. Um die Hühner hatte er sich kaum noch gekümmert, und der Gestank, der aus dem kleinen Hof in die Gasse gewabert war, ließ vermuten, dass Stefano sich im Leben allein nicht zurechtgefunden hatte.

Fatme war klein, wohlgenährt, mit blitzenden Augen und gut

zwanzig Lenze jünger als ihr Dienstherr und hatte den Laden mittlerweile offenbar bestens im Griff. Das Kupfer über dem Herd blitzte, und aus dem offenen Kessel über dem Feuer roch es delikat nach Hühnerbrühe.

»Das ist der Schweineknecht von Bonacci.« Mit diesen Worten stieß Stefano den späten Gast auf eine Bank. »Was hast du getrieben? Warst lange nicht hier.«

Rocco setzte sich. Er bemerkte, dass seine Knie zitterten und er auch die Hände nicht ruhig halten konnte. Er schob sie unter die Oberschenkel. Der Alte hatte zwar keine Zähne mehr, aber immer noch ziemlich scharfe Augen.

»Mal hier, mal da. Stellung suchen. Ich war in den Pferden bei … bei einem Knappen.«

»Welcher Knappe?«

»In Syrakus. Ist doch egal.«

»Junge, Junge.« Stefano zog einen Schemel heran und setzte sich darauf. »Wenn du hier wieder ein Bein auf die Erde kriegen willst, musst du dir schon was Besseres einfallen lassen. Man sagt, du hättest dich den Guelfen angeschlossen.«

»Wer?«

»Alle. Jeder. Keiner, den du direkt fragen wirst. Wenn es stimmt, dann scher dich hier raus und komm mir nie wieder unter die Augen.«

Fatme stellte zwei Schüsseln auf den Tisch. Sie beugte sich über Roccos Stirn und begutachtete die Wunde. »Aber vorher bekommt er noch einen Verband«, sagte sie.

Stefano kratzte sich den weißen, struppigen Bart. Solange sich Rocco erinnern konnte, hatte der Alte ihm immer ein Ei zugesteckt.

»Ich weiß nicht, was ich bin«, sagte Rocco. Es war die Wahrheit, und sie erstaunte ihn selbst am meisten. »Als Knecht ist man das, was der Herr ist. Und Bonacci war Guelfe. Genau wie seine Tochter.«

»Rafaela.« Wieder spuckte der Alte aus. Fatme hob tadelnd die Augenbrauen. »Hat sich auf einen Handel eingelassen. Der zweite Knecht vom Henker hat mir's erzählt. Ich liefere die Hühner für den feinen Graf von Tropea, der heute Abend endlich Gesellschaft bekommt. Allein deshalb soll der *ré* ruhig alle von diesen Verrätern in den Turm stecken. Die Geschäfte sind noch nie so gut gelaufen.«

»Was für ein Handel?«

»Bonacci hat vor seinem Tod noch einen Boten zu Otto geschickt. Ein Aufruf der Guelfen, ihnen den Staufer vom Hals zu halten, damit sie uns wieder schikanieren und auspressen können. Das hat sich Otto nicht zweimal sagen lassen.« Stefano beugte sich zu ihm. »Irgendeine Ahnung, wer dieser Bote war?«

»Nein«, antwortete Rocco schnell.

»Der *ré* will die Insel verteidigen bis zum letzten Mann. Tja. Ich will mal hoffen, dass die neuen Herren auch Hühner und Eier essen und dass man einen alten Zausel wie mich nicht noch zu den Waffen ruft. Aber es sieht schlecht aus. Die Sarazenen in den Bergen sind in Aufruhr.«

»Die Königin hält die Schwester des Emirs gefangen«, sagte Fatme. Sie nahm einen Teller und trug ihn zur Feuerstelle. Mit einer Schöpfkelle fuhr sie in die Suppe und rührte um.

»Sie ist auch im Turm. Aber sie isst nichts. Der Henker sagt, sie wird die Nacht nicht überleben.« Fatme füllte den Teller mit einer ordentlichen Portion und stellte ihn vor Rocco auf den Tisch.

»Danke, ich habe keinen Hunger.«

Wortlos zog Stefano die Mahlzeit zu sich heran. Fatme reichte ihm einen Holzlöffel, der Alte ließ das Kat schnell in seiner Hand verschwinden und begann schlürfend die Suppe zu essen.

»Ist ja viel los im Turm«, sagte Rocco.

Der Alte nickte. »Jedenfalls wissen die Söhne vom Seifensieder nicht, welchem Heer sie sich anschließen sollen. Catania oder Palermo? Genau da kommt unsere liebreizende Rafaela ins Spiel. Dieser Bote nämlich, ein Knecht, wie es heißt, einer von denen, die die Augen nicht von hübschen Mädchen lassen können und ihre Herrschaft durch unzüchtiges Nachstellen beleidigen, ein Hundsfott also, dieser Knecht soll angeblich wieder unterwegs sein. Diesmal, um Ottos Antwort an die Verräter zu überbringen. Welche Stadt wird der Welfe zuerst angreifen? Catania oder Palermo? Aber da unser junger Mann mehr mit dem Schwanz als mit dem Kopf denkt, wird er natürlich zuallererst seine Angebetete aufsuchen, in der Hoffnung, ihr mit der Wichtigkeit seines Auftrags gehörig zu imponieren.«

Rocco sah zu Boden, weil er dem Blick des Alten nicht mehr standhalten konnte.

»Jaja, die Brunst. Ich sag's ja immer. Nicht wahr, Fatme?«

Die Sarazenin kam lächelnd auf ihren Herrn zu, um sich einen liebevollen Klaps auf den Hintern abzuholen.

»So geschah es wohl auch, wenn meine alten Augen eben richtig gesehen haben. Nur dass der Knecht von Bonacci sich in einen fränkischen Tölpel verwandelt hat. Und Rocco, mein lieber Rocco, springt mit einem Loch im Kopf über meinen Zaun und versteckt sich in den Hühnern. Nun sag mir: Wie fühlt man sich, wenn man gleich zweimal verraten wurde?«

Rocco schwieg. Schließlich sagte er: »Schlecht.«

Der Alte holte einen Hühnerknochen aus seiner Suppe und saugte den Knorpel ab.

»Weißt du, mein Sohn, was noch schlimmer ist, als zweimal reinen Herzens ins blanke Messer zu laufen?«

»Nein.«

»Wenn es ein drittes Mal geschieht.«

Es klopfte. Rocco sprang auf. »Wer ist das?«

»Setz dich.« Der Alte klopfte auf die Bank.

Rocco folgte der Aufforderung, weil seine Beine ihn nicht mehr trugen. Fassungslos starrte er auf den Mann, der gerade zur Tür hereinkam.

38.

Konstanze hörte Schritte. Die beiden Mädchen hockten immer noch in der Ecke.

»Clara? Maria?«

Die Ältere schüttelte die Jüngere wach.

»Egal, was jetzt passiert, ihr bleibt, wo ihr seid, bis ich euch etwas anderes befehle. Habt ihr das verstanden?«

»Ja.«

Vela kam herein. Ihr folgte der Hakim. Konstanze musste zweimal hinsehen, denn der Unterschied zwischen dem gefolterten, gebrochenen Mann aus der *Favara* und dem, der nun den Raum betrat, war enorm. Der Hakim trug saubere Kleider und einen ordentlich gewickelten Turban. Er schwankte immer noch beim Gehen und Stehen, doch seine Augen wirkten wach. Er grüßte Konstanze mit einem kurzen Nicken und suchte einen Platz, um seinen Beutel abzulegen. Dabei sah er die Kinder. Der stolze Ausdruck in seinem Gesicht verschwand. Er ließ den Beutel fallen, und Clara und Maria vergaßen, was sie eben noch versprochen hatten, und stürzten auf ihn zu.

»*Baba!*«

»Jumanah! Rashida!« Der Mann drückte die beiden an sich. Sie vergruben ihre Gesichter in seinem Hemd, krallten sich an ihm fest und schluchzten laut. Der Hakim versuchte, sich zu Konstanze umzudrehen, doch die Mädchen hingen an ihm wie kleine Äffchen.

Seine Lippen formten die Worte: »*Shukran*. Danke.«

Konstanze spürte, wie ihre Augen feucht wurden. Der Anblick rührte nicht nur sie. Auch Vela wischte sich eine Träne vom Gesicht, und Cavaliere Livio seufzte tief auf.

»Nun«, sagte sie, »Zeit zum Wiedersehen werdet ihr wohl noch finden. Ich brauche Euren Vater jetzt.«

Jumanah ließ ihn sofort los. Sie weinte immer noch, aber sie lächelte dabei und bekam einen Schluckauf. Sie begann, ohne Pause und scheinbar ohne Luft zu holen, mit dem Hakim zu reden. Konstanze verstand kein Wort, aber einige schnelle Gesten des Mädchens verrieten ihr, dass es um das ungeborene Kind ging, das wie ein Stein in ihrem Bauch lag.

Der Hakim hielt seine jüngere Tochter immer noch an sich gedrückt und streichelte ihr über den Kopf. Dabei hörte er aufmerksam zu. Einmal sah er zu van Trossels Instrumenten hinüber und nickte.

»Was ist?«, fragte Konstanze. »Was sagt sie? Redet so, dass wir euch verstehen!«

Der Hakim murmelte ein paar Worte, und Jumanah stürzte sich auf seinen Beutel. Er schob Rashida von sich und trat ans Bett der Königin.

»Wir sind allein und bleiben es?«, fragte er.

»Cavaliere Livio verbürgt sich mit seinem Leben, dass niemand diese Räume betritt.«

Konstanze versuchte, sich aufzurichten, aber wieder raste der Schmerz durch ihren Leib. Sie konnte nur mühsam ein Stöhnen unterdrücken. Der Hakim gab Vela ein Zeichen. Sofort schlug sie die leichte Seidendecke zurück. Jumanah hatte gefunden, was sie gesucht hatte, und reichte dem Hakim ein Jagdhorn. Zumindest hielt Konstanze das Gerät dafür, bis der Hakim den Trichter auf ihren Bauch setzte und das Ohr an die Mundöffnung hielt.

Ratlos sah sie zu Vela, die nur mit den Schultern zuckte. Konstanzes Zuversicht, in den letzten Stunden mehr und mehr zerrüttet, drohte gänzlich zu schwinden. Ein Arzt, der mit Musikinstrumenten praktizierte, war nicht das, was sie erwartet hatte. Oder umging er so das ungeschriebene Gesetz, dass die Heiler Gebärende nicht berühren durften? Wenn dem so war, würde er der Lösung mit einem Jagdhorn auch nicht näher kommen.

»Könnt Ihr mir verraten, was das soll?«

Die Hand des Hakims schoss in die Höhe. Er legte den Finger auf den Mund und machte: »Schschsch. Jumanah?«

Das Mädchen kam zu ihm. Er reichte ihr das Instrument, sie lauschte und nickte.

»Darf sie Euch berühren?«

»Ich verstehe nicht, was das soll!«

Jumanah begann zu zittern. Der Hakim legte eine Hand auf den Arm seiner Tochter.

»Ich habe gerade den schnellen Herzschlag eines Ungeborenen gehört. Um sicherzugehen, muss er mit dem der Mutter verglichen werden. Das soll meine Tochter machen, denn sie ist ein Weib.«

Konstanze nickte. Das leuchtete ihr ein. Jumanah öffnete vorsichtig den Ausschnitt ihres Nachthemdes und legte ihr den Trichter des Jagdhorns auf die Brust. Sie lauschte angestrengt und mit geschlossenen Augen. Ihr Mund bewegte sich, als ob sie etwas flüsterte. Schließlich atmete sie tief durch und richtete sich auf.

»Das Herz der Königin schlägt dunkel wie die Glocken des Doms. Das Kind aber ist wie ein galoppierendes, junges Pferd. Mir scheint, es ist ungeduldig und will hinaus.«

»Es kann noch nicht!«, rief Konstanze. »Es ist erst sieben Monate alt! Was ist das überhaupt für ein Ding?«

»Eine Hörmaschine«, sagte der Hakim. »Ich habe sie vor langer Zeit in Konstantinopel erworben. Wenn Ihr einmal ertauben werdet, leistet sie großartige Dienste. Man hört damit die Säfte im Leib kochen und auch, wie viele Menschen und Dämonen sich denselben teilen.«

»Dämonen?«

»Natürlich nur, wenn sie vorhanden sind. Ihr seid frei von ihnen. Eine der wenigen guten Nachrichten, die ich Euch reinen Gewissens verkünden kann.«

»Keine Dämonen also. Da bin ich ja sehr beruhigt. Und nun?«

»Meine Tochter hat viel gelernt. Das meiste natürlich von mir. Aber dieser flandrische Aderlasser scheint viele Bücher in seinem Haus zu haben. Leider hat er sie wohl nie gelesen. Dafür hat Jumanah jedes einzelne so gut wie auswendig gelernt. Sie meint, die *secundina* hat sich gelöst, und da kein Kind ohne sie geboren wird und beides untrennbar miteinander verbunden ist, werden wir es austreiben müssen. Ich vermute zudem, dass Euer Pneuma gestört ist. Hattet Ihr Aufregung in der letzten Zeit? Ein böser Blick?«

Konstanze tastete nach Velas Hand.

»Ich lasse nicht zu, dass Ihr es tötet«, sagte sie.

Der Hakim hob die Augenbrauen. »Wer redet denn davon? Ich werde meiner Tochter genaue Anweisungen geben. Habt Ihr Hanf und Kichererbsen? Hafer und Leinsamen?«

Vela stieß ein erbostes Schnauben aus. »Es ist nicht Zeit noch Stunde, jetzt ans Essen zu denken!«

»Ich brauche einen Sud davon«, sagte Jumanah leise. »Und den Leinsamen erhitzt, um Euch warm zu halten.«

Dieses Mittel kannte Konstanze. Sie nickte Livio zu, der davoneilte, um das Gewünschte zu besorgen. Das Mädchen schien sich wirklich auszukennen. Auch der Hakim wirkte, als ob er wüsste, wovon er sprach. Eine Welle von Dankbarkeit flutete in das Herz der Königin.

»Wenn alles gutgeht«, flüsterte sie, »werdet Ihr als ein anderer den Palast verlassen. Und Eure Töchter mit Euch. Habt Ihr einen Wunsch?«

Der Hakim nickte. »Jeden Tag ein Schwein«, sagte er. »Lebend, fett und wohlgenährt. Wir werden es hier, an Eurem Lager, schlachten.«

Konstanze rief alles zurück, was sie dem Hakim im Geist an Vorschusslorbeeren gegeben hatte.

»Seid Ihr völlig von Sinnen?«, rief Vela. »Dies ist das Schlafgemach Eurer Königin!«

Jumanah nickte. »Genau deshalb.«

Majid erreichte Palermo kurz vor Morgengrauen. Er übergab sein dampfendes Pferd einem der Torhüter und benutzte, da die gewaltige Bronzetür noch geschlossen war, den Seiteneingang. Bis auf die Wachen und einige Mägde auf dem Weg zur Küche begegnete ihm niemand. Er eilte durch das Treppenhaus hinauf zum Saal der Winde. Den Raum kannte er nur hell erleuchtet und erfüllt von Gelächter und Gesprächen. Zu dieser Stunde aber hallte der Klang der zuschlagenden Tür bis ans andere Ende, wo der steinerne Thron des Königs stand. Einige Kerzen flackerten in der Zugluft. Die schweren Vorhänge aus grünem Samt bewegten sich kaum. Vor einem Gobelin stand Capparone, flankiert von zwei Männern seiner schwarzen Garde, und wartete, bis Majid den Raum durchquert hatte und bei ihm angekommen war.

»Der *ré* schickt seinen Mohr«, sagte der Ritter, und es war nicht klar, wer sich in diesem Raum angesprochen fühlen sollte.

Majid kannte die abfälligen Bemerkungen über seine Person. Er kam gleich zur Sache. »Die Sarazenen standen vor Palermo? Der König hat Eure Botschaft erhalten und ist in tiefer Sorge.«

»Nicht unberechtigt.« Capparones leise, tonlose Stimme ließ offen, inwieweit er diese Sorge teilte oder ihre Existenz einfach nur feststellte. »Ich habe immer davor gewarnt, mit den Sarazenen zu verhandeln. Sie sind unzuverlässig und illoyal. Von wenigen Ausnahmen abgesehen.«

Majid nahm an, dass Capparone ihn nicht zu diesen Ausnahmen zählte.

»Sie würden eher sterben, als einen Freund zu verraten«, entgegnete er. »Aber hier handelt es sich um die Schwester des Emirs. Der Fall hat dadurch eine politische Dimension.«

Capparone gönnte sich ein ironisches Lächeln. »Nun, es geht auch um die Königin. Vom *ré* noch vor seiner Abreise in Amt und Würden gesetzt, also gleichsam ein Anschlag auf die Krone per se. Ihr wurdet informiert, dass Samira Bint Abdad ein heimtückisches Attentat vorhatte, das nur durch massive Gegenwehr in letzter Sekunde verhindert werden konnte. Wir vermuten, dass eine Sklavin ihr Zugang zum Palast verschaffte, die daraufhin von der Sarazenin getötet wurde. Somit ist auch noch Schaden am Eigentum des Königs entstanden. Eine Auslieferung kommt nicht in Frage. Was ist, wenn das Beispiel Schule macht?«

Majid versuchte sich zu beherrschen. Die Nachrichten waren noch bestürzender, als er befürchtet hatte.

»Wie geht es ihr? Lebt sie noch?« Die Sorge um Samira ließ seine Stimme beben.

Capparone bemerkte es, bezog Majids ungewohnte Anteilnahme aber auf eine andere Person. »Der Königin? Sie lässt niemanden zu sich. Ihr Arzt vermutet das Schlimmste. Das wäre dann ein Königsmord am ungeborenen Thronfolger. Ein Präzedenzfall. Gravierend genug, um zu hoffen, dass die Sarazenin noch eine Weile durchhält – für den Strang des Henkers.«

»Sie ... lebt? Was hat sie?«

»Ein Stich in Herz und Lunge. Sie ist leider nicht mehr ansprechbar.«

Majid spürte, wie alles Leben ihn verließ. Am Morgen war

die Drohung des Emirs in ihrem Biwak eingetroffen. Er hatte sich sofort auf den Weg gemacht, von dunklen Ahnungen begleitet, denn es musste etwas Außergewöhnliches vorgefallen sein, wenn Tamin der Stadt und dem Land quasi den Krieg erklärte. Die Nachrichten aus dem Mund Capparones übertrafen seine Befürchtungen um ein Vielfaches.

»Wenn sie ohnehin sterben wird – warum gebt ihr sie nicht an die Ihren, damit sie ordentlich bestattet werden kann?«

Capparone schüttelte den Kopf, als wäre er wieder einmal aufs Neue von Majids Naivität überrascht. »Keine Chance.«

»Dann wird Tamin seine Drohung wahrmachen und Palermo angreifen. Die Stadt ist nicht verteidigungsfähig. Wenn außerdem Ottos Bote die Verräter erreicht, kommt der Feind von innen und außen. Dann ist Palermo nicht mehr zu retten.«

»Ich bin erfreut, Euch in solcher Sorge um unser Schicksal zu sehen.« Capparones asketisches Gesicht wurde geradezu erhellt von seiner falschen Freundlichkeit. »Und ich darf Euch verkünden, dass es mir gelungen ist, den Boten und das Oberhaupt der Verschwörung festzunehmen. Es ist Pietro Giovanni Altavilla de Candia. Er wird gerade im Keller vernommen. Weshalb ich auch ein wenig in Eile bin, denn die Befragung wird nun in die heikle Phase eintreten, und da möchte ich gerne anwesend sein. Ihr wollt dem *ré* doch Ergebnisse bringen, oder?«

Majid schwieg.

»Bevor der Hahn dreimal kräht, werden wir die Antwort wissen.«

Der schwarze Ritter nickte seinen Männern zu, die sich bis jetzt im Hintergrund gehalten hatten. Ohne ein Wort des Abschieds verließen sie den Raum.

Majid blieb zurück. Er wartete, bis die schweren Schritte verklungen waren. Erst dann gestattete er sich, den Schmerz zuzulassen, der wie ein Pfeil auf einem gespannten Bogen auf den

Abschuss gewartet hatte. Er traf ihn mit solcher Wucht, dass er sich zusammenkrümmte und stöhnte.

Samira.

Er sah ihre spöttischen Augen und den lachenden Mund. Ihre geschmeidige, schlanke Gestalt, halb verborgen von den Schleiern der Zeltwände des Palastes, ein geliebter Geist in schlaflosen Nächten, der ihn so oft besucht hatte und der in seinen Träumen zärtliche Worte flüsterte.

Samira.

Er sah die Schatten in ihrer Seele, die verratene Liebe warf. Den Wahnsinn, der sich auf sie gestürzt hatte wie ein gefährliches Tier mit scharfen Zähnen, vor dem selbst der mächtigste Krieger die Waffen strecken musste.

Samira.

Majid richtete sich auf und fuhr sich mit den Händen über das Gesicht. Die Fackeln waren fast heruntergebrannt. Er verließ den Raum als ein Mann, der schwer verwundet war, aber seine Kräfte noch einmal für eine letzte Aufgabe sammelte. Als er die steinernen Treppen hinunterstieg, hörte er, gedämpft durch dicke Mauern, einen schmerzerfüllten, unmenschlichen, gequälten Schrei. Kam er von oben, aus den Gemächern der Königin? Oder von unten, aus den tiefen Kellern des Palastes?

Er kümmerte sich nicht darum. Samira wartete auf ihn. Auf den letzten Freund. Den einzigen, der sie nie verlassen würde.

Der Sarazene hatte den Kerker so oft besucht, dass die Knechte ihn einließen, ohne nach den Gründen zu fragen. Der Henker saß in seiner Kammer bei einer späten *cena*. Speck, Brot, ein Krug Wein. Er bot Majid einen Schemel an, doch der lehnte ab.

»Wo liegt Samira Bint Abdad?«

Der Henker schnitt bedächtig ein Stück Speck ab und schob es sich in den Mund.

»Sie wurde gestern Abend eingeliefert. Lebt sie noch?«

Der Henker kaute und schluckte.

»Wir sind kein Hospiz, Majid. Ich weiß es nicht. Als Giacopo das letzte Mal nach ihr gesehen hat, ging es wohl zu Ende mit ihr.«

»Ich muss sie sehen.«

Der Henker nickte, rührte sich aber nicht vom Fleck. »Ich verstehe, dass dich das mitnimmt. Aber ich darf niemanden zu ihr lassen.«

»Du verstehst mich nicht.« Majid zog seinen Dolch. »Ich werde dich töten, genau wie alle anderen, die sich mir in den Weg stellen.«

Ganz langsam legte der Henker das Messer weg. Er stand auf, darauf bedacht, dass Majid jede seiner Bewegungen sehen konnte. Sein wachsamer Blick schätzte ab, dass es an dem Sarazenen vorbei keinen Weg zur Flucht gab.

»Was ist in dich gefahren? Steck die Waffe weg, und du kannst mich vielleicht dazu überreden, dir einen Vorsprung zu geben, bevor ich die Wachen rufe.«

»Den brauche ich nicht. Wo ist die Sarazenin?«

»In der alten Zelle von der Bonacci-Göre.«

»Gib mir den Schlüssel und stell dich an die Wand.«

»Nein. Du wirst es noch nicht einmal bis zur Treppe schaffen. Majid, es ist meine Pflicht, dich an dem zu hindern, was du tun willst. Das weißt du.«

»Dann wirst du sterben.«

Die Entschlossenheit in Majids Stimme ließ keinen Zweifel, dass der Sarazene seine Drohung ausführen würde. Der Henker hob hilflos die Hände.

»Was ist nur in dich gefahren? Du stehst jetzt schon mit einem Bein im Angstloch. Wir waren mal auf der gleichen Seite. Erinnerst du dich nicht mehr?«

»Doch, mein Freund.« Majid fuhr sich mit der Hand über die Augen, um das Blinzeln wegzubekommen, das seinen Blick verunsicherte. »Für Gott und den König gebe ich alles. Aber sterben werde ich nur für eine.«

»Nein.« Ungläubig schüttelte der Henker den Kopf. »Das fasse ich nicht, dass du für eine Frau alles aufs Spiel setzt, was wertvoll und gut ist. Der *ré* und du, ihr wart das, was in meinen Augen einer echten Freundschaft am nächsten kam.«

»Ich muss wählen.«

»Niemand zwingt dich dazu.«

»Richtig. Solche Entscheidungen trifft man allein. Ich werde jetzt zu ihr gehen und sie holen. Ich werde mit ihr die Stadt verlassen und hinauf in die Berge reiten. Ich werde sie ihrem Bruder übergeben, und dann werden wir sie begraben.«

»Danach gibt es keinen Weg mehr zurück.«

»Ich werde einen Bürgerkrieg verhindern.«

»Du wirst alles verlieren, Majid.«

»Gib mir den Schlüssel.«

»Der Kerkermeister und seine Knechte werden dich nicht durchlassen. Du bist tot, Majid.«

Blitzschnell sprang der Sarazene vor, umfing den Henker mit dem linken Arm und setzte ihm von rechts das Messer an die Kehle. »Vielleicht sollten wir diesen letzten Weg gemeinsam gehen?«

Der Gefangene schnaufte und rang nach Luft. Majid lockerte den Griff etwas.

»Ja«, röchelte der Mann. »Vielleicht sollten wir das.«

Sie stiegen die Stufen zum Keller des Kerkermeisters hinab. Die Knechte, denen sie dabei begegneten, richteten sofort ihre Lanzen auf Majid, aber der Henker hob beschwichtigend die Hände. Bald erreichten sie den rußgeschwärzten Raum, in dem einige Schemel vor der Feuerstelle standen. Der Kellermeister gab gerade Anweisungen zur Wachablösung, als ihm beim Anblick der beiden das Wort im Halse steckenblieb.

»Alles in Ordnung«, sagte der Henker. Majid hielt ihn immer noch eisern im Würgegriff, den Dolch an die Kehle des Mannes gepresst. »Tut, was er sagt.«

Der Sarazene gab Befehl, die Wachen antreten zu lassen. Als sich alle Mann im Keller versammelt hatten, erteilte er Anweisung, die erste Zelle aufzuschließen. Darin saß ein mehrfach verurteilter Kirchendieb, der seinen Augen nicht traute, wer ihm für die nächsten Stunden Gesellschaft leisten sollte. Nachdem der letzte Mann sich in den schmalen, niedrigen Raum gequetscht hatte, schloss Majid die Tür und öffnete das Guckloch.

»Die Morgenwache wird euch befreien.«

Der Henker drängte sich an zwei Männern vorbei zur Tür.

»Du warst ein Mann des Königs«, sagte er. »Was bist du jetzt? Ein Gesetzloser. Gebe Gott, dass ich dich nicht eines Tages auf den Richtblock legen muss.«

»Es wird nicht geschehen.«

»Was macht dich da so sicher?«

Majid antwortete nicht. Wie sollte er auch erklären, dass irdische Gerechtigkeit für ihn keine Rolle mehr spielte? Der Henker, der schon viele Menschen in ihren letzten Stunden erlebt hatte, schien zu begreifen.

»Geh mit Gott. Wir werden schweigen bis zur *prima hora.*«

»Ich danke dir. Du warst ein Freund.«

Majid schloss die Luke. Er nahm die Fackel von der Wand und schritt durch den Gang drei Türen weiter. Der Schlüssel zu der Zelle ruhte warm und schwer in seiner Hand. Er ließ sich ohne Probleme in dem Schloss umdrehen, nur die Tür quietschte in den Angeln, als er sie öffnete. Dumpfe, modrige Feuchtigkeit schlug ihm entgegen. Er hielt die Fackel weit von sich gestreckt, um den Raum möglichst gut auszuleuchten.

Auf dem Stroh lag eine zusammengekrümmte Gestalt. Sie bewegte sich nicht, lag da wie tot, und Majid, der bis zu diesem Moment jeden seiner Schritte in kühler, berechnender Klarheit gelenkt hatte, spürte, dass es Zeit war, einem anderen die Führung zu überlassen. Er steckte die Fackel in den Eisenring an der Hand, ging zu dem Lager und kniete nieder.

Ihr Haar. So lang und seidig, in weichen Wellen rieselte es über Nacken und Schultern und lag wie ein schützender Schleier vor ihrem Gesicht. Vorsichtig strich er es zur Seite. Er berührte ihren Hals, doch er spürte keinen Puls. Aber die Haut war warm. Er beugte sich über sie und nahm sie in die Arme.

»Majid? Bist du das?« Ihr Gesicht, zur Wand gerichtet, lag im Dunkeln.

»Ich bin da, *amira*«, flüsterte er.

Ihre Hand tastete über das Stroh, aber sie war zu schwach, um sie zu heben. »Ich habe auf dich gewartet.«

»Ich konnte nicht schneller kommen. Es tut mir leid.«

»Ich muss sterben, Majid.«

Eine Träne rollte ihm über die Wange und tropfte in ihr Haar.

»Ich dachte, eines Tages bin ich alt und meine Kinder und Kindeskinder tragen mich in die Berge. Ich wollte die Sterne dabei sehen, verstehst du? Und jetzt sehe ich das Tor zur Hölle. Ich habe Angst.«

»Ich gehe mit dir. Du wirst nicht alleine sein. Und du wirst die Sterne sehen. Ich werde dich ins Paradies geleiten, und wenn ich dafür mit den Erzengeln kämpfen muss. Ich werde gewinnen, *amira*, denn ich habe immer gewonnen.«

Nur ein einziges Mal nicht. Er vergrub sein Gesicht in ihrem Haar, roch den Duft nach Vanille, Schweiß und Blut, spürte die Nässe, die ihr Hemd durchtränkte, und hörte den rasselnden Atem, der sich aus ihrer Lunge quälte. Sie versuchte, sich zu ihm umzudrehen. Er half ihr dabei. So lagen sie nebeneinander auf dem mürben Stroh, das für Majid ein Bett aus Seide und Zobel war. Samira hob die Hand und strich ihm übers Gesicht. Ihre Worte waren kaum mehr als ein heiseres Flüstern, immer wieder unterbrochen vom mühsamen Ringen um Luft.

»Majid …«

»Ja, Prinzessin?«

Mit geschlossenen Augen ließ sie ihre Fingerspitzen über seine Stirn gleiten. Die Nase hinunter über die Wangen zum Kinn tastete sie über seine Züge, als wäre sie blind und ihre Finger malten ihr das Bild des Mannes, der er unter seinen schrecklichen Tätowierungen war.

»Du hast das Gesicht eines Kriegers … und die Züge deiner stolzen Ahnen. Warum habe ich dich nie gesehen? Ich habe geliebt, Majid, aber es war nicht der Mann. Es war eine Vision.«

Ihre Hand fiel herab. Er fing sie auf, führte sie an seinen Mund und küsste sie.

»Warum …?«, hauchte sie, »Heute würde ich den Mann nehmen und nicht den Traum.«

»Ich …«

»Sag nichts. Es ist zu groß. Der Tod und die Liebe. Für beides kennen wir die rechten Worte nicht. Bring mich nach Hause, Majid. Lass mich nicht hier.«

»Ich verspreche es dir.«

»Begrab mich unter den Sternen. Dann bin ich dem Himmel ein bisschen näher.«

»Samira …«

»Ich habe solche Angst.«

»Ich werde bei dir sein. Im Himmel und in der Hölle. Samira …«

Noch einmal holte sie Luft, aber der letzte Atem verließ sie und nahm die Seele mit. Ihr Kopf rollte zur Seite. Majid drückte sie an sich und wusste, er würde sie nicht mehr loslassen. Nicht jetzt und nicht in aller Ewigkeit.

39.

Zur selben Stunde gebar Konstanze einen Sohn.

»Es ist ein Junge!«, schrie Vela. »Ein Junge! Gesund und kräftig!«

Wie auf Befehl begann das kleine Wesen zu schreien. Jumanah durchtrennte die Nabelschnur und wischte den winzigen Säugling mit einem Tuch trocken, bevor sie ihn der Königin auf die Brust legte.

Ungläubig betrachtete Konstanze das zerknautsche, hochrote Gesicht des Thronfolgers. Er war so zart und klein, so unendlich zerbrechlich. Sie strich ihm mit den Fingerspitzen über die Wangen und betrachtete die kleinen Fäuste, die sich immer wieder öffneten und schlossen.

Mein Sohn, dachte sie. Was wird dir das Leben bringen? Wird es überhaupt lange genug dauern, dass du es so nennen kannst?

»Ich denke, wir brauchen das Schwein nicht.« Jumanah streichelte sanft über die Ärmchen des Kindes, das reflexartig zu boxen begann. »Er kann von alleine atmen und ist wohlgenährt. Wir müssen ihn nicht in warme Fettschwarten einnähen. Gebt Ihr ihm selbst die Brust?«

Konstanze nickte. Es war nicht das übliche Vorgehen, aber sie wollte sich keinen Atemzug lang von ihrem Kind trennen.

»Das ist gut. Er hat die normale Größe eines Sieben-Monats-Kindes und wird in kurzer Zeit alles aufgeholt haben, was ihm jetzt noch an Gewicht fehlt. Damit ist er kaum auf der Welt und hat schon das Leben eines Schweins gerettet. Ein Held.«

Sie grinste, und Konstanze konnte nicht anders, als ebenfalls zu lächeln. Das Mädchen war genauso wie sein Vater: Traute man ihm etwas zu, wuchs es über sich hinaus und legte eine Reife und ein Selbstbewusstsein an den Tag, die man ihm niemals zugetraut hätte.

»Ist es wahr? Welcher Jubel! Ein Sohn!«

Jemand hatte Fra Theobaldus gerufen. Der Geistliche hielt sich nicht lange mit Gebeten und Segenswünschen auf, sondern entrollte gleich die Samtdecke mit den silbernen Kelchen auf dem Bett. Mit vor Freude leuchtendem Gesicht spendete er dem Kind die Taufsakramente.

»Heinrich?«, unterbrach er nur kurz die Notliturgie.

Konstanze nickte. »Heinrich. Urenkel Rogers und Barbarossas. Sohn Friedrichs des Zweiten, *Rex Siciliae ducatius Apuliae et principatus Capua*, und Konstanzes von Aragón, Königin von Sizilien.«

»Heinrich«, wiederholte der Fra und tröpfelte Weihwasser auf die Stirn des Säuglings.

Nachdem er die kurze Zeremonie beendet hatte, atmete er erleichtert auf. Immerhin war diese Seele nun vor dem Fegefeuer gerettet. Mochte kommen, was wollte, zumindest dem ewigen Leben dieses kleinen Wesens stand nun nichts mehr im Wege.

Vela kümmerte sich um Konstanze, die sich so schwach fühlte, dass sie kaum noch die Augen offen halten konnten. Es musste in den frühen Morgenstunden sein, denn die verglasten Schlafzimmerfenster schimmerten in dunklen, geheimnisvollen Farben, wie sie nur die Vorboten der Dämmerung hervorzurufen vermochten. Sie konnte ein beschlagenes Pferd hören, das durch das Palasttor hinaus auf die Marmorstraße trabte. Wahrscheinlich ein Bote, der dem *ré* die frohe Botschaft nach Syrakus brachte.

»Meine Königin?«

Jumanah trug einen Korb mit blutgetränkten Leinen. Sie stellte ihn ab und trat an das Kopfende des Bettes.

»Wir gehen jetzt und wünschen Euch Gottes Segen.«

Konstanze blinzelte. Die Augen fielen ihr zu. Es war eine schwere Geburt gewesen, nicht wegen der Schmerzen, sondern auf Grund ihrer Schwäche. Sie fühlte sich, als ob sie unter einem Berg von Geröll begraben wäre, den sie nur mühsam zur Seite schieben konnte. »Wo ist dein Vater?«

»Er hat das Haus nach dem ersten Schrei des kleinen Königs verlassen.«

»Wenn das, was uns allen bevorsteht, überhaupt noch Pläne zulässt, werde ich ein Siechenhaus an Margalithas Klause bauen und es der heiligen Agathe widmen. Euer Vater wird der Hakim dort sein, denn ich werde ihm seine Hilfe nicht vergessen.«

»Er wird erfreut sein, dies zu hören.«

Jumanah verbeugte sich und wollte den Korb aufnehmen.

»Clara, warte. Wenn es irgendwann in meiner Macht stehen sollte, werde ich dich nach Bologna schicken. Wir brauchen Frauen, die die Medizin als Wissenschaft und Handwerk betreiben. Vela? Siehst du nach, ob noch eine Fibel da ist?«

Vela hatte gerade das Körbchen für das Kind gerichtet und drehte sich verwirrt um.

»Eine Fibel? Aus Eurer Aussteuer? Es ist kaum noch etwas übrig davon, meine Königin. Ihr könnt nicht geben und geben …«

»Vela. Die kleine mit der Taube und dem Ölzweig.«

Konstanze hatte ihre Schätze unterteilt in solche, die sie auf die Flucht mitnehmen würde und solche, die nicht so wertvoll waren, aber als Geschenk unschätzbare Dienste leisten konnten. Als Vela ihr das Gewünschte brachte, drückte sie die kleine Nadel dem Mädchen in die Hand.

»Das ist für dich und deine Schwester. In einem Jahr bist du alt genug, um zu gehen. Van Trossel ist ein guter Arzt, wenn es ums Aderlassen und Beten geht. Aber wir brauchen mehr. Wir brauchen neugierige, mutige Mädchen wie dich, die sich nicht scheuen, dem Tod die Stirn zu bieten. Willst du das tun?«

»*Inshallah.*«

Der Fra, der gerade die Samtdecke zusammengerollt hatte, zog scharf die Luft ein. Jumanah streifte die Holzkette mit dem

Kreuz ab und legte sie neben Konstanze. Rashida stand auf, kam zu ihr und tat das Gleiche. Ratlos sah Konstanze auf die beiden Kreuze.

»Warum tut ihr das? Ihr werdet es als Christinnen leichter haben. Die Zeit der Araber in Europa ist vorbei. Die Kreuze schützen euch und eure Kinder.«

»Wir vertrauen auf den Schutz Gottes. Egal, mit welchem Namen man ihn ruft. Ich danke Euch, meine Königin. Wir werden in die Berge zu unserem Vater zurückkehren, denn ich kann noch viel von ihm lernen, bevor ich zur Universität gehe.«

»Ich auch«, zwitscherte Rashida, die wohl alles gut fand, was ihre Schwester anordnete.

Beide waren stolze Töchter eines Verrückten, dessen Erbe sie offenbar ohne Zweifel annahmen. Konstanze sah ein, dass niemand sie mehr aufhalten konnte und dass es ihre eigene Schuld war. Sie hatte die beiden und ihren Vater gerade rehabilitiert.

»So wünsche ich Euch viel Glück auf dem Weg. Und wenn wir uns eines Tages wiedersehen, dann wirst du eine Ärztin sein.«

»So Gott will.«

Clara und Maria, die soeben entschieden hatten, wieder Jumanah und Rashida zu sein, küssten Konstanzes Hand und huschten hinaus.

Der Fra blickte ihnen finster hinterher und rechnete wohl die Bilanz der Nacht aus: eine Seele gewonnen, zwei verloren.

»Wann sehe ich Euch in der Messe?«

Konstanze schloss die Augen. Der öffentliche Kirchenbesuch wäre ihre Rückkehr auf das gesellschaftliche Parkett. Dafür hätte sie sich gerne noch ein paar Tage Zeit gegönnt. Gerade wollte sie dem Fra antworten, als sie leise, aufgeregte Stimmen vernahm, die aus dem Vorraum bis in ihr Schlafgemach drangen.

»Was ist da los?«

Cavaliere Livio tauchte in der Tür auf. Er dienerte und rang die Hände, spähte zu dem Kind in Konstanzes Arm und versuchte trotz all seiner Neugier, einen souveränen Eindruck zu machen, was ihm kläglich misslang.

»Meine Königin, der *secretarius* ist hier und will die Geburt des Thronfolgers testieren. Und dann begehrt Capparone Zugang zu Euch.«

»Capparone?«

Livio traute sich zwei Schritte in den Raum und senkte die Stimme. »Es ist etwas Schlimmes passiert. Etwas ganz Furchtbares.«

Konstanze ließ die beiden so lange warten, bis Vela sie gewaschen, gegürtet und angekleidet hatte. Noch immer etwas wackelig auf den Beinen, ließ sie sich von der Condesa in den Empfangsraum führen, wo Capparone in die tiefe Betrachtung des aufgeschlagenen *Physiologicus* versunken war und Riccardo, der Chronist, die Wartezeit offenbar für ein kurzes Nickerchen genutzt hatte.

Beide überbrachten hastige Glückwünsche, dann ließ sich Riccardo von Vela zu dem kleinen Heinrich führen. Konstanze wandte sich an Capparone.

»Was ist passiert?«

»Wir haben einen Boten gefangen genommen. Er hatte Nachricht für die aufständischen Fürsten. Otto wird versuchen, Catania als Erstes einzunehmen.«

»Ich gratuliere. War das der Kurier an den *ré*, den ich am Morgen gehört habe?«

»Nein, meine Königin. Er muss warten, weil er eine Nachricht mitnehmen muss. Majid, der Sarazene, hat die Wächter im Kerker gefangen genommen und die Schwester des Emirs befreit.«

Konstanze fühlte, wie ihre Beine nachgaben. Sie tastete sich zu dem nächsten Stuhl und ließ sich vorsichtig auf der vorderen Kante nieder. Ihr ganzer Körper schmerzte, ihr war schwindelig, und sie hatte Mühe, Capparones knappe Worte zu verstehen.

»Majid?«

»Der Was-auch-immer des *ré*. Ich habe stets vor ihm gewarnt. Hätte man mehr auf meine Worte gehört, wäre das alles nicht passiert.«

»Was? Was genau ist passiert?«

Capparone fasste kurz zusammen, was er bisher in Erfahrung gebracht hatte. Majids Gefangenenbefreiung musste kurz vor der Wachablösung geschehen sein. Ein kurzes Verhör von Kellermeister und Henker ergab, dass sich der Sarazene wohl mit Gewalt Zutritt in den Kerker verschafft und die Sterbende entführt hatte. Weitere Zeugen, die ihn im Morgengrauen beobachtet hatten, als er die Stadt verließ, gaben an, dass die Frau wohl schon tot gewesen war. Eine Verfolgung war ausgeschlossen, denn der Vorsprung war zu groß.

Konstanze sah Capparone die Genugtuung an, die der Gedanke an die Nachricht, die er dem *ré* schicken würde, in ihm auslöste. Sie wollte ihm nicht auch noch die Freude einer fassungslosen Königin gönnen. »Die Sarazenin war schon tot?«

»Das wissen wir nicht. Der Henker meint, ja. Es ist eine Ungeheuerlichkeit und kommt einer erneuten Kriegserklärung gleich, der wir umgehend entgegentreten müssen. Ich kann vier Ritter und ungefähr zwanzig Soldknechte losschicken. Sie sollen die sofortige Herausgabe dieser Kalibitin fordern, andernfalls …«

»Was andernfalls?«, unterbrach Konstanze ihn scharf. »Werden wir mit Kirschkernen auf sie schießen oder kein Wort mehr mit ihnen reden?«

Capparone beugte sich zu ihr hinab. »Wir geben uns der Lächerlichkeit preis«, zischte er. »Als Nächstes verabschiedet sich der Conte von Tropea mit einem schönen Gruß an Euch. Den Conte Pietro nimmt er gleich mit und diesen fränkischen Deppen, den Otto geschickt hat, auch. Denn was gelten unsere Kerker noch, wenn jeder hinein und heraus marschieren kann, wie es ihm beliebt? – Ich schicke die Truppe. Sollten ihr unterwegs Sarazenen begegnen, dürfen meine Leute gerne ein wenig morden und brandschatzen. Eine andere Sprache verstehen diese Heiden nicht.« Er wandte sich zum Gehen.

»Nein.«

Erstaunt über diesen Widerspruch, drehte er sich um.

»Ich sagte: nein. Ich werde nicht zulassen, dass die letzten unserer kampffähigen Männer für eine tote Sarazenin geopfert werden.«

»Wenn ich mich recht erinnere, ging es um eine Kleinigkeit mehr. Die Frau war wohl eine Assassinin. Zumindest legt das der Bericht nahe, den Ihr mir kurz nach dem Angriff erstattet habt. Und der engste Vertraute des *ré* nutzt seine Stellung, um eine überführte Mörderin zu befreien. Das ist Hochverrat.«

Konstanzes Herz zog sich zusammen. Sie dachte an Ruggero und daran, wie er diese Nachricht wohl aufnehmen würde.

»Lasst Eure Leute, wo sie sind. Ich hätte die Schwester des Emirs sowieso ausgeliefert.«

Das Erstaunen in Capparones Gesicht war eine der wenigen echten Regungen, die sie je bei ihm bemerkt hatte. »Warum das denn?«

»Wir können uns keine Feinde im Rücken erlauben. Sie war schon todwund, als sie in den Kerker kam. Ich hätte ihren entseelten Leib auf jeden Fall an den Emir zurückgegeben, damit er sie bestatten kann. Insofern hat uns Majid einen Gefallen getan, denn er wird auch vor Tamin bezeugen können, dass Samira mich ermorden wollte und ich sie deshalb getötet habe. Ich, Capparone. Von Euren Leuten war ja niemand in der Nähe, der mich hätte beschützen können.«

Der Kanzler blähte die schmalen Nasenflügel. Noch zwei Atemzüge, und er würde explodieren.

»So danken wir Majid und lassen ihn in Frieden ziehen.«

Capparone kaute sichtlich auf einer Antwort herum, die die Königin nicht gerade auf unverzeihliche Weise beleidigen würde. Er musste sie nicht mehr geben, denn Riccardo kam zurück, mit aufgeschlagenem Diptychon und einem Stift in der Hand, um die letzten Angaben zu notieren.

»So prächtig! So rosig! So gesund! Meine Gratulation! Preiset den Herren, denn uns ist ein Sohn geboren!«

Konstanze rang nach Luft. Just in diesem Moment schoss die Milch in ihre Brüste. Das eng geschnürte Brusttuch raubte ihr fast den Atem. Glücklicherweise folgte Vela dem Chronisten. Sie gab ihr einen unauffälligen Wink, den die Condesa sofort verstand.

»Schluss mit den Besuchen, meine Herren! Alles Weitere muss warten, bis die Königin die Messe besucht hat.«

»Wann wird das sein?«, fragte der Chronist. »Ich würde das ebenfalls gerne notieren.«

»Heute Abend«, flüsterte Konstanze. »Seht, die Sonne geht schon auf.«

Tatsächlich durchbrach in diesem Moment das Licht des beginnenden Tages die Dämmerung und malte zitternde Vierecke auf den Gobelin über dem Kamin.

»Ihr begeht einen Fehler«, sagte Capparone.

»Ich bin die Königin.« Konstanze musste sich beim Aufstehen von Vela helfen lassen. »Und ich mache keine Fehler.«

Capparone und Riccardo gingen. Konstanze schleppte sich in ihr Zimmer zurück. Vela reichte ihr das Kind, und als der Kleine endlich zufrieden an ihrer Brust lag, strömte alles Glück hinein in diesen Augenblick, den ihr keiner mehr nehmen würde.

Es war kein Fehler, Majid gehen zu lassen. Es war das letzte Geschenk, das sie dem einzigen Mann machen konnte, der ein Freund des *ré* gewesen war.

Majids Ritt aus Palermo mit der toten Prinzessin wurde zur Legende, denn niemand sollte ihn je wiedersehen. Die wenigen, denen er im Morgengrauen begegnet war, beschrieben ihn als einen Dämon mit Augen wie glühende Kohlen auf einem Pferd aus Feuer, dessen Hufe auf dem Pflaster Funken schlugen, und im Arm hielt er die Prinzessin, einen Engel mit gebrochenen schwarzen Flügeln. Sein Atem war eine lodernde Flamme, und sein Kaftan wehte hinter ihm her wie das zerrissene, durchsichtige Segel eines Totenschiffs. Sein Weg führte nicht in die Berge, sondern direkt hinter dem Stadttor hinauf in eine dunkle Wolke, die ihn und die Prinzessin vor den Blicken verbarg und an das Ufer des Flusses hinter dem Horizont geleitete, den jeder Lebende überqueren musste, von dem aber noch keiner wiedergekehrt war.

So schworen es jene, die ihn noch gesehen hatten, beim Heil ihrer unsterblichen Seele.

Wer ihn gekannt hatte, wirklich gekannt, soweit das bei ihm möglich gewesen war, vermutete wohl zu Recht, dass er den Kampf mit den Erzengeln um Samiras Seele gewonnen hatte und an ihrer Seite eingezogen war ins Paradies. Irgendwo oben in den Bergen, wo man den Sternen am nächsten war.

40.

Am späten Vormittag, nach einem ausgiebigen Schlaf und erst geweckt durch den Lärm und die Rufe von draußen, die die Neuigkeit von der Geburt des Thronfolgers verkündeten, bekam Rocco Gianluca doch etwas Hunger. Das Resultat seiner bescheidenen Nachfrage waren vier Pfannkuchen mit Honig und danach noch eine Portion Rührei, die eine halbe Kohorte ernährt hätte. Als er fertig war, hatte er das Gefühl zu platzen.

Stefano und Fatme saßen ihm gegenüber und beobachteten seine Nahrungsaufnahme mit der rührenden Aufmerksamkeit von Spatzen, denen man einen Kuckuck untergeschoben hatte.

»Noch einen Becher Ziegenmilch?«, fragte Stefano.

Rocco rülpste. »Nein, danke. Ihr wart sehr großzügig.«

Stefano schüttelte den Kopf. »Es ist uns eine Ehre, so einen anständigen Mann in unserem Hause zu haben. Catania, nicht wahr? Catania hat er gesagt!«

Fatme nickte. »Der Retter Siziliens an unserem Tisch. Ich könnte noch Krapfen machen.«

Rocco stand auf und streckte die trägen Glieder. Er hatte eine Nacht mit süßem, tiefem Schlaf hinter sich und hätte Bäume ausreißen können. »Vielleicht zu Mittag?«

Fatme sprang auf und griff nach dem Strohkorb, der an einem Haken an der Tür hing.

»Ich gehe auf den Markt. Die Pilze sollen schon sprießen. Vielleicht ein Ragout vom Hasen dazu?«

Schon war sie draußen. Rocco wusste, dass innerhalb von kürzester Zeit jeder im Viertel über die Ereignisse der vergangenen Nacht Bescheid wissen würde. So schnell hatte sich sein Schicksal gewendet, dass er es selbst noch kaum glauben konnte.

Es war einer der schwarzen Männer gewesen, der am Abend in die Hütte gekommen war. Rocco hatte sofort gestanden, als Knecht des Hennsel gezwungenermaßen in Begleitung des Verräters gewesen zu sein. Natürlich habe er Hennsel davon abbringen wollen, mit guten Worten, zuletzt sogar mit Gewalt, aber dann hatte der so viel stärkere Franke ihn niedergeschlagen, und seine letzte Rettung war die Flucht zu staufertreuen Freunden gewesen.

Beim Wort Freunde hatte Stefano sich zwar am Kopf gekratzt und wieder eine Portion braune Katspucke auf den Boden gespieen, aber er hatte geschwiegen. Nicht zuletzt deshalb, weil Rocco ihm ein ganz bestimmtes Zeichen gemacht hatte. Ein Zeichen, das Stefano in dem Moment wiederholte, in dem Fatme zur Tür hinaus war.

Er rieb Daumen und Zeigefinger aneinander, als ob er *soldi* in einen Beutel zählen würde. Mit einem ärgerlichen Seufzen nahm Rocco wieder Platz.

»So«, sagte der Alte. »Rocco, der Ghibelline. Wenn mir das einer vor einem Jahr gesagt hätte …«

»Ich habe wirklich lange nachgedacht«, sagte der Überläufer und ignorierte den skeptischen Gesichtsausdruck seines Helfers wider Willen. »Ich verlange ein Schiff. Eine Kogge. Ich werde Handel treiben. Ich glaube, ich kann das.«

»Vielleicht reden wir erst mal darüber, was dir dein alter Freund Stefano wert ist?«

»Besorg mir ein Schiff, und du bekommst den Zehnten als Salär.«

»Den Zehnten?«, entfuhr es dem Hühnerzüchter. »Halt mich nicht für einen Volltrottel. Woher willst du so viel Gold haben, um das zu bezahlen?«

Rocco nestelte den Ring an der Schnur hervor und hielt ihn Stefano unter die Nase. Der Alte kniff die Augen zusammen und wollte danach greifen, aber schon war der Schatz wieder im Hemd verschwunden.

»Das ist doch … das war das Siegel Bonaccis?«

»Nicht, wenn man es einschmilzt.«

Stefano schob seinen Kaiklumpen von der linken in die rechte Backentasche. Dabei nickte er ununterbrochen, aber es sah eher nach Ratlosigkeit als nach Erkenntnis aus.

»Wolltest du damit nicht die Kleine rumkriegen? Der Ring mit dem Siegel ihres Vaters – ich kenne Mädchen, die für weniger Gold wie Hündinnen hinter dir herlaufen würden.«

»Genau auf solche kann ich verzichten. Und auf Rafaela auch.

Ich war ihr nicht gut genug, verstehst du? Für sie werde ich mein Leben lang nach Schweinekoben riechen.«

»Stimmt. Du könntest dich ruhig mal waschen.«

»Darum geht es nicht. Sie hat mich verraten. Hennsel hat mich verraten. Und du …«

»Die Nachbarin war's, die alte Hexe, die sonst nichts zu tun hat den ganzen Tag. Ich kann nichts dafür! Sie haben überall nach dir gesucht. Hätte ich für dich hängen sollen? Bei aller Liebe, die ich für dich empfinde«, Stefano spuckte wieder braune Brühe aus, »das täte ich noch nicht mal für einen meiner eigenen Söhne. Also. Das hübsche Kind hat dich vorgeführt. Was hältst du davon, wenn du den Spieß einfach umdrehst?«

»Wie das?«

Ein listiges Lächeln huschte über das Gesicht des Alten.

»Zeig mir noch mal den Ring.«

Rocco holte das kostbare Stück erneut heraus. Der Alte kniff die Augen zusammen und grunzte und schmatzte mehrmals hintereinander.

»Den Zehnten?«

»Den Zehnten.«

Stefano strecke Rocco die Hand entgegen, dieser schlug ein.

»So ist es abgemacht. Wir brauchen etwas Zeit. Aber am Ende, Rocco, wirst du der lachende Gewinner sein.«

»Wie viel Zeit?«

»Vier oder sechs Wochen.«

Rocco stieß einen unwilligen Seufzer aus. Aber der Alte ließ nicht locker.

»Erst schmelzen wir ihn ein. Dann suchen wir ein Schiff. Im Moment ist eine Menge auf dem Markt, aber die Lage ist noch nicht günstig. Wir müssen warten, bis Otto sein Heer direkt vor der Insel in Stellung gebracht hat. Wenn Sizilien in echter Not ist, werden die echten Gewinne gemacht.«

Rocco kniff die Augen zusammen. »Das gefällt mir nicht.«

»Mir auch nicht, mein Sohn. Aber so geht es nun mal zu. Im Handel und im Krieg. Je eher du das lernst, desto erfolgreicher wirst du sein. – Du willst doch Erfolg, oder?«

Rocco nickte.

Und so kam es, dass er in den nächsten Wochen sehr aufmerksam durch die Tavernen am Hafen schlich und die Ohren offenhielt. Er erfuhr, dass die *tarida* des Königs Castellamare verlassen hatte und nun in Marsallah vor Anker lag, um im Falle einer Eroberung Siziliens durch den Welfen die Königin und den kleinen Heinrich an Bord zu nehmen. Er bekam mit, dass alle jungen Männer einen Marschbefehl nach Catania bekommen hatten, dem er sich nur deshalb entziehen konnte, weil er sich auf seine persönliche Bekanntschaft mit Capparone berief. Das bescherte ihm zwar nicht viele Freunde, aber die Fragen, was er noch in Palermo verloren hätte, hörten auf.

Wer noch konnte und das Vermögen dazu besaß, nahm eine der letzten Koggen nach Mallorca oder versuchte, sein Hab und Gut auf Malta zu retten. Es schlug die Stunde der Händler, und so billig wie in diesen Wochen waren Häuser, Pferde, Wagen und Land noch nie zu haben gewesen.

Aber Rocco wartete auf ein Schiff.

Die Flotte Bonaccis war beschlagnahmt vom *ré*. Nur eine kleine Kogge, schwerfällig und behäbig, ein gutes, aber langsames Schiff, nicht geeignet für den Einsatz im Seekrieg gegen die Pisaner, lag noch hinter dem Leuchtturm Richtung Mondello. Rocco schlich darum herum, als wäre es seine neue Braut, und in gewisser Weise war es das auch. Er malte sich aus, wie er zum Hohn »Rafaela« auf den Bug schreiben lassen würde und wie er, aufgebrochen mit Mandeln, Gewürzen und Keramik, zurückkehrte nach Palermo mit Pfeffer und Salz und Silber und Kupferkesseln, die man ihm aus den Händen riss.

Er begann, den Krieg zu verfluchen, der ihn davon abhielt,

seine Träume endlich in die Tat umzusetzen. Er begriff, dass Bonacci ihm zwar eine Zukunft geschenkt hatte, dass er aber, wenn er weiter auf der Seite der Verräter stand, nicht mehr in den Genuss derselben kommen würde. Er galt jetzt als Ghibelline. Sein Fähnchen hatte sich schnell gewendet, aber allzu oft würde man ihm eine neue Volte nicht abnehmen.

Es war Ende Oktober, und die Stürme auf See und über Land wurden heftiger. Der *ré* war selten in Palermo. Ein-, zweimal hatte er die Stadt besucht, war mit seinem Sohn im Dom gewesen und hatte Händchen mit der Königin gehalten, was zu allerlei Tuscheleien geführt hatte. Es gehörte sich nicht, so offen seine Zuneigung zu zeigen. Als er das schreiende Balg der begeisterten Menge nach dem Kirchgang präsentiert hatte, sollte er sogar die Königin vor aller Augen auf den Mund geküsst haben. Die Frauen in den Gassen hinter der *Via Cassaro* erzählten es sich kichernd und mit glänzenden Augen, die Männer schüttelten nur den Kopf. Der König sollte Krieg führen, nicht küssen.

Dabei war jedem klar, dass ein Angriff ebenso selbstmörderisch wie aussichtslos war. Ottos Heer hatte die gesamte Südspitze des Festlandes erreicht und besetzt. Im Hafen wurden Wetten abgeschlossen, wann der Angriff auf Sizilien erfolgen würde. Noch im Herbst? Das erschien Rocco unwahrscheinlich. Obwohl der Welfe ein Asket und Verächter aller verweichlichenden Dinge wie Federbetten oder warmen Mahlzeiten war, die Strömungen in der Straße von Messina waren um diese Jahreszeit unberechenbar. Die Flotte aus Pisa kontrollierte zwar fast das gesamte Mittelmeer und erhob unbezahlbare Zölle und Abgaben auf Schiffe, aber gegen die Stürme konnte sie auch nichts ausrichten. Otto hatte Zeit. Er konnte den letzten freien Rest des *Regnum* auch noch bis zum Frühjahr aushungern.

»Na?« Der alte *máster* der *Corinthia*, ein wettergegerbter

Mann mit wiegendem Gang, war hinter Rocco aufgetaucht und hatte ihn fast zu Tode erschreckt. »Hast du die zwanzig *soldi* endlich zusammen?«

»Fünfzehn«, entgegnete Rocco, der sich schnell gefasst hatte. »Immer noch fünfzehn. Ihr findet keinen, der Euch mehr bietet.«

»Warte mal ab, wenn der große Exodus beginnt. Dann bekommst du dafür noch nicht mal mehr einen ausgehöhlten Baumstamm.«

Rocco dachte an das, was ihm Stefano eingebläut hatte. Ruhe bewahren. Nichts überstürzen. Der Goldring, einmal eingeschmolzen, würde in diesen Tagen gerade mal zehn *soldi* bringen. Es kam darauf an, genau den Moment abzuwarten, in dem der Goldpreis stieg und der für andere Ware sank.

»Ich komme in vier Wochen noch mal wieder.«

»Ich hab die Preise nicht gemacht«, erwiderte der *máster*. »Das geht alles an die Staatskasse. Aber an deiner Stelle würde ich mich beeilen. Es geht das Gerücht, dass Bonaccis Tochter Interesse an der *Corinthia* hat. Zwei Messen im Dom hat der Erzbischof für sie gelesen, und ein Haus aus Stein soll ihr der *ré* überlassen haben.«

»Wo?«

Der *máster* hob die Schultern. »Keine Ahnung. Meine Braut ist die See, und ich hoffe, ich kann bald wieder auslaufen. Wärst ein guter *signore*, tät es lieber für dich als für diese verwöhnte Ziege.«

»Wenn du neue Kunde hast, schick einen Boten zu Stefano, dem Hühnerzüchter. Da wohne ich.«

Der *máster* nickte, holte den Steg und legte ihn von der Mauer hinüber zum Schiff. Dann balancierte er über die Bretter und prüfte die Knoten der Taue. Rocco schlenderte wieder zurück zum Hafen. Rafaela war also scharf auf die alte Kogge. Was hatte sie vor? Sie wollte doch nicht etwa selbst Handel treiben? Eine unverheiratete Frau mit zweifelhaftem Ruf, wer würde ihr schon seine Schätze anvertrauen?

Flüchtig streifte ihn der Gedanke, dass er ebenfalls nicht verheiratet und sein Ruf alles andere als untadelig war.

Aber ich bin ein Mann, dachte er. Und eines Tages, eines Tages wird sie auf Knien darum flehen, dass ich sie doch noch nehme.

Er umrundete den Leuchtturm und blieb wie vom Donner gerührt stehen.

Die Fischerboote hatten das Hafenbecken verlassen und wurden hastig an Land gezogen. Hunderte von Menschen strömten aus allen Richtungen auf die Kaimauer zu. In die Bucht von Palermo segelte ein Schiff unter der Flagge der Krone Aragóns.

Santa Catalina, konnte Rocco auf dem Rumpf entziffern. Der Name kam ihm bekannt vor, aber er konnte ihn nicht einordnen. Er wusste, dass Aragón ebenso wie Sizilien päpstliches Lehen war, sich bisher allerdings aus dem Konflikt zwischen Guelfen und Ghibellinen herausgehalten hatte. Falls sich das mit diesem Schiff ändern sollte, bekam Sizilien mächtige Verbündete.

Jubel und Schreie brandeten hoch. Rocco rannte los und erreichte den Kai just in dem Moment, in dem die Matrosen von Bord gingen, um das Schiff zu vertäuen.

»Die Kogge der Königin!«, schrie ein Mann. »Aragón eilt uns zur Hilfe!«

Klatschen und Johlen begleiteten die hoffnungsvollen Kommentare. Rocco, der wusste, dass ein Schiff noch keinen Krieg gewann, ließ sich trotzdem von der fröhlichen Stimmung mitreißen. Er sah, wie ein Mann an Deck trat und den Empfang, der keinesfalls ihm gelten konnte, sichtlich genoss. Hinter ihm tauchte ein baumlanger Knecht auf, der einen merkwürdigen Kasten trug. Rocco traute seinen Augen nicht. Dort oben standen Walther von der Vogelweide und Kuno von Düdelsheim.

Noch mehr Leute kamen an Deck. Rocco konnte zwei Edelleute ausmachen, die ihrer Tracht nach weder Spanier noch Franzosen waren.

»Justingen!«

Rocco zuckte zusammen, denn der Mann neben ihm hatte eine Stimme, mit der man diese Neuigkeit wohl auch noch in Neapel verstehen würde. Er hätte sich gerne unauffällig verdrückt, aber die Menge schob ihn immer näher an die Kaimauer heran. In diesem Moment hatte der *cantor* ihn entdeckt. Er stieß seinem Knecht in die Seite und deutete mit ausgestrecktem Zeigefinger auf den Sizilianer.

Geschwind, als hätte er sein Lebtag mehr auf der Strickleiter als auf der Leier geübt, kletterte der Sänger hinunter und keilte sich durch die Menge. Ehrfürchtig machten die Leute ihm Platz.

»Wen haben wir denn da?« Die Stimme des Sängers klang eher belustigt als ärgerlich. »Als ich dich das letzte Mal gesehen habe, hast du Wein aus Ottos Becher getrunken!«

»Ich? Nein! Niemals!«

Die Menschen um ihn herum rückten etwas ab. Das gab Rocco zwar Luft zum Atmen, lieferte ihn aber auch den gnadenlosen Blicken der Umstehenden aus.

»Ein Guelfe?«, brüllte der Mann mit der Ochsenstimme. Vielleicht war er taub, oder er glaubte, der Rest der Welt wäre es.

Hinter Walther tauchte Kuno auf. Und hinter ihm die beiden Edelleute, die den Sänger wohl begleiteten.

»Lass ihn«, sagte Kuno. »Er ist es nicht wert.«

Rocco hätte erleichtert sein sollen. Hätte sein freundlich-debiles Grinsen aufsetzen und buckeln sollen. Dabei ein ums andere Mal versichern, wie recht Kuno hatte und dass er, der letzte aller Knechte einer untergegangenen Dynastie, noch nicht einmal des Blickes würdig war, mit dem die vier Fremden ihn musterten. Aber er spürte, dass er dann für immer und ewig der Schweineknecht geblieben wäre.

»Ich muss mir vom Leierträger eines *cantors* nicht sagen lassen, was ich wert bin.« Rocco war selbst erstaunt, sich so sprechen zu hören. »Ich habe getan, was mein Herr mir aufgetragen hat. Aber jetzt bin ich ein freier Mann mit freiem Willen.«

»Ach ja?« Kuno drängelte sich zu ihm durch und krempelte die Ärmel seines Hemdes hoch. »Und was sagt dein freier Wille? Dass du immer noch dem dienst, der dich bezahlt?«

»Du Knecht!«, spuckte Rocco aus und hielt Kuno die Faust unter die Nase.

Die Gaffer stießen sich an und rieben sich die Hände. Das sah nach dem Beginn einer netten, kleinen Rauferei aus.

»Wessen Lied singst du denn?« Rocco wandte sich an Walther. »Und Ihr, edler Herr? Seid Ihr aus Zeitvertreib nach Palermo gekommen, um Zaungast unseres Elends zu sein?«

Roccos Wut übertrug sich auf die Leute.

»Was wollt Ihr?«, dröhnte der Mann mit der Ochsenstimme.

Kuno schubste den Sizilianer, der sich hilflos an irgendjemandem festhielt und trotzdem zu Boden fiel. Es war ausgerechnet ein junges Mädchen, das hysterisch kicherte und ihm wieder aufhalf. In diesem Moment schallte der Hufschlag von mehreren Pferden über den Platz, und die Leute stoben auseinander.

»Capparone!«, riefen sie.

»Capparone«, flüsterte das Mädchen. »Mach, dass du verschwindest!« Es trug die Haube einer Schankmagd und hatte ein rundes, hübsches Gesicht mit Grübchen in den Wangen und funkelnden Augen.

Rocco klopfte sich den Staub von den Ärmeln.

»Den kenne ich«, antwortete er. »Vor dem hab ich keine Angst.«

Bewundernd schaute sie ihn an, und Rocco hätte gerne nach ihrem Namen gefragt, aber da wurden sie auch schon von den fliehenden Menschen auseinandergerissen.

Der schwarze Ritter hielt sein Pferd direkt vor den Neuankömmlingen an.

»Willkommen in Palermo«, sagte er. Sein Blick fiel auf Rocco. »Und der Retter Siziliens ist auch schon in Eurer Gesellschaft?«

»Der Retter Siziliens?«, höhnte Kuno. »Da ist mir aber anderes zu Ohren gekommen.«

Capparone beugte sich vor und stützte sich mit den Unterarmen auf dem Sattelknauf ab.

»Entscheidend ist die Tat, nicht das Wort.«

Der Sänger zog seinen Knecht aus dem Fokus des Geschehens an die Seite und trat vor. Rocco suchte sicherheitshalber schon einmal Schutz hinter Capparones Pferd.

»So ist es«, sagte der *cantor*. »Wir sind gekommen, weil wir eine Nachricht an Federico Secondo haben.«

»Der *ré* ist nicht in Palermo.«

Der Sänger wechselte ein paar Worte mit den beiden fremden Edelleuten. Rocco erkannte die Sprache wieder. Sie mussten auch aus Franken kommen, und sie sahen so enttäuscht aus, dass man beinahe Mitleid haben konnte.

»Wo ist er?«, fragte Walther von der Vogelweide.

»In Catania. Wir befinden uns im Krieg, falls das noch nicht bis an Eure Ohren gedrungen sein sollte. Wir sichern die Küste gen Osten. Ich vertrete ihn solange.«

»Und die Königin?«

Capparone richtete sich wieder auf. »Sie ist im Palast.«

Der Sänger warf einen Blick in die Runde. Erste Neugierige trauten sich wieder in Hörweite. »So sagt Ihr, dass sie uns empfangen muss. Und schickt einen Boten zum *ré*. Was diese beiden Edlen mitgebracht haben, schuldet keinen Aufschub.«

»Wer sind sie?«

»Anselm von Justingen und Heinrich von Neiffen.«

Die beiden traten vor. Sie waren so jung, dass sie vor Aufregung zitterten. Rocco wunderte sich, wer in diesen Tagen alles zu Geheimnisträgern, Boten und Kurieren gemacht wurde. Da war er noch ein ganz anderes Kaliber gewesen.

Capparone dachte nach. Er ließ den Blick über das aragonesische Schiff gleiten. »Ihr seid mit der Kogge der Königin gekommen. Wie habt Ihr das geschafft?«

»Wir haben den Weg über Marseille und Zaragoza genommen. Am Hofe Pedros schätzt man die Troubadoure noch so, wie es wohl auch einmal in Sizilien der Fall war. Jedenfalls schickt Pedro das Schiff seiner Schwester zurück. Möge der *ré* damit tun, was er für richtig hält.«

»Wir werden sehen. Was ist das für eine Botschaft?«

Walther sah sich um. »Mein Herr, das werdet Ihr doch nicht am Hafen von Palermo erfahren wollen?«

»Ich störe den *ré* nicht, wenn es nicht unbedingt sein muss.«

»Es muss sein. Und es ist Grund zu großer Freude.«

Capparone wartete, ob der Spielmann seinen geheimnisvollen Worten noch weitere hinzufügen würde. Als das nicht geschah, wendete er sein Pferd. »Ich werde der Königin von Euch berichten. Mehr kann ich nicht tun.«

Er ritt davon. Zwei seiner Knappen begleiteten ihn. Walther sah ihnen hinterher.

»Großartig. Vielen Dank. Sizilien, Land der Gastfreundschaft und der herzlichen Worte des Willkommens.«

Rocco rollte die Ärmel herunter und steckte das Hemd, das von dem kleinen Handgemenge herausgerutscht war, wieder in die Hose.

»Nun, wo gedenkt Ihr abzusteigen?«

Kuno kniff die Augen zusammen und knurrte etwas, das Rocco mit seinen mangelhaften Kenntnissen der fremden Sprache nicht verstehen konnte. Vom Tonfall her würde er es unter »Küss mir die Füße« einordnen.

»Mein Reich ist bescheiden. Eigentlich eher ein Hühnerstall. Aber die Retter Siziliens sollten zusammenhalten. Findet Ihr nicht?«

Walther warf seinem Knecht einen belustigten Blick zu. Kuno sah aus, als hätte er am liebsten auf der Stelle kehrtgemacht und wäre wieder auf das Schiff zurück.

»Wir danken Euch, Rocco Gianluca. Aber wir müssen erreichbar sein für die Königin. Also ziehe ich ein anständiges Hospiz oder Gasthaus vor. Könnt Ihr mir eines empfehlen?«

»Die Schenke am Dom hat schöne, saubere Zimmer.« Die helle Stimme gehörte dem jungen Mädchen, das Rocco gerade aufgeholfen hatte. »Wenn Ihr wollt, führe ich Euch hin und gebe dem Kämmerer des Palastes Bescheid, wo Ihr zu finden seid.«

Walther übersetzte den Vorschlag, und die beiden Edlen nickten eifrig.

»So sei es«, antwortete der Sänger. »Wenn die Retter Siziliens gemeinsam anpacken, schaffen wir es sogar, unser Gepäck mitzunehmen.«

Das Mädchen lächelte Rocco an. Und der erstaunte sich selbst ein weiteres Mal.

»Es wird mir ein Vergnügen sein«, sagte er und nahm einen der Säcke hoch, die die Matrosen mittlerweile am Rand der Kaimauer aufeinandergestapelt hatten. »Geht nur voran, ich folge Euch.«

41.

»Wo ist er? In der Domschänke?«

Der Cavaliere verbeugte sich noch einmal. Konstanze war außer sich vor Wut.

»Capparone hat es so angeordnet, meine Königin.«

»Es reicht. Es reicht! In was will er sich denn noch alles einmischen? Ich bin die Königin. Ich entscheide, wer empfangen wird und wer nicht.«

Livio räusperte sich indigniert.

»Ja«, knirschte sie. »Ihr vielleicht auch noch. Aber der *cantor* ist ein Freund des Hauses. Den lässt man doch nicht einfach im Hafen stehen! Und die beiden anderen, dieser Anselmo …«

»… di Justingen …«

»… und dieser Enrico …«

»… di Neiffen, meine Königin …«

»Das sind doch Ritter, oder? Aus Franken? Welchen Eindruck werden sie bekommen, wenn sie in einer Herberge absteigen müssen?«

»Sie werden nach so einer langen Reise zweifellos Schlimmeres gewohnt sein. Und die Domschänke ist sauber und gut geführt.«

»Darum geht es doch gar nicht! Sendet sofort einen Boten und holt sie in den Palast.«

»Meine Königin, bitte, das geht nicht.«

»Warum nicht?« Konstanze gab sich alle Mühe, ruhig und geduldig zu wirken. Auch wenn sie wusste, dass sie nach dem genauen Gegenteil klang.

»Ihr würdet Capparone öffentlich düpieren. Das Wort des Kanzlers der Lächerlichkeit preisgeben.«

»Und was ist mit mir?«

Livio wagte es, ihr eine Antwort schuldig zu bleiben, und sie wusste auch, warum. Jede überhastete Einladung würde den geschwätzigen Mäulern erneut etwas zum Lästern geben. Notgedrungen musste sie einsehen, dass der Kanzler wieder einmal weiter gedacht hatte als sie. Das und die überhebliche Art, mit der er das tat, ärgerten sie maßlos.

»Aber er wollte, dass dem *ré* ein Bote geschickt wird!«

»Genau das dürft Ihr auch veranlassen, meine Königin.«

»Wie großzügig.«

Konstanze begann, nervös auf und ab zu gehen. Walther wäre nicht in Begleitung von zwei staufertreuen Edlen zurück nach Palermo gekommen, wenn es nicht wirklich wichtig wäre. Sie war überrascht, von ihm zu hören. Vielleicht rührte ihre Nervosität aber auch von etwas ganz anderem, an das sie weder denken noch dem sie einen Namen geben wollte.

»Ich muss mit ihm reden.«

»Dann sprecht eine offizielle Einladung aus und empfangt ihn vor möglichst vielen Gästen. Das ist die einzige Möglichkeit, Umgang mit ihm zu pflegen. Alles andere wäre nach den Vorkommnissen im vergangenen Jahr ausgesprochen undiplomatisch.«

Es bereitete Livio sichtlich Probleme, um den heißen Brei herumzureden. Aber Konstanze verstand ihn auch so. Ein Treffen unter vier Augen war im Palast ausgeschlossen. Sie blieb stehen.

»Nun, ich will heute Abend die Messe besuchen. Sorgt dafür, dass ich in Ruhe beten kann, ohne von allen beobachtet zu werden.«

»Ah … ja?«

»Also die Vorhänge der Loge schließen. Niemanden hereinlassen. Niemanden. Versteht Ihr?«

»Niemanden?«

»Livio?«

Der Cavaliere verbeugte sich. »Es wird keiner hereingelassen, dafür verbürge ich mich. Wenn aber schon jemand vorher drin ist, meine Königin …«

Konstanze lächelte. »Ich sehe, wir verstehen uns.«

Walther von der Vogelweide saß im Halbdunkel auf der Marmorbank an der Wand. Der Palastkämmerer hatte ihm vor über einer Stunde die Tür zur Loge aufgeschlossen und ihn, nachdem er nervös nach eventuellen Zeugen Ausschau gehalten hatte, hereingebeten. Ein Treffen im Dom mit der Königin. Walther spürte, wie sich sein Herzschlag beschleunigte. Er betrachtete die beiden Thronsessel vor ihm, in denen das Königspaar Platz nahm, wenn es die Messe besuchte. War Ruggero oft an ihrer Seite? Er wagte es zu bezweifeln. Sizilien kam nicht zur Ruhe. Vielleicht war die Nachricht, die sie überbrachten, eine historische Chance. Er hoffte es. Weniger für das Land und seinen König, die er beide nicht sehr gut kannte. Aber für Konstanze.

Die roten Samtvorhänge der Kanzel waren noch zugezogen, die Holztür zu seiner Linken geschlossen. Die Glocken des Doms fingen an zu läuten. Er hörte, wie die Besucher der Abendmesse in den Dom strömten und das halblaute Stimmengemurmel das Kirchenschiff erfüllte. Vor ihm auf der Balustrade lag ein kunstvoll gemaltes Chorbuch. Er wollte es aufschlagen, ließ es dann aber bleiben. Besser nichts anfassen, nichts berühren, keine Aufmerksamkeit darauf lenken, dass in der königlichen Loge jemand saß, der dort nicht hingehörte.

Irgendwo öffnete sich quietschend eine Tür. Stille senkte sich herab. Ein Mönch begann zu singen, andere fielen ein. Der Geruch von Weihrauch, heißem Bienenwachs und Staub löste in ihm einen Hustenreiz aus, den er nur mit Mühe beherrschen konnte.

Das leise Rascheln von Stoff und ein Lufthauch ließen ihn herumfahren. Die Königin schlüpfte durch die Tür. Ihre Hofdame begleitete sie und zog den Vorhang zur Seite. Walther drückte sich noch tiefer in den Schatten der Wand. Konstanze trat an die Brüstung, bekreuzigte sich und blieb noch einen Moment stehen. Vermutlich, damit jeder, der sie sehen wollte, dies auch konnte. Sie setzte sich. Ihr Rücken war keinen halben Meter von ihm entfernt. Er beugte sich vor.

»Konstanze«, flüsterte er.

Sie legte den Zeigefinger auf die Lippen. Erst als die Gemeinde anfing, das *pater noster* zu sprechen, wandte sie ein wenig den Kopf und redete ihn mit leiser Stimme an.

»Willkommen in Palermo, auch wenn uns dein Besuch überrascht. Warum bist du hier?«

»Anselm und Heinrich haben eine Nachricht für deinen Mann. Man hat mich gebeten, sie zu begleiten.«

»Wer hat euch beauftragt?«

»Der König von Böhmen. Die Erzbischöfe von Mainz und Magdeburg. Egbert von Bamberg, Herzog Otto von Meranien. Der Landgraf von Thüringen. Soll ich dir alle aufzählen, die beim Hoftag von Nürnberg dabei gewesen sind?«

Walther sah sie so lange an, bis sie die Augen niederschlug und sich wieder abwandte. Konstanze war noch schöner, als er sie in Erinnerung hatte. Ihre Züge waren weicher, fraulicher geworden. Der harte Zug um den Mund, der sich auf ihrer Flucht dort eingegraben hatte, war verschwunden. In ihrem Nacken, von der Haube aus kostbarer Spitze fast versteckt, kringelten sich blonde Locken. Ihr schlanker Hals leuchtete im Halbdunkel weiß wie Marmor. Sie duftete nach Rosen und Orangenblüten, und der Wunsch, sie in den Arm zu nehmen, wurde so übermächtig, dass er sich kaum noch in der Gewalt hatte.

»All die Könige und Grafen schicken dich, den Spielmann, auf so eine lange Reise?«

Die Königin hatte die Hände in den Schoß gelegt und versuchte, sie ruhig zu halten. Aber Walther sah, dass sie nervös war. Natürlich, du Idiot, dachte er. Es ist die Sorge um ihr Land.

»Die süddeutschen Fürsten bieten Friedrich die Königskrone an.«

Ihr Kopf ruckte hoch, ihr Blick traf mitten in sein Herz. Ungläubigkeit, Entsetzen, Furcht. Ohne nachzudenken, ergriff er ihre Hand. Sie war eiskalt.

»Dein Mann soll Kaiser und König des Römischen Reiches werden.«

Sie drückte seine Hand, und Walther wusste, dass alle Strapazen der Reise sich für diesen einen kurzen Moment gelohnt hatten, in dem sie bei ihm Halt suchte.

»Das ist die Nachricht?«

»Anselm und Heinrich haben den Auftrag, Federico Secondo die Krone anzubieten. Er muss nur noch zugreifen.«

»Und Otto?«

»Otto ist exkommuniziert und abgewählt.«

»Dann ist das die Rettung?«

»Vielleicht.«

Eine Weile saßen sie stumm hintereinander. Die leiernde, einschläfernde Stimme des Erzbischofs klang hinauf zu ihnen. Konstanze hatte den Kopf wieder gesenkt. Noch immer hielt Walther ihre Hand und hoffte, dieser Augenblick möge nie vorübergehen.

»Nein«, flüsterte sie. »Es wird nicht gelingen. Der *ré* hat den ganzen Norden gegen sich, und Otto wird jeden Fuß Land und jede Gallone Wasser nach ihm absuchen. Es wird Ruggero noch nicht einmal gelingen, bis nach Rom zu kommen. Oder die Nachricht facht den Furor des Welfen erst richtig an. Ruggero König? Das kann er nicht zulassen. Du glaubst, du bringst die Rettung. Dabei ist der Tod dein eigentlicher Reisegefährte. Geh.«

Sie zog ihre Hand weg.

»Konstanze, ich bringe euch die symbolische Feder, mit der ihr Geschichtsbücher umschreiben werdet.«

»Ich will sie nicht!« Erschrocken sah sie zur Tür und senkte die Stimme.

»Es ist eine Falle!«

»Niemals. Ich war selbst in Nürnberg dabei. König Philipp von Frankreich ist euer stärkster Verbündeter. Der Wandel ist so nah. Spuckt euren Freunden doch nicht ins Gesicht!«

»Ich weiß nicht, wie das gehen soll. Allein der Weg ins *Regnum Teutonicum*, um die Krone anzunehmen, ist unüberwindbar. Die Lombardei, Mailand, Tuscien – alles Guelfen. Ruggero kann nicht über Mallorca, weil er zuerst nach Rom muss, um sich das alles von Innozenz bestätigen zu lassen. Weißt du, wie es in und um Rom gerade aussieht?«

»Wenn ich eines über deinen Mann gelernt habe, dann dass das Wort unmöglich für ihn nicht existiert.«

Die Gemeinde sprach ein Gebet. Konstanze sprang auf und trat an die Brüstung. Sie senkte den Kopf und murmelte die Worte mit. Die Kammerfrau ließ ihre flinken Augen zwischen ihm und der Königin hin und her wandern. Was sie wohl über dieses geheime Treffen dachte? Hoffentlich war sie verschwiegen. Wenn irgendjemand herausbekam, dass er Konstanze noch einmal heimlich getroffen hatte, war es aus mit dem Liedchen singen. Da war es egal, ob diese Begegnung im Dom ihre oder seine Idee gewesen war.

Konstanze setzte sich wieder und ordnete ihre Kleider. »Gut«, flüsterte sie. »Der Süden steht auf der Seite der Staufer. Was ist mit dem Rest? Otto wird einer Krönung nicht tatenlos zusehen. Er wird Johann Ohneland zur Hilfe rufen. Zwischen ihm und Philipp brodelt es doch auch schon heftig. Am Ende werden wir zwischen zwei gewaltigen Fronten zerrieben.«

»Ich glaube fest daran, dass das *Regnum Teutonicum* den Wandel will. Das Volk hat genug davon, von einem wortbrüchigen Irren regiert zu werden. Wenn der *ré* euren Sohn zum

König von Sizilien macht und selbst auf das Land verzichtet, hat er die Unterstützung Roms.«

»Niemals!«

»Vielleicht lässt du ihn das selbst entscheiden?«

»Sein Sohn ist keine sechs Wochen alt. Wenn Ruggero die Krone Siziliens an ihn übergibt, bedeutet das, dass ich als seine Mutter das Land regieren muss. Wie soll ich das machen ohne ihn, wenn er in Goslar oder Aachen oder Konstanz ist?«

»Ich verstehe.«

»Was verstehst du?«

»Du hast Angst vor der Verantwortung.«

Sie gab ihrer Kammerfrau einen Wink, die daraufhin leise die Loge verließ. Konstanze wartete, bis die Tür sich hinter ihr geschlossen hatte.

»Ich sitze auf einem Thron aus vergifteten Dornen. Ich bin froh um jeden Tag, den ich gesund und ohne Gefahr für meinen Leib, mein Leben und meine Seele überstehe. Wie soll ich alleine ein Land regieren, das so zerrissen ist wie die Lumpen eines Bettlers?«

»Das wird sich ändern, wenn der *ré* erst Kaiser ist. Für Sizilien werden goldene Zeiten beginnen, und du wirst eine wunderbare Königin sein. Du hattest bis jetzt nicht den Hauch einer Chance, das zu zeigen. Aber diese Zeit wird kommen. Es werden andere Tage sein. Glaub mir.«

Sie wischte sich über die Augen, in denen es verräterisch glänzte. »Ich will endlich Frieden. Nicht nur für das Land. Auch für mich.«

»Dann schick einen Boten! Wenn Capparone das nicht schon längst getan hat und dir damit wieder eine Entscheidung abgenommen hat. Mach dich nicht zur Marionette der falschen Leute. Sei du selbst. Sei die Königin.«

»Was, wenn ich das alles gar nicht will? Mich hat keiner gefragt, ob ich mich dem gewachsen fühle.«

Walther lächelte. »Offenbar bist du jemandem da oben positiv aufgefallen. Sonst würdest du nicht immer wieder für eine Beförderung vorgeschlagen werden.«

»Du meinst, ich schaffe das?«

»Ich meine, du bist es. Die Königin von Sizilien.«

Sie senkte den Kopf. »Es gibt niemanden, mit dem ich darüber reden kann. Du bist der Einzige. Manchmal wünsche ich mir …«

Er hielt den Atem an. »Was?«, fragte er heiser.

Sie schwieg. Er berührte ihr Kinn sanft mit den Fingern und hob ihren Kopf, so dass sie ihn ansehen musste.

»Ein Lied von dir.« Sie lächelte, und Walther wusste, dass dieses Lächeln die Lüge einer Frau war, die die Wahrheit nicht sagen, geschweige denn denken durfte. »In zwei Tagen. Schaffst du das bis dahin? Ich werde den ganzen *cour* zu deinen Ehren einladen, und der *ré* wird seine Entscheidung verkünden. Es wird ein Fest. Wir hatten lange keinen Anlass dazu.«

»Ich werde mein Bestes tun.«

Er stand auf. Schnell griff sie nach seiner Hand und zog ihn zu sich herunter. Sie umschlang ihn mit beiden Armen und hielt ihn fest.

»Danke«, flüsterte sie.

Er presste sie an sich und fühlte, dass dies der Abschied von Konstanze war. Als er sie losließ, verneigte er sich vor der Königin Siziliens. Der Erzbischof spendete der Gemeinde seinen Segen, die Glocken fingen wieder an zu läuten. Die Frau, die er in Dürrnstein lieben gelernt und in Palermo verloren hatte, stand auf und trat noch einmal an die schmale Mauerbrüstung. Dann drehte sie sich um und verließ die Loge, ohne Walther ein letztes Mal anzusehen.

Rocco Gianluca war erschöpft. Den ganzen Tag hatte er den beiden Edelleuten Palermo gezeigt. Die Kirchen, den Hafen, die Brunnen, die schönsten Brücken, die lauschigsten Plätze, die Tavernen mit den hübschesten Mädchen. Aber er hatte nicht herausbekommen, mit welcher Botschaft sie nach Palermo gereist waren. Als er sie endlich in der Domschänke abgeliefert hatte, wartete dort bereits ein übelgelaunter Walther, der gemeinsam mit seinem Knecht zwei Krüge Wein geleert hatte.

»Ah!«, rief der Spielmann aus, als er sie kommen sah. »Der Retter Siziliens! Los, leiste uns Gesellschaft. Wir haben nicht oft Gelegenheit, mit solch wackeren Gesellen zu feiern.«

Sie setzten sich zu den beiden an den blank geschrubbten Holztisch. Das junge Mädchen vom Hafen tauchte auf und begrüßte Rocco mit einem spitzbübischen Grinsen.

»Wollt Ihr Wein? Oder etwas anderes?«

Rocco lag auf der Zunge, was er sich noch alles vorstellen konnte, doch in ihm reifte beim Anblick des betrunkenen *cantors* eine ganz andere Idee.

»Später«, antwortete er. »Aber die beiden Franken hätten bestimmt gerne etwas zu trinken.«

Anselm und Heinrich quetschten sich noch neben ihn auf die schmale Bank.

»Was es gibt zu feiern, äh?«, fragte Rocco. »Noch mehr Rettung?«

Die beiden Franken warfen sich einen schnellen Blick zu.

»Wir sollten ins Bett«, sagte Anselm. »Das war ein langer, harter Tag. Wann kommt der König?«

»Vielleicht morgen«, murmelte Walther. »Keine Ahnung. Ist ja nicht mein Auftrag, oder? Zumindest wird es ein Fest geben, bei dem wir spielen können. Das bessert die Kasse auf. Wie viel haben wir noch?«

Kuno schreckte hoch und spähte in seinen leeren Becher. »Nichts«, murmelte er.

»Eine Fiesta?«, fragte Rocco. »Warrum?«

»Der Krieg ist aus, wir geh'n nach Haus ...«, brummte Walther.

Rocco glaubte, sich verhört zu haben. »Wieso ist Krieg aus? Hat eerr doch noch garr nicht angefange?«

»Herr Walther, wir sollten wirklich in unsere Kemenate.« Heinrich sah sich vorsichtig um, aber niemand in dem Schankraum schien von ihnen Notiz zu nehmen oder ihre Sprache zu verstehen.

»Der Krieg wird abgeblasen, mein Junge«, sagte Walther. »Damit dürften wir dir den ersten Platz in der Rangliste der Retter abgelaufen haben.«

»Abärr ... abeerr warrum denn?« Rocco dachte an seine Kogge, die fallenden Preise und sein Gold, das jeden Tag ein bisschen mehr an Wert gewann.

»Nun, weil Otto demnächst wahrscheinlich anderes zu tun hat, als sich um Sizilien zu kümmern. Um sein Reich vielleicht?«

»Schluss jetzt!« Anselm stand auf und griff Walther unter die Arme, der sich nur mühsam hochziehen ließ.

»Lass mich!« Er riss sich los. »Ich kann sehr wohl alleine gehen. Ich brauche keine Hilfe. Oder bin ich schon so alt und schwach? Hä?«

Kuno verdrehte die Augen. Heinrich sprang auf und eilte Anselm zur Hilfe. Mit vereinten Kräften gelang es ihnen, Walther aus dem Raum zu bugsieren.

»Was hat der Herre?«, fragte Rocco.

»Die Liebe.«

»Liebe? Amore? Eerr? Mit wem denn?«

»Mit niemandem. Das ist ja das Problem.«

Rocco nickte, auch wenn er nicht verstand. Probleme mit der Liebe hatte man eigentlich nur, wenn es jemanden gab. Und nicht niemanden.

»Was hat eerr gemeint mit Otto und keine Krieg?«

»Vergiss es.« Kuno wurde mit einem Schlag nüchtern. »Walther redet viel, wenn der Tag lang ist. Halt den Mund, hast du mich verstanden? Übermorgen kannst du von mir aus alles in die Welt posaunen. Aber nicht jetzt.«

Rocco beugte sich über den Tisch und nahm den Knecht ins Visier.

»Du sagste, was du weißt. Krieg odeerr keine Krieg? Ist wichtig, Herre! Oder soll ich fragen Capparone *in persona* und ärrrzeehle, was der *cantor* in Scheenke erzeehlt?«

Kuno seufzte.

»Du kannst schweigen?«

»Wie eine Grabb, *nobiluomo* Kuno. Wie eine Grabb.«

Noch in derselben Nacht riss Rocco Stefano aus dem Schlaf und erzählte ihm brühwarm, was er erfahren hatte.

»Kein Krieg?«, brummte der Alte und kratzte sich am Kopf. »Klingt gut.«

»Nein!«, heulte Rocco auf. »Nicht gut! Ich muss die Kogge kaufen und habe nur zehn *soldi*! Ich muss das Schiff jetzt haben, verstehst du das nicht? Jetzt!«

Fatme brummte etwas und rollte sich auf die andere Seite.

»Ich kann noch gut hören. Du musst nicht so schreien. Heißt das, mein Zehnter gilt nicht mehr?«

»Weder dein Zehnter noch alles, was wir uns vorgenommen haben. Kein Handel, keine Kogge, kein Gewinn.«

»Oh. Nicht gut.«

Rocco sank auf den Strohsack, den sich die beiden in der Ecke des Raumes zusammengeschoben hatten. »Woher kriege ich fünf *soldi*?«

»Ja, das frage ich mich schon mein ganzes Leben. Und stell dir vor, es gibt keine Antwort darauf.«

»Doch. Natürlich gibt es die.« Rocco zog dem Alten mit einem Ruck die Decke weg. »Los, steh auf.«

»Was? Jetzt? Warum?«

»Du trommelst jeden zusammen, der auch nur einen Dirham hat. Jeden im Viertel, der seinen letzten Notgroschen verdoppeln will. Ob Magd, ob Knecht, ob Sklave oder Tagelöhner – jeder kann handeln. Jeder kann ein Schiff haben.«

Die Idee, die ihm gerade gekommen war, befeuerte ihn und machte ihn hellwach.

»Warum sollen immer nur die reichen Pfeffersäcke die Gewinne einstreichen? Das ist unsere Chance! Ich biete euch einen Teil meiner Kogge an, und ihr bekommt dafür einen Teil vom Gewinn zurück!«

Stefano schüttelte den Kopf. »Ich würde dir noch nicht einmal ein Huhn anvertrauen. Wer sagt mir, dass du nicht mit unseren letzten Kupfermünzen verschwindest und nie mehr wiederkommst?«

Rocco nestelte den Ring aus seinem Hemd und präsentierte ihn dem Alten.

»Weil ich mit meinem eigenen Vermögen hafte. Meine Kogge wird eingetragen ins Hafenregister. Ich kann sie nicht einfach verschwinden lassen. Hat nicht schon jeder von uns mal davon geträumt, Handel zu treiben? Ihr bekommt ein Papier, auf dem alles verzeichnet wird. Ich habe kein Geld, um selber Waren zu kaufen. Also gebt ihr sie mir, und ich verkaufe sie für euch. Von dem Gewinn nehme ich Pfeffer und Scharlach an Bord. So wird es immer mehr und mehr, und wir alle werden reiche Leute.«

»Niemals. Das macht keiner mit. Was ist das für eine seltsame Idee, und wie sollen diese Papiere heißen?«

Rocco grinste ihn an. »Schiffsanleihen. Vom *notarius* beglaubigt. Gib mir einen Dirham, und ich komme mit zweien für dich zurück.«

»Das ist dann aber nicht der Zehnte. Oder?«

Rocco schüttelte den Kopf. Seine Augen leuchteten. »Das ist das Doppelte von dem, was du gegeben hast.«

»Das Doppelte?« Der Alte kratzte sich am Kinn. »Ich weiß

nicht. Irgendwo ist da ein Haken. Warum hatte vorher keiner von uns so eine Idee?«

»Weil ihr alle gegeneinander ums Überleben gekämpft habt. Jetzt geht es ums Miteinander. Wir, die Knechte Palermos, bieten den Baronen die Stirn. Es ist nur eine kleine, alte Kogge. Aber sie wird den Weg nach Marseille schaffen und vielleicht sogar die Rhone hinauf bis nach Paris. Nächste Woche schon können wir in See stechen.«

»Wir?«

»Ich natürlich.«

»Aber das Risiko ...«

»In vier Wochen bin ich entweder zurück oder tot. Also, wer hat hier das größere Risiko?«

Der Alte angelte nach seiner Decke. Roccos Herz sank. Er hatte ihn nicht überzeugt, und damit war sein ganzer Plan gescheitert, noch bevor er überhaupt eine Chance gehabt hatte, über das Hühnerhaus hinaus in der Stadt bekannt zu werden. Stefano kannte alle. Die Müllsammler, die Abzuchtfischer, die Bettler, die alten Huren, die jungen Tagelöhner, kurz: die Armen von Palermo, die ein, zwei Kupferdirham in ihre Lumpen eingenäht hatten und wussten, dass sie es in ihrem Leben nie mehr zu etwas bringen würden. Rocco brauchte nicht zehn davon, er brauchte Hunderte, die genau wie er noch nicht mit dem Träumen aufgehört hatten. Er konnte es in zwei Tagen niemals alleine schaffen.

»Stefano! So eine Chance bietet sich nie mehr! Ich gebe alles, was ich habe! Und ich will nur einen Bruchteil von jedem von euch. Wach endlich auf!«

»Alles Lug und Betrug. Du willst uns doch nur das Letzte aus der Tasche ziehen, was wir haben.«

Der Alte drehte sich weg und war nicht mehr ansprechbar. Vor Wut gab Rocco dem Kessel über dem kalten Feuer einen Tritt, dass es schepperte.

»Genug!«, rief Fatme. Sie saß senkrecht auf dem Strohsack und funkelte Rocco wütend an. »Ist jetzt endlich mal Ruhe? Hier! Zwei Dirham! Das ist alles, was wir haben.« Sie kramte unter dem Kopfkissen, holte die Münzen hervor und warf sie Rocco zu.

»Weib!«, kreischte Stefano. »Bist du wahnsinnig?«

»Morgen sag ich's Carolina und Shirin, die werden auch etwas geben. Und du alter, blöder Sack hältst jetzt endlich deinen Mund. Ich will schlafen.«

Sie schnappte Stefano die Decke weg und rollte sich zusammen. Rocco steckte die Münzen ein.

»Ein Wahnsinn. Das schöne Geld! Wenn ich das nicht wiedersehe …«, grummelte Stefano.

Der Sizilianer breitete neben dem Herd seinen Umhang aus und legte sich darauf. In seiner Tasche klimperte das Kupfer. Ganz leise, denn zwei Dirham machten nicht gerade Lärm. Aber sie waren ein Anfang. Ein wahnsinniger, unüberlegter, noch nie gewagter Anfang – und deshalb, davon war Rocco zutiefst überzeugt, mit Gottes Segen überreich bedacht. War das nicht der beste Beginn allen Tuns?

Er rollte sich zusammen. Später einmal würde er seinen Kindeskindern von diesen Tagen erzählen. Wenn er längst alt und schwach geworden war und vom Balkon eines wiederaufgebauten Palazzos hinunter auf den Hafen sehen würde, wo all die schönen und stolzen Koggen lagen, die er sein Eigen nennen würde. Neben ihm, ergraut und gebeugt, aber immer noch stolz und schön, würde Rafaela Bonacci Gianluca sitzen, die Frau, deren Erbe und Ehre er gerettet hatte.

Nicht schlecht, so ein Traum. Rocco lächelte und nahm seine Heiterkeit mit hinüber in den Schlaf, denn er wusste, dass ihm am nächsten Tag Palermo gehören wurde. Und in den nächsten Jahren die ganze Welt.

42.

Otto, exkommunizierter Kaiser des Römischen Reiches, lag in einem leichten, oberflächlichen, vom leisesten Geräusch gestörten Schlaf. Unruhig warf er sich von einer Seite seines Lagers auf die andere. Jedes leise gemurmelte Wort der Wachablösung, jedes unvorsichtige Klirren eines Schwertes ließ ihn hochfahren. Es war dunkel im Schlafgemach, die schweren Samtvorhänge mit den aufgestickten braunschweigischen Löwen hielten das Licht der Fackeln im Hof der Abtei fern. War das Hufschlag, der sich näherte?

Otto dämmerte wieder weg in seinen Traum. Ein Spielzeugbär lag neben ihm, ein kleines, mit Wolle ausgestopftes Tier mit tückischen Augen. Er sollte es lieben. Das tat man so mit seinem Spielzeug. Aber etwas stimmte nicht mit diesem Ding. Seit einer halben Ewigkeit hatte es sich schon neben ihm eingenistet, als wäre das Bett des Kaisers sein eigenes. Otto wollte es nehmen und an die Wand werfen, aber er war wie gelähmt.

Du träumst, dachte er. Wach auf.

Aber es war eine Eigenart seiner Alpträume, dass er sich ihrer wohl bewusst war und sich dennoch all ihren grauenhaften Entwicklungen ausliefern musste. Der Bär blieb. Mehr noch: Er wuchs. Ohnmächtig musste Otto zusehen, wie aus dem kaum ellenlangen Spielzeug ein mannsgroßes Ungeheuer wurde. Der Platz reichte nicht. Der Bär streckte und dehnte sich, blähte den Bauch, schlug mit den Tatzen um sich, stürzte sich mit gefletschten Zähnen und erhobenen Pranken auf ihn, Otto, den Gesalbten, den Herren des Römischen Reiches, Kaiser und König …

Der Bär öffnete das Maul und stieß ein fürchterliches Brüllen aus. Otto sah den blutroten Rachen des Tieres. Es ist ein Traum, dachte er noch, doch die Todesangst ergriff ihn und ließ ihn zittern und schreien und fallen, fallen, fallen …

Unsanft schlug Otto auf dem Holzboden auf. Sein linker Ellenbogen schmerzte höllisch. Er war doch nicht etwa gebrochen? Mühsam stand er auf und humpelte zum Fenster. Der Welfe riss den Vorhang zur Seite und sah hinunter in den Hof.

Ein Pferd stand dort und scharrte schnaubend mit den Hufen. Der Eingang zum Refektorium war vom zuckenden Schein der Fackeln erleuchtet. Otto hörte den gedämpften Ton einer schnellen, auf zufällige Lauscher achtenden Unterhaltung. Das war es also, was ihn geweckt hatte. Ein Bote zu nachtschlafender Zeit.

Wahrscheinlich das letzte Gnadengesuch des Staufers. Mit einem wütenden Schnauben zog Otto den Vorhang zu und tastete sich zurück zum Bett. Er war so lästig, dieser junge König. Es wurde Zeit, dass dem Treiben dieses Bastards endlich ein Ende gesetzt wurde. Sizilien brauchte geordnete Verhältnisse. Und das *Regnum Teutonicum* einen Herrscher, der die Kraft hatte, die Vision vom deutschen Reich bis Ifriqia Wirklichkeit werden zu lassen. Sollten die Träumer sich ruhig weiter nach ihrem Federico, *puer apuliae,* sehnen. Auch ein Wunderknabe war nur ein Knabe.

Otto enterte sein Bett und ordnete die Kissen. Dann lehnte er sich zufrieden zurück. Er würde sich nicht bis zum Frühjahr Zeit lassen. Die pisanische Flotte stand bereit. Sein Heer wartete ungeduldig auf den Befehl. Die Insel Sizilien war ein gefallenes Königreich. Er würde den Staufer töten. Den Sohn vielleicht mit seiner Mutter nach Braunschweig bringen, in den Turm werfen, blenden und kastrieren. Sollten zarte Gemüter sich über diese unmenschliche Haltung beschweren, dann könnte Otto darauf hinweisen, dass es doch der Vater dieses Federico gewesen war, der solche Sitten erst hoffähig gemacht hatte …

Es klopfte. Irritiert richtete er sich wieder auf.

»Ja?«

Im Türrahmen erschien, von hinten durch das spärliche Licht eines Kienspans beleuchtet, die konkave Silhouette Diepolds, des Schweinspointners von Acerra und Spoleto.

»Mein König? Seid Ihr wach?«

»Jetzt ja.«

»Verzeiht. Ein Bote ist gekommen …«

»Hat das nicht Zeit bis morgen?« Otto ahnte, dass er schwer wieder in den Schlaf finden würde. Das war auch etwas, das er dem Staufer wirklich übelnahm: die Störung seiner Nachtruhe. Je näher Federico ihm kam, desto ungeduldiger wurde er. Er wollte endlich seinen Triumph. Das köstliche Warten darauf hatte schon lange genug gedauert.

»Ich fürchte, nein.«

Otto schwang die Beine aus dem Bett und gab seinem Kämmerer, der hinter Diepold aufgetaucht war, ein Zeichen. Der kleine, flinke Mann huschte herein und angelte Ottos Pantoffeln unter dem Bett hervor, um sie akkurat vor den kaiserlichen Füßen seines Herrn hinzustellen.

»Dann bietet er uns also die bedingungslose Kapitulation? Auch das hätte durchaus bis morgen warten können. Ich bin es nicht gewohnt, mich mitten in der Nacht wegen eines Staufers zu erheben.« Er schlüpfte in die Pantoffeln und warf sich den Mantel über. »Ich gebe kein Pardon. Wir greifen an. Die Zeit für Verhandlungen ist abgelaufen. Ich habe dem Bettelkönig immer wieder die Hand entgegengestreckt, und er hat sie verächtlich ausgeschlagen. Er hätte sich in eine ehrenvolle Gefangenschaft begeben können, vielleicht sogar als Kanzler des welfischen Lehens Sizilien. Aber jetzt steht mir der Sinn nach einem Sieg ohne …«

Irritiert sah er vom Gürten der Seidenschnur um seine Hüften hoch, weil er bemerkte, dass seine Worte nicht auf die gewohnte Zustimmung stießen.

»… Wenn und Aber. Also?«

Der Schweinspointner schluckte. Er gab dem Kämmerer einen Wink. Der schlüpfte hinaus und stieß einen schwitzenden, abgekämpften und völlig verdreckten Kurier durch die Tür, der in den Raum stolperte und direkt vor Otto auf die Knie fiel. Ob aus Ehrfurcht oder Erschöpfung, wollte der Kaiser beim Anblick des Mannes nicht mehr so genau wissen.

»Herr, Herr!«, stammelte der Mann. Dem Dialekt nach war es ein Mailänder. »Es gibt wichtige Kunde.«

»Aus Mailand?« Das war die völlig falsche Richtung. Verwirrt blickte Otto zum Schweinspointner, der verlegen die Augen niederschlug.

»Welche Kunde?«

»Herr ... Ich bin drei Tage geritten ohne Unterlass und ohne Schlaf! Die Nachricht kam vor einer Woche aus Nürnberg und hat den Weg über Brixen genommen, das war sicherer, denn die anderen Pässe sind um diese Jahreszeit manchmal schon verschneit, und nur die Hauptrouten werden bewacht, was Wegelagerern und Dieben das Leben leicht ... und angenehm ...«

Otto beugte sich zu dem zitternden, keuchenden Mann hinab. »Welche Kunde?«, fragte er und betonte jede Silbe, als wäre der Mann nicht nur begriffsstutzig, sondern auch noch taub.

»H ... hier.«

Er hob dem Kaiser ein vom Schweiß aufgeweichtes Lederfutteral entgegen. Otto nahm es mit spitzen Fingern entgegen und bedeutete dem Wachknecht mit einer knappen Kopfbewegung, mehr Kerzen anzuzünden. Dann brach er das Siegel, wickelte die Schnur ab und öffnete das Futteral, das wie ein nasser Lappen in seinen Händen lag. Mühsam unterdrückte er den Würgereiz. Das Pergament war genauso feucht wie das Leder. Mit angewidertem Gesichtsausdruck reichte er es an den Schweinspointner weiter.

»Lies.«

Der Graf und frisch gebackene Herzog verbeugte sich, entfaltete die Botschaft, räusperte sich und tat, wie ihm geheißen. »Gegeben zu Nuremberg im Jahre 1211 des Herren Fleischwerdung. In höchster Not und tiefer Sorge um Heil und Einheit von Reich und Krone teilen wir Otto, dem Erhabenen, mit, dass die Fürsten des *Regnum Teutonicum* schwere Schande über sich brachten, indem sie den Eid auf Kaiser und Reich brachen und am Reichstage …«

Dem Schweinspointner blieb der Mund offen stehen. Er ließ das Dokument sinken. Otto legte den Kopf schief wie ein Rabe, der gerade seinen Trauben hinterhersieht.

»Ja?«, fragte er mit leiser, lauernder Stimme. »Den Eid brachen und was?«

»Friedrich Roger aus dem Geschlecht der Staufer zum neuen König wählten.«

Otto wippte sacht von den Fußspitzen auf die Fersen und wieder zurück. Er verschränkte die Arme auf dem Rücken und war sich voll bewusst, welches Bild er in diesem Moment abgab: das eines über die Maßen erstaunten, ja düpierten, ungläubigen Thomas'. »Ich fürchte, da muss ein Irrtum vorliegen.«

Der Kurier ahnte, dass sich die Situation für ihn nicht gerade zum Besseren entwickelte. Mit einer Belohnung für seinen Höllenritt schien er nicht mehr zu rechnen. Seinem Gesichtsausdruck nach reichte es ihm wohl schon, einigermaßen unbeschadet die Abtei verlassen zu dürfen. Immer noch auf den Knien, hob er beteuernd die Hände. »Es ist die Botschaft. Ihr habt doch selbst das Siegel erbrochen!«

»Wer hat unterschrieben?«

Der Schweinspointner blickte hastig auf das Pergament. »Der Erzbischof von Worms, beglaubigt von seinem Notarius Herm … Helm … dieses Gekritzel kann kein Mensch entziffern!«

»Die Wahl«, sagte Otto, und er klang immer noch leise und

sehr wütend. »Wer sind die Abscheulichen, die mir in den Rücken fallen?«

»Der König von Böhmen. Die Erzbischöfe von Mainz und Magdeburg. Egbert von Bamberg, Herzog Otto von Meranien. Der Landgraf von Thüringen …«

»Dieser Scheißkerl!«

Otto räumte mit einer Armbewegung den Tisch ab. Ein Krug und eine Obstschale zerschellten auf dem Boden. Rote Weintrauben kullerten über die Steine.

»Verräter! Geschmeiß! Warum jetzt?« In zwei Schritten war er bei dem Schweinspointner und packte ihn an den Schultern. »Warum ausgerechnet jetzt? Wo alles, alles!, zum Greifen nah ist! Wie können sie mir das antun?« Er stieß den armen Mann zurück, dass dieser taumelte und beinahe hingefallen wäre. Otto achtete nicht darauf.

»Kaum dreht man ihnen den Rücken zu, vergessen sie Gott und Vaterland! Sie haben mich abgewählt? Ab-ge-wählt? Mich? Ich bin der Kaiser! Gott hat mich inthronisiert! Gott und sonst keiner!«

Der Kurier glaubte, einen günstigen Moment erwischt zu haben, und kroch Richtung Tür.

»Hiergeblieben!«

Der Angesprochene erstarrte.

»Das ist eine Fälschung. Von wem hast du dieses Schreiben?«

»Vom persönlichen Legaten des Bischofs, Carolus von Trier.«

»Wie sah er aus?«

»Groß, gerade und mit Haaren wie Flammen.«

Otto atmete tief durch. Er war dem Legaten des Öfteren begegnet. Keine Leuchte, aber ein williger Vollstrecker. Das Hervorstechendste an ihm war sein roter Schopf. Der Bote sagte die Wahrheit.

»Der Bär. Es war der verfluchte Bär.«

Otto begann erneut seine ziellose Wanderung durch den Raum.

»Welcher Bär?«, fragte der Schweinspointner vorsichtig.

Der König schüttelte den Kopf. Gedanken und Gefühle jagten durch Kopf und Herz. So kurz vor dem Triumph, und dann der Dolchstoß. Er dachte an Julius Caesar und dass er dasselbe Schicksal teilte. Nein, es war schlimmer. Was war der römische Senat gegen einen deutschen Reichstag? Er rutschte fast auf einer Traubenrebe aus und kickte sie vor Wut unter den Tisch.

»Ich bin Caesar!«, schrie er. »Und ich lasse mich nicht von einem Spielzeug aus dem Bett werfen! Ich werde sie mir vornehmen, einen nach dem anderen! Sie werden um Gnade winseln und sich nach den schönen Tagen zurücksehnen, in denen sie mir, Otto, dem Gesalbten und von Gott Gewählten, dienen durften! Wo sind die Blidemeister? Ruft sie zu mir. Auf der Stelle!«

»Mein Herr! Sie sind alle in Scylla bei der Verschiffung der Böcke.«

»Zurück! Sie sollen zurück!«

»Ich werde nach ihnen senden«, sagte der Schweinspointner. Otto entging nicht, dass er einen kurzen Blick mit der Wache wechselte. »Was soll ich ihnen sagen?«

Der von allen verratene Kaiser senkte den Kopf und schnaufte wie ein Stier kurz vor dem Angriff. »Ich will die Wunderwaffe. Den Tribock.«

»Aber sie haben ihn noch nicht einmal ausprobiert! Er sollte doch in Catania zum ersten Mal eingesetzt werden!«

»Habt Ihr mich nicht verstanden?«

»Doch. Doch, mein Herr.«

Der Schweinspointner verbeugte sich und ging. Der Bote rappelte sich auf, nahm die Beine in die Hand und rannte ihm nach. Otto blieb allein zurück. Er wartete, bis die Wache die Tür geschlossen hatte, erst dann ließ er sich auf das Bett fallen.

Catania. Staufer. Sizilien. Alles, was eben noch wichtig gewesen war, gab es nicht mehr. Das Leben war eine Wippe. Eben noch oben und im nächsten Moment ganz unten. Es gab nur eine Möglichkeit, das Blatt zu wenden. Mit einem Angriff von bedingungsloser Härte und Grausamkeit. Einem Feuersturm, der seine Feinde verschlingen würde bis zum letzten Mann. Mit gigantischen Wurfmaschinen, die alles zermalmen würden, was sich gegen ihn erhob. Die Staufer und ihre Freunde mussten vom Erdboden getilgt werden. Erst dann würde Frieden herrschen in seinem Reich, und es würde sein von Flandern bis Sizilien.

43.

»Bin ich schön?«

Konstanze wandte sich zu Vela um, die mit dem kleinen Thronfolger im Arm hinter ihr stand. Sie drehte sich mit erhobenen Armen um die eigene Achse, und der seidene, goldbestickte *surcot* wirbelte hoch.

»Ja!« Velasquita Condesa de Navarra lächelte sie mit mütterlichem Stolz an. »Wunderschön. Und jetzt hör auf, hier herumzutanzen, sonst gerät die ganze Frisur wieder durcheinander.«

Erschrocken fasste sich Konstanze in die Haare. Sie waren wieder lang genug, um wie ein Kranz geflochten und im Nacken zusammengenommen zu werden.

»Ich vermisse meine Zöpfe immer noch. Wie lange dauert das bloß, bis sie nachgewachsen sind?«

Vela wiegte das schlafende Kind. »Wahrscheinlich liegt ein Fluch darauf. Kein Siechenhaus, keine Haare.«

»Das kann auch nur eine Hexe wie du sagen.«

Konstanze küsste ihre Kinderfrau auf beide Wangen. Sie war so glücklich. Die Geburt ihres Sohnes hatte alle Sorgen in den Hintergrund gedrängt.

»Sobald der Krieg beendet ist, werde ich den Grundstein legen. Es wird ein Legat der Schwestern von Boccadifalco werden. Was hältst du davon?«

»Frag lieber, was die Schwestern davon halten.«

»Sie werden dafür von allen anderen Abgaben befreit.«

»Dann frag deinen Mann, was er davon hält.«

»Wo steckt er eigentlich?«

Ungeduldig sah Konstanze zur Tür des Empfangsraumes. Ruggero war am Nachmittag aus Catania eingetroffen und hatte sich sofort mit den zwei jungen Edelleuten aus Schwaben und dem Familiarenkolleg in sein *musio* zurückgezogen. Sie verstand, dass die Beratungen Vorrang hatten, aber sie wartete ungeduldig darauf, dass er endlich seinen Sohn zu Gesicht bekam. Und sie … Für den Abend war eine große Zusammenkunft im Saal der Winde angesetzt. Konstanze spürte, wie ihr allein beim Gedanken an das Wiedersehen die Knie weich wurden.

»Ich hoffe, er wird sich gegen das Angebot der deutschen Fürsten entscheiden. Es wäre Wahnsinn, Sizilien in dieser Situation zu verlassen.«

Der Säugling wendete den Kopf und schmatzte mit geschlossenen Augen. Sofort war Konstanze bei Vela und strich ihrem Sohn sanft über die schlafrote Wange.

»Ich liebe ihn so sehr«, flüsterte sie. »Es darf ihm nichts passieren. Nie. Ich werde nicht noch einmal mit einem Kind fliehen. Es muss eine andere Lösung geben. Otto wird uns doch nicht alle vernichten!«

»Schschsch.«

Es war nicht klar, wen Vela beruhigen wollte: das Kind, das kurz blinzelte und sich zufrieden an die Brust der Amme kuschelte, oder seine Mutter. Vorsichtig legte sie Konstanze das Bündel in die Arme. Voller Zärtlichkeit betrachtete die Königin ihren Sohn.

»Mein Wunder«, sagte sie. »Mein kleines, großes Wunder.«

Es klopfte, die Tür wurde aufgerissen, und Livio stürmte herein. Er nahm sich kaum Zeit für eine anständige Verbeugung.

»Der *ré*«, japste er. »Er kommt!«

»Zu mir?«, fragte Konstanze.

Sie hatte erwartet, ihm den Sohn in aller Öffentlichkeit am Abend zu präsentieren. Auf seidenen, gefältelten Kissen, so dass er ihn hochheben und dem ganzen *cour* zeigen konnte. Wie man das tat an den Höfen, solange die Thronfolger noch zu klein waren, um aus eigenen Kräften an Versammlungen teilzunehmen. Die Ankündigung seines Besuchs überrumpelte sie.

»Wie sehe ich aus?«

Vela verdrehte die Augen. »Schön. Zum hundertsten Mal.«

Die Königin reichte der Condesa das warme, schnaufende Bündel zurück und zupfte an ihrem Mantel herum. Sie war noch nicht fertig. Wochenlang hatten sie sich nicht gesehen. Gerne hätte sie noch ein wenig Wangenrot aufgelegt und die Augen mit Khol umrandet. Aber dafür war es zu spät. Sie hörte die schnellen Schritte über Treppe und Galerie näher kommen, und plötzlich glaubte sie, ihr Herz würde zerspringen.

»Was lächelst du so komisch?«, zischte sie Vela an.

»Weil du flatterst wie ein Vögelchen, sobald er erscheint.«

»Diesen Vergleich will ich nicht hören«, gab sie zurück.

So hatte der *ré* sie genannt, kurz nach ihrem ersten Kennenlernen. Einen verschreckten, zerzausten Vogel. Auf solche Komplimente konnte sie verzichten. Die Wache nahm Haltung an und richtete die Lanzen auf. Konstanze stellte sich neben Vela und das Kind und atmete tief durch.

»Meine Königin?«

Ruggero kam um die Ecke und blieb in der Tür stehen, als ob

er sich das Bild für immer einprägen wollte. Die vielleicht letzte Heimkehr des Königs zu Frau und Sohn. Sie wagte nicht, sich zu rühren, denn sie hatte sich diesen Moment so lange in allen jubelnden Facetten ausgemalt, dass sie von seinem Innehalten und Schweigen völlig überrascht wurde.

Er trug ein weites dunkelgrünes Hemd und seine ledernen Beinlinge. Ein junger, schlanker, hochgewachsener Mann mit wilden goldblonden Locken, die ihm offen auf die breiten Schultern fielen. Sein Gesicht war schmaler geworden, auf den Wangen lag der Schatten seines Bartes. Die drängenden Probleme hinterließen Spuren in seinem Gesicht. Konstanze wäre am liebsten auf ihn zugelaufen, aber sie rührte sich nicht von der Stelle, sah ihn nur an. Er war ein wenig atemlos vom Laufen – oder vom Glück? –, mit ungläubigem Staunen im Gesicht und einer nie gesehenen, nie gezeigten Scheu.

»Ich war lange fort.«

Sie nickte. Er kam auf sie zu, und Vela hielt ihm das Kind entgegen. Vorsichtig, als wäre der schlafende Säugling aus venezianischem Glas, nahm er ihn und betrachtete das kleine rote Gesicht mit fast anbetender Hingabe.

»Er ist immer noch so … winzig.«

Konstanze musste lächeln. Was hatte er erwartet?

»So zerbrechlich. Es geht ihm doch gut? Ist er gesund?«

»Ja. Gesund, satt und zufrieden.«

Ruggero schüttelte den Kopf und schnupperte an Haut und Haaren des Kindes. »Er riecht gut. Nach Honig und Milch und Glück. Hallo? Wach auf! Dein Vater ist da und will dir die frohe Kunde erzählen!«

Der kleine Junge schlug die Augen auf, verzog das Gesicht und fing an zu schreien.

»Du bist der neue König von Sizilien! Was sagst du dazu?«

Konstanze sog scharf die Luft ein. Sie wollte etwas erwidern, aber Vela legte ihr eine Hand auf den Arm. Nicht jetzt, sollte das heißen. Nicht vor den Wachen an der Tür und Cavaliere Livio, der immer noch draußen im Treppenhaus stand und darauf achtete, dass kein Unbefugter sich näherte.

Der kleine Heinrich bekam einen dunkelroten Kopf und schrie noch lauter. Ruggero reichte ihn an Konstanze weiter.

»Wie ist der Stand der Dinge?« Sie schmiegte das Kind an sich. Der Kleine beruhigte sich augenblicklich.

»Später. Kann ich allein mit Euch reden?«

Vela nahm ihrer Herrin das Kind ab und verließ den Raum. Livio schloss die Tür. Kaum war Ruggero sicher, dass sie allein waren, zog er Konstanze an sich.

»Ich konnte an nichts anderes denken.« Er küsste sie, und sie erwiderte seinen Kuss mit sanfter Leidenschaft und Hingabe. Schließlich löste er sich vorsichtig von ihr und nahm ihr Gesicht in beide Hände.

»Ich habe oft an dich gedacht in diesen Tagen.«

Konstanze schmiegte sich in seine Berührung, spürte die rauen Schwielen seiner Hand, die vom Reiten und Arbeiten kamen, und fühlte sich zum ersten Mal seit seiner Abreise wieder sicher und geborgen.

»Capparone sagt, die Sarazenen haben sich zurückgezogen.« Ruggero musterte sie genau. »Und ich habe angeordnet, dass Saxo an dich gewöhnt wird.«

»Das ist nicht nötig«, sagte sie schnell. Der grausame Tod ihres Falken war nichts gegen das, was für das arme Tier als Vergeltung herhalten musste. Der *ré* sollte nicht auch noch seinen Lieblingsvogel hergeben. »Ich finde schon einen Ersatz. Im nächsten Frühjahr werde ich mich darum kümmern.«

»Er kommt auf die *tarida,* die dich nach Karthago bringen wird.«

»Nein! Ich habe schon Majid gesagt ...«

Sie brach ab, aber es war zu spät. Die Augen des *ré* verschatteten sich. Er wandte sich ab und ging zum Kamin, in dem die

Mägde ein Feuer entzündet hatten, um die Abendkälte fernzuhalten.

»Verzeih mir«, begann sie, aber Ruggero fuhr herum.

»Ich will diesen Namen nicht mehr hören! Hast du mich verstanden? Er hatte die Wahl, und er hat sich gegen mich entschieden. Ich zwinge niemanden in meine Reihen.«

Es gab Dinge, auf die durfte man Ruggero nicht ansprechen. Er hatte die Nachricht von Majids Verrat nicht kommentiert. Aber Konstanze wusste, dass ihm der Verlust des Freundes näher ging, als er jemals zugeben würde.

»Und Samira?«

»Bei meiner Seele, wenn es ihr gelungen wäre, dir und unserem Kind etwas anzutun, ich hätte sie mit meinen eigenen Händen erwürgt.«

Hass und Kälte versteinerten seine Züge. Majid und Samira. Zwei Namen, ausradiert aus dem Gedächtnis der Menschen. Und doch würden ihre Schatten stets um sie sein und ihnen folgen bis an ihr Lebensende.

»Ich habe sie getötet«, flüsterte Konstanze. »Mit meinen eigenen Händen.«

»Das war richtig. Es gibt keinen Grund, deshalb ins Grübeln zu geraten.«

»Aber den Hakim hast du begnadigt! Und ich darf kein Wort darüber verlieren, was mir geschehen ist und was ich getan habe? Was du getan hast? Sie wollte mich umbringen, weil du ihr unhaltbare Versprechen gegeben hast!«

»Ich habe ihr nie etwas versprochen.«

Konstanze schlug die Hände vors Gesicht. In zwei Schritten war Ruggero bei ihr und nahm sie in die Arme.

»Wir waren Kinder. Wir haben an Märchen geglaubt.«

»Das vom Staufer und der Sarazenin?«

»Ja.« Er vergrub sein Gesicht in ihren Haaren. »Ich bin erwachsen geworden. Sie nicht.«

»Woran glaubst du eigentlich noch?«

»An mich, Konstanze. Mehr nicht.«

Sie schlang die Arme um ihn und wünschte sich, er hätte etwas gesagt, das nicht so grausam gewesen wäre. »Und ich?«, flüsterte sie. »Was ist mit mir?«

Sie spürte, wie sein Körper sich versteifte. Wenn er jetzt ginge, wenn er sie stehenließe, wäre alles vorbei, was sie sich in diesem Jahr aufgebaut hatten. Wie konnte er nur ihre Nächte vergessen? Die Gespräche, die sie miteinander geführt hatten? Die geteilten Sorgen, die gemeinsame Freude? War das alles nichts?

»Was willst du?«

»Dich.« Sie erschrak, wie einfach und leicht ihr diese Anmaßung über die Lippen gekommen war.

»Mich? Ich werde dieses Land nicht lebend verlassen. Ich bin ein toter Mann.«

Konstanze presste sich noch enger an ihn. Geh nicht, dachte sie. Bleib. Wir sind zwei Schiffbrüchige, von fremden Mächten über Bord gespült und den Naturgewalten ausgeliefert. Wir werden untergehen, und das Einzige, was uns dieses Schicksal erträglicher macht, ist der Gedanke, dabei nicht allein zu sein.

»Dann sterben wir gemeinsam. Ich werde dich nicht verlassen.«

»Es tut mir leid, meine Königin, dass ich Euer Angebot ausschlagen muss. Es ist untragbar.«

Konstanze ließ ihn los und wagte nicht, ihn anzusehen. Sie fühlte sich wie ein Kind, das gemaßregelt worden war. Hatte ihren Stolz vergessen und sich zu einer Frau gemacht, die um seine Aufmerksamkeit und Fürsorge gebettelt hatte. Mochten seine Umgangsformen sich auch gebessert haben, er war und blieb ein Barbar.

»Ich will nicht, dass mein Sohn so aufwächst wie ich«, sagte er leise. »Ohne Vater, ohne Mutter. Du hast die Pflicht, für ihn da zu sein und in seinem Sinne zu handeln.«

»Pflicht! Ist das alles, was ich von dir zu erwarten habe?«

»Wenn du so reagierst, ja. Ich sehe dich im Saal der Winde. Es gibt Neuigkeiten. Wenn ich selbst auch aller Wahrscheinlichkeit nicht mehr in der Lage sein werde, darauf zu reagieren, könnten sie für meinen Sohn bedeutend sein. Und damit auch für dich, Königin Siziliens.«

Er ging. Konstanze hatte das Gefühl, mit dem Kopf gegen eine Wand gelaufen zu sein. Taub und leer und voller Schmerz. Genau so würden sie untergehen. Nebeneinander, ohne sich die Hand zu reichen und den anderen zu trösten. Denn das wäre ja mehr als Pflicht gewesen.

44.

Wieder war der Saal der Winde bis auf den letzten Platz besetzt. In dem riesigen Kamin flackerte ein Feuer, die Luft war stickig und feucht. Konstanze blieb am Eingang stehen, weil Ruggero noch nicht wieder aufgetaucht war. Eine gereizte Aufmerksamkeit lag in der Luft. Es gab schon erste Gerüchte, die die Runde machten und dem leisen Stimmengemurmel einen schärferen Unterton gaben. Capparone und Galgano hatten die beiden Gäste aus Schwaben in ihre Mitte genommen und schirmten sie gegen die Fragen der Neugierigen ab. Hinter ihnen lehnte, die Laute in der Hand und die Menge mit spöttisch-amüsiertem Blick musternd, Walther von der Vogelweide an einer Säule. Als sich ihre Blicke trafen, hob er die Augenbrauen.

Was ist los mit dir?, sollte das wohl heißen.

Konstanze zwang sich zu einem Lächeln, aber es wollte ihr nicht so richtig gelingen. Sie fürchtete sich vor dem falschen Jubel, in den sie ausbrechen musste, wenn der *ré* die Nachricht von der überraschenden Wahl verkündete. Es war Wahnsinn, an ihre Annahme überhaupt zu denken.

Jemand drängelte sich von hinten zu ihr durch. Sie wandte den Kopf und erkannte Hayyim, den Kompassmaler.

»Guten Abend, *nobiluomo*!«

Sie mochte den Mann. Er war immer freundlich zu ihr gewesen, auch wenn seit der Geburt seines jüngsten Kindes etwas mit ihm geschehen war, das sein heiteres Gemüt verdüsterte.

»Verzeihung! Guten Abend, meine Königin.«

»Wie geht es Rahel? Warum sehe ich sie nicht? Und Euer Kind? Ist es gesund?«

»Ja, natürlich. Selbstverständlich. Alles ist bestens.«

»Das freut mich. Schließlich hattet Ihr einen guten Arzt, nicht wahr?«

Hayyim erbleichte. Schnell sah er sich um, ob auch niemand ihr Gespräch belauschte. »Woher wisst Ihr, welchen Arzt wir hatten?«

»Die Condesa de Navarra hat es mir erzählt.«

Entsetzt starrte der Mann sie an. »Das hätte sie nicht tun dürfen! Wenn jemand von dieser Schande erfährt!«

»Schande?« Konstanze zog den Mann hinter die Empore, auf der die beiden Thronsessel standen. Der Geräuschpegel um sie herum war hoch genug, um ein paar unbelauschte Worte zu wechseln.

»Was ist los? Warum versteckt Ihr Eure Familie? Ich sehe Euch doch an, dass etwas nicht stimmt.«

Hayyim seufzte abgrundtief und schaute sich nach einer Fluchtmöglichkeit um. Sinnlos. Eine Unterredung mit der Königin durfte man nicht einfach abbrechen. »Es ist falsch auf die Welt gekommen«, presste er schließlich heraus. »Nicht so, wie es sein sollte. Es ist das Werk des Hexers, er hat es gezeichnet!«

»Wie, gezeichnet? Mit einem Mal?«

»Nein! Nein. Eher so, dass ich nur noch Abscheu empfinde, wenn ich es erblicke. Und meine Frau kann ich nicht mehr berühren seitdem. Es ist wie ein Fluch, der auf unserem Hause liegt, und daran ist nur er schuld!«

»Still!«

Der Kompassmaler zuckte zusammen und schwieg. Mit einem Redeverbot allein war seinem Wahnsinn wohl nicht beizukommen.

»Wie könnt Ihr es wagen!«, fuhr sie leiser fort. »Ihr habt das größte Glück auf Erden und wisst es nicht zu schätzen? Daran ist nicht der Hakim schuld, sondern Ihr allein.«

»Ja«, murmelte der Mann. »So wird es wohl sein.«

»Er wird das Siechenhaus leiten, das wir oben an Margalithas Klause errichten werden. Und er wird in der Domschule unterrichten. Seine Tochter werde ich nach Bologna schicken, von wo aus sie hoffentlich wieder nach Sizilien zurückkehren wird, wenn sie sich nicht ganz der Lehre verpflichtet. Und er wird …« Sie brach ab, weil sie es mit der leuchtenden Zukunft des Hakims nicht übertreiben wollte und bei dieser letzten Überlegung Vela wohl auch noch eine Rolle spielen musste.

»… vielleicht eine Dame von Stand heiraten. Kurz: Er war der Beste, den sich Eure Frau aussuchen konnte.«

»Ist das wirklich wahr?«

Konstanze nickte. »Behaltet das Folgende bitte für Euch, denn ich will van Trossel nicht verlieren: Der Hakim war auch bei der Geburt des Thronfolgers dabei, und das könnte den Flandern hart treffen.«

»Nein!«, entfuhr es ihrem Gegenüber.

Das hätte sie ihm vielleicht nicht auf die Nase binden sollen. Er sah aus, als würde er am liebsten sofort hinausstürzen, um der ganzen Stadt von diesen unglaublichen Neuigkeiten zu erzählen.

»Das bleibt unter uns, verstanden?«

»Ja. Ja, meine Königin! Selbstverständlich!«

»Ich will nicht, dass das Siechenhaus Begehrlichkeiten weckt, noch bevor es gebaut ist. Ich habe Euch nur eingeweiht, damit Ihr wisst, mit wem Ihr es zu tun hattet. Der Hakim ist vielleicht ein wenig ungewöhnlich von seiner ... ähm ...« Sie überlegte, weil ihr so schnell keine passende Beschreibung für diesen Wahnsinnigen einfiel. »... seiner ganzen Art her. Aber er hat Mut und in besonderen Momenten sogar ein Können, das unserer Medizin weit voraus ist. Ich schätze ihn. Deshalb wünsche ich, dass Ihr Euer Weib und Euer Kind als sein Geschenk ebenfalls schätzt.«

»Das tue ich, meine Königin. Das tue ich ganz gewiss!«

Das Strahlen in Hayyims Gesicht bewies ihr, dass sie den richtigen Ton getroffen hatte.

»Ich werde sofort nach der Bekanntmachung nach Hause eilen. Ich werde mich bei Rahel entschuldigen und fortan ein guter Mann und Vater sein.«

»Dann sehe ich Eure Familie also demnächst?«

»Das verspreche ich Euch, meine Königin.«

Konstanze entließ ihn mit einem kurzen Nicken. Die Wachen stießen ihre Lanzen auf den Boden, die Gespräche verstummten. Der König kam.

Ruggero hatte sich seinen Krönungsmantel übergeworfen. Er lief so schnell durch den Raum zu den Thronsesseln, dass Konstanze sich beeilen musste, vor ihm da zu sein. Sie reichte ihm die Hand, und gemeinsam stiegen sie die Stufen hoch und drehten sich um. Alle starrten sie an. Man hätte eine Feder fallen hören, so still war es.

»Ich, Friedericus Rex, König von Sizilien, spreche zu Euch.« Seine Stimme klang klar und ruhig. Nur seine Hand drückte die ihre fester als gewöhnlich. Wollte er ihr damit ein Zeichen geben, dass sie akzeptieren sollte, egal, was er verkündete?

»Nachdem Otto in schändlicher Weise alle Eide gebrochen hat und gegen Uns in den Krieg gezogen ist, nachdem der Heilige Vater ihn mit dem Bann belegt und die deutschen Fürsten ihrer Treueeide auf ihn enthoben hat, wurde auf dem Reichstag zu Nuremberg ein neuer König gewählt.«

Er ließ den Blick über die Anwesenden schweifen, und jeder Einzelne musste dabei das Gefühl haben, vom *ré* persönlich wahrgenommen zu werden. Konstanze hatte die Faszination, die seine Stimme und sein Wesen auf die Menschen ausübten, immer bewundert. Fast atemlos warteten alle darauf, dass Ruggero fortfuhr.

»Diese Wahl erfüllt mein Herz mit großer Freude. Es ist ...«

»Ein Falkner!«, schrie jemand.

Erschrocken sah Konstanze zu den beiden Flügeltüren, die gerade geöffnet wurden. Ein schlanker, fast drahtiger Mann kam herein und hielt etwas in der hoch erhobenen Hand, das sie auf die Entfernung nicht erkennen konnte.

»Bartolomeo?«, flüsterte sie.

Die Falkner waren die edelsten, vertrauenswürdigsten Diener des *ré*. Wenn einer von ihnen eine Ministerialenversammlung störte, dann musste es etwas sehr Wichtiges sein. Leises Murmeln erhob sich, die dicht zusammenstehenden Männer bildeten eine Gasse, um Bartolomeo de Montaperto hindurchzulassen.

»Mein König!«, rief er atemlos.

Er streckte Ruggero schon auf halbem Weg ein kleines Röllchen entgegen, wie man es Brieftauben an die Füße band. Ruggero ließ Konstanzes Hand los.

»Lest das! Es ist soeben über den Stützpunkt Cefalù gekommen. Die Nachricht wurde am Morgen aus Scylla geschickt!«

Das war der Ort, an dem Otto seine Heere zusammengezogen hatte, und es konnte nur eines bedeuten: Die Invasion hatte begonnen. Das Murmeln wurde zu einem Raunen. Es war, als ob derselbe Schrecken alle Anwesenden zur selben Zeit erfasste. Konstanze sah, wie Walther sich von seiner Säule abstieß und die gelangweilte Lässigkeit von ihm abfiel. Hayyim schlug die Hand vor den Mund. Galgano stellte Capparone eine hastige Frage, doch der ließ den Magister einfach stehen und schlug sich hinter dem Falkner zur Thronempore durch, bevor sich die Gasse hinter ihnen wieder schloss.

Bartolomeo sank auf die Knie und reichte Ruggero das winzige Pergament. Der *ré* nahm es, zögerte aber, es zu öffnen. Dies war der einzige Moment von Unsicherheit, den Konstanze erkennen konnte. Sie versuchte, im Gesicht des Falkners etwas zu lesen, das zum Inhalt der Botschaft passen könnte. Aber er hielt den Kopf immer noch gesenkt und atmete schwer. Ob vor Aufregung oder Schreck war nicht auszumachen.

Ruggero öffnete das Schreiben, las, schloss die Augen und atmete tief durch. Der Falkner hob den Kopf, und über sein wettergegerbtes Gesicht huschte – ein Lächeln.

»Sizilien!« Ruggero straffte sich und sah auf die getreusten seiner Männer. »Otto hat Scylla verlassen und den Rückzug angetreten!«

»Was?«, entfuhr es Konstanze.

Der König riss die Arme hoch. Unbeschreiblicher Jubel brandete auf, den er erst mit dem beruhigenden Senken seiner Hände zum Schweigen bringen konnte.

»Er will retten, was zu retten ist! Aber es wird ihm nicht gelingen. Denn er ist nicht mehr König des *Regnum Teutonicum*. Die Fürsten haben den wahren Thronfolger gewählt – mich!«

Das Triumphgebrüll ließ die Wände erzittern. Gestandene Männer lagen sich in den Armen. Konstanzes Blick suchte Walther in dem Getümmel, und als sie ihn gefunden hatte, stand er nur still inmitten des Jubels und lächelte sie an.

»*Friedericus Rex Teutonicorum!*«, brüllte jemand. Alle fielen ein.

Immer noch fassungslos wandte sich Konstanze an Ruggero. »Otto hat aufgegeben? Einfach so?«

»Er muss zurück«, antwortete ihr Gemahl. »Ich werde mich ihm in meinem Land entgegenstellen.«

»Womit?«

Die Verzweiflung inmitten all der Freude war bodenlos. Sie sah die Enttäuschung in seinem Gesicht. Bemerkte denn niemand außer ihr, was für eine aussichtslose, undurchdachte Idee das war?

»Lass uns darüber reden!«, flehte sie. »Nicht hier, vor allen Leuten!«

»Gerade hier.«

Zu ihrem ungläubigen Entsetzen sank er vor ihr auf die Knie. Der Jubel verebbte, und seine Stimme drang bis in die letzte Ecke des Raumes.

»Konstanze, Königin von Sizilien, ich erbitte Euren Segen für meine Heerfahrt ins deutsche Reich.«

Regungslos stand sie da und spürte die Blicke von fast fünfzig gestandenen Männern, die auf ihre Antwort warteten. Sie hätte Ruggero vor Wut in Stücke reißen können.

Er hob den Kopf, und seine Lippen formten das Wort, das er niemals aussprechen würde: bitte. Sie sah den Triumph in seinen Augen und noch etwas anderes, das sie an das Staunen von Kindern erinnerte, wenn wider alle Erwartungen der Held ihrer Märchen doch noch die Welt vor dem drohenden Unheil rettete. Sie sah einen König vor ihr knien, der Gehorsam und Pflicht von ihr gefordert hatte und nun vor aller Augen ein Bild der Demut abgab. Und sie spürte die Furcht, sie könnte ihn abweisen und ihn so der Lächerlichkeit preisgeben, eine Gefahr, in die er sich mutwillig hineinmanövriert hatte und aus der ihn einzig und allein ihre Gnade retten konnte.

Gnade?

Konstanze schwieg. Die Spannung im Saal war unerträglich. Sie hob die Hand, doch dann überlegte sie es sich anders und ging ebenfalls in die Knie.

»Bitte mich nie um meinen Segen«, sagte sie. »Denn du hast ihn, wohin du auch gehst.«

Ruggero sah sie an, und in diesem Blick lag das Glück der Erde. Er küsste sie, wie er sie damals in der Kirche geküsst hatte, mitten auf den Mund. Die ausgelassenen Freudenschreie drangen nur von ferne an ihr Ohr. Sie spürte seine Lippen, und es war, als wären sie beide ganz allein auf der Welt.

»So gehe ich ins *diutsche lant*«, sagte er leise, »und hole die Krone. Und wenn ich wiederkomme, bin ich Kaiser und du Kaiserin.«

Er sprang auf, reckte die Arme in die Luft und empfing den Jubel wie ein römischer Gladiator. Es war ein Bild, das sich in Konstanze einbrannte wie ein Feuermal. Die Wende der Zeiten, der Aufbruch in Sieg oder Tod. Sie setzte sich auf ihren Thron und beobachtete Ruggero, der die Faust in den Himmel reckte und die tosenden Ovationen entgegennahm.

Wenn ich wiederkomme, hatte er gesagt. Wenn …

Jemand schlug die Laute. Walther bahnte sich einen Weg durch die Menge nach vorne. Der Lärm legte sich, und Ruggero setzte sich neben seine Gemahlin. Der *cantor* verbeugte sich.

»Ich würde gerne zur allgemeinen Freude mein Scherflein beitragen«, sagte er.

Alle klatschten Beifall und riefen ihm aufmunternde Worte zu.

»Und Euch eventuell ein wenig auf den fremden Zungenschlag einstimmen. Ich darf doch?«

»Ja!«, schrien die Männer wie aus einer Kehle. Nur Capparones Gesichtsausdruck verfinsterte sich, und Konstanze wusste auch, warum.

Der König nickte, und der Sänger verbeugte sich vor seinem Publikum. Ohne den Blick von ihm zu wenden, tastete sie nach Ruggeros Hand. Sie wagte nicht, an den ungeheuerlichen Affront zu denken, den ein Minnelied bedeutet hätte. Capparone würde nicht lange fackeln und den Sänger in den Turm werfen. Ganz zu schweigen von der Schmach und dem Geschwätz, das sich wieder in Palermo verbreiten würde.

Walther von der Vogelweide schlug einige Takte an.

»Es ist ein Angebot, das ich Euch machen möchte«, sagte er, schloss die Augen und lauschte auf die Töne, die seine Finger dem Instrument entlockten.

Ruggero runzelte ärgerlich die Stirn. Bitte nicht, dachte sie. Walther, bitte lass diesen Abend nicht in einem Fiasko enden. Denk an dich, denk an mich, und vor allem an ihn …

»Ein Angebot, das ich schon lange mit mir herumtrage und das ich nun, in dieser großen Stunde, an Euch weitergeben möchte.«

»Nur zu«, sagte der *ré*. »Wenn Euer Begehr in meiner Macht steht …«

Er hob Konstanzes Hand und küsste sie. Die Geste war keine Zärtlichkeit, sondern ein deutliches Zeichen. Sie spürte, dass nur die Anwesenheit so vieler Zeugen den *ré* zurückhielt, auf den *cantor* loszugehen.

»Ja, das tut es. Ihr würdet mich zum glücklichsten Menschen unter Gottes Sonne machen.«

Sogar Capparone bekam mit, dass diese Unterhaltung auf einmal Zwischentöne bekam, die im Hause eines Königs nichts zu suchen hatten. Walther schlug auf die Saiten. Die Disharmonie schmerzte in den Ohren.

»So lasst Uns hören«, sagte Ruggero. »Jetzt. Oder geht und schweigt für immer.«

Walther hob die Laute, drehte sich um und stimmte ein paar Takte an.

»An Ehre reich, an Freunden arm:
das macht das Herz nicht grade warm.
Verwandtschaft wächst von selbst dir zu
doch Freundschaft musst verdienen du.
mâc hilfet wol, friunt verre baz.«

Er verbeugte sich vor Ruggero und ließ die Laute sinken. »Oder, in Euren Worten gesagt: Ich bitte Euch, zum Kreis der Freunde gehören zu dürfen, die Euch ins *Regnum* begleiten.«

Konstanze schluckte. Damit hatte sie nicht gerechnet. Ruggero beugte sich vor.

»Ihr seid ein *cantor*, kein Krieger.«

»Es gibt Lieder, die Mauern zum Einstürzen bringen können.«

»Und solche kennt Ihr?«

»Solche singe ich.«

Walther richtete sich auf und hielt dem durchdringenden Blick des *ré* stand. Capparone verzog die Lippen. Er schien vom Versprechen des Sängers nicht sehr angetan. Ruggero stand auf. Der ganze Saal schien den Atem anzuhalten.

»So sei Eure Bitte gewährt.«

»Ja!« Walther riss die Laute hoch und schlug einige wilde Akkorde an. »Wir ziehen über die Alpen!«

»Ins *diutsche lant*!«, brüllten die Männer, von denen die wenigsten im Alter und in der Lage waren, dem Ruf auch zu folgen.

Konstanze konnte nicht anders, sie ließ sich mitreißen von dem Jubel und landete lachend in Ruggeros Armen. »Ich danke dir«, flüsterte sie.

»Das musst du nicht. Es ist mir egal, wo er ist. Hauptsache, nicht in deiner Nähe.«

Etwas glitzerte in seinen Augen, das sie so noch nie gesehen hatte. Sie wusste nicht, was es sein konnte, aber es machte sie froh wie ein Kind, das übermütig in Pfützen hüpfte.

»Du bist doch nicht etwa …?«

»Nein«, schnitt er ihr das Wort ab. »Bestimmt nicht.«

Galgano kämpfte sich zum Thron durch und schüttelte Ruggero strahlend vor Freude die Hand. Andere Ministerialen kamen herbei, der König wurde weggezogen von ihrer Seite und tauchte unter in der Menge. Konstanze sah ihm lächelnd hinterher.

Nein. Bestimmt nicht. Wie schrecklich, wenn es anders wäre …

List Lese Lust
JEDEN MONAT
NEU DAS LESEN
GENIESSEN
Entdecken Sie die schönen
Seiten des Lesens mit unseren
List-Taschenbüchern!
List

Das dramatische Leben der Madame Tussaud

Sabine Weiß

Das Kabinett der Wachsmalerin

Roman

ISBN 978-3-548-60977-5

Marie Tussaud ist auf Tournee in England, als der Krieg mit Frankreich ausbricht. Alle Häfen werden geschlossen, sie kann nicht zurück nach Paris. Nach vielen abenteuerlichen Jahren als reisende Schaustellerin gründet sie schließlich in London ihr berühmtes Wachsfigurenkabinett. Eine außergewöhnliche Lebensgeschichte, spannend und mitreißend erzählt.

KAPITEL 1

Dover, 1802

Der Zollbeamte würde den Schock seines Lebens bekommen, und Marie konnte nichts tun, um es zu verhindern. Wiederholt hatte sie ihn angesprochen, aber er hatte nicht reagiert. Dabei war sie sicher gewesen, dass ein Zöllner, der mit dem Grenzverkehr zwischen Frankreich und England zu tun hatte, auch der französischen Sprache mächtig war. Das schien jedoch nicht der Fall zu sein. Und die wenigen Brocken Englisch, die Marie bislang sprach, hatten einfach nicht ausgereicht.

Das Stemmeisen fraß sich in die Holzkiste hinein, mit einem Krachen gab der Deckel nach. Rot leuchtete unter der Strohfüllung das Blut am Wachskopf der hingerichteten Marie Antoinette hervor. Dass er unter ihren vielen Kisten ausgerechnet diese öffnen musste! Der Mann fuhr zurück, fasste sich wieder und schrie einen Befehl. Soldaten stürmten in den Raum und umzingelten Marie, der vierjährige Joseph schlang erschrocken die Arme um ihre Hüfte. Marie war zierlich, aber umgeben von den Bewaffneten kam sie sich winzig vor. Soldaten, Waffen, Verhaftung, Kerker, Todesangst – mit einem Mal war die Erinnerung wieder lebendig an das Jahr 1794, in dem sie und ihre Mutter in Paris verhaftet und eingekerkert worden waren und ihnen der Gang auf die Guillotine gedroht hatte. Angst erfasste sie. Sollte ihre Tournee in England im Gefängnis enden, bevor sie richtig begonnen hatte? Entschlossen drängte Marie die Erinnerungen zurück.

»Es ist ein Missverständnis! Der Kopf ist nicht echt, er ist aus Wachs! Ist denn niemand hier, der meine Sprache beherrscht?«, fragte sie laut. Die Soldaten sahen sie ratlos an. Endlich fand sich ein Mann, der sie verstand. Er übersetzte ihre Worte, die feindliche Haltung der Soldaten ließ etwas nach. Ein Uniformierter wurde hinausgeschickt und kehrte mit einem Zollbeamten zurück, der weitere Wachsköpfe aus der Kiste holte. Schließlich hielt er einen Wachskopf hoch – es war der von Napoleon Bonaparte.

»Was für eine Erklärung haben Sie für diese gefährliche Fracht, Madame?«, fragte er in fast akzentfreiem Französisch.

»Ich bin Künstlerin und im Auftrag des gefeierten Wachsfigurensalons von Curtius unterwegs. Dieser Salon in Paris ist für die Lebensechtheit seiner Kunstwerke berühmt. Jetzt, nachdem endlich der Frieden zwischen unseren Ländern wieder eingekehrt ist, möchte ich in London seine Wachsfiguren ausstellen.« Auch wenn Marie seit dem Tod ihres Ziehonkels Curtius der Wachssalon gehörte und sie weitaus die meisten Figuren selbst hergestellt hatte, hielt sie diese Information jetzt zurück. Sie wollte den Beamten nicht noch mehr verwirren.

»Madame, Sie sollten wissen, dass der Friede brüchig ist. Boney«, zum ersten Mal hörte Marie den Spitznamen, den die Engländer Napoleon gegeben hatten, »stellt unsere Geduld auf eine schwere Probe. Dieser Wachskopf könnte für eine Kriegslist genutzt werden«, sagte der Beamte ernst.

Marie hatte nicht geahnt, dass sie so misstrauisch empfangen werden würde, denn nach beinahe zehn Jahren Krieg zwischen Frankreich und England war der Friedensvertrag, der in der französischen Kleinstadt Amiens geschlossen worden war, von beiden Völkern erleichtert gefeiert worden. Seitdem wimmelte Paris von englischen Touristen. Auch französische Adelige, Priester und Royalisten, die in England vor dem Revolutionsregime Zuflucht gefunden hatten, kehrten nun in großer Zahl in ihre Heimat zurück.

Marie machte sich von ihrem Sohn los, flüsterte ihm ein paar beruhigende Worte ins Ohr und ging auf den Zollbeamten zu. »Darf ich?« Sie nahm ihm den Wachskopf aus der Hand und drehte ihn herum. »Sehen Sie, er ist leer. Keine geheimen Botschaften oder Waffen sind hier versteckt. Und wenn es Sie beruhigt, ich habe diesen Kopf mit meinen eigenen Händen geschaffen. Kein Soldat Napoleons hatte damit zu tun. Nur eine einfache Frau.«

Der Mann sah sie verdutzt an. Die Soldaten kamen näher. Jetzt trieb die Neugier sie an, Marie kannte diesen Blick von den Besuchern des Kabinetts genau. Marie musste ihre Sensationslust befriedigen, sie übersprang die erste Begegnung mit Napoleon, bei der er den Wachssalon aufgesucht und die Figur Robespierres bewundert hatte, und kam gleich zur Schilderung ihrer eigentlichen Porträtsitzung.

»Ein Zufall hatte mich mit der Ehefrau des französischen Herrschers bekanntgemacht. Auch das Wachsabbild der schönen Joséphine finden Sie in diesen Kisten. Ihrer Fürsprache habe ich es zu verdanken, dass mir Napoleon eine Porträtsitzung gewährte.« Sie hielt den Wachskopf nun so, dass alle ihn gut sehen konnten. »Morgens um sechs Uhr sollte ich mich im Palast der Tuilerien einfinden. Der Erste Konsul erwartete mich bereits ungeduldig, also fing ich umgehend an. Ich sagte ihm, dass er nicht erschrecken solle, wenn ich sein Gesicht mit einer Gipsschicht bedecken würde, um die Maske anzufertigen, denn er würde durch die Strohhalme in seinen Nasenlöchern atmen können. Er wurde ärgerlich und rief: ›Erschrecken! Ich würde nicht einmal erschrecken, wenn Sie um meinen Kopf herum geladene Pistolen halten würden.‹« Einige Soldaten konnten sich ein Lachen nicht verkneifen. »Letztlich war er so zufrieden mit seinem wächsernen Abbild, dass er zwei seiner Generäle zu mir schickte, damit ich auch sie porträtieren konnte«, erklärte Marie. »In der Ausstellung gibt es Napoleon, seine Frau und seine Generäle in Lebensgröße und in originalgetreuer Kleidung zu sehen. Ich würde mich sehr freuen, wenn Sie sich in einigen Wochen im Lyceum-Theater selbst davon überzeugten, wie lebensecht und menschlich zugleich die Figuren wirken.« Sie legte den Wachskopf in die Kiste zurück.

Der Beamte war beruhigt. Er bat um Verständnis dafür, dass sie auch die anderen Kisten öffnen müssten, um sich von der Harmlosigkeit des Inhalts zu überzeugen. Dieses Mal waren die Männer vorsichtiger. Anschließend entschuldigte er sich bei Marie. »Normalerweise haben immer Beamte Dienst, die in anderen Sprachen bewandert sind, oder es sind Übersetzer zur Hand. Ich wünsche Ihnen einen angenehmen Aufenthalt in England und viel Erfolg mit Ihrer Ausstellung. Mich zumindest haben Sie neugierig gemacht.«

Das Novemberwetter war klar und kalt. Der Wind hatte alle Wolken vertrieben, schon in Dover hatten die weißen Klippen in der Wintersonne gestrahlt. Marie hatte für den Transport ihrer Kisten gesorgt und mit Nini, wie sie ihren Sohn Joseph nannte, die nächste Postkutsche nach London bestiegen. Es war ein beeindruckendes Gefährt, das von vier Pferden gezogen wurde, die Garde war bewaffnet und trug ein Horn bei sich, das in jeder Stadt und an jeder Station ertönte. Sie passierten Schlagbäume, wo der Wegzoll entrichtet werden musste. Alle paar Meilen wurden die Pferde mit einer Schnelligkeit gewechselt, dass man es kaum bemerkte. Nun hielt die Kutsche auf einer Anhöhe an, von der aus die Fahrgäste ihr Ziel betrachten konnten. Auch Marie und Nini stiegen aus. London war so groß, dass es sich am Flusslauf entlang erstreckte, so weit das Auge reichte. Steinkohledampf strömte aus tausenden Schornsteinen und hüllte die Stadt in einen grauen Schleier. Nini staunte über die vielen Schiffe, die die Themse bedeckten. Ein Wald aus Masten schien auf der Wasseroberfläche im Wind zu schwanken. Dahinter erhoben sich, wie ihnen ein Mitreisender erklärte, der Turm der St.-Pauls-Kathedrale, der Doppelturm der Westminsterabtei sowie die Türme über hundert weiterer Kirchen. Die Stadt wirkte riesig. Marie hatte noch nie eine so gewaltige Ansammlung von Häusern gesehen. Sie vertraten sich noch ein wenig die Füße, dann gab der Kutscher das Signal zum Aufbruch. Später fuhren sie über eine breite Straße nach London hinein. Marie glaubte ein paarmal, dass sie ihr Ziel, die Stadtmitte, erreicht hatten, weil das Gewimmel auf den Straßen so dicht geworden war, aber die Kutsche ruckelte immer weiter. Sie fühlte sich erschlagen von der schieren Größe der Stadt. Auch Nini konnte sich kaum vom Kutschfenster lösen. Schließlich hielt der Wagen, und sie stiegen erschöpft aus. Marie musste nun nur noch ein Fuhrwerk finden, das sie in ihre Unterkunft in der Surrey Street brachte. Der Lärm auf den Straßen kam ihr ohrenbetäubend vor. Ein Kutscher beschimpfte einen Passanten als »blinden Hund«, damit er aus dem Weg ging, Händler priesen lauthals ihre Waren an, jemand schrie »Haltet den Dieb«, weil ihm sein Taschentuch gestohlen worden war, umherziehende Musiker schlugen das Tamburin und spielten die Fidel dazu. Endlich fanden sie die richtige Kutsche.

Das Haus in der Surrey Street, einer kleinen Straße, die das Themseufer mit der Vergnügungsmeile mit dem Namen »the Strand« verband, machte einen einfachen, sauberen Eindruck. Ihre Wirtin, eine korpulente Dame, die gepflegt, aber für ihr Alter in zu leuchtende Farben gekleidet war, begrüßte sie freundlich und zeigte ihnen ihr Zimmer. Es war mit Tapeten und Teppichen ausgestattet und möbliert. Sie wies Marie einen Schrank zu, in dem sie Brot, Butter, Tee und Kaffee für die täglichen Mahlzeiten lagern konnte, und gab ihr den Schlüssel dafür. Als die Wirtin gegangen war, spürte Marie erst, wie anstrengend die Reise gewesen war. Ihr Blick blieb im Spiegel hängen, der auf der Kommode stand. Haarsträhnen hatten sich gelöst und fielen ihr dunkel über das Gesicht, unter ihren Augen wölbten sich halbmondförmige Schatten. Sie war beinahe einundvierzig Jahre alt, heute sah man es. Sie nahm ihr Brusttuch ab und hängte es über den Spiegel. Nini war schon auf das Bett gefallen, Marie setzte sich neben ihn. Sie überlegte einen Moment, ob sie gleich losgehen sollte, um ihren Geschäftspartner Monsieur de Philipsthal aufzusuchen, aber da war ihr Sohn schon eingeschlafen. Sie konnte sich ebenso gut einen Moment ausruhen. Marie schnürte ihre Schuhe auf und legte sich neben ihn. Auch ihr fielen die Augen zu.

Steif lag Marie auf dem Bett, sie konnte nur mühsam den Schlaf abschütteln. Sie war verspannt, die Reise steckte ihr in den Knochen, sie mochte sich jedoch nicht herumwälzen, aus Angst, Nini zu wecken. Am liebsten hätte Marie ihre beiden Söhne mit nach London genommen. Der Gedanke an ihr Nesthäkchen Françison schnürte ihr den Hals zu. Doch ihr Ehemann, nach dem der zweijährige François benannt worden war, hatte darauf bestanden, dass dieser Sohn bei ihm blieb. Marie spürte die Wärme ihres Kindes und fühlte, wie sich ihre Gesichtszüge in einem Lächeln entspannten. Wie groß Nini schon war mit seinen vier Jahren, und doch war er noch ein kleines Kind. Sie verlangte viel von ihm, manchmal mehr, als sie ihm zumuten konnte. Das Licht der aufgehenden Sonne ließ seinen Schopf schimmern. Er hatte die schönen schwarzen Haare seines Vaters. Ach, François, Geliebter. War sie in den letzten Wochen zu hart zu ihrem Mann gewesen? Aber sie konnte seine Trägheit und seine Leichtlebigkeit einfach nicht mehr ertragen. Der Wachssalon war für ihn eine lästige Pflicht, der er sich so schnell wie möglich entledigen wollte, damit mehr Zeit für seine Immobiliengeschäfte blieb. Dabei hatte der Salon sie in den letzten Jahren ernährt, während seine Geschäfte die Familie immer tiefer in die Schulden gestürzt hatten. »Warum lässt du mich nicht nach England fahren, ich war doch schon einmal dort?«, hatte François sie gefragt, als sie am letzten Abend aneinandergeschmiegt im Bett gelegen hatten. Die bevorstehende Trennung hatte die Alltagssorgen verdrangt, hatte sie wie Jungverliebte wieder zusammenfinden lassen. Marie war froh darüber, sie hatte sich nach seinem Körper, seinen Zärtlichkeiten gesehnt. Sie versuchte seine Frage möglichst zartfühlend zu beantworten, denn ihre Reisepläne hatten François' Laune arg gedämpft. Einige Monate nach ihrer Hochzeit im Oktober 1795 hatte sich schon einmal die Möglichkeit ergeben, die Figuren in England zu zeigen. Natürlich bestand François, der sich gerade in seine Rolle als Mitverantwortlicher für das Kabinett Curtius' hineinfand, auf dieser Chance. Er wollte ihr wohl auch beweisen, dass er dieser Aufgabe gewachsen war. Marie war die Trennung damals schwergefallen, zumal sie kurz vor seinem Aufbruch festgestellt hatte, dass sie schwanger war. Sie hatte ihm von ihrer Schwangerschaft erzählt, er war dennoch abgereist. *Curtius' großartiges Kabinett der Kuriositäten* machte in Städten wie London, Norwich und Birmingham halt und wurde von den Zeitungen als das »Nonplusultra der Künste« gefeiert. Alles wäre gut gewesen, hätte nicht ihr Ehemann einen Teil des Gewinns in eine »geniale Geschäftsidee« in England investiert – und alles verloren. Seitdem hatte sie gewusst, dass sie ihm ihr Geld nicht anvertrauen konnte.

Dieses Mal durfte nichts schiefgehen. Wie Curtius würde sie die Ausstellung in England Wachsfigurenkabinett nennen, denn einen Wachssalon kannte man nur in Paris. Vielleicht würden sich ja auch einige Besucher an das Kabinett erinnern. Sie würde es besser machen als François und erst wieder zurückkehren, wenn ihre Geldbörse prall gefüllt war – und das je früher, desto besser, das nahm sie sich vor.

LESEPROBE